독
립

독립

지은이 | 표윤명

1판 1쇄 펴낸날 | 2019년 4월 11일

펴낸이 | 이주명
편집 | 문나영

펴낸곳 | 필맥
출판신고 | 제2003-000078호
주소 | 서울시 서대문구 경기대로 58 (충정로2가) 경기빌딩 606호
홈페이지 | www.philmac.co.kr
전화 | 02-392-4491
팩스 | 02-392-4492

ISBN 979-11-6295-010-4 (03810)

* 잘못된 책은 바꿔드립니다.
* 값은 뒤표지에 있습니다.

이 도서의 국립중앙도서관 출판예정도서목록(CIP)은 서지정보유통지원시스템 홈페이지(http://seoji.nl.go.kr)와 국가자료종합목록시스템(http://www.nl.go.kr/kolisnet)에서 이용하실 수 있습니다. (CIP제어번호 : CIP2019007829)

독 립

표윤명 역사소설

펄맥

작가의 말

나는 이 소설을 역사의 뒤안길에서 움츠리고 있을 그분들을 위해서 썼다. 이제 그림자처럼 뒷전에서 숨을 죽이고 있던 그분들을 위한 시간을 가져볼까 한다. 그분들도 숨통이 트여야 할 시간이 되었다고 나는 생각한다. 이회영, 김원봉, 여운형, 유자명……. 그분들의 이름을 하나씩 불러본다. 불러서 역사의 평가를 다시 받게 하고자 한다. 그게 내 소설의 뜻이다. 내 이야기의 의미다. 이제 역사를 역사로만 바라보자! 이념의 잣대를 들이밀지 말자. 그럴 때가 되었다.

***

매헌 윤봉길을 떠올린다. 몸을 어디에 두느냐는 중요하지 않다. 마음을 어디에 두느냐가 중요한 것이다. 저한당(岨韓堂)에 있으나 도중도(島中島)에 있으나 상해에 있으나, 그게 중요한 것은 아니었다. 조국독립이라는 한결같은 마음이 있었다. 나는 저한당 툇마루를 자주 찾았다. 볕 바른 봄날에도, 빛깔 고운 가을날에도 툇마루는 한갓졌다. 도중도의 광현당(光顯堂)도 자주 찾는 곳이었다. 비바람 몰아치는 여름과 눈보라 휘날리는 겨울에도 나는 그곳을 찾았다. 그곳에 그분이 있을 듯싶었다. 도중도를 거닐며 그분을 생각했다.

독립(獨立)이라는 두 글자를 위해 몸과 마음을 다 바쳤던 그분들의 이야기가 먼 시간을 건너 우리에게 왔다. 소중히 마음을 다해 그분들의 이야기에 귀를 기울여보자!

2019년 3월 1일, 그분을 기리며
금오재(金烏齋)에서 금오(金烏) 표윤명 쓰다.

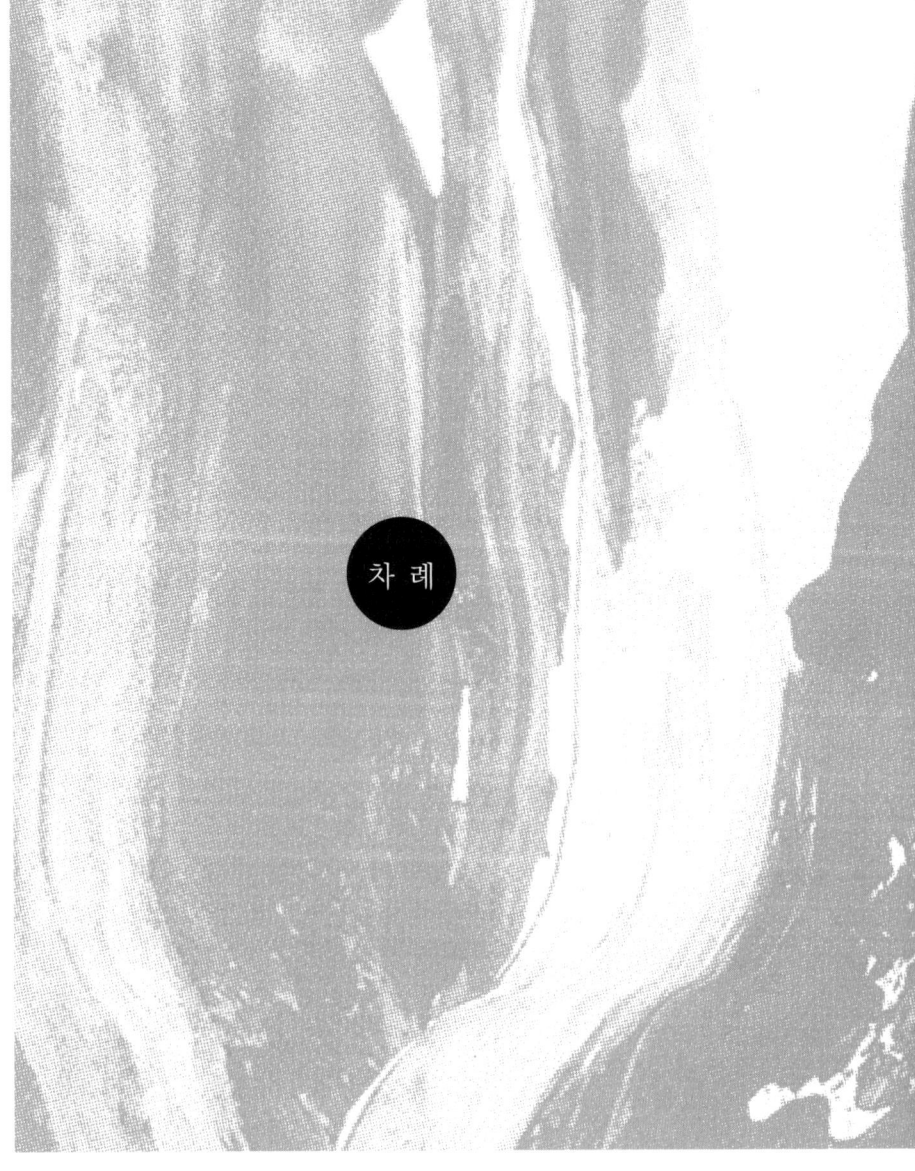
차례

작가의 말

1. 해방 · 10
2. 밀정회 · 32
3. 거래 · 46
4. 혼돈 · 60
5. 신흥무관학교 · 69
6. 봉천역 · 77
7. 유리창 거리 · 94
8. 인민공화국 · 108
9. 환국 · 121
10. 신탁통치 · 136
11. 상해 · 147
12. 반탁 · 166
13. 권비문 · 181
14. 중광단 · 191

15. 갈등 · 199

16. 배신 · 213

17. 도강 · 226

18. 정착 · 236

19. 미군정 · 246

20. 수모 · 257

21. 료코 · 276

22. 암살 · 288

23. 혼란한 정국 · 297

24. 회상 · 308

25. 4.3 · 319

26. 월북 · 328

27. 난정서 · 338

28. 강동정치학원 · 353

29. 음모 · 361

30. 엥겔스 걸 · 372

31. 반민특위 · 381

32. 제주도 · 393

33. 붉은 연대 · 411

34. 다랑쉬마을 · 421

35. 토벌대 · 435

36. 애국청년 · 450

37. 홍구 의거 · 469

38. 남로당 · 485

39. 위작 · 498

40. 매국노 · 510

41. 윤봉길 · 521

42. 구출작전 · 536

43. 불의의 시대 · 551

참고한 문헌 · 561

1. 해방

 긴 어둠은 시렸다. 혹독하게도 시렸다. 시퍼런 칼날의 협박과 흉포한 총탄의 겁박에 차갑게 시렸다. 시려서 추운 강산은 슬프게 흔들렸다. 흔들린 강산은 산산이 부서져 내렸고, 지사들의 뜨거운 피와 투사들의 끓는 피로 그 부서진 강산은 다시 일어섰다. 1945년 8월15일. 잊을 수 없는 기쁨이, 벅찬 감동이, 소름 돋는 희열이, 감당할 수 없는 환희가 민족에게 찾아왔다. 해방(解放), 풀어놓다. 비로소 풀려났다. 긴 어둠에서 벗어났다. 시린 추위가 물러가고 봄이 올 것이었다. 봄은 따뜻한 바람을 불러올 것이었다. 그 따뜻한 바람은 남녘땅 광주에도 불어왔다. 낙타봉이 올려다 보이는 벽돌공장이었다.
 "경성으로 올라가야겠소!"
 말 속에 결기가 가득했다.
 "해방이 됐다고는 하지만 연고도 없이 올라가 무얼 하려고?"
 사내가 툼상스럽게 물었다.

"언 땅이 녹으면 새싹이 돋는 법이지요."

남루한 옷차림이었으나 혀끝에서 도는 말은 예사롭지가 않았다. 눈빛은 태울 듯이 강렬했다.

"김씨의 결심이 그렇다면야 내 말리지는 않겠네만. 여의치 않으면 다시 오게나!"

말끝에 아쉬움이 묻어났다. 누구보다도 성실하게 일해 온 직원이기 때문이었다. 일머리도 야무지기만 했었다. 켜켜이 쌓아올린 벽돌 뒤로 낙타봉이 시커멓게 웅크리고 앉아 있었다.

해진 벙거지를 벗고 정중히 고개 숙여 인사를 건넨 사내는 미련 없이 발길을 돌렸다. 발끝에는 어떠한 아쉬움도 남아있질 않았다. 사내가 밖으로 나서자 담장 아래로 남녀가 서성이며 그를 기다리고 있었다.

"어디에서 출발한다고 합디까?"

말에 위엄이 있었다. 해진 벙거지 차림에서 나올 말이 아니었다. 수염이 덥수룩한 사내가 받았다. 대의동 창평상회 앞이라는 것이었다. 물 빠진 남색 마고자에 회색 바지 차림의 사내였다.

"열차가 모두 끊겼어요. 경성으로 올라가야 하는 사람들이 난리가 났습니다."

이번에는 여인이 나섰다. 짧은 단발머리에 검은색 통치마를 입은 여인이었다. 사내의 고개가 끄덕여졌다. 끄덕임은 이미 짐작하고 있었다는 몸짓 표현이었다.

세 사람의 걸음이 빨라졌다. 건준에서 준비한 트럭을 겨우 얻었다느니, 전남지부 김장대 위원장이 도움을 주었다느니, 그렇지 않았으면 그나마도 어려웠을 것이라느니 윤순달이 너스레를 떨었다. 너스레를 떠는 그의 숨이 가빴다. 사내가 치하의 말로 받았다. 말은 간결했다. 간결해서 위엄이 서렸다.

"동지들을 모아야 합니다. 한시가 급해요."

여인이 홍증식과 이관술 동지에게 연락을 했다고 했다. 사내가 손을 흔들었다. 행동에 조급함이 드러나 보였다. 조급해 보였으나 결코 가볍지는 않았다. 무게가 실려 있었다.

"이제 혁명을 위한 발걸음을 재촉해야 할 때요. 정당, 단체들이 우후죽순처럼 일어설 것이오. 우리가 먼저 대세를 잡아야 하오. 그러자면 조직도 강화해야 하고, 할 일이 많소."

"알고 있습니다. 책임비서 동지."

사내가 돌연 걸음을 멈춰 세웠다. 윤순달과 이순금의 걸음도 멈춰졌다.

"책임비서라는 말은 입 밖에 내지도 마시오. 누가 들을까 두렵소."

윤순달의 얼굴이 굳어졌다. 사내는 태울 듯이 강렬한 눈빛으로 쏘아봤다. 미처 생각지 못했다고 윤순달이 짧게 대답했다. 짧은 대답에는 자신의 경박함에 대한 자책이 들어있었다. 자책은 무겁고도 깊었다.

"말을 감추어야 말이 성공하는 법이오. 이 동지도 마찬가지요."

다시 한 번 강조하는 말에 통치마 차림의 이순금이 고개를 끄덕였다. 사내는 경성에 도착할 때까지는 비밀로 해야 한다며 다짐을 주었다. 다시 발걸음을 옮겨놓았다. 재촉했다. 어둠이 곁을 바삐 스쳐 지났다. 새파란 어둠이었다. 골목을 벗어나자 신작로가 나타났다. 초저녁이라서인지 거리는 부산했다. 들리는 소리는 하나같이 들떠 있었다. 해방에 대한 기쁨이었다.

윤순달이 가리키는 곳으로 흰 연기를 내뿜고 있는 목탄트럭이 한 대 서 있었다. 연기는 어둠을 몰아내고 그림자를 살려냈다. 트럭을 둘러싼 사람들의 형체를 희뿌옇게 드러냈던 것이다. 사람들은 웅성거리고 있었다. 그들 중에서 일행을 본 한 사내가 급히 달려왔다. 걸음이 반갑게 바빴다. 깡마른 몸집에 강단진 얼굴의 사내였다. 사내는 허름한 옷차림의 사내를 향해 공손히 허리를 굽혔다. 사내는 손을 들어 말렸다. 시선을 의식하고 있음이 분명했다. 그제야 눈치를 챈 일행은 서둘러 목탄트럭으로 향했다.

"전에 말했던 김 동지입니다."

윤순달의 소개에 한 사내가 고개를 끄덕였다.

"반갑소. 나 건준 전남지부장 김장대올시다!"

걸걸한 목소리가 생긴 모습만큼이나 시원시원했다.

"김가라고 합니다."

대답하는 사내의 목소리는 차가웠다. 눈빛도 예사롭지가 않았다. 까무잡잡한 얼굴에 쏘아보는 눈빛이 마치 작렬하는 불꽃만 같았다. 눈빛이 새파랬다. 만만한 상대가 아니었다. 윤순달이 사내를 목탄트럭으로 안내했다. 사내는 바람처럼 몸을 날려서는 트럭에 올라탔다. 사람들의 시선이 일제히 그에게로 향했다. 윤순달과 이순금, 이들을 반갑게 맞았던 조주순도 차례로 트럭에 올라탔다.

"뭐야 저것들은?"

건준 전남지부 송태환이 마뜩잖은 눈으로 쏘아봤다. 김장대가 말리고 나섰다. 예사 인물이 아니란 것을 한눈에 알아봤기 때문이었다.

"자, 출발합시다!"

건준 광주지부장 박신의 외침에 사내들이 우르르 트럭으로 뛰어 올랐다. 트럭 위는 이내 사람으로 가득 찼다. 자리가 비좁았다.

"조금씩 당겨 앉읍시다."

박신의 말에 사람들이 움찔거렸다. 머리위로 솟은 배기통에서 연기가 더욱 세차게 솟구쳤다. 흰 연기는 검은빛마저 감돌았다. 엔진소리도 요란하게 울렸다. 어둠을 깨우는 절규만 같았다. 사내는 건너편 창평상회 간판을 물끄러미 쳐다보았다. 흰 바탕에 검은 글씨가 유난히도 눈에 들어왔다. 흰 연기가 간판을 뒤덮는 순간 덜컹거리며 트럭이 움직였다. 이어 어둠 속으로 목탄트럭이 내달리기 시작했다. 사람들의 얼굴은 하나같이 들떠 있었고 희망에 젖어 있었다. 달리는 목탄트럭 뒤로 어둠에 묻힌 시내가 밀려났다. 새로운 시대를 향한 희망의 질주였다.

"아니, 자네 벽돌공장의 김성삼이 아닌가?"

광주지부장 박신의 물음에 작업복의 시멘트를 털어내고 있던 사내가 고개를 돌렸다. 작업복은 너덜너덜 해져 있었다.

"맞소."

역시 짧은 대답뿐이었다.

"너무 건방지구만. 선밥만 먹고 살았나? 왜 그리 혀 짧은 소리만 하오."

보다 못한 젊은 사내가 핏대를 올리며 을렀다. 윤순달이 발끈하고 나섰다.

"뭐이, 말조심하소. 젊은 사람이."

이마에 주름까지 잡아가며 핀잔을 주었다. 사내도 지지 않고 맞섰다.

"내가 틀린 말 했소? 여기 계신 분들도 다 한다하는 분들이오. 건준 전남지부장에 광주지부장, 각 지부 간부들까지. 죄다 한가락 하는 분들이란 말이오."

사내의 말에 이순금이 슬그머니 윤순달의 옆구리를 찔렀다. 찌르고는 배시시 웃는 얼굴로 끼어들었다.

"아이구 누가 모른답디까? 이 양반이 낮술을 좀 해서 실수를 했어요. 이해해 주세요. 게다가 저분은 얼마 전에 일제 놈들에게 누이를 잃었다오. 그래서 그러니 좀 이해해 주구려."

이순금의 너스레에 사내들의 시선이 일제히 그녀에게로 향했다. 정말 그러냐고 묻는 표정들이었다. 표정은 이내 안됐다는 얼굴로 바뀌어 사내에게로 향했다. 광주지부장 박신이 먼저 안됐다며 위로의 말을 건

넀다.

"거 동지도 일제 놈들의 희생양이었구려. 힘내시오."

"일제의 희생양이 아닌 사람이 조선 팔도에 누가 있겠소."

윤순달이 이번에도 퉁명스레 던지듯 받았다. 목소리는 한층 누그러져 있었다.

"그나저나 몽양 선생께 힘을 실어주어야 합니다. 그래야만 새로운 시대가 열려요. 우리가 이제껏 일제와 싸운 이유가 뭡니까? 새로운 세상을 위한 것이 아니었습니까?"

건준 전남지부장 김장대의 말에 여기저기에서 말들이 쏟아져 나왔다. 말들은 꼬리에 꼬리를 물고 이어졌고, 하나같이 몽양 여운형을 찬사하는 말이었다.

"몽양 선생이 아니면 누가 하겠습니까? 그분만이 이 나라를 이끌어 갈 자격이 있습니다. 듣자하니 이승만인가 뭔가 하는 자가 껄떡대려 한다는 말이 들리는데 되도 않을 소리입니다. 어림없는 일이지요."

광주지부장 박신은 두 손까지 흔들어대며 몽양 여운형을 치켜세웠다. 송태환이 맞받았다. 얼굴은 분노로 가득 차 있었다.

"이승만인가 하는 그 도적놈은 있는 나라는 물론 없는 나라도 팔아먹으려 했던 놈입니다. 미국에 빌붙어 외교론이나 지껄인 놈이잖습니까?"

송태환의 울분을 맞은편에 앉아 있던 덥수룩한 수염의 사내가 받았다. 말투는 분위기에 맞지 않게 차분했다. 냉정하기까지 했다.

"그러니 우리가 서둘러 몽양 선생을 추대해야 한단 말이오. 이승만이 들어서기 전에 말이오."

불편한 자리에서 떠들썩하게 오가는 말들을 사내는 묵묵히 듣고만 있었다. 무엇을 생각하는 것인지, 아니면 아무런 생각도 하지 않는 것인지 알 수가 없었다. 그의 무덤덤한 표정은 애초에 그런 일에는 관심도 없다는 얼굴이었다. 그의 곁에 나란히 앉은 윤순달과 조주순도 오가는 말들을 묵묵히 듣고만 있을 뿐이었다. 말들이 오갔다. 어지럽게 오갔다.

"몽양 선생이 힘을 받기 위해서는 박헌영 같은 이들의 도움도 필요합니다. 우리와 같은 계열이니 서로 협력해야지요."

박헌영이란 말에 사내의 귀가 움찔했다. 윤순달과 조주순의 고개도 추켜졌다.

"맞습니다. 협력은 절대적으로 필요합니다. 일제 잔재를 청산하고 새로운 시대를 열기 위해서는 반드시 필요한 일이지요."

작업복 차림의 깡마른 사내가 광주지부장 박신의 말을 받아넘기며 나섰다. 마른 몸에 옷이 헐거워보였다. 빈티가 났다. 하지만 그의 말은 결코 빈티가 나지 않았다. 오히려 귀티가 났다. 윤기가 흘렀다.

"듣기로 이승만이 미군을 등에 업고 곧 들어올 예정이라고 합니다. 헌데도 박헌영 동지는 무얼 하는지 답답한 노릇입니다. 어디에 있는지도 알 수가 없고. 지금쯤이면 한창 움직여야 할 때인데요."

말은 성토에 가까웠다. 사내의 입가에 비로소 미소가 엎혔다. 세상을 품을 만한 미소였다.

"그러게 말입니다. 자칫 잘못하면 죽 쒀서 개 주는 꼴이 될 수 있습니다."

광주지부장 박신의 표정이 묘하게 일그러졌다. 불안한 그림자가 어리기도 했다.

"박 지부장님의 말씀이 맞습니다. 또 다른 식민지로 전락하지나 않을까 두렵습니다."

사내는 주먹까지 부르쥐었다. 다시는 그럴 수 없다는 의지가 담긴 주먹이기도 했다. 건준 위원들은 하나같이 미군의 입국을 우려하고 있었다. 또 다시 식민지가 되지나 않을까 염려했던 것이다.

"곧 나서겠지요."

듣고만 있던 조주순이 나섰다. 모두의 시선이 그에게로 향했다. 각진 얼굴에 사나운 눈매가 사람들의 시선을 사로잡았다. 생긴 모습만큼이나 그의 말투는 차갑고 매서웠다.

"동지가 알고 있소?"

전남지부장 김장대의 물음에 그가 고개를 가로저었다.

"그러면서 어찌 알고 그리 말하시오?"

이번에는 수염이 덥수룩한 사내가 툽상스럽게 물었다. 건준 전남도 위원이라는 사내였다. 옆에 있던 윤순달이 나섰다.

"박 동지 같은 분이 작금의 상황을 모르고 있겠소? 분명 소리 없이 움직이고 있을 게요."

"하긴 그도 그렇소. 일제의 서슬 퍼런 칼날 아래서도 그리 맞서 싸운 사람인데."

광주지부장 박신도 동의한다는 듯 고개를 끄덕였다. 표정은 차가웠다. 차가워서 싸늘했고, 싸늘해서 현실을 보았다. 반면 눈빛만은 강렬했다. 매의 그것을 닮아 있었다. 매서웠다.

트럭은 거친 길을 덜컹거리며 숨 가쁘게 달렸다. 별빛이 밀려나고 불빛이 다가섰다. 어느새 장성 읍내로 들어서고 있었던 것이다. 밤도 깊어 있었다.

한 떼의 사내들이 수런거리며 우르르 쏟아져 내렸다. 이제 불빛도 잠들기 시작했다. 해방은 모든 것을 바꿔 놓았다. 밤과 어둠조차도 평화와 안온이라는 말로 바꿔 놓았다. 실로 오랜만에 누려보는 평화와 안온이었다. 세상은 그렇게 다시 돌아가고 있었다.

"자, 여기서 하룻밤 쉬고 내일 새벽에 일찍 출발할 것이오. 푹 쉬고들 오시오!"

트럭에서 쏟아져 내린 사람들에게 건준 전남지부장 김장대가 한 말이었다. 발자국 소리, 두런거리는 소리가 장성 읍내로 스며들었다. 어둠 속으로 소리들은 삼삼오오 짝을 지어 흩어졌다. 밤은 깊었다. 푸르게 깊었다. 깊어서 고요했고, 고요해서 평화로웠다. 해방이었다.

푸른 새벽이 열리기도 전에 목탄 트럭은 다시 출발했다. 어제와 같은 자리에 어제와 같은 사람들이 웅크리고 앉았다. 덜컹거리는 불편한 자리였지만 이들의 얼굴은 하나같이 들떠 있었다. 세상이 들뜨자 사람들도 들떴다. 새로운 세상에 대한 새로운 희망에 대한 들뜸이었다.

목탄트럭은 전주에 도착했다. 사람들은 아침을 먹기 위해 트럭에서 내렸다. 줄지어 선 기와지붕 위로 하얀 무명 같은 연기가 솟아오르고 있었다. 아침을 준비하는 모양이었다. 오랜만에 보는 아름답고도 정겨운 풍경이었다.

"8시에 출발할 것이오. 간단히 요기들을 하고 다시 봅시다."

사람들이 흩어졌다. 무명 같은 하얀 연기처럼 골목으로 흩어져 들어갔다,

"잠시 다녀오리다."

사내의 눈빛이 이글거렸다. 눈매는 먹이를 노리는 매의 그것을 닮아 있었다. 윤순달이 고개를 끄덕였다.

"어디에 있는지는 아십니까?"

조주순의 물음에 사내는 입가에 미소를 지어 보였다. 알고 있다는 것인지, 찾을 수 있다는 것인지, 아니면 그도 저도 아닌지 알 수 없는 미소였다. 하지만 확신을 갖고 있고 자신감이 넘치는 것만은 틀림없었다.

"트럭은 저희가 잡아 놓겠습니다. 염려 마십시오!"

윤순달이 혹여 늦을 것에 대비해 한 말이었다. 말은 공손했다. 게다가 믿음직하기까지 했다.

사내는 이제 막 떠오르는 아침 해를 등으로 받으며 어디론가 발걸음을 서둘렀다. 허름한 옷차림에 간난신고의 흔적이 깊이 배어 있었다.

하지만 그의 발걸음에는 강단과 힘이 넘쳐 보였다. 힘찬 발걸음이 그의 빈한과 고통의 흔적을 억누르고 있었던 것이다.

"김삼룡 동지와 문갑송 동지가 합류하면 이제 제대로 일이 될 것 같소."

혼잣말처럼 중얼거리는 조주순의 입가로 미소가 피어올랐다. 미소는 희망을 닮아 있었다. 새로운 시대에 대한 갈망이자 열망이었다.

"그렇지요. 그 동지들이야말로 큰 일꾼이지요. 책임비서 동지의 수족과도 같은 동지들이기도 하니."

이순금도 거들었다. 그녀의 목소리는 혼잣말 같기도 하고 그렇지 않은 것 같기도 했다. 하지만 조주순의 의견에 함께하고 있는 것만은 분명했다.

"이관술 동지도 여기쯤에 있다고 들었소만?"

"벌써 올라갔어요. 홍 동지와 함께하고 있을 겁니다."

이순금의 대답에 조주순이 고개를 끄덕였다.

"늦기 전에 우리도 콩나물 국밥이라도 한 그릇 하고 옵시다!"

윤순달의 말에 조주순과 이순금도 고개를 끄덕였다. 사람들이 그랬듯이 이들도 곧 골목으로 스며들어갔다.

출발시간이 되자 트럭으로 사내들이 다시 모여들었다. 하나같이 얼굴에 화색이 돌았다. 밤새 주린 배를 따습게 불렸기 때문이었다. 역시 사람은 배가 부르고 봐야 했다. 배가 부르면 세상이 달라 보이고, 세상은 달라 보일 때 비로소 바꿀 수 있는 것이다. 바꾸면 변하고 변하면 산다. 그것이 세상의 이치다.

　사내들은 그늘진 곳에 모여 담배를 피우기도 하고 잡담을 나누기도 하며 시간을 보냈다. 시간을 보내며 흩어진 동지들을 기다렸다. 기다리던 중 건준 광주지부장 박신이 저쪽에서 다가오는 사내를 바라보았다. 박신은 담배를 입에 문 채 굳은 듯이 사내에게서 눈을 떼지 못했다.

"누구요?"

건준 광주지부의 김치송이 물었다. 그의 눈에는 의아함이 가득했다. 믿기지 않는다는 표정이었다.

"아까 그 사람 아닌가?"

"맞네. 벽돌공장 김성삼이."

　말끔한 차림으로 변한 사내를 두고 사람들은 의아해했다. 더구나 그의 뒤에는 죄수복 차림의 사내 둘이 따르고 있었다. 윤순달이 반가운 목소리를 내며 달려가 그들을 맞았다. 그는 죄수복 차림의 사내들과 손을 맞잡고는 반가움을 나눴다. 오랜 지기인 듯했다. 반가움 속에는 동지애가 가득해 보였다. 조주순과 이순금도 이들과의 조우를 즐겼다. 사람들은 이들의 해후를 눈여겨보았다. 이리저리 짐작도 해보았다. 알 수가 없었다. 알 수 없음은 은근한 경계를 불러일으켰다. 알 수 없으니 두려웠던 것이다.

"우리 동지들이오. 함께 경성으로 가야 하니, 양해해 주시오!"

　차림을 바꿔 감색 줄무늬 양복에 구두를 신은 사내가 건준 전남지부장 김장대에게 부탁하는 말이었다. 부탁에는 정중함과 함께 무언의 압박도 있었다.

"불편하지만 어쩌겠소. 그렇게 합시다!"

김장대의 목소리가 가라앉았다. 다른 사내들도 이의를 제기하지 않았다. 아니, 하지 못했다. 새로 온 두 사내의 차림새가 예사롭지 않았기 때문이었다.

"조국을 위해 애쓰다 이리 되었소. 이해들 해주시구려."

김삼룡이 걸걸한 목소리로 건준 위원들에게 다시 한 번 양해를 구했다. 빙 둘러선 사내들을 한 차례 훑어본 그는 트럭으로 훌쩍 뛰어 올랐다. 사내들도 우르르 트럭에 올라탔다.

김장대의 가자는 외침에 트럭은 다시 달리기 시작했다. 공주를 지나 수원으로 향했다. 시커먼 목탄트럭에 쪼그리고 앉은 사내는 어울리지 않게 말끔한 양복과 구두 차림이었다. 그 불협화음이 낯설었다. 건준 위원들은 힐끔힐끔 사내의 눈치를 보아댔다. 그의 좌우로 목석처럼 앉아 있는 죄수복 차림의 두 사내에게서도 눈길을 떼지 못했다.

"거 재주도 좋으시우."

김치송이 은근히 을렀다. 어색해진 분위기에 자존심이 상한 모양이었다. 기울어진 균형추를 바로잡고자 하는 것이었다. 대뜸 조주순이 맞받았다.

"말을 삼가시오. 함부로 대할 분이 아니오."

서릿발 같은 반응이었다. 지금까지와는 달랐다. 김치송이 흠칫했다. 건준 위원들도 몸을 사렸다.

"이분이 누군지나 알고 그러시오?"

옆에 있던 김삼룡도 나섰다. 목소리가 쩌렁쩌렁 울렸다. 예사롭지가 않았다.

"해방된 조국을 이끌어 가실 분이오."

문갑송도 거들었다. 건준 위원들은 정색을 했다. 무안해진 김치송이 얼굴을 붉혔다. 붉어진 얼굴에도 자존심만큼은 지키고 싶은 모양이었다. 다시 나섰다.

"누구신지요? 성명을 밝혀야 우리가 알 것 아니오."

목소리는 쪼그라들어 있었다. 얼굴도 잔뜩 주눅이 들어 있었다. 광교산이 곁으로 밀려났다. 어느새 수원을 지나 경성으로 치닫고 있었다.

"고려공산청년회 책임비서올시다."

사내의 낮게 내뱉는 말에 트럭 위에서는 일제히 탄성이 쏟아져 나왔다. 건준 위원들은 혼란에 휩싸였다.

"박헌영 동지!"

건준 전남지부장 김장대는 소스라치게 놀라며 자리에서 일어섰다. 순간 트럭이 덜컹거리며 김장대가 휘청했다. 조심하라는 소리가 여기저기에서 튀어나왔다. 김장대는 겨우 앞으로 나섰다. 흔들리는 몸으로 박헌영에게로 다가갔다.

"영광입니다, 동지!"

광주지부장 박신도 가까이 다가왔다.

"믿기지가 않습니다. 벽돌공장의 그 김성삼이 박헌영 동지였다니요."

박신은 거듭 놀란 표정을 지으며 깍듯이 고개를 숙였다. 태도는 물론 목소리도 달라져 있었다. 건준 위원들은 놀란 얼굴로 박헌영을 바라보았다.

"안목이 없어 미처 알아 뵙지를 못했습니다."

말은 죄송함과 송구함으로 가득 차 있었다. 가득 차서 진실하고 신실해 보였다.

"아니오. 미안해할 것 없소! 당연한 일이오."

김장대와 박신은 연신 허리를 굽혔다. 박헌영이 곁에 있던 김삼룡과 문갑송을 소개했다. 건준 위원들은 또 다시 놀랐다. 너도나도 나서 알은체를 했다. 손을 내밀어 맞잡는 이도 있었다.

"해방된 조국에 힘이 되어 주십시오! 혁명을 완수하기 위해서는 여러분의 도움이 필요합니다."

김삼룡이 힘주어 말하자 이구동성으로 맞장구를 쳤다. 여부가 있겠느냐는 둥, 우리도 같은 생각이라는 둥, 우리가 경성으로 올라온 이유가 무엇이겠냐는 둥, 동지와 같은 마음이라는 둥 하면서 모두가 함께하겠다고 했다. 건준 광주지부장 박신도 김삼룡의 말에 흔쾌히 함께하겠다고 했다. 트럭 위는 이내 결기로 가득 찼다.

"여기 박헌영 동지와 우리 몽양 위원장이 손을 맞잡는다면 해방된 조국에서 못할 게 무에 있겠습니까? 이제 세상은 혁명된 조국이 이끌어 나갈 것입니다. 그 맨 앞에 우리 건준과 고려공청이 함께 할 것이고요."

거침없는 김장대의 말에 트럭 위에서 일제히 환호성이 터져 나왔다.

"혁명은 하늘의 명을 바꾸는 일이오. 결코 소홀히 해서는 안 되오."

말은 붉었다. 붉어서 강렬했다. 혁명의 시대는 산하를 붉게 물들이는 계절이라고 했던가? 붉게 물들어서 아프고 아리다고도 했다. 붉게 젖어들어 아픈 계절, 쓰린 계절이고, 붉은 울음 속에 세상은 바뀌어 간다는 것이다. 순정한 세상으로 바뀌어 간다는 것이다. 혁명의 아픔은 그래서 맑다고 했다. 붉게 맑다고 했다.

"박헌영 동지 만세!"

"건준 만세!"

이들의 혁명에 대한 투지에 박헌영은 흡족한 표정으로 박수를 쳤다. 발 아래로 한강 물이 도도히 흘러가고 있었다. 도도한 물은 역사를 밀어붙이고 있었다. 거침없이 밀어붙이고 있었다. 박헌영은 그런 역사의 중심에 자신이 서 있음을 깨닫고는 다시 한 번 마음을 굳게 다져 먹었다. 혁명의 완수만이 역사를 바로 세우는 길이라 여겼다. 혁명의 완수는 곧 조국을 살리는 길이었고, 민족을 바로 일으키는 길이었다. 반드시 이루어내야 할 것이었다.

목탄트럭은 한강을 건넜다. 건너서는 곧장 남대문으로 향했다.

"보시오! 얼마나 활기차오. 이게 우리가 바라던 해방이오."

김장대는 감격에 겨운지 눈가에 이슬이 맺혔다. 문갑송도 마찬가지였다. 깡마른 몸이 세차게 흔들렸다.

"다시는 그런 비극이 이 땅에 있어서는 안 됩니다. 우리 조국은 우리 힘으로 지켜내고 가꿔나가야 합니다."

"맞습니다. 외세의 간섭과 지배는 불행한 일입니다. 다시는 없어야 할 일입니다."

김삼룡의 쥐어진 주먹이 부르르 떨렸다. 바짝 깎은 머리에 낡은 죄수복이 그를 더욱 강단져 보이게 했다. 혁명의지와 조국애에 대한 증명이기도 했다.

"그 모든 것이 민중이 주인이 되지 못한 탓입니다. 새로운 조국의 주인은 반드시 민중이 되어야 합니다. 계급을 타파하고 평등한 세상을 만들어 진정한 혁명을 이루어내도록 합시다!"

문갑송은 혁명론까지 내세웠다. 그의 발언은 뜨거웠다. 끓어오르는 용암처럼 뜨거웠다.

경성은 활기찼다. 해방이 실감 났다. 동포들의 걸음걸이와 표정마저도 달라져 있었다. 어딜 보나 밝고 쾌활한 모습이었다. 해방된 경성의 모습이었다.

꾀죄죄하고 후줄근한 목탄트럭이 경성의 남대문 앞에 섰다. 시골티가 확연했다. 먼 길 오느라 숨이 찼는지 엔진 소리도 그렁그렁했다. 마치 해소를 앓는 노인의 기침소리만 같았다. 어떻게 그 먼 길을 달려 왔는지 의아할 정도로 트럭은 위태위태하기만 했다. 그래도 다행히 자갈길을 달리고 물을 건너 경성에 도착했다. 그런 트럭에서 사람들이 쏟아져 내렸다. 트럭이 고려공산청년회 책임비서 박헌영과 광주 전남 건준위원장 등 일행을 내려놓았던 것이다.

"잘 가시오. 또 봅시다!" 박헌영이 손을 들어 인사하자 건준 위원들이 일제히 허리를 굽혔다. 바람에 갈대가 눕듯 일제히 고개가 숙여졌다. 박헌영은 입가에 웃음을 지어 보이고는 돌아섰다.

일행은 종로 쪽으로 걸음을 옮겨놓았다. 종로는 경성의 중심지다웠다. 호텔과 카페, 백화점까지 즐비하게 늘어서 있었다. 상해의 거리 한 부분을 그대로 옮겨놓은 듯했다. 박헌영의 뒤를 김삼룡과 문갑송, 윤순달 등이 따랐다.

"어디에서 모이기로 했소?"

물음에 이순금이 계동의 홍 동지 댁이라고 대답했다. 박헌영이 고개를 끄덕였다. 무언가 크게 결심을 한 표정이었다. 눈빛이 세상을 거머쥐고 흔들 기세였다.

"경성콤그룹이 조선공산당의 적통임을 잊어서는 안 되오. 명심들 하오!"

칼날 같은 언어의 조각이 그의 입에서 튀어나왔다. 당부 아닌 명령이었다.

"여부가 있겠습니까? 앞장서시면 뒷일은 저희들이 알아서 하겠습니다."

비장한 대답이 칼날 같은 말을 받았다. 김삼룡이었다. 말은 없었지만 문갑송이나 윤순달, 조주순과 이순금도 마찬가지였다. 무언의 비장함으로 받들었던 것이다. 종로 네거리에 이르자 구호 소리가 들려왔다. 구름 같은 인파도 눈에 들어왔다.

"박헌영 동지여, 모습을 나타내시오. 우리의 나아갈 길을 인도해 주시오!"

"숨지 말고 모습을 나타내서 우리의 앞길을 열어 주시오! 민족의 횃불, 박헌영 동지여!"

구호와 함께 전단도 하얗게 뿌려지고 있었다. 마치 눈발이 날리는 듯했다. 거리는 전단으로 뒤덮였고, 하늘은 현수막으로 가득 찼다. 부는 바람에 휘날리는 전단과 현수막이 눈을 어지럽게 했다.

"우리 식구들입니다."

"경성콤그룹 동지들이지요."

김삼룡과 문갑송이 득의한 웃음으로 입을 열었다. 박헌영이 고개를 돌렸다. 목소리도 낮췄다. 낮춤은 경계였다.

"조심들 하오. 우린 얼굴을 드러내면 안 되오. 적은 항상 가까운 곳에 있소."

그의 말은 늘 짧았다. 혁명을 입에 올릴 때만 길었다. 그게 그의 특징이었다. 말은 필요할 때만, 행동은 불같이. 그게 혁명의 전제조건이었다. 박헌영은 발걸음을 빨리했다. 일행의 걸음걸이도 덩달아 바빠졌다. 박헌영을 부르는 구호는 점점 멀어져갔다.

가는 곳마다 온통 벽보였다. 박헌영을 부르고 건준을 알리는 벽보였다. 간혹 임시정부에 대한 기대와 이승만을 찬양하는 것들도 보였다.

거리 곳곳이 하얗게 도배되어 있었다.

"큰일이오. 이승만이 미군을 등에 업고 들어오는 날에는 이 땅이 다시 미국의 식민지로 전락할지도 모르니."

걸음을 멈춘 박헌영은 이승만을 치켜세우는 벽보 앞에 섰다. 탄식이 터져 나왔다. 깊은 탄식이었다. 탄식은 또 다른 탄식을 불러냈다. 일행의 연이은 탄식이었다.

"어떻게 얻은 독립인데 또 다시 식민지란 말입니까? 말도 안 됩니다."

김삼룡과 문갑송은 울분에 찬 표정으로 이승만을 노려보았다. 참지 못한 윤순달이 그만 전봇대에 붙어 있던 벽보를 찢어냈다. 미소를 짓고 있던 이승만의 얼굴이 흉하게 찢겨져나갔다.

"누가 볼까 두렵소."

그때 종로 사거리 쪽에서 누군가 헐레벌떡 뛰어왔다. 숨이 턱에까지 차 있었다. 윤순달은 반가운 얼굴로 뛰어온 사내를 불렀다. 박헌영은 호기심 가득한 표정으로 그를 쳐다보았다.

"임시정부의 양휘보 동지입니다. 김 주석을 보필하고 있지요."

윤순달의 소개에 양휘보가 정중히 고개를 숙였다. 박헌영은 반가운 얼굴로 손을 내밀었다. 동지에 대한 애틋함이 가득한 손길이었다. 손길은 따뜻했다. 마음이 같기 때문이었다.

"무슨 일인데 그리 호들갑인가?"

김삼룡이 묻자 양휘보가 심각한 얼굴로 그를 돌아보았다.

"밀정회가 들어왔답니다."
"밀정회?"
김삼룡이 다시 물었다. 그의 물음은 의아하다는 것이었다. 양휘보가 고개를 끄덕였다. 상해에 있던 그 밀정회냐고 이번에는 문갑송이 물었다. 그의 물음은 의외라는 것이었다. 양휘보가 다시 그를 돌아보며 그 밀정회가 맞다고 대답했다. 그러자 패망한 저들이 무슨 꿍꿍이속으로 들어왔느냐고 다시 물었다. 그의 표정은 아리송하다는 것이었다. 고개까지 갸웃하며 알 수 없다는 표정을 지어 보였다. 눈빛이 의아함으로 가득했다.

"밀정회 얘기를 나도 듣기는 했네만, 그게 실체가 있는 조직인가?"
박헌영의 물음에 양휘보가 주저 없이 대답했다. 상해 헌병대에서 조직되었고, 활동하는 것도 그가 직접 봤다는 것이었다. 박헌영의 눈살이 찌푸려졌다. 그와 동시에 양휘보는 지난날을 떠올렸다. 상해에 있을 때였다.

2. 밀정회

양휘보는 일부러 대로를 가로질렀다. 사내를 떠보기 위해서였다. 사내는 남경동로로 들어서서부터 그의 뒤를 쫓고 있었다. 아니나 다를까, 사내는 뒤를 그림자처럼 따랐다.
'밀정?'
국제백화점이 눈에 들어왔다. 상해의 대표적인 서양식 건물이었다. 까마득히 올려다 보이는 건물은 말 그대로 마천루였다. 상해의 명물이기도 했다. 웅장한 외관과 눈이 부시도록 화려한 내부는 상해의 호사가들이 가장 탐을 내는 곳이었다. 세상의 만물이 다 모여 있는 곳이었다. 영국산은 물론 프랑스산과 독일산, 미국산까지 없는 물건이 없었다. 돈만 있으면 무엇이든 구할 수 있었다. 더구나 이 건물은 호텔까지 겸하고 있었다. 오층부터는 최고급 객실을 갖춘 국제 호텔이었다. 상해의 부자들뿐만이 아니라 각국의 고위 관료들이 즐겨 찾는 곳이었다.
양휘보는 사내를 유인해 보기로 했다. 국제백화점의 뒤쪽 좁은 골목으로 들어갔다. 자주 지나던 골목이었다. 사내는 놓칠세라 바짝 따라붙었다.

국제백화점의 뒷골목은 어지러웠다. 즐비하게 내걸린 옷가지와 허공에 매달린 생선바구니로 가득했다. 햇빛의 뒷면에 어두운 그림자가 어리듯 화려한 모습의 뒷면은 늘 빈곤했다. 어둡고 음산했다. 비린내가 진동했다. 습한 기운에 숨까지 턱 막혔다.

'틀림없군!'

의도를 확인한 양휘보는 발걸음을 빨리했다. 다시 골목을 빠져나갔다. 훤한 남경동로가 그를 맞았다. 이번에는 맞은편 영안백화점으로 향했다. 영안백화점은 국제백화점에 맞서듯이 서있었다. 국제백화점에 못지않은 화려함과 규모를 갖추고 있었다. 경쟁이라도 하듯 두 백화점은 남경동로를 사이에 두고 그렇게 마주보고 있었다. 백화점은 마침 세일 중이었다. 세일을 알리는 현수막과 포스터가 벽면을 가득 채우고 있었다. 드나드는 사람들의 발걸음도 정신이 없었다.

매장 안은 휘황찬란했다. 넋이 나갈 정도였다. 화려한 불빛과 가지런히 진열된 물건들로 그야말로 눈이 즐거운 곳이었다. 즐거움은 때로 정신을 앗아가기도 한다. 양휘보도 그랬다. 자신이 쫓기고 있다는 사실조차도 잠시 잊고 말았던 것이다. 매장이 가난한 조국의 아픈 현실과 비교되었다. 만감이 교차했다. 사람들의 즐거워하는 모습과 행복해하는 얼굴에 부러움이 일었다. 실로 얄밉도록 부러운 정경이었다. 순간 사내가 바짝 따라붙었다. 정신이 퍼뜩 들었다. 양휘보는 물건을 고르는 사람들로 북적이는 매대로 다가갔다. 사람들 사이로 비집고 들어갔다. 사내도 따라 들어섰다. 고개를 돌리자 사내가 손에 닿을 듯 가까이 서 있었다. 섬뜩한 눈빛이 그를 쏘아봤다. 그 눈빛이 양휘보의 자존심을 건드렸다. 가슴속에서 무언가가 꿈틀거리며 솟구쳤다. 뜨거운 용암과도 같은 분노였다. 양휘보는 사람들 사이를 비집고는 내달렸다. 사내도 놓칠세라 뛰었다. 평온하던 백화점이 이내 소란스러워졌다. 난데없는 추격전 때문이었다. 요란한 발자국소리와 거친 숨소리가 백화점을 울렸다. 사람들이 술렁였다. 비명도 터져 나왔다.

"서라, 불령선인!"

사내는 소리를 질렀다. 양휘보는 백화점을 나와 곧장 뒷골목으로 다시 들어갔다. 이번에는 영안백화점 뒤였다. 평소 일제 헌병과 밀정을 피해 다니던 길이었다. 때문에 양휘보에게는 손바닥 안과 같은 곳이었다. 골목으로 들어선 그는 몇 번인가 휘돌았다. 사내도 놓치지 않고 꼬리를 물었다. 골목은 두 사내의 숨소리로 가빴다.

몇 차례 골목을 휘돌자 장기를 두고 있는 노인들이 눈에 들어왔다. 평소 인사를 나누며 지내던 사람들이었다. 오늘도 어김없이 그 자리에 있었다. 양휘보는 다짜고짜 하얀 수염에 마고자만 걸친 노인을 밀치고는 그 자리에 앉았다. 자리를 빼앗긴 노인이 얼굴에 노기를 띠었다. 노인은 나이에 걸맞지 않게 구릿빛 피부를 지니고 있었다. 건강이 넘쳐 보였다.

양휘보는 서둘러 웃통을 벗어 던지고는 쫓기고 있다며 도와달라고 간청했다. 그래도 노인은 여전히 화가 난 얼굴로 양휘보를 노려보았다. 눈빛은 무례에 대한 분노로 가득했다. 분노에는 나이 듦에 대한 서러움도 얼마간 담겨 있었다. 젊음에 대한 질투였다.

양휘보의 입에서 일제 헌병 놈이라는 말이 다급하게 튀어나왔다. 그제야 노인의 얼굴이 급변했다. 노인에게 일제 헌병은 무례함이나 젊음보다 더 싫은 것인 모양이었다. 일제 헌병 놈이냐며 맞은편에 있던 노인도 맞장구를 쳤다. 상해의 어른이라 자처하는 카이였다. 그는 상해에 주둔하고 있는 일제 헌병을 죽도록 싫어했다. 일제 헌병이 보이는 큰길에는 나가지도 않았다. 골목에서 장기로 세월을 보내고 있었던 것이다.

카이는 양휘보가 뛰어온 골목 쪽으로 눈을 돌렸다. 아니나 다를까, 한 사내가 두리번거리며 다가왔다. 숨을 헐떡이고 있었다. 얼굴까지 벌겋게 상기되어 있었다. 죽을힘을 다해 뛰어온 모양이었다.

"왔소, 둡시다!"

카이는 양휘보에게 눈짓을 주고는 장기 알을 집어 들었다. 뒤돌아보지 말고 그대로 있으라고 충고까지 주었다. 자리를 빼앗긴 노인도 그제야 조용히 쪼그리고 앉았다. 쪼그리고 앉아서는 거기에 두면 어쩌자는 게냐며, 이쪽이 위험하지 않으냐며 훈수를 두는 척 호들갑까지 떨었다. 호들갑 속에는 노인의 동지애가 들어 있었다. 동지애는 곧 일제에 대한 분노였다.

카이는 얼굴을 붉히며 가만히 좀 있으라며, 어디서 훈수 질이냐며 끼어든 노인을 나무랐다.
"말 좀 물읍시다. 여기로 젊은 사내 놈 하나가 뛰어오지 않았소?"
무라야마는 의심이 가득한 눈으로 돌아앉은 양휘보를 훑어보았다.
"젊은 사내가 뛰어오다니? 못 봤소. 우리는 보다시피 장기를 두고 있었소이다."
천연덕스런 카이의 대답에도 무라야마의 눈은 양휘보의 등판에 가 꽂혔다. 두 노인에 비해 너무 젊었다. 무라야마는 서서히 허리춤으로 손을 가져갔다. 권총을 뽑아 들었다. 독일제 모제르였다.
"너, 아까 그 놈이……."
'맞지?'라는 말이 나오기도 전에 양휘보의 몸이 용수철처럼 뒤로 튀어 올랐다. 튀어 오른 몸에서 증오의 주먹이 날아갔다. 무라야마의 턱이 부서져 내렸다. 순식간에 벌어진 일이었다. 마치 번개가 눈앞에서 작렬하는 듯했다. 무라야마의 입에서 짙은 신음소리가 비어져 나왔다. 양휘보는 또 다시 바람같이 무라야마를 덮쳤다. 무라야마도 만만치 않았다. 한 대 얻어맞기는 했지만 유도로 단련된 몸이었다. 이런 상황도 한두 번 겪은 것이 아니었다.
"이런 조센진이."
그의 입에서 거친 소리가 터져 나왔다. 손을 휘둘러 양휘보를 움켜잡으려 했다. 웃통을 벗은 양휘보는 쉽게 잡히지 않았다. 오히려 강철같은 주먹에 아랫배를 다시 한 번 얻어맞아야 했다. 또 다시 신음소리가 흘러나왔다.

"네놈의 정체가 뭐냐? 일제 헌병대냐, 아니면 밀정회냐?"

양휘보의 물음에 무라야마는 흠칫했다. 넘어진 채 뒤로 주춤 물러났다. 양휘보는 거침없이 다가갔다. 실수였다. 그것은 유인하기 위한 몸짓이었다. 무라야마의 발이 양휘보의 다리를 걸었고, 중심을 잃은 양휘보가 휘청하며 쓰러졌다. 무라야마가 바람같이 양휘보의 몸에 올라탔다. 순간 양휘보의 머릿속으로 불길한 예감이 스쳤다. 신흥무관학교 시절에 들은 이장녕의 말이 떠올랐기 때문이었다.

'왜놈들과 맨손으로 맞섰을 때 가까이 접근하면 안 된다. 놈들은 유도로 단련되어 있다. 잡히는 순간 온몸의 뼈마디가 부러져나갈 것이다. 절대 가까이 하지 마라. 유도를 배우지 않았다면 말이다.'

양휘보의 입에서 비명소리가 터져 나왔다. 팔이 꺾이고 몸이 뒤틀렸다. 고통으로 얼굴이 일그러졌다. 지옥의 문턱에서 그가 헤매고 있을 때 무라야마의 뒤통수에서 둔탁한 소리가 터져 나왔다. 동시에 바짝 조였던 무라야마의 팔이 풀리며 그의 몸뚱어리가 힘없이 옆으로 쓰러졌다.

"죽일 놈 같으니라고."

카이가 장기판을 든 채 두 사람을 내려다보고 있었다. 양휘보는 팔꿈치를 움켜쥔 채 일어섰다. 일어서서는 카이를 향해 고맙다는 말을 건네고 무라야마의 널브러진 몸에 올라탔다. 올라 탄 몸에 분노가 가득했다. 분노는 주먹질에 사정을 두지 않았다. 이내 코피가 쏟아지고 얼굴이 엉망이 되었다. 무라야마의 얼굴에서 붉은 피가 흘러내리게 한 것은 일제에 대한 저항의 의식이었다. 그 의식은 한참 동안 이어졌다.
 양휘보는 몸을 일으켜 세웠다. 바닥에 떨어진 권총이 눈에 들어왔다. 무라야마가 놓친 것이었다. 이번에는 권총을 집어 들어 그의 머리에 겨눴다. 소속이 어디냐고 물었다. 협박에도 무라야마는 대답 대신 신음만 흘려냈다. 신음에는 거부의 뜻이 담겨 있었다. 양휘보는 총구를 관자놀이에 바짝 디밀었다. 차가운 쇳덩이의 섬뜩함이 그의 심경을 변하게 한 것일까? 굳게 닫혀 있던 입이 열렸다. 상해파견군 헌병대 본부라는 말이 그 입에서 흘러나왔다. 양휘보의 협박은 계속 이어졌다.
 "솔직히 불어라, 밀정회지?"
 "아니다. 밀정회가 뭔지 나는 알지도 못한다."
 무라야마의 저항에 양휘보는 노리쇠를 당겼다. 철커덕 하며 기분 나쁜 소리가 무라야마의 귓전을 때렸다. 그 불쾌한 소리는 무라야마의 마음을 여리게 만들었다. 말투까지 바꿔놓았다.
 "정말이오. 나는 모르오."
 다급한 외침에 오히려 확신을 한 양휘보는 방아쇠에 힘을 주었다. 차가운 총구가 무라야마의 관자놀이에서 가늘게 떨렸다. 순간 무라야마가 소리쳤다.
 "잠깐, 잠깐만!"
 외치는 소리는 다급했다. 삶과 죽음의 경계를 그제야 보았던 것이다. 솔직히 털어놓겠다는 말과 목숨만 살려달라는 말이 동시에 튀어나왔다. 말은 비굴했다. 비굴함에 양휘보는 비릿한 웃음을 흘렸다. 카이와 노인은 골목길을 살피며 망을 봐주었다. 다른 일제 헌병이나 밀정이 있을까 염려했던 것이다.

"당신 말대로 난 밀정회 소속이오."

무라야마의 말에 양휘보는 은근히 놀랐다. 밀정회의 실체를 확인하는 순간이기 때문이었다.

"계속 말해라."

말은 차가웠다. 얼음장만 같았다. 냉기가 뚝뚝 떨어졌다. 무라야마가 입을 열었다. 그의 말은 떨렸다. 떨려서 더욱 비굴했다.

"밀정회는 상해 주둔 헌병대 산하에 조직된 비밀조직이오."

"목적이 뭐냐?"

"조선 독립단체에 관한 정보를 수집하고, 나아가 조선 독립단체를 해체시키는 것이오."

양휘보가 총구에 다시 한 번 힘을 주자 겁에 질린 그는 더 많은 정보를 뱉어냈다. 그의 말은 허공을 더듬고 있었다. 드문드문 끊기기도 하고 듬성듬성 잘리기도 했다. 만주지역 독립군과 상해지역 독립군의 연결고리를 차단하고 분쇄하는 것도 목적이라는 말이 나왔다. 그것뿐이냐며 다시 윽박지르자 무라야마는 카이와 노인의 눈치를 살폈다. 그러면서 말을 더듬었다. 대동아공영을 위한 공작도 함께 하고 있다는 것이었다.

"대동아공영이라?"

"만주를 비롯해 아시아 대륙을……."

무라야마가 말을 마치기도 전에 카이와 노인이 분노한 음성을 쏟아냈다. 노인은 주먹까지 부르쥐었다. 양휘보는 이번에는 조직을 물었다. 조직이 어떻게 되느냐는 것이었다. 카이와 노인도 귀를 기울였다. 대동아공영이란 말에 관심을 갖게 된 것이었다.

"시라카와 대장이 회장이고, 상해파견군 헌병대의 유타 대좌, 아사히 중좌, 하루토 소좌가 관여하고 있소."

"시라카와라면? 죽음이 두려워 승용차 번호판을 수시로 갈아치운다는 그 시라카와 말이냐?"

물음에는 비아냥거림이 가득했다. 물음이 2할이라면 비아냥거림은 8할이었다. 그가 맞는다며 고개를 끄덕였다. 양휘보는 입가에 비릿한 웃음을 머금었다. 카이의 얼굴에도 비아냥거림이 번들거렸다. 비릿한 웃음과 비아냥거리는 얼굴은 무라야마에게 모멸이었다. 치욕이었다.

"조국을 위해 싸운다는 놈이 목숨을 그리도 아낀단 말이냐?"

무라야마는 이를 악물었다. 눈도 부릅떴다. 그러나 그가 할 수 있는 것은 아무것도 없었다. 시라카와를 위해 변명할 말도, 자신의 분노를 표출할 방법도 없었다. 삶과 죽음의 경계에 차갑고 묵직한 총구가 있기 때문이었다.

양휘보는 몸을 일으켜 카이와 노인에게 다시 한 번 고맙다는 말을 건넸다. 카이와 노인은 고맙다는 말은 당치도 않다며, 자신들도 조선인만큼이나 저들을 증오하고 있다며 이를 갈았다. 카이의 목소리는 분노로 가득 차 있었다. 노인의 표정도 울분으로 가득했다. 일제에 대한 분노와 울분에서는 조선인이나 중국인이나 다르지 않았다.

"내 이놈을 인류공영과 조선독립의 제물로 삼을 테니 어르신들께서는 제가 그랬다고 경찰에 말하십시오."

말을 마친 양휘보는 총을 들어 무라야마를 겨눴다. 무라야마는 뒤로 주춤 물러섰다. 얼굴에는 공포의 빛이 가득했다. 그 빛은 곧 비굴함으로 바뀌었다. 아니, 살고자 하는 간교함으로 바뀌었다.

"살려주시오, 목숨만은 살려주시오!"

양휘보는 그럴 마음이 없었다. 전혀 없었다. 그를 인류공영과 조국독립의 희생양으로 삼고자 했던 것이다. 표정은 얼음장처럼 싸늘하고 차갑기만 했다.

"잘 가라, 조국의 적."

순간 총성이 상해 뒷골목을 울렸다. 양휘보는 바람처럼 골목을 빠져나갔다.

***

"함께합시다! 우리도 밀정회에 대해 좀 더 알아보고 대책을 세우리다."

박헌영의 말에 양휘보는 그제야 회상에서 벗어났다. 과거의 상해에서 현실의 경성으로 돌아온 것이었다. 돌아온 경성의 현실은 복잡했다. 혼란스러웠다. 민주주의자, 사회주의자, 민족주의자, 공산주의자가 모두 하나같이 자신을 따르라는 것이었다. 현수막도 외침도 그런 것뿐이었다. 누가 진실로 조국과 민족을 위하는 것인지는 알 수가 없었다. 양휘보 자신조차도 혼란스러웠다. 그렇게 외치는 사람들이 다

동지였기 때문이었다. 그들 한 사람 한 사람을 놓고 보면 모두 옳았다. 그들이 걸어온 길 또한 옳았다. 자신과 같이 신산한 삶 속에서도 조국과 민족을 위해 애쓴 사람들이었다.

양휘보는 고개를 끄덕여 대답했고, 박헌영은 엷은 미소를 머금었다. 미소는 부드러웠고, 마음을 사로잡는 것이었다. 양휘보는 그의 미소에 미소로 답했다. 미소는 다른 어떤 것보다도 상대의 마음을 휘어잡는 힘이 있었다. 마음을 열게 하는 것이었다.

"해방은 되었으나 동지들은 사분오열되어 있소. 경계해야 할 일이오. 민족주의든 사회주의든 목적은 하나이지 않소?"

"맞습니다, 동지."

박헌영은 입을 꼭 다물고는 고개를 끄덕였다. 양휘보도 고개를 끄덕였다. 둘의 끄덕임 속에는 통하는 마음이 있었다. 박헌영이 주석 김구에 대해 물었다. 상해에서 환국을 준비하는 중이며 곧 환국할 것이라는 대답이 나왔다. 박헌영은 김구에 대해 조국의 큰 인물이어서 민중의 기대가 크다고 했다. 잘 모시라는 말도 덧붙였다. 양휘보는 말없이 고개만 끄덕였다. 두 손은 가지런히 모아 놓았다. 공손한 마음이 겉으로 드러났.

"헌데 양 동지는 어떻게 왔소?"

곁에서 보고만 있던 김삼룡이 물었다. 양휘보가 그를 돌아보며 대답했다.

"상해에서 배편으로 먼저 들어왔습니다. 주석님께서 거처하실 곳을 알아보기 위해서요."

거처는 마련했느냐고 이번에는 문갑송이 물었다. 다행히 주석님을 모시겠다는 뜻있는 인사를 만났다는 말과 함께 그 인사가 임시정부를 위해 기꺼이 건물을 내놓았다는 말을 양휘보가 건넸다. 박헌영이 다행이라며, 당연히 그래야 한다며 기뻐했다. 그건 조국과 민족을 위하는 마음이 살아있다는 것이라며, 그러니 더없이 기쁘다며 호탕하게 웃기까지 했다.

김삼룡이 그게 누구냐고 묻자 양휘보가 대답하기를 주저했다. 얼굴에는 난색이 드리워졌다. 대답하기 곤란한 모양이었다. 모두의 시선이 그에게로 모였다.

"누군가 그게?"

박헌영도 대답을 재촉했다. 궁금하다는 표정이었다. 양휘보가 어렵게 입을 열었다.

"광산업자인 최창학입니다. 이번에 그가 새로 지은 죽첨장을 내놓겠다고 약속했습니다."

"최창학?"

문갑송이 놀랍다는 듯이 소리쳤다. 놀람 속에는 의외라는 뜻과 더불어 말도 되지 않는다는 뜻이 함께 담겨 있었다. 일그러진 표정에는 노여움까지 가득했다. 그가 노여워하는 만큼 양휘보는 불안했다. 그놈은 친일한 놈이 아니냐며 윤순달이 이마를 찌푸렸다. 그의 이마가 찌푸려지고 일그러지는 만큼 양휘보의 얼굴에는 그림자가 드리워졌다. 짙게 드리워졌다. 무안해 하는 표정도 역력했다. 친일이라는 말이 불러내는 생채기는 그만큼 아프고 쓰린 것이었다. 주석님을 어찌 그런 자와 함께하게 하느냐고 문갑송의 불만 토로도 이어졌다. 불만은 그만의 것이 아니었다. 박헌영 일행 모두의 것이었다. 양휘보는 대답 대신 입술을 꼭 깨물었다. 아무리 처지가 어렵기로서니 어찌 친일한 놈의 건물에 주석님을 모시냐며 김삼룡이 고개를 가로저었다. 난처해진 양휘보는 할 말이 없었다. 변명하지도 못했다. 박헌영이 나섰다.

"동지들의 말이 맞소. 그건 단순히 주석의 일만이 아니요. 주석은 곧 대한민국 임시정부이지 않소. 재고해 보시오. 따로 모실 만한 곳이 있을 것이오."

박헌영도 단호한 말로 재고를 권유했다. 양휘보는 고개를 끄덕였다. 끄덕임 속에는 난감함이 가득했다. 맞는 말이기는 하지만, 그게 쉽지가 않았다. 그것도 겨우 얻은 것이었다. 대답은 그러마고 했다. 일단 난감함을 모면해 보고자 그리 한 것이었다.

"그러겠습니다. 하지만 쉽지는 않습니다."

말 뒤끝에 자신감이 없었다. 흘리는 말에 심란한 마음이 그대로 드러나 보였다. 박헌영의 한숨도 깊었다. 한숨에는 이해한다는 뜻이 담겨 있었다.

"아무튼 친일파 척결은 우리의 과제요. 새로운 시대를 위해서는 꼭 필요한 것이오. 작은 것 하나라도 소홀히 할 수 없소이다. 만약 저들과 함께한다면 명분이 없소. 수많은 동지들이 피 흘리며 싸운 이유가 무엇이오. 다 일제를 몰아내기 위한 것이 아니었소?"

대답하는 양휘보의 목소리에는 여전히 자신감이 없었다. 마땅한 건물을 얻기가 쉽지 않았던 것이다. 그도 그럴 것이 일제하에서 쓸 만한 건물을 가질 만큼 부를 축적한 사람치고 친일하지 않은 사람은 없었다. 그래야만 건물을 가질 수 있을 만큼 부를 축적할 수 있었다. 광산을 운영하거나 공장을 운영한다는 것이 일제하에서 그리 쉽지 않았다. 일제의 허락과 도움이 없이는 불가능했던 것이다. 그러니 그런 일을 하려면 일제를 따르지 않을 수 없었다. 부를 축적하는 것은 그야말로 친일에 또 친일을 해야 가능한 일이었다.

"그럼 또 봅시다. 우리는 갈 곳이 있어서."

양휘보는 짧게 대답했다. 긴 말은 또 다른 빌미가 될 것 같기 때문이었다. 박헌영의 서두르는 소리가 뒤를 따랐다.

"또 보세나!"

김삼룡과 문갑송, 윤순달도 작별의 말을 건넸다. 일행은 발걸음을 재촉했다. 계동에 있는 홍증식의 집으로 가기 위해서였다. 그들의 뒷모습을 바라보던 양휘보도 발길을 돌렸다. 발걸음이 무겁기만 했다.

3. 거래

명동은 화려했다. 마치 작은 상해를 보는 듯했다. 백화점과 호텔, 카페와 찻집, 술집으로 넘쳐났다. 전차가 거리를 누볐고, 바쁜 인력거가 그 사이를 숨 가쁘게 달렸다. 모던한 신사들은 청색 양복에 흰 중절모로 한껏 멋을 냈고, 요조숙녀들은 짧은 치마와 양산으로 사치를 부렸다.

 쥐색 중절모를 쓴 사내가 마담에게 요이치 씨를 찾는다며 그가 왔느냐고 물었다. 마담은 빨간 입술에 틀어 올린 머리를 하고 있었다. 도시풍의 여인이었다. 아직 오지 않았다고 그녀가 대답했다. 생긴 것과는 달리 입가에 헤픈 웃음을 지어 보였다. 그 헤픈 웃음으로 사내의 위아래를 훑어보았다. 눈빛이 야시시하기만 했다. 사내에게 끌리는 모양이었다. 오기는 하는 거냐고 사내가 확인이라도 하듯이 다시 물었다. 그녀의 호들갑스런 대답이 꼬리를 놓칠세라 이었다.

 "참새가 방앗간을 그냥 지나갈려고요."

 순간 다방 문이 덜컥 하고 열렸다. 둘의 고개가 동시에 돌려졌다. 그녀의 얼굴에 웃음꽃이 피었다. 확신이 증명되기라도 했다는 듯이 그녀는 의기양양한 목소리로 반갑게 사내를 맞았다.

"호랑이도 제 말 하면 온다더니만, 왔네요!"

그는 왜색 복장을 하고 있었다. 보기에 그다지 유쾌하지 않았다. 해방이 되었건만 아직도 왜색을 봐야 한다는 것이 그랬다. 무슨 일이냐고 그가 먼저 물었다. 말투에서조차 왜색이 짙게 묻어났다. 듣기에 불쾌한 소리였다.

"이 양반이 찾고 있어요, 요이치 씨."

찾고 있다는 말에 그는 경계하는 눈빛을 보였다. 흔들리는 눈빛에 불안과 더불어 얼마간의 두려움까지도 들어 있었다.

"황철경이라고 합니다. 뭘 좀 물어볼 것이 있어서."

요이치는 조심스레 다가왔다. 걸음걸이에도 경계의 빛이 가득했다.

"뭘 말이오?"

묻는 말도 다분히 공격적이었다. 자신의 불안과 두려움을 이기내기 위한 일종의 자기방어 수단이었다. 황철경은 일단 앉아서 천천히 이야기하자며 손을 들어 자리를 가리켰다. 그러고는 차를 시켰다. 마담은 헤픈 웃음으로 대답을 대신하고는 쪼르르 주방으로 달려갔다. 그녀의 현란한 치맛자락이 한 차례 요란을 떨었다. 눈이 다 어지러웠다.

요이치는 황철경을 따라 창가 자리로 갔다. 거리는 사람들로 북적였다. 전차가 거리를 누비고 그 사이로 인력거가 부지런히 달렸다. 바삐 걷는 사람들의 모습에서 활력이 느껴졌다. 해방된 공간의 활기참이었다. 보기에 좋았다.

일본으로 건너가지 않느냐고 황철경이 물었다. 요이치가 난감한 표정을 지어 보였다. 그만의 깊은 사연이 있는 듯했다. 그래야 하는데 여건이 영 좋지 않다며 그가 말꼬리를 흐렸다. 말꼬리를 흐리니 사연이 더욱 깊어 보였다. 황철경이 고개를 끄덕였다. 그는 알고 있는 모양이었다.

"제가 도울 일이라도 있으면 돕겠소."

선뜻 제안하는 말에는 믿음이 실려 있었다. 상대의 어려움을 건드려 유혹을 하는 말이기도 했다. 처음 보는 사내의 친절에 요이치는 더욱 경계의 날을 세웠다. 날카로운 그 날에 불안이 스며있었다. 그 날은 불안하게, 가늘게 떨렸다.

"그런 눈으로 보지 마시오. 그냥 돕겠다는 게 아니니까."

대가를 요구하겠다는 뜻이 들어있는 말에 그가 그제야 호기심을 보였다. 대가는 의심을 푸는 데 필요조건이었다. 거래이기 때문이었다. 거래는 주고받기다. 주고받기는 서로를 신뢰할 수 있을 때 성립된다. 그래야 요이치가 자신의 몫을 정당하게 챙길 수 있다. 황철경의 이런 태도가 요이치로 하여금 그를 신뢰하고 믿을 수 있게 했다. 호기심이 당기게 했던 것이다. 요이치가 조건이 무엇이냐고 묻자 황철경이 단도직입적으로 말을 꺼냈다. 그 말은 되물음이었다.

"밀정회라고 들어보셨소?"

칼날 같이 날카로운 말이었다. 상대를 한 칼에 베어버리고 말겠다는 것이었다. 요이치는 흠칫했다. 눈빛이 흔들렸다. 거래의 조건이 만만치 않음을 눈치 챘기 때문이었다. 당신에게는 해가 가지 않게 하겠으니 솔직히 아는 대로만 이야기해 달라는 말이 이어졌다. 요이치는 대답하는 대신 경찰이냐고 되물었다. 물음에 얼마간의 두려움도 묻어나 있었다. 경찰은 아니지만 당신 하나쯤 도울 만한 힘은 있다고 황철경이 대답했다. 조건만 충족시켜 준다면 그럴 것이라고 다시 한 번 강조했다. 황철경이 내보인 자신감에 요이치의 눈빛이 다시 흔들렸다. 거래의 균형추가 움직여 마음이 흔들리는 모양이었다. 주변을 둘러본 황철경이 조심스레 다시 입을 열었다.

"난 조선공산당 당원이오. 밀정회의 누가 들어왔는지를 알고 싶소. 또 그들이 들어온 이유도 알고 싶고."

조선공산당이라는 말에 요이치는 고개를 끄덕였다. 끄덕임 속에는 알 만하다는 뜻이 담겨져 있었다.

"조선공산당에서 밀정회는 왜?"

"그야 당연한 것 아니겠소. 밀정회가 어떤 조직이오. 그러니 조선인으로서 당연히 알고 있어야지."

요이치는 한숨을 몰아쉬었다. 한숨은 거래의 무게를 말해주고 있었다. 가볍지 않다는 것이었다. 그가 확실한 약속을 요구했다. 황철경이 선뜻 대답했다. 무엇이든 말만 하라는 것이었다. 요이치가 어렵게 말을 꺼냈다. 조선에 있는 재산을 처분하고 무사히 일본으로 돌아갈 수 있게 도와달라는 것이었다. 그의 넓은 이마가 창가를 비추는 햇살에 빛났다. 땀이 배어나고 있었다. 말은 조심스러웠고 진중했다. 거래에 대한 신중함 때문이었다.

"재산을 처분하고?"

황철경의 눈살이 찌푸려졌다. 생각지 못한 조건이라는 표정이었다. 요이치의 간절함이 배인 대답이 이어졌다. 황철경은 고개를 가로저었다. 표정도 어두워졌다. 조건의 까다로움 때문이었다. 그건 쉽지 않을 거라며, 일본인의 재산처분은 금지된 상태라며 말을 흐렸다. 금지 명령을 내세워 거래의 유리함을 선점하려는 것이었다. 그러자 이번에는 요이치가 몸이 달았다. 그가 더 적극적으로 나섰다. 경계의 눈빛도 풀렸다. 약속만 해주면 밀정회에 관한 모든 것을 말해 주겠다고 약속했다. 밀정회가 가지고 있는 정보도 파악해서 알려 주겠다고 약속했다. 요이치의 적극적인 태도에 황철경은 마지못한 듯 고개를 끄덕였다. 이제 전세는 역전되어 있었다. 황철경이 재산처분 등의 일을 돕겠다며 밀정회의 누가 들어왔는지, 또 무엇 때문에 들어왔는지를 파악해 달라고 요구했다. 그의 말이 끝나기가 무섭게 요이치의 요구가 이어졌다. 돕겠다는 것만으로는 안 된다는 것이었다. 확실하게 해결해 주겠다는 약속을 해 달라는 말이었다. 거래는 확신을 담보로 해야 한다는 것이었다. 요이치는 다시 한 번 확신을 갖게 해달라고 요구하고 있는 것이었다. 황철경의 입가에 웃음이 머금어졌다. 표정에는 자신만만함이 가득했다. 약속하겠다면서 이제 밀정회에 대해 아는 대로 말하라고 했다. 그의 요구에 요이치는 잠시 생각에 잠겼다. 망설이는 듯했다. 거래 성사를 위한 치밀한 계산이었다. 요이치는 다시 물었다. 당신이 알고 있는 밀정회는 어떤 것이냐는 것이었다. 이번에는 황철경이 생각에 잠겼다. 상대의 거래조건을 받아치기 위해서였다. 상해 시절을 떠올렸다. 그때 듣고 보았던 것들을 이야기했다. 듣고 난 요이치가 말했다.

"내가 아는 것도 그런 정도가 다요. 밀정회에 대해서는 얼핏 듣기만 했지 아는 게 별로 없소. 관심도 없었고."

허탈했다. 황당하기까지 했다. 첫 거래에서 보기 좋게 나가떨어졌다는 생각에 분한 마음이 치솟기까지 했다. 그러나 마음을 드러낼 수는 없었다. 그만이 밀정회의 고급정보를 알아낼 수 있는 통로이기 때문이었다. 참아야 했다. 요이치가 사흘 후에 보자고 했다. 그때까지 알아보겠다는 것이었다. 다소나마 위안이 되었다. 다음을 기약할 수 있기 때문이었다. 거래는 아직 끝난 것이 아니었다. 끝나야 끝나는 것이었다. 황철경이 좋다며 그때까지 일의 해결 방법을 마련하겠다고 약속했다. 그제야 뜨거운 차가 나왔다. 현란한 치맛자락이 요란스레 다가왔다. 수다스러움이 이어졌다.

"무슨 비밀스런 얘기를 그렇게들 하세요?"

마담은 황철경의 곁에 바짝 앉았다. 짙은 화장내가 코를 찔렀다. 세월을 거스르려는 짙음은 거북살스러웠다. 황철경이 뜬금없이 분위기가 어떠냐고 물었다. 마담이 고개를 쳐들었다. 무슨 말이냐고 되묻는 표정이었다.

"해방 후가 어떠냔 말이오."

3. 거래 51

그제야 마담은 호들갑스럽게 말을 늘어놓았다. 요이치 상이 듣기에는 어떨지 모르겠지만, 너무 좋다는 것이었다. 좋아도 너무 좋다는 것이었다.

"사람들 표정도 달라졌소, 솔직히."

요이치도 인정한다는 듯이 말하며 고개를 끄덕였다. 솔직히라는 말에는 씁쓰레함이 묻어났다. 빼앗긴 나라를 되찾았으니 당연한 일이라고 황철경이 맞장구를 쳤다. 그의 의도는 마담의 시선을 돌리는 것이었다. 요이치도 그런 것을 알고는 또 다시 맞장구를 쳤다. 명동은 도쿄와도 같다는 것이었다. 정말 친근한 곳이라고도 했다. 마담이 놀란 얼굴로 그러냐고 물었다. 기뻐하는 얼굴로 그 정도냐고 묻기까지 했다. 거듭 묻는 마담의 입술 놀림이 호들갑스러웠다. 요이치는 그렇다고 또 다시 대답했다. 거리며 건물이며 파란 하늘까지 어쩌면 그렇게 꼭 닮았는지 모르겠다며 너스레를 떨어댔다. 요이치의 너스레에 황철경은 눈길을 창밖으로 돌렸다. 새파란 하늘과 눈부신 햇살이 아름다운 오후였다. 유난히도 흰 옷이 많은 거리는 화려한 상해와는 또 달랐다. 무채색의 친근함이 마음을 끌었다. 해방된 조국이었다.

"다만 다른 것이 있다면 그건 기모노 차림을 볼 수 없다는 것이지."

요이치의 말 속에 아쉬움이 가득했다. 아쉬움은 가슴 속의 진심을 드러내는 것이기도 했다. 탐욕의 잔재였다. 제국주의의 탐욕이 아직도 마음속에 맴돌고 있었던 것이다. 그때 뒤편에서 누군가가 마담을 불렀다. 거기에만 있을 거냐며 불만 섞인 목소리로 오라고 재촉하기까지 했다. 마담은 싫지 않은 투정을 부리며 자리에서 일어섰다. 투정에는 미안하다는 몸짓과 양해를 바란다는 몸짓이 뒤섞여 있었다. 요이치의 입가에 미소가 어렸다. 일어서자는 황철경의 말에 요이치가 고개를 끄덕였다. 끄덕이며 사흘 후에 보자고 했다. 찻집을 나온 두 사람의 뒤로 마담의 배웅하는 소리가 요란하게 튀쳐나왔다.

"잘들 가요. 또 와요!"

"그럽시다!"

황철경은 종로 사거리 쪽으로 발걸음을 옮겼다. 요이치는 동대문 쪽으로 방향을 잡았다.

***

황철경과 요이치는 약속한 대로 사흘 후에 다시 만났다. 알아냈느냐고 황철경이 먼저 물었다. 그러자 가능하냐고 요이치가 대답 대신 자신의 일을 먼저 물었다. 황철경이 입가에 웃음을 머금었다. 동지들이 진행하고 있다면서 조만간 만나자고 할 것이라는 말을 입에 올렸다. 요이치가 고개를 끄덕였다. 그제야 좀 믿을 수 있겠다는 듯 안색이 풀어졌다. 바다를 건너는 것은 부산에 가서 하면 될 것이고, 거기에 가면 미국 군함이 있을 거라는 말이 이어졌다. 다음 달 중순에 나가사키로 가는 보급선이라는 것이었다. 요이치가 안도의 한숨을 내쉬었다. 자기도 그 얘기를 들었고 그걸 이용하고 싶었는데 잘되었다며 입가에 흡족한 미소까지 지어 보였다. 어두웠던 얼굴에 화색이 돌았다.

"밀정회는?"

황철경이 다시 물었다. 흡족한 대답을 들어서인지 요이치는 목소리까지 달라져 있었다. 그는 자신이 알아본 밀정회에 대한 이야기를 풀어놓기 시작했다.

"료코라고 묘령의 여인이 들어왔답니다."

"여인이요?"

의외라는 듯 황철경이 물었다. 요이치가 고개를 끄덕였다. 말이 이어졌다. 밀정회 부회장인 슌케이의 수양딸이라는 것이었다. 황철경이 슌케이에 대해 알은체를 했다. 상해에서 본 적도 있다고 했다. 그가 일본군 육군 중장이라는 것도 알고 있었다. 요이치가 그렇다며 맞장구를 쳤다. 그 슌케이의 수양딸이라는 것이었다. 요이치의 말에 황철경은 골똘히 생각에 잠겼다. 요이치의 말이 다시 이어졌다. 그녀는 후지쓰카의 제자이기도 하다는 것이었다. 후지쓰카는 학자이자 고서화 전문가라고 했다. 황철경이 호기심을 보이며 그게 누구냐고 물었다. 처음 듣는 이름이라는 것이었다. 요이치가 그럴 거라며 고개를 끄덕였다. 그는 순수한 학자라서 아는 사람이 별로 없다고 했다. 도쿄제국대학을 나왔고 경성제국대학에서 교수로 지내기도 했다는 것이었다. 더불어 청나라 고증학을 연구한 학자라고도 했다. 황철경의 눈이 반짝 빛을 발했다. 빛은 그의 말을 놓치지 않기 위한 것이었다.

"특히 조선의 추사에 대해 깊이 있게 연구했다고 합니다. 세한도라는 그림을 찾아내기도 하고 왕희지가 쓴 난정서의 임모본(臨摹本)을 봤다고도 하더군요."

난정서라는 말에 그가 놀라며 호기심을 보이자 요이치는 신이 난 듯 떠벌려댔다. 추사가 말년에 왕희지가 쓴 난정서를 임모한 작품이 있다는 것이었다. 그것을 상해에서 본 적이 있다고 했다는 것이었다.

"추사의 난정서 임모본이라?"

황철경의 입이 벌어졌다. 표정은 호기심을 넘어 있었다. 대단한 작품이라며 요이치가 치켜세웠다. 황철경이 알은체를 했다. 소전 손재형 선생이 얼마 전에 일본에서 세한도를 들여왔다는 얘기를 들었다는 것이었다. 요이치가 맞장구를 쳤다. 그때 그 세한도를 넘겨준 사람이 바로 후지쓰카라는 것이었다. 그의 말은 계속 이어졌다. 말은 말을 불러냈고, 의열단으로 이어졌다. 핍진한 삶이자 치열한 투쟁이었다.

"의열단 단원 박재혁이 고서화 수집가라는 부산경찰서장 하시모토를 폭사시키지 않았습니까. 고서화 상인으로 가장하여 접근해서 말입니다."

박재혁이라는 말에 황철경은 그를 떠올렸다. 만난 적은 없지만 불꽃 같은 그의 삶에 대한 이야기는 귀에 딱지가 앉도록 들었다. 그와 함께 목숨을 돌보지 않고 조국의 독립을 위해 싸웠던 의열단 동지들도 떠올렸다. 약산 김원봉과 김상옥, 김지섭, 나석주, 김익상 등. 참으로 눈물겨운 동지들이었다.

황철경은 그들을 차례로 떠올리면서도 흘리는 듯한 말로 그랬다고 대답했다. 요이치의 말이 이어졌다. 그 일로 인해 총독부에서 조선 고서화를 수집하는 활동에 대한 경계령을 내렸다는 것이었다. 쓸데없는

데 신경 쓰다가 일을 그르칠까 염려했다는 것이었다. 황철경은 처음 듣는 얘기라는 듯 그를 빤히 쳐다보았다. 학자들 외에는 누구도 조선의 고서화에 대해 드러내놓고 이야기하지 못했다고 요이치가 말을 이었다. 황철경의 눈이 반짝했다. 뭔가 깨달은 바가 담겨 있는 눈빛이었다.

"그래서 료코라는 여인을 슌케이가 수양딸로 삼은 게로군요."

바로 알아맞혔다며 요이치가 박수를 쳤다. 슌케이는 총독부의 경계령 탓에 고서화에 손을 못 대게 되자 후지쓰카의 제자인 료코를 수양딸로 삼았다는 것이었다. 그녀를 통해 조선의 수많은 고서화를 손에 넣기도 했다고 했다. 황철경은 "추사의 난정서 임모본이라……" 하고 다시 한 번 뇌까리며 창밖으로 시선을 돌렸다. 명동은 오늘도 활기찼다. 무채색의 거리에 간혹 화려한 빛깔도 번득였다. 해방이 실감 났다.

황철경은 추사의 역작이라는 난정서 임모본에 대해 더욱 궁금해졌다. 세한도를 추사의 최고 작품으로 알고 있었는데 그보다 더한 작품이 있었다니 호기심이 가지 않을 수 없었다. 요이치의 눈동자도 탐욕으로 물들어 있었다. 그가 홀리듯 말을 던졌다.

"아무튼 그런 료코가 밀정회의 일원으로 들어왔답니다."

"목적은 무엇이오?"

요이치가 머뭇거리다가 그것까지는 아직 파악하지 못했다며 말을 끊었다. 그러고는 깊이 생각에 잠겼다. 황철경이 재촉하자 그가 다시 말을 불러냈다. 말은 매우 조심스러웠다. 그들이 조선 내부의 정치에 깊이 관여하려는 것이 아닌가 한다는 말이었다. 황철경이 그게 무슨 말이냐고 되물었다. 표정이 어두웠다. 불길한 느낌의 표현이었다. 순순히 물러나지는 않겠다는 뜻이라고 요이치가 대답했다. 황철경이 짧게 신음을 흘려내고는 중얼거리듯 말을 이었다.

"그게 제국주의의 본성이지. 죽일 놈의 제국주의."

눈빛은 분노로 이글거렸다. 태워버릴 듯했다. 그토록 억압과 압제를 하고도 모자라 또 다시 넘보려 든다며 분노를 드러냈다. 요이치의 말은 수양딸 이야기로 이어졌다. 말이 딸이지 애인이 아니고 무엇이겠냐며 비아냥거렸다. 황철경의 입가로 야릇한 웃음이 번져나갔다. 고개도 끄덕여졌다.

"친일했던 인사들을 포섭해서 일본의 입김을 조선에 넣으려는 것일 겁니다."

요이치의 말에 황철경은 입술을 질끈 깨물었다. 얼굴에는 치욕의 그림자가 어른거렸다. 깨물린 입술과 치욕의 그림자가 복잡하고 미묘하게 얽혀 들었다. 같은 생각이라며 고개를 끄덕였다. 솔직히 말해주어 고맙다는 말도 함께 건넸다. 요이치가 손을 내저었다. 거래이지 않느냐는 것이었다. 그러면서 입가에 웃음을 지어 보였다. 웃음은 차가웠다. 장사치의 냉정한 웃음이었다. 거래에는 감정이 끼어들 틈이 없었다. 황철경도 고개를 끄덕였다. 자신도 최선을 다하겠다는 것이었다. 거래에 최선을 다하겠다는 약속이었다. 믿음을 실어주자 생각지 않은 품목이 하나 더 나왔다. 야쿠자에 대한 것이었다. 저들을 조심해야 한다는 말이었다. 황철경의 눈살이 찌푸려졌다. 저들은 단순한 폭력조직을 넘어 정치세력의 선발대가 되었다고 했다. 일본의 정치인들이 야쿠자를 끌어들여 수족으로 삼았다는 것이었다. 황철경의 표정이 눈살 찌푸림에서 놀람으로 바뀌었다. 멍한 표정으로 요이치를 쳐다보았다. 일본에서 패망으로 혼란한 시기를 틈타 폭력으로 정권을 잡으려 한다는 요이치의 말이 이어졌다. 그것은 분명 조선에도 영향을 미칠 것이라는 말이 덧붙여졌다. 황철경은 그제야 고개를 끄덕였다. 이해할 수 있다는 뜻이었다. 그럴 만하다는 말을 흘리듯 연거푸 내뱉기도 했다. 얼굴에는 착잡한 심경이 그대로 배어났다. 거듭 고맙다면서 요이치 씨의 일은 책임지고 해결해 주겠다고 약속했다. 거래에 신용이 더해졌다. 신용은 늘 거래의 성사를 좌우한다. 이번 거래는 그래서 괜찮은 거래가 될 듯싶었다. 요이치는 다른 정보도 얻는 대로 전하겠다는 말을 덧붙였다. 창밖으로 가랑비가 추적거리고 있었다. 겨울을 재촉하는 비였다. 요이치는 비가 내린다고 중얼거리고는 찻잔을 들었다. 중얼거림에 쓸쓸함이 묻어났다. 불안한 마음도 드러나 보였다. 마음먹은 대로 일이 잘 이루어지기를 간절히 염원하는 넋두리만 같았다. 황철경이 무슨 일이 있으면 마담을 통해 연락하라고 말했다. 그러면 이리로 달려오겠다는 것이었다. 요이치가 고개를 끄덕였다. 그는 찻잔을 내려놓고는 자리에서 일어섰다. 황철경도 따라 일어섰다. 명동의 한량 패거리와 노닥거리던 마담이 그제야 그 자리에서 일어나 다가왔다. 만날 때마다 무슨 이야기를 그렇게 비밀스럽게 하느냐며 호들갑을 떨었다. 자기는 근처에도 얼씬거리지 못하게 해놓고 그런다고 불만의 말을 던지기도 했다. 밉지 않은 불만의 말이 호들갑스러웠다. 자리를 함께해 주지 못한 것에 대한 미안함을 그렇게 표현했던 것이다.

그때 어떤 사내가 이리로 와보라고 마담을 불렀다. 중절모를 쓴 모던한 사내였다. 마담은 또 오라는 말로 작별인사를 하고는 그 사내에게로 종종걸음을 쳤다. 이날도 그녀의 현란한 치맛자락은 요란스럽기만 했다. 알았다는 황철경의 유쾌한 대답이 다방 문을 활짝 열어 젖혔다. 빗물이 차가웠다. 겨울이 성큼 다가와 있었다.

4. 혼돈

어둠이 내려앉은 골목길로 한 사내가 걸어가고 있었다. 손에는 두툼한 서류뭉치가 들려 있었다. 어둠은 짙었다. 새까맣게 짙었다.

'웬 놈들이 따라붙는 게야?'

사내는 힐끗 뒤를 돌아보았다. 흐린 가로등 불빛 아래로 사내들의 그림자가 환영처럼 흔들렸다. 종로에서부터 뒤따라온 그림자들이었다. 처음에는 같은 방향으로 가는 것으로만 알았다. 계동에 접어들어서야 그렇지 않음을 알았다. 사내들과의 거리는 점점 좁혀들고 있었다.

'어쩌나 보자!'

사내는 걸음을 빨리했다. 골목길을 휘돌았다. 불쾌한 그림자들의 속도도 빨라졌다. 사내는 예감이 좋지 않았다. 변두리로 접어들자 가로등도 없었다. 이번에는 달렸다. 갑자기 팽팽한 긴장감이 서렸다. 사내를 놓친 그림자들이 흩어졌다. 사내는 불행히도 막다른 골목으로 들어서고 말았다. 흐린 달빛 아래로 그림자들이 다시 모습을 드러냈다.

"도망을 치시겠다!"

말끝에 웃음기가 꼬리처럼 따라붙었다. 웃음은 비아냥거림이었다. 그래봐야 부처님 손바닥이라는 말도 질기게 눌어붙었다. 그림자들은 이죽거리며 다가왔다. 사내는 자신도 모르게 손바닥에 땀이 찼다. 서류뭉치가 미끈거렸다. 호흡을 가다듬은 사내가 위엄 있게 호통을 쳤다. 호통은 메아리가 되어 어둠 속으로 흩어졌다. 건들거리는 그림자들을 세우지는 못했다. 비웃기라도 하듯 그림자들은 더욱 심란하게 흔들렸다. 잔인한 웃음까지 날려냈다.

"일제의 앞잡이들이냐? 아니면 건준을 훼방하려는 놈들이냐?"

"여운형!"

한 사내가 여운형이라는 이름을 입에 올렸다. 건국준비위원회 위원장이었다. 이어 혀끝에 돋은 바늘 같은 말이 튀어나왔다. 공산주의에 맞서는 놈들을 매우 숭오한다는 말이있다. 여운형의 눈빛이 크게 흔들렸다. 공산주의자라는 말 때문이었다. 기억해두라는 말이 이어졌다. 자기는 공산주의자 김기한이라는 것이었다. 말을 마친 사내가 득달같이 달려들었다. 바람 같이 날랬다. 몽양 여운형의 입에서 짧은 신음소리가 터져 나왔다. 몸에서는 살집이 부딪는 둔탁한 소리도 들려왔다. 죽일 놈들이라며 몽양 여운형은 본능적으로 몸을 웅크렸다. 서류뭉치를 바짝 끌어안았다. 사내들의 손과 발이 어둠 속에서 난무했다. 난무하는 폭력은 신음소리를 연이어 불러냈다. 고통에 찬 신음소리였다.

이런 반혁명분자는 씨를 말려야 한다며 이를 가는 자도 있었다. 무자비한 폭력이었다. 마치 혁명은 폭력이라는 듯이.

버티던 몽양 여운형의 몸이 마침내 바닥으로 쓰러지고 말았다. 무자비한 폭행에 그만 견디지 못한 것이었다. 머리에서 피가 흘러내렸다.

"고로세(죽여라)!"

사내들은 쓰러진 몽양 여운형을 짓밟았다. 짧은 몽둥이로 두들겨 패기도 했다. 그의 입에서 비명이 쏟아져 나왔다. 그때였다. 웬 놈들이냐는 외침과 함께 다급한 발자국 소리가 골목을 울렸다. 비명을 듣고는 지나던 사람들이 달려온 것이었다. 사내들은 그만 가자는 말과 함께 손을 털고 자리를 떴다. 폭력이 어둠 속으로 스며들어갔다. 폭력이 사라진 반대쪽에서 사람들의 모습이 나타났다. 그들은 괜찮으냐며 쓰러진 몽양 여운형을 부축해 일으켰다. 몇몇은 주위를 둘러봤다. 폭력이 스며들었던 골목길 쪽이었다. 두리번거리며 훑기도 했다. 검은 어둠만이 음침하게 서 있었다. 아무런 흔적도 찾을 수 없었다. 내뺐다는 누군가의 말에 분노가 가득했다. 무자비한 폭력에 대한 분노였다. 몽양 여운형은 정신을 차리며 고맙다는 말과 함께 서류를 챙겼다. 한 사내가 피가 흐른다며 손으로 여운형의 머리를 닦았다. 그제야 여운형은 주머니에서 손수건을 꺼냈다. 쓰라림과 함께 불쾌한 느낌이 전해져 왔다. 피비린내도 느껴졌다. 여운형은 괜찮다며 손을 내저었다. 이 정도야 늘 각오하고 사는 몸이라는 말도 덧붙였다. 목소리에는 체념과 함께 다부진 의지가 담겨 있었다. 굳게 다문 입술에서도 그의 의지를 읽어낼 수 있었다.

"몽양 선생님 아니십니까?"

흐린 달빛 아래에서도 누군가가 그를 알아보았다. 다른 사내들도 일제히 놀란 소리를 뱉어냈다. 몽양 여운형은 손을 내저었다. 괜찮다는 것이었다. 어쩌다가 이런 일을 당했느냐며 사내들이 혀를 찼다. 긴장이 풀린 탓인지 몽양 여운형은 그제야 통증이 느껴졌다. 건준을 입에 올리려다 가슴을 움켜쥐고 말았다. 고통스런 신음도 내뱉었다. 사내들이 놀라 달려들었다. 갈비뼈가 부러진 듯하다며 고통스러워했다. 끊어진 말들이 간신히 토막져 나왔다. 토막진 말들은 고통으로 일그러져 있었다. 사내들은 당황했다. 그를 들쳐 업고 병원으로 향했다. 몽양 여운형은 이를 악물었다. 악문 이 사이로 연이어 신음소리가 비어져 나왔다. 밀려드는 고통은 어쩔 수가 없었다.

병원에 도착한 몽양 여운형은 응급처치를 받고는 병실에 누웠다. 그야말로 악몽 같은 시간이었다. 설마 했는네 그 실마가 징말 사람을 잡았다.

"전에도 그런 적은 있었소만 이번처럼 달려들지는 않았지."

말하는 그의 표정이 일그러져 있었다. 고통이 그렇게 만든 것이었다.

"어떤 놈들인지 아시오?"

분노에 찬 누군가의 목소리가 병실을 울렸다. 건준 부위원장 허헌이었다. 몽양 여운형이 테러를 당했다는 소식을 듣고는 몇몇 동지들과

4. 혼돈

함께 한달음에 달려온 것이었다. 얼핏 듣기로 테러범이 김기한이라고 했다는 말과 함께 그자는 공산주의자라는 말이 나왔다. 허헌이 놀라 입을 벌리고는 다물지 못했다. 눈살도 찌푸렸다. 제 놈이 진짜 공산주의자라면 제 입으로 그리 불었겠느냐고 이강국이 나섰다. 건준 조직장이었다. 그의 표정에도 분노가 넘실거렸다. 몽양 여운형이 그 말이 맞을 거라며 맞장구를 쳤다. 자기도 그리 본다는 것이었다. 공산주의자 운운한 것은 아마도 자기와 박헌영을 갈라놓기 위해 흘린 말일 거라고 덧붙였다. 이강국이 고개를 끄덕였다.
"박 동지 이야기가 나왔으니 말인데, 우리 건준이 함께해야 할 인물이 아닌가 하오."
허헌의 말에 몽양 여운형이 손을 들었다. 같은 뜻이라는 표현이었다. 박헌영의 조직력이야말로 건준에 필요한 것이라는 말도 함께 했다. 건준의 실정으로는 그럴 수밖에 없다며 허헌도 동조했다. 건준이 전국적인 조직으로 확대하기 위해서는 저들을 기반으로 할 수밖에 없다는 것이었다. 그러자 여운형이 조만간 박헌영을 만나볼 생각이라는 뜻을 피력했다. 잘 생각했다며 허헌은 찬성을 표했다. 이강국도 긍정적인 반응을 보였다.
"아무튼 이만하길 다행이오."
허헌이 안타까운 눈길을 보내며 위로의 말을 건넸다. 삼광연탄 노동자들이 마침 지나갔기에 망정이지 그렇지 않았으면 정말 큰일 날 뻔했다며 몽양 여운형이 다시 한숨을 지었다. 끔찍하다는 듯 머리까지 흔들었다. 하늘이 몽양을 도왔다고 이강국이 맞장구를 치자 그가 다시 고개를 좌우로 흔들며 혼잣말처럼 중얼거렸다.

"그자들이 왜놈 말을 내뱉은 것이 아무래도……."

말을 마치기도 전에 허헌이 눈살을 찌푸리며 다시 나섰다. 시류에 편승하려는 극우 놈들일 가능성이 매우 높다는 것이었다. 놈들이 아직 철수하지 못한 일본인인 척하며 그런 짓을 저질렀을 거라는 얘기였다. 놈들은 예전부터 몽양을 그리 탐탁지 않게 보고 있었다며 허헌은 울분을 토해냈다. 이강국도 찬동을 했다. 놈들이라고 그는 아예 단정적으로 말했다.

"앞으로 조심해야 할 것이오. 놈들이 또 언제 그럴지 모르니."

허헌과 이강국은 몽양 여운형의 안위를 진심으로 걱정했다. 그러나 몽양 여운형의 걱정은 자신의 안위에 있지 않았다. 건준에 있었다. 여운형이 몸을 추스르는 동안 안재홍을 비롯한 민족주의자들이 대거 건준을 이탈했다. 원인은 장덕수에게 있었다. 그가 건준에 침여하기를 거부했던 것이다. 이유는 좌익에 대한 불만이었다. 더구나 박헌영까지 영입한다는 말에 노골적으로 불만을 표출하기까지 했다. 결국 건준에는 좌익계열만 남게 되었고, 경성여고보 강당에서 전국인민대표자회의가 개최되었다.

"동지들, 어서 들어가 자리를 채우시오!"

수염이 덥수룩한 사내가 노동자들을 재촉하는 데 여념이 없었다. 사내는 목이 터져라 연신 외쳐댔다. 그것도 모자랐던지 손짓, 발짓까지 해댔다. 우리 인민이 마땅히 함께해야 할 자리라는 것이었다. 인민이란 말에 환호성이 터져 나왔다. 사람들은 사내의 열정에 마음을 열었다. 한마음이 되었던 것이다.

사람들은 좁은 문을 통해 꾸역꾸역 밀려들어갔다. 그야말로 구름 같은 군중이었다. 그렇다고 혼란하지는 않았다. 질서정연했다. 박헌영 동지가 왔다며 사람들은 들떠 있었다. 이제야 뭔가 제대로 돌아가는 것 같다는 소리도 들렸다. 몽양 선생과 박헌영 동지가 함께한다면 그야말로 금상첨화라는 말도 있었다. 노동자들의 목소리는 설렘으로 가득했다. 크게 기대하고 있음에 틀림없었다. 폭압과 압제의 시대를 벗어나 새로운 시대에 대한 희망으로 가득 부풀어 올랐다.

이천문이 군중을 가리키며 어떠냐고 물었다. 양휘보는 고무된 목소리로 이 정도일 줄은 몰랐다면서 생각 밖이라고 연신 감탄사를 내뱉었다. 우리 민족의 열망이라며 그동안 이런 날이 오기를 얼마나 애타게 기다렸느냐고 이천문이 맞받았다. 원치 않았던 타국생활의 서러움까지 떠올리고는 말을 다 잇지 못했다. 그 서러움에는 잊지 못할 고통과 아픔이 혼재되어 있었다.

"김구 주석께서도 우리 책임비서 동지, 몽양 선생과 함께 새로운 시대를 열어가면 좋을 텐데."

이천문의 바람은 희망사항일 뿐이었다. 그 희망사항이 현실이 되기까지는 멀고도 험난한 길을 가야 할 것이었다. 당장 그의 곁에서 그것을 뭉개는 말이 튀어나왔다.

"그게 가능할까?"

묻는 형식이지만 답은 이미 강한 부정이었다. 찬물을 끼얹는 말이었다. 곁에 있던 김삼룡이 던진 말이었다. 그는 표정까지 매우 부정적이었다. 경멸에 찬 눈빛까지 던지고 있었다. 어렵다는 말이냐고 양휘보가 물었다. 말에는 간절함이 담겨 있었다. 어떻게든 희망의 끈을 놓지는 않겠다는 뜻이었다. 그러나 당연히 가능하지 않다고 여지를 남기지 않는 차가운 대답이 이어졌다. 어째서 그러냐면서 다 같이 독립을 위해 애쓰신 분들인데 그렇기야 하겠느냐고 이천문이 다시 물었다. 김삼룡은 답답하다는 듯 손을 들어 자신의 머리를 가리켰다. 그리고는 검지로 머리를 콕콕 찔러댔다.

"이게 다르니까 안 되는 거야, 이게."

"이거라니요?"

여전한 의아함을 앞에 두고 김삼룡은 머리를 절레절레 흔들었다. 그러고는 생각이 다르다고 거듭거듭 강조했다. 사신들은 공산주의자라는 것이었다. 김구 주석은 민족주의자이고 몽양 선생은 사회주의 계열이긴 하지만 자신들과는 생각이 많이 다르다고 목소리에 힘을 주어 말했다. 양휘보는 고개를 끄덕였다. 이천문도 그제야 탄식을 터뜨렸다. 탄식은 깊었다. 깊어서 우울했다.

"허면 오늘 모임도?"

양휘보의 물음에 김삼룡이 신중히 입을 열었다. 어쩌면 요식행위일 수도 있다는 것이었다. 겉으로는 통합이지만 속으로는 각자 생각이 다르다는 것이었다. 김삼룡의 말에 양휘보는 낙담했다. 표정이 어두워졌다. 절망이었다. 절망은 곧 몸부림 같은 항변으로 이어졌다. 그래서야 되겠느냐는 것이었다. 통합이라면 진정으로 하나가 되어야 한다는 말이었다. 양휘보는 원칙을 말했다. 그러나 원칙은 현실과는 다른 경우가 많다. 그런 면에서 양휘보는 아직 순수한 편이었다. 김삼룡이 대답했다. 그래야 하지만 현실은 그렇지를 못하다고. 이제 김구 주석이 들어오면 양휘보도 깨닫게 될 것이라고 그는 말했다. 지금이야 구경하는 입장이지 않느냐는 말도 덧붙였다. 현실주의자인 그도 양휘보가 말한 원칙에 일단 동의를 표했지만, 그 동의는 말 그대로 일단일 뿐이었다. 이어진 말이 바로 그 동의를 깨뜨렸다. 산산이 깨뜨렸다.

"경쟁자가 또 하나 느는 셈이지."

인파 속으로 스며들며 김삼룡이 남긴 말이 양휘보를 한 번 더 어지럽게 했다. 앞으로 험난한 일들이 있을 것 같았다. 예감이 좋지 않았다. 하긴 그렇겠다며 이천문도 혼잣말로 중얼거렸다. 중얼거림 속에는 김삼룡의 말에 동의한다는 뜻이 담겨 있었다. 양휘보는 무언가 크게 잘못되어가고 있음을 느꼈다.

'이래서는 안 되는데.'

문득 지난날이 떠올랐다. 신흥무관학교 시절이었다.

5. 신흥무관학교

"놈들은 우리를 잡기 위해서 이보다 더한 훈련도 견뎌낸 놈들이다. 뛰어라!"

 교관 이장녕은 웃통을 벗은 채 맨 앞에서 달렸다. 구릿빛 피부는 탄탄했고, 날갯죽지의 근육은 거칠게 꿈틀거렸다. 살아있는 야수의 것이었다. 그는 숨소리도 가파르게 대열을 이끌었다. 양휘보는 그런 이장녕이 늘 존경스러웠다. 자신이 신흥무관학교 생도라는 것노 사랑스러웠다. 한없이 자랑스러웠다. 이장녕은 조금만 더 견디라며 독려했다. 숨이 턱에까지 차올랐다. 입에서는 단내도 났다. 곁에서 뛰고 있는 동료들의 거친 숨소리가 모두가 살아있는 생명체임을 실감케 했다.

"우리는 자랑스러운 신흥무관학교 생도들이다. 나가자. 싸우자!"

 누군가 노래를 부르기 시작했다. 우렁찬 노래 소리가 수수밭을 울렸다. 수숫대가 파르르 떨었다. 가을 햇살에 익어가는 붉은 수수들 사이로 먼지가 뽀얗게 일었다. 이백여 명의 신흥무관학교 생도들은 삼십리 길을 맨발로 달렸다.

"독립은 우리의 삶, 조국은 우리의 생명. 나의 사명은 독립이요, 나의 사랑은 조국이다."

생도들은 유하현 흙길을 달렸다. 흙길을 달리고 난 후에는 먼지 나는 연병장에서 훈련에 몰입했다. 그들의 앞에는 늘 이장녕과 김경천, 이극 같은 유능한 교관들이 있었다. 교관들은 때로는 백두산 호랑이와도 같이 두려운 존재로, 때로는 큰형님과도 같이 따뜻한 존재로 생도들과 늘 함께했다.

"왜놈들을 때려잡는 것은 우리의 운명이다. 사람을 죽이는 것이 아니다. 왜놈을 죽이는 것이다. 왜놈은 원수다. 두려워 마라."

이장녕은 손수 총칼을 들어 시범을 보였다. 그의 열정은 생도들에게 귀감이 되었다. 늘 앞장섰다. 뒤에서 명령을 내리는 법이 없었다. 때문에 생도들은 그의 말이라면 화약을 짊어지고도 불 속으로 뛰어들 준비가 되어 있었다. 수많은 애국청년들이 신흥무관학교로 몰려든 이유이기도 했다.

흙바람 이는 연병장에서 격술과 유술 훈련을 막 마치고 났을 때였다. 교관 이장녕이 양휘보를 불렀다. 그가 부리나케 뛰어 갔다. 교장실에서 찾는다며 가보라고 했다. 교장실이란 말에 양휘보는 어리둥절했다. 이장녕의 입가에 미소가 피어올랐다. 온화한 미소였다.

"좋은 일이야. 백야 장군께서 오셨다."

백야라는 말에 양휘보는 눈이 휘둥그레졌다. 이름만 들었던 존경하는 분이기 때문이었다. 북로군정서의 그 백야장군이 맞느냐고 믿기지 않는다는 듯 물었다. 이장녕이 그 백야장군이 맞는다며 미소를 지어 보였다. 양휘보는 여전히 믿기지 않는다는 표정으로 다시 물었다. 백야 장군께서 왜 자신을 찾느냐는 것이었다. 교관 이장녕이 가보면 안다며 뛰어 가라고 했다. 명령이었다. 명령에 양휘보는 옷자락을 휘날렸다. 누런 황토바람이 양휘보를 집어삼켰다. 바람 사이로 하늘이 언뜻언뜻 푸르게 비쳤다. 푸르게 비쳐서 유쾌했다.

숨을 고르고 교장실로 들어가자 교장 이시영과 이회영, 그리고 낯선 사내가 앉아 있었다. 백야 김좌진이었다. 그는 어서 오라는 말로 양휘보를 반겼다. 묵직한 콧날 아래 팔자수염이 무척이나 강인한 모습이었다. 상상했던 모습 그대로였다. 들어서 알고 있을 것이라며 교장 이시영이 백야 김좌진을 소개했다. 영광이라며 양휘보는 부동자세로 선 채 경례를 올려붙였다. 백야 김좌진도 자리에서 일어나 경례를 받았다. 그가 다가가 양휘보의 두 손을 맞잡았다. 그는 수고가 낳나며 동시로서 예우해주었다. 따뜻했다. 더 없이 자애로운 기운이 손으로 전해져 왔다. 동포의 체온이자 동지의 기운이었다.

"동지들의 피와 땀이 조국 독립의 밑거름이 될 것이오. 그 피와 땀 한 방울 한 방울이 모두 소중한 것이오."

말은 무거웠다. 무거워서 진지했다. 진지함은 열정이고 패기였다. 양휘보의 가슴이 뛰었다. 터질 듯했다. 명심하겠다고 짧게 대답했다. 대답은 짧았지만 의미는 깊었다. 가슴 깊이 아로새겨 넣겠다는 것이었다.

"듣기로 위창 선생의 제자라고?"

"그렇습니다."

역시 짧았다. 양휘보는 그래야만 한다고 생각했다. 그만큼 백야 김좌진은 그에게 무거운 존재였다. 백야 김좌진은 고개를 끄덕였다. 입가에 미소가 흘렀다. 온화하고 길게 흘렀다. 백야 김좌진이 위창 오세창의 안부를 물었다. 경성에서 떠나온 후로는 소식을 듣지 못했다고 양휘보가 대답했다. 궁금하다며 백야 김좌진이 아쉬워했다. 좋은 분이라며 아쉬움을 덧붙였다. 이시영이 손을 들어 자리에 앉기를 권했다. 그제야 백야 김좌진은 자리로 돌아갔고, 양휘보는 맞은편에 앉았다. 교장 이시영이 신흥무관학교 생도 중에서 가장 믿을 만하기에 불렀다고 말을 꺼냈다. 그의 말에 양휘보는 긴장이 되었다. 무슨 일일까? 궁금하기도 했다. 무릎 위에 얹어놓은 손에 저절로 힘이 들어갔다. 땀이 찼다.

"상해에서 밀정회라는 것이 이번에 조직되었다고 하네. 김구 경무국장으로부터 연락이 왔네."

상해라는 말에 양휘보는 가슴이 뛰었다. 언젠가는 한번 꼭 가보고 싶은 곳이기 때문이었다.

"자네가 가서 밀정회의 실체를 알아봐 주게. 임시정부 요인들은 얼굴이 알려져 있어서 활동하기에 어려운 점이 있다고 하네. 상황이 그러하니 우리가 손을 놓고 있을 수는 없지 않은가?"

백야 김좌진의 말에 양휘보는 생각할 겨를도 없이 대답부터 하고 말았다. 기꺼이 가겠다는 것이었다. 그의 대답에 교장 이시영과 이회영의 얼굴이 밝아졌다. 입가에는 환한 미소가 피어올랐다. 이시영은 고맙다는 말까지 건넸다. 양휘보가 당연한 일이라며 손을 내저었다. 오히려 그런 막중한 임무를 맡겨주셔서 감사할 따름이라고 했다. 백야 김좌진은 미소를 머금은 얼굴로 고개를 끄덕여 보이고는 품 안에서 무언가를 꺼냈다. 시선이 그에게로 모였다.

"쓰게!"

"뭔가?"

이회영이 물었다.

"중광단 가입원입니다."

"중광단 가입원?"

이회영이 너털웃음을 터뜨렸다. 웃음 속에는 유쾌함이 가득했다. 우리 사람을 빼가겠다는 것이냐고 이시영은 농담까지 던졌다. 농담 속에도 유쾌함의 뿌리가 깊게 박혀 있었다. 결국 단군의 자손은 다 같은 동지들 아니냐며 백야 김좌진이 너털웃음을 흘렸다. 웃음은 맑았다. 하긴 그렇다며 이회영도 미소를 던졌다. 미소는 깨끗했다. 중광단은 단군을 모시는 결사체라고, 조국을 되찾는 우리에게 큰 정신적 힘이 되어주고 있다고 백야 김좌진이 말했다. 그 말에 양휘보가 자기도 알고 있다고, 관심이 많던 참이라고 맞받았다. 상해로 가는 동안 많은 도움을 얻을 수 있을 것이라며 중광단 단원들이 북경, 천진 등에 많이 파견

되어 있다는 백야 김좌진의 말이 이어졌다. 더불어 급하면 이걸 내보이라며 목걸이를 건넸다. 작은 곰이 새겨진 일종의 신표였다. 그것은 민족의 어머니인 웅녀였다. 중광단의 표식이었다. 나무의 감촉이 매끄러웠다. 양휘보는 소중히 목에 걸었다. 책임감이 일었다. 가슴 깊은 곳으로부터 무언가 해야 함을 느꼈다. 그것은 옥죄어 오는 강력한 힘과 같았다. 지금까지 느껴보지 못한 새로운 힘이었다. 의지였다. 백야 김좌진이 부탁을 흔쾌히 받아주어 고맙다는 말을 건넸다. 양휘보가 급히 손을 내저었다. 이런 막중한 임무를 맡겨주어 오히려 감사할 따름이라는 것이었다. 양휘보의 말에 이회영도 한마디 거들었다. 조국을 위한 일인데 당연히 받들어야 한다는 것이었다. 당연하다는 말에 이시영은 형 이회영을 바라보며 생각했다. '형은 내게 아버지이자 스승이고 동지였다.' 그런 형이 말했다. "우리 가문은 대대로 나라의 녹을 먹으며 영광을 함께해 왔다. 강토가 이리 눈물로 젖은 데는 삼한갑족인 우리 가문의 잘못이 크다. 그에 대한 응당한 책임이 따라야 한다. 이제 몸을 던져 선조의 이름과 영광을 화려하게 장식할 때다. 때를 얻었으니 몸을 일으키고, 가문을 일으키고, 나라를 일으키고, 동포를 일으키자. 일으켜서 하해와 같은 나라와 동포의 은혜에 보답하자. 그게 내가 배우고 깨우친 것이다. 배우고 깨우친 것은 실행에 옮겨야 한다. 그래야 진정으로 배운 것이 된다. 우리는 모든 것을 던져 이 눈물 젖은 강토를 구하는 일에 나서자. 재산은 물론 목숨까지도 내어놓자. 그리 해도 만 분지 일에도 미치지 못한다. 너도 언제든 목숨을 내어놓을 각오를 해라. 그런 각오로 독립 투쟁에 뛰어들어야 한다." 형의 말은 준엄했다. 무거웠다. 거역할 수 없는 무게로 어깨를 짓눌렀다. 그러나 아름다운 말이었다. 잘 다듬어진 금석과도 같았다. 결이 고왔다. 윤기가 흘렀다. 나는 그런 아름다운 말을 내어놓는 형이 늘 자랑스러웠다. 존경했다. 형의 말을 금과옥조로 여기며 가슴 깊이 새겨 넣었다. 아로새겨 넣었다. 생각에서 벗어난 이시영은 묵묵히 고개를 끄덕였다.

신흥무관학교는 우리 민족의 등불이라고 백야 김좌진이 치켜세웠다. 이런 훌륭한 인재들을 길러내니 대단하다고도 했다. 그러자 이회영이 나서서 비장한 각오를 밝혔다. 이제 시작이라는 것이었다. 두고 보라고도 했다. 다시 압록강을 건널 것이라는 말도 이어졌다. 눈보라를 헤치고 건너 왔듯이 그렇게 다시 건너 갈 것이라는 말이었다. 이회영의 말에 백야 김좌진이 진공작전을 말하는 것이냐고 물었다. 묻는 말은 무거웠다. 천근만근 무거웠다. 무거움에 이시영의 고개가 묵직하게 끄덕여졌다. 당연한 일 아니냐는 것이었다. 농량을 기르는 이유가 따로 있는 것은 아니지 않느냐는 말이었다. 백야 김좌진도 그래야 한다며 맞장구를 쳤다. 그의 말 역시 무거웠다. 무거움은 동일했다. 동일했기에 삶의 목표도 같았다. 같음은 늘 함께하는 것이었다. 바라보는 곳도 같았고, 느끼는 뿌리도 같았으며, 숨 쉬는 목적도 같았다. 분노도 울분도 같았고, 미소도 웃음도 같았다. 모두가 같았다. 오직 독립(獨立) 두 글자, 그것을 위한 일 말고는 아무것도 없었다. 백야 김좌진이 잠시 머뭇거렸다가는 조심스레 입을 열었다. 북로군정서에 사람이 필요하다는 것이었다. 도와달라는 말이 뒤따랐다. 부탁은 정중했다. 군대는 조직했으나 그들을 지도할 교관이 부족하다는 말이었다. 기다렸다는 듯이 이시영이 나섰다. 그런 일이라면 걱정하지 말라고 했다. 신흥무관학교 교관 중에 쓸 만한 사람이 꽤 있다는 것이었다. 기꺼이 보내준다고도 했다. 흔쾌한 대답에 백야 김좌진은 그제야 얼굴을 폈다. 환한 미소가 얼굴 가득 피어올랐다.

"감사합니다. 군대를 조직하고도 고심이 많았습니다. 어떻게 혼자 이끌어갈지 막막하기만 했는데……."

그가 말을 마치기도 전에 우당 이회영이 나섰다.

"서로 도와야지. 그게 동지 아니겠소. 독립의 길이고."

말은 당연했다. 마땅히 그래야 했다. 그건 동지애이기도 했다. 이회영의 말 속에 동지애가 가득했다. 맞는 말이라며 백야 김좌진도 유쾌하게 웃음을 터뜨렸다. 유쾌한 웃음이 유하현의 하늘로 울려 퍼졌다. 푸른 하늘로 울려 퍼졌다. 백야 김좌진과 우당 이회영, 신흥무관학교 교장 이시영의 웃음으로 푸른 하늘이 가득 찼다.

6. 봉천역

상해로 갈 준비를 마친 양휘보는 북경행 열차에 올랐다. 열차는 아스라이 펼쳐진 들판을 끝없이 달렸다. 창밖으로는 가을비가 추적거리며 내리고 있었다.

'저자가 누굴까?'

양휘보는 뒤에서 힐끔거리는 사내가 의심스러웠다. 자신을 감시하고 있는 듯했다. 녹두색 체크무늬 모자를 깊숙이 눌러 쓴 사내였다. 차양 아래로 숨겨진 그의 눈빛이 매의 그것인양 날카로웠다. 뱀의 것처럼 음흉하고 차갑기도 했다. 유쾌한 눈빛은 아니었다. 오랜 훈련으로 쌓은 본능이 촉을 자극했던 것이다. 그 촉은 늘 적중했다. 빗나간 적이 없었다. 오늘도 그 촉이 빗나갈 리 없다고 생각한 양휘보는 자리에서 일어섰다.

'나가보자.'

양휘보는 뒤 칸으로 걸음을 옮겼다. 사내를 떠보기 위함이었다. 아니나 다를까 사내가 뒤따랐다.

'틀림없군!'

열차 안은 복잡했다. 사람들로 발 디딜 틈도 없었다. 북경행 열차는 늘 그랬다. 양휘보는 사람들을 비집고 밖으로 향했다. 좀 가자며 일부러 큰 소리로 사람들의 주의를 끌었다. 여기저기에서 불만의 소리가 터져 나왔다. 밀치지 말라는 소리와 더불어 복잡한데 왜 움직이느냐는 소리가 연이어 터져 나왔다. 말끝에 혀를 차는 소리도 들렸다. 불만이 가득한 소리들이었다. 소리들은 어지러웠다.

"두이부치, 두이부치."

미안하다는 말로 연신 맞받아치며 양휘보는 한 걸음씩 밖으로 발길을 옮겼다. 눈은 뒤쪽의 사내에게서 떼지 않았다. 양휘보가 객실 밖으로 나서자 당황한 사내가 소리를 질렀다. 거기에 잠깐 서라는 것이었다. 억양이 일본인이었다. 역시나 직감이 맞았다. 당황한 사내는 조센진 서라고 연이어 소리쳤다. 사람들이 웅성거렸다. 시선이 한 데로 모아졌다. 양휘보는 서둘러 뒤 칸으로 향했다. 거기도 마찬가지였다. 비집고 들어가기에는 무리였다. 멀리 봉천역이 눈에 들어왔다. 내리기로 했다. 양휘보는 승객을 비집고 뒤 칸으로 발을 들여놓았다. 또 다시 질그릇 깨지는 소리가 쏟아져 나왔다. 불쾌해 하는 소리들이었다. 양휘보는 거듭 두이부치를 내뱉었다. 등에서 식은땀이 흘러내렸다. 늦더위 때문만은 아니었다. 불쾌한 쉰내가 코를 자극했다.

열차가 급격히 속도를 늦췄다. 귀를 찢는 쇳소리가 이를 악물게 했다. 덜컹거리며 열차가 크게 흔들리고는 멈춰 섰다. 양휘보는 서둘러 내렸다. 급히 플랫폼을 빠져나갔다. 뒤를 돌아보았다. 사내의 모습이 보이질 않았다.

'이상한데.'

양휘보는 걸음을 재촉했다. 사람들로 역은 아수라장이었다. 웃고 떠드는 소리가 마치 싸우는 듯도 했다. 사람들 속에 사내는 보이지 않았다.

"조센진!"

조센진이란 소리가 날카롭게 귀를 파고들며 앞을 가로막았다. 혀끝에 날을 세워 내뱉은 말이었다. 말은 칼날과도 같이 날카로웠다. 양휘보는 흠칫했다. 뒷걸음질도 쳤다. 수많은 사람들이 곁을 스쳐 지나가고 있었다. 알아들을 수 없는 말들이 이명처럼 귀에 울렸다. 양휘보는 태연한 척하며 무슨 일이냐고 물었다. 담담한 목소리였다. 그러자 이죽거리는 말이 뒤따랐다. 왜 그렇게 줄행랑을 치느냐고 비아냥거리는 말이었다. 줄행랑이라는 말에 양휘보는 피식 웃음을 터뜨렸다. 웃음에서 얼마간의 여유로움도 엿보였다. 누가 줄행랑을 쳤느냐고 맞받아쳤다. 사내는 가는 눈을 길게 찢었다. 눈 거죽 속에 독사의 눈빛이 들어 있었다. 매서웠다. 만만치가 않았다. 열차 안에서부터 도망치지 않았느냐며, 불러도 대답을 안 하지 않았느냐며 거듭 다그쳤다. 그게 날 부른 소리였느냐는 대답이 이어졌다. 몰랐다는 말도 뒤따랐다. 다른 사람을 부르는 줄 알았다는 변명도 덧붙였다. 사내가 보기에는 태도가 뻔뻔했다. 뻔뻔함은 여유로움의 극치였다. 사내는 얼굴을 붉혔다. 스스로 분노를 드러내는 얼굴 붉힘이었다. 열차 안에 너 말고 조센진이 누가 있느냐는 말이 이어졌다. 목소리가 높아졌다. 사내는 이까지 갈았다. 양휘보는 더욱 여유를 부렸다.

"그 많은 사람 중에 조선인이 어찌 나 하나뿐이란 말이오. 다른 조선인들도 있더구먼."

사내는 가슴에서 무언가를 꺼냈다.

"만주 헌병대 감찰 고노에다. 어디로 가는 중인가?"

헌병대라는 말에 양휘보는 난감했다. 짐작은 했지만 헌병대 감찰이라는 소리를 막상 듣게 되자 곤혹스럽지 않을 수 없었다. 북경으로 갈 예정이라고 둘러댔다. 북경이란 말에 고노에는 웃음을 흘렸다. 웃음은 비릿했다. 비릿함 속에 자신감이 들어 있었다. 양휘보를 자기 뜻대로 할 수 있다는 자신감이었다. 무슨 일로 북경에 가느냐고 물었다. 친척이 있다고 대답했다. 고노에의 눈빛이 의외라는 듯 쏘아봤다. 눈빛에 의심이 가득했다. 인삼 장사를 하는 분이 북경에 계신데 그곳에 거래처가 많아 일을 도우러 가는 길이라는 말이 이어졌다. 북경 어디냐며 주소를 말해보라고 했다. 빈틈을 잡겠다는 것이었다. 순간 양휘보는 스승인 위창 오세창이 했던 말이 떠올랐다.

'북경 유리창 거리에는 없는 고서화가 없지. 책이며 그림이며 글씨며. 게다가 종이는 물론 붓, 은, 조선 인삼까지.'

"북경 유리창로 34-8입니다."

서슴없이 나오는 대답에 고노에는 고개를 끄덕였다. 거기는 고서화

거리인데, 라며 말끝을 흐렸다. 흐린 말끝에는 생각이 많았다. 말끝은 흐렸지만 눈빛은 날카로웠다. 인삼도 곧잘 거래되는 곳이라는 말과 함께 예로부터 조선 사신들이 드나들던 곳이라는 말, 그리고 중국인은 조선 인삼이라면 사족을 못 쓴다는 여유로운 말이 뒤따랐다. 고노에가 말끝을 흐리자 자신감을 얻은 양휘보가 슬쩍 치받은 것이었다. 알고나 있느냐는 듯한 말투였다. 그러자 고노에의 말이 방향을 바꿨다. 새로운 빈틈을 찾기 위해서였다. 헌데 봉천역에서 왜 내렸느냐는 것이었다. 누구를 좀 만나기로 했다는 대답이 이어졌다. 거래처 사람이라는 말이었다. 조선인이냐고 그가 다시 물었다. 묻는 말이 날카로웠다. 베일 듯했다. 아니라는 대답이 맞받았다. 중국인이라는 것이었다. 봉천에 인삼을 납품하기로 했다는 말이었다. 둘러대다 보니 숨겨야 할 것이 드러날까봐 조마조마했다. 등에서는 식은땀이 흘러내리기도 했다. 고노에는 깊은 숨을 목울대 안으로 깊숙이 눌렀다. 심증은 있지만 물증이 없있다.

"고노에!"

그때 누군가가 고노에를 불렀다. 뱀의 살갗만큼이나 음산하고도 차가운 음성이었다. 고노에는 소리가 난 쪽으로 몸을 돌리더니 거기에 서있는 사내에게 깍듯이 경례를 올려붙였다. 사내는 손을 들어 말렸다. 그의 손짓은 서열의 무거움과 가벼움을 구분해 드러냈다. 새삼스레 인사는 무슨 인사냐고, 자네가 봉천에는 어쩐 일이냐고 그가 물었다. 고노에가 양휘보를 가리켰다. 이 조센진을 쫓다가 그만 봉천역에서 내리게 되었다고 대답했다. 조센진이란 말에 사내의 눈이 양휘보에게로 향했다. 사내가 다시 고노에에게 물었다. 무슨 일이냐는 것이었다. 그가 대답했다. 말은 북경으로 간다고 했지만 수상쩍은 부분이 좀 있다는 것이었다. 고노에의 대답에 사내도 흥미를 보였다. 뱀의 눈이 양휘보를 훑었다. 차가웠다. 매서웠다. 그런 만큼 불쾌했다. 불안하기도 했다.

"말로는 인삼 장사꾼이랍니다."

인삼이라는 말에 사내는 더욱 흥미를 느낀 모양이었다. 양휘보를 위아래로 휘감아 보았다.

"보기에 단순한 장사꾼은 아니로군!"

무슨 말씀이냐고 고노에가 물었다. 사내가 신중하게 고개를 끄덕였다. 옷차림이 벌써 장사꾼 복장이 아니지 않느냐는 대답이 이어졌다. 흘리듯 던지는 말에 양휘보는 섬뜩했다. 보통이 아니었다. 고노에도 그제야 알겠다는 듯 눈을 가늘게 떴다. 사내가 봉천에는 뭣 하러 왔느냐고 물었다. 찌르는 말에 양휘보는 당황했다. 일단 시간을 끌며 생각하기로 했다. 양휘보는 고노에가 말한 대로 자기는 인삼을 거래하는 장사치라며 버텼다.

"아사히 중좌님, 그러고 보니 이놈이 유리창로를 얘기했습니다. 아마도 뭔가 연관이 있지 않을까 싶습니다."

순간 아사히의 동공이 확장되었다.

"유리창로?"

고노에가 그렇다고 대답했다.

"그러면 혹 그 난정서를……."

난정서라는 말에 양휘보의 정신이 번쩍 들었다. 호랑이 아가리에 들어와 있다는 것도 그제야 깨달았다. 아니, 어쩌면 탈출구가 열린 것일지도 몰랐다. 재빨리 머리를 굴렸다. 아사히가 묻는 말에 솔직히 답하라고 했다. 진지한 협박이었다. 양휘보는 긴장했다. 고노에와 아사히의 얼굴은 차갑게 굳어 있었다. 추사가 썼다는 난정서에 대해 알고 있느냐고 물었다. 짐작이 들어맞았다. 짧은 순간에 결정을 해야 했다. 머릿속이 복잡했다. 복잡한 만큼 눈빛도 흔들렸다. 듣기는 했지만 보지는 못했다고 대답했다. 아사히의 얼굴이 펴졌다. 고노에도 마찬가지였다. 실마리를 찾았다는 표정이었다. 아사히가 아는 대로 말하라고 했다. 그는 협박하듯 재촉했다. 양휘보는 슬쩍 겁먹은 표정을 지어 보였다. 그러고는 천천히 입을 열었다.

"유리창 거리 가게에서 일핏 들은 적이 있습니다. 최고의 글씨였다고."

아사히가 자세히 말해보라고 다시 재촉했다. 목소리가 가늘게 떨렸다. 그러나 대답은 그게 다였다. 자신은 그런 데는 관심이 없다는 대답으로 이어졌다. 이번에는 누가 그런 말을 했느냐고 고노에가 다그쳤다. 양휘보는 속으로 웃었다. 웃음은 다시 찾은 여유를 드러냈다.

"저희 어르신을 찾아온 어느 분입니다. 심양에서 왔다고 했는데, 이름은 기억이 나질 않습니다. 그걸 신의주에서 들여왔다고 하는 얘기를 얼핏 들었습니다. 국경을 아주 어렵게 넘어왔다고 하면서.”

아사히가 어떻게 생긴 사람이었느냐고 물었다. 물음은 흥분되어 있었다. 흰 두루마기 차림의 중년 사내라는 말과 콧수염이 인상적이었다는 말, 그리고 한 오십쯤 되어 보였다는 말이 연이어 뒤따랐다. 양휘보는 기억을 더듬는 척 눈살까지 살짝 찌푸렸다. 그를 살펴보는 아사히의 눈매가 매서웠다. 숨 하나, 표정 하나 놓치지 않으려는 것 같았다. 고노에의 눈빛은 바짝 긴장되어 있었다. 양휘보는 아사히의 눈치를 살폈다. 쉽게 떨어져 나갈 것 같지가 않았다.

“고노에, 너는 지금 심양으로 가라. 가서 알아봐라.”

알겠다는 말과 함께 고노에는 인사를 올려붙였다. 그러고는 봉천역으로 향했다.

“너는 나와 함께 북경으로 간다. 가서 네 주인을 만나보자!”

아사히의 말에 양휘보는 난감했다. 일단 그러마하고 기회를 보기로 했다. 아사히가 이끄는 대로 따라갔다. 얼마쯤 가자 아사히의 얼굴이 묘하게 일그러졌다. 사람을 만나기로 했다면서 그냥 쫄레쫄레 따라오고 있기 때문이었다. 그는 슬쩍 떠보기로 했다. 난정서에 대해 물었다. 양휘보가 고개를 돌렸다. 그자가 난정서를 갖고 있었느냐고 아사히가 다시 물었다. 양휘보가 대답을 하지 못했다. 그가 또 다시 물었다. 그자가 난정서를 북경으로 갖고 왔느냐는 것이었다. 그제야 양휘보가 대답했다. 갖고 온 것 같지는 않다는 것이었다. 어딘가로 옮긴다는 얘기를 얼핏 들었다고 대답했다. 옮긴다는 말에 아사히의 눈살이 찌푸려졌다. 어디로 옮긴다고 했느냐고 물었다. 그것까지는 알지 못한다는 대답이 이어졌다. 아사히는 입을 굳게 다물었다. 그러자 양휘보가 물었다. 난정서라는 것이 그렇게 중요한 것이냐는 것이었다. 아사히가 그를 뚫어져라 쳐다보았다. 그를 바라보는 눈빛이 아리송했다. 알고 묻는 것인지, 아니면 진짜 모르고 묻는 것인지 알 수가 없다는 표정이었다. 정말 몰라서 묻는 게냐고 그가 물었다. 걸음도 멈춰 세웠다. 양휘보는 무슨 말이냐는 듯 멀뚱히 아사히를 쳐다보았다. 아사히가 고개를 끄덕였다.

"좋아. 말해주지."

아사히는 상해를 떠나기 전에 있었던 일을 떠올렸다. 슈케이에게서 명령을 받던 날이었다.

* * *

"무슨 일이 있어도 손에 넣어야 한다. 저쪽에 빼앗기면 안 된다. 이 슈케이의 자존심이 걸린 일이다."

아사히는 납작 엎드렸다. 엎드린 그는 오직 무사도만을 생각했다. 그것은 사무라이의 복종이었다. 그게 그가 가기로 한 길이고 가야 할 길이었다. 주인에 대한 충성, 그것이 곧 조국에 대한 충정이었다. 목숨을 바쳐 지켜야 할 가치였다. 죽은 듯이 엎드렸다. 엎드려서 자신의 마음을 표현했다. 충정이 겉으로 드러났다. 그것은 명령을 받듦이었다. 명령이라면 한겨울의 얼음장 밑이라도 들어가야 했다. 뜨거운 불구덩이에라도 뛰어들어야 했다. 화염 속이라도 달려들어야 했다. 도산지옥이라 할지라도 헤쳐 올라가야 했다. 그게 자신이 믿는 무사도였다. 자기는 일본인이었다. 제국주의의 신하였다. 천황의 신민이었다. 아사히였다. 복종하는 사무라이였다.

　시라카와 대장과는 함께할 수 없다는 슌케이의 말이 이어졌다. 그의 등에 비수를 꽂는 한이 있더라도 이번 일에서만은 이겨야 한다는 말도 있었다. 슌케이의 입가에 잔인한 미소가 어렸다. 탐욕이었다. 이어 흘리듯 중얼거렸다. 추사의 난정서 임모본은 슌케이의 차지가 되어야 한다는 것이었다. 염려 말라는 아사히의 말이 이어졌다. 무슨 일이 있어도 중장님께 난정서를 갖다 바치겠다는 다짐이었다. 슌케이는 너만 믿는다며 아사히에게 믿음을 실어주었다. 말 속에 신임이 가득했다. 신임은 얼음처럼 투명했고, 아사히의 가슴 속을 꿰뚫었다. 꼼짝하지 못하게 하는 깊은 신임이었다. 듣기로 봉천과 북경 쪽에서 난정서가 돌아다니고 있다는 얘기를 아사히가 올렸다. 거기는 조센진이 많은 곳이니 그럴 수 있다는 슌케이의 중얼거림이 이어졌다. 그는 천천히 고개를 끄덕였다. 끄덕임 속에는 탐욕이 가득했다. 탐욕은 이글거렸다. 난정서에 대한 이글거림이었다. 잠시 말을 끊었던 슌케이가 다시 입을 열었다. 오세창의 제자라는 놈을 먼저 찾아야 한다는 것이었다. 그가 갖고 있을 가능성이 크다는 말이었다. 아사히는 자기도 그렇게 보고 있다고 맞장구를 쳤다. 오세창이 경성에 있으니 그럴 수밖에 없다는 것이었다. 아무튼 시라카와보다는 먼저 난정서를 손에 넣어야 한다는 슌케이의 초조함이 아사히를 다시 옥죄었다. 시라카와를 입에 올리는 슌케이의 눈에 독기가 가득했다. 푸른 독이었다. 독은 불꽃을 일으키며 아사히의 목을 더욱 옥죄었다. 아사히가 납작 엎드렸다.

"그럼 저는 봉천으로 가서 난정서를 찾아보고 곧장 천진으로 들어가겠습니다."

"그래, 놈들의 연결고리를 끊는 일도 중요하다. 그걸 끊어 놓지 못하면 놈들의 기세가 더욱 등등해진다. 그러기 위해서는 무엇보다도 임시정부의 실체를 밝히고 만주 독립군의 실태를 파악하는 일이 급선무다. 제국의 안위를 위협하는 놈들이니."

슌케이는 이를 갈았다. 제국의 안위를 위협한다는 말에는 차마 다른 말을 잇지도 못했다. 제국의 자존심을 건드리는 말을 하는 것은 그 자체가 불손하다는 듯한 태도였다. 불손하니 아예 끊어내고 입에 올리지 않겠다는 것이었다. 대신 상해와 만주의 연결고리는 반드시 제거해야 한다고 한 번 더 강조했다. 시라카와보다 먼저 해야 한다는 말도 빠뜨리지 않았다. 밀정을 풀어 알아보니 그 연결고리가 북경과 천진에 있는 것으로 확인되었다는 아사히의 말이 이어졌다. 그 중심에 이회영이라는 자가 있고, 그를 중심으로 만주의 김좌진과 이상룡, 상해의 임시정부가 있다는 말도 이어졌다. 슌케이의 얼굴이 일그러졌다. 얼굴에서 검은 꽃이 피어났다. 검은 꽃은 보기에 흉했다. 증오와 멸시의 꽃이었다.

"이회영, 김좌진, 이상룡."

슌케이는 하나씩 이름을 불러가며 이를 갈았다. 이를 간 뒤에 혼잣말처럼 중얼거렸다.

"가라! 가서 놈들의 실체를 철저히 밝혀내라."

아사히는 납작 엎드려 슌케이의 명령을 받들었다. 충실한 아사히는 상해를 뒤로 한 채 봉천행 열차에 몸을 실었다.

***

"난 네가 조선 최고의 서화가 오세창의 제자임을 알고 있다."

아사히의 말에 양휘보는 소스라치게 놀랐다. 자칫 놀란 소리가 입으로 튀쳐나올 뻔했다. 뒷머리가 쭈뼛하고 일어섰다. 봉천의 하늘이 어슴푸레해지고 있었다. 노란 가스등이 하나 둘 눈을 뜨기 시작했다. 고노에가 양휘보를 뒤쫓은 것도 자기의 명령에 의해서였다는 것이었다. 우연을 가장한 필연이었다는 말이었다. 아사히는 말끝에 웃음을 흘렸다. 섬뜩한 웃음이었다. 그런 만큼 양휘보는 머릿속이 복잡해졌다. 뭔가 심각한 상황이 벌어졌음도 그제야 알았다. 소름이 돋았다. 솔직히 대화를 해보자며 아사히가 달랬다. 목소리는 부드러웠다. 말은 제안 같았지만 그것은 제안이 아니었다. 협박이었다. 불쾌한 협박이었다. 양휘보는 짧게 한숨을 몰아쉬었다.

"그러셨군요. 난정서 때문인가요?"

물음에는 항복의 의미가 담겨 있었다. 풀어놓겠다는 것이었다. 아사히는 대답 대신 고개를 끄덕였다. 소리 없이 끄덕였다. 입가에는 엷은 미소가 묻어나 있었다.

양휘보는 천천히 걸음을 옮겼다. 아사히의 눈길을 잠시나마 피하기 위해서였다. 머릿속은 복잡했다. 빠져나갈 구멍을 찾아 이리저리 경우의 수를 헤아렸다. 아사히가 천천히 풀어놓자며 다시 한 번 달랬다. 풀어놓자는 말에는 일말의 기대도 담겨 있었다. 양휘보는 그럴 마음이 없었다. 전혀 없었다. 어떻게든 유리한 고지를 선점하기 위해 머리를 굴리고 또 굴릴 따름이었다. 생각이 생각을 불러일으켰고, 그 생각이 꼬리에 꼬리를 물듯 다른 생각들로 이어졌다. 해가 떨어진 봉천역은 더욱 인파로 복잡해졌다. 북경으로 떠나는 사람들로 북적거렸다. 사람뿐만이 아니었다. 바리바리 쌓은 짐과 보따리까지 한몫을 했다.

"유리창로에 있나?"

아사히가 은근히 물었다. 양휘보의 대답은 모호했다. 난정서는 자기에게 없다는 말이었다. 말하기가 복잡하다는 것이었다. 아사히의 눈살이 찌푸려졌다. 얼굴에는 실망이 아닌 불안이 자리를 잡았다. 불안은 불길한 것이었다. 뭐가 그리 복잡하냐고 물었다. 그 물음은 초조를 드러내는 것이었다. 플랫폼으로 나서자 발 디딜 틈도 없었다. 일제 헌병도 곳곳에 눈에 띠었다. 급박하게 돌아가는 만주의 실정이 눈에 와 닿았다. 추웠다. 매섭게 추웠다. 겨울이 아님에도 살이 떨렸다.

열차도 사람들이 꽉 들어찼다. 아사히의 한마디에 앉을 자리가 곧 마련됐다. 아사히가 앉으라며 자리를 권했다. 두 사람은 마주보고 앉았다. 양휘보는 머릿속을 굴렸다. 어떻게든 위기에서 빠져나갈 생각이었다. 그 길이 쉽게 떠오르지는 않았다. 이것을 생각하면 저것이 걸렸고, 저것을 생각하면 이것이 걸렸다. 쉽지 않았다. 난정서가 만주로 넘어오긴 했느냐고 아사히가 물었다. 양휘보가 고개를 끄덕였다. 일단 사실대로 말하는 것이 유리할 것 같기 때문이었다. 말 뒤에 불안한 말이 이어졌다. 삼원보에서 행방이 묘연하게 되었다는 것이었다. 아사히의 눈살이 다시 찌푸려졌다. 스승인 위창 오세창이 우당 이회영에게 난정서를 건넨 것은 확실하다고 했다. 경성에서 자기가 보았다는 것이었다. 북경에 가지고 가서 팔아 자금을 마련하라고 했다는 것이었다. 자금이란 말에 아사히의 눈살이 찌푸려졌다. 독립자금이냐고 그가 물었다. 뻔한 것을 묻는 것이었다. 아사히의 눈이 반짝 빛을 발했다. 순간 양휘보가 아사히의 빈틈을 파고들었다. 삼원보에서 웬 낯선 사내를 만났다는 것이었다. 처음 보는 사람이었는데 우당 선생과 잘 아는 사이인 것 같았다고 했다. 아사히가 고개를 바짝 디밀었다. 귀가 따가울 지경의 소란스러움 때문이었다. 중국인들의 알아들을 수 없는 말이 다른 말을 다 집어삼켰던 것이다.

"얼핏 들은 얘기로 그는 북경 유리창 거리에 있는 업자라고 하더군요."

"조선인인가?"

양휘보가 고개를 끄덕였다. 덜커덩거리는 열차 소리가 두 사람 사이로 끼어들었다. 양휘보의 목소리가 더욱 높아졌다. 북경과 만주를 오가는 독립지사라는 얘기를 들었다고 했다. 자세한 것은 알 수 없다는 말도 덧붙였다. 아사히의 머릿속이 복잡해졌다. 무언가 실마리가 잡히는 듯도 했다. 그 실마리는 머릿속에서만 빙빙 맴돌았다. 맴돌아서 더욱 복잡했다. 어지러웠다.

'그렇다면 그자가 연결고리 중 하나일지 모르겠군.'

이런 생각을 하고 있는데 양휘보가 다시 입을 열었다.

"듣기로 알려지지 않은 고수라고 하더군요."

"고수라니?"

아사히가 손바닥을 비벼대며 다시 물었다. 서화계의 고수냐는 것이었다. 짧은 물음은 자신의 확신을 재확인하기 위한 것이었다. 양휘보의 고개가 끄덕여졌다. 아사히는 길게 한숨을 내쉬었다. 실마리는 다시 오리무중으로 빠져들었다. 종잡을 수가 없었다. 종잡을 수 없어서 한숨은 더욱 깊었다. 심연만큼이나 깊었다. 깊은 한숨이었다. 그가 난정서를 가져갔단 말이지, 라고 혼잣말처럼 중얼거리기도 했다. 양휘보는 자기도 그를 쫓고 있는 중이라고 맞장구를 쳤다. 아사히가 고개를 갸웃거렸다.

"자네는 오세창의 제자이고 경학사 출신이 아닌가? 그런데 그를 쫓다니?"

아사히의 물음에 양휘보는 입가에 미소를 베어 물었다. 미소가 야릇했다. 평범한 미소가 아니었다. 그렇긴 하다는 대답과 그렇지만 자기는 좀 다른 생각을 가지고 있다는 대답이 이어졌다. 아사히의 눈이 가늘어졌다. 고개도 살짝 외로 꼬아졌다. 양휘보의 속마음을 살피기 위한 몸짓이었다.

"추사 선생께서 임모한 난정서는 천하의 보물입니다. 그런 보물을 손에 넣는다는 것은 그야말로 천금을 얻을 기회지요."

"독립자금은?"

아사히의 표정이 굳어졌다. 묻는 소리도 차가웠다. 그야 또 마련하면 되지 않겠느냐는 시큰둥한 대답이 이어졌다. 그 대답은 의외였다. 아사히가 의심의 눈초리를 던졌다. 뱀의 눈처럼 양휘보를 휘감았다. 독립자금이 너와 상관없는 얘기라는 거냐고 그가 물었다. 돈만 챙길 수 있다면 어디 간들 못 살겠느냐는 엉뚱한 대답이 맞받았다. 순간 호탕한 웃음소리가 객실을 뒤덮었다. 수많은 시선이 두 사람에게로 모였다.

"현명하군!"

웃음을 거둔 아사히가 한마디 던졌다. 말은 진지했다. 짧기도 했다. 진지하고 짧아서 흡족한 마음이 드러났다. 고스란히 드러났다. 십만 원이면 족하겠느냐고 그가 물었다. 양휘보의 고개가 끄덕여졌다. 그가 머리까지 디밀고는 은밀히 속삭였다. 그 정도 준다면 찾아주겠다는 것이었다. 그의 말에 아사히는 흡족한 얼굴로 고개를 끄덕였다. 약속한다면서 그 정도는 줘야 추사의 난정서이지 않겠느냐는 말도 덧붙였다. 아사히의 웃음에 양휘보는 의심까지 내려놓은 듯 술술 풀어내기 시작했다. 말은 가벼웠다. 지금까지와는 달랐다. 모두 말하겠다며 탈탈 털어놓았다. 자기는 경학사 출신이라는 것과 신흥무관학교를 나왔다는 것까지 모두 털어놓았다. 신흥무관학교라는 말에 아사히는 의외라는 듯 눈을 크게 떴다. 양휘보의 말이 거침없이 이어졌다. 상해로 가는 중이라며 특별한 임무를 맡았다는 것이었다. 아사히가 기대가 가득한 눈을 하고 물었다. 특별한 임무가 무엇이냐는 것이었다. 양휘보의 거침없는 대답이 이어졌다. 상해 임시정부의 일을 돕는 일이라는 것이었다. 임시정부라는 말에 아사히의 눈이 가늘어졌다. 표정도 굳어졌다. 어떤 일을 맡았느냐고 물었다. 그건 아직 모른다는 대답이 이어졌다. 독립자금과 관련된 일이라는 것만 알고 있다는 것이었다. 가면 임무가 주어진다고 했다. 아마도 난정서와 관련이 있지 않을까 싶다는 것이었다. 아사히는 생각에 잠겼다. 양휘보의 말을 믿어야 하는 것인지, 믿지 말아야 하는 것인지, 아니면 그도 저도 아닌지 알 수가 없었다.

"허면 그자가 임시정부와 관련이 있다는 말인가?"

"그런 것 같습니다. 하지만 장담은 못 합니다. 고서화를 다루는 사람 중에는 저와 같이 생각이 다른 사람도 있으니까요."

"고서화가 아니라 돈이겠지."

아사히는 넋두리처럼 비릿하게 말을 던졌다. 양휘보가 맞는 말이라며 야릇하게 받았다. 손가락으로는 동그라미를 그려 보였다. 입가에서 웃음이 흘러내렸다. 논을 따라 흘러내리는 웃음이었다. 조선인답지 않다는 아사히의 말이 이어졌다. 눈까지 흘기며 슬쩍 미소를 날렸다. 양휘보도 흘리듯 미소로 맞장구를 쳤다.

"아무튼 내 목적은 난정서일세."

아사히의 얼굴에 탐욕이 가득했다. 음흉한 미소가 떠나지를 않았다.

7. 유리창 거리

열차는 북경에 도착했다. 두 사람은 곧장 유리창 거리로 향했다. 혼란한 시절이지만 거리는 여전히 활기찼다. 고서화를 구하려는 사람과 그것을 거래하려는 상인, 희귀한 물건을 구경하는 사람, 가게를 기웃거리는 사람까지 거리는 사람들로 넘쳐났다. 그중에는 일본인과 조선인도 간혹 눈에 띄었다. 언제 봐도 좋은 곳이라며 아사히가 탄성을 질렀다. 활기차서 좋다고 양휘보가 흘려 받았다. 아사히는 거기에서 고향 도쿄를 떠올린 감탄이었고, 양휘보는 거기를 슬픈 경성과 비교한 넋두리였다.

거리는 화려했다. 비단가게, 그림가게, 고서점, 종이가게, 찻집, 은전포, 인삼가게……. 그야말로 눈을 어디에 둬야 할지 모를 지경이었다. 저쪽이라며 양휘보가 고서점 건너편 은전포 옆의 인삼가게를 가리켰다.

'조선인이 저렇게 큰 인삼가게를 운영한다?'

아사히는 의심의 눈초리로 가게를 훑었다. 계림삼포란 간판이 먼저 눈에 들어왔다. 문밖에까지 인삼이 산더미처럼 쌓여 있었다. 벽은 화려한 광고지로 도배되어 있었다. 한눈에 봐도 보통 가게가 아니었다. 조선에서 가장 성공한 장사꾼이라며, 조선 개성에서 직접 인삼을 가져오고 있다며 양휘보는 자신의 가게라도 되는 양 너스레를 떨었다. 아사히의 머릿속은 복잡했다. 복잡함은 단순함을 불렀다. 자신의 짐작을 믿음으로 굳혔던 것이다.

'이건 예사 가게가 아니다. 불령한 자금 조달을 위한 전초기지임에 틀림없다. 조사가 필요하다.'

말끔한 파오 차림의 사내가 두 사람을 맞았다. 얼굴에 부티가 흐르는 중년의 사내였다. 찾는 게 있느냐고 그가 아사히에게 물었다. 양휘보가 먼저 그를 소개했다.

"일본 헌병대의 아사히 중좌이십니다."

일본 헌병대라는 말에 사내의 얼굴이 굳어졌다. 반기년 표징도 사그라졌다. 목소리에마저 찬바람이 돌았다. 일본 헌병대에서 어쩐 일로 왔느냐고 그가 물었다. 인삼을 보러 왔다고 아사히가 대답했다. 사내는 재빨리 그를 훑어보았다. 눈빛이 예사롭지 않았다. 재빨리 훑어본 만큼 빠르게 얼굴빛이 풀렸다. 선물용으로 사시겠냐고 그가 물었다. 물음은 장사치의 것이었다. 아사히는 엉거주춤했다. 생각지 않은 물음이기 때문이었다. 일단 그렇다고 대답했다.

"그럼 이쪽으로 오시지요. 특제품이 있습니다."

사내는 아사히를 안으로 안내했다. 가끔 일본 분들이 찾아온다고 너스레를 떨었다. 대부분 귀한 분께 드리는 선물을 찾는다는 것이었다. 모두 육년근이라고 했다. 골라보라며 굵직한 인삼을 가리켰다. 특제품이었다. 사내는 친절했다. 친절 속에 경계의 빛이 진했다. 아사히가 탄성을 올렸다. 경성에서도 보지 못한 좋은 물건이라며 대단하다는 말을 곁들였다. 팔뚝만 한 인삼이 그의 눈을 자극했다. 그 사이 양휘보가 눈짓을 했다. 사내가 다가왔다. 그는 아사히의 눈을 피해 슬쩍 목걸이를 꺼내 보였다. 사내의 눈이 커졌다. 모시고 오느라 고생했다고 사내는 양휘보에게 큰 소리로 말했다. 일부러 아사히의 귀를 속이기 위한 것이었다. 양휘보는 여전하다며 장사는 잘 되는지를 물었다. 사내가 고개를 절레절레 흔들었다. 북경도 옛날의 북경이 아니라는 것이었다. 경기가 좋지 않아서 장사가 시원찮다는 말이었다. 말을 끊었다가는 다시 이었다. 요즘은 이런 일본 분들이 매출을 올려주는 주 고객이라는 말이 뒤따랐다. 난정서 소식은 들은 것이 있느냐고 양휘보가 은근히 물었다. 난정서란 말에 사내의 얼굴이 굳어졌다. 양휘보가 눈을 찡긋했다. 그걸 찾으러 왔느냐고 사내가 물었다. 그렇다며 아사히가 끼어들었다. 듣기로 중국인의 손에 넘어갔다는 얘기를 들었다며 사내가 시큰둥해 했다. 중국인이냐고 아사히가 물었다. 그렇다고 사내가 대답했다. 들은 것이라서 자세한 것은 모른다는 말도 이어졌다. 아사히가 그 얘기를 어디서 들었느냐고 물었다. 다그치듯 묻는 말에 사내는 건너편 고서점을 가리켰다. 오류거라는 간판이 내걸린 고서점이었다. 아사히는 양휘보를 재촉해 삼포를 나섰다. 양휘보는 사내에게 눈짓을 했다. 사내가 재빨리 뒷문으로 달려갔다.

 아사히는 건너편 오류거로 향했다. 유리창 거리는 건물이 하나같이 깊은 세월을 머금고 있었다. 시간이 배어 있었다. 낡았다고 말한다면 경박스러운 표현이었다. 오래 묵어서 운치가 있어 끌리는 곳이었다. 화려하게 치장된 곳도 있었다. 심하게는 황금으로 칠한 곳도 있었다. 화려함의 극치를 이뤘다. 낡음과 화려함이 조화를 이루고 있었다. 묘한 조화였다. 유리창 거리의 명성이 헛것이 아니었다. 정말 대단하다며 양휘보는 탄성을 터뜨렸다. 시간을 끌기 위해 아사히의 발목을 붙잡아 두려는 것이었다. 아사히는 걸려들지 않았다. 그의 발걸음은 오직 난정서만을 향하고 있었다. 다른 것은 그의 발목을 붙잡아 두지도, 그의 발걸음을 멈춰 세우지도 못했다. 그에게는 오직 난정서뿐이었다. 구경은 다음이고 난정서가 우선이었다. 그때 인력거가 앞을 가로막아 섰다. 가로막아 서서는 어디로 모시면 되느냐고 말을 걸어왔다. 아사히가 눈살을 찌푸렸다. 얼굴은 귀찮다 못해 불쾌하다는 표정이었다. 비키라고 큰 소리로 호통을 쳤다. 사내가 싸게 모시겠다며 히죽거렸다. 사담자도 있고, 웅희나 후희도 볼 수 있다고 했다. 커다란 단지를 가지고 묘기를 부리는 재주꾼인 사담자와 동물놀음을 펼치는 기예꾼에게로 모시겠다는 호객꾼이었다.

 "우리는 잡기나 놀음을 보러 온 게 아니오. 고서화를 찾으러 왔소이다."

양휘보가 나서자 사내는 싱글싱글 웃어가며 이죽거리기까지 했다. 기분 나쁜 웃음이었다. 아사히의 얼굴이 일그러졌다. 그 사이 누군가가 재빨리 이들을 지나쳐 갔다.

"그렇다면 고서점으로 모시지요. 문수당, 선월루, 취영당, 문수재……. 어디로 모실까요?"

아사히는 혀를 찼다. 인력거를 피해 오류거로 향했다. 사내의 말을 아예 무시하겠다는 것이었다. 사내가 한마디 던졌다.

"찾으시는 물건을 보려면 문수재로 가야 할 겁니다."

아사히는 걸음을 멈췄다. 몸을 돌렸다. 사내가 인력거를 몰고 가기 시작했다. 아사히는 서라고 소리쳤다. 사내는 정양문 쪽으로 바람같이 내달았다. 아사히는 수상한 놈이라고 혼잣말로 중얼거렸다. 난정서를 찾는 걸 안 모양이라며 양휘보가 또 시간을 끌어보려고 했다. 아사히가 눈살을 찌푸렸다. 찌푸린 눈살에 불쾌함과 불안함이 혼재하고 있었다.

"그러게 말일세."

고개를 갸웃하며 아사히는 오류거로 향했다.

오류거는 유리창 거리에서도 첫손에 꼽히는 고서점다웠다. 규모도 컸지만 붐비는 사람들로 발 디딜 틈이 없었다. 자리에 앉아 책을 보는 사람, 서서 그림을 감상하는 사람, 점원과 거래를 위해 담소하는 사람까지, 어디에 가서 물어야 할지 모를 지경이었다. 아사히가 주인을 만나러 왔다고 젊은 점원에게 말을 걸었다. 그는 아사히를 위아래로 훑어보았다. 보는 눈이 자못 거만스러웠다. 뭔지는 모르지만 자기에게 말하면 된다고 사내가 거만을 떨었다. 점원과 할 얘기가 아니라고 아사히가 쏘아붙였다. 차갑게 쏘는 말에 젊은 점원은 이내 표정을 바꿨다. 자신이 실수했음을 감지했던 것이다. 고개를 끄덕인 후 부리나케 안으로 뛰어 들어갔다. 양휘보는 두리번거리며 그림과 글씨를 살폈다. 하나같이 천하의 보물이었다. 모두 눈이 휘둥그레질 것들이었다.

"영인본이 대부분이군."

아사히의 말에 양휘보가 고개를 끄덕였다. 그래도 내걸린 것들은 진품을 소장하고 있다는 얘기라고 양휘보가 맞받았다. 이번에는 아사히의 머리가 끄덕여졌다.

"저 그림을 좀 보십시오. 원말 사대가의 작품입니다. 왕몽과 오진의 그림이군요."

"소동파의 글씨도 있군. 대단하긴 하군."

아사히의 목소리에는 탐욕과 함께 실부가 가득했다. 두 사람은 잠시 시간을 잊었다. 자신들이 무엇 때문에 이곳에 왔는지조차도 잊을 정도였다. 저건 욕심나는 것이라며 아사히가 탄성을 질렀다. 벽에 걸린 족자였다. 팔대산인의 그림이었다. 그의 낯이 개기름으로 번들거렸다.

"저를 찾으셨다고요?"

묻는 말에 그제야 아사히는 정신을 차렸다. 금황색 길복포(吉服袍)를 걸친 장년의 사내였다. 눈을 부시게 하는 길복포의 화려함에 아사히는 순간 압도되고 말았다. 금빛과 황색의 절묘한 조화는 황제의 것이었다. 황제가 사라진 지금 일개 고서점 주인이 그걸 입고 황제를 흉내 내고 있었다. 당신이 주인이냐고 아사히가 물었다. 사내가 그렇다고 대답했다. 목소리는 거만했으나 상대를 불쾌하게 하는 것이기만 하지는 않았다. 적당한 자존심과 위엄을 갖춘 목소리였다. 잠시 얘기 좀 나눌 수 있겠느냐고 아사히가 정중히 말을 건넸다. 일본 거류민단의 아사히라고 자기소개까지 했다. 일본 거류민단이란 말에 오류거 주인은 탐탁지 않은 얼굴로 고개를 끄덕였다. 그러냐며 이리로 들어오라고 했다. 오류거 주인은 아사히와 양휘보를 안으로 안내했다. 작은 내실은 생각보다 소박했다. 다탁과 의자가 전부였다. 오래된 종이의 냄새가 코를 찔렀다. 싫지 않은 냄새였다.

"소환아! 여기 차 좀 내오너라."

소년의 물음이 이어졌다.

"승설차로 올릴까요? 아니면 용정차로 올릴까요?"

승설차가 좋겠다는 대답이 이어졌다. 묵직한 음성이었다. 그의 목소리에는 위엄이 있었고 믿음도 있었다. 오류거에 대한 신뢰를 유도하는 목소리였다. 말로만 듣던 그 승설차라고 양휘보가 목소리를 높였다. 오류거 주인이 고개를 끄덕였다. 황제가 마셨다는 용단승설이었다. 바다 건너 귀한 손님이 오셨으니 대접을 해야 하지 않겠느냐는 것이었다. 입가에 미소까지 지어 보였다. 미소는 마뜩잖아 하는 것이었다. 상대가 일본인이기 때문이었다. 그는 일본이라는 말 자체부터 싫었다. 게다가 뱀 같이 교활한 아사히의 눈빛이 더더욱 맘에 들지 않았다. 맘에 들지 않음은 툭툭 던지는 말과 행동에서 그대로 드러났다.

"일본의 탐욕이 지나치다고 생각하지 않으십니까?"

불만이 겉으로 비어져 나왔다. 아사히가 고개를 갸웃했다. 표정은 그게 무슨 말이냐는 것이었다. 알면서 그러는 것인지, 몰라서 그러는 것인지, 아니면 그도 저도 아닌지 알 수가 없었다. 조선을 저리 만들고도 모자라 만주까지 넘본다고 사내가 불만을 토로했다. 만주는 엄연히 자기네 땅이라는 것이었다. 항의에 아사히는 말문이 막힌 모양이었다. 입을 벌린 채 말을 못 하다가 겨우 입을 뗐다. 그건 오해라는 말이었다. 일본은 그저 불령선인을 색출해 잡으려는 것일 뿐이라는 것이었다. 만주에서 조선인이 하도 설쳐대는 바람에 죽을 지경이라는 얘기를 덧붙였다. 말도 되지 않는 변명으로 얼버무리려 한 것이었다. 그러나 그는 잘못 짚었다.

"당신들이 무력으로 조선을 압제하니 그들이 만주로 들어온 것 아니요. 어찌 그리 탐욕스럽소."

아사히는 눈살을 찌푸렸다. 딱히 대꾸할 말이 떠오르지도 않았다. 다행히 그때 소년이 차를 들고 들어왔다. 대화가 끊기고 어색한 공기가 내실에 감돌았다. 당신은 조선인이냐며 이번에는 화살을 양휘보에게로 돌렸다. 묻는 소리가 뒤퉁스러웠다. 불쾌함과 더불어 의아함이 함께하는 물음이었다. 그렇다는 대답에 어딘가 낯이 익다며 그가 고개를 갸웃했다. 어디서 봤더라 하며 눈살도 찌푸렸다. 차의 향기가 맑았다. 머릿속까지 깨끗해지는 느낌이었다. 양휘보가 건너편 계림삼포에서 뵈었다고 말을 건넸다. 계림삼포라는 말에 그제야 오류거 주인은 탄식을 터뜨렸다. 맞다며, 그랬다며 자신의 흐린 기억력을 자책했다. 오류거 주인은 고개를 끄덕이고는 찻잔을 들었다. 손짓으로 권하기도 했다. 아사히도 찻잔을 들었다.

"그런데 어째서 일본인과 함께 다니는 것이오?"

양휘보의 얼굴이 붉어졌다. 아사히가 나섰다. 추사 선생의 난정서 때문에 알게 되었다고 말했다. 오류거 주인이 놀란 표정으로 찻잔을 가만히 내려놓았다. 추사 선생의 난정서냐고 묻기까지 했다. 맑은 다향이 내실에 퍼졌다. 은은한 향기였다. 양휘보는 찻잔을 들어 입술로 가져갔다. 촉촉했다. 마음을 적시는 맑은 다향이 느껴졌다. 그게 이곳에 있다는 말을 들었다고 아사히가 조심스레 운을 뗐다. 그가 말을 마치기도 전에 오류거 주인은 손을 내저었다. 입가에는 엷은 미소까지 번졌다.

"늦었소."

아사히의 눈동자가 커졌다. 늦었다니요? 라며 놀라는 말을 쏟아놓았다. 혀도 굳어졌다. 차를 들라며 오류거 주인은 다시 한 번 찻잔을 가리켰다. 가리키는 손이 여유로웠다. 찻잔을 든 아사히의 손이 살짝 떨렸다. 양휘보는 말없이 찻물로 입술을 적셨다. 싸한 향기가 정신을 맑게 했다. 오류거 주인의 말이 이어졌다. 난정서는 이미 이곳을 떠났다는 것이었다. 천진이나 상해로 갔을 것이란 말이 이어졌다.

"천진이나 상해라니요?"

아사히는 찻잔을 내려놓았다. 찻잔에서 맑은 소리가 튀어나왔다. 이곳에 있었으나 얼마 전에 가져갔다는 것이었다. 누가 가져갔느냐는 물음이 이어졌다. 목소리가 가늘게 떨렸다. 안타까움의 표현이었다. 조선인인지 일본인인지는 모르나 웬 사내들이 나타나서 난정서를 가져갔다는 대답이 이어졌다. 아사히는 안절부절못했다. 오류거 주인이 말까지 끊자 아사히의 표정은 울상이 되어버렸다. 자세히 좀 말해달라는 말이 아사히의 초조한 입에서 나왔다. 그의 초조함과는 달리 오류거 주인의 표정은 여유롭기만 했다. 그런 아사히를 즐기고 있는 듯도 했다. 그렇다면 잔인한 즐김이었다.

"계림삼포 주인이 다섯 명을 데려왔는데, 그들은 조선말을 쓰기도 했고 일본말을 쓰기도 했소. 나로서는 분간하기가 어려웠소."

"난정서를 보셨는지요?"

아사히의 눈이 빛을 발했다. 탐욕이었다. 집요한 탐욕이었다. 봤다는 대답이 이어졌다. 추사 선생의 것이 틀림없었고 대단한 작품이 있다는 말도 이어졌다. 구양순의 정무본이나 저수량의 영상본에 못지않다는 것이었다. 어쩌면 추사 선생만의 필의(筆意)가 들어 있어 오히려 한 수 위인 듯하다는 말도 했다. 아사히는 몸이 달았다. 자세를 이리저리 바꾸어가며 안절부절못했다. 목울대로는 마른침을 연신 삼켜댔다.

"그 사람들이 무슨 말을 하던가요?"

"중광단이란 소리도 들었고, 또 한인애국단이란 소리도 들었소. 하지만 그때는 무심코 흘려들은 것이어서……."

오류거 주인은 껄껄 웃음을 터뜨렸다. 호탕한 웃음소리가 내실에 가득 울려 퍼졌다. 아사히는 더욱 몸이 달았다. 천진의 중광단이라고 했는지, 아니면 천진으로 간다고 했는지 기억할 수 없다고 덧붙이며 오류거 주인은 말끝을 흐렸다. 말끝 흐림은 혼란함을 드러내는 것이었다. 아사히에게는 더 더욱 어지러운 말이었다. 양휘보가 나섰다.

"천진으로 간다는 말이었을 겁니다."

아사히가 이번에는 양휘보를 돌아보았다. 눈빛이 애가 탔다. 무언가 실마리를 잡아내고자 함이었다. 중광단과 한인애국단에 대해 알고 있는 것이 있느냐고 물었다. 물음은 간절했다. 양휘보가 대답했다. 중광단은 만주의 독립군 단체로 알고 있으나 한인애국단은 자기도 처음 듣는다며 고개를 갸웃했다.

"그럼 그들이 함께 난정서를……."

역시 말끝이 흐려졌다. 아사히의 머릿속이 복잡했다. 판단을 할 수 없었다. 일본말을 했다는 것으로 보아서는 어쩌면 일본인들일 수도 있다는 말이 이어졌다. 조선인을 가장한 것이라는 말이었다. 난정서의 행방에 혼란을 주기 위한 작전이란 말이냐며 아사히가 불안한 모습을 보였다. 그가 고개를 끄덕였다. 시라카와가 떠올랐다. 그럴 듯했다. 아사히는 깊은 신음과 함께 다시 한 번 고개를 끄덕였다.

"헌데 무엇 때문에 난정서를 그리 찾는 게요?"

오류거 주인의 목소리는 맑았다. 다향만큼이나 맑았다. 욕심이 없는 소리였다.

"난정서를 찾는 이유가 어디에 있겠습니까?"

아사히의 되물음은 탁했다. 탐욕이 깃든 되물음이었다. 사겠다는 것이냐고 오류거 주인이 물었다. 아사히가 의자를 당겨 앉았다. 탐욕이 바짝 다가섰다. 탐욕은 간절한 부탁으로 이어졌다. 천만금을 달래도 다 주겠다는 것이었다. 구해만 달라고 애원했다. 오류거 주인의 고개가 좌우로 흔들렸다. 쉽지는 않을 거라며 혀 차는 소리까지 냈다. 아사히의 한숨이 깊었다. 오류거 주인의 시선이 양휘보에게로 옮겨졌다.

"그나저나 젊은이는 조선인이 어째 이러고 다니오?"

한심하다는 말투였다. 양휘보의 얼굴이 화끈 달아올랐다. 질책은 계속 이어졌다. 부끄러운 줄 알라는 말이었다. 아사히가 끼어들었다. 목소리는 조심스러웠다.

"아무튼 난정서를 좀 부탁드립니다."

아사히의 정중한 부탁에 오류거 주인은 마지못해 고개를 끄덕였다. 그러마고 하면서도 쉽지는 않을 거라는 대답이 이어졌다. 그늘이 그설 다시 들고 올 것 같지도 않다는 말이 덧붙었다. 아사히는 자리에서 일어섰다. 작별인사를 건넸다. 오류거 주인도 자리에서 일어서서는 손을 마주 잡고 인사를 건넸다. 아사히가 돌아서자 오류거 주인이 양휘보에게 눈짓을 했다. 양휘보의 입가에 미소가 피어올랐다.

거리로 나서자 아사히가 양휘보를 돌아보았다.

"중광단과 한인애국단은 어떤 단체인가?"

"아까 말씀드린 대로입니다. 중광단은 김좌진을 중심으로 한 만주지역 독립운동 단체이고, 한인애국단은 저도 금시초문입니다. 아마도 상해 지역의 독립운동 단체겠지요."

그럼 그리 오래된 단체는 아닐 것이란 말이 뒤따랐다. 그럴 거라는 양휘보의 말이 되받았다. 그의 말끝에 비밀단체 얘기가 흘러나왔다.

"비밀단체?"

아사히가 눈살을 찌푸렸다. 찌푸림은 안에서 인 불길한 예감이 겉으로 드러난 것이었다. 표정까지 일그러졌다. 일그러짐은 불길함을 상대에게 드러낸 것이었다.

"예, 의열단과 같은."

의열단이란 말에 얼굴이 굳어졌다. 그럴 수도 있겠다며 아사히의 표정이 굳어졌다. 뭔가 골똘히 생각에 잠겼다. 신중하게 결정을 내린 듯 천천히 손을 들어 양휘보를 가리켰다.

"자네는 상해로 곧장 가게. 난 천진에 들렀다 가겠네."

양휘보가 고개를 끄덕였다. 표정이 편안했다. 아사히의 손아귀에서 벗어날 수 있게 됐기 때문이었다. 아사히는 난정서의 행방을 찾아보고 더불어 중광단과 한인애국단에 대해서도 자세히 조사해보라고 했다. 그러겠다는 양휘보의 대답이 이어졌다.

"보름 후 상해 헌병대로 찾아오게."

헌병대라는 말에 양휘보가 대답을 주저했다. 꺼림칙하다는 표정이었다.

"아! 알겠네. 그럼 일단 상해로 가게. 가서 황포강변의 청풍다관을 찾게. 내 거기로 연락을 해 놓음세."
 양휘보의 뜻을 알아챈 아사히가 입가에 웃음을 머금었다. 두 사람은 헤어졌고, 양휘보는 곧장 상해로 향했다.

8. 인민공화국

회상에서 깨어난 양휘보는 구름 같은 인파에 밀려 강당 안으로 발을 들여놓았다. 강당 안은 그야말로 입추의 여지도 없었다. 성공이라며, 역시 박헌영 동지라며 몽양 여운형은 조선공산당 재건위원회의 조직력에 탄복해 마지않았다. 사람들이 강당을 이렇게 가득 메우리라곤 미처 생각지도 못했다. 무려 천 명이 넘었다.

"동지, 먼저 하시오!"

몽양 여운형이 손짓을 했다. 박헌영이 가볍게 고개를 숙여 보이고는 자리에서 일어섰다. 순간 강당 안이 술렁였다.

"박헌영 동지다!"

누군가 박헌영의 이름을 입에 올렸다. 술렁이던 강당 안이 이내 조용해졌다. 모든 시선이 단상으로 모였다. 박헌영은 타오르는 눈빛으로 군중을 내려다보았다. 수많은 눈동자가 자신의 입만을 쳐다보고 있었다. 박헌영은 잠시 쓸려간 시간을 생각했다. 시간은 바람같이 쓸려갔다. 쓸려간 그 시간의 고통에 민중은 울었다. 깊게 울었다. 길게도 울었다. 아픈 시간이었다. 이제 그런 일은 없어야 할 것이다. 뼈가 바스러지는 고통과 허연 뇌수가 쏟아지는 고통, 살갗이 찢기는 고통, 창자가 끊이는 고통, 가슴이 미어지는 고통으로 피가 들끓었다. 피가 들끓어 일어서고, 일어서서 맞서고, 맞서서 싸웠다. 그리고 피를 흘리며 죽어갔다. 동지들의 죽음으로 시간은 쓸려갔다. 바람같이 쓸려갔다. 쓸려간 그 끝에 조국의 독립이 있었다. 독립은 혈흔이었다. 붉은 혈흔이었다. 동지의 죽음과 지사의 죽음과 민중의 죽음과 이름 없는 들꽃의 죽음이었다. 산하가 붉게 물들었다. 이제 그 고귀한 혈흔의 흔적을 고이 모셔 받들어야 한다. 그것은 살아남은 자들의 몫이었다. 꿈속에서 그리던 세상, 자유롭고 평화로운 세상. 만민이 평등한 세상, 그런 세상을 만들어야 한다. 민중이 주인이 되어 그런 세상을 만들어야 한다. 박헌영은 이글이글 타오르는 눈빛으로 민중을 바라보았다. 어깨가 무거웠다. 천근만근 무거웠다. 무겁게 입이 열렸다. 민중은 시간이 멈춘 듯한 분위기 속에서 그를 바라보았다.

"동지 여러분! 우리는 민중이 주인이 되는 그런 세상을 만들어야 합니다. 그것이 진정한 민주주의를 이뤄내는 길이기 때문입니다. 나 박헌영은 이 땅에 그런 민주주의를 실현하기 위해 지금까지 싸워왔습니다. 저 무도하고 간악한 일제에 맞서 싸워왔습니다. 동지들의 뜨거운 피와 열렬한 혁명정신이 제 곁에서 저와 늘 함께해왔기에 가능한 일이었습니다. 다시 한 번 그 힘이 제게 필요합니다. 제게 힘을 실어주십시오. 이 말씀을 드리고자 한 것이 오늘 제가 이 자리에 선 이유입니다."

민중은 환호했다. 열광했다. 민중이 주인이 되는 세상. 꿈같은 말이었다. 민중의 환호는 그런 세상을 이뤄낼 때가 왔다는 뜻이기도 했다. 민중은 박헌영의 뜻과 말과 몸짓과 하나가 되었다. 뜨거운 경성여고보 강당이었다. 창가로 빗기는 햇살이 곧았다. 곧아서 꽂혔다. 야무지게도 꽂혔다. 그것은 새로운 시대의 강렬함이었다.

역시 책임비서 동지라고 김삼룡은 들뜬 목소리로 말을 건넸다. 책임비서 동지의 역할이 지대할 것이라는 이관술의 말도 있었다. 말 한마디 한마디, 동작 하나 하나에 민중이 이리 열광하는 것을 보면 분명히 조국의 미래는 밝을 것이라는 말도 돌았다. 이관술의 목소리는 흥분되어 있었다. 가늘게 떨리기까지 했다. 박헌영의 연설이 이어졌다.

"우리는 오늘 조선인민공화국을 결성할 것입니다. 우리 조선공산당 재건위원회와 건준이 함께하는 일입니다. 여러분은 이제 인민공화국의 인민으로서 누구나 자유를 누리는 것은 물론 평등할 권리를 함께 갖게 될 것입니다."

박헌영의 열정적인 연설은 강당 안을 뜨겁게 달궜다. 연설은 강력한 폭발력을 갖고 있었다. 해진 군복 차림을 하고 있어 보기에 초라했지만 연설은 그런 초라한 모습과 달랐다. 너무도 달랐다. 단상 위에 앉아 있던 몽양 여운형의 입가로 미소가 번졌다.

"함께합시다! 조선인민공화국을 위해 함께합시다!"

연설은 함께하자는 말로 마무리되었다. 강당 안은 후끈 달아올랐다. 박헌영이 단상에서 내려가자 이번에는 몽양 여운형이 올라왔다.

"박헌영 동지의 치열함에 찬사를 보내는 바입니다. 더불어 뜻을 함께해줌에 다시 한 번 깊은 감사의 말씀을 드립니다. 우리는 그동안 일제의 압제에 시달렸습니다. 갖은 고통과 아픔으로 인고의 세월을 견뎠습니다. 이제 그 압제에서 벗어나 비로소 자유로운 몸이 되었습니다. 앞으로 그런 일은 다시는 없어야 합니다. 그래서 우리는 새로운 시대, 새로운 조국을 건설하기로 했습니다. 바로 인민이 주인이 되는 나라, 조선인민공화국입니다."

장내가 숙연해졌다. 몽양 여운형은 그런 숙연함을 한 차례 훑어보았다. 훑어보는 눈빛이 새파랗게 빛났다. 불꽃이 튀었다. 군중은 뜨거웠다. 새로운 시대에 대한 열망으로 달아올랐다.

"저는 오늘 조선인민공화국 결성을 위한 선언문을 발표하고자 합니다. 잘 들으시고 가슴깊이 새겨 우리의 뜻을 널리 알리시기 바랍니다."

몽양 여운형은 품속에서 선언서를 꺼내 들었다. 그러고는 천천히 읽어 내려갔다.

"우리는 이 땅에서 일본 제국주의의 그림자를 완전히 걷어내야 한다. 그를 위해 남은 일제 잔존세력을 척결할 것이며 반민족적 분파와 반동적 분자들 또한 척결 대상에 포함할 것이다. 뿐만 아니라 우리 조선인민공화국에 해를 끼치는 그 어떠한 세력도 분쇄할 것을 천명하는 바이다. 완전한 자립과 독립만이 민주국가를 실현하는 길이다. 동지들이여, 일어나라! 조국과 민족을 위해 그대들의 뜨거운 피로써 혁명을 완수하라!"

　군중은 환호했다. 열렬히 환호했다. 몽양 여운형도 손을 들어 화답했다. 단상 뒤에 앉아 있던 박헌영도 자리에서 일어서서 박수를 쳤다. 뜨거운 박수였다. 경성여고보 강당은 후끈 달아올랐다. 이어 조선인민공화국을 이끌어갈 중앙인민위원이 발표되었다. 김구, 여운형, 김원봉, 허헌, 이승만, 이관술, 김규식, 김성수, 신익희, 김일성, 무정 등 모두 55명이었다.

* * *

"참으로 한심한 일입니다. 이 나라에 인공이라니요?"

　송진우는 심히 불쾌한 낯빛으로 말을 내뱉었다. 말은 마디마디 끊어졌다. 심산 김창숙도 탐탁지 않은 표정이었다. 도대체 이 나라가 어디로 가려고 이러느냐며 안재홍은 고개까지 절레절레 흔들었다.

"저들 멋대로에요. 아직 들어오지도 않은 김구 주석과 약산, 그리고 해공은 물론 이승만까지 모두 중앙인민위원 명단에 집어넣었어요."

　송진우가 너털웃음을 흘렸다. 한심하다는 투였다. 떡 줄 사람은 생각도 하지 않고 있는데 김칫국만 실컷 들이켜대고 있다고 비아냥거리기까지 했다. 서글픈 일이라는 심산 김창숙의 말도 이어졌다. 나라를 세우는 일이 얼마나 중요한 일일진대 저들 몇몇이서 숙덕숙덕해서 될 일이냐며 얼굴을 붉혔던 것이다. 얼굴이 벌겋게 상기되었다. 분노한 빛이 역력했다.

"여학교 강당에 겨우 천여 명 모아놓고는 그것을 국민 전체인양 호도해서 정부수립 운운하다니 참으로 가소롭기 그지없는 일입니다. 권력에 눈이 멀어 민족을 기만하고 나라를 팔아먹는 몰염치한 짓입니다. 저들의 죄는 만 번 죽어 마땅합니다."

말까지 거칠어졌다. 발표된 내각 명단에 대해서도 거친 말이 나왔다. 그것이 어떻게 구성됐느냐며 한번 들어보기나 하자는 것이었다. 말이 툽상스러웠다. 툽상스러운 말에 송진우가 투덜거리며 나섰다. 주석에는 이승만을 앉히고 부주석 자리는 여운형 자신이 차지했다는 것이었다. 참으로 우습다는 말도 꼬리처럼 따라 붙였다. 심산 김창숙이 씁쓰레한 얼굴로 고개를 끄덕였다.

"그래도 양심은 있었나보지요. 주석 자리를 이승만에게 양보한 것을 보면."

안재홍이 삐딱하게 내뱉었다. 송진우가 거들었다. 차마 안 그럴 수가 없었던 게라고 시시덕거렸다.

"그러고요?"

심산 김창숙이 또 다시 물었다. 송진우가 나머지 말을 이었다. 국무총리에 허헌, 내무부장에 김구, 외무부장에 김규식, 재무부장에 조만식, 군사부장에 김원봉을 임명했고, 인촌은 문교부장, 해공은 체신부장에 각각 임명했다는 것이었다.

"화려하군!"

말에 비아냥거림이 가득했다. 안재홍이 키득거리고 웃었다. 한마디

상의도 없었다며 서운해 하는 말도 늘어놓았다. 심산 김창숙이나 자기들 같은 민족주의 계열 사람들은 의도적으로 배제했다며 그러면 안 되지 않느냐고 불만을 토로했다. 이강국에게도 서기장을 맡기면서 자기들은 철저히 배제했다는 것이었다. 송진우는 분하다는 듯 식식거리기까지 했다.

"뿐인 줄 아십니까? 저들의 인공 결성 소식에 소련군도 고개를 젓고 있다 합니다. 소위 인공이라면서 소련까지도 배제했기 때문이지요."

안재홍의 말이 끝나자 심산 김창숙이 입을 열었다. 수많은 정당과 단체들이 난립하고 있는 현 상황을 보면 참으로 안타깝다는 것이었다. 하나로 뭉쳐도 시원찮을 판에 너도 나도 당이다 단체다 만들어대니 배가 산으로 갈 지경이라는 말이었다. 대오각성해야 할 일이라며 탄식을 터뜨렸다. 탄식은 깊었다. 심산 김창숙의 말에 송진우와 안재홍의 얼굴이 굳어졌다. 그들은 한민당을 창당하기 위해 심산 김창숙을 찾아온 것이었다. 함께하자고 부탁할 생각이었던 것이다. 몇 번이나 망설이던 끝에 송진우가 조심스레 운을 뗐다.

"그래서 저희가 하나로 뭉쳐보고자 이번에 한민당을 창당하려고 합니다. 선생께서 함께해주신다면……."

어렵게 꺼낸 말을 마치기도 전에 심산 김창숙이 쓸데없는 소리 하지 말라며 손을 내저었다. 당신들이 하겠다는 그 한민당이라는 것도 마찬가지라는 것이었다. 모두 다 똑같다는 말도 덧붙였다. 새로운 당이 하나 더 늘어나는 것일 뿐이라는 말이었다. 송진우는 얼굴이 벌게졌다.

무안한 모양이었다. 손바닥만 연신 비벼댔다. 심산 김창숙의 말은 계속 이어졌다. 어찌되었든 우리에게는 임시정부가 있으니 그 임시정부를 중심으로 하나가 되어야 한다는 말이었다. 듣기로 미군이 들어온다고 하는데 어쩌면 우리가 또 다시 저들의 통치를 받는 상황에 놓이게 될지도 모른다는 염려가 뒤따랐다. 미국은 민주주의 국가인데 그렇기야 하겠느냐고 송진우가 넌지시 반박하자 심산 김창숙이 발끈했다. 모르는 소리 하지 말라는 것이었다. 저들이 민주주의를 한다고 해서 자기네 국익까지 제쳐 놓을 줄 아느냐는 것이었다. 어림없는 말이라는 것이었다. 안재홍이 고개를 끄덕이며 동의하는 순간 벼락같은 그의 말이 다시 쏟아졌다. 더구나 소련을 등에 업은 공산주의까지 날뛰고 있으니, 이 시국이 어쩌면 생각보다 더 위험한 상황일지도 모른다는 것이었다. 안재홍의 물음이 이어졌다. 허면 선생께서는 어찌 하실 생각이냐는 것이었다. 심산 김창숙이 한숨을 몰아쉬며 대답했다. 한숨 속에는 걱정이 태산이었다. 조국과 민족에 대한 석성이었다.

"나는 어떠한 정당 활동도 하지 않을 생각이오. 관심도 없고. 오직 임시정부를 통해 통일 민족국가를 건설해야 한다는 것이 내 신념이올시다."

못을 박듯 하자 분위기가 어색해지고 말았다. 미안했던지 심산 김창숙이 누그러진 목소리로 말을 이었다.

"공산주의도 경계해야 하고 이백오십여 개 정당과 단체가 난립해 있는 작금의 상황도 각별히 유의해야 하오. 단체들이 너도나도 권력에 대한 탐욕만을 내세운다면 위기가 또 닥칠 것이오. 특히 공산주의자들이 제 세상인양 날뛰는 꼴이 차마 눈 뜨고 못 볼 지경이오. 아슬아슬하오. 마치 공중곡예를 보는 듯하외다."

심산 김창숙은 한숨을 섞어 경계해야 함을 거듭 강조했다. 공산주의자들의 활동을 경계했던 것이다. 안재홍의 맞장구가 이어졌다. 소련이 이미 북쪽에 들어온 이상 저들이 가만있지 않을 거라는 말이었다. 한반도를 공산화하려 할 거란 얘기였다. 심산 김창숙이 안재홍의 말을 받았다. 이제 들어올 미국도 마찬가지라는 것이었다. 한반도를 저들의 손아귀에 넣으려 할 것이 분명하다며, 우리는 임시정부를 통해서 자주권을 획득해야 한다고 했다. 그 말을 송진우가 맞받았다. 미국은 아마도 임시정부를 인정하지 않을 거라는 얘기였다. 벌써 그런 조짐이 곳곳에서 보이고 있다는 말도 덧붙였다. 말은 확신에 차 있었다. 두 사람도 그의 말에 동조하며 고개를 끄덕였다. 세 사람은 약속이라도 한 듯 동시에 한숨을 몰아쉬었다. 염려와 분노로 가득 찬 한숨이었다. 한숨은 아프게 깊었다.

"내 뜻은 그러하니 그리 알고 돌아가도록 하시오. 나는 한민당에는 물론 어떠한 정당이나 단체에도 몸담지 않을 것이오."

심산 김창숙이 다시 못을 박자 송진우와 안재홍은 못내 아쉬운 얼굴로 고개를 끄덕였다. 선생의 뜻을 잘 알겠다며 자신들의 진실한 뜻만은 헤아려달라고 했다. 물론이라고 심산 김창숙이 맞받았다. 모두 다 조국을 위해 애써온 사람들 아니냐는 것이었다. 그건 자신도 잘 알고 있다고도 했다. 심산 김창숙의 말에 두 사람은 자리에서 일어섰다.
 "다만 그 어떤 친일세력과도 손을 잡는 것에 대해서는 나는 절대 반대하오. 조국을 위해, 민족을 위해 피 흘려 싸운 동지들을 잊지 마시오! 개인이나 한 단체의 탐욕을 위해 대의를 저버리지는 말란 말이오."
 송진우는 흠칫했다. 그 말은 친일세력에 동조하는 세력에 대한 강력한 경고의 소리이기 때문이었다.
 심산 김창숙의 경고에도 불구하고 송진우와 안재홍은 결국 친일세력을 끌어들이고 말았다. 그들과 함께 종로구 경운동의 천도교 대강당에서 한민당 창당 발기인대회를 열었던 것이다. 한민당에는 김성수, 송진우, 장택상, 조병옥 등 부유층 출신의 보수적인 민족주의 계열과 친자본주의적 대지주를 포함한 친일파가 다수 참여했다. 친일세력을 끌어들인 것은 많은 자금이 필요하기 때문이었다. 이들에게 애국자와 반역자의 경계는 없었다. 한민당의 이익을 위해서라면 그 어떤 세력과도 손잡는 것을 마다하지 않았다. 이들은 낭민과제로 좌익을 때려잡는 것을 선택했다. 가장 큰 세력이 좌익이므로 그것을 때려잡는다면 한민당의 존재감을 드러낼 수 있을 것이라고 생각했던 것이다.
 "우리 동아일보를 적극 활용하겠습니다. 빨갱이 때려잡는 일에 앞장서야지요."
 김성수가 열을 올리자 장택상이 맞받았다. 동아일보뿐만이 아니라는 것이었다. 조선일보도 함께해야 한다는 것이었다. 지금 시국이 빨갱이 천지 아니냐는 말이었다. 한민당이 마땅히 앞장서야 한다는 것이었다. 자칫 잘못하면 해방된 조국이 빨갱이 국가로 전락할 판이라는 말도 이어졌다. 조병옥도 질세라 나섰다. 북쪽을 보며 그는 열을 올렸다. 벌써 인민위원회인가 뭔가가 지주들의 땅을 모두 빼앗고 있다면서 거기는 난리도 아니라는 것이었다. 북쪽에서 땅을 빼앗긴 지주들이 대거 남쪽으로 내려왔다는 말이 이어졌다. 그 말에 장택상이 다시 거들었다. 얘기가 나왔으니 하는 말인데 그런 지주들을 적극 활용할 필요가 있다는 것이었다. 조병옥이 물었다. 어떻게 활용하느냐는 말이었다. 장택상이 대답했다. 그들의 증오심을 이용하자는 것이었다. 재산을 모두 빼앗기고 내려왔으니 그 울분이 얼마나 크겠느냐는 말이었다. 목소리는 음흉했다. 적당히 생활비와 활동자금을 대주면 물불 가리지 않고 좌익에 대한 분노를 풀어낼 것이라고 했다. 여우같은 장택상의 말에 조병옥이 무릎을 쳤다. 좋은 생각이라는 것이었다. 역시 창랑이라며 손가락까지 추켜세웠다. 안재홍이 반대를 하고 나섰다. 폭력집단을 만들자는 얘기냐며 말에 조심스러움을 섞었다. 그 조심스러움에 추호의 망설임도 없이 장택상이 반발하고 나섰다. 빨갱이를 때려잡는 일에 폭력은 당연한 것 아니냐는 얘기였다. 잘못하면 한민당이 욕을 먹을 수도 있다며 안재홍이 또 다시 조심스러워했다. 송진우도 끼어들었다. 이제 막 출범한 한민당이 자리를 잡기 위해서는 국민에게 좋은 인상을 심어야 한다는 말이었다. 폭력으로 혼란을 조장하면 오히려 역효과가 날 수도 있다는 것이었다. 연이어 반대의견이 나오자 장택상이 손짓까지 하며 열을 올렸다.

"그건 시국을 잘못 보신 겁니다. 앞으로 들어올 미국을 생각해보세요. 미국은 공산주의를 극도로 혐오합니다. 미국이 들어오면 제일 먼저 할 일이 그 일일 걸요."

장택상의 한마디에 분위기가 순식간에 바뀌었다.

"하긴 미국이 들어오면……."

앞으로 온 세상이 미국의 것이라는 말이었다. 이 나라도 미국의 영향력에서 벗어나지는 못할 거라는 말도 나왔다. 잘들 알지 않느냐는 말이 뒤따랐다. 김성수도 고개를 끄덕였다. 조병옥이 그런 분위기에 불을 질렀다. 한민당이 먼저 빨갱이 사냥을 하고 있으면 미국은 자연히 우리 편이 되어줄 거라고 부추긴 것이었다. 더불어 우리에게 큰 기회가 올 것이라는 말도 덧붙였다. 안재홍의 눈이 반짝 빛을 발했다. 구미가 당긴다는 눈빛이었다.

"어쩌면 우리가 정부를 구성하는 데서 중심이 될 수도 있겠습니다."

"당연한 일이지요. 그래서 미국을 우리가 손에 넣어야 합니다. 임시정부에 대해서는 미국이 인정하지 않는다고 합니다. 임시정부는 새로운 나라의 정부가 될 수 없어요."

"조선인민공화국도 마찬가지일 테고."

"말하면 잔소리지요. 지금으로서는 우리 한민당이 가장 유리합니다."

"그럼 그렇게 합시다! 좌익을 때려잡을 단체를 하루빨리 만들도록 합시다!"

이들의 예상은 딱 들어맞았다. 미군정은 무엇보다 먼저 인민위원회

탄압에 들어갔다. 그 일은 경남에서 시작되었다. 50여 명을 검거하고 각 지부를 해체하는 작업에 들어간 것이었다. 인민위원회도 가만있지 않았다. 강력하게 저항하고 나섰다. 급기야 남원과 통영에서는 인민위원회 위원이 총에 맞아 사망하는 일까지 벌어지고 말았다. 이런 분위기로 인해 미군정에 대한 좋지 않은 인식이 자리 잡았다. 더구나 미군정은 친일파와 민족반역자들에게 온갖 일에서 우선권을 줬다. 한반도의 정세에 무지한 미군정은 친일 관료와 경찰을 대거 유임시켰다. 이런 점에서는 북쪽의 소련 또한 마찬가지였다. 그들에게 조선 민중의 의사는 전혀 고려 대상이 아니었다.

예상대로 미군정은 조선인민공화국을 인정하지 않았다. 임시정부를 인정하지 않은 것과 마찬가지였다. 한반도에서 유일한 정부는 오직 미군정뿐이라는 것이었다. 여운형과 허헌, 이강국은 강력히 반발했다. 항의도 했다. 그러나 소용없는 일이었다. 미군정은 오히려 여운형에게 정치활동을 하려면 정당등록을 하라고 요구했다. 여운형은 거부했다. 결국 조선인민공화국은 제대로 성립되기도 전에 해체되고 말았다.

9. 환국

 그토록 그리던 조국에 발을 디뎠다. 감개가 무량했다. 그러나 생각했던 환국과는 거리가 멀었다. 환호하는 인파는커녕 맞아주는 이도 없었다. 가슴 한편으로 위기감이 엄습했다. 미군정이라는 커다란 적을 실감했기 때문이었다. 주석 김구는 임시정부를 인정하지 않는 미군정을 또 다른 적으로 보았다. 총칼을 디밀지는 않았지만 그보다도 더 위협적인 것이 아닐 수 없었다. 미군정에 의해 조국이 또 다른 식민지로 전락하는 것 아닌가 생각했던 것이다.
 펑펑 쏟아지는 함박눈이 주석 김구를 대신 맞았다. 한강을 건널 때였다. 쏟아지는 눈발 속에서 지난날도 떠올랐다. 일제에 맞서 치열하게 싸울 때였다.
 '나는 우리나라가 세계에서 가장 아름다운 나라가 되기를 원한다. 가장 부강한 나라가 되기를 원하는 것은 아니다. 내가 남의 침략에 가슴 아팠으니 내 나라가 남의 나라를 침략하는 것은 결코 원치 않는다.

우리의 경제력은 우리의 생활을 풍족히 할 만하고 우리의 국방력은 남의 침략을 막을 만하면 족하다. 오직 한없이 갖고 싶은 것은 높은 문화의 힘이다. 문화의 힘은 우리 자신을 행복하게 해주고 나아가서 남에게까지 행복을 줄 수 있기 때문이다.'

문화론을 펼치던 때 한 말이었다. 지금도 그 생각에는 변함이 없었다. 윤봉길에게 폭탄을 건네주던 날도 떠올랐다. 가슴 아픈 날이었다.

***

"받게!"

주석 김구의 목소리가 가늘게 떨렸다. 윤봉길을 사지로 몰아넣는다는 죄책감 때문이었다.

"장부는 한번 가면 돌아오지 않는다 했습니다."

윤봉길은 힘주어 말했다. 이심전심이었다.

"이것으로 임시정부와 한인애국단의 명성이 만방에 드날릴 것입니다."

폭탄을 받아든 윤봉길은 입가에 미소를 머금었다. 가슴 시리도록 아픈 웃음이었다. 조국을 위한 일이라며 자네나 나나 이까짓 목숨에 연연하지 말자고 주석 김구가 말했다. 말은 치열했다. 눈물겹도록 치열한 말이었다. 눈물겨움은 오직 조국만을 위한 것이었다. 당연한 일이라며 어찌 목숨을 아까워하겠느냐는 윤봉길의 말이 이어졌다. 그 대답은 당연한 것이었다. 조국만을 생각하는 대답이었다. 역시 치열한 대답이었다. 윤봉길은 받아든 폭탄을 챙겼다. 그의 새파란 눈빛이 김홍일에게로 향했다.

"다행히 구하셨군요."

양휘보가 모용예화와 하루토를 통해 구했다고 김홍일이 대답했다. 교회를 폭파할 목적이라고 하루토를 속였고, 모용예화가 도움을 주었다고 했다. 하늘이 내린 기회라며 흥분해 있었다. 중국인도 일본에 대한 감정이 극도로 나빠지고 있다며 주석 김구가 말을 흐렸다. 윤봉길이 나섰다. 저들이 일으킨 상해사변이 저들 자신의 발목을 잡고 있다는 말이었다. 조선도 모자라 대륙까지 넘본다며 회심의 미소를 지어 보이기까지 했다. 우리에겐 다행한 일이라며, 조국을 찾는 데 많은 도움이 될 수 있을 것이라며 주석 김구는 의미심장한 얼굴로 고개를 끄덕였다. 김홍일도 같은 생각이었다. 모용예화와 같은 이들이 벌써 우리를 돕고 있지 않느냐고 맞장구를 쳤다. 그러자 양 군이 큰일을 했다며 주석 김구가 양휘보를 칭찬하는 말을 했다. 역시 신흥무관학교 출신답다는 말도 이어졌다. 주석 김구의 입가에 흐뭇한 웃음이 머금어졌다. 말끝에 윤봉길을 호위하는 일도 양 군을 통해 모용예화에게 도와달라고 부탁해보는 것이 어떠냐고 김홍일에게 물었다. 그가 무릎을 쳤다. 좋은 생각이라는 것이었다. 중국인이 호위하면 일본 헌병대도 함부로 하지 못할 거라는 말도 나왔다. 게다가 하루토라는 일본인까지 적절히 이용한다면 더 안전할 수 있다는 말도 있었다. 안성맞춤이라며 그가 고개를 끄덕였다. 그렇게 하면 공원 안으로 들어가기가 수월할 것이라는 데 두 사람이 의견의 일치를 보았다. 주석 김구는 다시 신중히 생각한 끝에 고개를 끄덕였다.

"지금 우리 상황으로는 그게 가장 좋은 방법일 것 같소."

주석 김구의 결정에 김홍일도 맞장구를 쳤다.

"그럼 양 군을 부르겠습니다."

* * *

"다 왔습니다."

해공 신익희의 굵직한 목소리가 주석 김구의 회상을 마감시켰다. 자동차가 서대문으로 들어서고 있었다. 김석황이 마련해 놓은 건물이라며 신익희가 멀리 다리 건너에 있는 건물을 가리켰다. 새로 지은 서양식 이층 건물이었다. 세련된 모습이 자신에 대한 예우를 짐작케 했다. 자동차가 멈춰 서자 양복 차림에 동백기름을 머리에 바른 사내가 차문을 열어주었다. 환국을 축하드린다는 말과 함께 그가 주석 김구를 맞았다. 주석 김구가 고맙다는 말을 그에게 건넸다. 주석 김구는 자신을 맞아주는 사내들의 손을 일일이 잡아 고마움을 표했다.

"김석황입니다."

"나 김구올시다."

허리를 굽힌 김석황은 황송해 하며 손으로 방향을 가리켜 안내했다. 죽첨장이라며 올라가시라고 했다. 그를 따라 임시정부 위원들이 죽첨장으로 향했다. 계단에 올라선 주석 김구는 몸을 돌려 주변을 둘러보았다. 해방된 조국을 살펴보는 것이었다. 넓은 신작로와 높다란 건물, 흰 옷을 입고 바쁜 걸음으로 오가는 동포들이 눈에 들어왔다. 참으로 감개가 무량한 일이었다. 이런 날이 오기를 그 얼마나 기다렸던가? 기다림에 애가 타서 가슴에 새까맣게 멍이 들었다. 이제 그 멍이 풀릴 것이었다. 비로소 풀릴 것이었다.

"이 얼마나 보고 싶던 광경이오."

곁에 있던 조소앙도 감회에 젖은 듯 눈물이 글썽했다.

"참으로 고생이 많았소!"

주석 김구는 다시 한 번 임시정부 위원들의 노고를 치하했다. 그러고는 위원들 하나하나와 돌아가며 마주보았다. 눈과 눈이 마주치며 정이 오고 갔다. 깊은 정이었다. 주석 김구는 김석황을 돌아보았다. 이런 환대를 해주어 고맙다고 다시 한 번 인사를 건넸다. 김석황이 손사래를 치며 당연한 일이라고 했다. 더불어 누추하지만 편히 쉬라는 말도 잊지 않았다. 말은 고맙지만 그럴 수 없는 형편이라고 주석 김구가 대답했다. 해방이 되었다고는 하지만 아직도 바람 앞에 놓인 등불과도 같은 조국을 두고 어찌 편히 쉴 수가 있겠느냐는 말이었다. 말끝에 한숨이 묻어났다. 멀리 전차가 모퉁이를 돌아 나오고 있었다. 뒤로는 아이들이 꼬리를 물고 달음박질을 하고 있었다. 주석님과 같은 분을 죽첨장으로 모시게 되어 영광이라며 또 다른 사내가 나섰다. 역시 말끔한 양복 차림의 사내였다. 눈꼬리가 얍삽한 것이 이익에 밝은 눈매였다.

"이 사람이 죽첨장의 주인 되는 사람입니다. 최창학이라고 합니다."

김석황의 소개에 주석 김구는 고개를 끄덕였다. 이런 훌륭한 건물을 선뜻 내주어 고맙다는 말을 건넸다. 그가 부끄럽다며 고개를 떨궜다. 일제 아래에서 광산업을 했을 정도면 그가 어떤 사람인지는 불을 보듯 뻔한 일이었다. 스스로 부끄럽게 여긴 그가 고개를 떨구는 것으로 자기고백을 한 셈이었다. 주석 김구도 모르는 바가 아니었으나 형편이 형편인지라 그냥 고개를 끄덕여 받아넘기고 말았다. 참으로 가슴 아린 일이었다. 잠시 머뭇거리던 주석 김구가 손을 들어 길 건너 다리를 가리켰다.

"저 다리 이름이 무엇이오?"

물음에 최창학이 놓칠세라 재빨리 대답했다.

"경교(京橋)라고 합니다."

"그럼 경교장이라 불러야겠구먼."

죽첨장이란 이름을 버리고 경교장으로 불러야겠다는 것이었다.

"경교장? 그거 괜찮군요."

해공 신익희가 먼저 공감을 표했다.

"다리는 잇는 것을 뜻합니다. 시대를 이어주고 민족을 이어주고 너와 나를 이어주는 그런 상징성을 가질 수 있지요."

주석 김구의 말에 조소앙을 비롯해 김석황과 김성숙 등도 고개를 끄덕이며 한마디씩 거들었다. 최창학만이 아무런 말이 없었다. 표정도 그리 밝지 않았다. 건물 이름을 바꾸는 것이 자신의 흔적을 지우는 것만 같았기 때문이었다.

주석 김구는 경교장에 짐을 풀었다. 임시정부 내각도 경교장 안에 자리를 마련했다. 첫 각료회의가 열렸다. 감개가 무량하다면서 해방된 조국에서 이렇게 각료회의를 열 날이 오리라고는 생각지 못했다고 주석 김구가 운을 뗐다. 그러고는 말을 잇지 못했다. 목이 메는 모양이었다. 잠시 눈시울을 붉히기도 했다. 곁에서 조소앙이 손수건을 건넸다.

"막상 이렇게 자리를 마련하고 보니 참으로 서글퍼집니다. 수많은 애국동지들이 오늘 이 자리를 위해 목숨을 바쳤습니다. 마음이 무겁습니다. 동지 여러분도 마찬가지일 것입니다."

"이제 새롭게 시작해야 합니다. 무거운 마음은 털어버리십시오! 작금의 혼란한 상황을 직시하지 못하면 또 다른 어려운 상황에 직면할 수도 있습니다. 조국이 살고 민족이 사는 길에 매진할 때입니다. 주석께서도 지난 일은 가슴에 묻으시고 이제 앞날만을 생각하십시오!"

군무부장 김원봉이 건넨 말이었다. 주석 김구도 고개를 끄덕였다. 안경을 벗고는 눈물을 훔쳐냈다. 잠시 감상에 젖었다며 그러마고 목소리를 높였다. 분위기를 바꾸려 내무부장 해공 신익희가 나섰다. 무엇보다도 시급한 것은 지방조직을 구성하는 일이라는 것이었다. 그래야만 임시정부가 명실상부한 대한민국 정부로서 역할을 다할 수 있다는 것이었다. 맞은편에 있던 외교부장 조소앙이 좋은 말이라고 맞받았다. 지금 이대로는 뿌리 없는 나무와도 같은 신세에 불과하다는 말이었다. 사상누각이라는 것이었다. 무엇보다도 서둘러야 할 일이 그 일이라고도 했다. 주석 김구가 고개를 끄덕였다.

"좋은 의견이오. 그런 기반이 갖추어지면 미국이나 소련도 우리를 다시 보게 될 것이오. 우리를 정부로 상대하지 않을 수 없게 되겠지요. 그것이 가장 시급한 일이라 생각되오."

주석 김구의 얼굴에서 조급함이 엿보였다. 조급함은 불안이었다. 조국에 대한 불안, 시대에 대한 불안, 외세에 대한 불안이었다. 믿을 만한 이들로 사람을 좀 불러 모아 달라는 조소앙의 부탁이 이어졌다. 신익희가 고개를 끄덕였다. 끄덕이고는 신중하게 입을 열었다. 신중함에는 열정이 담겨져 있었다.

"우리는 지금까지 해외에서 독립운동을 해왔으나 이제는 국내에서 동포들과 더불어 새로운 독립운동을 전개해 나가야 합니다. 그 중심에 우리 임시정부가 있고요. 우리는 임시정부를 축으로 한 데 뭉쳐 새로운 단계에서 새로운 방법으로 독립운동을 전개해 나가야 합니다. 진정한 독립은 아직 이루어지지 않았습니다. 우리 임시정부가 임시라는 딱지를 떼어내고 진정한 대한민국 정부로 우뚝 설 때, 그때 비로소 진정한 독립을 이루었다 할 수 있을 것입니다."

신익희의 말을 군무부장 김원봉이 이어 받았다. 진정한 자주독립 국가를 이뤄내야 한다는 것이었다. 그 누구의 간섭도 받지 않고 우리 스스로의 의지로 모든 일을 결정하고 실행할 수 있는 그런 자주국가를 이뤄내야 한다는 말이었다. 말은 단단했다. 화강석만큼이나 단단했다. 깨지지 않을 단단함이었다. 맞는 말이라며 임시정부를 실질적인 대한민국 정부로서 바로 세워야 한다는 말들이 뜨겁게 일어섰다.

각료회의의 뜨거운 분위기와는 달리 주석 김구의 얼굴에는 여전히 그림자가 드리워져 있었다. 새로운 외세 미군정의 그림자였다. 그들이 임시정부를 인정하지 않고 있기 때문이었다.

"지방조직 구성을 위한 방안으로는 어떤 것이 있습니까?"

재무부장 조완구가 물은 것이었다. 해공 신익희가 다시 나섰다. 정치공작대를 조직한다는 말로 대답했다. 정치공작대가 뭐냐고 조완구가 다시 물었다. 얼굴에는 흥미로움과 함께 의아함, 그리고 기대감이 뒤섞여 있었다.

"각 도별로 정치공작대를 조직해 임시정부 산하에 두는 겁니다. 이들을 각 도의 조직기반으로 활용할 계획입니다."

좋은 생각이라며 약산 김원봉이 나섰다. 그의 경험으로 보건대 그것이 지방조직을 구성하는 데 큰 역할을 할 수 있을 것으로 생각된다는 말도 덧붙였다. 조선의용대를 창설했던 경험이 있는 그의 머릿속에는 이미 그림이 그려지고 있었던 것이다. 때문에 적극 찬동하고 나섰다. 정치공작대 조직에 힘을 실어준 것이었다. 군부부상께서 많이 좀 도와달라며 해공 신익희가 웃음을 머금었다. 지난날 대륙에서의 경험을 살려달라는 것이었다. 약산 김원봉이 미소로 답했다. 미소는 듬직했다. 해방된 조국이 그런 미소를 짓게 했다. 물론이라며, 그런데 그 일을 할 실무진은 어떻게 구성할 생각이냐고 물었다. 실무진에 대해 묻자 끝자리에 서있던 네 사람이 손을 들었다. 신태무와 이희도, 곽도선, 양휘보였다.

"그 일은 저희가 맡기로 했습니다."

9. 환국　129

"광복군 사인방이로구먼."

황학수가 믿음직하다는 얼굴로 그들을 돌아보았다. 흐뭇해하는 모습이었다. 모두의 시선이 네 사람에게로 모아졌다.

"각 도의 광복군 출신들로 하여금 자기 지역의 정치공작대를 조직하게 할 생각입니다. 임시정부라는 이름으로 조직을 하면 어렵지 않을 것이라 생각됩니다."

신태무의 당당한 말에 의정원 의장인 홍진이 한마디 거들었다. 현재 조직되어 있는 많은 정당과 단체 때문에 어려움도 있을 것이라는 말이었다. 더구나 많은 사람들이 좌익계열에 몸담고 있는 실정이라며, 특히 박헌영과 여운형의 조직이 쓸 만한 사람들은 죄다 쓸어갔다고 했다. 그의 말에 장내가 가라앉았다. 찬물을 끼얹은 듯했다. 잠시 침묵이 이어졌다. 싸늘한 침묵이었다.

"하긴 그 사람들이 쌓은 기반이 만만치가 않지."

성주식의 넋두리에 침묵이 흔들렸다. 흔들림은 파문처럼 조용히 번져나갔다. 해공 신익희의 얼굴이 굳어졌다. 신태무도 난감한 표정으로 서있었다. 다시 얼마간의 침묵이 이어졌다.

"어쩌겠습니까? 그래도 해야지요. 부딪쳐 보겠습니다."

침묵을 깨뜨린 건 이희도였다. 밝은 목소리였다. 목소리에는 자신감이 가득했다. 가라앉은 분위기가 되살아났다. 신태무도 다시 나섰다. 맞는 말이라면서 모두 조국을 위한 일이라고 했다. 박헌영이나 여운형이나 조국을 위해 일한 분들 아니냐고도 했다. 임시정부를 위해 협조

할 것으로 생각한다는 말이었다. 외교부장 조소앙이 고개를 가로저었다. 표정이 어두웠다. 정치란 그렇게 단순하지가 않다며 조심해야 한다고 했다. 주석 김구도 조소앙과 의견을 함께했다. 맞는 말이라면서 그렇게 순진한 생각으로 덤벼들었다가는 자칫 큰 코 다칠 수 있다고 충고를 주었다. 충고는 곧 염려였다. 여기저기에서 말들이 쏟아져 나왔다. 말들은 꼬리에 꼬리를 물고 이어졌다. 어지러웠다. 하나같이 경계하는 언어의 조각들이었다. 군무부장 김원봉이 다시 나섰다. 당연히 그렇다는 말과 함께 조심해야 한다는 말을 내놓았다. 그러면서 이제 우리의 독립운동은 투쟁이 아니라 경쟁이 될 수도 있다는 말을 했다. 법무부장 최동오가 맞장구를 쳤다.

"맞습니다. 우리는 그동안 일제에 맞서 싸웠으나 이제는 같은 동지들끼리 경쟁관계에 놓이게 되었습니다. 임시정부를 대한민국의 유일한 정부로 만들겠다는 것이 우리의 포부이기는 하지만, 안타깝게도 현실적으로는 그게 쉽지만은 않은 일이라는 것이 사실이기도 합니다. 긴준이다 조선공산당이다 앞세우는 것도 모자라 조선인민공화국을 저들 멋대로 만든 것을 보십시오. 더구나 미군정은 우리 임시정부를 정부로 인정하지 않고 있는 상황입니다."

법무부장 최동오의 현실론에 임시정부 각료들은 일제히 한숨을 몰아쉬었다. 침묵이 다시 이어졌다. 말들은 꼬리를 내리고 침잠했다. 깊이 가라앉았다. 침잠한 말을 다시 불러낸 것은 약산 김원봉이었다. 그렇다고 의기소침하게 있을 수만은 없지 않느냐는 것이었다. 의병을 이은 정통 정부로서 임시정부가 마땅히 대한민국을 이끌어야 한다는 말이었다. 주석 김구도 결연한 표정으로 나섰다.

"대한민국의 유일한 정부는 우리 임시정부요. 더 무슨 말이 필요하겠소. 이봉창 군과 윤봉길 군 등 애국단원들의 희생과 수많은 애국지사들의 희생으로 이어온 정부요. 누가 감히 이를 부정하겠소."

말은 확고했다. 확고한 말 뒤에 주석 김구는 태울 듯이 강렬한 눈빛으로 주위를 한 차례 둘러보았다. 말이 이어졌다. 뜨겁게 이어졌다.

"마땅히 해야 할 일을 하는 것은 애국이요, 절대 해서는 안 되는 일을 부득부득 하는 것은 바로 매국이오. 안중근이나 윤봉길은 그 해야 할 일을 한 사람들이고, 이완용이나 이광수 같은 이는 해서는 안 될 일을 한 사람들이오. 이러한 사실은 역사에 분명히 적시하여 후대에 가르쳐야 하오. 그래야만 역사가 바로 서고 민족이 사오. 민족이 사는 길은 다른 데 있는 것이 아니라 마땅히 그 해야 할 일을 가열차게 하는 데 있는 것이오. 우리가 지금 해야 할 일이 있는데 상황이 어렵다고 해서 가만히 있어서는 해야 할 일을 하지 않는 것과 다를 바 없소."

주석 김구의 매듭짓듯 끊는 말에는 결기가 가득했다. 더 이상 왈가왈부하지 말라는 뜻이기도 했다. 말은 말을 불러냈다. 대한민국의 유일한 정부로서 임시정부가 미군정과 당당히 협상을 해야 한다는 것이었다. 저들이 아무리 억지를 부린다 한들 우리 국민이 임시정부를 인정하고 있는데 어쩌겠느냐는 것이었다. 미군정은 단지 협상의 대상일 뿐이라는 말이었다. 임시정부의 뒤에는 국민이 버티고 있다는 것이었다. 해공 신익희가 한 말이었다. 임시정부 각료들은 임시정부의 지위를 놓고 논의를 거듭했다. 다른 정당이나 단체와의 관계, 미군정과의 관계를 숙의한 것이었다. 주석 김구가 조선인민당에 대해 물었다. 얘기가 나왔으니 말인데 조선인민당은 어찌 된 것이냐고 물었던 것이다. 몽양 여운형이 합작을 제의해 왔다는 이야기에 대해서도 물었다. 조소앙이 잊고 있었다는 듯이 대답했다. 말도 되지 않는 소리이기에 그냥 흘려듣고 말았다는 대답이었다. 조선인민공화국이 미군정으로부터 인정을 받지 못하자 조선인민당으로 간판을 바꾼 상황이었다. 그런 상황에서 임시정부에 합작을 제의해 온 것이었다. 조소앙의 대답은 한마디로 몽양의 제안을 무시했다는 것이었다. 최동오 법무부장이 나서서 잘했다고 했다. 황학수 국무위원도 법무부장의 말이 옳다고 거들고 나섰다. 저들은 좌익이라는 것이었다. 자칫 잘못하면 임시정부까지 싸잡아 욕을 먹을 수 있다는 것이었다. 좌익과는 함께할 수 없다는 말이었다. 반드시 자유민주주의여야 한다는 것이었다. 황학수가 서들자 최동오가 한술 더 떴다. 조선인민당이 선언에서 민주주의 혁명이니 전 민족의 완전 해방이니 하는 어지러운 말로 민중을 선동하기까지 했다는 것이었다. 주석 김구의 얼굴이 찌푸려졌다. 발언이 성토로 이어졌기 때문이었다. 약산 김원봉이 나섰다.

"좌익이라 해서 무작정 멀리할 것은 아니라고 생각합니다. 대한민국을 하나로 묶을 수만 있다면 마땅히 함께해야지요. 좌니 우니 하는 것은 방법에 불과한 것입니다. 중요한 것은 민족이 하나가 되는 것입니다."

 말을 하는 김원봉의 표정이 언짢아 보였다. 최동오와 황학수의 발언이 맘에 들지 않았던 것이다. 해공 신익희가 거들었다. 약산 김원봉의 의견에 동조한다는 것이었다. 더불어 하나의 대한민국을 만들지 못하면 또 다른 비극이 우리 민족을 옥죌 것이라고도 했다. 북쪽에는 소련군, 남쪽에는 미군정이 들어섰다면서 자칫 잘못하면 나라가 남북으로 갈리고 말 것이라고 경고의 말을 날리기도 했다. 주석 김구도 동지들과 같은 생각이라며 해공과 약산의 의견에 찬동하고 나섰다.

 "우리가 해방이 되었다고는 하지만 하나의 나라가 되지 못하면 그 해방은 반쪽짜리 해방에 불과한 것이 되고 말 것이오. 진정한 해방은 못 된단 말이외다."

 주석까지 반대의견을 피력하자 재무부장 조완구가 나섰다.

 "허나 저들과 합작을 한다는 것은 우리가 저들과 동등하다는 것을 인정하는 꼴이 됩니다. 그것은 곧 저들의 입지를 인정해 주는 것이 되고요."

 순간 정적이 감돌았다. 각료들은 재무부장 조완구의 말을 곱씹었다. 생각해보니 그럴 듯도 했다. 아니, 그게 맞는 말이었다. 유일한 정부인 임시정부를 일개 당과 동등한 입장에 둘 수는 없는 것이었다. 저들이 임시정부 밑으로 들어온다면 모를까. 국무위원 황학수의 말에 각료들이 일제히 고개를 끄덕였다. 외교부장 조소앙이 다시 나섰다. 그럼 일단 기다려보자는 것이었다. 한민당이나 국민당, 심지어는 저들과 같은 계열인 조선공산당에서도 조선인민당의 제의를 거절했다고 하니 좀 더 기다려보자는 것이었다. 그가 말을 끝내기가 무섭게 법무부장 최동오가 다시 나섰다. 기다릴 것도 없다는 말이었다. 모두가 거절했는데 임시정부만 제의를 받아들인다면 한민당이나 국민당이 임시정부를 어떻게 보겠느냐는 것이었다. 그렇잖아도 임시정부에 대한 미군정의 태도가 안 좋다고 알려져 있는데 더욱 곤란한 입장이 될 것이라는 얘기였다. 법무부장 최동오의 태도는 단호했다. 임시정부의 자존심을 지켜야 한다는 것이었다.

"최 부장의 말이 맞습니다. 임시정부를 위해서는 거절하는 것이 옳습니다. 더구나 좌익과 손을 잡으면 그렇잖아도 임시정부를 곱지 않게 보고 있는 미군정으로부터 무슨 말을 들을는지 모릅니다."

국무위원 엄항섭까지 최동오와 황학수의 의견에 힘을 실어주었다. 눈치를 보고 있던 몇몇 위원들까지 가세했다. 이들은 몽양 여운형도 우리의 입장을 이해할 것이라는 말로 자신늘의 의견에 스스로 힘을 실었다. 의견들이 거절하자는 쪽으로 기울자 주석 김구도 어쩔 수 없이 고개를 끄덕이고 말았다.

"여러분의 의견이 그렇다면 그렇게 합시다. 없던 일로 합시다!"

몽양 여운형의 제의에 대해서는 거절한다는 쪽으로 결론이 났다. 이 소식을 전해들은 몽양 여운형은 크게 실망했다. 어떻게든 통일된 정부를 구성하려 했던 구상이 무산되었기 때문이었다.

10. 신탁통치

정국은 혼란 속으로 빠져들었다. 모스크바 3상회의에서 신탁통치가 결정됐기 때문이었다. 임시정부를 비롯해 각 당의 지도자들은 큰 충격에 휩싸였다. 정치 지도자뿐만이 아니었다. 종교계와 언론계도 깊은 충격에 빠졌다. 신탁통치라니? 이 무슨 해괴한 짓이냐며 주석 김구는 책상을 내리쳤다. 얼굴은 분노로 일그러졌다. 우려하던 일이 그예 터지고 말았다면서 저들이 이 땅을 자기들의 공동 식민지로 삼으려 한다는 약산 김원봉의 격앙된 목소리가 경교장을 울렸다. 신탁통치는 반드시 취소되어야 하며 이번 일만큼은 무슨 일이 있어도 막아내야 한다는 위당 정인보의 울분에 찬 목소리도 함께했다. 왜놈의 압제로부터 벗어났다 하여 좋아했는데 이제 한 나라도 아니고 네 나라가 돌아가면서 이 땅을 다스리겠다니 말도 안 되는 소리를 하고 있다며 몽양 여운형은 연신 콧바람을 뿜어댔다. 얼굴도 벌겋게 달아올랐다. 이날 경교장에는 임시정부 요인들만 있는 것이 아니었다. 조선인민당 당수인 몽양 여운형을 비롯해 각 정당과 사회단체의 지도자들도 자리를 함께하고 있었다.

"힘을 모읍시다. 각 정당과 단체는 물론 종교계와 언론계까지 모두 들고 일어나게 합시다! 새로운 독립운동의 시작입니다."

주석 김구의 격앙된 말에 모여 있던 사람들이 한 목소리로 호응했다. 하나같이 울분에 휩싸여 있었다. 당연한 일이라며, 모두 거리로 나가야 한다며, 몽양 여운형은 밖으로 나가 시위할 것을 주장했다. 약산 김원봉도 가세했다. 모든 역량을 발휘해서 신탁통치만은 막아내야 한다는 것이었다. 미군정에 항의도 하고 중국에 도움도 요청해 보자는 말이 이어졌다. 좋다고, 그렇게 하자고, 평소 과묵하던 조소앙도 격분을 참지 못하고 그만 울분을 겉으로 드러내고 말았다. 위당 정인보가 먼저 오늘 모임의 명칭을 정하고 일을 시작하는 것이 좋을 듯싶다며 차분한 어조로 격앙된 분위기를 눌렀다. 몽양 여운형이 조용히 맞받았다.

"의미 있는 말씀입니다. 일사불란한 움직임을 위해서는 뜻을 모을 필요가 있습니다. 그러기 위해서는 하나의 모임으로 통일을 할 필요가 있고요. 좋습니다."

"허면 신탁통치반대 국민총동원위원회라 하는 것이 어떻겠습니까?"

약산 김원봉의 제의에 여기저기에서 찬동을 표하는 소리가 쏟아져 나왔다. 신탁통치반대 국민총동원위원회가 그렇게 해서 구성되었다. 임시정부 주석 김구를 중심으로 모든 국민이 하나가 되어 일어서게 된 것이었다. 주석 김구는 해공 신익희로 하여금 대대적인 반탁운동에 돌입하게 했고, 해공 신익희는 정치공작대로 하여금 반탁운동을 주도하게 했다.

***

"신탁통치에 반대한다. 외세는 물러가라!"

"미군정도 물러가라!"

종로 네거리에 인파가 구름 같이 모여들었다. 군중은 하나같이 신탁통치 반대를 외쳐댔다. 현수막이 하늘을 가릴 듯 하얗게 거리를 뒤덮었다. 군중은 미군정 물러가라는 말도 스스럼없이 쏟아냈다. 오늘은 일단 성공이라며 양휘보가 미소를 지어 보였다. 미소는 해맑았다. 첫 시위에 이 정도면 성공이라고 봐야 한다는 곽도선의 말도 이어졌다. 얼굴에는 흡족한 웃음이 머금어져 있었다.

"반탁만이 살 길이다. 남의 일에 간섭 마라!"

반탁 시위대는 귀가 따가울 정도로 소리를 질러댔다. 밀물처럼 종로를 휩쓸었다. 시위는 걷잡을 수 없었다. 이제 동대문으로 가자며 이희도가 시위대를 이끌고 앞장섰다. 인파가 거리를 가득 메운 채 움직이기 시작했다. 거대한 흰 물결이 종로 네거리에서 동대문 쪽으로 흘러갔다.

"저자요!"

판자촌 골목에서 유심히 시위대를 지켜보던 노랑머리 외국인이 신태무를 가리켰다. 그와 함께 있던 또 다른 푸른 눈의 외국인이 고개를 끄덕였다. 저자가 시위대를 주도하고 있으며 저자와 함께 하고 있는 자들이 모두 임시정부 사람이라는 말도 이어졌다.

"불러 세웁시다!"

노랑머리 사내가 거리로 달려 나갔다. 그러더니 시위대를 향해 소리쳤다. 신태무를 불러 제켰던 것이다.

"헤이!"

난데없는 외국인의 등장에 신태무는 의아한 눈으로 잠시 그를 바라보았다. 그는 손짓까지 하며 불러대고 있었다. 신태무는 미군정 놈이라고 툽상스럽게 내뱉고는 시위대를 벗어나 그에게로 다가갔다. 걸음걸이에 분노가 실렸다. 내뱉은 툽상스런 말만큼이나 걸음걸이도 툽상스러웠다. 무슨 일이냐고 신태무가 물었다. 미군정의 애덤스라고 자신을 소개한 사내는 반갑다는 말로 인사를 건네 왔다. 사내는 스스럼없이 손을 내밀었다. 달갑지는 않았지만 신태무도 손을 내밀었다. 크고 두툼한 손바닥이 동포와는 다른 느낌을 주었다. 어색했다. 낯설기도 했다. 사내의 말이 어눌하게 이어졌다. 이런 시위는 위험한 짓이라는 것이었다. 사내의 말에 신태무는 고개를 가로저었다. 당신들이 볼 때는 위험할지 모르나 우리로서는 아주 중요한 일이라는 것이었다. 민족의 사활이 걸린 문제라는 것이었다. 애덤스의 냉정한 말이 이어졌다. 신탁통치는 국제협약에 의해 결정된 것이라는 말이었다. 이렇게 해서 될 일이 아니란 말도 이어졌다. 신태무의 뜨거운 대답이 맞받았다. 당사자가 빠진 국제협약이 무슨 의미가 있느냐는 것이었다. 더불어 우리는 우리의 주권을 침탈하는 행위에 대해서는 그 어떤 자라 할지라도 용서치 않을 것이라는 말도 이어졌다. 당하고 있지만은 않을 것이라는 말도 덧붙였다. 신태무의 단호한 말에 애덤스는 고개를 절레절레 흔들었다. 표정은 어이가 없다는 것이었다. 그때 가까이 다가온 또 다른 사내가 협박에 가까운 말을 뱉어냈다. 고집을 피우면 연행할 수도 있다는 협박이었다. 사내는 미군정 소속의 콜린이었다.

"연행이라 했소?"

발끈한 신태무의 목소리가 높아졌다. 얼굴도 일그러졌다. 그렇다는 대답이 이어졌다. 미군정의 통치규약에 의거하여 당신을 체포할 수도 있다는 말이 곁들여졌다. 애덤스도 슬며시 끼어들었다. 사회혼란을 야기하는 죄는 다른 어떤 죄보다도 무겁다는 것이었다. 겁박의 말이었다. 말에서 버터 냄새가 진하게 묻어났다. 낯설었다.

"당신들이 말하는 규약은 당신네 땅에 가서나 적용하도록 하시오. 여기는 엄연히 대한민국이오."

흥분한 신태무는 반탁운동의 당위성을 뜨거운 논변으로 펼치기까지 했다. 당신들이 그렇게 소중한 가치라고 여기는 그 자유민주주의를 위해 우리는 이렇게 애쓰고 있는 중이라는 것이었다. 또한 우리는 진정한 독립을 위해 힘쓰고 있는 것이라는 말도 덧붙였다. 콜린의 차분한 말이 신태무의 뜨거운 말을 받았다. 당신들은 이미 충분히 자유롭다고, 독립 또한 이미 이루어졌다고. 신태무의 흥분에 대한 은근한 항변이었다. 신탁통치가 어떻게 독립이란 말이냐며, 우리는 그렇게 보지 않는다며, 그것은 또 다른 억압이자 압제라며, 그래서 이렇게 우리가 거리로 쏟아져 나온 것이라며 신태무의 재항변은 강렬하고도 뜨거웠다. 아니라는, 그렇지 않다는 애덤스의 말이 다시 이어졌다. 그는 신태무의 말을 끊으려 했다. 그러나 흥분한 신태무의 귀에 애덤스의 말은 들어오지 않았다. 이 반탁운동을 독립운동의 연장선으로 보고 있다고 신태무는 말했다. 신탁통치가 철회되는 그날까지 싸울 것이라는 말이었다. 그러다가 신태무는 더 이상 얘기해봤자 소용없다는 듯 발길을 돌리고 말았다. 할 말을 다 했다는 뜻이기도 했다. 콜린도 흥분했다. 흥분해서는 소리쳤다.

"당신, 분명히 경고했어!"

"얼마든지 하시오. 겁나지 않소."

신태무는 뒤도 돌아보지 않은 채 시위대 속으로 스며들어갔다. 반탁을 외치는 소리가 거세게 들려왔다. 거리를 가득 메웠다. 하늘을 뒤덮었다.

"물러가라, 신탁통치! 절대반대, 신탁통치!"

"무식한 놈들 같으니라고."

콜린은 분이 가시지 않는 듯 신태무를 향해 침까지 뱉어댔다. 그러고는 애덤스를 향해 한마디 던졌다. 저놈을 반드시 잡아넣자는 것이었다. 혐의는 충분하다고도 했다. 애덤스도 같은 생각이라며 본보기로 한 놈을 족쳐야 이런 일이 다시는 없을 것이라는 말을 아무렇지 않게 내뱉었다. 애덤스와 콜린은 거리를 가득 메운 시위대를 바라보며 고개를 흔들었다. 이해가 안 된다는 표정이었다. 정말로 이해가 안 되는 두 사람이었다.

시위대는 동대문 운동장으로 향했다. 국민총동원위원회의 신탁통치 반대 시민대회에 참가하기 위해서였다. 시위대는 갈수록 늘어났다. 을지로와 명동, 광화문 쪽에서도 다른 시위대들이 흘러들었다. 거리는 온통 사람들의 물결로 넘쳐났다. 동대문 운동장 주변은 말 그대로 인산인해였다.

이희도는 구름같이 모여든 인파를 바라보며 탄성을 질렀다. 탄성 속에는 희열도 담겨져 있었다. 희열은 희망이자 열망이었다. 자유와 민주에 대한 깊은 갈구였다.

"이렇게 많은 사람은 북벌 이후로 처음일세 그려."

의용대 시절 대륙에서의 북벌을 입에 올렸다. 흥분한 듯 목소리까지 높아졌다. 동대문 운동장의 넓은 문이 좁아 보였다. 혼란하지는 않았다. 하나같이 질서를 지키기 때문이었다. 거기에는 정치공작대의 역할이 컸다. 그들이 군중을 안전하게 인도한 것이었다.

도도한 장강의 물결처럼 이어진 인파는 서서히 동대문 운동장 안으로 밀려들어갔다. 꾸역꾸역 밀려들어갔다. 넓은 운동장이 사람의 물결로 가득 찼다. 그야말로 입추의 여지도 없었다.

운동장 앞쪽에는 단상이 마련되어 있었고, 그 위에는 내로라하는 지도자들이 모두 모여 있었다. 하늘은 높고도 맑았다. 간간히 부는 찬바람이 후끈 달아오른 운동장을 식혀주기도 했다. 굵직한 목소리가 마이

크를 통해 울려 퍼졌다. 자리를 정돈하라는 말이었다. 웅성거리던 인파가 흰 물결을 이루며 일제히 가라앉았다. 위당 정인보가 자리에서 일어나 단상 앞쪽으로 나왔다.

"동포 여러분, 감사합니다. 이렇게 많은 군중이 한자리에 모였는데도 아무런 사고 없이 질서정연한 모습을 보여주신 것에 대해 정말로 자랑스럽고 또 감사드립니다. 우리의 역량을 다시 한 번 보여주는 듯합니다. 일제의 억압과 압제를 견뎌내고 우리는 들풀처럼 일어섰습니다. 그러나 이제 또 다시 외세에 의해 식민통치를 당할 위기에 놓였습니다. 식민통치는 곧 또 다른 국치입니다. 독립은 되었으되 진정한 독립은 아닌 것입니다. 어떻게든 막아내야 합니다. 그래서 오늘 우리는 이 자리에 모인 것입니다. 동포 여러분, 반드시 막아냅시다! 반탁은 사는 길이요, 신탁은 죽는 길입니다."

뜨거운 연설에 운동장이 떠나갈 듯 구호가 이어졌다.

"신탁통치 반대한다. 외세는 물러가라!"

"반탁만이 살 길이다. 신탁통치 철회하라!"

주석 김구가 단상 앞으로 나왔다. 손을 흔들어 흥분한 군중을 진정시켰다. 하얀 적삼이 푸른 바람에 희디희게 나부꼈다.

"동포와 동지 여러분! 우리는 피로써 이룬 독립국과 정부를 이미 갖고 있습니다. 오천 년의 주권과 삼천만 민족의 자유를 위해 많은 희생도 감내해왔습니다. 때문에 우리는 어떠한 외세의 간섭도 배제해야만 합니다. 외세에 의한 탁치를 배격해야만 합니다. 혁혁한 혁명을 이루어내기 위해서는 일치단결하여 끝까지 분투해야 합니다. 일어납시다. 동포여! 동지여!"

군중은 환호했다. 주석 김구의 호소에 운동장이 떠나갈 듯 요란해졌다.

"군정을 철폐하라!"

"신탁통치 결사반대!"

군중의 외침으로 가슴이 울렁거렸다. 초겨울 찬바람도 뜨거운 반탁운동의 열기를 식히지는 못했다. 이번에는 신익희가 단상에 올랐다.

"우리는 어떠한 폭력이나 파괴도 증오합니다. 있어서는 안 되는 일입니다. 오늘 이 자리는 지난 기미년의 혁명을 계승하는 자리입니다. 동포 여러분, 차가운 이성으로 우리에게 닥친 위난을 이겨냅시다!"

해공 신익희는 뜨거운 열기로 달아오른 운동장을 한차례 둘러보고는 다시 연설을 이어갔다. 말은 뜨거웠다.

"이 위난을 극복하기 위한 대열의 맨 앞에 우리 임시정부가 설 것입니다. 동포 여러분은 우리 임시정부를 믿고 따라 주십시오. 이제 독립된 국가의 정부로서 당당히 대한민국을 이끌어나갈 것입니다. 따라서 현재 미 군정청에 속해 있는 모든 경찰과 한국인 직원은 오늘부로 우리 임시정부에 귀속됨을 선언합니다. 또한 국민의 최저생활에 필요한 식량과 연료, 전기와 교통, 의료시설 등을 확보하는 일에 대한 그 어떠한 방해 행위도 금지함을 선언합니다. 반탁운동에 대한 방해 행위도 금지합니다. 우리 임시정부를 중심으로 조직적인 운동에 참여할 것을 모두에게 독려합니다. 오늘 선언으로 시작된 우리의 행동은 최후의 승리를 거둘 때까지 끊임없이 계속될 것입니다."

해공 신익희의 선언은 동대문 운동장에 모인 수많은 군중에게 크나큰 희망을 안겨주었다. 명실상부한 주권선언을 한 것이나 마찬가지이기 때문이었다. 주권선언은 곧 자유독립이었다. 독립은 홀로서는 것이다. 그러나 그 홀로서기는 혼자 외롭게 서는 것이 아니다. 민족과 동포가 모두 하나가 되어 하나의 힘으로 일으켜 세우는 것이다. 모두 다 하나가 되어 일떠서는 것이다.

이제야 비로소 진정한 독립을 보는 것 같다는 말들이 쏟아져 나왔다. 김구 주석이야말로 민족의 대들보라는 말도 흘러나왔다. 임시정부에 거는 기대가 크다는 말, 임시라는 말을 떼어내야 진정한 정부로서 역할을 할 것이라는 말, 그렇게 되도록 우리가 도와야 한다는 말 등이 쏟아져 나왔다. 군중은 임시정부에 거는 기대가 컸다. 그래서 힘을 실어주기로 했다.

시가행진이 시작되었다. 정치공작대의 인솔 아래 시위대가 천천히 거리로 쏟아져나갔다.

"삼천만은 죽음으로써 즉시 독립을 쟁취하자!"

맨 앞에 선 신태무가 외치자 뒤따르는 군중이 따라 소리쳤다. 거리가 무너질 듯했다.

"신탁통치를 결사반대하자!"

곽도선도 이어 소리쳤다. 군중이 또 다시 따라 외쳤다. 하늘이 무너져 내릴 듯했다.

"미군정 철폐하라!"

양휘보가 이어 받았다. 군중도 목이 터져라 외쳐댔다. 세상이 가라앉을 듯했다.

구름 같은 군중은 동대문 운동장에서 종로 네거리 쪽으로 서서히 이동했다. 무려 삼만 명이 넘는 대규모 군중이었다. 그때 전차가 군중을 비집고 들어섰다. 순간 양휘보는 상해에서의 일이 떠올랐다.

11. 상해

"조선인이요?"

긴 외투를 걸친 사내가 클럽 상하이 앞에서 물었다. 양휘보는 반가운 마음에 웃음을 지어 보였다. 전차가 요란하게 거리를 가로지르고 있었다. 그렇다고 대답을 하고는 어디서 왔는지를 물었다. 그의 물음에 사내는 주머니에서 담배를 꺼내 들었다. 꺼내 든 손이 담담했다. 미소로 담배를 권했다. 담배를 하시 않는나네 양휘보가 정중히 시양했다. 사내가 고개를 끄덕였다. 표정은 무심한 채로였다. 담배를 피워 문 그가 손짓을 했다. 네온사인이 화려한 클럽이었다. 들어가자는 말에 양휘보는 주춤했다. 퍼뜩 의심이 들었기 때문이었다. 밀정일 수도 있다는 생각이 들었던 것이다. 그런 양휘보의 마음을 읽기라도 한 듯 사내는 의심하지 말라는 말과 함께 자신을 소개했다. 시라소니라 했다. 말끝에 묘한 웃음을 지어 보이기까지 했다. 양휘보는 사내를 다시 쳐다보았다. 상해에서 많이 들어본 별명이기 때문이었다. 상해를 평정했다는 조선인 주먹이었다. 중국인들도 감히 그에게는 함부로 하지 못한다는 소리도 들었다.

"당신 뒤로 밀정이 붙었소."

밀정이란 말에 양휘보는 흠칫했다. 전차가 멀리 모퉁이를 돌아서고 있었다. 거리 건너편으로 모자를 눌러 쓴 사내가 어슬렁거리고 있었다. 양휘보가 쳐다보자 고개를 돌렸다. 따라 오라며 시라소니는 클럽 안으로 들어갔다. 양휘보는 선택의 여지가 없었다. 안으로 들어가자 잔잔한 음악이 그를 다른 세상으로 인도했다. 어슴푸레한 분위기가 묘하기까지 했다. 밀정이 붙는 것도 몰랐느냐고 시라소니가 물었다. 양휘보는 고개를 끄덕였다.

"눈 뜨고도 코 베이는 곳이 이곳 상해요. 밀정에 헌병, 일제 경찰까지."

말을 마친 시라소니는 너털웃음을 흘렸다. 웃음에는 조국을 등진 외로움과 쓸쓸함이 묻어나 있었다. 앳된 보이가 반갑게 두 사람을 맞았다. 생글생글 웃는 모습이 닳고 닳아빠져 있었다. 소년의 웃음은 결코 아니었다. 방으로 모시냐는 물음에 시라소니가 손을 내저었다.

"아니, 창 쪽으로."

보이는 두 사람을 창가로 안내했다. 흐린 창으로 상해의 거리가 내려다보였다. 여전히 바쁜 거리였다. 전차가 가로지르고 인력거가 달렸다. 그 사이로 사람들이 거리를 가득 메우고 있었다. 그뿐만이 아니었다. 휘날리는 현수막과 거미줄 같은 전선이 시야를 어지럽히기도 했다. 상해는 복잡했다. 어지러웠다. 복잡하고 어지러워서 사람 사는 냄새가 나는 곳이었다.

"상해에서 살려면 밀정을 특히 조심해야 하오. 죽일 놈들."

시라소니는 이를 갈았다. 표정에서 증오의 빛이 보였다. 그 빛은 아파 보였다. 쓰리게 아파 보였다. 같은 조선인이면서 저놈들은 어째 그럴 수 있느냐는 시라소니의 말에 양휘보는 가슴이 쓰렸다. 같은 동포에 대한 증오심이기 때문이었다. 그런 조국의 현실이 암담하기까지 했다. 결코 있어서는 안 될 일이었다. 안 될 일이 현실에 있었다. 아프게 있었다. 그것이 양휘보를 더욱 아프게 했다.

"드십시오."

보이가 맥주를 내려놓았다. 밀정 놈이 들어오지 않았느냐고 시라소니가 물었다. 보이가 슬쩍 고갯짓을 했다. 문 쪽에 페도라를 쓴 정장 차림의 사내가 앉아 있었다. 들자며 시라소니가 맥주를 권했다. 양휘보가 잔을 들었다.

"상해의 맥주는 천하일품이오. 시원하고 상쾌하지."

시라소니의 말은 빈말이 아니었다. 목 넘김이 부드럽고도 상쾌했다. 목이 마르기 때문만은 아니었다. 항상 조심해야 한다며, 놈들은 피도 눈물도 없다며, 이 시라소니에게도 덤벼들려 하는 놈들이라며 그는 증오의 말을 뱉었다. 말은 마른안주를 씹는 듯했다. 말에도 증오가 배어 있었다. 배신에 대한 증오였다. 동족에 대한 배신, 조국에 대한 배신을 증오하는 것이었다. 그의 입가로 씁쓰레한 웃음이 떠올랐다. 웃음은 아팠다. 시퍼렇게 아팠다.

"헌데 상해에는 무슨 일로 왔소?"

물음에 양휘보는 난감했다. 망설이자 그가 먼저 손을 내저었다. 말을 하기가 불편하면 하지 않아도 된다는 뜻이었다. 그러면서 다 이유가 있겠지, 라는 말을 꼬리처럼 붙였다. 괜한 것을 물었다는 듯이 자답하고 만 것이었다. 그는 맥주잔을 들어 시원하게 한 차례 들이켰다.

"난 밀정이 따라붙었기에 독립군인 줄 알았소."

스스럼없이 말을 내뱉었다. 양휘보의 가슴이 철렁했다. 표정은 아무렇지 않은 듯 꾸며냈다. 이내 그렇지는 않다고 태연스레 대답했다. 늘 준비하고 있는 대답 중 하나였다. 하긴 저들이 그걸 따지고 움직이는 놈들은 아니라는 말이 시라소니의 입에서 힘없이 흘러나왔다. 처음 보는 조선인은 무조건 따라붙고 본다는 넋두리 같은 말이 이어졌다. 넋두리 속에는 외로움이 가득했다. 말끝에 어딜 가는 길이냐고 물었다. 외탄으로 가는 길이라는 대답이 이어졌다. 거긴 어쩐 일로 가느냐고 또 물었다. 천진에서 오기로 한 사람이 있다는 대답이 또 이어졌다. 시라소니는 고개를 끄덕였다. 자신도 마침 그쪽으로 갈 일이 있었는데 잘 되었다며 근처까지 함께 가자는 말을 건넸다. 그의 친절에 양휘보는 미소를 지어 보였다. 미소가 편안하지만은 않았다. 쓸데없는 친절이기 때문이었다. 친절이 때론 불편할 때도 있었다. 지금 같은 경우가 그랬다.

"감사합니다."

대답은 그렇게 했다.

"아니오. 같은 조선 사람끼리 도와야지요. 나라 잃은 것도 서러운데. 나갑시다!"

그가 자리에서 일어나 문 쪽으로 걸음을 옮겼다. 양휘보가 그의 뒤를 따랐다. 이 사람은 독립군이 아니라 자신의 손님이라고 시라소니는 문 옆에 앉아 있는 사내에게 쏘듯이 내뱉었다. 사내는 외면하려는 듯이 고개를 창 쪽으로 돌렸다. 표정에는 불쾌하다는 기색이 역력했다.

"조선인이면 조선인답게 사시오!"

시라소니는 한 차례 더 면박을 주고는 문을 열어 젖혔다. 거리는 화창했다. 늦가을의 정취가 물씬 풍겼다. 높은 하늘과 노랗게 물들어가는 가로수, 사람들의 유쾌한 웃음소리……. 무한정 걷고 싶은 가을 오후였다.

"무슨 일로 상해에 왔는지는 모르나 항상 조심해야 하오. 조선인은 물론이고 음흉한 중국인과 교활한 일제 놈, 게다가 심승 같은 서양 놈까지 모두 경계의 대상이오. 믿을 건 오직 나뿐이오. 그렇게 하지 않으면 언제 당할지 모르오."

시라소니의 말에 양휘보는 고개를 끄덕였다. 충분히 이해가 가는 말이었다. 하지만 이렇듯 평화로운 거리에 불행한 일이라며 양휘보가 한숨을 지었다. 깊은 물은 잔잔한 듯 보이지만 더 위험한 법이라고, 한번 휩쓸리면 헤어날 수가 없다고 시라소니가 다시 한 번 경계의 말을 건넸다. 양휘보가 고개를 끄덕여 그 말을 받았다. 그렇다고 무작정 의심했다간 또 실수할 수도 있고 참으로 어려운 곳이라며 그는 시절을 탓했다. 어려운 시절이라는 것이었다.

대륙은 넓었다. 땅 끝은 허공에 맞닿아 있었다. 멀리 황포강이 눈에 들어왔다. 거친 물살이 누렇게 일렁이고 있었다. 대륙의 기상이 느껴졌다.

"난 저쪽으로 가야 하오. 남경로에 볼 일이 있어서. 만나서 반가웠소."

어느새 외탄이 눈앞에 다가와 있었다. 양휘보는 손을 내밀어 그가 내민 손을 맞잡았다. 얼굴에는 미소가 가득했다. 따뜻한 동포의 미소였다. 고맙다며, 다시 뵙겠다며 양휘보도 작별의 말을 건넸다. 고개를 끄덕여 보인 시라소니는 남경로를 향해 발길을 돌렸다. 길은 넓고도 길었다. 길어서 희망이 보이는 듯도 했다. 뭔가가 그 끝에 있을 것만 같았다. 일제의 패망과 조국의 독립도 그 긴 길 끝에 놓여 있을 듯싶었다. 그래서 더욱 눈을 가늘게 뜬 채 멀리 바라보았다. 그 길을 걸어가는 시라소니의 뒷모습이 외롭고 쓸쓸하기만 했다. 나라 잃은 백성의 뒷모습만 같아 마음이 쓰렸다.

* * *

양휘보는 발걸음을 서둘렀다. 아사히를 만나기 위해서였다. 그가 온다는 연락을 받았기 때문이었다. 생각이 많아졌다. 생각이 또 다른 생각을 불러 꼬리에 꼬리를 물고 일어섰다. 그를 만나면 어떻게 대처해야 할지, 밀정회는 또 어떻게 알아내야 할지, 머릿속이 복잡했다. 발 아래로 황포강의 물결이 거칠게 울어댔다. 그때마다 부두 위로 누런 황토 물이 튀어 올랐다. 누구를 기다리고 있느냐고 중년 사내가 물어왔다. 정장 차림에 쥐색 코트를 걸치고 얼굴빛이 온화한 사내였다. 양휘보가 그렇다고 대답했다. 사내의 얼굴에는 설렘마저 엿보였다. 누군가를 만난다는 즐거움 때문일 것이었다.

"당신은 조선인인가요?"

조선인이냐고 묻는 말에 양휘보는 그렇다고 짧게 대답했다. 짧은 대답 속에는 얼마간의 경계심도 포함되어 있었다. 그가 누군지 알 수 없기 때문이었다. 후지쓰카라고 자신을 소개한 사내는 거친 황포강으로 눈길을 돌렸다. 강은 바다를 불러들이고 있었다. 거친 물결을 끊임없이 불러들이고 있었다. 양휘보는 다시 정중히 자신을 소개했다. 후지쓰카가 역시 그랬다며 고개를 주억거렸다. 자신을 알고 있는 듯한 태도에 양휘보는 그를 돌아보았다. 그가 아사히 중좌를 기다리고 있지요? 하고 물었다. 양휘보는 놀라서 대답하기를 잊었다. 그런 그를 바라보며 후지쓰카는 껄껄웃음을 터뜨렸다. 웃음은 유쾌했다. 양휘보가 놀란 것에는 전혀 개의치 않는다는 듯한 태도였다. 이번에는 추사 선생의 난정서를 찾고 있지요? 하고 물었다. 난정서란 말에 양휘보는 다시 한 번 놀랐다. 아니, 섬뜩했다. 상대가 예사로운 인물이 아닌 것 같기 때문이었다. 후지쓰카가 멀리 누런 물결을 바라보며 중얼거리듯 말했다. 자신은 추사 선생을 흠모해서 그분을 연구하고 있는 사람이라고, 임모했다는 난정서가 있다기에 부랴부랴 달려왔다고 연이어 말을 늘어놓았다. 양휘보가 그러셨군요, 라고 대답했다. 그 대답은 흘리듯 내려놓은 것이었다.

"난 제국주의 사람이 아니오. 그냥 학문만 하는 사람이올시다. 그러니 너무 야박한 눈길로 바라보지 마시오."

양휘보는 그의 말뜻을 알아들었다. 그러자 그에 대한 호기심이 일어났다. 호기심은 호의적이기도 했다. 자연스레 입가에 웃음이 머금어졌다. 편안한 웃음이었다.

"조선인도 일본 제국주의자들과 싸우고 있는 것이지 일본인과 싸우자는 것은 아닙니다."

이 말에 후지쓰카가 의미심장한 미소를 지어 보였다. 아사히 중좌로부터 연락을 받았다는 말을 내놓았다. 양휘보에 대한 얘기도 들었다고 했다. 그는 양 군이라 부르며 친근함을 표시하기도 했다. 위창 오세창의 제자라고요? 라고 물었다. 양휘보가 그렇다고 대답했다. 추사 선생과 같은 인물을 보면 조선은 참으로 대단한 나라라고 칭찬했다. 말끝에 부러움이 담겨 있었다. 양휘보가 받았다. 하지만 나라를 잃었다는 말이었다. 목소리에 자괴감이 실려 있었다. 일제에 대한 항변의 뜻이기도 했다.

"그건 잠시일 뿐이요. 힘은 잠시이지만 문화는 영원한 것이오. 당신네 나라가 부럽소."

후지쓰카의 말에 양휘보는 그를 다시 쳐다보았다. 담담한 표정에 진심이 담긴 얼굴이었다.

"배가 들어오는군!"

후지쓰카는 걸음을 옮겨놓았다. 멀리 거친 물살을 가르며 기선이 들어오고 있었다. 기선은 위풍당당했다. 양휘보는 후지쓰카의 말을 되뇌며 그의 뒤를 묵묵히 따랐다. 생각할수록 의미 있는 말이었다. 문화는 영원한 것이다. 자부심으로 새겨야 할 말이었다. 부두에 배가 닿고 사람들이 내렸다. 누군가 부두 위에서 아사히를 소리쳐 불렀다. 양휘보와 후지쓰카가 돌아보았다. 짙은 갈색 도리우치를 쓴 젊은 사내였다.

"아, 하루토!"

손을 들어 사내와 알은체를 한 아사히는 이번에는 후지쓰카에게로 고개를 돌렸다. 박사님도 나와 계셨다며 정중하게 고개를 숙였다. 후지쓰카도 손을 들어 답했다. 아사히의 얼굴빛이 환했다. 반가움이 드러나 보였다. 양휘보에게도 알은체를 했다. 잘 지냈느냐며 미소를 지어 보였다. 그도 미소와 함께 고개를 숙였다. 미소는 애매한 것이었다. 반갑긴 하지만 반갑지만은 않다는, 그런 미소였다.

아사히가 부두로 내려서자 네 사람은 한 자리에 모였다. 먼저 아사히가 하루토를 소개했다.

"여기는 하루토 소좌요. 상해 헌병대 소속이고."

하루토가 정중히 고개를 숙였다. 그가 반갑다며 함께하게 되어 영광이라고 인사를 건넸다. 양휘보는 착잡했다. 늑대 굴로 들어선 격이기 때문이었다. 조선인 양휘보라고 아사히가 소개했다. 위창 오세창의 제자이고 조선 서화에 일가견이 있는 분이라고 한껏 치켜세웠다. 하루토가 놀란 표정을 지어 보였다. 표정에서 얼마간의 경외심도 엿보였다. 우리가 하는 일에 많은 도움을 줄 거라는 아사히의 말에 하루토는 거듭 고개를 숙였다. 일본인 특유의 싹싹함이 배어 있었다. 양휘보도 얼떨결에 고개를 숙였다. 표정은 어색한 채로였다.

"여기서 이러지들 말고 나갑시다! 가면서 얘기합시다."

사람들이 부두를 빠져나가고 있었다. 썰물이 빠지는 듯했다. 다음 배를 기다리는 사람들이 밀물처럼 부두로 밀려들었다. 중광단과 한인애국단에 대해서는 알아보았냐고 아사히가 물었다. 중광단은 만주의 단체이고 한인애국단은 임시정부 산하의 비밀조직이라고 하루토가 대답했다. 하루토의 보고는 계속 이어졌다. 중광단은 조선의 단군을 모시는 신흥 종교집단인데 서일과 김좌진을 비롯한 만주의 불령선인들이 주도하고 있다는 것이었다. 말이 종교단체이지 불령선인 집단이라며, 저들은 자신들의 시조인 단군을 중심으로 결사항전 태세를 갖추고 있다는 말도 덧붙였다. 흘리듯 아사히가 말을 받았다. 결국은 만주 토벌만이 답이라는 것이었다. 하루토가 고개를 끄덕였다. 김좌진뿐만 아니라 이상룡, 최진동, 홍범도 등 죄다 제국에 반기를 든 놈들뿐이라며 울분을 드러냈다. 울분은 얼토당토않은 것이었다. 죽일 놈들이라며 아사히의 입이 거칠어졌다. 그러는 만큼 양휘보의 가슴은 불타올랐다. 새파랗게 불타올랐다. 멀리에서 상해 시내의 거리가 눈부시게 빛났다. 말갛게 빛났다. 잘 씻긴 신기루만 같았다. 거기에 비하면 외탄은 황량했다. 오가는 사람들과 바쁜 인력거들만이 그 간극을 좁히려들고 있었다.

"한인애국단이라는 것은 구체적으로 어떤 것인가?"

아사히가 묻자 하루토의 대답이 다시 이어졌다. 제국의 주요 인물에 대한 테러를 목적으로 만들어진 비밀조직이라는 것이었다. 이미 작전에 돌입한 것으로 알고 있다며, 밀정회에서도 대응에 들어갔다는 대답이 이어졌다. 밀정회라는 말이 떨어지기가 무섭게 아사히의 눈살이 찌푸려졌다. 순간 하루토의 얼굴이 굳어졌다. 더 이상 말은 하지 않았지만 극히 경계하고 있음에 틀림없었다. 양휘보 때문이었다. 양휘보는 이들의 태도에서 아사히와 하루토가 밀정회와 깊은 연관이 있음을 알아차렸다. 뜻밖의 수확이었다.

"지난번 천황 폐하께 폭탄을 던진 놈도 한인애국단 단원이라는 소문이 있습니다."

"이봉창이?"

이봉창이란 말에 양휘보는 바싹 긴장했다. 선차가 삼시 이틀의 내화를 가로막았다. 시끄러운 소리를 냈기 때문이었다. 전차가 지나가고 나자 심각한 일이라며 후지쓰카도 끼어들었다. 놈들이 이렇듯 비밀 결사조직을 만들어 활동을 하니 우리 헌병대가 아주 죽을 맞이라며 아사히가 분노를 드러냈다. 그놈의 의열단이 그렇게 속을 썩이더니만, 하고는 말을 끊고 말았다. 끊는 말에는 들끓어 오르는 분노가 서려 있었다.

"한데 놈들이 낯선 인물과 또 다시 접선할 거라는 정보가 들어왔습니다."

"낯선 인물이라?"

"조선에서 건너온 젊은 놈이라 합니다."

"조선인인가?"

아사히의 물음에 하루토가 주저하다가 입을 열었다. 조선인 같기도 하고 중국인 같기도 하다며 말을 얼버무렸다. 분명치 못한 대답에 아사히의 질책이 뒤따랐다. 질책은 호됐다. 혀끝이 칼날을 뱉어냈다. 그렇게 일을 해서 어떻게 하느냐는 말이었다. 그러니 불령선인 놈이 천황 폐하께 폭탄을 던지는 일까지 일어나지 않았느냐고 크게 질책했다. 아사히의 얼굴이 붉어졌다. 하루토는 안절부절못했다. 죄송하다며 정확히 알아보도록 하겠다는 말을 이었다.

"불령선인을 파악해내는 것이 우리 헌병대의 최우선 임무일세. 더구나 자네는 밀정회의……."

흥분한 아사히는 밀정회라는 말까지 꺼내고는 입을 다물었다. 잠시 침묵이 흘렀다. 침묵은 어색했다.

"밀정회라니?"

어색함을 깨면서 후지쓰카가 물었다. 아사히가 곤란한 표정으로 또다시 얼버무리고 말았다. 그런 것이 있다는 말이었다. 말은 정중했다. 게다가 자세히 말하지 못하는 미안함이 얼굴에 가득했다. 양휘보는 밀정회의 실체가 조금씩 드러나고 있다고 느꼈다. 적어도 하루토와 아사히가 관여되어 있음이 확인됐다고 생각했다. 아사히는 그자가 누구인지 빨리 알아보라고 하루토를 재촉했다. 지난번 일처럼 상상하지 못한 일이 벌어진다면 그 책임은 우리가 몽땅 져야 한다는 말도 이어졌다. 하루토는 안색마저 변했다. 연신 고개를 끄덕였다.

"이봉창이란 놈이 이곳 상해와 관련이 있다는 것만으로도 우리는 책임을 면치 못할 것이네. 그런데 또 다른 놈이 일을 꾸민다? 생각만 해도 끔찍한 일일세."

두 사람의 싸늘한 분위기에 후지쓰카가 나섰다. 난정서로 화제를 돌렸던 것이다. 자신이 알기로 추사 선생이 난정서를 임모한 것은 틀림없다고 했다. 계첩고에서 난정서에 대한 의견을 자세히 피력했고, 여기저기에 난정서에 관한 글이 남아있는 것으로 봐서 그렇다는 것이었다. 화제가 바뀌자 아사히의 불편해 하던 얼굴이 얼마간 펴졌다. 박사님을 모신 이유가 그것 아니겠느냐며, 반드시 찾아야 한다는 말도 덧붙였다. 목소리에 간절함이 배어 있었다. 간절함은 또 다른 간절함을 불러냈다. 후지쓰카의 간절함이었다. 보고 싶다는 말이었다. 추사 선생의 난정서라면 최고의 걸작일 것이라는 말이었다. 세한도와 비교하면 어떠냐고 아사히가 물었다. 후지쓰카는 신중히 생각에 잠겼다. 한참만에야 겨우 입을 뗐다. 대답하기 어렵다는 것이었다. 말끝에 한마디 덧붙였다.

"예술작품을 비교한다는 것이 좀 그렇기는 하지. 나름의 가치가 다 다른 것인데."

아사히도 미소를 지었다. 동의한다는 뜻이었다. 무식한 질문을 했다

11. 상해 159

며 씁쓰레해 했다. 후지쓰카는 아무 말도 하지 않았다. 입가에 미소를 지을 뿐이었다. 남경로로 들어서자 거리는 부산했다. 지나는 전차의 수도 많아졌고, 거리는 인력거로 가득했다. 게다가 휘날리는 현수막과 나부끼는 광고물들. 거리는 그야말로 신천지다웠다.

"상해는 역시 동방의 진주답습니다."

양휘보가 상해의 거리를 칭송하자 하루토가 맞받았다. 죄다 서양에 진 빚이라는 것이었다. 중국이 속으로 무너지고 있다는 증거라는 말이었다. 후지쓰카도 하루토의 의견에 동조했다. 서양의 자본 덕으로 겉으로는 화려해졌으나 속으로는 이미 걷잡을 수 없을 정도로 비어가고 있다는 것이었다. 그건 우리가 바라는 일이라며 아사히가 득의의 웃음을 머금었다. 웃음은 야비하기만 했다. 네 사람은 화려한 상해의 거리로 스며들어갔다. 인력거가 이들의 주변으로 몰려가고 전차가 경적을 울리며 다가왔다.

* * *

"아사히라고 합니다."

정중한 인사에 사내는 두 팔을 내밀어 예를 표했다. 주먹을 말아서 모아 쥐는 중국식 예법이었다.

"모용예화라 합니다."

"서양이라면 치를 떠는 분이십니다."

인사를 나누는 두 사람 사이로 하루토가 끼어들었다. 얘기는 들었다며, 권비문의 문주이시라고요? 하고 아사히가 물었다. 권비문(拳飛門)

은 의화단의 후신으로 서양세력에 극렬히 저항하는 단체였다. 모용예화는 말없이 고개만 끄덕였다. 각진 얼굴에 꼭 다문 입술이 강단져 보였다. 흔들리지 않을 깊은 마음이 겉으로 드러나 있었다. 그래서 부담스러웠다. 아사히가 잔잔한 미소를 머금은 채 물었다. 권비문이 적대하는 세력 중에는 일본도 포함되어 있겠다고 물은 것이었다. 부담스러움에 대한 일종의 거부감을 드러낸 말이었다. 그가 물론이라고 거침없이 대답했다. 외세는 어느 나라를 막론하고 자신들의 적이라는 말도 덧붙였다. 일본이라고 해서 예외는 아니라는 것이었다. 거침없는 말은 눈치도 보지 않았다. 신념을 읽을 수 있는 대목이었다. 아사히는 유감이라는 말로 그의 말을 받아넘겼다.

"하지만 저희와 맞는 부분도 있습니다. 저희에게 많은 도움을 주기로 약속했습니다."

하루토가 중재를 하고 나섰다. 아사히가 물었다. 일본을 외세로 본다는 것인데 어찌 그럴 수 있느냐는 것이었다. 물음은 핀잔처럼 들렸다. 모용예화가 나섰다. 외세라 하더라도 자신들에게 도움을 줄 수 있는 사람들과는 언제든 손을 잡는다는 말이었다. 일본 헌병대도 자신들에게 도움이 될 만한 부분이 있다고 했다. 아사히가 고개를 갸웃하고 경계의 눈초리를 하며 물었다. 우리가 당신들에게 줄 수 있는 도움이 무엇이냐는 것이었다.

"무기가 필요합니다. 당신들의 정밀하고도 강력한 무기가."

말을 끊었다. 끊음으로서 간절한 마음을 표했다. 아사히의 반응은 시큰둥했다. 듣기로 당신들은 의화권을 연마했다고 들었소만, 하며 말을 잘랐다. 잘라진 말은 비아냥거리는 것처럼 들리기까지 했다. 모용예화의 얼굴이 일그러졌다. 모욕하는 거냐고 목소리를 높였다. 아사히는 재빨리 손을 내저었다. 선을 넘어서는 안 되겠다고 생각했기 때문이었다. 아니라고, 들은 말을 그대로 했을 뿐이라고 했다. 아니라는 부인에도 모용예화의 얼굴에서 분노의 빛이 사그라지지 않았다. 그런 시답잖은 얘기는 그만두라는 말을 거칠게 내뱉었다. 말은 차가웠다. 얼음같이 차가운 말이었다. 차가워서 상대에 대한 적의가 그대로 드러났다. 아사히가 정중히 고개를 숙였다. 일어선 적의를 달래기 위해서였다.

"기분이 나빴다면 용서하시오. 당신을 모욕하기 위해 한 말은 결코 아니었소."

아사히의 정중한 사과에도 모용예화의 얼굴에서 불쾌한 기색은 가시지 않았다.

의화권은 의화단이 익힌 무술이었다. 의화권을 수련하면 도검불침(刀劍不侵)의 몸이 된다 하여 의화단 단원들 모두가 익혔다. 그런 말을 믿은 의화단 단원들은 서양 연합군의 총과 대포 앞에 맨몸으로 당당히 섰고, 모두 무참히 희생되고 말았다. 아픈 사연이 있었던 것이다.

"당신들이 원하는 총과 무기는 얼마든지 주겠소."

아사히의 말을 끊으며 묘령의 아가씨가 차를 내왔다. 아사히의 관심은 총과 무기에서 묘령의 아가씨에게로 돌아갔다. 그녀에게 물었다.

조선인이 온 적이 있느냐는 것이었다. 물음을 들었는지 못 들었는지 그녀는 찻잔을 다소곳이 내려놓기만 했다. 그러면서 빙긋이 웃음을 지어 보이기까지 했다.

"저희 용정다관의 명품 차 용정입니다."

엉뚱한 말에 아사히가 다시 물었다. 물음은 신경질적이었다. 혀끝에 괜한 날이 서있었다.

"조선인이 온 적이 있느냐고 물었소."

다관이란 곳이 원래 사람들이 드나드는 곳인데 조선인이라고 오지 말라는 법이 있느냐며 그녀도 꼿꼿이 맞섰다. 그러면서도 입가에서 미소를 떠나보내지는 않았다. 묘한 매력이 있는 아가씨였다. 어떤 조선인을 찾고 있느냐고 그녀가 물었다. 난정서를 갖고 있는 조선인을 찾는다고 아사히가 대답했다. 목소리가 누그러져 있었다. 혀끝의 날도 무뎌졌다.

"난정서라니요?"

"글씨요, 조선의 추사 선생이 쓴."

대답에 아가씨가 입을 가리고 깔깔 웃음을 터뜨렸다. 주변의 시선이 모아졌다. 아사히의 눈살이 찌푸려졌다. 그 사람들 말이군요? 라고 그녀가 알은체를 했다. 아사히는 물론 하루토와 후지쓰카까지 긴장했다. 바짝 긴장했다. 곁에 있던 양휘보도 마찬가지였다. 그는 아가씨의 입을 뚫어져라 쳐다보았다. 난정서가 뭔지는 모르지만 며칠 전에 조선인 두 사람이 글씨를 갖고 와서 치바이스(제백석) 선생과 얘기를 나누는 것을 봤다고 했다.

"치바이스?"

"그는 서화가요."

후지쓰카가 나섰다. 그 사람들이 어디에 있는지 아느냐고 아사히가 몸이 달아 물었다. 그녀가 고개를 가로저었다. 그걸 어떻게 알겠느냐는 것이었다. 난정서를 봤느냐고 이번에는 후지쓰카가 물었다. 아가씨가 고개를 끄덕였다. 그게 뭔데 이렇게들 난리냐고 그녀가 물었다. 그녀는 알 수 없다는 표정이었다. 후지쓰카는 우리에게는 매우 중요한 것이라며 볼 수 있도록 도움을 준다면 사례하겠다는 말까지 늘어놓았다. 아가씨도 그제야 진지한 표정으로 대답했다. 조선인 둘이 뭔가를 펼쳐들고 설명했다는 것이었다. 왕희지가 어쩌고 했지만 그녀는 관심이 없어서 그런 말은 그냥 지나치고 말았다는 것이었다.

"치바이스는 어디에 있소?"

하루토가 묻자 아가씨가 난처한 표정을 지어 보였다. 잠시 후 입을 열었다. 가끔, 아주 가끔 여기에 오기는 하지만 어디에 사는지는 자기도 모른다는 말이었다. 워낙 구름 같은 분이라서 알 수 없다는 말도 덧붙였다. 후지쓰카의 입에서 한숨이 새어나왔다. 한숨은 전염이라도 된 듯 아사히와 하루토의 입에서도 새어나왔다. 한숨은 깊었다.

"우리가 알아봐드리리다. 이곳에 나타났다면 분명 어딘가에 있을 것이오. 상해를 벗어나지만 않았다면."

모용예화의 말에 아사히가 반색했다. 고맙다고, 그렇게만 해주신다면 은혜는 결코 잊지 않겠다고 했다. 모용예화가 웃음으로 그의 말을 받았다. 뭔가 도움을 주겠다고 약속하지 않았느냐는 것이었다. 바로 이런 때를 두고 한 말이라는 것이었다. 아사히는 그제야 환하게 웃음을 지어 보였다. 용정다관의 명품 용정차가 탁자 위에서 식어가고 있었다. 싸늘하게 식어가고 있었다. 식으면서 향은 더욱 맑아졌다.

12. 반탁

전차가 지나가자 어두운 조국의 현실이 다시 눈앞에 서 있었다.
"이제 우리 임시정부를 얕보지 못할 것이오. 국민이 이렇게 한마음으로 따르고 있으니 미군정도 어쩔 수 없지 않겠소?"
주석 김구의 말에 여운형이 고개를 끄덕였다.
"그럴 겁니다. 예로부터 민심은 천심이라 했지 않습니까? 저들도 생각이 있다면 그리하겠지요."
주석 김구를 가운데 두고 김창숙, 여운형, 김원봉, 신익희 등이 좌우로 나란히 걸었다. 함성과 깃발로 넓은 길이 꽉 메워져 있었다.
"미국인은 제국주의적 본능을 갖고 있는 자들입니다. 이 정도의 시위로는 아마도 꿈쩍도 안 할 겁니다."
김원봉의 말에 주석 김구가 그를 돌아보았다. 여운형의 고개도 그에게로 돌려졌다. 어쩌면 일제보다도 더 잔인한 자들이 저들일지도 모른다는 말이 이어졌다. 자신들의 탐욕을 위해서라면 약소국의 그 어떤 사정도 돌아보지 않는 것이 제국주의자들의 습성이라는 말도 이어졌다. 해공 신익희가 절대 공감한다며 김원봉의 말에 동조하고 나섰다. 저들은 일제를 굴복시킨 기회를 이용해 세계의 맹주가 되려고 할 것이라는 말과 이미 그런 조짐이 나타나고 있다는 말이 이어졌다. 그게 어떤 조짐이냐고 주석 김구가 묻자 심산 김창숙이 끼어들었다.

"이 한반도에서 벌써 시작되지 않았소?"

"맞습니다. 미군정을 통해 한반도와 일본열도를 자신들의 손아귀 안에 두려고 하는 것이지요."

"소련이나 중국이 가만히 있을까?"

"소련이나 중국은 저들의 상대가 되질 않습니다."

듣고 있던 조소앙이 나섰다.

"중국은 자국의 혼란을 수습하느라 정신이 없을 것이고, 소련은 혁명의 여파가 아직 가시지 않았습니다. 더구나 거리상 멀지요. 한반도까지 감당하는 것은 소련으로서는 벅찹니다."

주석 김구는 짧은 한숨을 몰아쉬었다. 몽양 여운형도 마찬가지였다. 이들은 하나같이 바람이 불기를 염원했다. 그 바람이 바람을 불러 거센 독립의 바람이 불어 제쳤으면 했다. 감당할 수 없는 독립의 바람이. 듣고 보니 그럴듯하다며 여운형도 그제야 공감을 표했다. 반탁을 외치는 소리가 더욱 거세어졌다.

"저길 보십시오! 미군정 사람들입니다."

김원봉이 가리키는 곳으로 애덤스와 콜린을 비롯한 미 군정청 직원들이 나와 있었다. 그들은 맨 앞에 서 있는 주석 김구를 비롯한 각 정당 지도자들을 노려보았다.

"저자들이 이 시위를 선동하고 있소. 못된 임시정부 놈들."

애덤스는 손을 들어 가리키며 노골적으로 불만을 표시했다. 당장 그만두고 해산하라고 콜린이 외쳤다. 모두 체포할 것이라는 협박도 이어졌다. 그러나 시위대의 함성에 외침과 협박은 묻혀버리더니 흩어졌다. 함성 속으로 산산이 흩어졌다. 흩어져 가루가 되었다.

"저자가 뭐라고 소리치는 거지?"

신익희가 애덤스를 가리키며 주위에 묻자 모두의 시선이 애덤스에게로 향했다. 애덤스는 흥분한 얼굴로 연신 손을 내젓고 있었다.

"시위대더러 해산하라는 얘기겠지."

김원봉이 어림없다는 투로 툽상스럽게 내뱉었다. 네놈들이 먼저 물러나라고 여운형이 삿대질을 했다. 마주 소리치기까지 했다. 그러나 그 소리 역시 애덤스 일행에게 전달되지는 못했다. 이어지는 반탁의 외침 때문이었다. 외침은 거셌다. 귀가 먹먹하고 가슴이 울렁거릴 정도였다.

시위대의 기세는 종로 네거리에서 절정에 이르렀다. 온 거리가 인파로 가득 찼다. 반탁을 외치는 함성, 그리고 깃발과 현수막으로 일대가 장관을 이뤘다. 고종의 인산일 이후로 처음 있는 일이었다. 아니, 그때보다도 오히려 훨씬 더 많은 인파가 모여들었다. 흰 옷의 물결이 파도처럼 일렁였다. 거센 일렁임이었다.

"첫 시위에서 이 정도의 위력을 보여주고 있으니 대성공이오!"

주석 김구는 흐뭇한 얼굴로 시위대를 둘러보았다. 저들에게 우리의 확고한 뜻을 전했으니 오늘은 그걸로 만족하자며 몽양 여운형도 흡족해 했다. 앞으로 공조가 계속되어야 한다는 말도 이어졌다. 반탁에 좌우나 정당이 따로 있을 수 없다는 것이었다. 주석 김구는 다시 한 번 반탁 공조에 대한 약속을 강조했다. 몽양 여운형도 고개를 끄덕였다.

"아무렴요, 그렇게 해야지요. 조국이 살고 민족이 사는 길인데요."

몽양 여운형의 대답에 김창숙도 미소로 답했다. 대답과 미소가 한가지였다. 외세를 배격하고 홀로서는 길로 가자는 것이었다. 그 길만이 조국과 민족을 살리는 길이라는 것이었다.

이날 시위는 밤늦게까지 이어졌다. 구름 같은 군중이 거리를 가득 메우고 함성이 하늘을 뒤덮었다. 이날 신탁통치반대 국민총동원위원회의 위원단도 선출됐다. 김구, 신익희, 조소앙, 김원봉 등 모두 아홉 명이 위원으로 선출됐다.

미군정에서는 이를 자신들에 대한 저항으로 규정했다. 또한 신익희가 발표한 국자(國字) 1호와 2호를 미군정에 대한 적극적인 배척 운동으로, 임시정부가 모든 시장의 철시를 지시하고 음주가무까지 금지한 것은 사회혼란 조장으로 간주했다. 결국 미군정은 시위를 주도한 임시정부를 해체해야 한다는 결론에 도달했다.

***

반도호텔.

미군정청장 하지는 분노하고 있었다. 애덤스와 콜린도 얼굴이 벌겋게 달아올라 있었다. 저자들이 감히 우리를 무시하겠다는 거냐는 것이었다. 아직 정부도 구성하지 못한 자들이니 우려할 일은 아니라는 말이 이어졌다. 애덤스가 하지를 달래고 나선 것이었다. 그러나 달랜다고 될 일이 아니었다. 임시정부를 해체하라는 말이 나온 것이었다. 임시정부가 감히 자신들에게 도전을 한다고 하지가 상기된 얼굴로 내뱉었다.

"처음부터 우리에게 임시정부는 없는 걸로 돼있었습니다. 지금 그런 말씀을 하시면 오히려 저들을 인정하는 꼴이 되고 맙니다. 아예 무시하시는 게 좋을 듯합니다."

콜린의 말에 하지가 입을 다물었다. 그럴듯하고 일리가 있는 말이라며 고개도 끄덕였다. 그러나 영 떨떠름하다는 표정이었다. 일리가 있다는 자신의 말에 대한 스스로의 부정이었다. 고개도 다시 갸웃했다. 그렇다고 이대로 두고 보기만 할 수는 없지 않은가? 라는 말을 흘렸다. 말에 꼬리가 붙었다. 애덤스가 붙인 것이었다. 실체가 있는 정부인데 우리만 없다고 우기다가는 우스워질 수도 있다는 말이었다. 그냥 뒀다가는 자칫 위험한 존재가 될 수도 있다는 말을 덧붙였다. 콜린의 의견에 반대한 것이었다. 하지의 귀가 얇아졌다. 얇은 귀는 애덤스의 의견에 동조했다.

"자네 말이 맞네. 이대로 둔다면 조선인들이 임시정부를 중심으로 뭉칠 것이네. 그러면 골치 아파지지."
 강력하게 항의해야 한다고 했다. 임시정부를 해체하라고 압박을 가해야 한다고도 했다. 애덤스의 말이었다. 하지는 고개를 끄덕였다. 결정을 지은 듯했다.
 "김구가 왔습니다."
 군정청장 비서 스미스가 청장실 안으로 들어섰다. 그가 말을 마치기가 무섭게 하얀 두루마기를 걸친 주석 김구가 불쑥 들어섰다. 하지의 얼굴이 하얗게 일그러졌다.
 "누가 들어오라 했는가?"
 성큼 들어서는 주석 김구를 두고 한 말이었다. 난데없는 호통에 스미스만 안절부절못했다. 양쪽을 번갈아 보며 연신 손바닥을 비벼댔다. 주석 김구를 원망스런 눈길로 쳐다보았다. 김구는 오히려 왜 그러냐는 듯이 그를 빤히 쳐다볼 뿐이었다. 하지는 임시정부 놈들을 모조리 죽여버리겠다고 고래고래 소리를 질러댔다. 어떻게 감히 내게 이럴 수 있느냐며 길길이 날뛰기까지 했다. 들어선 김구를 향해서는 당신이 김구냐고 삿대질까지 해대며 물었다. 삿대질은 무시이자 무례의 표현이었다. 거칠다 못해 야만적이기까지 했다. 그런 하지의 태도에 주석 김구는 당황했다. 하지만 당황은 잠시뿐이었다. 곧 눈치를 채고 격렬하게 맞받아쳤다.
 "당신이 그러면 내가 이 자리에서 죽어버리겠다."
 말을 마치는 동시에 뒤따라 들어선 신태무의 허리춤으로 손을 가져갔다. 총을 빼들었다. 당황한 것은 오히려 하지였다. 주석 김구는 빼어든 총을 자신의 관자놀이에 갖다 댔다. 얼굴은 차돌 같았다. 죽으면 죽었지 지지는 않겠다는 것이었다. 강력한 의지를 상대에게 드러내 보인 것이었다. 그래서는 안 된다며 신태무가 당황해서 김구의 손을 거머쥐었다. 놓으라며 주석 김구가 신태무를 밀쳐냈다. 뒤늦게 들어선 신익희도 달려들었다.

"일단 하는 말을 들어보시죠! 이렇게 하실 일이 아닙니다."

하지가 다소 누그러진 목소리로 물었다. 경찰서장들을 죄다 불러놓고 무어라 했느냐는 것이었다. 경찰이 미군정에 소속된 기관이라는 것을 모르지는 않을 거라고 항의하기도 했다. 하지의 항의에 주석 김구가 한 걸음 앞으로 나섰다. 총구를 관자놀이에 댄 채 그는 항변했다. 대한민국의 경찰을 우리가 불러들인 것이 무슨 잘못이란 말이냐는 것이었다. 우리는 엄연히 대한민국의 임시정부이고 저들은 우리의 경찰이라는 말이었다.

"우리의 경찰이라?"

하지가 눈살을 찌푸렸다. 잔뜩 찌푸렸다. 가까스로 달랜 분노가 다시 일어섰다. 주석 김구가 그럼 우리의 경찰이지 미군의 경찰이냐고 다시 항변했다. 하지는 점입가경이라는 듯이 이번에는 웃음까지 흘려냈다. 허탈한 웃음이었다. 상대에게 어이없다는 뜻을 전하고자 한 것이었다. 그는 어린아이를 달래듯 조곤조곤 말했다. 말은 깔보는 투였다.

"이것 보시오. 일본을 한반도에서 몰아낸 것은 우리요."

주석 김구가 또 다시 발끈했다.

"그렇다면 당신들은 점령군이란 말이오?"

"그렇소."

대답에 거침이 없었다. 주석 김구의 태도도 단호했다.

"그렇다면 우리는 새로운 독립운동에 나서야겠소. 당신들 점령군을 상대로 말이오."

주석 김구의 말에 하지가 순간 당황했다. 틀린 말이 아니기 때문이었다. 잠시만 우리가 맡아서 관리하는 것이라는 말이 나왔다. 당신들 스스로 일어설 수 있을 때까지만 맡아 관리한다는 말이었다. 애덤스가 끼어든 것이었다. 하지가 다시 나섰다. 자기도 다 생각이 있다는 것이었다. 그렇게 한다면 죄다 포로수용소에 감금했다가 중국으로 추방하겠다는 말이었다. 끓는 말이 매서웠다. 두려운 말이기도 했다. 난감한 표정으로 신익희가 나섰다.

"이렇게 다툴 일이 아닙니다. 오늘은 좋은 말로 협의하기 위해 만난 겁니다."

말은 부드러웠다. 연유와도 같이 부드러웠다. 달래는 말이기도 했다. 하지의 엄포와 신익희의 달램에 주석 김구도 슬며시 물러섰다. 사실 서로 말한 대로 된다면 서로 좋을 것이 없기 때문이었다. 불같은 성격으로 보아 하지는 그가 말한 대로 하고도 남을 것 같기도 했다. 적당한 선에서 접점을 찾아야 할 것 같았다. 접점을 찾으려면 적절한 시간을 포착해야 했다. 그것은 곧 적당한 기회를 포착하는 것이기도 했다. 주석 김구는 지금이 그 적절한 시간이자 적당한 기회라고 생각했다.

"우리 미군정의 한인 직원들로 하여금 파업을 하게 하는가 하면 상인들에게 철시를 명령하기도 하고, 이 모든 것이 당신이 지시한 것 아니요?"

하지는 강력히 항의했다. 항의에 주석 김구의 대답은 당당하기만 했다. 말로는 조금도 물러서지 않았다. 맞는다고, 내가 그렇게 한 것이라고 대답했다. 하지의 얼굴이 또 다시 붉어졌다.

"그건 쿠데타요, 쿠데타!"

소리까지 질러댔다.

"그만하시지요. 서로 반목해서 좋을 건 없습니다."

곁에서 조용히 지켜보고 있던 조병옥이 나선 것이었다. 그리하면 미군정으로서도 좋을 게 없다는 말도 했다. 민심이 이탈할 거라는 얘기였다. 차분한 말에 하지도 그렇겠다 싶었는지 다시 목소리를 낮췄다.

"알고 있소이다. 그걸 왜 모르겠소."

조병옥이 중재를 시도했다.

"반탁은 우리 민족이 사는 길입니다. 일제의 압제로 인해 그동안 갖은 고통을 당해왔는데 또 다시 외세라니요? 그건 민심이 용서치 않습니다. 그러니 반탁운동은 허용해주십시오! 다만 폭력적으로 하지 않는다는 조건으로 말입니다."

조병옥의 중재에 하지는 손을 턱으로 가져갔다. 골똘히 생각에 잠겼다. 주석 김구도 짧게 한숨을 몰아쉬었다. 짧은 한숨에 깊은 아픔이 배어 있었다. 그게 좋겠다며 애덤스가 조병옥을 거들었다. 폭력적인 시위만 아니라면 우리 미군정도 나쁠 게 없다는 말도 이어졌다. 이들의 중재에 콜린도 가세했다.

"좋은 생각입니다. 서로 손해 보지 않는 합리적인 방법인 것 같습니다."

민심을 잃은 정부는 설 곳이 없는 법인데 자칫 잘못하면 미군정도 한반도에서 실패할 수 있다는 말도 내놓았다. 그러자 하지도 현실을 택했다. 택했으나 표정은 영 마뜩지 않다는 것이었다.

"좋소. 그럼 당신이 직접 라디오에 나가 약속하시오! 반탁운동을 하되 평화적인 방법으로 하겠다고 말이오."

주석 김구도 그쯤에서 양보하기로 했다. 더 다퉈봤자 이득이 없을 것 같기 때문이었다. 알겠다며 하지에게 약속을 했고, 그 약속을 지켰다. 라디오에 나가 반탁운동의 당위성과 평화석인 시위를 호소했던 것이다.

* * *

덕수궁에서 미소공동위원회가 열렸다. 신탁통치를 실현하기 위해서였다. 주석 김구는 급히 한국독립당의 조완구와 한국민주당의 서상일, 국민당의 안재홍 등을 불러 비상정치주비회를 개최했다. 미군정은 이를 방해하고자 이승만의 독립촉성중앙협의회로 하여금 비상정치주비회에 참가하게 했다. 이승만은 미군정의 뜻대로 비상정치주비회를 비상국민회의주비회로 바꿔놓는 데 성공한다. 미군정의 뜻을 잘 받들었던 것이다. 이번에는 좌익계열이 대거 임시정부를 이탈하고 만다. 약산 김원봉을 비롯해 장건상, 성주식, 김성숙 등이 좌익이 참가하지 않는 단결은 비민주적이라며 떠난 것이었다. 임시정부로서는 큰 타격이 아닐 수 없었다. 중경에서 어렵사리 성사시킨 좌우합작이 하루아침에 무너지고 말았기 때문이었다. 민주의원 개원식에서 하지가 한국의 정부 수립을 돕는 것이 주둔 미군의 사명이라고 말하자 이승만은 정부를 세울 모든 절차를 미군의 지휘 아래에 두어야 한다고 한 술 더 떴다. 주석 김구는 정부 수립을 위한 모체 기관을 갖추게 되었다며 민주의원 개원을 축하했다. 이에 심산 김창숙은 비통에 잠겼다. 자신의 뜻과는 너무나도 다르기 때문이었다. 이승만이야 그렇다고 쳐도 주석 김구까지 동조하는 모습을 보인 것에 울분을 터뜨리고 말았다.

"이승만이 하지에게 아부하여 민족을 팔아먹었으니 통탄할 일입니다. 그자는 장차 미국에 아첨하여 정권을 장악한 후 독재정치를 펼치려 할 것입니다. 나라의 앞날이 참으로 걱정입니다."

말을 끊고 한숨을 몰아쉰 후 나머지 말을 이었다. 백범 또한 책임을 면치 못할 것이라는 말이었다. 위당 정인보도 가만있지 않았다. 굳게 다물었던 입을 열었다. 입은 열었으나 한숨이 칠 할이었다. 정말 큰일이라며, 하나로 뭉쳐도 시원찮을 판에 오히려 분열만 심해지고 있으니 이를 어쩌면 좋으냐며 탄식을 거듭했다. 안재홍도 나섰다.

"좌익계열도 문젭니다. 조선공산당을 비롯해 조선인민당, 독립동맹까지 다 민전, 즉 민주주의민족전선이란 이름으로 모여들고 있습니다. 분열을 더 공고히 하자는 것이지요."

"누구누구가 참여한다고 합디까?"

심산 김창숙이 툽상스럽게 물었다. 정인보의 대답이 이어졌다.

"여운형을 비롯해 김원봉, 박헌영, 허헌, 이강국, 장건상, 성주식, 김성숙 등이라고 합니다. 저들은 민주주의 정권을 수립하기 위한 과도기적 임시의회라고 민전을 규정합니다만, 어찌 그렇겠습니까? 자신들만의 권력을 위한 핑계지요."

"맞습니다. 좌익계열의 농민단체, 노동단체는 물론이고 부녀총동맹까지 모두 참여하고 있답니다."

안재홍이 거든 것이었다. 묵묵히 듣고 있던 김창숙이 자리에서 벌떡 일어섰다. 얼굴은 벌겋게 상기되어 있었다.

"갑시다! 경교장으로."

그가 먼저 앞장섰다. 위당 정인보와 안재홍이 뒤따랐다. 밖으로 나서자 날씨가 매서웠다. 차가운 북풍이 옷자락을 여미게 했다. 심산 김창숙의 흰 머리카락이 찬바람에 휘날렸다. 그는 경교장을 향해 성큼성큼 발걸음을 옮겨 놓았다. 잔뜩 움츠린 정인보와 안재홍이 잰걸음으로 뒤를 따랐다.

경교장에 도착한 심산 김창숙은 다짜고짜 주석 김구를 불렀다. 분노한 음성에 양휘보가 당황한 얼굴로 맞았다. 당황해서 어쩐 일이시냐는 말이 절로 튀어나왔다.

"대한민국 임시정부에 대한민국 국민이 오는 게 뭐 잘못되었는가?"

당연한 말이었지만 듣기에 삐딱했다. 주석 김구가 집무실에서 한달음에 달려 나왔다. 왜 그리 화가 났느냐고 그가 물었다. 달래는 음성이었다. 그런 주석 김구에게 심산 김창숙은 대뜸 삿대질부터 해댔다. 노기가 충천했다. 이승만이란 자와 더불어 민족을 팔아먹기로 작정했느냐는 말이 튀쳐나왔다.

"이 김창숙이 이승만이라는 자와는 함께하지 않는다는 것을 주석 당신도 잘 알 것이오. 내가 여기에 온 것은 주석 당신을 만나 분명히 해두고자 하는 것이 있기 때문이오."

주석 김구의 표정은 여전히 모르쇠였다. 아닌 밤중에 홍두깨라는 얼굴로 그는 심산 김창숙을 멀뚱하니 쳐다만 보았다. 벌겋게 달아오른 심산 김창숙이 호통을 치듯 소리쳤다. 미국에 아첨하여 일을 그르치려 하느냐는 것이었다. 그제야 말뜻을 알아들은 주석 김구는 피식 웃음을 터뜨렸다. 웃음은 오해를 깨뜨리고자 한 것이었다.

"지금 웃소?"

심산 김창숙은 부아가 치민다는 얼굴로 주석 김구를 노려보았다. 잘 왔다며, 그렇지 않아도 부르려던 참이었다며, 민주의원 회의장이 있는 석조전으로 함께 가자고 했다. 주석 김구의 제의에 이번에는 심산 김창숙이 주춤했다. 주춤하자 그가 다시 가서 함께하자고 했다. 한 목소리로 경종을 울려주자는 얘기였다. 그게 저들을 바른 길로 인도하는 일이라는 것이었다. 주석 김구의 제의에 함께 온 정인보와 안재홍도 거들었다. 힘을 모아야 한다는 말도 했다. 곁에서 조용히 지켜보고 있던 김규식이 슬며시 끼어들었다.

"선생 같은 분이 호통을 쳐야 저들이 정신을 차릴 겁니다. 그게 이 나라가 사는 길입니다."

말을 마치고는 뒤를 돌아보았다.

"뭣들 하는가? 빨리 모시지 않고."

뒤에 서 있던 양휘보와 신태무가 달려들었다. 이들은 납치라도 하듯 양쪽에서 심산 김창숙의 팔을 부여잡았다. 저희가 모시겠다며 양휘보가 밖으로 이끌었다. 말이 모시는 것이지 완력으로 끌고 가는 것이나 마찬가지였다. 심산 김창숙도 그리 싫지는 않은 기색이었다. 경교장으로 오는 내내 조국을 위해 뭔가 해야겠다고 생각한 참이었기 때문이었다.

"어허, 이거 왜들 이러나?"

말은 그렇게 하면서도 신태부와 양휘보의 설음에 발을 맞췄다. 경교장 밖에는 이미 차가 대기하고 있었다. 심산 김창숙은 혀를 차며 내키지 않는다는 표정으로 차에 올랐다. 다 조국을 위한 일이라며, 평생을 그렇게 살아왔지 않느냐며 주석 김구가 너털웃음을 흘렸다.

"문득 상해 시절이 그립구려."

주석 김구의 말에 심산 김창숙이 발끈했다. 그 지긋지긋한 일제 놈들이 그립다는 말이냐는 것이었다. 그게 아니라 그 시절의 인심이 그립다는 주석 김구의 말이 이어졌다. 그때는 지금처럼 이렇게 삭막하지는 않았다는 말도 덧붙였다. 주석 김구의 말에 심산 김창숙도 짧은 한숨을 몰아쉬었다. 한숨은 짧았으나 깊었다. 깊어서 아픈 마음이 드러나 보였다.

"그때는 조국독립이라는 목표 하나로 모든 동지들이 하나가 되어 싸웠지. 때문에 좌우익으로 나뉘어져 있긴 했어도 이렇게 분열된 모습을 보이진 않았지."

심산 김창숙은 말이 없다가 시큰둥하게 내뱉었다.

"그때나 지금이나 달라진 것은 없소. 조국을 위해 일할 뿐이오."

"맞소. 이러니 내가 심산을 좋아할 수밖에요."

주석 김구는 너털웃음을 흘렸다. 창밖으로 해방된 서울의 모습이 눈에 들어왔다. 제법 도시 티가 났다. 상해만큼은 아니어도 도시 냄새가 풍겼다. 상해의 넓은 거리와 바쁜 사람들, 그 사이로 누비는 전차와 자동차들, 모든 것이 다 그립기만 한 것들이었다. 주석 김구는 감개가 무량했다. 그러면서도 눈앞의 현실이 무겁게 어깨를 짓눌렀다. 결코 쉽지 않은 일들이 앞에 놓여 있었다.

양휘보는 주석 김구와 심산 김창숙의 끈끈한 정을 보며 한 사람을 떠올렸다. 권비문의 문주 모용예화였다.

13. 권비문

"이거 놔라!"

여인의 앙칼진 소리에 한 사내가 소리 나는 곳으로 바람같이 달려갔다. 상해 신천지클럽 뒷골목이었다. 여인의 극렬한 저항은 남경대로에까지 날것 그대로 뛰쳐나왔다. 허공을 찢는 날카로움이었다.

사내가 골목으로 들어가서 보니 한 여인을 두고 두 사내가 몰아붙이고 있었다. 사내들은 여인에게서 무언가를 빼앗으려 했다. 여인노 만만치가 않았다. 몸을 놀리는 품이 예사롭지가 않았다.

"난 모른다. 임시정부와는 아무런 관계도 없다."

"네년이 임시정부 요인이라는 것을 모를 줄 아느냐."

여인은 가슴에 품은 가방을 빼앗기지 않으려고 이리저리 몸을 놀렸다. 몸놀림이 마치 춤을 추는 듯했다. 가볍고 날렵했다. 몇 차례 그렇게 휘돌던 여인의 발이 허공으로 들려졌다. 번개 같았다. 허공에 들린 발이 마치 풍차처럼 돌아가고 한 사내가 쓰러졌다. 사내는 그냥 쓰러지기만 한 것이 아니었다. 보기 민망할 정도로 땅바닥에 그대로 나동그라졌다. 순식간에 일어난 일이었다.

"이런 죽일 년이."

또 다른 사내가 가슴으로 손을 가져갔다. 총을 꺼내려는 것이었다. 순간 바람같이 어떤 사내가 뒤에서 덮쳤다.

"비겁한 놈!"

불의의 일격을 당한 사내는 그대로 고꾸라졌다. 그와 동시에 여인의 발을 맞고 쓰러졌던 사내가 벌떡 일어섰다. 손에는 총이 들려 있었다. 독일제 모제르 권총이었다. 움직이지 말라는 말에 사내는 갈등의 빛을 보였다. 그대로 칠 것인지, 아니면 손을 들 것인지를 두고 고민했던 것이다. 찰나의 순간이었지만 사내는 총알을 피할 수 없다는 판단을 내렸다. 조용히 손을 들었다.

"네놈은 어떤 놈이냐?"

서툰 중국어로 미루어 일본인이 분명했다. 일제 헌병이냐고 사내가 되묻자 총을 든 사내가 입가에 미소를 베어 물었다.

"맛을 봐야 아는가?"

쓰러졌던 사내가 옷을 털며 일어섰다. 입가로 잔인한 꽃이 피었다. 피 묻은 꽃이었다. 생혈을 부르는 피이기도 했다. 오늘 임자를 제대로 만난 줄 알라며 그 역시 가슴에서 총을 꺼내들었다.

"난 모용예화라고 한다. 너희들 헌병대의 아사히 중좌를 잘 알고 있다."

아사히 중좌라는 말에 사내들이 멈칫했다. 당황한 빛도 보였다.
"하루토 소좌도 알고 있다. 이쯤에서 물러나라!"
모용예화의 협박 아닌 협박에 사내들은 잠시 주춤했다. 주춤은 말 그대로 주춤일 뿐이었다. 곧 도리질을 했다. 우리 일은 누구도 막지 못한다는 것이었다. 아사히 중좌라 할지라도 자신들의 일을 막지는 못한다고 했다. 그러면서 저것만 내놓으면 조용히 보내주마고 했다. 여인의 품에 안긴 가방이었다. 여인이 모용예화를 돌아보았다. 눈빛이 간절했다. 고개도 가로저었다. 물건은 주인이 따로 있는 법인데 어찌 남의 것을 탐하느냐며 모용예화가 정중히 타일렀다. 사내들은 안 되겠다는 듯 여인 쪽으로 천천히 움직였다. 그때 골목을 훔쳐보고 있는 또 다른 눈이 있었다. 양휘보였다. 그도 여인의 앙칼진 소리를 듣고 급히 달려왔던 것이다. 사내 하나가 잔인한 미소를 흘리며 모용예화를 향해 총을 겨눴다. 독일제 모제르 권총이 살짝 떨렸다. 방아쇠에 건 손가락에 힘이 들어간 것이었다.
"잠깐!"
순간 사내가 고개를 돌렸고 바람같이 양휘보가 달려들었다. 모용예화의 몸이 번개같이 움직였다. 총소리가 골목을 울렸다. 사내들의 입에서도 신음소리가 비어져 나왔다. 순식간에 두 사내가 나동그라지고 말았다.
"비겁한 놈들!"
모용예화는 쓰러진 사내를 짓밟았다. 발끝에 분노가 실렸다. 분노는 무자비했다.

"제국주의의 개들."

양휘보도 주먹을 휘둘렀다. 사내의 입에서 신음소리가 터져 나왔다. 고통으로 일그러진 소리였다. 그 순간 골목으로 요란한 호각소리가 울려 퍼졌다.

"그만하고 가요!"

경찰들이 들어서고 있었다. 양휘보는 재빨리 일어섰다. 얼굴은 아직도 분이 풀리지 않은 표정이었다. 세 사람은 반대쪽으로 뛰었다. 뛰어가는 그들의 뒤로 중국 경찰의 다급한 소리가 이어졌다.

"쫓아라!"

말과는 달리 행동은 굼뜨기만 했다. 쫓는 시늉만 하는 것이었다. 이내 놓쳤다며 투덜거리는 소리가 골목 쪽으로 멀어져갔다. 추격에 대한 대한 의지도, 생각도 전혀 없어 보였다.

거리로 나선 세 사람은 옷매무새를 가다듬고 서로를 바라보았다. 얼굴에 미소가 번졌다.

"모용예화라 하오."

"양휘보라고 합니다."

두 남자가 자신을 소개하자 여인도 낭랑한 목소리로 자신을 밝혔다.

"이화림이라고 해요."

거친 사내들에 맞서 싸우던 모습과는 전혀 달랐다. 나긋나긋한 목소리에 생긋 웃는 미소가 아름다운 여인이었다. 누가 봐도 호감이 가는 여인이었다.

"일단 여기서 벗어나고 봅시다. 총소리가 울렸으니 우리 경찰이 이대로 끝내지는 못할 겁니다."

모용예화의 말에 양휘보가 고개를 끄덕였다. 이화림도 같은 생각이었다. 세 사람은 어깨를 나란히 한 채 잰걸음으로 남경로를 걸었다.

"황포강으로 갑시다!"

모용예화는 두 사람을 데리고 황포강으로 향했다. 마침 전차가 이들의 앞에 섰다. 세 사람은 재빨리 전차에 올라탔다. 전차는 거리를 비집고 황포강으로 달렸다. 백화점의 요란한 세일 광고가 눈에 들어왔다. 화려함은 풍요로움을 동반하고 있었다. 사람들의 행복해 하는 모습도 눈길을 끌었다. 양휘보는 부러운 눈으로 그들을 쳐다보았다. 조국의 암담한 현실과 비교되었다. 한숨이 절로 새어나왔다. 상해만 같아도 사람 사는 세상이라며 이화림이 중얼거렸다. 말은 넋두리 반 한숨 반이었다. 양휘보가 맞장구를 쳤다. 부러운 현실이라는 것이었다. 당신들과 같은 지사들이 있으니 조선도 곧 이런 날이 올 것이라고 모용예화가 위로의 말을 건넸다. 그러나 그 위로는 위로가 되질 못했다. 암담한 현실 때문이었다. 그래야 할 것이라고 양휘보가 짧게 대답했다. 기운이 없는 대답이었다.

"내립시다! 이쯤이면 안심해도 될 것 같소."

모용예화의 말에 따라 전차에서 내렸다. 부두를 향해 달리는 인력거와 자동차로 거리는 북새통이었다. 밀물이 밀려들 듯 황포탄으로 사람들이 꾸역꾸역 몰려들고 있었다. 거친 물살이 더욱 가까워 보였다. 밀고 당기는 물살은 햇살을 받아 금빛으로 빛났다. 그 뒤로 탁 트인 바다가 가슴을 시원하게 했다. 하루가 다르게 변화하고 있다며, 변화하는 상해를 두고 모용예화는 탄성을 올렸다. 거리 곳곳의 공사 중인 건물이 도시에 활기를 불어넣고 있었다. 치솟고 있는 건물들이 상해의 하늘을 회색빛으로 뒤덮고 있었다. 대륙의 기상이 느껴지는 도시라고 이화림이 거들었다. 세상의 모든 것이 이곳으로 빨려들고 있는 것만 같다고 모용예화가 말을 받았다. 말에는 자신감이 넘쳤다. 부러운 말이었다. 머지않아 상해가 북경보다 더 큰 도시로 성장할 것이라는 말이 이어졌다. 양휘보는 고개만 끄덕였다. 모용예화는 황포탄 물가에 있는 다관을 가리켰다. 늘어진 버드나무 가지가 제법 운치 있는 다관이었다.

"상해에서 알아주는 다관이올시다. 제일 오래된 곳 중 하나이기도 하지요."

목이 타던 양휘보는 잘됐다 싶었다. 묵묵히 그가 이끄는 대로 따라갔다. 이층으로 올라서자 황포강이 한눈에 들어왔다. 시원했다. 답답하게 막혀 있던 가슴이 탁 트이는 듯했다. 오랜만에 느껴보는 청량감이기도 했다.

"저 배를 타면 조국으로 갈 수 있으려나."

양휘보는 생각 없이 한마디 던졌다. 우수에 젖은 목소리였다. 이화림이 피식 웃음으로 맞받았다. 그녀의 입에서 그건 나가사키로 가는 배라는 말이 흘러나왔다. 모용예화가 껄껄 웃음을 터뜨렸다. 웃음은 유쾌했다.

"깃발을 보세요."

그제야 씁쓸한 미소를 지어 올렸다. 생각 없음은 늘 그랬다. 감정은 이성을 무디게 하는 것인 모양이었다. 쓸데없는 짓이기도 했다. 모용예화가 앉자며 빈자리를 가리켰다. 창가 쪽이었다. 황포강이 내려다보이는 좋은 자리였다. 무엇 때문에 그리 핍박을 당한 게냐고 모용예화가 물었다. 이화림은 자신의 신분부터 밝혔다. 대한민국 임시정부에 몸담고 있으며 독립자금을 갖고 돌아오던 중에 그만 놈들을 마주치게 됐다는 것이었다. 솔직한 대답에 당황한 것은 오히려 양휘보였다. 처음 보는 사람에게 스스럼없이 신분을 털어놓는 그녀의 태도가 의아하기까지 했다.

"독립자금이라면?"

"주석님의 명으로 찾아오는 길이에요."

모용예화도 놀란 표정으로 그녀를 멍하니 바라보았다. 그녀가 다시 입을 열었다. 무얼 믿고 이렇게 솔직하냐고 묻고 싶지 않느냐는 말이었다. 말에 미소마저 담겨 있었다. 모용예화가 고개를 끄덕였고, 양휘보는 말로 그렇다고 대답했다. 대답하는 양휘보의 눈살이 찌푸려져 있었다. 그렇게 가벼워서야 어떻게 임시정부 일을 하느냐는 뜻이었다. 표정에 그녀에 대한 의구심도 가득했다. 그녀의 말이 이어졌다. 총을 들고 위협하는 자들에 맞서 구해준 은인을 그럼 믿지 말라는 말이냐고 반문했다. 그러면서 대한민국 임시정부 사람들이 그렇게 막돼먹지는 않았다는 말도 덧붙였다. 말이 깨끗했다. 가을 물같이 티끌 없이 맑았다. 그제야 양휘보는 자신이 부끄러워졌다. 모용예화도 마찬가지였다. 믿어야 하는 상대에 대한 신뢰가 깊은 여인이었다. 역시 대한민국 임시정부였다. 그렇긴 하다고 흘리듯 말을 던졌다. 흘리듯 말을 던진 것은 자신의 소심함을 부끄럽게 여겼기 때문이었다. 모용예화도 솔직히 털어놓겠다고 말했다. 두 사람이 그를 똑바로 쳐다보았다. 두 얼굴이 호기심과 기대감으로 가득 찼다.

"난 권비문의 문주 되는 사람이오."

권비문이란 말에 양휘보가 물었다.

"권비문이라니요?"

이화림은 눈을 치켜떴다.

"의화단의 후신이라는 그 권비문 말인가요?"

그렇다고 모용예화가 담담히 대답했다. 말로만 듣던 그분이라며 그녀는 더욱 놀란 얼굴을 했다. 그녀의 얼굴에 존경의 빛마저 감돌았다.

"우리는 의화단의 뒤를 이어 외세를 몰아내기 위해 다시 뭉친 사람들이오. 의화단 의거에서 살아남은 단원들로 구성되었지요."

주석님으로부터 얘기 많이 들었다고, 막상 직접 이렇게 뵙고 보니 믿기지가 않는다고, 이렇게 젊은 분일 줄은 미처 생각지 못했다고 그녀는 말을 연이어 쏟아냈다. 그녀의 말에 모용예화가 입가에 미소를 머금었다. 미소가 아름다운 사내였다.

"나라를 지키는 데 젊고 늙고가 무슨 상관이 있습니까? 당신들도 젊지 않습니까?"

차가 나오자 세 사람은 잠시 말을 끊었다. 기선이 들어오고 있었다. 물살을 가르는 기선은 용틀임하는 상해의 한 마리 흑룡이었다. 검은 연기를 꼬리 삼아 누런 물을 박차며 물 위를 미끄러지고 있었다. 살아 있는, 생동하는, 꿈틀거리는 대륙의 기상이었다.

"저희 다관에서 최고로 치는 차입니다."

점원은 묻지도 않은 말로 너스레를 떨었다. 백호은침이라며 모용예화가 알은체를 했다. 점원이 맞다고 맞장구를 쳤다. 일명 백차로 불리는데 찻잎이 흰 털로 덮여 있어 그렇게 불린다며, 뒷맛에 은은하게 단맛이 돌아 좋아들 한다며 그는 불필요한 설명을 이어 붙였다. 그는 조심스레 찻잔을 내려놓고는 공손히 예를 갖춘 후 물러갔다. 모용예화가 손을 들어 차를 권했다. 점원이 말한 대로 좋은 차라고, 맛과 향기가 으뜸이라고 했다. 양휘보는 찻잔을 들어 코로 가져갔다. 은은한 차향이 머리를 맑게 했다. 입으로 가져가자 따뜻한 찻물이 입안을 향기롭게 적셨다. 이화림이 차 맛을 품평했다. 양휘보가 고개를 끄덕였다. 모용예화는 미소를 지어 보였다. 미소를 지은 채 손을 들어 양휘보를 가리켰다.

"이제 양 동지 차례요."

알겠다는 듯 양휘보가 조용히 찻잔을 내려놓았다. 찻잔이 탁자에 부딪는 소리가 가벼운 파문을 일으켰다. 소리가 맑았다. 주위를 한 차례 둘러본 후 그가 무겁게 입을 열었다. 만주 경학사 출신으로 중광단 소속이라고 했다. 중광단이란 말에 모용예화의 눈이 커졌다. 확인이라도 하듯 정말이냐고 묻기까지 했다. 양휘보가 의아한 눈으로 되물었다. 중광단을 아느냐는 것이었다. 모용예화가 목소리를 낮췄다. 김종진이라고 부단주 되시는 분을 아느냐고 되물었다. 김종진이라는 말에 양휘보가 고개를 끄덕였다. 물론이라고, 백야 김좌진 장군의 육촌 동생인 그분을 왜 모르겠느냐고 대답했다. 그러자 모용예화가 중광단의 표식을 보여 달라고 요구했다. 양휘보는 망설였다. 그러자 모용예화가 조심스레 입을 열었다.

"사실은 김종진 부단주께 신세를 진 적이 있소이다. 제가 오늘 이화림 동지처럼 위급한 순간에 처했을 때였지요."

모용예화는 회상에 잠기듯 지난날을 떠올렸다.

14. 중광단

거리는 한산했다. 추위에 눈발이 날리기까지 했다. 화려한 가스등만이 홀로 요염한 척했다.

"저자가 뒤쫓는 것 같은데?"

모용예화는 동방백화점에서부터 따라붙고 있는 사내를 유심히 살폈다. 모자를 푹 눌러 쓴 애송이였다.

"사천로로 가자!"

모용예화는 등지와 함께 전차에 올랐다. 뒤따르는 사내도 재빨리 움직였다.

"눈발이 좋습니다."

등지가 태연하게 말을 건넸다.

"그러게 말일세. 이제 겨울이군!"

사내는 맞은편에서 힐끔거리며 두 사람의 눈치를 보았다. 일제가 감히 대륙을 침범할 것이라는 말이 돌고 있다고 등지가 말했다. 말에 증오가 박혀 있었다. 심지가 깊은 증오였다. 조심할 일이라고, 놈들은 칼을 쥔 어린아이와도 같다고, 세상 무서운 줄 모른다고, 자칫하면 그런 놈들에게 당할 수 있다고 모용예화가 신중하게 받았다. 조선을 보면 그 말이 꼭 헛된 말 같지만은 않다고 등지가 말했다. 하지만 놈들은 열도에 갇혀 지내면서 굳어진 습성 탓에 대륙을 감당해내기는 그리 쉽지 않을 거라는 말도 나왔다. 모용예화의 말이었다. 말은 그렇게 했지만 얼굴에는 그림자가 드리워져 있었다. 편안하지만은 않음을 표현하는 그림자였다. 말은 계속 이어졌다. 문제는 구라파라는 것이었다. 영국, 불란서, 네덜란드 같은 제국주의 국가들은 요주의 대상이라는 말이었다. 그 말을 마치는 순간 전차가 섰고, 이어 문이 열렸다. 두 사람은 내리자더니 재빨리 문을 나서서 달렸다. 사내도 급히 뒤를 쫓았다. 어디로 가느냐고 등지가 물었다. 우정국 뒷골목이라고, 거기서 헤어지자고 모용예화가 대답했다. 이들은 거리로 뛰어들었다. 사내도 따라붙었다. 사내가 호루라기를 짧게 연속해서 불었다. 일종의 신호였다. 호루라기 소리에 여기저기에서 움직임이 일었다. 다른 사내들이 합류하기 시작했다. 한둘이 아니었다. 상황이 예사롭지 않음을 알아차린 모용예화가 눈꼬리에 날을 세웠다. 불꽃이 튀었다. 저쪽으로 가라며, 우정국 뒤에서 등지를 북사천로 쪽으로 보냈다. 자신은 반대쪽으로 뛰었다. 사내들은 흩어져 골목을 에워쌌다.

'뭐지?'

모용예화는 불길한 예감이 들었다. 저들이 왜 자신을 뒤쫓는지 알 수가 없었다. 정체를 알 수 없음에 더욱 불안했다. 골목을 돌아서자 한 사내가 앞을 가로막아 섰다. 뒤로 돌아 뛰었다. 거기에도 다른 사내가 있었다. 앞뒤로 막혔다. 그야말로 진퇴양난이었다.

"뭐냐?"

모용예화가 날카롭게 묻자 사내가 되물었다.

"권비문의 모용예화가 맞지?"

말은 느물거렸다. 얕보는 말투에 이죽거리는 몸짓까지 섞여 있었다. 사내는 비웃음을 머금은 채 건들거리며 다가왔다. 모용예화는 등골이 오싹했다. 사내가 자신의 정체를 알고 있기 때문이었다. 모르는 상대가 자신을 알고 있다는 것은 두려운 일이었다. 그가 머뭇거리는 사이 다른 사내도 입가에 웃음을 피워 물고 천천히 다가왔다. 잔인한 웃음이었다.

"우리는 상해 주둔군 일본 헌병대다. 너희들이 불령선인을 돕고 있다는 것을 알고 있다."

말은 차가웠다. 한겨울 서릿발이었다.

"불령선인이라니?"

"그거야 본인이 더 잘 알 텐데."

사내의 말에 모용예화는 심호흡을 했다. 기운을 끌어올렸다. 손끝에 힘이 들어갔다. 여차하면 달려들 작정이었다. 사내가 가슴에서 총을 꺼내 들었다. 26년식 리볼버였다. 일본 헌병대의 요시카와라고, 이름이나 기억해 두라고 사내는 자신을 소개했다. 그가 말을 마치는 순간 총소리가 좁은 골목을 울렸다. 요시카와가 그 자리에서 쓰러졌다. 또 다시 총소리가 울렸고, 이번에는 앞에 있던 사내가 쓰러졌다. 모용예화는 몸을 돌려 골목을 돌아보았다. 웬 사내가 총을 들고 서 있었다. 누구냐고 물었다. 사내가 손짓을 했다. 빨리 피하자는 목소리가 무거웠다. 그 무거움에 믿음이 있었다. 모용예화는 생각할 겨를도 없이 사내의 뒤를 따랐다. 좁은 골목을 휘돌았다. 골목은 어지러웠다.

"문주님!"

등지가 피투성이가 된 채 나타났다. 뒤쫓던 사내들과 한판 한 모양이었다. 어깨에 총도 맞은 상태였다. 온 몸이 피투성이였다. 일단 골목을 빠져나가자며 사내는 등지를 부축했다. 세 사람은 골목을 벗어났다.

"누구이신지?"

모용예화가 묻자 사내가 대답했다.

"난 조선인 김종진이라 하오."

처음 듣는 이름에 모용예화는 고개를 갸웃했다. 임시정부에서도 들어보지 못한 이름이기 때문이었다. 만주에서 왔다고, 백야 김좌진 장군의 육촌 동생이라고 사내는 자신을 소개했다. 백야 김좌진이라는 말에 모용예화는 놀란 표정으로 그를 쳐다보았다.

"청산리 전투의 영웅인 백야 장군 말이오?"

모용예화의 눈빛에 존경의 마음이 드러났다. 김종진은 일단 대로로 나가자는 말로 대답을 대신했다. 두 사람은 등지를 부축해서 대로로 나왔다. 사람들이 놀라 웅성거렸다. 피투성이가 된 등지 때문이었다. 여인들은 비명까지 질러댔다.

"병원으로 갑시다!"

다행히 더 이상 뒤쫓는 자는 없었다. 김종진이 돌아보며 몇이나 해치웠느냐고 물었다. 등지가 둘이라고 대답했다. 김종진은 머릿속으로 헤아렸다. 쫓고 쫓기던 그림자를 헤아렸다. 적들은 자신들이 쫓기는 줄도 모르는 채 자신들이 쫓아야 할 적만을 쫓고 있었던 것이다. 그 쫓음은 결국 쫓기는 자에 의해 무너졌다.

"그럼 다섯. 모두 해치웠군."

놈들이 모두 다섯이었느냐고 모용예화가 묻자 김종진이 고개를 끄덕였다. 무자비한 놈들이라는 말이 이어졌다. 악랄하기로 이름 난 자들이라는 것이었다. 특히 조선인에 대해서는 더욱 그렇다는 말도 비어져 나왔다. 말은 이를 악문 사이로 새파랗게 비어져 나왔다. 모용예화가 힌숨을 길게 내뱉었다. 이까지 깊있다. 바드득 소리에는 분노와 서주가 뒤섞여 있었다.

"헌데 어떻게 저희들을 구하게 되었습니까?"

모용예화의 물음에 그가 걸음을 재촉하며 대답했다.

"이야기하자면 길지요. 당신들이 우리 임시정부를 돕고 있다는 걸 알고 있었습니다. 놈들이 당신을 해칠 거라는 정보도 입수했고요. 오늘 놈들을 뒤쫓다 우연히 만나게 된 겁니다. 요시카와를 뒤쫓던 중이었지요. 놈은 우리 독립군에게 악질 중의 악질입니다. 만주 독립군과 임시정부의 정보를 모으면서 수많은 동지들을 잡아들인 놈이지요."

메마른 목울대가 울컥했다. 그의 분노를 짐작케 할 만한 말이었다. 말은 계속 이어졌다. 놈들의 정보력은 대단하다는 것이었다. 상해의 모든 쥐와 새가 저들의 편이라 해도 틀리지 않을 정도라는 말이었다. 더불어 조심해야 한다는 말이 뒤따랐다. 그 정도냐고 모용예화가 물었다. 김종진은 대답 대신 고개를 끄덕였다.

"저기 있군요!"

김종진이 가리키는 곳에서 소강의원이라는 간판이 불빛을 받아 선명하게 보였다. 등지는 이를 악문 채 고통을 견뎌내고 있었다. 피는 여전히 흘러내렸다. 부축하는 김종진의 어깨도 피에 흥건하게 젖었다. 병원에 들어선 모용예화는 의사부터 찾았다. 다행히 늦은 시간임에도 의사가 자리를 지키고 있었다. 괜찮겠느냐고 모용예화가 묻자 의사가 고개를 끄덕였다. 총상을 입은 곳이 다행히 위험한 부위는 아니라는 것이었다. 표정에 여유마저 있었다. 자신만만한 의사의 말에 모용예화는 그제야 얼굴을 폈다. 피를 너무 많이 흘려 당분간 요양을 해야 할 것 같다는 의사의 말이 이어졌다. 의사는 곧 수술실로 들어갔고, 모용예화와 김종진은 밖에서 기다렸다.

"앞으로 이런 표식을 보면 우리 중광단 단원임을 알고 도와주십시오!"

김종진이 곰 모양의 표식을 꺼내 보였다. 박달나무로 깎은 작은 조각이었다. 만주에서 오는 우리 동지들이 있을 거라며 다시 한 번 부탁하자 모용예화가 오늘의 은혜를 결코 잊지 않겠다며 고개를 끄덕였다.
"그럼 조심하시고, 저는 그만 가봐야겠습니다."
정중히 건네는 인사로 그는 작별을 고했다. 모용예화는 밖에까지 나와 배웅했다. 눈발이 하얗게 거리를 뒤덮고 있었다. 상해의 화려함이 눈 속에 묻히고 있었다. 눈도 화려했다. 화려해서 김종진의 뒷모습이 더욱 쓸쓸해 보였다.

* * *

양휘보가 그런 사연이 있었느냐며 탄식을 흘렸다. 그는 가슴에서 목걸이를 꺼내 보였다. 중광단 표식인 작은 곰 문양이 그의 손에 쥐여 있었다. 모용예화가 그때 본 그 곰 표식이 맞는다며 환하게 웃음을 지어 보였다. 그러면서 오늘 그 은혜를 만 분지 일이나마 갚은 듯해 기쁘다고 말했다. 양휘보도 동지를 만나 기쁘다고 했다. 그의 얼굴에 진심이 가득했다. 진심은 마음을 다했을 때 얼굴에 드러나 보이는 것이다. 드러나 보여서 상대를 기쁘게 하는 것이다. 믿게 하는 것이다.
"나도 당신들의 심정을 이해하오. 우리와 같은 입장일 터이니."
모용예화는 한숨을 몰아쉬었다. 자신들의 처지에 빗대어 임시정부를 생각했기 때문이었다. 상대의 처지를 생각함은 상대를 이해하기 위한 첫 번째 조건인 것이 분명했다.
"우리 의화단도 외세에 맞서 싸우는 단체요. 이제 권비문으로 이름이 바뀌기는 했지만."
모용예화는 잠시 말을 끊었다가 다시 이었다. 그래서 당신들의 임시정부가 더 더욱 가슴에 와 닿는다고. 양휘보는 고개를 끄덕여 모용예화의 말에 공감을 표했다. 우리는 일제라는 공동의 적을 앞에 두고 있다면서 힘을 모아 맞선다면 충분히 극복해내리라 믿는다는 말을 건넸다.

"맞소. 함께합시다!"

'함께'라는 말에 힘을 주어 말한 모용예화는 손을 내밀었다. 양휘보가 미소와 함께 그 손을 맞잡았다. 곁에서 이화림도 따뜻한 미소를 지어 보였다.

"보기가 좋습니다. 아름답습니다."

미소는 미소를 불러냈다. 모용예화도 미소를 지어 보였다. 의기투합을 뜻하는 미소였다.

15. 갈등

양휘보가 회상에 잠겨 있는 사이에 차가 덕수궁 앞에 이르렀다. 신태무가 재빨리 내려서 차문을 열었다. 양휘보도 잽싸게 따라 내렸다.

"석조전으로 갑시다!"

주석 김구와 심산 김창숙은 어깨를 나란히 하고 석조전으로 향했다. 심산 김창숙의 거친 걸음을 주석 김구의 잰걸음이 바삐 따랐다. 석조전에서는 이미 회의가 한창 진행되고 있었다. 어서들 오라며 이승만이 반갑게 두 사람을 맞았다. 마치 지원군을 만난 듯한 표정이었다. 그러나 그의 표정은 곧 굳어져야 했다. 심산 김창숙의 벌겋게 달아오른 얼굴 때문이었다. 속사포를 쏘듯 말을 내뱉을 기세였다. 아니나 다를까, 자신이 여기에 온 것은 민주의원을 지지해서가 아니라고 먼저 쏘아붙였다. 모두의 시선이 그에게로 모였다. 불길한 기운이 순식간에 회의장을 휩쌌다. 일단 앉아서 얘기하자며 이승만이 당황한 표정으로 달랬다. 달랠 수 있을 것이라고 착각한 것이었다. 심산 김창숙은 달랜다고 달래질 사람이 아니었다.

"당신 면전에서 당신이 이 나라를 벼랑 끝으로 몰아가고 있는 것을 성토하기 위해 온 것이오."

이승만은 입술을 질끈 깨물었다. 눈도 껌뻑했다. 곧 불어 닥칠 망신살 때문이었다.

"당신이 하고 있는 이 민주의원은 민주가 아니라 매국이오. 미국의 등짝에 붙어서 권력을 한번 쥐어볼까 하는 불량한 생각뿐이지 않소?"

말은 거침이 없었다. 게다가 가파르고 험하기까지 했다. 상대를 사정없이 찔렀다. 곧았다. 이승만이 함부로 말하지 말라며 반박하려 했으나 심산 김창숙은 기회를 주지 않았다. 자기가 할 말만 쏟아냈다. 민주의원을 하지의 자문기관이라 했으나 말이 자문이지 하수인 노릇을 하는 것에 불과하지 않느냐고 거침없이 쏘아붙였다.

"그렇지 않아요. 심산의 오해올시다, 오해."

이승만은 오해라며 거듭 손을 내저었다. 얼굴에는 곤혹스런 빛이 역력했다. 하수인이라니, 그런 말을 듣지 않을까 염려는 했으나 막상 듣고 보니 서운했다. 매국노니 반역자니 하는 더 험악한 말을 듣지 않은 것만으로도 어쩌면 다행일지 모른다고 생각했다. 자신의 신념이 맞는 것인지는 모르겠으나 어찌됐든 자신은 조국을 위해 최선을 다하고 있었다. 외교론, 즉 무력이 아닌 외교로서 독립을 이루자는 것이었다. 피 흘리며 싸운 동지들의 입장에서는 누릴 것 다 누리면서 입으로만 독립을 이야기하는 겁쟁이의 헛소리로 들릴지도 몰랐다. 그러나 힘으로만 맞서는, 피로써만 대적하는 독립운동만 독립운동이라 할 수 있겠는가. 저 3.1 만세 운동이 그랬듯이 평화적인 시위를 하며 독립을 부르짖는 것, 소전이나 간송이 그랬듯이 문화로써 나라를 되찾고자 하는 것도 독립운동이었다. 이승만은 외교로 나라를 되찾으려 했다. 혹자는 외세를 끌어들여 또 다른 혼란을 불러일으키려 한다고, 민족의 자존심을 꺾으려 한다고 말하기도 했다. 그러나 조국을 되찾고자 하는 것은 매한가지다. 힘으로 되찾으나, 피로 되찾으나, 평화로 되찾으나, 문화로 되찾으나, 외교로 되찾으나 매한가지 아닌가? 그것을 어찌 손가락질하고 욕하려 든단 말인가? 힘과 피로 나라를 되찾아야만 독립이란 말인가? 그는 눈을 들어 세계를 보려고 했다. 세계 속의 대한민국을 보려고 했다. 저들과 어울려야 한다. 저들 속으로 뛰어들어야 한다. 뛰어들어 조국을 알려야 한다. 저들의 도움도 받아야 한다. 그래야만 세계 속의 대한민국을 만들 수 있겠다고 생각했다. 그게 무슨 허물이란 말인가? 좁은 시야만 가지고 홀로서기를 고집한다면 조국은 영원히 세계 속에서 고립될 것이고 고립은 또 다른 암울함을 불러들일 뿐이다. 세계와 어울리고 저들과 함께해야 한다. 그게 그의 외교론이고 그의 독립론이었다. 약육강식은 그가 본 세계의 현실이었다. 엄연한 현실이었다. 약한 자는 강한 자의 도움을 필요로 한다. 그도 약한 조국의 현실을 아파했다. 뼈저리게 아파했다. 그래서 그가 선택한 것이 강한 자의 힘에 의지하는 것이었다. 그래야만 조국이 살 수 있다고 생각했다. 외교론의 근거는 조국의 현실이었다. 아픈 현실이었다. 그 현실을 직시하지 못하면 끊임없는 억울한 죽음이 불가피하고, 동지들의 아까운 피가 낭비될 뿐이라고 생각했다. 그는 동지들이 자신의 그런 진심을 알아주었으면 했다. 현실을 직시하지 못하면 불행한 일이 뒤따를 것이다. 자꾸만 뒤따를 것이다. 그는 자신의 말을 사람들이 헛소리로, 겁쟁이의 변명으로 듣지 않았으면 했다. 하수인이라는 소리를 들을지언정 그런 신념을 지켜내겠다고 다짐했다. 가련한 조국과 동포를 위해서라면 힐난도 감내하려고 했다. 감내해서 조국과 민족이 잘될 수만 있다면 치욕과 모멸조차도 영광스럽게 생각하리라 다짐했다.

보다 못한 주석 김구가 나섰다.

"심산, 말을 아끼게."

주석 김구의 달램에도 그는 말을 듣지 않았다. 해야 할 말을 마구 쏟아놓았다.

"말은 아껴야 할 때 아껴야 하는 것이오. 말을 아끼지 말아야 할 때 아끼는 것은 정의롭지 못한 것이오."

그의 공격은 계속됐다. 거침이 없었다. 민주의원에서 백범의 개회사와 당신의 식사가 전혀 달랐던 것은 무슨 연유에서냐며 따지고 들었다. 이승만은 흠칫했다. 정곡을 찌르는 말이기 때문이었다. 한마디도 대꾸하지 못했다. 입만 벌린 채 심산 김창숙을 쳐다만 보았다.

"이 일은 전적으로 당신의 농간에 의한 것이오. 국민대회가 위탁한 것을 어떻게 감히 당신 혼자서 그렇게 할 수가 있소. 그건 기만이오. 국민을 속이고 저버리는 기만행위란 말이오."

회의장은 아수라장이 되어버렸다. 곳곳에서 웅성거림이 일었다. 이승만은 어쩔 줄 몰라 하며 연신 손만 비벼댔다. 무어라 변명하려 했으나 심산 김창숙의 노기가 워낙 거세어 대꾸할 엄두가 나질 않았다. 그저 서운하고 분하기만 했다.

"심산 선생, 그만하시지요. 일단 자리에 앉아서 차분히 얘기를 나눠 보시지요."

김규식이 보다 못해 나섰으나 심산 김창숙은 그만하지 않았다. 오히려 그를 돌아보고는 호통을 쳤다. 나서지 말라며, 그럴 거였으면 여기에 오지도 않았을 거라며 그를 나무랐다. 심산 김창숙은 이승만을 돌아보고는 나머지 말을 이었다.

"당신의 속마음을 국민이 모두 다 보고 있거늘 도대체 무슨 염치로 국민 앞에 서서 민주의원 의장 행세를 하고 있는 거요?"

삿대질까지 서슴지 않았다. 이승만은 얼굴이 벌겋게 달아올랐다. 달아오른 그 붉은 빛은 심산 김창숙의 그것과는 또 다른 것이었다. 심산 김창숙의 그것이 애국을 위한 붉은 빛이었다면 이승만의 그것은 부끄러움과 분노의 표출이었다.

"국가의 일을 논한다는 미명 하에 민족을 팔았으니 앞으로 나라를 팔지 않는다는 보장이 어디에 있겠는가?"

회의장은 그야말로 쑥대밭이 되고 말았다. 술렁이던 의원들이 동요하기까지 했다.

"그만두시오! 심산, 당신과는 말을 못 하겠소."

이승만은 더 이상 참지 못하고 자리를 뜨고 말았다. 회의장 밖으로 뛰쳐나갔던 것이다.

"수많은 동지들이 목숨을 바쳐 찾은 나라요. 당신 같은 사람이 좌지우지할 나라가 아니란 말이외다. 명심하시오! 또 다시 허튼소리 하는 날에는 이 심산이 가만있지 않을 것이오."

지나친 것이 아니냐며 안재홍이 슬며시 끼어들었다. 심산 김창숙이 또 다시 받아쳤다.

"지나치다니? 그럼 나라를 지키는 일에서 이 정도도 못 한단 말인가?"

김규식도 나섰으나 심산 김창숙의 분노를 잠재우기에는 역부족이었다. 그는 오히려 더욱 큰 소리로 호통을 쳤다. 그런 안이한 생각과 쓸데없는 인정이 이 나라를 이 모양 이 꼴로 만들었다는 것이었다. 그러면서 모두들 정신 차리라고 호통을 내질렀다. 보고만 있던 조병옥이 그만하라며 나섰다. 그는 묵직한 표정으로 흥분한 심산 김창숙을 달랬다. 그 마음을 왜 모르겠느냐면서 다만 지금은 화합할 때라는 것이었다. 우리끼리 싸우다가는 또 다시 외세에 먹히고 만다는 말도 덧붙였다. 그제야 심산 김창숙도 목소리를 누그러뜨렸다. 그러면서도 이승만은 안 된다고 했다. 저런 사람이 어떻게 이 나라를 책임질 수 있겠느냐는 말이었다. 조병옥은 허허 웃음으로 또 다시 심산 김창숙을 달랬다. 순간 심산 김창숙이 조병옥을 아래위로 훑어보았다. 눈빛이 싸했다. 싸한 눈빛은 금세 차갑게 얼어붙었다.

"저 사람이 유석 조병옥인가?"

곽도선이 묻자 이희도가 그런 것 같다고 대답했다.

"헌데 미군정 경무부장이 여긴 어쩐 일로?"

"염탐하러 왔겠지."

신태무가 비아냥거리는 말투로 받았다. 말의 결이 뚝뚝 끊어졌다. 곽도선의 눈빛이 반짝 빛을 발했다. 호기심이었다. 아니, 동경이었다. 여유와 위엄에 대한 깊은 동경이었다. 미군정 똘마니라고 뵈는 게 없는 모양이라고 이희도는 툽상스럽게 내뱉었다. 혀끝에 바늘이 돋아 있었다. 하긴 미군정이 앞으로 이 나라를 한동안 쥐락펴락할 테니, 라며 혀를 차기도 했다. 그렇겠지? 흘리듯 곽도선이 확인이라도 하듯 물었다. 그 물음은 이쪽도 저쪽도 아니었다. 아니어서 의아함이었다. 그 의아함은 어떤 동경에 근원을 두고 있었다. 조병옥의 삶은 지금까지 살아온 자신의 행적과는 너무나도 다른 것이었다. 어깨에서 빛나는 금장이 그것을 말해주고 있었다. 부러움은 마음속의 심연을 흔들었다. 깊게 흔들었다.

"아무렴, 지금 하는 꼴을 봐. 이건 아주 가관에 장관이로구만."

"그러게 말일세. 심산 선생 앞에서 감히."

이들이 말을 주고받는 사이 심산 김창숙의 호통소리가 또 다시 회의장을 뒤집어 놨다.

"유석, 자네도 정신 차리게."

"아니, 선생님. 무슨 말씀이십니까?"

"일제하에서 독립운동을 했다는 사람이 미군정의 경무부장이라니?"

불똥이 자신에게로 튀자 조병옥은 순간 당황한 빛을 보였다. 혼란한 조국을 위해 헌신하고 있다며 공손히 허리를 굽혔다.

"심란한 마음이겠지. 권력욕에 흔들리는 심란한 마음."

조병옥은 어이가 없다는 듯 웃음까지 흘려냈다.

"웃어? 지금 웃음이 나오는가?"

심산 김창숙은 노기 띤 얼굴로 조병옥을 노려보았다. 눈빛에서 파란 불꽃이 튀었다. 불꽃은 조병옥의 웃음을 싸늘하게 식히고 말았다. 오해라며, 이 나라가 안정되면 자신은 물러날 거라며 다시 한 번 허리를 굽혔다. 보나마나지만 여하튼 두고 보겠다며 심산 김창숙은 회의장을 한차례 빙 둘러보았다. 한다하는 민주의원들이 하나같이 멀뚱히 쳐다만 보고 있었다.

"여기 모여 있는 사람들 모두 대오각성들 하시오! 이제 겨우 되찾은 조국을 또 다시 외세에 빼앗기지 않으려면 정신들 똑바로 차리란 말이오!"

마뜩지 않다는 듯 헛기침을 내뱉은 심산 김창숙은 곧바로 회의장을 빠져나갔다. 주석 김구가 잰걸음으로 뒤쫓았다.

'저 사람이 경무부장이라.'

곽도선은 마음 깊은 곳이 흔들리고 있었다. 자신도 모를 일이었다. 눈은 그의 어깨에 가 있었다. 금장이 미끄러지듯 눈부셨다. 짧은 한숨이 새어나왔다. 문득 자신의 어깨가 초라해 보였다. 조국을 위해 싸운 결과가 겨우 이런 것이었나? 의문도 들었다. 이제 대가를 받아야 할 때가 되었다는 생각도 들었다. 대가는 무거운 것이어야 했다. 저 빛나는 금빛 정도는 되어야 한다고 생각했다.

"뭐 해? 가지 않고!"

이희도가 소리치자 그제야 정신을 차린 그는 부리나케 석조전 밖으로 향했다.

'내가 갈 길이 저 사람에게 있단 말인가?'

이래도 되는 것인가? 이리 흔들려도 되는 것인가? 늘 경계하던 탐욕이라는 것이었다. 그것이 일어서고 있었다. 마음 저 깊은 곳에서 웅숭그리고 있던 괴물이 솟구쳐 오르는 것 같았다. 걷잡을 수 없었다. 순간 조국과 민족 대신에 출세와 영광이라는 괴물이 머릿속을 헤집어 놓았다. 온통 헤집어 놓았다. 그 헤집음에 곽도선은 두려웠다. 지금까지 살아온 삶의 궤적이 흔적도 없이 사라질 것이다. 조국을 되찾는 과정에 남긴 그 빛나는 흔적, 민족을 구하는 동안에 남긴 그 찬란한 사국이 송두리째 지워질 것이다. 그리고 그 자리에 탐욕에 찌든 더러운 이름과 욕망에 짓밟힌 불결한 성명 석 자가 대신 자리를 잡을 것이다. 곽도선은 두려웠다. 정말로 두려웠다. 그는 힐끗 뒤로 조병옥을 다시 쳐다보았다. 검은 제복의 어깨 위 금장이 유난히도 눈길을 끌었다.

'분열, 분열이다. 내가 생각했던 해방조국은 이게 아니다.'

곽도선은 뒤따라가면서도 혼란한 생각이 끊이질 않았다. 마음 한쪽 구석에서 혼란한 생각이 끊임없이 일어났다. 일어난 생각은 자꾸만 부추겨댔다. 탐욕의 부추김이었다.
"심산, 이러지 말고 저들을 설득하고 가는 게 어떤가?"
주석 김구의 말에 심산 김창숙은 손을 휘휘 내저었다. 할 말을 다 했으니 됐다는 것이었다. 이제 자기들이 알아서 처신할 것이라고 했다. 심산 김창숙은 대기하고 있던 차에 훌쩍 올라탔다. 주석 김구가 다시 설득에 나섰다. 그러지 말고 다시 들어가자는 것이었다. 심산 김창숙은 눈길조차 주지 않았다. 멀리 앞산바라기만 했다. 등성이에 산벚꽃이 흐드러졌다. 동포의 배고픔과 산벚꽃의 흐드러짐이 대비되었다. 입술도 굳게 닫았다. 마음이 아팠다. 주석 김구도 더 이상은 어렵겠다는 듯 뒤로 물러서고 말았다. 함께해주어 고맙다고 했다. 심산 김창숙은 말없이 고개만 끄덕였다.
"가세!"
심산 김창숙의 가자는 말에 곽도선의 눈빛이 흔들렸다. 무언가 아쉬움이 깔린 눈빛이었다. 신태무는 주석 김구를 향해 공손히 고개를 숙여 보이고는 차에 올랐다. 잘 모셔다드리라는 말로 주석 김구가 작별인사를 건넸다. 신태무가 떠나자 양휘보와 이희도가 주석 김구를 모셨다. 곽도선도 주석 김구를 따랐다.
석조전 밖으로 민주의원들이 우르르 몰려나갔다. 이렇게 된 판에 무슨 회의가 되겠느냐며 김규식이 탄식과 함께 계단을 내려섰다. 그의 뒤로 조병옥이 서있었다. 자네도 가겠느냐며 주석 김구가 그를 바라보았다. 조병옥이 입가에 미소를 머금었다. 여유로운 미소였다. 같은 생각이라며, 더 무슨 말을 하겠느냐고 했다.

"사람들 하고는."

주석 김구는 말을 잇지 못했다. 심산 김창숙이 심한 말을 하기는 했지만 그래도 어렵게 모인 기회가 흐지부지된 것이 영 아쉬운 모양이었다. 자네들이 광복군 출신 정치공작대가 맞느냐고 조병옥이 물었다. 이희도와 곽도선에게 던진 물음이었다. 물음은 관심을 넘어서 있었다. 곽도선이 기다렸다는 듯이 그렇다고 대답했다. 그의 눈빛에 반가움이 앞섰다. 믿음직하다며 경무부에 한번 들르라고 했다. 조병옥의 말에 주석 김구가 너털웃음을 흘렸다. 우리 사람을 빼가려 하느냐는 것이었다. 웃음 속에 날이 서있었다. 경계의 날이었다. 아니라며 조병옥이 껄껄 웃음으로 맞받았다. 웃음에는 속마음을 감추려는 음흉함이 묻어나 있었다.

"곽도선이 인사드립니다."

곽도선이 조병옥에게 다시 정중히 인사를 건네자 이희도 마지못해 그에게 고개를 숙였다. 그러냐며, 자주 보자며 조병옥이 손을 내밀어 악수를 청했다. 곽도선은 고개까지 숙여 악수를 받았다. 그런 태도에 이희도가 마뜩지 않다는 눈빛을 보냈다. 그럼 다음에 또 뵙겠다며 조병옥은 주석 김구에게 정중히 인사를 올리고는 계단을 내려갔다. 그의 뒤로 낯선 얼굴의 사내가 따라갔다. 사내의 매서운 눈초리가 승냥이를 닮아 있었다.

"저놈이 노덕술일세."

주석 김구의 입에서 탄식이 쏟아졌다. 얼굴에는 분노의 빛이 가득했다. 서슬이 퍼런 빛이었다. 그 악명 높은 노덕술이냐고 이희도가 묻자 주석 김구가 고개를 끄덕였다.

"그래. 악질 중의 악질 놈이지. 우리 동지들을 수없이 죽이고 불구로 만들어버린."

이를 가는 소리였다. 혀끝에 칼날이 돋아 있었다. 새파랗게 선 날이었다. 당장이라도 베어버리고 말듯이 번득이는 빛도 지니고 있었다. 저런 놈을 다시 경찰로 기용하다니, 한심하다며 이희도가 울분에 찬 소리를 쏟아놓았다. 주석 김구가 그 말을 탄식으로 받았다. 그러면서 심산의 말이 하나도 지나치지 않다고 했다. 저런 놈을 데리고 다니는 유석 선생도 참으로 한심하다고 이희도가 혀끝에 날을 세웠다. 비난의 소리에 주석 김구가 또 다시 고개를 끄덕였다. 그러게 사람을 좀 가려서 써야지, 라며 고개를 절레절레 흔들었다.

'의리냐 출세냐? 지조냐 배신이냐?'

곽도선은 혼자서 갈등에 휩싸였다. 조병옥의 모습을 통해서 자신의 미래를 그려보는 순간 마음이 흔들렸다. 크게 흔들렸다. 게다가 일제 순사 출신 노덕술의 모습을 보고 갈등은 더욱 커졌다. 노덕술 따위도 저렇게 당당한데, 나는 그래도 광복군 출신이지 않은가?

'기회가 그리 많은 것은 아니다. 한 번뿐인 인생 아닌가?'

흔들린 마음은 걷잡을 수 없이 굴러갔다. 벼랑 끝을 향해 치달렸다. 결심이 곧 굳어졌다. 순식간에 일어난 일이었다. 삼십 년 지조와 의리가 한순간에 무릎을 꺾고 만 것이었다. 탐욕이었다.

'그래, 한번 찾아가보자!'

배신에 이르는 길은 멀리 있지 않았다. 그리 어렵지도 않았다.

"뭐 해? 가자고."

이희도의 재촉에 그제야 곽도선은 정신을 차렸다. 주석 김구를 따라 걸음을 옮겼다. 큰일이라며, 아직도 일제 앞잡이들이 저렇게 설쳐대고 다닌다며 주석 김구는 마뜩지 않다는 얼굴로 혀를 찼다. 혀를 찰 때마다 분노가 뚝뚝 떨어졌다. 증오가 산산이 부서져 내렸다. 문제는 저런 놈들을 불러 쓰고 있는 미군정이라고 정인보가 거들었다. 안재홍도 나섰다. 어쩌겠느냐는 것이었다. 자기들은 아는 것이 없고 저들이라도 끌어들여야 정보를 얻을 수 있을 것이라는 말이었다. 그 말에 주석 김구가 고개를 끄덕였다.

"말이 나왔으니 하는 말인데 사실 정보는 우리도 필요하오. 미군정이 어떻게 돌아가고 있는지, 무슨 생각을 하고 있는지를 알아야 대처할 것이 아니오."

순간 곽도선의 눈이 반짝 빛을 발했다. 절호의 기회이기 때문이었다. 제가 들어가 볼까요? 라며 그가 앞으로 나섰다. 주석 김구가 걸음을 멈췄다.

"제가 경무부에 들어가겠습니다."

"자네가?"

주석 김구가 의미심장한 눈빛으로 생각에 잠겼다. 저들의 정보를 빼낼 좋은 방법이라며 안재홍도 찬성하고 나섰다. 의심하지 않겠느냐고, 곽도선이 임시정부 사람이라는 것은 세상이 다 아는 일이라고 이희도가 말했다. 그의 말에 곽도선이 재빨리 대꾸했다.

"그건 걱정하지 마시오. 내가 알아서 하리다."

곽도선이 내보인 자신감에 주석 김구도 고개를 끄덕였다.

"나도 곽 동지를 믿네."

말에 믿음이 있었다. 동지에 대한 강한 신뢰였다. 그는 다시 발걸음을 옮겼다.

"아무튼 저들에 대한 정보는 우리도 필요하니 곽 동지가 한번 잘 해보게나."

주석 김구의 승낙에 곽도선은 힘 있는 목소리로 대답했다. 자신 있다는 것이었다.

16. 배신

"임시정부 사람이 여기엔 웬일이오?"

깡마른 얼굴에 째진 눈이 날카로웠다. 잔인해 보이기까지 했다. 혼란한 시절이라고 대답했다. 자신의 앞날을 어디에 의탁해야 할지를 알아야 난세를 극복할 수 있다고도 했다. 사내의 입에서 피식 웃음이 터져 나왔다. 웃음은 닳고 닳아 있었다. 내가 누군지는 알고 왔느냐고 그가 물었다. 잘 안다는 대답에 사내는 거만한 태도로 책상 위에 다리를 포개어 올려놓았다. 주머니에서 담배를 꺼내서 천천히 입으로 가져갔다.

"안다니 말이지만 이 손으로 수없이 많은 독립군을 잡았소."

쏘아보는 눈빛과 함께 손을 흔들어 보이기까지 했다. 자랑스럽다는 것인지 협박하겠다는 것인지 알 수가 없었다. 다만 분명한 것은 상대를 얕잡아 보고 있다는 것이었다. 불손하기 짝이 없는 태도였다.

"임시정부에 몸담고 있으면서 미군정 경무부를 찾아온 이유가 뭔가?"

말까지 놓았다. 목소리도 한층 더 내리깔았다. 말씀드렸다고 대답했다. 오로지 자신을 위해서라는 말이었다.

"자네, 이 노덕술의 눈을 피할 수 있다고 생각하는가?"

눈빛이 잔인했다. 금방이라도 상대를 갈가리 찢어놓을 듯했다.

"받아주십시오. 신명을 다 바치겠습니다."

곽도선은 자신을 더욱 낮췄다. 허리까지 깊숙이 숙였다. 노덕술의 눈빛이 위아래로 훑었다. 의열단에 의용대, 그도 모자라 광복군에 임시정부까지. 그야말로 조국과 민족을 위해 목숨을 아끼지 않던 사람이었다. 그런 그가 나라 팔아먹던 매국노의 밑으로 들어오겠다니? 이게 믿기는 일이냐며 비아냥거렸다. 말끝에 잔인한 웃음이 흩어졌다. 사악했다.

"조국의 독립은 이루어졌습니다. 목표는 이미 달성된 것이지요. 이제 남은 것은 어떻게 이 조국을 이끌어 나가느냐는 것입니다. 조국을 위해 방향을 바꾼 것뿐입니다. 세상은 변했습니다."

곽도선의 말에 노덕술은 혼잣말처럼 뇌까렸다.

"세상이 변했다? 조국을 위해 방향을 바꾼 것뿐이라?"

말끝에 또 다시 비릿한 웃음을 흘려냈다. 웃음은 좀 전의 비아냥거림과는 또 달랐다. 진지한 웃음이었다. 고개까지 끄덕였다. 무언가 생각에 잠기는 듯 잠시 눈을 감았다. 눈을 뜨고는 다시 입을 뗐다.

"좋은 말일세. 내 생각과 같군!"

책상에서 다리를 내린 노덕술은 맞은편 의자를 가리켰다. 표정이 밝았다. 앉으라며 자리를 권했다. 곽도선은 그제야 의자에 앉았다. 노덕술도 진지한 표정으로 바짝 당겨 앉았다.

"허면 나를 위해서 무엇을 해줄 것인가?"

물음은 탐욕스러웠다.

"무슨 일이든 시키는 대로 하겠습니다."

대답 역시 탐욕스러웠다. 노덕술의 말이 자신을 위한 탐욕을 드러냈다면 곽도선의 말은 상대의 탐욕에 아부하려는 탐욕을 드러냈다. 그러나 그 탐욕도 탐욕이었다. 그 탐욕도 자신만을 위한 것이었다. 곽도선의 탐욕도 상대의 탐욕을 위한 것인 듯 포장된, 자신만을 위한 것이었다.

"무슨 일이든?"

서슴없는 대답에 노덕술의 입가에 미소가 피어났다. 미소는 환했다. 듣기에 흡족한 말을 들었기 때문이었나. 임시징부를 해체히고 요인들을 제거하는 일도 하겠느냐고 물었다.

"요인들이라면?"

곽도선이 되묻자 노덕술이 대답했다.

"김구를 포함한 임시정부 요인들 말일세."

말은 거침이 없었고 잔인하기까지 했다. 곽도선은 일순 대답을 못했다. 그러나 그 시간은 그리 길지 않았다. 하겠다고 했다. 짧고도 단호한 대답이었다. 노덕술은 여운형이라든가 박헌영 같은 빨갱이들도 죄다 제거 대상에 포함된다고 말했다. 그들도 이 박사를 위해서는 제거해야 할 대상이라는 말을 덧붙였다.

"이 박사라면?"

흘리듯 물었지만 몰라서 묻는 말이 아니었다. 이승만의 명성이 대답을 주춤하게 했던 것이다. 덕수궁 석조전에서 있었던 심산 김창숙의 질책과 이승만의 당황스러워하던 모습이 떠올랐기 때문이기도 했다. 우남 이승만 박사를 모르진 않을 거라고, 곧 이 나라의 지도자가 되실 분이라고 노덕술이 말했다. 그제야 곽도선은 모를 리가 있겠느냐고 확실한 대답을 주었다.

"이 박사가 이 나라의 대통령이 되면 자네나 나나 큰 자리 하나씩 꿰어 찰 수 있을 걸세."

큰 자리라는 말에 곽도선의 눈이 반짝 빛을 발했다. 가슴이 뛰고 흥분도 되었다. 가장 듣고 싶어 하던 말이기 때문이었다. 그런 모습을 지켜보는 노덕술의 얼굴이 흐뭇했다. 잘해보자며 그가 자리에서 일어나 손을 내밀었다. 곽도선은 재빨리 일어서서 그가 내민 손을 맞잡았다. 허리도 깊숙이 숙였다. 깊숙한 만큼 배신의 깊이도 깊었다.

"그럼 경무부장님을 뵈러 가지."

경무부장이란 말에 곽도선은 비로소 실감이 났다. 동지들을 배신하고 적에게 비굴하게 무릎을 꿇는 일이었다. 하지만 경무부장은 자신의 꿈을 이루게 해주는 은인이 될 사람이었다. 배신은 쓰리지만 꿈은 달콤한 것이었다.

'양심껏 이 나라를 바로 세우면 된다.'

배신에 대한 자기합리화가 위안이 되었다. 이제는 변명도 조국을 위한다는 것이었다.

"경무부장님 계신가?"

비서실에 들어서자 앉아 있던 경관들이 일제히 일어섰다. 힘과 권위가 꼿꼿하게 살아 있었다. 노덕술은 거드름을 피우며 비서실을 한 차례 둘러본 후 옷매무새를 가다듬었다. 풀 먹인 옷깃이 빳빳이 살아났다. 조심스레 문을 두드렸다. 안에서 묵직한 소리가 들려왔다.

"들어와!"

긴장되는 순간이었다. 곽도선은 이제 돌아올 수 없는 다리를 건너는 것이었다. 문을 열고 들어서기가 무섭게 노덕술은 막대기처럼 꼿꼿한 자세로 경례를 올려붙였다. 그의 다른 면을 보는 순간이었다. 힘의 뒷면에 드리워진 비굴한 그림자였다. 그림자는 짙고도 길었다. 그래서 더욱 야비해 보였다. 무슨 일이냐고 묻고 난 소병옥은 노덕술의 뒤에 서있는 곽도선에게로 눈길을 돌렸다. 그러고는 눈살을 찌푸렸다.

"어디에서였나, 낯이 익은데."

이어 말을 끊음은 기억을 더듬고자 하는 것이었다. 호기심이기도 했다.

"석조전에서 뵈었습니다."

곽도선이 먼저 대답하고 나섰다. 노덕술의 이마에 주름이 잡혔다. 언짢은 주름이었다.

"맞아, 그랬지."

"곽도선입니다."

"그래, 곽 동지."

곽 동지라는 말에 반가움과 함께 웃음이 묻어났다. 노덕술이 한 걸음 앞으로 나섰다. 경무부에서 근무하고 싶어 한다고 말을 전했다. 부장님께 충성을 맹세했다는 말도 이어졌다. 뜻밖이라는 듯 조병옥이 고개를 갸웃했다. 자네는 임시정부 사람이 아니냐는 것이었다.

"배신을 때리겠다는 것이지요. 그것도 아주 뒤통수를 치는."

노덕술의 비아냥거림에 조병옥이 껄껄 웃음을 터뜨렸다. 웃음은 유쾌했다. 노덕술의 비아냥거림은 곽도선의 자존심을 구기고자 그러는 것이었다. 구겨서 자신의 손아귀에 넣고자 그러는 것이었다. 손아귀에 넣어서 완벽한 자신의 것으로 만들고자 하는 것이었다.

"이 사람, 무슨 농담을 그렇게 하나."

말은 그렇게 했지만 뼈가 있는 말이었다. 곽도선은 가슴 한구석이 쓰렸다. 당사자를 앞에 두고 농담 같지 않은 농담을 스스럼없이 내뱉다니? 그들이 하는 말의 의미를 파악한 곽도선은 아예 한술 더 뜨기로 했다.

"뒤통수 정도로 되겠습니까? 비수를 꽂아야지요!"

쉽게 노덕술의 손아귀에 쥐이지는 않겠다는 것이었다. 노덕술은 가시에 손을 찔린 듯 움찔했다. 눈살을 찌푸렸다. 잔뜩 찌푸렸다. 조병옥은 박수까지 쳐댔다. 신이 난 모양이었다.

"경무부에 몸을 담았으니 이제 경무부장님의 걸림돌은 제게 맡겨주십시오! 모두 처리하겠습니다."

잔인한 말이었다. 노덕술이 경계의 눈빛을 하고 쏘아붙였다.

"곽도선, 너는 내가 시키는 대로만 하면 돼. 그게 경무부장님께 충성을 다하는 것이고. 명심해!"

으르렁거리는 승냥이의 말이었다. 그 말은 시기와 경계를 넘어서 있었다. 시퍼런 적대감이 뚝뚝 떨어졌다. 맞는 말이라며, 이 사람 말이 곧 내 말이라며 조병옥이 빙긋이 웃었다. 곽도선은 자존심이 상했다. 하지만 어쩔 수 없는 노릇이었다. 곧 부동자세를 취하고는 명령을 받들었다. 축하한다며, 의용대에서는 물론 광복군에서까지 활약을 했으니 경무부의 일도 잘 처리해낼 것이라며, 큰 활약을 기대한다고 했다. 조병옥의 진지한 말에 곽도선은 자신 있는 목소리로 대답했다. 맡겨만 주시면 무엇이든 반드시 해내겠다는 것이었다. 또 이렇게 거둬주셔서 감사하다는 말도 잊지 않았다.

"열심히 하게. 좋은 일도 있을 게야."

곽도선은 진심으로 감사의 말을 올리며 깍듯이 고개를 숙였다.

"자네가 함께했던 사람들과는 등을 져야 할 걸세. 인정을 갖고 그들을 대한다면 우리 조직에 막대한 손해를 끼치게 될 수 있어. 명심하게."

조병옥의 경고에 곽도선은 입술을 질끈 깨물었다.

"알고 있습니다. 이미 각오하고 있습니다. 결단코 그런 일은 없을 것입니다."

조병옥은 고개를 끄덕였다. 그가 노덕술에게 눈짓을 주었다. 자리에 앉으라는 얘기였다.

둘이 자리를 잡고 앉자 조병옥이 심각한 표정으로 말을 꺼냈다. 말은 물에 젖은 솜처럼 무거웠다.

"해공이 백의사 대원들을 북쪽에 보냈다는 보고가 들어왔네."

"백의사 대원들을요?"

노덕술의 이마가 찌푸려졌다. 그건 결사대를 보냈다는 말이었다.

"단독정부 수립에 대한 응징이겠군요."

"맞네. 김일성을 암살하려 했다는 거야."

노덕술이 놀란 눈으로 허리를 곧추세웠다. 생각지도 못했다는 반응이었다. 평양역 광장에서 수류탄을 던졌다는 말도 이어졌다. 불행히도 김일성은 살아남았다며 조병옥은 침울해 했다. 김일성 암살이 실패로 끝났다는 말에 노덕술도 안타깝다는 듯 입술을 깨물었다. 말이 백의사지 정치공작대가 주도한 것이 틀림없다고 곽도선이 나서서 말했다. 조병옥이 고개를 끄덕였다. 같은 생각이라는 것이었다. 그럼 사정을 잘 알고 있겠다며 노덕술이 고개를 돌려 묻자 곽도선이 대답했다. 결사대는 해공 선생이 백의사에서 특별히 선발한 대원들로 결성했다는 것이었다. 그들의 뒤에는 정치공작대가 있다고도 했다.

"자넨 어떻게 보나?"

조병옥이 묻자 곽도선이 무슨 말이냐는 듯 그를 빤히 쳐다보았다.

"이번 사건을 어떻게 보느냔 말일세."

노덕술이 나서서 대신 설명했다. 그제야 곽도선이 고개를 끄덕이며 대답했다.

"대동단은 김일성에 대해 매우 좋지 않은 감정을 갖고 있습니다. 고향에서 땅을 모조리 빼앗기고 쫓겨나다시피 내려왔으니 그럴 수밖에요. 공산주의라면 이를 가는 사람들입니다. 그러니 김일성 암살에 가담한 것은 당연한 일이고요. 앞으로도 저들은 끊임없이 그런 일을 시도할 겁니다."

조병옥은 고개를 좌우로 흔들었다.

"아니, 그건 겉으로 드러난 것일 뿐이고, 실은 임시정부에서도 저들을 이용한 것 같은데."

말끝을 흐리자 곽도선이 다시 고개를 끄덕였다.

"맞습니다. 저들을 이용해 임시정부의 존재를 널리 알리고자 한 것이지요. 그래서 권위도 높이고."

"돌파구가 필요했던 게지. 미군정에 억눌린 자존심을 민중에게 어떻게든 드러내야 했을 터이니."

"그래서 어떻게 되었답니까?"

노덕술이 궁금하다는 듯이 묻자 조병옥이 입가에 웃음을 머금고는 다시 설명을 이어갔다. 말은 여유가 있었다. 평양역 광장 테러로 소련군 경비대장만 다쳤다고 했다. 노덕술이 혀를 찼다. 아쉽다는 말은 아꼈다. 그러나 표정이 그것을 그대로 말해주고 있었다. 조병옥의 말이 계속 이어졌다. 김책에게 테러를 가하는가 하면 최용건과 강양욱의 집을 습격하기도 했다는 것이었다. 김일성은 즉각 비상령을 발동하고 체포령을 내렸다고 했다. 조병옥이 잠시 말을 끊자 노덕술이 다시 그래서 어떻게 되었느냐고 물었다. 물음은 조급했다. 조급해서 적의가 드러나 보였다.

"결국 최기성, 김정의는 체포되었고, 이희두는 쫓기다 사살되었다고 하네."

곽도선이 짧게 한숨을 몰아쉬었다. 노덕술의 한숨도 이어졌다. 한숨은 아쉬움과 허탈함으로 가득했다.

"결국 곽 동지의 말대로 임시정부의 정통성을 확보하기 위한 꼼수였다고 할 수 있지. 북한에 대한 타격보다는 자기들의 권위를 높이고 알리기 위한."

"미군정에 보란 듯이 말이죠?"

노덕술의 말에 조병옥이 비릿한 웃음과 함께 고개를 끄덕였다. 이번 일을 기회로 임시정부는 미군정에 대해 노골적인 도전을 할 거라는 곽도선의 말이 이어졌다. 주도권을 잡기 위한 본격적인 게임이 시작된다는 것이었다. 그의 말에 조병옥이 맞장구를 쳤다. 잘 보았다며, 그래서 자네의 활약이 더욱 기대가 된다고 했다.

"임시정부의 일이라면 손바닥 보듯이 보고 있습니다. 걱정 마십시오!"

곽도선의 자신감에 조병옥이 흡족한 웃음을 지었다. 노덕술도 곽도선의 어깨를 두드리며 미소를 지어 보였다.

***

조선공산당은 몽양 여운형에게 좌익합당을 제안했다. 몽양 여운형은 거절했다. 엎친 데 덮친 격으로 공산당 내 중앙파와 반중앙파 간 갈등마저 심해졌다. 게다가 이여성은 근로인민당을 창당했고, 백남운은 사회노동당 창당을 시사했다. 통합이 아니라 분열의 길로 갔던 것이다.

좌익계열에서 그런 혼란이 이어지는 가운데 임시정부는 국치일을 맞아 또 다시 대규모 민중대회를 열었다. 애국단체연합회 이름으로 만여 명을 동원했다.

"군정은 물러가라! 미군도 싫고 소련군도 싫다."

"대한민국은 대한민국의 힘으로, 우리 땅은 우리 힘으로 지킨다."

현수막이 내걸리고 시위는 격화되었다. 유인물도 뿌려졌다.

'우리는 대한민국 임시정부를 공식 정부로서 승인한다. 더불어 독립 민주 국가임도 선포하는 바이나. 대한민국 국민대회.'

"이건 쿠데타요. 이럴 수는 없소."

장덕수는 분개했다. 임시정부의 행동에 대해 이해하지 못하겠다는 표정이었다.

"이봐! 자네들이 이러는 건 불법이라고. 엄연히 미군정이 있는데 이게 무슨 짓인가?"

외치는 소리에 신태무가 달려왔다. 양휘보도 뒤따랐다.

"우리는 진정한 독립을 원합니다. 다시 미군에 의해 통치되는 것을 절대 반대합니다."

"미군은 우리를 독립시켜 줬어. 혼란한 나라를 안정시키고 정부가 수립되면 갈 거야."

"말이야 좋지요. 하지만 일제도 그랬습니다. 믿을 수 없습니다."

신태무의 항의에 장덕수는 답답하다는 듯 손을 내저었다.

"더구나 남한만의 단독선거는 이 나라를 또 다른 불행으로 몰아넣는 짓입니다. 분단이라니요?"

양휘보도 나섰다. 그의 얼굴도 벌겋게 달아올라 있었다.

"어쩌겠는가? 북쪽의 김일성이 저러고 있는데."

김일성을 핑계로 자신들의 입장을 포장하려는 말이었다. 책임을 회피하고자 하는 말이기도 했다. 설득을 해야 한다는 말과 대화를 통해 통일정부 수립 방안을 마련해야 한다는 말이 간절하게 이어졌다. 조국의 불행을 막아보고자 하는 양휘보의 간절함이었다.

"미군정이라고 그렇게 하고 싶지 않겠나? 하지만 저들의 뒤에는 소련이 있어. 소련이 모든 것을 조정하고 있으니 우리도 답답한 노릇일세."

이번에는 소련을 내세웠다. 미꾸라지 같이 빠져나가려는 말이었다. 이를 모를 리 없는 신태무가 더욱 큰 소리로 외쳐댔다.

"우리는 통일정부를 수립할 때까지 싸울 겁니다. 남한만의 단독정부는 절대 안 됩니다."

장덕수의 목소리도 따라서 높아졌다. 핏대까지 올려댔다. 목덜미의

핏줄이 새파랗게 돋아났다.

"아무튼 나는 경고했네. 이런 불법시위는 위험한 짓이야. 혼란을 부추기는."

"알아서 하십시오! 우리는 끝까지 싸웁니다. 조국의 진정한 독립이 이루어지는 그날까지."

말을 마친 신태무는 다시 군중 속으로 스며들었다. 양휘보도 장덕수를 꼬아보고는 발길을 돌렸다. 군중은 민족의 자주권과 남한만의 단독 정부 수립 반대를 외쳤다.

"미군정은 우리에게 자주권을 달라. 우리 정부는 우리 손으로 수립한다."

"남한만의 정부는 절대 반대한다. 통일정부만이 살 길이다."

동대문 인근은 그야말로 인산인해였다. 입추의 여지가 없었다. 시위대로 가득 찼던 것이다.

'뜨거운 현장이다. 역사의 중심이다.'

물밀 듯 밀려가는 하얀 군중을 바라보며 양휘보는 그날 밤을 떠올렸다. 그날 밤도 이렇게 희었다. 눈보라가 몰아치던 밤이었다. 뜨거운 밤이었다.

17. 도강

"휘보야, 네가 먼저 가 보거라."

사내의 말에 양휘보는 잰걸음으로 언덕을 올랐다. 혹독한 추위였다. 바람이 얼어 살갗을 찔렀다. 사정없이 찔렀다. 양휘보는 눈만 빠끔히 내놓은 채 온몸을 천으로 휘감고 있었다.

언덕에 올라서자 조그마한 초가가 어둠 속 강변에 웅크리고 앉아 있었다. 양휘보는 눈을 헤치고 다시 강변으로 내려갔다. 초가는 주막이었다.

삽짝문 앞에 선 그는 조심스레 주변을 살피고는 안으로 발을 들여놓았다. 주인을 부르자 늙수그레한 여주인이 방문을 열고 나왔다.

"강이 얼었소?"

뜬금없이 묻자 그녀가 툽상스럽게 대꾸했다.

"다행이지 않수."

대답도 엉뚱했다. 그녀는 양휘보를 위아래로 훑어보았다. 훑어보는 눈이 조심스러웠다.

"어디서 오셨수?"

말투는 툼상스러웠지만 어딘지 예를 갖춘 태도였다. 함부로 대하지는 않았던 것이다.

"경성의 이 대감 댁이오."

대답에 주모의 얼굴이 급변했다. 태도도 달라졌다.

"어서 오십시오!"

"건널 만하오?"

다시 묻자 그녀가 고개를 끄덕이며 대답했다.

"몸 좀 녹이고 가십시오."

말을 마친 주모는 재빨리 안으로 들어갔다. 잠시 후 그녀를 따라 건장한 사내가 나왔다. 어디에 계시느냐고 물었다. 언덕 너머에 계신다고 대답했다. 사내는 김진남이라고 자신을 소개했다. 양휘보도 자신을 사내에게 소개했다. 두 사람은 손을 맞잡고 인사를 나눴다. 인사를 나누기가 무섭게 두 사람은 부리나케 언덕을 올라갔다. 언덕을 넘어가자 흰 두루마기를 걸친 사내들이 기다리고 있었다. 수레에는 짐이 가득 실려 있었다.

"잘 지냈는가?"

중년의 사내가 앞으로 나섰다. 눈빛이 매서웠다. 김진남은 허리를 바짝 굽혀 예를 갖췄다. 예에는 존경과 흠모의 빛이 담겨 있었다.

"어서 오십시오, 선생님."

"날씨가 궂네!"

사내는 검은 하늘을 올려다보며 혼잣말처럼 중얼거렸다. 눈보라는 점점 더 거세게 몰아쳤다.

"선생님을 맞는 길조입니다."

"그렇겠지. 놈들의 감시가 소홀해지겠지?"

"맞습니다. 이런 날에는 예까지 올 엄두도 못 내지요."

"날씨가 춥습니다. 빨리 가시지요. 식솔들이 고생이 많습니다."

곁에 있던 사내가 거들었다. 마른 얼굴의 성재 이시영이었다. 행색에 고생이 보였다.

"그러시지요. 어머니께서 불을 지피고 계십니다. 가셔서 몸을 좀 녹이시지요."

김진남이 앞장섰다. 수레가 뒤따랐다. 길은 눈에 묻혀 보이지도 않았다. 그 위에 길이 다시 나 있었다.

"이 추위에 얼마나 고생하셨습니까?"

주모는 안타까워하는 소리를 하며 우당 이회영 앞에 깊숙이 허리를 굽혔다.

"자네가 차수련인가?"

목소리는 부드러웠다. 부드러움은 근엄하고도 자애로운 것이었다. 대답은 공손했다. 가지런했다.

"얘기 많이 들었네. 만주에 가 있는 순오(舜五, 이상설)로부터 말일세."

그제야 김진남과 차수련이 고개를 끄덕였다.

"순오가 자네를 추천해 주더군. 여기로 오면 무사히 건네줄 것이라고."

"잘 오셨습니다. 저희도 연락을 받고 기다리고 있었습니다."

안동까지는 얼마나 걸리느냐고 물었다. 강이 얼어 지척이라고 대답했다. 금방 가실 수 있을 것이라는 말이 이어졌다. 좀 쉬었다가 새벽에 출발할 거라고 했다. 그러시라면서 날이 밝으면 위험하다고 했다. 그러니 새벽이 좋다는 말이었다. 차수련의 공손한 대답에 이회영은 미소를 지어 보였다. 미소는 맑았다. 해맑았다.

"그럼, 그렇게 준비 좀 해주게."

차수련이 알겠다며 이리로 오시라고 했다. 누추하지만 불을 넣어 따뜻하다는 것이었다. 이회영이 손을 내저었다. 방은 아녀자들이 쉴 곳이라는 것이었다.

"이것 좀 도와주시오!"

김진남이 거적을 가져다 마당에 펼쳐 놓았다. 임시 바람막이를 치기 위해서였다. 이회영이 먼저 달려들었다. 사내들이 우르르 달려들어 마당에 바람막이를 치기 시작했다. 머지않아 마당을 둘러 바람막이가 완성되었다. 그런대로 견딜 만했다. 이시영이 장작을 날라다 바람막이 안에 쌓았다. 불을 피우자 이내 온기가 돌았다. 사내들은 불 주위에 모여 언 몸을 녹였다.

"어르신들께서는 방으로 드셨어야 하는데."

차수련이 못내 죄스럽다는 듯 손을 비벼댔다. 이회영이 고개를 좌우로 흔들었다. 이만 해도 다행이라는 말이 따뜻했다. 온기 때문만은 아니었다. 차수련은 차마 말을 잇지 못했다. 온기가 담긴 말은 계속 이어졌다. 아이들과 여자들은 우리의 희망이라는 말이었다. 너무 미안해할 것 없다고 이시영도 거들고 나섰다. 차수련은 연신 허리를 굽혀댔다. 이런 시절을 맞게 해서 미안하다고, 조금만 참으면 곧 좋은 세상이 다시 올 거라고, 그때까지 우리 조금만 참자고 하는 말에 차수련은 땟국 절은 소매로 눈가를 훔쳤다. 훔치고는 돌아섰다.
"따끈한 국이라도 한 대접 올리겠습니다."
눈물 젖은 말이었다. 온갖 따뜻함이 다 들어있는 말이기도 했다. 여자들이 나서서 국을 푸고 밥을 펐다. 사내들은 장작불 주위로 옹기종기 모여앉아 국밥을 들었다. 아이들과 여자들도 오랜만에 따끈한 방안에서 배를 불렸다. 눈보라는 점점 더 거세졌다. 한 치 앞도 보이지 않을 정도로 휘몰아쳐댔다. 이곳 상황은 어떠냐고 이회영이 묻자 김진남이 대답했다. 안동과 가까운 관계로 감시가 매우 삼엄하다는 것이었다. 다만 국경에 접해 있다 보니 물자는 비교적 풍족한 편이라고 했다. 국경을 넘는 동포가 점점 더 많아지고 있다고 차수련이 거들고 나섰다. 동지들의 소식을 이시영이 물었다. 김진남이 대답했다. 드나드는 분들이 많다는 것이었다. 이상룡과 이상설을 비롯해 하나같이 목숨을 내놓고 다닌다고 했다. 그러면서 일제 헌병 놈들의 기세가 무섭다고도 했다. 여차하면 모두 체포하고, 체포되어 헌병 주재소로 끌려가면 초주검이 되어 나온다고 했다. 자기들이 돌봐준 동지들만 해도 여럿이라는 것이었다. 매우 위험한 일이라고도 했다. 김진남의 말에 양휘보가 물었다. 저들이 그냥 두느냐는 것이었다. 걸리면 죽는다는 대답이 이어졌다.

"헌데 어떻게?"

이번에는 이회영이 물었다. 방 안에 지하실이 있다는 차수련의 대답에 탄식이 쏟아졌다.

"자네들이 애국자일세. 진정한 애국자야."

이회영은 탄식과 함께 칭찬의 말을 쏟아냈다. 차수련이 고개를 좌우로 흔들었다. 당치 않다는 뜻이었다. 그녀는 부끄러운 듯 말을 끊고 말았다.

"아무튼 잘 부탁하네. 동지들을 돌보는 일이 곧 나라를 구하는 길일세."

이회영의 당부에 차수련과 김진남은 깍듯이 허리를 굽혔다. 여부기 있겠느냐는 것이었다. 염려 말라면서 잡혀가 죽는 한이 있더라도 동지들은 지켜내겠다고 했다. 이회영이 연신 고맙다며 고개를 끄덕였다. 김진남이 조심스레 입을 열었다. 어려우시더라도 이제는 떠나야 할 것이라는 말이었다. 지체하시다가는, 하고 말을 끊었다. 감히 불손한 말은 잇지를 못한 것이었다. 지체하다가 일제 헌병에게 걸려 곤욕을 치르는 불상사를 말하려던 것이었다.

"그러시죠, 아버님."

아들 이규창이 거들었다.

"눈보라가 그칠 기미가 보이질 않습니다."

양휘보가 투덜거리며 하늘을 올려다보았다. 이번에는 차수련이 나섰다. 좋은 일이라며, 놈들의 감시가 소홀할 것이니 지금 떠나라는 것이었다. 그러자는 이회영의 짧은 대답에 주막이 다시 분주해졌다. 이규창은 아녀자들을 데리고 강변으로 향했다. 이회영과 이시영, 양휘보가 수레를 이끌고 천천히 움직였다. 조심해라, 길이 미끄럽다, 하는 말이 몇 차례 연이어 나왔다. 수레 세 대와 이십여 명의 사람들이 다시 길을 떠났다. 길은 눈에 묻혀 흔적도 없이 사라져버리고 없었다. 김진남이 앞장서서 길을 열었다.

"쌓인 눈이라 미끄럽지는 않군요."

"다행입니다."

양휘보와 김진남은 서로 말을 주고받으며 언덕을 내려갔다. 강가로 내려서자 어둠 속에 흰 눈밭이 끝없이 펼쳐져 있었다. 드넓은 들판만 같아 보였다.

"이제 이대로 쭉 가시면 됩니다."

김진남이 작별을 고했다. 이회영이 고맙다는 말과 함께 그의 손을 맞잡았다. 따뜻했다. 동포의 체온이었다. 김진남은 깊숙이 허리를 숙였다. 양휘보도 곁에서 허리를 굽혔다. 잘 가라고, 또 보자고 김진남도 작별의 말을 건넸다.

이회영 일가는 눈 덮인 압록강을 걸어서 건넜다. 다행히 미끄럽지 않았다. 수레를 밀기에도 적당했다.

"눈보라가 더 심해지고 있습니다."

"작별치고는 혹독하네 그려."

이회영은 추위에 몸을 잔뜩 웅크렸다. 눈만 빠끔히 내놓은 그는 한 마리 짐승만 같았다. 그뿐만이 아니었다. 모두가 그랬다. 손은 물론 얼굴까지 온통 천으로 뒤집어쓰고 있었다. 그런 모습에 양휘보는 가슴이 시렸다. 이 땅의 명문가 사람들이었다. 백사 이항복을 조상으로 두고 있고 아버지 이유승은 이조판서를 지냈다. 대대로 정승, 판서, 참판을 두루 지낸 화려한 가문이었다. 그런데 지금 조국을 잃고 떠돌이 신세가 되어 험난한 국경을 넘고 있는 것이었다. 그 많은 재산도 헐값에 처분했다. 빼앗긴 조국을 되찾기 위해서였다.

"휘보야!"

이회영이 불렀다.

"예, 선생님."

"난정서는 잘 보관해야 한다. 우리의 명운이 달린 것일 수도 있다."

양휘보는 짧게 그러겠다고 대답했다. 긴 말이 필요 없기 때문이었다.

"중국인들은 난정서라면 사족을 못 쓴다. 더구나 추사 선생의 임모작이니 더 더욱 그럴 것이다. 우리에게 큰 도움이 될 물건이다."

난정서(蘭亭序)는 서성(書聖)이라 일컬어지는 왕희지가 썼다는 신품(神品)이다. 산음 땅 난정에서 시회를 열었을 때에 지은 시들을 첩으로 꾸미고 그 서문으로 쓴 것이 난정서다. 왕희지 스스로 자신이 쓴 최고의 글씨라고 했다. 그만큼 대단한 글씨다. 이를 그의 후손인 지영이 간직하고 있다가 제자인 변재에게 물려주었다. 그때 왕희지의 글씨를 좋아한 당 태종이 세상에 돌아다니는 왕희지의 모든 글씨를 거둬들이기 시작했다. 하지만 최고의 글씨라는 난정서만은 구할 수가 없었다. 이에 당 태종이 소익을 보내 난정서를 찾게 했고, 그가 변재를 속여 난정서를 당 태종에게 갖다 바쳤다. 결국 난정서를 비롯해 수많은 글씨가 당 태종과 함께 그의 무덤 속으로 들어가고 말았다. 당 태종은 죽기 전에 구양순과 저수량 등 당대의 명필로 하여금 난정서를 임모하게 했고, 이것이 후세에 전해져 세상에 남아 있게 된 난정서 임모본들이다.

　추사 김정희는 계첩고를 통해 난정서에 대한 평을 한 바 있다. 그리고 자신 또한 난정서를 임모했다. 평소 흠모했던 왕희지인지라 더욱 심혈을 기울여 임모해 썼다. 추사가 쓴 그 난정서 임모본이 이회영 일가에 전해져 내려오고 있었던 것이다.

　"너도 알다시피 추사 선생의 글씨는 과천 시절의 것이 최고다. 이 난정서가 바로 봉은사 판전 현판을 쓰기 석 달 전에 쓴 것이라고 한다. 선생이 돌아가신 것이 10월이니 7월경이 되겠지."

　"그 때문에 선생의 기력이 많이 소진되었다고 하더군요. 게다가 판전 현판까지 쓰다가 돌아가시게 되었다고."

　"왜 그렇지 않겠느냐. 선생 스스로 최고의 명필이 되기를 원했고, 그 길이 왕희지를 넘어서야 하는 길이었으니 모든 역량을 쏟아 부었겠지."

"난정서를 어떻게 하실 생각이십니까?"

양휘보가 조심스레 물었다. 이회영은 아무 말 없이 눈보라가 휘몰아치는 압록강 건너편으로 눈길을 돌렸다. 압록강 건너편은 멀었다. 눈보라 속에 멀었다. 멀어서 보이질 않았다.

"자금을 마련하실 생각이십니까?"

다시 묻자 그는 짧은 한숨을 몰아쉬었다.

"그래, 자금이지. 큰 자금."

아쉬움과 안타까움이 섞인 말에 양휘보는 물끄러미 그를 쳐다보았다.

"거래를 할 생각이다. 아주 큰 거래를."

그칠 줄 모르는 눈보라가 수레를 집어 삼키고 있었다. 압록강이 울었다. 크게 울었다.

18. 정착

안동에 도착한 이회영 일가는 먼저 와 있던 박상도를 만났다. 그로부터 매우 힘든 상황을 보고받았다.

"차별과 텃세 탓에 동포들이 말할 수 없는 고통과 서러움을 겪고 있습니다. 몸을 눕힐 땅 한 평조차도 저들은 허락하질 않고 있습니다. 중국 당국도 묵인하는 바람에 상황은 더욱 악화되고 있고요."

서글픈 그의 말은 울음과 범벅이 되어 나왔다. 이회영은 짐작이라도 했다는 듯이 고개를 끄덕였다. 긴 한숨을 쉬며 무겁게 입이 열렸다. 예상하고 있던 일이라며, 남의 땅에 들어가 자리를 잡기가 그리 쉬운 일은 아니라며 혀를 끌끌 찼다. 어려운 현실에 대한 불편한 심경이 드러났다. 이게 다 나라를 잃은 아픔이라면서 저들을 원망할 것이 아니라 우리 스스로 반성하고 우리 스스로를 책망해야 한다고도 했다. 말은 아팠다. 쓰리게 아팠다. 쓰린 말에 박상도의 울분이 얼마간 가라앉았다. 반성과 책망이란 말이 가슴을 아리게 했기 때문이었다. 겨울 추위는 맑았다. 맑아서 깨끗했고, 또 그만큼 시렸다. 시려서 또 떨렸다. 견뎌야 할 떨림이었다. 조국의 시린 현실처럼 견뎌내야 할 추위였다. 혹독한 추위였다.

"하긴 그렇습니다. 이 넓은 대륙도 우리 땅이었는데 지키지 못해 오늘날 이런 치욕을 겪고 있으니."

양휘보도 이회영의 말에 동조하고 나섰다. 어쩌면 좋으냐고 이시영이 물었다.

"내가 원세개를 만나봐야겠네."

"원세개를요?"

"그렇지 않으면 일이 해결되지 않을 걸세."

말을 마치고는 양휘보를 돌아보았다. 함께 가자며 난정서를 챙기라고 했다. 양휘보는 그제야 그가 큰 거래를 하겠다는 말이 무슨 뜻이었는지를 알 것 같았다.

"형님, 난정서를 어쩌시게요?"

이시영이 묻자 이회영이 입가에 웃음을 머금었다. 두고 보면 안다며 웃음을 던진 이회영이 자리를 일어섰다. 그는 양휘보와 함께 밖으로 나섰다. 칼바람이 몸을 찔렀다. 시린 가슴이 더욱 차갑게 시렸다. 눈부스러기에 햇살이 튕기자 무지개가 피어올랐다. 눈이 시렸다. 두 사람은 봉천으로 향했다.

***

이회영은 단도직입적으로 말을 꺼냈다.

"우리 조선인들이 정착할 수 있는 땅을 좀 내어주십시오."

말은 간절했다. 듣는 원세개는 시큰둥했다. 말하는 이의 간절함과는 달랐다. 자기 나라를 찾을 생각을 해야지 남의 땅을 거저 얻을 생각부터 하느냐는 말이었다. 말은 아팠다. 쓰리게 아팠다. 나라 잃은 중년의 사내가 감당해내기에는 버거운 말이었다. 그렇지 않다며, 나라를 되찾기 위한 발판을 빌리고자 하는 것뿐이라고 말했다. 원세개의 표정은 여전히 그건 관심 밖이라는 것이었다. 조청(朝靑) 간의 우의를 한번 생각해달라고도 했다. 그동안 오천 년을 함께해왔지 않느냐는 말이었다. 일본도 우리와 그래왔다는 엉뚱한 대답이 나왔다. 어이없는 대답에 이회영은 뒤를 돌아보았다. 양휘보가 보따리를 풀었다.

"난정서를 아시지요?"

난정서라는 말에 원세개의 표정이 바뀌었다. 누런 보자기를 풀고 있는 양휘보에게로 곧장 눈길이 갔다. 눈빛이 살아났다. 난정서를 갖고 왔느냐고 물었다. 추사 선생의 임모본이라고 대답했다. 이회영이 조심스레 난정서를 펼쳤다. 펼쳐서는 그에게로 내밀었다. 원세개는 떨리는 손으로 난정서를 받아들었다.

"조선의 추사가 임모한 난정서라?"

입가에 미소가 피어올랐다.

"신품이로고!"

퇴색된 종이 위의 정갈한 글씨가 눈을 사로잡았다. 잘 쓴 글씨였다. 이런 것이 있었다니, 감탄만 연발할 뿐 원세개는 말을 잇지 못했다. 집안에서 가보로 내려온 것이라는 말이 이회영의 입에서 나왔다. 원세개는 난정서에서 눈을 떼지 못한 채 고개만 끄덕였다. 짧고 긴 한숨을 연거푸 뱉어냈다. 지그시 빨려 들어갔다.

"추사 선생의 역작이라 보시면 됩니다."

그분이야 이 대륙에서도 알아주는 인물이라고 원세개가 말했다. 글씨 자체가 그 이유를 말해준다고도 했다. 그는 넋을 잃은 채 홀린 듯이 내뱉었다.

"그래, 원하는 게 뭐요?"

이회영이 기다렸다는 듯이 대답했다. 조선인이 정착할 땅을 좀 내어달라는 말이었다. 그제야 생각났다는 듯이 그는 난정서에서 눈을 거두고는 잠시 생각에 잠겼다. 조심스레 입이 열렸다.

"당신들이 겪어 알겠지만 함부로 허락했다가는 내 입장이 곤란해질 수도 있소. 저들의 이익을 침해하는 행동은 자칫 폭동으로도 이어질 수 있기 때문이오. 힘든 상황이오."

신중한 말에 이회영의 낯빛이 어두워졌다. 절망을 보는 듯했다. 하지만 어쩌겠냐는 말이 이어졌다. 당신 말대로 우린 오천 년을 함께해온 사이가 아니냐는 것이었다. 그러면서 감수하겠다면서, 그게 조청 간의 우의가 아니겠느냐고도 했다. 이회영의 얼굴이 다시 펴졌다. 입가에 미소도 피어났다.

"아무렴요. 조선의 독립은 대륙에도 큰 힘이 될 것입니다. 독립된 조선이 일본 제국주의를 막아내는 방패 구실을 할 것입니다."

"그건 맞는 말이오. 일본 놈들이 조선 다음에는 이 만주 땅을 노릴 테고, 그 다음에는 중원까지 노리겠지."

맞장구를 치는 원세개의 얼굴에 분노의 빛이 떠올랐다. 이회영은 앞장서서 그놈들을 막겠다면서 정착지만 내어주면 군대를 양성해 놈들에게 맞설 것이라고 했다. 그제야 원세개도 성토에 나섰다. 말이 거칠었다. 거칠어서 분노가 드러났다. 말이 나왔으니 말이지 놈들의 건방진 태도와 무례한 행동이 하늘을 찌르고 있다는 것이었다. 그냥 두고 볼 일은 아니라고도 했다. 이회영이 맞장구를 쳤다. 다 맞는 말이라면서, 그냥 둘 일이 아니라고 했다. 말끝에 이회영은 조심스레 난정서를 가리켰다. 마음에 들면 거두라는 것이었다. 원세개의 입가에 웃음꽃이 활짝 피었다.

"이 귀한 것을 내게 준단 말이오?"

미심쩍어 확인이라도 하듯이 묻자 이회영이 적극적인 공세를 펼쳤다. 후덕한 공세였다. 그뿐이겠냐는 말이었다. 더 귀한 것이라도 드려야 한다고 했다. 곧 반응이 나왔다. 흡족한 웃음 뒤에 만족할 만한 답변이 뒤따랐던 것이다.

"좋소. 이제야 하는 말이지만, 우리가 어디 남이오? 중원과 조선은 한 몸이나 진배없소이다. 그런 조선의 어려움을 우리가 어찌 외면하겠소. 내 조선의 독립을 위해 힘써 보리다."

그 말에 이회영이 감사하다면서 성심을 다하겠다고 했다. 원세개는 다시 한 번 난정서를 펼쳐 들었다. 펼쳐 들고는 혼잣말로 중얼거렸다.

"좋은 글씨야. 훌륭해!"

한참을 그렇게 넋을 잃은 채 바라보던 원세개는 난정서를 조심스레 내려놓았다. 내려놓고는 진지하게 물었다. 원하는 곳이 어디냐는 것이었다. 그러면서 말만 하라고 했다. 서신 한 장 써서 주겠다는 말이었다. 원세개의 말이 끝나기 무섭게 기다렸다는 듯이 이회영이 입을 열었다. 유하현 인근이면 좋겠다는 말이었다. 원세개가 사람을 불렀다.

"밖에 누가 없느냐?"

"심숭이 있습니다, 총통 각하."

밖에 대기하고 있던 부관 심숭이 들어왔다. 유하현에 조선인 정착지를 내주려 하는데 어디가 좋겠느냐고 물었다. 심숭은 잠시 생각에 잠겼다가 입을 열었다. 합리하가 좋을 듯하다는 것이었다. 다른 지역보다는 주민들이 협조적이고 유순한 편이라고 했다. 더구나 총통 각하의 말씀이라면 문제가 없을 것이라고도 했다.

"어떻소? 합리하."

원세개의 물음에 이회영은 환한 얼굴로 고개를 끄덕였다. 바라던 곳이라고 대답했다. 그의 대답에 심숭이 다시 나섰다. 땅도 기름지고 비교적 살기에 좋은 곳이라는 것이었다. 물도 풍부하다고 했다. 그는 심숭에게도 감사의 말을 잊지 않았다. 좋은 자리를 골라주어 고맙다는 말이었다. 심숭이 아니라며 손사래를 쳤다. 그런 말씀은 총통 각하께 드려야 한다는 것이었다. 이회영은 원세개를 향해 다시 한 번 감사의 말을 건넸다. 말은 진심을 담고 있었다. 원세개는 손을 내젓고는 붓을 들었다. 붓을 들어서는 일필휘지로 서신을 써 내려가기 시작했다. 조선인이 합리하에 정착할 수 있도록 협조하라는 내용이었다.

원세개는 서신을 이회영에게 건넸다. 서신을 받아 든 이회영은 흡족한 얼굴로 조심스레 한마디 더 보탰다.

"무관학교를 세울 계획입니다. 이도 허락해 주십시오!"

무관학교란 말에 원세개는 당연하다는 표정으로 고개를 끄덕였다. 그거야 당신들의 의지대로 하라는 것이었다. 그러면서 돕겠다는 말도 했다. 돕기까지 하겠다는 말에 이회영은 다시 허리를 굽혔다.

"서로 돕는 것이오. 조선이나 우리나 제국주의에 맞서야 하니까."

이회영 일가는 유하현에 정착했다. 합리하를 중심으로 조선인 정착촌을 건설했다. 그토록 바라던 신흥강습소까지 설립을 마쳤다. 정착촌이 건설되면서 이회영 일가는 경학사를 조직했다. 만주로 들어오는 조선인들의 생활기반을 안정시키고 청년들을 구국인재로 기르기 위해서였다. 이것은 곧 거기에 독립군 기지를 건설하려는 것이었다.

* * *

붉은 먼지를 일으키며 한 무리의 청년들이 수수밭 사이 길을 달려 나오고 있었다. 이들은 하나같이 건장했으며 혈기가 넘쳤다. 그을린 구릿빛 피부와 다져진 근육이 이들의 단련을 짐작케 했다.

"형님, 이제 강습소가 제대로 서는 듯합니다."

이시영의 감개무량한 말이었다. 이회영도 흡족한 목소리로 받았다. 강습생이 저리 몰려들고 있으니 신흥강습소의 앞날이 밝기만 하다는 것이었다. 얼굴에는 미소까지 어렸다. 미소는 부드럽고 보기에 좋았다. 봄날 언덕에 피어오르는 아지랑이를 보는 듯했다. 애국청년들의 저런 모습을 보니 참으로 기쁘다며 성재 이시영이 입가에 미소를 지었다. 실로 오랜만에 기쁨이 무엇인지 느껴본다는 말도 했다. 나도 그렇다는 이회영의 대답이 이어졌다. 형제는 흡족한 얼굴로 밖을 내다보았다. 구보를 하는 대열은 이제 막 붉은 수수밭을 벗어나 연병장으로 들어서고 있었다. 그들의 등 뒤로 유하현의 아침 해가 햇살을 뿌리며 떠오르고 있었다. 찬란한 이국의 아침이었다.

"조국독립을 이루는 그날까지."

선창에 맞춰 강습생들이 구호를 외쳤다. 때 아닌 먼지구름이 일었다. 태산 같은 함성도 쏟아졌다.

"피와 땀으로 일어선다!"

"몰아내자, 왜놈!"

"되찾자, 조국!"

온몸은 땀과 먼지로 범벅이었다. 우렁찬 소리가 하늘을 뒤덮었다. 발자국 소리가 지축을 울렸다. 모두 다 독립을 위한 것이었다. 조국을 위한 것이었다.

애국청년들의 건장한 몸과 충정은 조국의 큰 자산이라고 이동녕이 말했다. 이회영과 이시영은 그렇다며 고개를 끄덕였다. 이장녕이나 남상복 같은 뛰어난 교관이 있는 것도 무척 다행이라고도 했다. 이회영이 한 말이었다. 맞는 말이라면서 앞으로 저들이 이 신흥강습소를 이끌어나갈 것이라고 이시영이 말했다. 이동녕도 흡족한 표정으로 연병장을 내다보았다. 푸른 하늘이 더없이 창창한 날이었다. 안타까운 것은 총과 무기가 없는 것이라며, 어떻게든 구해야 한다는 한숨 섞인 말이 흘러나왔다. 말을 하는 이회영의 얼굴이 어두워졌다.

"이제 곧 좋아질 겁니다. 석주 선생께서 도움을 주시겠다고 했고, 광복회에서도 적극 나서기로 했습니다."

"광복회에서?"

이동녕이 그렇다고 대답하고는 군자금을 보낸다고 했다는 말을 꺼냈다. 국내든 해외든 하나가 되어야 한다면서 마음이 모이면 뜻을 이루게 되어 있다는 이시영의 말이 이어졌다. 박상진이 친일 부호들로부터 자금을 거둬들이고 있는데, 그 활약이 통쾌하기 짝이 없다는 이동녕의 말이 이어졌다.

"통쾌하다?"

이회영이 궁금하다는 듯 물었다. 이동녕의 말이 이어졌다. 친일 부호 놈들에게 서신을 보내 협조를 구하고, 응하지 않을 때는 척결해 버린다고 했다. 이회영이 껄껄 웃음을 터뜨렸다. 웃음은 창창한 하늘만큼이나 맑았다. 유쾌했다. 오랜만에 속이 시원한 소리를 들어본다며 그래, 어떤 놈들을 척결했느냐고 그가 물었다. 이동녕의 통쾌한 대답이 이어졌다.

"칠곡의 장승원이와 충청도의 박용하랍니다."

"장승원이? 그 악덕 지주 놈."

이시영이 이를 갈았다. 결국은 그리 되었다며, 일제 앞잡이처럼 그렇게 설쳐댔던 놈이라며 시원해 했다.

"박용하라는 놈은 또 어떤 놈인가?"

이시영이 묻자 이동녕의 대답이 이어졌다. 충청도 도고의 면장으로 공출에 앞장서고 동포를 일제 놈들보다도 더 못살게 굴었다고 했다. 죽일 놈이라며 이회영이 주먹까지 불끈 쥐어 보였다.

"그런 놈들을 대상으로 군자금을 모은다는 얘기를 들으니 참으로 통쾌하구먼."

군자금이 적지 않게 모아지고 있다는 말이 나왔다. 이제 그 군자금이 이곳 만주로 들어오면 신흥강습소의 형편도 나아질 거라는 말도 이어졌다. 조금만 참고 기다리자는 것이었다.

"그러다마다."

"어쩌겠는가? 기다려야지."

이회영과 이시영 형제, 그리고 이동녕은 먼지를 피워 올리며 훈련에 열중하고 있는 애국청년들을 바라보았다.

19. 미군정

양휘보는 회상에서 벗어나 시위대를 바라보았다. 시위는 격렬했다. 격렬한 만큼 좋은 결과가 나왔다. 새로운 임시정부의 각료 명단이 발표된 것이었다. 대통령에 이승만, 부통령에 김구, 내각 수반에 김규식이 각각 임명되었다.

"오늘 우리가 한 일은 하늘의 뜻임을 분명히 밝히는 바입니다. 이제 대한민국 임시정부는 공식 정부로서 선포되었습니다. 앞으로 대한민국을 자주, 민주, 독립 국가로 이끌어나갈 것입니다."

신익희의 발언은 큰 파장을 불러 일으켰다. 미군정은 분노했고, 곧 신익희에 대한 체포령을 내렸다. 이어 신익희의 사택을 수색하고 그를 연행하는 일까지 벌이고 말았다. 그는 감금되어서도 가만있지 않았다. 강력히 항의했다.

"이보시오. 우리는 자주독립 국가로서 당연히 해야 할 일을 한 것이오. 미국과 소련은 우리의 자주권을 침해하지 마시오!"

콜린이 대답했다. 미국은 당신들을 돕기 위해 온 것이지 압제하기 위해 온 것이 아니라는 것이었다. 오해하지 말라는 것이었다. 콜린의 상투적인 대답에 신익희는 분노했다. 돕기 위해 왔다면 조력자로서의 역할에만 충실해야지 주인처럼 행세하는 이유는 무엇이냐는 것이었다. 부릅뜬 눈이 금방이라도 튀어나올 듯했다. 콜린의 반응은 무덤덤하기만 했다. 여유로움을 보이려고 그런 것으로 보였을지 모르나 그것은 여유가 아니었다. 무시였다. 상대에 대한 철저한 무시였다.

"우리는 주인 행세를 한 적이 결코 없소. 그건 당신들의 자괴감이 스스로 그렇게 생각하게 한 것이오."

이 말에 신익희의 얼굴이 일그러졌다. 자괴감이라는 말은 모멸을 하려는 표현이었다. 당신들을 도울 뿐이라는 콜린의 말도 그런 것이었다. 우리 힘으로 우리가 세운 정부인데 임시정부를 왜 부정하느냐고 신익희가 물었다. 묻는 말은 항의였다. 모멸에 대한 항변이었다. 그건 모든 국민의 뜻이 아니라는 콜린의 대답이 이어졌다. 임시정부는 몇몇이서 구성한 가짜 정부이지 공식 정부가 못 된다는 말이었다. 분노한 신익희는 미친 소리라며 주먹을 부르쥐었다. 이를 본 콜린은 고개를 좌우로 흔들었다.

"보시오! 당신부터 비정상적이지 않소. 미친 건 당신이오."

콜린은 혀까지 끌끌 차며 발길을 돌렸다. 발길에도 모멸의 의도가 가득 차 있었다.

"이봐! 미친 건 내가 아니라 당신들이야. 세계를 상대로 권력놀음을 하고 있는 미국, 당신들이라고."

콜린은 고개를 절레절레 흔들며 유치장 모퉁이를 돌아 사라졌다. 죽일 놈들이라며 신익희는 주먹으로 유치장의 쇠창살을 부서져라 두들겼다.

'여우를 몰아내고 늑대를 불러들인 꼴인가?'

순간 신익희는 불길한 생각이 들었다. 또 다시 외세의 발 아래 놓이게 된 것은 아닌가 두려웠던 것이다.

해공 신익희가 미군정에 의해 체포되고 임시정부에 대한 미군정의 압제가 거세지자 이후로 우후죽순처럼 정당과 사회단체들이 생겨나기 시작했다. 불행하게도 생겨난 정당과 사회단체들은 하나같이 자기네 이익에만 눈이 멀어 있었다. 그런 가운데 대구에서 곪던 종기가 마침내 터지고 말았다.

"뭐, 대구에서?"

약산 김원봉은 자리를 박차고 일어섰다. 상황이 매우 심각하다며 김원룡이 가쁜 숨을 몰아쉬면서 보고를 올렸다. 무슨 조치를 취해야 하지 않겠느냐며, 분위기가 너무 어수선하다며 유석현이 불안한 얼굴로 약산 김원봉을 쳐다보았다. 그는 대답 없이 골똘히 생각에만 잠겨 있었다. 바람이 무심하게 창가를 스쳤다. 세상이 무법천지라고 유석현이 한심하다는 듯 다시 내뱉자 그제야 약산 김원봉이 입을 열었다.

"가세나. 가서 상황을 파악해보고 문제가 뭔지 알아보세."

약산 김원봉이 서둘러 자리를 뜨자 유석현도 중절모를 집어 들고는 급히 사무실을 빠져나갔다. 거리는 불안했다. 곳곳에 널린 현수막과 길바닥을 휩쓸고 다니는 유인물이 시국의 혼란함을 그대로 말해주고 있었다. 그뿐만이 아니었다. 여기저기에서 외치는 소리로 귀가 따가울 지경이었다. 어수선한 시절이었다.

"참으로 걱정입니다. 미군도 미군이지만 국내 사정도 형편없어요. 이렇게 혼란해질 줄이야 꿈에도 생각 못 했습니다."

유석현의 말에 약산 김원봉이 거칠게 내뱉었다. 이 모든 책임이 이 나라의 지도자라는 이들에게 있다는 것이었다. 하나같이 권력에만 눈이 멀어 주도권 다툼에만 열을 올리고 있으니 참으로 한심하다는 말도 덧붙였다.

"노동자여 일어나라! 새로운 시대는 근로혁명당과 함께하자!"

"무슨 소리, 자유민중당과 함께해야지."

각 당의 지지자들이 제각기 자기 당 선전에 열을 올리고 있었다. 일부 열렬한 당원들은 주먹다짐도 물사할 기세였다.

"이게 독립된 대한민국의 민낯이란 말인가?"

약산 김원봉은 한숨을 길게 몰아쉬었다. 유석현도 마찬가지였다. 죽음을 불사하고 남의 땅에서 싸웠던 것에 비하면 결과가 너무 초라하다면서 불쌍한 조국이라고 유석현이 한숨을 쉬었다. 한숨은 깊었다. 시퍼렇게 멍든 한숨이었다. 총대장 같은 분이 이리 홀대를 받고 있는 현실이 참으로 안타깝다면서 독립된 조국이라기에는 너무 믿기지 않는 현실이라는 말로 김원룡도 거들고 나섰다. 우리야 그렇다손 쳐도 의백

이야 어디 그래도 좋을 분이냐면서 한심하기 짝이 없다고 유석현이 맞장구를 쳤다. 약산 김원봉은 말이 없었다. 할 말이 없어서가 아니었다. 말을 하지 않음으로써 할 말을 대신했던 것이다.

세 사람은 대구로 향했다. 실태를 살펴보기 위해서였다. 직접 눈으로 확인을 하고 대책을 마련하고자 했던 것이다. 내려가면서 목격한 조국의 모습은 그야말로 비참했다. 만신창이였다. 전국이 난민촌이나 다름없었다. 연이은 가뭄에 먹을 것을 구하지 못한 민중이 부랑아처럼 떠돌고 있었다. 게다가 콜레라까지 만연한 상황은 그야말로 최악이었다. 대구 시내는 들어가지 못한다는 소리를 들었다. 무슨 소리냐고 묻자 콜레라가 창궐해서 봉쇄령이 내려졌다는 것이었다. 그제야 약산 김원봉은 상황의 심각함을 깨달았다. 봉쇄령까지 내려진 것을 보면 무언가 심각한 문제가 있음에 틀림없었다. 결국 대구 외곽에서 먼저 내려와 있던 성주식을 만나 그로부터 전말을 보고받아야 했다.

* * *

"난리요, 난리."

근로인민당 경북도당 위원장 서상기가 탄식을 터뜨린 것이었다. 식량은 물론 생필품까지 모자란 상황에서 놈들이 봉쇄령까지 내렸다고 경북도당 위원 김종태가 맞장구를 쳤다. 시민들의 불만이 터질 만도 하다고 경북도당 위원인 윤흥민도 끼어들었다. 같은 위원인 황말용도 거들고 나섰다. 미군정 놈들이 일제 경찰 나부랭이들을 다시 고용할 때부터 알아봤다는 것이었다. 더구나 놈들은 해방 이전의 버릇을 버리지 못했다는 말도 이어졌다. 이참에 아예 정신 바짝 차리게 만들어놔야 한다는 성토도 나왔다. 김준식은 주먹까지 흔들어 보였다. 얼굴에 분노의 빛이 가득했다.

미군정은 혼란한 상황을 극복해보고자 경찰력을 총동원했다. 문제는 일제 경찰들을 그대로 고용한 것이었다. 더구나 식량이 부족한 상황에서도 그들은 과다한 양의 쌀을 공출했고, 이 일로 시민들의 원성을 샀다. 일제하의 버릇을 고치지 못한 것이었다. 시민들은 폭동 일보 직전까지 다다르고 말았다. 이에 미군정은 대구 시내에 봉쇄령을 내렸고, 그러자 대구 시민들이 들고 일어섰다.

"미군정 놈들이 정판사 위조지폐 사건을 꾸며서 우리 공산당의 활동을 불법화했소. 박헌영 동지께서 곧 조치를 취할 것으로 알고 있소. 전국의 공산당원들이 벌떼처럼 들고 일어날 것이오."

김준식은 조선공산당을 입에 올리며 미군정의 횡포를 폭로했다. 근로인민당의 서상기도 낯상구를 쳤다.

"콜레라를 핑계로 봉쇄령을 내렸지만 사필귀정이라 했소. 진실은 곧 만천하에 명명백백히 드러날 것이오. 이곳 대구에서 조선공산당과 우리 근로인민당이 들고 일어서면 전국적인 혁명으로 이어질 것이오. 동지들, 함께 일어섭시다!"

서상기의 제안에 김준식을 비롯해 윤흥민, 김종태, 황말용 등이 한목소리로 대답했다. 좋다는 말이었다. 당연한 일이라는 것이었다. 조선공산당 경북도당 위원장인 김준식의 말대로 각 지방의 공산당원들이 거세게 들고 일어섰다. 미군정의 조치에 크게 반발했던 것이다. 급기야 미군정은 공산당 간부 체포령을 내렸다.

"체포령이라니?"

박헌영은 분노했고, 마침내 거국적인 대결을 선언하기에 이르렀다.

"정판사 위조지폐 사건은 우리 조선공산당을 압살하려고 미군정이 꾸며낸 것이다. 우리 조선공산당은 미군정의 불합리한 조치에 분노한다. 한 치도 받아들일 수 없는 일이다. 이에 우리는 오늘부로 미군정을 상대로 대대적인 반격에 나설 것이다. 미군정은 당장 우리 조선공산당 탄압을 중지하라!"

조선공산당 책임비서 박헌영의 거국적인 대결 선언에 전국의 공산당원들이 들고 일어섰다. 그야말로 벌떼처럼 들고 일어났다. 대결 과정에서 박헌영은 급진적인 모습을 보이기까지 했다. 노동자들을 총동원하여 파업을 주도하는가 하면 미군정을 상대로 폭력적인 행위도 서슴지 않았다. 미군정도 가만있지 않았다. 대대적인 진압작전에 돌입했다. 경찰은 물론 반공 청년단체까지 총동원했다.

"미군정을 몰아내자!"

"조선은 조선인의 힘으로, 미군정 물러가라!"

대구 부청 앞은 인산인해였고, 시위는 더욱 격렬해졌다. 이에 맞선 경찰과 백의사, 서북청년단 등 반공단체도 만만치 않았다.

"발포할까요?"

대구경찰서 소속 이인근이 물었다. 깊은 생각에 잠겨있던 홍만선이 흘리듯 되물었다. 놈들이 쓴맛을 좀 봐야 정신을 차리겠지? 라는 말이었다. 이인근은 이를 발포 명령으로 들었다. 즉각 명령을 하달했다.

"발포하라!"

일제히 사격이 시작되었다. 팽팽했던 긴장이 순식간에 허물어졌다. 긴장은 공포로 뒤바뀌었다. 비명이 쏟아지고 맨 앞에서 시위를 주도하던 경북도당 위원 김종태가 쓰러졌다. 황말용이 그에게로 달려갔다. 가슴에 총을 맞은 그는 붉은 피를 흘리며 가쁜 숨을 몰아쉬고 있었다.

"동지!"

안타까운 부르짖음이 몇 차례 이어졌다.

"이럴 수가?"

뒤따라온 근로인민당 경북도당 위원장 서상기가 망연자실하여 몸을 떨었다. 김종태의 고개가 꺾였다. 황말용은 고개를 치켜들었다. 분노한 그의 눈에 총을 겨눈 사내의 모습이 마치 악귀처럼 들어왔다. 죽일 놈이라며 그는 다짜고짜 돌진했다. 숙기를 각오한 몸짓이었디. 또 다시 총성이 가을 하늘을 갈기갈기 찢었다. 시퍼런 총성이었다. 황말용의 가슴에서도 붉은 피가 흩뿌려졌다.

"황 동지!"

김준식이 외치며 달려 나가려 했다. 뒤에서 윤홍민이 그의 허리를 바짝 끌어안았다. 안 된다며 말렸다. 참으라며, 저들은 흥분되어 있다며 말렸다. 저들은 누구라도 쏠 것이라는 말이 이어졌다. 지금은 물러나야 할 때라는 소리였다. 윤홍민은 김준식의 허리를 부여잡고는 놓지 않았다. 이인근이 외치는 소리가 들려왔다.

"반항하는 놈은 누구든 쏜다!"

또 다시 외쳤다. 시위대더러 해산하라는 말이었다. 명령이라는 것이었다. 시위대가 주춤하자 홍만선이 다시 명령을 내렸다. 허공을 향해 몇 발 더 갈기라는 명령이었다. 명령이 끝나기 무섭게 총탄이 하늘을 뒤덮었다. 시위대가 무너지듯 흩어졌다. 시위대는 거리 곳곳으로 달아났다. 부청 앞은 순식간에 썰물이 빠진 듯 비워졌다. 정렬한 경찰과 반공단체 대원들만이 총을 겨눈 채 서 있었다.

사태가 커지자 박헌영은 시위 중단을 발표했다. 더 이상의 희생이 있어서는 안 되겠기 때문이었다. 상대가 예상외로 강하게 나오니 그에 맞서서는 안 된다는 것이었다. 시위 중단 발표와는 달리 사태는 걷잡을 수 없는 지경으로 치닫고 말았다. 더 격화되었던 것이다. 물러났던 시위대가 이튿날 다시 모여들었다. 이번에는 굶주린 시민과 학생들까지 가세했다. 경찰서장을 죽이라며, 일제 경찰 놈들이 아직도 설쳐대고 있다며, 다 죽여야 한다고 시위대는 외쳤다. 급기야 시위대 만여 명이 대구경찰서를 포위했다. 그야말로 구름 같았다. 뜨거웠다. 태울 듯이 뜨거웠다. 새파란 불꽃으로 피어올라 새빨갛게 타올랐다. 항쟁은 그렇게 타올랐다. 타올라서 세상을 태우려 했다. 불의를 태우려 했다. 경찰서는 그야말로 망망대해 위에 떠 있는 외로운 섬만 같았다. 위태로웠다.

"일제 경찰 물러가라!"

"들어가기 전에 순순히 나와라!"

서상기가 외치자 윤흥민도 소리쳤다. 시위대를 대표해 대구경찰서장을 불러내는 소리였다. 저들의 말을 들어야 한다고 홍만선이 조심스레 말했다. 저들을 자극했다가는 무슨 일이 벌어질지 모른다는 말이었다. 이인근도 홍만선의 의견에 동조했다. 그러자 결심한 듯 경찰서장이 입을 열었다.

"가서 저들의 요구가 무엇인지 들어보자!"

대구경찰서장은 측근들과 함께 문밖으로 나섰다. 가을 햇살 아래 구름 같은 군중이 모여들어 있었다. 하늘은 높고 푸르러서 검은빛마저 감돌았다. 맑음의 너머는 원래 그런 빛깔인 모양이었다. 그래서 더욱 두려웠다. 곧 이어 우레와도 같은 함성이 터져 나왔다. 당황한 경찰서장은 일단 고개부터 숙였다. 사죄한다는 뜻이었다. 무장해제부터 하라고 서상기가 외쳤다. 경찰서장이 손을 들어 답했다. 시키는 대로 하겠다는 것이었다. 유치장의 열쇠노 선네라고 했다. 김준식이 소리친 것이었다. 그것도 그리 하겠다고 했다. 분위기가 그렇게 하지 않으면 안 되겠다고 판단한 경찰서장은 결국 시위대가 시키는 대로 다 했다. 경찰들의 무장을 해제시키고 유치장의 열쇠까지 넘겼다. 시위대는 곧 정치범을 석방시키고 경찰권까지 넘겨받으려 했다. 일제 경찰 출신들은 위기감을 느끼지 않을 수 없었다.

"이건 죽고 사는 일이오. 명령이라고 모두 따를 수는 없소."

"맞소. 항복에 동의할 수 없소."

그들은 명령에 불복종하기로 했다. 명령에 따랐다가는 자신들의 신세가 어떻게 될지를 너무나도 잘 알고 있기 때문이었다. 스스로 진압대를 구성해서 대대적인 진압에 나서기로 했다. 급기야 시위대를 향해 발포까지 하고 말았다. 이 발포로 시위대가 무려 열일곱 명이나 사망했다. 사태의 위급함에 대구 지역에 계엄령이 선포되었고, 시위는 전국으로 번져나갔다. 미군정도 백의사와 서북청년단 등 우파 단체들을 대거 진압작전에 투입했다. 우익 세력들 또한 가만있지 않았다. 격렬하게 비판하고 나섰던 것이다. 특히 한민당은 이 사건을 폭동으로 규정하고 박헌영 일파가 벌인 모략선동이라고 결론지었다. 좌익 내부에서도 공산당이 벌인 모험주의라며 비판에 가세하는 움직임이 있었다.

20. 수모

"참으로 안타까운 일입니다."

성주식은 말을 마치고는 한숨을 몰아쉬었다. 어쩌다가 이 지경이 되었느냐며 약산 김원봉도 탄식을 흘렸다. 탄식은 깊었다.

"허면 우리 경북도당도 참여했는가?"

다수가 참여한 것으로 알고 있다는 대답이 이어졌다. 민족혁명당 당원들이 이런 일을 보고 가만있었겠느냐며, 그랬디면 그게 오히려 잘못된 일이라며 김원룡은 울분에 찬 소리와 함께 불만을 토해냈다. 맞는 말이라며, 그게 우리 민족혁명당이 가야 할 길이라며 약산 김원봉도 김원룡의 울분에 공감을 표했다. 총대장에게도 불똥이 튀지 않겠느냐는 염려의 말이 나왔다. 유석현의 말이었다. 그의 염려에 성주식이 입을 굳게 다물고는 고개를 끄덕였다. 조심해야 한다는 것이었다. 미군정이 어떻게 나올지 모른다는 말도 이어졌다. 유석현이 일단 서울로 올라가서 성명을 발표하는 게 좋을 듯싶다고 말했다. 민족혁명당과 이번 사태와는 아무런 관련이 없음을 밝혀야 한다는 것이었다. 성주식의 말이 이어졌다. 미군정이 이번 사태를 폭동으로 규정하고 있고, 이번 사태에서 많은 사람들이 희생됐다는 것이었다. 자칫 잘못하면 우리가 뒤집어쓸 수 있다고도 했다. 약산 김원봉은 깊은 생각에 잠겼다. 얼굴 가득히 고뇌가 서렸다. 고뇌는 아픈 것이었다. 갈등이기도 했다. 서글 펐다. 현실에 대한 서글픔이었다.

"올라가시죠!"

재촉하자 그제야 약산 김원봉이 고개를 끄덕였다. 그러자며, 일단 올라가서 사태를 지켜보자고 했다. 약산 김원봉 일행은 서울로 향했다. 그러나 서울에 도착하기가 무섭게 약산 김원봉은 성주식과 함께 체포되고 말았다. 유석현의 말이 그대로 현실이 되고 말았던 것이다.

"우리는 이번 일과는 관련이 없소!"

그럼 무엇 때문에 대구에 내려갔느냐고 성북경찰서 수사주임 최문식이 물었다. 약산 김원봉은 난감했다. 졸지에 내란선동의 주범으로 몰렸기 때문이었다. 민족혁명당 당수로서 혼란한 시국을 파악하고자 하는 것은 당연한 일이라고 답변했다. 당당했다. 조금도 위축되지 않았다. 수사주임 최문식은 비릿한 웃음을 흘려냈다. 잔인했다. 정보를 갖고 있다고도 했다. 민족혁명당 경북도당에서 대대적으로 시위에 참여했다는 것이었다. 최문식의 말에 약산 김원봉은 말문이 막혔다. 아니라고 하자니 그랬고, 그렇다고 하자니 또 그랬다. 뭔가 대꾸를 해야 했지만 해야 할 말이 얼른 떠오르지 않았다.

"민중의 혁명을 욕되게 하지 마시오. 혁명은 맑소. 순수하오. 순정한 것이오."

원론을 얘기했다. 위험한 발언이었다.

"이런 빨갱이 새끼!"

반응은 즉각 나왔다. 의열단 의백으로서, 조선의용대 총대장으로서, 민족혁명당 당수로서 들어보지 못한 모욕의 말이었다. 아니, 들어서는 안 될 치욕의 말이었다. 걷잡을 수 없는 모멸감이 밀려들었다. 당황하고 허탈한 밀려듦이었다. 솔직히 불지 않으면 여기서 걸어 나가기 어려울 거라는 협박이 튀어나왔다. 하얀 이빨을 드러낸 승냥이의 으르렁거림이었다. 지금 날 협박하는 것이냐고 항변했다. 기세가 꼿꼿하게 일어섰다. 비바람을 견뎌내는 대나무의 기개였다. 약산 김원봉의 풍모가 드러나는 순간이었다.

"협박?"

싸늘한 눈빛으로 그가 약산 김원봉을 내려다보았다. 꽂힐 듯했다. 좋다 해보자며 그가 밖을 향해 소리쳤다. 들어오라고 외치기가 무섭게 윗옷을 벗은 사내들이 들어섰다. 다부진 체격에 하나같이 험상궂은 인상을 가진 자들이었다.

"적당히 손봐줘라. 빨갱이 새끼들은 골치가 아파!"

최문식은 이죽거리며 밖으로 나갔고, 이어 무차별적인 폭행이 시작됐다. 약산 김원봉은 정신이 없었다. 연이어 가해지는 폭력에 안으로부터 울분이 치솟아 올랐다. 난생 처음 당해보는 모멸과 치욕이었다.

그 와중에도 신음소리 한 번 흘려내지 않았다. 굽히기는 싫기 때문이었다. 불의에 대한 항거였다. 자신이 왜 이런 수모를 당해야 하는지 알고 있기 때문이기도 했다.

"지독한 놈이군!"

다치지는 않게 해야 한다는 등 사내들은 저희끼리 시시덕거리며 이야기를 나누었다. 의열단이니 의용대니 하는 것들을 거느렸다더니만 과연 그 기상만은 죽지 않고 살아 있다고 한 사내가 던지듯 내뱉는 말을 다른 사내가 받아 제 말을 덧붙였다. 그러면 뭘 하느냐, 줄을 잘 서야 한다, 시대가 변했다는 말이었다. 정신이 혼미해진 약산 김원봉은 이를 악물었다. 악물고 버텼다. 버티는 일밖에는 할 수 있는 일이 없기 때문이었다. 버티니 버티어졌다. 아프게 버티어졌다. 얼마나 지났을까? 차가운 쇳소리와 함께 다시 문이 열렸다. 최문식이 들어섰다.

"나가들 있게!"

사내들이 나가자 최문식의 심문이 다시 시작됐다. 지금은 군정의 시대라고, 여기는 중경이나 상해가 아니라고 말하는 목소리가 낮게 깔렸다. 깔려서 하얀 바닥으로 내려앉았다. 타이르는 말이자 상대를 얕보는 말투였다. 약산 김원봉은 자괴감이 들었다. 괴로웠다. 괴로워도 어찌됐든 지금은 살아남아야 했다.

"미군정에서 특별히 당신을 내보내라고 했소. 감사해야 할 일이오. 다만 민족혁명당이니 뭐니 하는 빨갱이 짓은 그만두는 게 좋을 것이오. 허튼짓 하다가는 쥐도 새도 모르게 갈 수도 있으니까. 명심하시오!"

　약산 김원봉은 입술을 질끈 깨물었다. 구금된 지 일주일 만에 밖으로 나왔다. 나와 보니 세상이 바뀌어 있었다. 송진우는 암살됐고, 여운형과 장덕수는 연이어 테러를 당했다. 분위기가 뒤숭숭했다. 약산 김원봉은 불안에 시달렸다. 심연에서 일어나는 깊은 불안이었다.
　'저자가 아까부터 날 따라오고 있다. 테러를 하려는 것인가?'
　뿔테 안경을 쓴 정장 차림의 사내였다. 그는 종로 네거리에서부터 약산 김원봉을 따라오고 있었다. 약산 김원봉은 걸음을 빨리했다. 보신각 쪽으로 방향을 틀었다.
　"약산 선생님!"
　부르는 소리에 그는 걸음을 멈췄다. 고개를 돌렸다. 사내는 조선일보 기자 권시웅이라고 자신을 소개했다. 그제야 약산 김원봉은 한숨을 돌렸다. 걸음이 어찌나 빠른지, 라며 사내는 가쁜 숨을 몰아쉬었다. 얼굴이 벌겋게 상기되어 있었다. 뒷모습이 신가민가해서 밍셜었디고도 했다. 역시 약산 선생님이 맞았다며 사내는 입가에 미소를 지어 보였다. 무슨 일이냐고 약산 김원봉이 물었다. 묻는 말에 경계가 묻어나 있었다. 사내는 이번 구금 사건에 대해 궁금한 것이 있다며 메모지를 꺼내 들었다. 약산 김원봉은 손을 내저었다. 할 말이 없다는 것이었다. 김원봉이 잘라 말하자 그는 실망한 표정을 짓더니 다시 물었다.
　"미군정의 음모가 있었다고 하던데요. 또 심한 고초도 겪으셨다고 들었습니다만."

약산 김원봉은 발길을 돌렸다. 대답하지 않겠다는 무언의 대답이었다. 무언의 대답은 무거웠다. 침울했다.
"한 말씀만 해주십시오!"
연이어 부탁했으나 약산 김원봉의 입은 열리지 않았다. 말 그대로 묵묵부답이었다. 앞으로 미군정과는 어떻게 하실 생각이냐고 그가 또 다시 물었다. 걸음이 빨라지자 그의 걸음도 덩달아 바빠졌다. 더 이상 들리는 말이 없었다. 결국 한마디도 하지 않았다. 그런 약산 김원봉에게서 권시웅은 보았다. 시대의 어둠과 조국의 절망을. 시대의 어둠 속에서 거목이 스러져가고 있었다. 또 다른 외세 앞에서 조국은 절망하고 있었다. 동포는 하염없이 눈물만 흘릴 뿐이었다. 눈물은 한이었다. 아픔이었다. 권시웅은 날것 그대로의 현실을 기록하고자 했다. 그런데 말을 하지 않으니 들을 수가 없었다. 들을 수는 없었지만 다행히 볼 수는 있었다. 그의 표정과 몸짓에서 날것을 그대로 볼 수 있었다. 마음이 아렸다. 손톱 끝에 가시가 찔렸을 때의 그 아림이었다. 약산 김원봉을 뒤따라 가다가 보신각을 지나치자 권시웅은 물러나고 말았다. 제풀에 지친 듯이 보였으나 그건 아니었다. 아린 아픔을 이해한 그가 놓아준 것이었다. 권시웅이 멀어지자 그제야 약산 김원봉의 걸음도 늦춰졌다.

'기자를 보고도 의심을 하다니? 내가 잘못되긴 잘못된 모양이로구나!'

약산 김원봉은 자책했다. 그런 자신이 한심하기도 했다.

'이건 내가 생각했던 조국의 모습이 아니다. 너무도 다른 모습으로

변해가고 있다.'

 해방된 조국의 모습은 예상 밖이었다. 남북으로 갈라지고 좌우로 나뉘었다. 그도 모자라 독립을 외치던 동지들은 제각기 권력욕에만 사로잡혀 있다. 모두가 하나같이 정당이나 단체를 만들고 있었다.
 '미군정이 모든 것을 망쳐놓고 있는 것이다. 조국은 또 다시 불행의 나락으로 떨어지고.'
 그때 누군가가 소리쳤다.
 "빨갱이다. 민족혁명당 김원봉!"
 삿대질까지 해대는 사내는 금방이라도 달려들 기세였다. 흠칫 놀란 약산 김원봉이 자신도 모르게 뒤로 물러섰다. 빨갱이는 북쪽으로 넘어가라고, 여기는 자유민주주의 땅이라고 사내는 외쳐댔다. 약산 김원봉은 당황했다. 주위의 시선이 그에게로 모였다. 사내는 소련의 사주를 받고 조국을 공산당에 팔아먹으려는 놈이라고도 외쳤다. 무슨 허튼 소리냐며 약산 김원봉이 맞섰다. 사내의 억지는 그치지 않았다. 당신이 빨갱이라는 것은 세상이 다 아는 사실이라는 것이었다. 변명을 해도 소용 없다고 외치기도 했다. 약산 김원봉은 망연자실했다. 더 이상 할 말이 없었다. 그때 이희도가 나타났다.
 "누가 시켰느냐? 이승만이냐? 아니면 하지냐?"
 지나던 이희도가 봉변을 당하고 있는 약산 김원봉을 보고는 득달같이 달려온 것이었다. 미군정의 앞잡이 주제에 감히 약산 선생을 욕보이려 든다며 이희도는 사내를 윽박질렀다. 그의 공세에 사내는 주춤 물러섰다.

"의열단에, 의용대에, 조선 사람이라면 약산 선생의 충정을 모르는 사람이 없다. 네놈이 감히 그런 약산 선생을 욕보여!"

흥분한 이희도가 주먹을 쥐어 보였다. 여차하면 한바탕 해보겠다는 것이었다. 사내는 슬금슬금 뒤로 물러섰다. 민족혁명당이 빨갱이 당이라는 것은 모두가 다 아는 일이라면서 사내는 뒷걸음질을 쳤다. 말은 그렇게 했지만 목소리는 한층 누그러져 있었다. 주눅까지 들어 있었다. 이희도의 기세가 워낙 거셌기 때문이었다. 누가 그러더냐며, 뜨거운 맛을 봐야 정신을 차리겠다며 이희도가 팔을 걷어 붙였다. 그 기세로 그대로 달려들었다. 약산 김원봉이 재빨리 막아섰다. 그만두라는 것이었다. 이희도는 아니라며, 저런 놈은 버릇을 고쳐놔야 한다며, 그를 밀쳐내고 사내에게 달려들었다. 사내는 줄행랑을 놓았다. 동대문 쪽으로 잽싸게 달아났다. 이희도는 죽일 놈이라고 내뱉고는 분이 풀리지 않는다는 듯이 이를 갈았다.

"세상이 어찌 되려고 이러는지."

약산 김원봉은 한숨을 몰아쉬었다. 정말 큰일이라면서 이희도는 그제야 약산 김원봉을 돌아보았다. 괜찮으시냐고도 물었다. 이희도의 염려에 약산 김원봉이 고개를 끄덕였다. 얼굴에는 불편한 기색이 역력했다. 그런 마음을 잘 아는 이희도가 얼른 화제를 돌렸다.

"박헌영 동지께서 남조선노동당을 결성했다고 합니다. 들으셨는지요?"

약산 김원봉이 덤덤한 표정으로 대답했다. 자기도 들었고, 남조선신민당과 인민당까지 합세했다고 했다. 위원장으로는 허헌을 세우고, 박동지 자신은 부위원장을 맡았다고도 했다. 그러면서 혼란한 시절이라고 한숨을 내쉬었다. 하나로 힘을 모아도 모자랄 판에 분열이 가속화하고 있다고 하고는 말을 더 잇지 못했다. 이희도의 표정도 염려로 가득했다.

"몽양 선생은 어떠하신가?"

이번에는 몽양 여운형의 근황을 물었다. 이희도가 고개를 좌우로 흔들었다. 중도적 입장을 표명해 곤욕을 치르고 있다고 했다. 좌와 우 모두가 선생을 비난하고 있다는 것이었다. 미군정으로부터는 친소파로 낙인찍히고, 소련군정으로부터는 친미파로 욕을 먹고 있다는 것이었다. 약산 김원봉은 예상이라도 했다는 듯이 짧게 그러냐고 대답하고 말았다. 이희도의 말이 계속 이어졌다. 좌우 세력의 통합을 통한 통일정부 수립이 환상이라는 얘기들만 하고 있다는 것이었다. 일부는 그런 주장을 하는 사람은 기회주의자라고 헐뜯는 자들도 있다고 했다. 약산 김원봉이 말을 이었다. 미군정을 등에 업고 호가호위하는 이승만이 문제라는 것이었다. 혼란을 부추기고 있다고도 했다. 그가 바로 나라를 팔아먹는 놈이라며 이희도가 힐난했다. 벌써 제2의 이완용이라는 말이 돌고 있다고도 했다. 그의 얼굴에 분노가 가득했다. 분노는 가슴 밑바닥에서부터 들끓어 오르는 것이었다. 주먹까지 불끈 쥐어 보였다. 그럴 만도 하다며 약산 김원봉도 한숨을 몰아쉬었다. 깊은 한숨이었다.

"어디로 가시는 길입니까?"

물음에 약산 김원봉이 주저하다가 입을 열었다.

"해공 선생을 만날까 해서."

이희도가 반가운 얼굴로 자기도 그리로 가는 중이었는데 함께 가자고 했다. 모시겠다는 것이었다. 두 사람은 어깨를 나란히 한 채 동대문 쪽으로 향했다. 거리는 오가는 사람들로 북적였다. 곳곳에 내걸린 현수막과 벽보로 눈이 어지러웠다. 시절의 혼란함이 그대로 투영되고 있었다. 늦은 오후의 종로 거리였다.

***

"김원봉의 의용대가 북으로 들어갔다? 매우 위험한 일이지."

장택상은 심각한 얼굴로 혼잣말처럼 중얼거렸다.

"김원봉은 빨갱이입니다. 무조건 잡아들여야 합니다. 더구나 지난번 제안에도 불응했습니다. 미군정에 언제든 반기를 들겠단 얘기지요. 지금까지 그래왔던 것처럼 말입니다."

눈빛이 적의로 가득 찼다. 노덕술이었다. 그는 일제의 조선인 경찰로 악질 중의 악질이었다. 동래경찰서 고등계 형사 출신으로 평남 보안과장과 통영시 사법주임, 경기도 경찰서 고등계 형사주임을 거쳐 해방이 되자 수도청장 장택상에게 가서 빌붙었다. 미군정의 경찰로 복직된 것이었다. 수많은 독립지사들이 그의 손에 희생되고 반신불수가 되었다.

"맞네. 우리와 함께하기 어려운 사람이야."

말에 아쉬움이 묻어났다. 아쉬움은 짧은 한숨으로 이어졌다. 한숨은 곧 안타까움의 표현이었다. 어려운 정도가 아니라 걸림돌이라고 했다. 그것도 아주 골치 아픈 걸림돌이라는 것이었다. 노덕술의 입에서 나온 말이었다. 장택상의 고개가 끄덕여졌다. 동의한다는 뜻이었다. 신중해야 한다면서 민족혁명당만 볼 게 아니고 여론도 염두에 두어야 한다는 말이 장택상의 입에서 나왔다. 알고 있다며, 맡겨 달라고 노덕술이 말했다.

"너무 심하게는 하지 말게나. 자네의 출신 성분과 그의 인생 여정이 다르다는 점을 명심하고. 민심은 무서운 거야."

장택상의 말에 노덕술의 얼굴이 굳어졌다. 되도 않을 질투이자 시기였다. 그 되도 않을 질투와 시기를 이끌고 노덕술은 밖으로 나왔다. 곽도선이 기다리고 있었다. 가자는 노덕술의 말에 그가 어디로 가느냐고 물었다. 약산 김원봉을 잡으러 간다는 말에 그가 악신 대장이냐고 물었다. 그 물음은 당황함의 표현이었다. 떨떠름함을 드러낸 것이었다. 노덕술의 얼굴이 일그러졌다. 그가 걸음을 멈추고 돌아섰다. 눈빛에 핏발이 섰다. 살의가 번득였다.

"대장이라니? 놈은 빨갱이야!"

그제야 자신의 처지를 떠올린 곽도선은 꼿꼿한 자세로 알겠다고 대답했다. 그래도 노덕술은 칼날 같은 눈빛을 거둬들이지 않았다. 잔인한 이빨까지 하얗게 드러냈다. 착각하지 말라고, 너는 미군정의 경찰이지 김원봉의 졸개가 아니라고 핍박을 주었다. 그럴 거면 지금이라도 당장 놈에게 달려가라고 소리쳤다. 적의로 가득 찬 말을 한바탕 내던 진 노덕술은 돌아서서 다시 걸음을 옮겨놓았다. 걸음에도 괜한 분노가 가득했다. 잔인함이 발자국처럼 바짝 따라붙었다. 곽도선은 묵묵히 그의 뒤를 따랐다. 찬탁과 반탁을 놓고 거리는 여전히 어지럽기만 했다.

***

약산 김원봉은 또 다시 체포됐다. 이번에는 포고령 위반이라는 죄목이었다.

"포고령 위반이라니 그게 무슨……."

약산 김원봉이 말을 마치기도 전에 노덕술이 책상을 내리쳤다.

"네놈이 이번 파업을 주도했다는 것은 팔도의 어린애들도 죄다 알고 있는 사실이야."

책상을 짚고 일어선 노덕술이 하얗게 이빨을 드러냈다. 잔인한 그의 본성이 되살아나는 순간이었다. 아니, 일제 경찰 출신이라는 열등감이 폭발하는 순간이었다. 노동자들의 권익을 위한 파업을 폭동으로 몰고 가지 말라고 약산 김원봉이 대꾸했다.

"노동자들의 권익이라?"

노덕술은 이죽거리며 책상을 다시 한 번 내리쳤다. 텅 빈 공간에 공포가 하얗게 일어섰다. 의열단이니 의용대니 조직을 해서 설칠 때부터 내가 알아봤다며 그가 하얀 이를 또 다시 드러냈다. 약산 김원봉은 자괴감이 일었다. 이번에는 지난번보다 더 큰 자괴감이었다. 독립군을 잡던 일제 앞잡이 노덕술에게 체포되는 신세가 됐기 때문이었다. 노동자의 권익을 대변한 대가가 무엇인지를 오늘 확인시켜 주겠다고 노덕술이 소리쳤다. 그러면서 그는 약산 김원봉의 뺨을 올려쳤다. 순식간에 일어난 일이었다. 약산 김원봉의 자존심이 산산이 부서져 내렸다.

"묶어!"

노덕술의 외침에 뒤에 서있던 사내가 달려들었다. 약산 김원봉의 얼굴에 분노와 함께 절망감이 폭발하듯이 일었다. 네가 꼭 이래야 하느냐는 눈으로 사내를 바라보았다. 사내는 아무런 말이 없었다. 노덕술의 명령대로 약산 김원봉을 의자에 결박할 뿐이었다. 옛 부하에게 묶이는 심정이 어떠냐고 노덕술이 이죽거리며 물었다. 입가에 비릿한 웃음을 머금은 노덕술의 야비한 물음에 약산 김원봉은 묵묵히 몸을 맡길 따름이었다.

"배신의 아픔보다 더 잔인한 벌도 없지."

잔인한 웃음을 머금은 노덕술은 손으로 약산 김원봉의 턱을 치켜들었다.

"손 치워라! 더러운 놈."

약산 김원봉은 날카로운 눈빛으로 노덕술을 노려보았다. 눈빛이 살아있었다. 새파랗게 살아있었다. 마치 세상의 악을 모두 태워버릴 듯한 눈빛이었다. 노덕술의 표정이 일그러졌다.

"조국을 팔아먹은 놈. 일제도 모자라 이제 미국이냐?"

"네가 생각하는 조국과 내가 생각하는 조국은 좀 다르다. 나도 조국을 위해 애쓰고 있다. 너 같은 놈에게 이렇게 욕을 먹어가면서 말이다."

변명 아닌 변명에 약산 김원봉은 기가 막힌다는 듯 너털웃음을 터뜨렸다. 웃음은 서글펐다.

"매국노에 민족반역자인 주제에 감히 조국을 입에 올리다니. 조국이란 신성한 이름을 더럽히지 마라!"

약산 김원봉의 호통에 노덕술은 분노를 하얗게 드러냈다.

"너만 애국자인양 떠들지 마라. 너 같은 놈 때문에 나 같이 애쓰는 사람도 있는 것이다. 잊지 마라!"

비아냥거리는 웃음을 입가에 드러낸 노덕술은 곽도선을 돌아보았다. 잔인한 명령이 이어졌다.

"쳐라!"

곽도선은 구석에 놓여 있던 몽둥이를 들었다.

"망설이지 마라! 네 충성심을 보일 때다."

말이 끝나기 무섭게 둔탁한 소리가 터져 나왔다. 약산 김원봉의 어깨에서 들려온 것이었다. 우리에게 복종하지 않으면 어떻게 되는지를 확실히 보여주라는 명령이 떨어졌다. 명령은 혹독했다. 매서웠다.

이것이 해방된 조국이란 말인가? 이런 수모는 일제 치하에서도 겪지 않았다. 약산 김원봉은 울부짖고 싶었다. 그러나 참았다. 이를 악물고 꾹 참았다. 목울대로 넘어오려는 울분을 꾹 눌러 삼켰다.

"지독한 놈! 얼마나 견디나 보자."

약산 김원봉은 중부경찰서에서 이틀간이나 갖은 수모를 당한 뒤에야 풀려났다. 그야말로 꿈같은 일이었다. 일제 치하에서 최고의 현상금까지 걸렸던 자신이다. 그런 자신이 일제 고등계 경찰 출신인 노덕술 따위에게 체포되어 수모를 당하다니, 격분하지 않을 수 없는 일이었다. 약산 김원봉은 유석현을 찾아갔다.

"해방된 조국에서 이런 수모를 당하다니, 그것도 일제 악질 경찰에 의해 이 손에 수갑이 채워지다니, 이럴 수가 있는가?"

믿기지 않는다는 듯 호소하는 약산 김원봉의 말에 유석현은 주먹을 부르쥐었다. 찢어죽일 놈들이라며 울분을 토해냈다. 어떻게 얻은 독립인데 또 다시 외세에 내어준단 말이냐며 약산 김원봉은 슬퍼했다. 이승만이란 놈이 죽일 놈이라며, 그놈이 모든 일을 꾸미고 있다며 유석현은 분노했다. 곁에서 듣고 있던 양휘보도 치를 떨었다. 자신의 권력을 위해 조국과 민족을 배신하는 놈이라는 것이었다. 약산 김원봉은 잠시 침묵을 지키다가 다시 입을 열었다. 말은 무거웠다. 무거워서 어두웠고, 깊이 가라앉았다.

"난 북으로 가야 할 것 같소."

"북이라니요?"

유석현이 놀라 물었다. 이곳에 있다가는 어떻게 될지 모른다는 말이었다. 차라리 북으로 가서 활동해야 할 듯하다는 말이었다. 이곳은 어떻게 하느냐는 물음이 이어졌다. 민족혁명당을 두고 한 말이었다. 약산 김원봉이 잠시 망설였다. 의용대도 북으로 들어왔다고 하니 어쩌면 그게 나을지도 모르겠다는 양휘보의 말이 나왔다. 약산 김원봉의 의견에 동의를 표한 것이었다.

"민족혁명당은 동지들이 있어 믿을 수 있으니, 나는 그렇게 해야겠소."

결심은 굳어 있었다. 그럼 제가 모시겠다며 유석현이 함께하겠다고 했다. 약산 김원봉이 고개를 끄덕였다. 그러면서 양휘보에게 부탁했다. 이곳에 남아 주석님을 잘 모셔달라는 말이었다. 양휘보가 고개를 끄덕였다. 함께하지 못함에 양휘보는 그저 미안할 따름이었다. 그때 료코가 떠올랐다. 그녀와 만나기로 약속이 돼있기 때문이었다.

"저는 그만 가봐야겠습니다."

조심스레 말을 내놓자 유석현이 넘겨짚는 말을 했다.

"료코를 만나기로 했나?"

양휘보가 대답을 못 하자 약산 김원봉이 그제야 알겠다는 듯 손짓을 했다.

"어서 가보게. 숙녀를 기다리게 해서야 되겠는가."

손짓에 정이 가득했다. 따뜻했다. 좋을 때라며 유석현도 입가에 미소를 지어 보였다. 양휘보는 자리에서 일어났다. 언제쯤 올라가실 거냐고 물었다. 약산 김원봉은 잠시 생각에 잠겼다가 입을 열었다. 연락하겠다는 말이었다. 올라가기 전에 얼굴 한번 보자는 것이었다. 양휘보는 정중히 고개 숙여 인사하고는 그 자리에서 물러났다. 물러나 곧바로 창경원으로 향했다.

거리는 활기찼다. 들뜬 분위기가 많이 가라앉기는 했지만 그래도 생기가 넘쳤다. 해방된 조국에 대한 희망이었다. 그런 겉모습과는 달리 속으로는 복잡했다. 남북으로 갈라지고 좌우로 나뉘었다. 게다가 미국까지 분열에 가세했다. 친일도 문제가 되고 있었다. 아직도 친일의 잔재가 남아 있었다. 양휘보는 착잡했다. 생각한 대로 조국이 앞으로 나아가질 못했다. 무엇보다도 임시정부가 안타까웠다. 주석 김구도 마찬가지였다.

'조국이 사는 길은 임시정부가 우뚝 서는 것이다.'

양휘보는 머리를 크게 흔들었다. 마음대로 되지 않는 현실에 대한 강한 부정이었다. 현실은 아득했다.

"제기랄, 미국에 친일파까지."

양휘보는 주먹을 불끈 쥐었다. 자신도 모르게 얼굴이 붉게 상기되었다. 울분이 끓어 넘쳤다. 돌담길의 단풍이 눈을 끌었다. 하릴없이 고왔다. 계절은 어느새 가을로 접어들어 있었나. 료코의 얼굴이 떠올랐다. 설레었다. 두 개의 마음이 부딪히고 있었다. 어두운 조국의 현실에 대한 어지러운 마음과 설레는 사랑에 대한 마음의 충돌이었다.

'어떻게 한다?'

갈등이 일었다. 친일을 비난하는 몸으로 일본 여인을 만나고 있는 것이었다. 양휘보는 잠시 걸음을 멈췄다. 멈춰서는 멀리 북악산을 끌어다 눈앞에 펼쳐놓았다. 불이 붙은 듯 새빨간 단풍이 눈을 아리게 했다. 빨갛게 타올라서 아팠다. 료코를 향한 마음만큼이나 아프게 타올

20. 수모 273

랐다. 붉었다. 핏빛으로 붉었다. 서러웠다. 가을이 오지 않았으면 이런 서러움은 없었을 텐데, 사랑이 오지 않았으면 이런 아픔도 없었을 텐데.

'모순이지 않은가?'

일본 여인을 만나고 있는 것에 대한 자문이었다. 그러나 그것이 자책으로 이어지지는 못했다. 그녀에 대한 사랑 때문이었다.

'일본인에 대한 무조건적인 증오는 경계해야 한다. 우리는 일본인을 상대로 싸우는 것이 아니다. 일본의 제국주의자들과 싸우는 것이다.'

일본인의 대부분은 선량한 시민이라고 상해 흑기회에서 강의하던 아나키스트 유자명의 말이 떠올랐다.

'그래, 선량한 시민과 제국주의자는 구분할 줄 알아야지.'

양휘보는 스스로를 그렇게 위로하며 발길을 서둘렀다. 그렇게 생각하자 마음의 짐이 얼마간 덜어졌다. 발걸음도 가벼워졌다.

'해방된 조국이다. 이제 시작이다.'

료코를 만난다는 설렘에 양휘보는 가슴이 뛰었다. 기분 좋은 두근거림이었다.

시간은 어느새 저녁노을을 맞고 있었다. 노을은 하늘을 태울 듯이 붉었다. 붉은 빛은 머리위로까지 아스라이 번졌다. 멀리 동쪽으로는 어둠이 깃들어 있었다. 검은 빛을 끌어안은 어둠은 짙푸르렀다. 가스등도 흐릿하나마 일찌감치 불을 밝혔다. 노을과 흐린 가스등이 묘한 조화를 이뤘다.

창경원이 눈에 들어왔다. 왕조의 아픔이 서려 있는 공간이었다. 일제에 의해 궁에서 원으로 이름이 바뀌었다. 왕조의 후예가 나락으로 떨어진 탓이었다. 그것은 창경궁이라고 불려야 마땅한 곳이었다.

양휘보는 발걸음을 서둘렀다. 창경원, 아니 창경궁으로 들어서자 노을은 검게 타들어갔다. 노란 가스등이 얼굴을 디밀었다.

"료코!"

그녀가 환하게 웃었다.

"휘보!"

화사한 웃음에 양휘보는 처음 그녀를 만났던 때가 떠올랐다. 황포강의 학명다관에서였다.

21. 료코

"이쪽은 료코."

"양휘보라고 합니다."

어색한 인사에 료코라 불린 여인은 배시시 웃었다. 화사했다.

"대단한 투사라고들 하시던데요?"

당돌했다. 그 당돌함은 양휘보로 하여금 당황하게 했다. 불쾌하기까지 했다. 얼굴이 굳어졌다. 그녀가 다시 나섰다. 오해하지 말라는 말이었다. 자신도 제국주의를 혐오하는 사람 중 하나라는 것이었다. 양전이 호탕하게 웃었다. 웃음소리가 다관에 가득 찼다. 제국주의가 어떻다는 것은 세상이 다 아는 일 아니냐고 양휘보가 강변했다. 더구나 그 제국주의에 침탈당한 조선인은 제국주의를 결코 용서할 수 없다는 말까지 덧붙였다. 잘 알면서 그러느냐는 말까지 이어졌다. 료코가 고개를 끄덕였다. 인정한다는 것이었다. 일본인이 조선인에게 차마 못할 짓을 했다며 사과의 말까지 건넸다. 사과는 진지했다. 그런 만큼 정중했다. 양휘보가 손을 내저었다. 우리가 받아야 할 사과는 일개 시민의 사과가 아니라는 것이었다. 제국주의자들의 공식적인 사과여야 한다는 말이었다. 말에 날이 서있었다. 새파란 날이었다. 날선 말에 료코가 당황하는 모습을 보였다. 양전이 끼어들었다. 그런 이야기는 이제 그만하자는 말이었다. 오늘 만난 것은 그런 것 때문이 아니지 않느냐는 것이었다. 하긴 그렇다고 료코도 맞장구를 쳤다. 그러고는 그제야 자신을 소개했다.

"저는 고서화에 관심이 많아요. 후지쓰카 선생을 사사했지요."

후지쓰카라는 말에 양휘보의 눈이 커졌다.

"경성제국대학의 후지쓰카 말이오?"

료코가 고개를 끄덕였다. 작은 입에 미소가 어렸다. 료코는 알아주는 고서화 전문가라고 양전이 그녀를 치켜세웠다. 그의 말을 료코가 받았다. 전문가라고 할 정도는 아니라는 것이었다. 스승인 후지쓰카가 학문을 하기를 권했지만 자기는 그런 고리타분한 것에는 관심이 없다는 것이었다. 배시시 웃고 난 그녀가 나머지 말을 이었다. 자신은 고서화에만 미쳐 있었다는 얘기였다. 양전이 이번에는 양휘보를 소개했다. 조선의 서화가 오세창 선생의 제자라는 것이었다. 료코가 놀란 표정을 지어 보였다. 박수까지 쳐댔다. 요란했다. 다관 안의 모든 시선이 그녀에게로 모였다. 위창 오세창 선생 말이냐고 되묻기까지 했다. 그렇다는 대답을 듣고는 대단하다며 추사 선생을 입에 올렸다. 오세창 선생은 추사 선생을 잇는 분이라고 들었다는 것이었다. 가만히 듣기만

하기가 멋쩍었는지 양휘보가 손을 내저었다. 그렇기는 하지만 자신은 아무것도 아니라는 것이었다. 스승인 위창 오세창 선생이야 추사 선생을 잇는 대가이지만 자신은 어림도 없다는 말이었다. 손사래까지 쳐대자 양전이 다시 그를 치켜세웠다. 지나친 겸손이라는 말이었다. 자기는 양휘보의 실력이 대단하다고 알고 있다는 것이었다. 양휘보는 거듭 아니라고, 그건 뜬소문에 불과한 것이라고 해명 아닌 해명을 했다. 그러면서 양전이야말로 제백석의 수제자라며 그에게로 화살을 돌렸다. 제백석이란 말에 료코가 잊고 있었다는 듯이 다시 끼어들었다.

"스승님께서는 어떻게 지내시는지요?"

제백석의 근황을 물은 것이었다. 양전이 대답했다.

"여전하시지요. 백석장(白石莊)에서 작품에만 몰두하고 계십니다."

그녀가 작품을 좀 얻었으면 한다고 했다. 양전이 반색을 했다. 말씀을 드려보겠다면서 얻을 수 있을 것이라고 대답했다. 잘 말씀드려서 몇 점 얻을 수 있도록 좀 도와달라고 했다. 양전이 알겠다고 대답하자 차가 나왔다. 향긋한 다향이 코를 찔렀다.

"우롱차입니다. 복건성 무이암에서 가져온 것이지요."

무이암이라는 말에 료코가 눈을 크게 떴다. 덕분에 고급 중에서도 최고를 맛본다고 했다. 학명다관의 차는 상해에서도 알아준다는 말을 양전이 덧붙였다. 점원도 거들었다. 최고가 아니면 취급하지 않는다는 말이었다. 그러면서 동정호의 벽라춘, 서호의 용정, 무이암의 우롱차 등을 입에 올렸다. 얼굴에는 자신만만함이 가득했다. 좋은 시간 가지

시라면서 그가 총총히 물러갔다. 다시 대화가 이어졌다. 대화는 무르익어갔다.

"그러고 보니 동아시아 삼국이 모두 모였네요."

"그렇군. 이거 회담이라도 해야겠는 걸."

료코의 말을 양휘보가 농담처럼 받아넘긴 것이었다. 그의 얼굴로 쓸쓸함이 스쳐지나갔다. 먼저 제국주의의 침략을 성토해보자고 양휘보가 말을 던져 놓았다. 쓸쓸한 말이었다. 쓸쓸함은 뼈있는 말로 이어졌다. 일본부터 두드리자는 말을 료코가 내놓았다. 말에 미소가 어렸다. 아름다운 여인이었다. 미소가 아름다운 여인이었다. 매력이 넘쳤다. 순간 양휘보에게 묘한 감정이 일었다. 가슴 아래에서 뭔가 슬며시 일어서는 것이 있었다. 그것은 혼돈이었다. 감당하기 쉽지 않은 혼돈이었다.

"그런 건 투사들이나 하는 거고, 그보다는 우리 이야기로 들어가 봅시다."

우리 이야기라는 양전의 말에 양휘보는 긴장했다. 자신도 모르게 찻잔으로 손이 갔다. 료코도 조심스레 찻잔을 입으로 가져갔다. 그녀의 눈이 반짝 빛을 발했다.

"직접 보신 적이 있으신가요?"

묻는 말에 양전이 고개를 좌우로 흔들었다.

"직접 보지는 못했소."

그러고는 말을 양휘보에게로 돌렸다. 들은 거라도 있느냐고 물은 것이었다. 추사 선생의 난정서라면 아실 것 같다고 료코도 가세했다. 난 감했다. 사실대로 말하자니 정체가 드러날 것 같았고, 모른 척하기에는 또 그랬다. 얼렁뚱땅 넘기기로 하고 말을 얼버무렸다.

"글쎄요. 추사 선생이야 잘 알지만 난정서 임모작이 남아있다는 건 좀."

추사의 난정서 임모작이 존재하지 않는다는 말이냐고 료코가 당황한 듯 물었다. 그가 다급히 손사래를 쳤다. 그런 뜻으로 말한 것은 아니라는 것이었다. 난정서 임모작이 존재하지 않는다는 것이 아니라 지금 돌고 있는 소문이 어쩌면 거짓일지도 모른다는 이야기라는 것이었다. 료코가 고개를 가로저었다. 그렇지 않다는 것이었다. 만주로 건너온 이회영이라는 사람이 난정서를 들고 왔다는 확실한 정보가 있다는 것이었다. 이회영이라는 말에 양휘보는 흠칫했다. 양전은 한술 더 떴다. 이미 원세개에게로 난정서가 넘어갔다는 것이었다. 원세개에게로 들어간 것까지 알고 있었던 것이었다. 료코가 놀란 눈으로 원세개냐고 물었다. 확실한 정보냐고 양휘보도 물었다. 양전은 자신만만한 얼굴로 그렇다고 대답했다. 료코의 얼굴이 당황으로 물들었다. 그럼 어떻게 찾느냐며 안절부절못했다. 양전이 말했다. 그래서 우리가 이렇게 모인 것 아니냐는 것이었다. 양휘보는 두 사람의 눈치를 살폈다. 돈은 얼마든지 준다며 료코가 보챘다. 돈이 문제가 아니라고 양전이 말했다. 원세개가 죽은 지금 어떻게 그것을 찾아내느냐는 것이었다.

"료코 양은 난정서에 왜 그렇게 집착하고 있소?"

양휘보가 궁금하다는 듯 물었다. 그녀가 서슴없이 대답했다. 대답은 마치 준비되어 있었던 듯했다.

"문화는 곧 평화예요. 당신들이 독립투쟁을 하듯 우리는 세상의 보물을 지켜 평화를 지키려는 것뿐이고요."

양휘보는 고개를 갸웃했다. 이해할 수 없다는 표정이었다. 그녀의 말이 계속 이어졌다.

"스승님께서는 문화유산이라든지 예술작품이라든지 이런 인간의 정신적 산물은 개인의 것이 아니라고, 특히 사상의 소유물이 아니라고 했어요. 모두의 것이라는 얘기지요. 그것이 우리가 난정서를 보존하고 지켜야 하는 이유라는 거예요."

그제야 양휘보는 고개를 끄덕였다. 양전은 고개를 좌우로 흔들었다. 그런 어쭙지않은 감상만으로는 결코 난정서를 손에 넣지 못한다는 것이었다. 문화재는 곧 돈이라는 말이었다. 말끝에 양전은 껄껄 웃음을 터뜨렸다.

"아무튼 제가 원하는 건 난정서예요. 그것만 구해주시면 돼요."

난정서의 행방을 찾는 게 급선무라며 양전은 깊은 생각에 잠겼다. 아마도 어딘가로 흘러갔을 거라고 양휘보가 슬쩍 나서서 말했다. 누군가가 빼돌렸을 거라는 말도 덧붙였다. 당연한 일이라고 료코도 거들었다. 난정서가 세상의 보물인 것은 누구나 다 아는 일인데, 그것을 그냥 놔두었을 리가 없다는 말이었다. 양전이 다시 입을 열었다. 원세개의 측근이었던 자들을 찾아보자는 말이었다. 그들을 알 만한 사람으로 누가 없겠느냐고 그가 다시 물었다. 료코가 대답했다. 자기의 수양아버지는 알고 있을 거라는 것이었다. 수양아버지라는 말에 양휘보의 눈이 반짝했다. 양전도 마찬가지였다.

"수양아버지?"
"누구신데요?"

거듭 묻자 그녀가 대답했다. 대답은 당당했다. 슌케이 중장이라는 것이었다. 슌케이라는 말에 양휘보가 놀란 눈으로 그녀를 쳐다보았다. 그녀가 경계하지 말라며 웃음을 지어 보였다. 그러면서 자신도 제국주의를 증오하는 사람이라는 말을 덧붙였다. 아나키스트는 아니지만, 하는 말끝에 그녀는 또 다시 빙그레 웃었다. 끌리는 웃음이었다. 살짝 들어간 보조개와 하얀 얼굴이 매력을 뿜어내는 여인이었다.

"헌병대에 있으니 쉽게 찾을 수 있겠군?"

혼잣말인지 비아냥거림인지 모를 양전의 말에 료코가 고개를 끄덕였다. 정보력에서는 헌병대가 가히 최고라 할 수 있다고도 했다. 그렇게 그녀는 지지 않으려 했다. 오히려 여유롭기까지 했다. 이상하게도 양휘보는 그녀에게 마음이 끌렸다. 고운 얼굴 때문만이 아니었다. 미소 때문만도 아니었다.

'저 여인은 일본인이다. 경계해야 할 여인이다.'

스스로를 그렇게 다그쳤지만 끌리는 마음은 어쩔 수가 없었다. 자신도 모르게 자꾸만 눈길이 갔다. 양전은 만주로 가보겠다고 했다. 가서 행방을 찾아보겠다는 것이었다. 양휘보도 가만있을 수만은 없었다. 북경으로 가보겠다고 했다. 아마도 소식을 들을 수 있을지 모르겠다는 말을 덧붙였다. 이회영이라는 사람을 찾아보라는 료코의 말이 이어졌다. 그는 알고 있을지도 모른다고 했다. 그녀의 말에 양휘보는 미소와 함께 고개를 끄덕였다. 그러면서 알아볼 만한 사람이 있다고 했다. 그 말에 료코가 환하게 웃어 보였다. 확실히 미소가 아름다운 여인이었다.

***

회상에서 벗어나며 양휘보는 료코의 손을 맞잡았다. 따뜻했다. 오래 기다렸느냐며 미소를 지어 보였다. 아니라며, 금방 왔다며 그녀가 미소로 답했다. 저쪽으로 가자며 양휘보가 그녀를 이끌었다. 두 사람은 가스등 불빛 아래로 갔다. 빈 벤치가 이들을 기다리고 있었다. 잘 물든 단풍잎도 함께하고 있었다.

"분위기가 더 안 좋아지고 있죠?"

료코의 물음에 양휘보가 심각한 얼굴로 탄식을 흘렀다. 약산 선생이 결국 월북을 결심했다면서 벤치에 떨어진 단풍잎을 하나 집어 들었다. 월북이냐고 그녀가 물었다. 그가 말없이 고개를 끄덕이기만 했다. 손에 들린 단풍잎이 고왔다. 고와서 서러웠다.

"북쪽은 더 위험할 텐데……."

그녀는 말을 더 잇지 못했다. 양휘보가 다시 입을 열었다. 포고령 위반이라는 이유로 노덕술에게 당했다는 말이었다. 그것도 아주 모욕적으로 당했다고 했다. 모욕적이라는 말을 하면서는 이까지 갈았다. 손안에서 단풍잎이 무참히 짓이겨졌다. 고운 단풍잎이 아프게 구겨졌다. 료코는 안됐다는 듯 시무룩이 맞장구를 쳤다. 창경궁은 늦은 산책을 나온 시민들로 북적였다.

"그뿐만이 아닙니다. 사회주의자라는 이유로 감시와 핍박이 이만저만한 게 아니랍니다. 늘 쫓긴다고 하더군요. 잠자리도 매일같이 옮기고."

료코는 놀란 얼굴로 그를 쳐다보았다. 그 정도냐며 그녀도 그제야 심각하게 양휘보의 말을 받아들였다. 몽양 선생은 연일 테러에 시달리고 있지 않느냐는 말도 나왔다. 료코도 그 얘기는 들었다며 한숨을 내쉬었다. 양휘보의 한숨이 깊었다. 해방이 되었으면 이제 안정이 되어야 할 텐데, 하면서 한 번 더 한숨을 내쉬었다. 연이은 한숨에 료코는 안타까운 표정으로 가스등을 올려다보았다. 불을 본 날것들이 달려들어 요란을 떨어대고 있었다. 어지러웠다. 듣는 말만큼이나 어지러웠다.

"청전 선생의 그림은 받았소?"

잊고 있었다는 듯 묻자 료코가 입가에 미소를 지어 보였다. 덕분에 잘 받았다며 정말 좋은 작품을 주셨다고 했다. 그러면서 청전 선생은 최고의 화가임에 틀림없다고 했다. 독특한 화법이 정말 훌륭하다고 칭찬을 아끼지 않았다. 그녀의 말에 양휘보는 고개만 끄덕였다.

"아직도 꼿꼿한 정신이 살아 계시던데요."

양휘보가 그녀를 돌아보았다. 그녀는 웃음 띤 얼굴로 말을 이었다.

그녀가 일본인이라는 것을 알고는 대뜸 질문을 던졌다는 것이었다. 양휘보가 무슨 질문이었는지 궁금하다는 듯 그녀를 쳐다보았다.

"일본 제국주의에 대해 어떻게 생각하느냐고 말이에요. 그러면서 당신들이 한 짓에 대해서는 어떤 죄책감을 갖고 있느냐고 묻더군요."

양휘보는 자리를 고쳐 앉았다. 료코의 말은 계속되었다. 자신은 일본 제국주의 상해 헌병대 출신 슌케이 중장를 수양아버지로 두고 있다고 솔직하게 말했다는 것이었다. 양휘보의 얼굴에 긴장이 감돌았다.

"그랬더니 껄껄 웃으시더군요."

료코는 팔짱을 낀 채 노란 불빛에 휘도는 날것들을 올려다보았다. 날것들은 여전히 어지러웠다. 어지러워서 혼란스러웠다. 그만큼 그녀의 얼굴에 복잡한 심경이 드러났다.

"양 군이 왜 나 같은 여자와 어울리느냐고도 묻더군요."

료코는 양휘보를 돌아보았다. 당당히 대답했다는 말이 이어졌다. 어울리는 게 아니라 사귀는 거라고. 그랬더니 아무 말 않고 붓을 들어 그림을 그리시더라는 것이었다. 그녀는 다시 가스등을 올려다보았다. 노란 불빛이 화사하게 눈을 끌어당겼다. 그녀는 흘리듯 말을 던졌다. 양 군과 사귀는 여자라면 묻지 않아도 알겠다며 그림을 건네주었다는 것이었다. 그제야 양휘보의 얼굴에 미소가 떠올랐다.

"참 부러운 분들이에요."

뜬금없는 말에 양휘보가 그녀를 돌아보았다.

"당신과 청전 선생 말이에요. 서로에 대한 믿음이 그토록 끈끈하다니요. 일본인이라면 치를 떠는 당신들이 나 같은 여자를 두고도……."

양휘보가 그녀의 말을 끊었다. 그건 아니라는 것이었다. 우리는 제국주의를 미워하는 것이지 일본인을 미워하는 것은 아니라는 말이었다. 그녀가 살짝 미소를 피워 물었다. 어쩜 그렇게 똑같은 말을 하느냐며 환하게 웃었다. 살짝 파인 볼우물이 예뻤다. 청전 선생도 그렇게 말씀하셨느냐고 양휘보가 물었다. 그녀는 대답하는 대신 고개를 끄덕였다. 눈빛에 정이 가득했다. 정말 대단하신 분이라며, 존경하지 않을 수 없다고 양휘보가 말했다. 료코가 고개를 끄덕였다.

"그 엄혹한 시기에 그런 일을 하셨으니."

일장기 말소 사건을 두고 하는 말이었다. 1936년 손기정 선수가 베를린 올림픽에서 금메달을 따자 동아일보의 청전 이상범과 빙허 현진건은 손기정 선수의 가슴에 새겨진 일장기를 지운 채 사진을 게재했다. 이 사건으로 동아일보의 송진우 사장을 비롯해 김준연 주필과 설의식 편집국장 등이 물러났다. 사회부장 현진건과 이상범 등 여덟 명은 옥고를 치렀고, 신문은 9개월간이나 정간되고 말았다.

"목숨을 내놓지 않으면 그런 위험한 일을 할 수 없지요."

료코의 말을 양휘보가 받았다. 이당 김은호 같이 화필보국(畵筆報國)을 주장하며 친일한 자들과는 너무나도 비교가 된다는 것이었다. 말끝에 그는 이를 갈았다. 료코는 더 이상 말이 없었다. 잠시 후 그녀는 이제 그런 이야기는 그만하자고 했다. 우울해진다는 것이었다. 그녀는 자리에서 일어섰다. 양휘보도 따라 일어섰다.

"하긴 오랜만에 만나서 내가 너무 진지한 얘기만 한 것 같소."

말을 마친 그가 슬며시 료코의 손을 잡았다. 따뜻했다. 사람의 체온이었다. 일본인이 아닌 사람이었다. 백화점에나 가보자고 그녀가 말했다. 좋다며 양휘보는 그녀가 이끄는 대로 따라 나섰다. 창경궁 안에는 짝을 지은 연인들로 북적였다. 젊은 연인들이 분위기를 내기에는 창경궁만한 곳이 없었다. 백화점으로 향하는 두 사람의 발걸음이 명랑하기만 했다.

22. 암살

"놈들이 나를 못 죽여서 안달일세."

몽양 여운형은 껄껄 웃음을 터뜨렸다. 말과는 달리 유쾌한 웃음이었다. 옆자리에 앉아 있던 고경흠이 맞받았다. 조심하라고, 위험한 시절이라고 했다. 그는 독립신문 주필이었다. 이어 일제 치하에서도 이러지는 않았는데 참으로 어이없는 일이라며 탄식을 터뜨렸다. 이들은 미국으로 떠나는 김용중을 배웅하고 오는 길이었다. 차는 계동을 향해 달려가고 있었다.

"벌써 십여 차례나 당했네. 뭐가 더 두렵겠는가? 원서동에서 계동으로 넘어오다가 납치를 당했을 때는 밧줄에 꽁꽁 묶이는 신세가 되기도 했지. 마침 지나던 행인의 도움으로 겨우 살아나기는 했지만."

한숨에 이어 말이 계속되었다. 종로에서는 포위를 당한 채 격투를 벌이기도 했고, 심지어는 방안에 폭탄이 설치되기까지 했다면서 너털웃음을 흘렸다. 웃음은 씁쓸했다. 그는 아찔했던 순간을 떠올리고는 한차례 몸을 떨었다. 고경흠이 탄식으로 맞받았다. 그 정도면 전쟁이라는 말이었다. 같은 동지끼리 그렇게까지 해야 하는지, 하면서 몽양 여운형은 한숨을 쉬었다. 말이 다시 이어졌다.

"하긴 장택상이 그런 경고를 한 것을 보면……."

"경고라니요?"

"서울을 떠나라는 거야. 그렇지 않으면 안전을 보장할 수 없다든가 뭐라든가."

말을 흐리는 사이에 차는 혜화동 로터리로 들어서고 있었다. 몽양 여운형은 현실을 생각했다. 좌로 매도하고 우로 팔아먹는 서글픈 현실. 그러니 새삼스레 분노할 이유도 원망할 까닭도 없었다. 그렇다고 좌절하지도 않았다. 그게 진정으로 조국과 민족을 위한 일이기 때문이었다. 이쪽도 저쪽도 아닌, 그저 조국과 민족을 위할 뿐이었다. 그러나 이쪽도 저쪽도 아님의 무게는 무거웠다. 버거우리만치 무거웠다. 한 개인이 감당하기에는 너무 벅찬 일이었다. 여운형이란 한 개인이 인간으로서 견디고 이겨내기에는 잔인하리만치 버거운 일이었다. 그만큼 중간인으로, 회색인으로 끼어 살기는 힘겨운 시대였다. 좌도 아니요 우도 아니고, 진보인가 하면 그 또한 아니며 보수는 더 더욱 아니었다. 이 땅에서 좌와 우 사이, 진보와 보수 사이, 그런 사이의 삶을 산다는 것은 말 그대로 끼인 것이었다. 좌우에 끼이고 진보와 보수 사이에 끼인 삶, 그것일 뿐이었다. 여운형의 가슴 속에는, 그 피 끓는 가슴 속에는 조국과 민족만이 있을 뿐인데, 사람들은 그 피 끓는 조국애와 민족애를 좌와 우, 진보와 보수로만 재단하려 들었다. 안타까운 일이었다. 조국과 민족을 사랑하는 것이 어찌 좌와 우, 진보와 보수만의 일이겠는가? 서글픈 일이었다. 좌와 우, 진보와 보수를 가리지 않고 회색인이니 변절자니 박쥐니 하며 파렴치한으로 매도하고, 비난하고, 손가락질하고, 욕을 하는 것이었다. 그렇게 자기가 사라져야 할, 있어서는 안 될 반민족 적폐세력의 일부가 되어가는 것이 또한 서글펐다. 사람들은 말한다. 이쪽도 저쪽도 아닌 상태로 있지 말고 색깔을 분명히 해 한쪽을 선택하라고. 여운형은 생각했다. 그보다 먼저 조국과 민족을 말해야 한다고, 그보다 먼저 동포와 국가를 말해야 한다고. 그런데 그렇지 않은 현실에 여운형은 또 다시 서글펐다. 안타까웠다. 그는 다시 생각했다. 좌와 우보다는, 진보와 보수보다는 조국과 민족이 먼저여야 한다고, 동포와 국가가 우선되어야 한다고. 그는 거듭 거듭 생각했다. 하나 된 조국, 하나 된 민족. 그것이 꿈에도 그리던 그의 조국이요 민족이었다. 그 길만을 가리라 다짐하고 또 다짐해 왔다. 그것이 몽양의 길이었다. 좌도 아니고 우도 아닌, 진보도 아니요 보수도 아닌, 그야말로 중간자의 길. 그래서 회색인이라 불리고, 변절자라 손가락질 받고, 박쥐라 일컬어질지라도 그것이 조국과 민족, 동포와 국가를 위한 일이라면 기꺼이 받아들이겠다, 욕을 먹겠다, 손가락질을 받겠다는 것이었다. 그래야 마땅하다고 생각했다. 중간자로서의 버겁고 힘겨운 삶, 그것이 그가 선택한 삶이었다. 좌와 우는 착각하지 말아야 하는데, 좌나 우의 길에만 조국과 민족이 있다는 생각은 착각인데, 진보와 보수는 혼동에서 벗어나야 하는데, 하고 생각했다. 진보나 보수의 길에만 동포와 국가가 있을 것이라는 생각은 착각이라고, 그런 큰 착각에서 모두 헤어나야 한다고 그는 생각했다. 조국과 민족, 동포와 국가를 위하는 길은 모두에게 열려 있었다. 좌나 우, 진보나 보수에만 그 길이 열려 있는 것은 아니었다. 삼천만 민중의 한 사람 한 사람 누구에게나 그 길은 열려 있는 것이었다. 좌든 우든 진보든 보수든, 아니면 이도 저도 아닌 중간자이든 모두에게 열려 있는 것이었다. 그들의 착각은 그들만의 욕망과 탐욕으로 환원될 위험이 있었다. 이것은 특히 경계해야 할 일이었다. 이것이 바로 몽양 여운형이 가장 염려하는 부분이었다. 그런데 현실은 안타깝게도 그런 방향으로 치닫고 있었다. 권력에 대한 욕망과 탐욕으로 점철되어가고 있었다. 땅을 치고 통탄할 일이었다. 몽양 여운형은 주변을 둘러보았다. 눈빛이 흔들렸다.

"여기에서도 지난번에 당했네. 권총을 든 괴한이었지."

"아, 그 사건 말씀이시군요? 범인이 오리무중이라는."

다행히 총탄이 빗겨가긴 했지만 참으로 아찔한 순간이었다며 그가 고개를 돌렸다. 돌려서 주변을 살펴보았다. 차가 로터리를 돌고 있었다. 순간 차가 크게 흔들렸다. 앞자리에서 고함소리도 터져 나왔다. 운전대를 잡고 있던 홍순태였다.

"이런 미친 놈!"

트럭 한 대가 앞을 가로막아 섰다. 건너편 파출소 쪽에서 달려 나온 트럭이었다. 무슨 일이냐며 경호원 박성복도 소리쳤다. 순간 괴한이

차 위로 뛰어 올랐다. 그의 손에 권총이 들려 있었다. 뒷머리가 쭈뼛하고 섰다. 총성이 혜화동 로터리를 울렸다. 뒷자리에 앉아있던 몽양 여운형이 복부를 움켜쥐고 앞으로 쓰러졌다. 앞선 총성이 채 가시기도 전에 총탄이 또 다시 발사되었다. 이번에는 가슴을 움켜쥐었다.

"선생님!"

고경흠이 여운형을 붙잡고 부축했다. 움켜쥔 가슴에서 피가 쏟아지고 있었다. 피는 붉었다. 순식간에 벌어진 일이었다. 박성복이 총을 빼들고 뛰쳐나갔다. 괴한은 차에서 뛰어내려 바람같이 혜화동 골목 쪽으로 달아났다.

"서라!"

박성복은 총을 쏘아가며 뒤쫓았다. 괴한의 옷자락이 빨리듯 골목 안으로 스며들었다. 박성복은 이를 악물고 뛰었다. 그가 골목 안으로 들어서는 순간 누군가 옆에서 뛰쳐나와 허리를 바짝 껴안았다. 동시에 두 사람이 땅바닥으로 나뒹굴었다. 어떤 놈이냐며 박성복은 총을 들어겨눴다.

"나요, 동대문서 조 형사!"

"조 형사라니?"

자신을 조 형사라고 소개한 사내는 손을 털며 일어섰다. 박성복도 재빨리 일어섰다. 테러범이라며 잡아야 한다고 소리쳤다. 그러나 괴한은 이미 사라지고 난 뒤였다. 무슨 테러범이냐고 조 형사라는 자가 물었다. 박성복은 허탈했다. 눈을 부릅뜨고 그를 밀쳐냈다. 놈을 잡아야 한다는 것이었다. 그가 다시 앞을 가로막아 섰다. 무슨 일인지 들어나 보자는 것이었다. 박성복은 그제야 의심의 눈초리로 사내를 쏘아봤다.

"설마?"

설마라는 말에 그가 빙그레 미소를 지어 보였다. 미소는 음흉했다.

"설마라니요?"

"당신들이 몽양 선생을?"

"몽양 선생을 어떻게 했단 말이오? 참 답답하구먼."

말은 여유를 넘어서 이죽거림이 묻어나 있었다. 방금 총소리를 못 들었냐고 물었다. 그게 총소리였냐고 대답했다. 박성복은 짐승의 울부짖음 같은 소리를 내지르며 조 형사라는 사내를 힘껏 밀쳐냈다. 밀쳐내고는 범인이 사라진 곳으로 뛰어갔다. 범인은 이미 종적을 감추고 난 뒤였다. 박성복의 일그러진 표정이 곧 일이라도 치를 기세였다. 돌아가 조 형사라는 사내에게 따지려 했다. 돌아와 보니 그도 사라지고 없었다.

'음모다!'

박성복은 이를 악물고 울분을 삼켰다. 그제야 몽양 여운형의 안위가 걱정되었다. 부리나케 로터리로 뛰어나갔다.

한편, 고경흠은 홍순태에게 소리쳤다. 빨리 병원으로 가라는 것이었다. 목소리가 다급하고도 떨렸다. 홍순태가 차를 돌렸다. 그의 팔이 부들부들 떨렸다. 가까운 병원으로 가자고 했다. 몽양 여운형은 가쁜 숨을 몰아쉬고 있었다. 복부와 가슴에서 붉은 피가 연신 흘러내리고 있었다. 총탄 한 발이 복부를 뚫었고, 또 다른 한 발은 어깨 뒤쪽에서 가슴을 그대로 관통했다. 고경흠은 눈을 감는 여운형을 불렀다. 부르며 정신을 놓으면 안 된다고 연신 소리쳤다. 소리쳤으나 소용이 없었다. 서서히 숨 줄을 놓아가고 있었다.

"서두르게!"

홍순태는 원남동으로 차를 몰았다. 그나마 병원이 가까이에 있었다. 고경흠은 다급히 여운형에게 소리쳤다. 그의 몸을 흔들기도 했다. 안타깝게도 몽양 여운형의 몸은 서서히 식어갔다. 요란한 경적소리와 엔진소리가 원남동 일대를 흔들어 깨웠다. 잠시 후 홍순태의 외침이 쏟아져 나왔다. 다 왔다는 말이었다. 차 문이 열리고 몽양 여운형이 급히 응급실로 옮겨졌다. 고경흠의 표정은 체념한 얼굴이었다. 망연자실한 얼굴로 도리질까지 했다. 혼란 그 자체였다. 새벽이 오기도 전에 폭풍이 들이닥친 꼴이었다. 해방된 조국의 암울함이었다. 연이은 테러와 난무하는 폭력, 게다가 사분오열된 지도자들……. 앞날이 보이질 않았다. 답답하고 우울했다.

"피를 너무 많이 흘렸습니다."

응급실 의사가 고개를 흔들었다. 이미 늦었다는 것이었다. 그래도 어떻게 좀 해보라며 홍순태가 울먹이는 소리로 애원했다. 의사는 거듭 고개를 흔들었다. 이미 도착하기 전에 숨이 끊어졌다는 것이었다. 어떻게 해볼 도리가 없다고도 했다. 홍순태는 분노한 얼굴로 주먹을 불끈 쥐었다.

"도대체 어떤 놈들이."

"어려운 때에 참으로 안타까운 일입니다. 선생 같은 분이 이 나라를 이끄셔야 하는데."

의사도 연신 혀를 찼다. 반드시 배후를 밝히고 범인을 잡아야 한다며 고경흠은 이를 악물었다. 의사는 저격 부위를 자세히 살피고는 상태를 기록했다.

"두 곳을 맞으셨습니다. 여기 복부와 뒤쪽 어깨에서 가슴 앞쪽으로 이렇게."

의사는 몽양 여운형의 몸을 가리키며 설명했다. 검붉은 피가 참혹했다. 얼굴은 이미 싸늘하게 식어 있었다. 꿈이 무너졌다. 몽양(夢陽). 볕바른 꿈이 무너졌다. 강토가 흔들리는 무너짐이었다. 민중은 통곡하고 지사들은 통탄했다. 다시없는 지사의 죽음 앞에 조국은 오열했다. 뜨거운 오열이었다.

***

사흘 후 경찰은 몽양 여운형의 암살범을 잡았다고 발표했다. 놀라운 것은 불과 열아홉 살의 한지근이라는 청년이라고 발표된 것이었다.

"이것은 분명 음모다. 경찰이 관여한 사건임에 틀림없다."

여운형의 동생 여운홍은 확신에 찬 목소리로 울분을 씹듯이 내뱉었다.

"그렇지 않고서야 어찌 이럴 수 있단 말인가?"

몽양 여운형이 충격을 당한 지 불과 몇 분 만에 암살 사실을 알리는 벽보가 나붙었다. 뿐만 아니었다. 경찰은 경호원인 박성복을 즉시 검거했다. 검거하고는 성북서에 유치했다. 운전원 홍순태는 서대문서에, 신변보호인이었던 이제황은 동대문서에 각각 유치했다. 이들이 매수되어 몽양 여운형을 모살한 것이라고 덮어씌웠던 것이다.

  나중에 알고 보니 한지근은 스무 살이 훨씬 넘은 나이였고, 그의 배후에는 조종자가 있었다.

  장례가 거행되었다. 민전 의장인 약산 김원봉은 추도사를 통해 정치적 주장이 다르다 하여 민족지도자를 암살한 것은 영원히 용서받지 못할 죄라며 울분을 토해냈다. 또한 몽양 여운형의 죽음은 민족국가의 부흥발전에 큰 상처를 남기는 일이라며 안타까워하기도 했다. 약산 김원봉은 인민장으로 치러진 몽양 여운형의 장례식에서 장례위원장을 맡았다.

  몽양 여운형의 암살은 혼란한 해방정국에 큰 충격을 주었다. 충격은 그것으로 끝이 아니었다. 주석 김구에 대한 테러 위협으로 이어졌던 것이다.

23. 혼란한 정국

정국은 한치 앞을 내다볼 수 없는 혼란 속으로 빠져들었다. 신익희마저 한국독립당을 탈당했다.

"빨리 피하는 게 좋겠네."

주석 김구는 약산 김원봉을 재촉했다. 재촉에도 약산 김원봉은 꿈쩍하지 않았다. 분개한 얼굴로 성토에 열중할 뿐이었다.

"조국의 반쪽에라도 정부수립을 해야 한다니요? 이것은 해공이 현실주의자인 것처럼 위장해서 자신의 정치적 입지만을 세우려는 꼼수입니다. 배신이지요. 어떻게 그럴 수가 있습니까?"

약산 김원봉의 울분에 주석 김구는 한숨만 길게 내쉬었다. 한숨은 깊었다. 빠져나올 수 없는 수렁처럼 깊었다. 해공은 이미 자신과 이 박사 사이에서 줄타기를 하던 사람이라면서 결국 저쪽을 선택하고 만 것이라고 주석 김구는 탄식을 쏟아냈다. 표정에는 배신에 대한 분노와 아픔이 서리서리 얽혀 있었다. 믿었던 사람의 배신이라서 더욱 그랬다. 미군정의 횡포가 극에 달하고 있다면서 이는 분명한 정치탄압이라며 약산 김원봉도 한숨을 몰아쉬었다. 자신도 그렇게 생각한다고, 임시정부를 인정하지 않을 때부터 알아보았다고 주석 김구가 받았다. 그러면서 저들이 남로당을 어떻게 했느냐고 물었다. 물음에 약산 김원봉이 한숨을 몰아쉬며 대답했다. 그의 한숨 역시 깊었다.

"일화빌딩 당사를 압수수색한 후 이틀 동안 무려 천삼백 명이나 되는 남로당 간부들을 잡아들였다고 합니다. 내달에 있을 해방기념일에 폭동을 계획하고 있다는 핑계로 말입니다."

주석 김구가 혀를 찼다. 약산 김원봉도 고개를 절레절레 흔들었다. 둘 사이에 잠시 침묵이 이어졌다. 조국의 앞날에 드리운 짙은 그림자 때문이었다.

"웨드마이어를 만나보지 그랬나? 그랬으면 뭔가 방도가 있었을 법도 했을 텐데 말일세."

주석 김구는 트루먼의 특사로 온 웨드마이어를 입에 올렸다. 약산 김원봉이 또 다시 고개를 흔들었다. 그들에게는 기대할 것이 없다는 것이었다. 있었다면 벌써 만나봤을 거라는 말이 뒤따랐다. 그는 한숨으로 말을 끊었다가 다시 이었다. 자신에게까지 공산당 정권을 세우려 한다는 혐의를 들이대는 자들이라는 것이었다. 그런 자들에게 무엇을 더 기대하겠느냐는 말이었다. 주석 김구의 얼굴에 안타까움이 가득했다. 웨드마이어를 만났으면 적어도 체포령까지 내리지는 않았을 것 아니냐고 했다. 약산 김원봉이 우울하게 말했다. 남쪽에서는 더 이상 버티기가 어려울 듯싶다는 말이었다. 말이 아프게 흘러나왔다. 주석 김구가 눈시울을 붉혔다. 그럼 북으로 가겠다는 말이냐고 다시 물었다. 그래야 할 것 같다는 대답이 나왔다. 테러 위협에 시달리다 보니 불안해서 살 수가 없다는 것이었다.

"미안하네. 우리 임시정부가 제대로 역할을 못 해서 일이 이 지경에 이르고 말았으니."

"아닙니다. 역사의 수레바퀴가 이 나라를 이렇게 몰아가는 것이겠지요."

약산 김원봉은 씁쓸한 미소를 베어 물었다.

"어제 새벽에도 일이 있었다고?"

"다행히 미리 알았기에 망정이지 큰일 날 뻔했습니다. 새벽에 테러를 가하다니요. 이건 있을 수 없는 일입니다. 더구나 집에까지 그런 짓을 하다니."

약산 김원봉의 울분에 찬 목소리는 말을 다 잇지 못했다.

***

유엔한국임시위원단이 입국하자 전국적인 총파업과 시위가 또 다시 일어났다. 단독정부 수립 반대를 위해서였다. 미군정은 대대적인 시위 진압에 나섰다.

"이건 명백한 정치탄압입니다. 시위를 핑계로 한 탄압이에요."

김규식의 분노에 주석 김구도 울분을 함께했다.

"지난번 약산의 경우와 똑같네. 그때도 이랬었지."

주석 김구는 약산 김원봉을 떠올리며 현실을 아파했다. 아팠지만 아픔은 아픔일 뿐이었다. 현실을 다독여주지는 못했다. 미군정은 스물두 명의 공산주의자를 기소했고, 박헌영을 포함한 백여 명에게는 기소중지 처분을 내렸다. 그중 대다수는 북쪽에 있었다. 김삼룡과 이현상, 이주하만이 남쪽에서 은신하고 있었다. 미군정은 남로당을 사실상 불법화했다. 남로당 지역 도당과 군당은 지하로 숨어들었고, 불만을 품은 소련은 서울에 와있던 대표단을 소환해갔다. 이로써 남북 단일정부 수립은 무산되고 말았다. 미군정은 단독선거를 추진했고, 언론과 돈을 거머쥔 이승만은 이를 적극 지지했다.

"어떻게든 막아야 하네. 민족을 두 나라로 분열시킬 수는 없어."

"맞습니다. 허나 방법이."

난감한 얼굴로 서로를 바라보던 두 사람은 결국 한숨만 몰아쉬었다. 주석 김구는 문득 그리운 얼굴이 떠올랐다. 권비문 문주 모용예화였다.

***

"조심하십시오! 저희 정보에 의하면 창씨개명한 조선인이 만주군관학교를 나와 독립군을 잡겠다고 설쳐대고 있답니다."

모용예화의 말에 주석 김구는 혀를 찼다. 혀 차는 소리가 씁쓸했다.

"그게 누구랍디까?"

모용예화의 대답이 이어졌다.

"다카키 마사오라고 하더군요. 조선 이름은 뭐라더라?"

모용예화는 가물가물하다는 듯 기억을 더듬었다. 조선 이름을 끝내 떠올리지 못한 그는 고개를 흔들고 말았다. 아무튼 그런 놈이 한둘이 아니라면서 특히 주석 같은 분들은 조심해야 한다고 했다. 주석 김구가 고맙다고 했다. 말은 고맙다고 했지만 표정은 편치가 않았다. 같은 민족으로서 그런 자들에 대해 너무나도 부끄럽기 때문이었다. 흘리듯 한마디 던졌다.

"철딱서니 없는 애들이 저지르는 불장난이지요."

주석 김구의 말에 모용예화의 말이 이어졌다. 철딱서니 없다고 말하기에는 너무 심한 짓이라는 것이었다. 민족을 배신하고 나라를 팔아먹는 일이라면서. 주석 김구는 부끄러워 차마 고개도 들지 못했다. 일제 놈들의 동향은 어떠냐며 화제를 돌리고 말았다. 그가 고개를 가로저었다. 심상치 않다는 대답이 나왔다. 정보를 모으고는 있지만 놈들도 만만치가 않다는 것이었다. 실체를 파악할 수 없다고도 했다. 놈들이 워낙 은밀하게 움직이기 때문이라는 것이었다. 그의 말에 주석 김구도 한숨을 몰아쉬었나.

"우리도 마찬가지요. 한인애국단에서 알아보고는 있지만 쉽지가 않소."

모용예화는 자존심이 상한다는 듯 주먹을 불끈 쥐었다. 말아 쥔 주먹에 적개심이 가득했다. 분노가 뚝뚝 떨어져 내렸다. 어떻게든 알아낼 것이라고 했다. 대륙을 업신여긴 놈들에게서 반드시 그 대가를 받아낼 것이라고도 했다. 주석 김구는 업신여김뿐만이 아니라고 했다. 앞으로 어떤 짓을 저지를지 모를 놈들이라며 경계해야 한다고도 했다. 그는 모용예화의 분노에 기름을 부었다. 모용예화가 맞장구를 쳤다. 조선 다음에는 우리 대륙이라는 것이었다. 만주부터 시작해서. 바로 보았다고 주석 김구가 다시 받았다. 만주에서 저리 날뛰는 것은 참으로 위험한 일이라고 하면서 중국에서도 무슨 조치가 있어야 할 것이라고 했다. 그러자 참으로 한심한 일이라며 모용예화가 탄식을 터뜨렸다. 하나로 뭉쳐도 모자랄 판에 저렇게 나뉘어 다투고 있다고. 좌우로 나뉘어 싸우고 있는 중국의 상황을 개탄한 것이었다. 개탄 뒤에는 자신의 포부를 밝히기도 했다.

"부청멸양을 기치로 내걸었던 게 우리 의화단입니다. 하지만 이제는 그 대상이 바뀌었습니다. 바로 일제 놈들이지요. 우리 권비문은 의화단의 후신으로서 일제 놈들을 척결하는 데 최선을 다할 것입니다."

주석 김구는 한숨을 몰아쉬었다. 중국도 그렇지만 대한민국도 걱정이 이만저만이 아니라는 것이었다. 좌우로 나뉘어 독립운동을 하다 보니 힘이 분산된다는 말이었다. 그가 말을 마치기도 전에 모용예화가 끊고 나섰다. 말에 분노가 들끓고 있었다.

"조국을 위한 일에 좌우라니요? 참으로 한심한 일입니다."

그렇다고 주석 김구가 맞받았다. 모두 권력에만 눈이 멀어 그런 것이라고 모용예화가 말을 이었다. 자격이 되지도 않는 자들이 지도자라고 한 자리씩 차지하고 앉아 있어 그렇다는 말이었다. 주석 김구도 거들었다. 좌니 우니 하는 것들은 모두 껍데기일 뿐이라는 것이었다. 조국과 민족을 위한 일에 매진해야 한다는 말이었다. 그의 얼굴에서 강력한 의지가 엿보였다. 모용예화가 한마디 덧붙였다. 일제 놈들은 아편으로 대륙을 몰살시키려 했던 서양 놈들과 다를 게 없다는 것이었다. 그러면서 공통의 적을 갖고 있으니 좌와 우를 넘어 무슨 일이 있어도 함께하자고 주석 김구에게 제안했다. 주석 김구는 힘주어 대답했다. 이르다 뿐이냐고. 대한민국 임시정부는 권비문과 함께할 것이라고.

***

주석 김구는 모용예화와 같은 인물이 그리웠다. 좌우를 넘어서 늘 마음을 함께하던 인물이었다. 그는 조국과 민족만을 생각했다.

"주석 계시오?"

주석 김구가 모용예화를 떠올리고 있을 때 심산 김창숙이 들어섰다. 어서 오라며 주석 김구가 반겼다. 심산 김창숙의 얼굴이 불그레했다. 놈들이 그예 일을 저지르려는 모양이라며 흥분을 감추지 못했다. 지금 그 이야기를 하고 있었다고 김규식이 맞장구를 쳤다. 주석 김구가 자리를 권하자 심산 김창숙이 맞은편에 앉았다. 그는 앉기가 무섭게 주석은 어쩔 거냐고 물었다. 주석 김구는 한숨부터 내쉬었다. 김규식이 나섰다. 한독당의 입장은 분명하다는 것이었다. 이미 중앙집행위원회 결의까지 마쳤다고도 했다. 심산 김창숙의 시선이 그에게로 옮아갔다. 그러면서 물었다.

"중앙집행위원회 결의를 마쳤다?"

"그렇습니다. 남북정당대표회의를 추진하기로 했습니다."

심산 김창숙의 입이 다물어졌다. 굳게 다물어졌다. 김규식의 말은 계속 이어졌다. 미소 양군이 철퇴한 후에 남북 통일선거를 실시해야 한다는 것이었다. 선거를 통해 국민의회를 구성하고 중앙정부를 조직해 통일국가를 건설해야 한다고 자신들이 천명했다는 것이었다. 심산 김창숙은 고개를 끄덕였다. 김규식의 말은 계속 이어졌다. 그러기 위해서는 먼저 38선을 철폐하고 남북교류를 보장해야 한다는 것이었다. 그런 후에 남북정당대표회의를 구성한 후 총선거를 실시해야 한다고 했다. 같은 생각이라며 심산 김창숙이 입을 열었다. 단독선거니 단독정권 수립이니 하는 말들은 아예 입 밖에 내지도 말아야 한다는 것이었다. 북쪽에서 단독정권을 수립한다는 것은 곧 소련군의 지배하에 들어간다는 이야기란 것이었다. 소련군이 주둔하고 있는 가운데 수립되는 정권은 그야말로 괴뢰정권에 불과하다는 말이었다. 그것을 막기 위해서는 김규식의 말대로 통일정부 수립밖에는 없다고 했다. 말은 도끼날로 찍어내듯 분명하고도 명확했다. 혹시 다른 좋은 방안이라도 갖고 계시냐고 김규식이 물었다. 심산 김창숙이 몸을 바짝 당겨 앉았다. 표정은 진지했다.

"한독당이 말하는 남북정당대표회의를 구성하기 위해서는 먼저 남북요인회담을 해야 한다고 생각하네."

"남북요인회담이요?"

김규식이 묻자 그가 대답했다. 요인회담을 통해 먼저 어떤 정당이 어떻게 참여할지를 정해야 한다는 것이었다. 남쪽에만도 이백 개가 넘는 정당과 단체들이 있는데 그들이 전부 참여할 수는 없지 않느냐는 말이었다. 그 말에 주석 김구가 고개를 끄덕였다. 하긴 그렇다며 김규식도 동의를 표했다. 심산 김창숙의 말이 계속 이어졌다. 그러니 먼저 남과 북의 요인들이 만나야 한다는 것이었다. 허면 어떤 사람들이 만나는 것이 좋겠느냐고 김규식이 물었다. 그의 물음에 심산 김창숙이 주석 김구를 돌아보았다.

"여기 주석이야 당연히 참석해야 하는 것이고 남쪽에서는 신익희, 이승만, 박헌영 정도가 적당하겠지."

이승만은 우리와 뜻이 다르지 않느냐며 김규식이 반대의 뜻을 비쳤다. 그러자 주석 김구가 손을 내저었다. 뜻이 다르다 해서 참여시키지 않는 것은 명분이 없다는 것이었다. 그렇게 하면 저들이 대거 반발할 것이라는 말이었다. 박헌영 또한 마찬가지라고 했다. 더구나 저들은 남로당 선언까지 발표했다는 말을 덧붙였다. 남로당 선언에서 박헌영은 미국을 조선의 민주주의를 가로막는 적이라고 규정했다. 파업이나 시위를 넘어서는 전면적 부생을 선언했던 것이나.

"맞습니다. 그건 안 될 말입니다. 참여시켜야지요. 그래서 박헌영을 넣자는 겁니다. 공산당이 맘에 들지는 않지만."

심산 김창숙은 잠시 말을 끊었다가 다시 이었다. 남로당을 무시할 수는 없다는 얘기였다. 규모로 보나 세력으로 보나 그렇다는 것이었다. 특히 주석 김구의 말대로 남로당 선언까지 발표한 저들이 아니냐는 것이었다. 저들을 빼놓고 일을 하면 저들이 또 무슨 짓을 할지 모른다고도 했다. 지난번 총파업 때 보지 않았느냐는 말이었다. 주석 김구도 동의한다며 맞장구를 쳤다. 김규식의 고개도 끄덕여졌다.

"북쪽에서야 김일성을 비롯해 무정과 허헌 등이 참여하겠지."

심산 김창숙의 말에 김규식이 고개를 갸웃했다. 심산 김창숙이 왜 그러냐고 물었다. 그가 조심스레 입을 열었다. 북쪽이야 모두 공산주의자라 쳐도 남쪽의 박헌영까지 참여한다면 요인회담은 그야말로 공산주의 일색이 된다는 것이었다. 입장이 곤란해지지 않겠느냐는 말이었다. 그의 말에 심산 김창숙도 고심하는 눈치였다. 잠시간 침묵이 이어졌다. 주석 김구도 난감해 하는 표정이었다.

"일단 요인회담을 통해 남북이 한마음으로 통일정부 수립 합의를 이끌어내는 것이 중요하네. 요인회담의 역할은 거기까지야. 중요한 것은 그 다음 일이지. 남북정당대표회의와 총선거를 통해 통일정부를 수립하는 일 말일세."

심산 김창숙의 말에 주석 김구도 고개를 끄덕였다. 그렇게 하자는 것이었다. 요인회담의 목적을 분명히 밝히고 일을 진행하면 우리가 그렇게 끌려갈 일이 없을 것이라고도 했다. 주석 김구의 말에 김규식도 그제야 고개를 끄덕였다.

* * *

정국은 급박하게 돌아갔다. 단독정부 수립을 위한 준비가 착착 진행되었다. 다급해진 주석 김구는 한국인의 문제는 한국인이 해결할 것이라고 성명을 발표했다. 자신이 김일성과 담판을 짓겠다면서 북쪽으로 가겠다고 했다.

"선생님, 정말 북으로 가시렵니까?"

양휘보가 묻자 주석 김구가 대답했다. 그럼 가지 않고 이 문제를 어떻게 해결하느냐는 말이었다. 당연하다는 것이었다. 양휘보가 심각한 표정으로 만류하고 나섰다. 북쪽은 위험하다는 것이었다. 저들이 어떻게 할지 모른다면서 염려가 가득한 말을 늘어놓았다. 소련을 등에 업은 김일성을 특히 염려했다. 그가 말을 마치기가 무섭게 주석 김구가 손을 내저었다. 손짓은 걱정도 팔자라고 말하는 듯했다. 표정에는 자신만만함이 가득했다.

"그렇게 두려워해서야 무슨 일을 하겠는가? 이까짓 목숨이야 초개와도 같이 버릴 각오가 되어 있네. 조국과 민족을 위해서라면."

단호한 말에 양휘보가 다시 나섰다. 말은 조심스러웠다. 주석님의 안위가 바로 조국과 민족의 안위라는 것이었다. 어찌 그리 가볍게 말씀하시느냐는 것이었다. 주석 김구는 입을 굳게 다물었다. 그의 말이 아주 틀린 말은 아니기 때문이있다. 창 쪽으로 돌아서고는 고개를 끄덕였다.

"그래도 가야 하네. 그게 조국과 민족이 사는 길이야."

양휘보는 고개를 좌우로 흔들었다. 창밖으로 검은 구름이 몰려들고 있었다.

"양 군, 자네를 처음 만났던 날이 생각나네."

주석 김구는 회상에 잠겼다.

24. 회상

주석 김구는 주가각에서 오봉선(烏蓬船)을 타고 방생교 쪽으로 가고 있었다. 모용예화와 만나기로 되어 있기 때문이었다.

"경성에서 온 양휘보라고 합니다, 선생님."

젊은 사내가 오봉선을 따라오며 소리치자 주석 김구는 경계하는 눈빛으로 그를 쏘아봤다. 상해에는 어쩐 일로 왔느냐고 물었다. 할 일이 있을 것 같아 왔다는 대답이 나왔다. 당돌했다. 누구든 자신을 만나면 어려워하는 것이 예사였다. 그러나 그는 그렇지 않았다. 당찼다.

"할 일이라?"

"그렇습니다, 선생님."

주석 김구는 그런 양휘보에 호기심이 갔다. 말을 섞어보고 싶었다. 섞은 말 속에 그의 진심이 들어 있을 것이었다. 주석 김구는 그것을 확인해 보고 싶었다. 사람이 필요한 때였다. 배를 대라고 했다. 그의 말에 사공이 배를 물가에 댔다. 숨을 헐떡이며 양휘보가 뛰어왔다. 그의 얼굴로 해맑은 미소가 번졌다. 처음 뵙겠다며 그가 인사를 했다. 인사는 정중했다. 주위를 한 차례 살피고는 배에 올랐다. 올라서는 조심스레 말문을 열었다.

"조용히 드릴 말씀이 있습니다."

그가 사공의 눈치를 보자 주석 김구가 입가에 미소를 떠올렸다.

"괜찮네. 같은 식구일세."

같은 식구라는 말에 양휘보는 그제야 입술을 뗐다. 말은 맑았다. 가을 물처럼 차고 깨끗했다.

"실은 우당 선생 댁에서 왔습니다."

우당이란 말에 주석 김구는 그의 위아래를 훑어보았다. 사공을 돌아보았다. 가자고 했다. 사공이 다시 노를 젓기 시작했다. 배는 미끄러지듯 물 위를 가로질렀다. 주변으로 고풍스런 건물들이 스쳐 지나갔다. 우당 선생은 어떻게 지내시느냐고 주석 김구가 안부부터 물었다. 떠나온 지 오래 되어 지금은 알 수 없다는 양휘보의 대답이 이어졌다. 떠나기 전에는 만주 유하현에 정착하고 경학사를 조직했다고 했다. 더불어 신흥강습소를 설립했고, 자신도 그곳 출신이라고 했다. 그의 말에 주석 김구는 그제야 고개를 끄덕였다. 상해에는 어쩐 일이냐고 물었다. 양휘보가 밀정회를 입에 올렸다. 그러면서 들어본 적이 있느냐고 물었다. 그의 물음에 주석 김구가 입가에 미소를 피워 올렸다. 쫓고 있는 중이라고 했다. 그러면서 자네도 밀정회 때문에 왔느냐고 물었다. 양휘보가 그렇다면서 백야 김좌진 장군이 보내서 왔다고 대답했다. 주석 김구가 그를 다시 돌아보았다.

"자네로군!"

자네라는 말에 양휘보는 주석 김구를 똑바로 쳐다보았다. 눈빛이 태울 듯이 타올랐다. 조국을 위한 눈빛이었다. 백야 장군이 상해에 가서 밀정회의 실체를 파악하는 일을 도우라고 했다는 말을 했다. 알겠지만 상해는 쉽지 않은 곳이라고 주석 김구가 말을 받았다. 일제의 눈이 도처에 도사리고 있어 놈들을 뒤쫓기가 쉽지 않다는 것이었다. 게다가 밀정회는 워낙 은밀하게 움직이다 보니 찾기가 쉽지 않다고 말을 끊었다. 끊은 말을 양휘보가 물음으로 이었다. 알아내신 건 있느냐는 것이었다. 주석 김구가 고개를 가로저었다. 쫓고는 있지만 많은 것을 알아내지는 못했다는 것이었다. 말을 나누는 사이 오봉선이 방생교에 다다랐다.

"여기서 내리세!"

주석 김구는 오봉선에서 내려 곧장 방생교에 올랐다. 반달처럼 휘어진 방생교는 주가각의 명물이었다. 멋들어졌다. 많은 사람들이 다리에 올라 물가를 내려다보고 있었다. 오가는 오봉선과 사람들이 평화롭기 그지없었다.

"마침 중국의 젊은 지사 한 사람을 만나기로 했네."

말을 마치기가 무섭게 젊은 중국인이 정중하게 인사를 건네왔다. 주석 김구가 반갑다며 인사를 하고 양휘보를 소개했다. 소개가 끝나기도 전에 사내는 반가운 얼굴로 알은체를 했다.

"양 형!"

"모용 형."

두 사람이 반가워하는 모습에 주석 김구는 어리둥절한 표정으로 둘을 번갈아 쳐다보았다. 주석 김구는 서로 구면이냐고 물었다. 그렇다고 두 사람이 이구동성으로 대답했다. 양휘보가 지난날 상해 뒷골목에 서 있었던 일을 이야기했다. 그제야 생각났다는 듯 주석 김구도 손뼉을 쳤다.

"이화림 동지가 만났다던……."

"신천지 클럽 뒷골목에서 이화림 동지를 만났지요."

모용예화의 말에 세 사람은 유쾌하게 웃음을 터뜨렸다. 늘어진 버들가지가 한가롭게 흔들렸다. 바람도 유쾌했다. 인연이라며 주석 김구가 고개를 끄덕였다. 그는 주변을 한 차례 둘러보았다. 나들이 나온 사람들로 방생교는 북적였다.

"자리로 가세. 여기는 사람이 많아서."

두 사람은 주석 김구를 따라 물가로 내려갔다. 물길을 따라 다관이 늘어서 있었다. 운치 있는 다관에서 사람들이 차를 즐기며 한담을 나누고 있었다. 늘어진 버들가지가 내려뜨린 발처럼 다관 안을 은밀히 가려주고 있었다. 물가의 창 쪽으로 자리가 비어 있었다. 푸른 버들가지와 맑은 물이 어우러지는 자리였다. 뒤쪽으로는 방생교가 물에 비쳤다. 지상으로 달이 내려앉은 듯했다.

"우리는 일제라는 공동의 적을 가진 동지일세."

앉기도 전에 주석 김구가 운을 떼자 지난번에도 우리끼리 한 이야기라고 모용예화가 선 채로 말을 받았다. 그랬느냐고 주석 김구가 그 말을 다시 받았다. 주석 김구는 아무튼 우리는 동지라며 다시 한 번 동지애를 강조했다. 그러면서 서로 도와야 한다고 했다. 모용예화의 스승인 곽원갑까지 들먹였다. 척왜멸양을 주창한 분이었다고 했다. 모용예화가 이를 갈며 말을 받았다. 돌아가시는 순간까지도 일본의 침략에 대한 걱정뿐이었다는 말이었다.

"제국주의는 타도 대상일세. 우리 대한민국뿐만 아니라 중국에서도."

"앉으시지요."

양휘보가 자리를 권하자 그제야 두 사람은 자리에 앉았다. 차가 나오고 은밀한 대화가 이어졌다.

"그래, 밀정회에 대해 알아본 것은 있소?"

주석 김구의 물음에 모용예화가 대답했다. 하루토라는 이름이 그의 입에 올랐다. 주석 김구와 양휘보의 눈이 반짝 빛을 발했다. 모용예화는 주변을 슬쩍 둘러본 후 말을 이었다. 하루토 소좌는 상해주둔군 헌병대 소속이고 일본 유도의 명인이라는 것이었다. 전일본 유도대회에서 우승한 경력이 있는 실력자라고 했다. 더불어 일본 야쿠자와도 깊이 관련되어 있는 인물이라는 말도 나왔다. 그 정도는 되겠지, 라며 주석 김구가 당연하다는 듯 말을 흘렸다.

"상해의 밀정들을 통솔하고 있는 인물이랍니다. 밀정회의 중간 간부쯤으로 짐작됩니다."

　모용예화의 말에 쓰키야마와도 연관이 있겠다고 주석 김구가 말을 흘렸다. 하루토는 조선 밀정들이 마치 아버지처럼 받들고 있는 자이니 당연히 그럴 것이라며 모용예화가 고개를 끄덕였다.

"쓰키야마라니요?"

　양휘보가 묻자 주석 김구가 대답했다. 홍진태라는 이름의 유명한 밀정이 있다는 것이었다. 제 부모까지 팔아서 매국을 하는 놈이라고 했다. 지독한 놈이라며 혀끝에 힘을 주었다. 주석 김구의 말에 양휘보는 씁쓸한 미소를 지었다. 오봉선이 지나가자 물에 앉은 달이 흐려졌다. 황포강을 더럽히는 놈으로 유명하다고 모용예화가 거들고 나섰다.

"황포강을 더럽히다니요?"

　양휘보가 다시 물었다. 이번에는 주석 김구가 대답했다. 황포강 주변의 분위기를 흐린다는 말이라는 것이었다. 밀정들을 풀어 상점은 물론이고 다관과 술집까지 온통 휘젓고 다닌다는 것이었다. 양휘보는 그제야 알겠다는 듯 고개를 끄덕였다. 저들의 목적이 무엇이냐고 주석 김구가 다시 물었다. 모용예화가 기다렸다는 듯이 대답했다. 상해 임시정부와 만주 독립단체 간의 연결고리를 끊는 것이 목적이라는 것이었다. 주석 김구가 눈을 가늘게 떴다. 가늘게 뜬 눈은 흡족하지 못하다는 뜻이었다. 그것 말고 더 있을 텐데, 라며 말끝을 흐리자 그가 다시 입을 열었다. 겉으로 드러난 것은 그렇지만 속으로는 다른 목적이 있다는 것이었다. 그게 뭐냐고 묻는 주석 김구의 눈이 커졌다.

"조선에 친일파를 심어 놓겠다는 것이랍니다. 친일파 양성 정책이죠."

분노가 튀어 올랐다. 양휘보의 얼굴이 찌푸려지고 주먹이 불끈 쥐어졌다. 대한민국을 영구히 지배하겠다는 심산이라며 주석 김구도 성난 목소리를 냈다. 어림없는 소리라고 단호히 부정하기도 했다. 부정은 곧 분노였다. 친일파 양성이라는 끔찍한 말에 대한 분노였다. 그것은 생각지도 못한 일이었다. 쓰키야마 같은 놈이 문제라며, 중국인에게도 그는 증오의 대상이라며 모용예화가 주먹을 쥐어 보였다. 주석 김구가 그놈 때문에 조선인 전체가 욕을 먹고 있다고 울분을 터뜨렸다.

"처단해야 할 놈이로군요."

양휘보가 중얼거리자 주석 김구가 조심스레 물었다. 양 동지가 해보겠느냐는 것이었다. 신중히 묻는 말에 그가 고개를 끄덕였다. 그런 놈이라면 당연히 없애야 한다는 것이었다. 그의 눈에 불꽃이 튀었다. 모용예화가 거들고 나섰다. 돕겠다는 말이었다. 주석 김구는 호주머니로 손을 가져갔다. 양휘보가 의아한 얼굴로 물었다.

"아니 선생님. 주머니는 왜 그렇게……."

"이리 해야 돈을 쓰지 않네."

주석 김구는 말을 하면서 촘촘히 꿰맨 주머니를 거친 손으로 뜯었다.

"김 주석께서는 호주머니를 아예 꿰매셨소. 독립자금을 함부로 쓰지 않으시려는 게지요."

모용예화의 말에 주석 김구가 너털웃음을 흘렸다. 동포들이 한 푼 두 푼 모아 어렵게 보내준 자금이라는 것이었다. 어찌 함부로 쓸 수 있겠느냐는 말이었다. 이리 해놓아야 꼭 필요할 때만 돈을 쓰게 된다며 입술에 모질게 힘을 주었다. 양휘보는 가슴이 뭉클했다. 울컥했다. 저에게도 돈이 좀 있다며, 필요한 만큼은 갖고 있다며 호주머니를 뜯는 것을 말렸다. 주석 김구는 건성으로 고개를 끄덕였다. 빈말이라는 것을 알고 있기 때문이었다.

"상해에 있는 동포들의 사정을 모르는 내가 아닐세. 자네라고 별 수 있겠나."

말을 마친 주석 김구는 호주머니에서 꼬깃꼬깃 접어놓은 지폐 한 장과 동전을 꺼내 들었다.

"십오 원일세."

주석 김구는 손을 내밀었다. 그의 손바닥 위에 동포들의 정성이 가득 얹혀 있었다. 주석 김구의 충심도 곁들여 있었다. 이거면 당분간 쓸 수 있을 거라면서 모자라면 또 얘기하라고 했다. 양휘보는 손을 내저었다. 차마 받을 수가 없었다. 그건 다른 데 요긴하게 쓰라고 했다. 그 일은 자기가 알아서 하겠다고 했다.

"아닐세. 받게."

두 사람이 실랑이를 벌이자 보다 못한 모용예화가 나섰다.

"그러시지요. 김 주석께서 굶는다는 얘기도 들었습니다. 그 돈으로 요기도 좀 하시고."

그가 말을 마치기도 전에 주석 김구가 호통을 쳤다. 쓸데없는 소리 하지 말라는 것이었다. 음색에는 불쾌해 하는 기색이 역력했다.

"굶으시다니요?"

양휘보가 놀라 묻자 주석 김구가 다시 손을 내저었다. 아니라는 것이었다. 이 사람이 괜한 말을 했다며 역정을 내기도 했다. 모용예화가 임시정부의 사정이 그만큼 어렵다는 얘기라며, 모두가 굶기를 밥 먹듯이 하고 있다는 말을 했다. 그 말에 양휘보는 충격을 받았다. 말을 잇지도 못했다. 생각도 못 한 일이었다.

"배가 고프면 몸이 좀 고되서 그렇지, 그게 그리 중요한 일은 아니지 않은가?"

주석 김구의 말에 양휘보는 코끝이 시큰했다. 아픈 말이었다. 눈물겨운 말이었다. 주석 김구는 다 견딜 만한 것이라고 했다. 독립을 이루기 위한 과정이라고도 했다. 어렵다는 얘기는 들었지만 이 정도일 줄은 미처 몰랐다고 양휘보가 숙연히 말했다.

"받게. 독립을 위한 일이네."

주석 김구의 간절한 말에 양휘보는 그제야 손을 내밀었다. 그래야만 할 것 같다는 생각이 들기도 했다. 그러시다면 일단 받아는 놓겠다며 손을 내밀었다. 주석 김구가 고맙다며 돈을 건넸다. 주석 김구는 자신을 위해서는 한 푼도 쓰지 않았다. 그러나 독립을 위해서라면 아끼는 것이 없었다. 양휘보는 그런 그를 존경 어린 눈으로 쳐다보았다. 눈빛이 따스했다.

***

"그래도 그때가 그립습니다, 선생님."

"맞네. 그때는 어렵기는 했어도 지금처럼 이리 가슴 아프지는 않았어. 동지들이 모두 한 마음으로 모였으니."

"그때 좌우로 나뉜 것이 오늘날 이렇게 분단으로까지 이어질 줄 누가 알았겠습니까?"

양휘보의 말에 주석 김구도 고개를 끄덕였다. 두 사람의 입에서 깊은 한숨이 흘러나왔다. 그것은 회한이기도 했다. 어떻게 얻은 독립인데 또 다시 분단이란 말이냐며, 그럴 수는 없다며 주석 김구는 두 눈에 힘을 주었다. 파랗게 불꽃이 일었다. 도저히 있을 수 없는 일이라는 것이었다. 밀정회 놈들이 꾸민 모략에 걸려든 것이 아닌가 하는 생각이 든다고 양휘보가 말했다. 주석 김구가 정색을 하고는 그를 쳐다보았다.

"밀징회 놈들의 모략이라?"

그제야 주석 김구도 깊은 생각에 잠겼다. 모용예화의 말이 생각나느냐고 양휘보가 물었다. 물음에 주석 김구가 고개를 끄덕였다.

"놈들이 친일파를 심어놓으려고 한다는 말 말인가?"

결국 친일파가 분단을 조장하고 일을 이리 꼬이게 만들지 않느냐고 양휘보가 말했다. 주석 김구가 한숨을 토해냈다. 듣고 보니 일리가 있다는 말이 한숨에 뒤따랐다. 친일파 놈들이 미군의 협조를 얻어 대한민국을 분단시키려 한다는 말도 나왔다.

"우리 한민족에게 또 다른 비극을 안겨주겠다는 것이지요."

주석 김구의 표정이 심하게 흔들렸다. 분노가 들끓어 올랐다. 그렇게는 놔둘 수 없다며, 분단은 곧 비극이라며, 막아야 한다고 했다. 주석 김구는 도리질까지 하며 부정하려 했다. 하지만 현실은 그렇지를 못했다. 점점 더 분단이 현실화되어 가고 있었던 것이다.

25. 4.3

이승만을 비롯한 한민당은 단독정부 수립을 가시화해 갔다. 다급해진 주석 김구와 김규식, 조소앙, 홍명희 등은 이승만을 성토하며 남한만의 총선거에 불참하겠다고 선언했다. 심산 김창숙은 성명 발표와 함께 정계은퇴까지 선언하고 말았다.

"통일과 독립은 우리 전 민족이 갈망하는 바이다. 미국과 소련이 저희 밋대로 획징한 38선은 무효다. 이는 저들이 군사상 목적으로 우리의 뜻과는 상관없이 일방적으로 그은 것이기에 우리는 마땅히 그것을 철회해야 할 것이다. 이것이 만약 국경선으로 굳어진다면 두 개의 정부, 두 개의 국가가 한 민족에게 건립되는 것이니 민족의 비극으로 치달을 것이다. 형제자매가 총부리를 맞대고 각기 미국과 소련의 앞잡이가 되어 저들을 대신해 피를 흘릴 것은 명약관화한 일이다. 이는 우리 민족의 참화가 되고 말 것이다. 매우 우려스러운 일이라 하지 않을 수 없다. 따라서 남과 북이 갈라서는 것은 우리 민족에게 백해무익한 일이다. 또한 남쪽이나 북쪽의 어느 한쪽이 먼저 정부를 수립하고 그 다음에 통일을 이룬다는 것 역시 얼핏 보기에는 일리가 있는 듯하나 이 또한 반쪽 독립과 반쪽 통일에 불과한 것이다. 가능성도 없을뿐더러 여전히 동족상잔의 비극만을 불러일으킬 것이다. 개인의 이익을 위하여 민족의 참화를 두고 보는 것은 민족적 양심이 도저히 허락하지 않는 일이다. 따라서 나는 통일과 독립을 위해 여생을 바칠 것을 동포 앞에 굳게 맹세하는 바이다."

심산 김창숙은 남북분열이 결국 민족의 참화를 불러일으킬 것이라며 크게 염려했다. 그의 염려에도 불구하고 역사의 흐름은 분단으로 치닫고 있었다. 남북이 각각 단독정부 수립을 가시화해 가고 있었던 것이다.

* * *

제주도에도 바람이 불었다. 단독정부 반대를 외치는 거센 바람이었다. 그 시작은 3.1 만세운동 기념식이었다.

"일제 경찰 놈들이 다시 판치는 세상이 되었으니 하늘도 무심한 게지."

"아무렴, 미군정이나 일제나 매한가지일세."

제주도민들의 불만이 극에 달했다. 게다가 생활고에 전염병까지 만연했다. 콜레라까지 창궐했던 것이다. 이는 곧 미군정의 미곡정책 실패와 단독정부 수립에 대한 불만으로 이어졌다. 불만은 마침내 폭발하고 말았다. 3.1 만세운동 기념식에 모여 있던 도민들이 시위대로 돌변했다. 원인은 일제 경찰에 대한 비난을 참지 못한 기마경관이 어린아이를 다치게 한 것이었다.
"이제 본색을 드러내는군."
"물러가라! 일제 경찰, 미군정의 앞잡이!"
시위대는 격렬하게 항의했다. 화를 참지 못한 경찰들도 시위대를 협박했다. 해산하지 않으면 모두 불법집회 혐의로 체포하겠다는 것이었다. 그러면서 당장 흩어지라고 명령했다. 일부 경찰들은 총을 들어 겨누기까지 했다. 총부리를 본 도민들이 흥분했다. 흥분한 시위대는 돌로 맞섰다. 돌을 던지기 시작한 것이었다.
"도민을 모두 죽이려 작정했느냐?"
"그래 해보자! 이 매국노 놈들아!"
시위대가 지지 않고 맞섰다. 분위기는 험악해졌다. 경찰들이 뒤로 물러섰다. 기세가 오른 시위대가 바짝 몰아붙였다. 신변의 위협을 느낀 경찰들이 몸을 돌려서 달아났다.
시위는 그것으로 끝나지 않았다. 시위대는 경찰서까지 쫓아갔다. 경찰서 앞에 선 사람들이 당장 들이칠 기세로 격렬한 시위를 벌였다.
"놈들이 안으로 들이칠 것 같은데요."
홍택순이 겁에 질린 얼굴로 떨었다. 이갑진이 이를 악물었다.
"쏴야 하는 것 아냐?"
경찰은 동요했다. 곳곳에서 수군거리는 소리가 들려왔다. 저 많은 사람들이 들이닥치면 우리는 어떻게 되는 거냐며, 끔찍하다는 듯 홍택순은 눈을 질끈 감았다. 순간 시위대가 경찰서 문 안으로 밀려들어왔다. 누군가가 습격이다, 라고 소리쳤다. 놀란 이갑진이 그만 발포하고 말았다. 총소리가 제주 시내를 울렸다. 총성은 또 다른 총성을 불러왔다. 순식간에 제주경찰서 앞마당은 아수라장이 되고 말았다.

"사격 중지!"

시위대에서 누군가가 외쳤다. 소용없는 일이었다. 총소리와 비명소리에 묻혀 들리지도 않았다. 경찰의 발포는 계속되었고, 순식간에 십여 명이 쓰러졌다. 시위대는 물러나지 않을 수 없었다. 경찰서를 빠져나와 뿔뿔이 흩어졌다.

이날 경찰의 발포로 여섯 명이 사망하고 여섯 명이 중상을 입었다. 시위는 총파업으로 이어졌다. 각 행정기관은 물론 학교와 회사, 심지어는 경찰까지 파업에 동참했다. 미군정과 경찰은 파업을 주도한 사람들을 대대적으로 검거하기 시작했다.

시위대는 수감자 석방을 요구하면서 시위를 이어갔다. 경찰도 시위에 동참한 동료 경찰관들을 파면하는가 하면 그들 대신으로 서북청년단을 불러들였다. 서북청년단은 무자비했다. 폭행하고 연행하는 것을 마치 놀이하듯 했다.

"빨갱이 새끼들."

그들의 입에는 늘 빨갱이라는 말이 붙어 있었다. 미군정에 반대하는 사람들을 모두 자신들의 적으로 간주했던 것이다. 서북청년단이 경찰에 합세하자 제주 시내는 더욱 큰 공포 속으로 빠져들었다. 무자비한 폭행과 살상이 계속되었다. 남로당 제주도당도 가만있지 않았다. 앉아서 당할 수만은 없기 때문이었다.

"우리도 끝까지 간다. 저놈들을 몰아내고 한반도에 통일정부가 수립되는 그날까지."

남로당 제주도당 간부인 김달삼은 시위 군중을 이끌었다. 그는 목이 터져라 무자비한 폭행을 중단하라고, 단독정부에 반대한다고 외쳤다. 그런 가운데에도 시위 군중은 여전히 끌려가고 잡혀갔다. 이어 소문이 꼬리에 꼬리를 물고 이어졌다. 경찰들이 잡아간 사람들을 혹독하게 고문한다는 소리와 함께 고문을 받다가 죽은 사람까지 있다는 소문이었다. 시위대는 더욱 격렬해졌다.

"이대로 당할 수만은 없소!"

김달삼은 이천여 명이 연행되었다는 소리에 울분을 감추지 못한 채 주먹을 부르쥐었다. 남로당 당원인 홍기섭이 김달삼의 말에 그렇다고 맞장구를 쳤다. 섬 안의 경찰이라야 몇이나 되겠느냐며 모두 다 때려잡자는 험악한 말까지 튀어 나왔다. 김달삼이 다시 나섰다. 지나치게 과격한 행동은 오히려 불리함을 자초할 수 있다는 것이었다. 일단 연행된 동지들부터 구해내고 그런 다음 경찰을 몰아내자는 말이었다. 그리고 그런 후에 뜻을 관철하도록 하자는 것이었다. 그의 말을 홍기섭이 다시 받았다. 사태가 나빠지기 전에 빨리 움직여야 한다는 것이었다. 그 말은 재촉이었다. 재촉에 김달삼이 결심을 굳힌 듯 무겁게 입을 열었다.

"동지들에게 전하시오. 낫과 괭이라도 들고 나와 각 지서를 들이치라 이르시오. 시각은 내일 새벽 두 시요."

김달삼의 명령에 이덕구를 비롯해 김의봉과 고승옥 등이 바람같이 달려 나갔다. 각 지부에 명령을 전달하기 위해서였다.

"이 모든 문제의 근원은 친일파에 있습니다. 저들이 친일의 과오를 속죄하기는커녕 이제 또 다시 미군에 붙어먹으려 하고 있습니다. 때문에 친일파는 반드시 척결되어야 합니다. 더불어 남쪽만의 단독정부 수립도 막아야 합니다. 이는 우리 민족이 죽고 사는 문제올시다. 반드시 막아내야만 합니다."

"우리 제주에서 새로운 바람을 불러일으킵시다. 여기 도당 위원장을 중심으로 새로운 바람을 불러일으켜 봅시다!"

홍기섭의 외침에 환호성이 터져 나왔다. 밤은 깊어 새벽으로 치닫고 있었다.

"그럼 우리는 대정 지서에 갇힌 동지들부터 구하도록 합시다. 갑시다!"

김달삼의 지휘 아래 남로당 제주도당 당원들은 낫과 몽둥이를 들고 대정 지서로 향했다. 그 시각에 애월과 모슬포 등의 여섯 개 지서에도 남로당 당원들이 들이닥쳤다.

"뭐야?"

대정 지서 김신학은 들이닥친 시위대에 화들짝 놀랐다. 친일파 경찰 놈이라며 김달삼이 몽둥이를 들어 내리쳤다. 놀란 김신학과 정순필이 책상 위로 뛰어 올랐다. 달아나려 했던 것이다. 그러나 김달삼의 몽둥이가 좀 더 빨랐다. 김신학의 다리를 그대로 후려쳤다. 비명과 함께 김신학이 나동그라졌고, 이어 정순필도 신음소리와 함께 바닥에 쓰러졌다. 흥분한 시위대가 죽이라고 외치며 낫과 몽둥이를 마구 휘둘렀다. 김달삼이 급히 막아섰다. 죽이면 안 된다는 것이었다. 그러나 분노한 시위대의 귀에 김달삼의 명령이 들어올 리가 없었다. 그동안 받아온 억압과 핍박에 대한 대가를 받아내야겠다는 것이었다.

시위대의 습격이라고 누군가가 소리쳤다. 밖에 있던 경찰들이 안으로 들이닥쳤다. 그들의 손에는 총이 들려 있었다. 쏘라는 대정 지서장의 명령에 총성이 울려 퍼졌다. 앞에 있던 시위대가 쓰러졌다. 흥분한 시위대가 물불 가리지 않고 뛰어들었다. 물밀듯이 밀려드는 시위대에 놀란 경찰들은 그만 총을 버리고 달아났다. 시위대는 달아나는 경찰들을 쫓았다. 김달삼의 관심은 쫓고 쫓기는 그들과는 다른 데 있었다.

"무기고를 털이리!"

김달삼의 명령에 시위대 일부가 곧장 무기고로 달려갔다. 문을 부수고 총을 꺼내들었다.

"마을을 보호한다!"

김달삼은 마을 보호를 위한 자치조직까지 결성했다. 경찰을 몰아내고 마을을 자신의 통제 하에 두기 위해서였다. 사태는 더욱 커졌다. 미군정은 시위를 반란으로 규정하고 진압을 명령했다. 제주도에 경비사령부를 설치하고 본토의 군병력까지 파견했다. 미군정 국방경비대 소속의 송요찬과 유재흥, 조병옥 등을 지휘부로 삼았다.

"포고문을 발표해라!"

"포고문이라니요?"

제주경찰서장 신동운의 물음에 송요찬은 눈살을 찌푸렸다. 눈살은 잔인했다. 피의 그림자가 어른거렸다. 해안선에서 5킬로미터 이상 떨어진 산간지대에 들어간 자들은 모두 폭도로 간주해 총살한다는 것이었다. 말은 간결했다. 게다가 가벼웠다. 신동운이 놀란 눈으로 물었다. 모두 총살이냐는 것이었다. 그 물음은 말도 되지 않는다는 뜻을 담고 있었다. 송요찬은 그 정도 가지고 뭘 그러냐는 듯 삐뚜름히 그를 쳐다보았다. 해안선에서 5킬로미터 이상 떨어진 산간지대에는 상당한 수의 제주도민이 살고 있다고 신동운이 말했다. 그 사람들을 모두 죽이겠다는 말이냐는 것이었다. 그렇게 하지 않으면 폭도를 진압할 수 없다면서, 저 험한 산으로 들어간 놈들을 어떻게 총살하지 않고 잡겠느냐고 송요찬이 되물었다. 그러자 시간을 달라고, 폭도가 아닌 민간인에게는 기회를 주어야 하지 않겠느냐고 신동운이 애원했다. 송요찬이 잠시 생각에 잠겼다. 신동운은 민간인은 살려야 한다고, 무자비하게 죽이면 민심이 동요한다고, 그렇지 않아도 동요된 민심에 기름을 붓게 된다고 다시 한 번 설득했다. 송요찬이 입을 굳게 다물었다. 제발 자비를 베풀어달라는 애원이 이어졌다. 간절한 애원에 송요찬도 결국 고개를 끄덕이고 말았다.

"그럼 일단 소개령을 발표한다. 주민들을 해안가로 이주시키고 토벌작전에 돌입한다."

　소개령에 따라 중산간 마을 주민들이 강제로 이주되었다. 삶의 터전을 떠나지 않겠다며 고집하는 주민들도 다수 있었다. 어렵게 지키며 가꿔온 터전을 쉽게 떠날 수가 없었던 것이다.

　미군정은 계엄령을 선포하고 대대적인 토벌작전에 들어갔다. 포고령대로 중산간 지대를 그야말로 초토화시켰다. 마을을 불태우고 남아 있는 주민들을 집단적으로 살상하는 일까지 벌였다. 심지어는 해안으로 이주한 주민들을 무장대에 협조했다는 이유로 사살하기까지 했다.

　아픈 날들이 아프게 계속되었다. 그래서 더욱 아팠다. 제주는 비명과 울음, 통곡으로 점철되었다. 그 비명과 울음, 통곡은 마침내 분노로 이어졌다. 분노는 저항이자 항거였다. 이유 없는 핍박과 이유 있는 강박에 대한 저항이자 항거였다. 저항과 항거는 대대적으로 펼쳐졌다. 한라산의 깊은 계곡이 유격대로 가득 메워졌다.

26. 월북

남한만의 정부 수립이 확실시되자 약산 김원봉은 신변의 위협을 견디지 못하고 그만 월북을 결행하기로 했다. 가족을 데리고 38선을 넘기로 한 것이었다. 잘 생각했다고, 여기서 버티다가는 어떻게 될지 모른다고 인민공화당 부위원장 성주식이 머리를 깎고 있는 약산 김원봉에게 말했다. 이런 날이 오리라고는 생각지도 못했다며, 출가를 하는 것도 아닌데 이렇게까지 해야 한다니 참으로 눈물겨운 일이라고 내뱉는 말이 썼다. 쓰디쓰게 썼다. 원망과 증오까지 섞인 쓴 맛이었다. 의열단 의백이자 의용대 총대장이었던 자신이 해방된 조국에서도 변장을 해야 한다니 서글펐다.

"잠시면 됩니다. 이 치욕도 잠시일 뿐입니다."

가위질을 하는 최동오가 한 말이었다. 그의 혀도 아렸다. 익모초 우린 물을 들이켰을 때의 그 아린 맛이었다. 성주식이 그의 말을 이었다. 북에는 옛 동지인 박효삼 동지를 비롯해 최창익과 김두봉 동지 등이 있다며, 그들은 충분히 뜻을 함께할 수 있는 동지들이라고 했다. 굳이 좌파 체포령이 내려진 남쪽에서 머뭇거릴 이유가 없다는 것이었다. 더불어 여기는 우리가 머물 곳이 못 된다며 오히려 잘된 일이라고도 했다. 최동오가 고개를 끄덕였다. 경찰의 감시망만 잘 피하면 된다며, 염려할 것 없다며, 그는 약산 김원봉의 불안해하는 마음을 다독였다. 여러 모로 착잡한 약산 김원봉의 심경을 잘 아는 그였다.

그날 밤 약산 김원봉은 가족과 함께 출발했다. 운전은 최동오가 맡았다. 출발한 지 얼마 되지 않아 종로 네거리에서 검문이 있었다. 서라고 하더니 어디로 가는 차인가를 물었다. 약산 김원봉은 흠칫했다. 최동오는 여유가 넘쳤다.

"백의사요."

백의사라는 말에 경찰이 미심쩍은 표정으로 차 안을 살폈다. 가족이냐고 물었다. 아니라고 최동오가 대답했다. 가족으로 위장했다는 것이었다. 짧은 대답에 경찰은 다시 한 번 약산 김원봉을 살폈다. 최동오는 수도경찰국에서 내린 특수임무를 수행 중이라고 했다. 그가 무슨 특수임무냐고 물었다. 그러자 뜬금없이 최동오가 화를 냈다. 이 자식이 보면 모르냐며 차문을 열어젖혔다. 당황한 경찰이 주춤 뒤로 물러섰다. 어디 소속이냐고, 종로경찰서 무슨 과냐고 연이어 다그치자 경찰은 당황해서 말까지 더듬었다.

"내가 말했잖아 인마, 백의사라고."

주먹까지 말아 쥔 최동오가 다가설 때마다 경찰은 연신 뒤로 물러섰다. 그러더니 알았다며 가시라고 공손히 손을 내저었다. 그냥 가라는 얘기였다.

"진즉에 그랬어야지. 내가 너 같은 놈에게 특수임무가 뭔지까지 말해야 되냐? 그것도 수도경찰청의 일을?"

경찰은 설설 기었다. 최동오의 말에 잔뜩 겁을 집어 먹었다. 근무 똑바로 서라고 한마디 더 덧붙인 후에야 최동오는 차에 올랐다. 행동에 여유가 넘쳤다. 경찰은 특수임무 잘 마치시라는 말과 함께 깍듯이 경례까지 올려붙였다. 약산 김원봉을 태운 차는 여유롭게 종로 거리를 빠져 나갔다.

"자네, 연기가 대단하군!"

약산 김원봉의 말에 최동오가 피식 웃었다. 원래 뒤가 구린 놈들이 힘에는 꼼짝 못 하는 법이라며 그가 입가에 웃음을 머금었다. 특히 일제 경찰 출신 놈들이 그렇지 않느냐고 목소리를 높였다. 약산 김원봉이 그렇긴 하다고 대답했다. 놈들이 힘을 겪어봤기에 누구보다도 힘의 무서움을 잘 알 것이라는 말이었다. 말에 이어 한숨이 깊었다. 푸르게 깊었다. 오늘만 지나면 편히 주무실 수 있을 거라는 최동오의 말에 약산 김원봉은 또 다시 한숨을 뱉어냈다. 한숨에는 회한이 묻어났다. 푸르게 묻어났다.

"그동안 잠자리를 옮기느라 신경 많이 썼다네. 몽양 선생이 암살된 이후로는 하루도 편하게 자본 날이 없었어."

약산 김원봉은 백색테러의 공포에 시달렸다. 때문에 매일 잠자리를 옮겨야 했다. 미군정의 좌파세력 체포령이 내려진 뒤로는 상황이 더욱 어려워졌다. 정치적 입지가 좁아진 것은 물론이고 잠자리까지 편치 못했던 것이다. 미군정 경찰은 수표동의 자택을 무단 침입해서 수색하는 일까지 벌였다. 그런 일들이 결국은 월북을 결심하게 한 것이었다. 약산 김원봉 일행은 무사히 38선에 도착했다. 칠흑같이 어두웠다. 달도 뜨지 않은 밤이었다. 최동오가 조심스레 살피고는 앞장섰다. 국경수비대를 피해 산으로 향했던 것이다.

"고지대는 경비가 비교적 허술하다고 들었습니다. 어려워도 그곳으로 가야 할 것 같습니다."

일행은 어둠을 찾아 숲으로 들어갔다. 검은 산을 올랐다. 다행히 최동오의 말대로 경비가 그리 삼엄하지 않았다. 좌우합작만 성공했어도 이런 선택은 하지 않았을 텐데, 라는 약산 김원봉의 말에 아쉬움이 가득했다. 그건 이승만이 있는 한 어려운 일이라고 최동오가 맞받았다. 그치는 좌파를 눈엣가시처럼 여기고 있다고도 했다. 약산 김원봉이 그의 말을 이었다. 그는 자신의 권력을 위해 우리를 희생양으로 삼으려 하고 있다며 참으로 안타까운 일이라고 했다. 미군정도 좌익에 대해 좋지 않은 감정을 갖고 있다고 최동오가 거들었다. 내키지는 않지만 그래서 나도 북으로 가는 것이라는 약산 김원봉의 말이 이어졌다. 그는 잠시 말을 끊었다가 다시 이었다. 남쪽의 정세가 너무나도 좋지 않고 무엇보다도 저들의 테러 위협에 견딜 수가 없다는 것이었다. 때문에 어쩔 수 없이 가는 것이라는 말이었다. 약산 김원봉이 내뱉는 말마다 한숨이 가득했다. 한숨은 깊기까지 했다. 깊어서 더욱 아프고 쓰렸다. 북에는 예전 동지들도 있고 하니 남쪽보다는 훨씬 나을 거라고 최동오가 위로의 말을 건넸다. 약산 김원봉은 더 이상 아무런 말이 없었다. 착잡한 표정이 그의 심경을 대신 말해주고 있었다.

'인생은 기다림이다. 와야 할 순간, 와야 할 날을 기다리고 또 기다리는 것이다. 나는 그랬다. 그렇게 살아왔다. 독립의 날을 그렇게 기다리며 견뎌왔다. 하지만 막상 그날이 오니 허탈하고 허망하다. 지금 같은 상황이 그날일 줄 어떻게 알았겠는가? 참으로 기다림이란 야속하고도 원망스러운 것이다. 나의 인생, 나의 기다림이 이런 것이었다니.'

마음이 아팠다. 눈물을 참았다. 꾹 눌러 참았다. 험한 산을 어느 정도 오르자 땀이 흐르기 시작했다. 숨도 가빠왔다.

"여기서부터는 조심하셔야 합니다. 놈들이 어디에 숨어있을지 모릅니다."

최동오의 말을 끝으로 더 이상 말소리가 들려오지 않았다. 그저 묵묵히 산을 오를 뿐이었다. 가끔씩 가쁜 숨소리만 들려왔다. 그렇게 얼마나 올랐을까? 공제선이 손에 잡힐 듯 가까이 다가섰다. 일행은 공제선을 바라보며 힘을 내어 올랐다.

산꼭대기를 앞에 두고 능선을 돌아 다시 내려가기 시작했다. 멀리 불빛이 보였다. 북쪽 땅이었다. 가물거리는 불빛에 반갑기보다 불안했다. 의도치 않은 넘어섬이기 때문이었다. 불안해서 근심스럽고 두려웠다. 다시 돌아올 기약을 했지만 그 기약이 어떻게 되는지는 약산 자신도 기약할 수 없었다. 두려웠다. 두려워서 어둠에 발목이 채였다. 자꾸만 채였다. 나무뿌리, 돌부리가 약산의 월북을 잡아챘다. 잡아채도 막을 수는 없었다. 기어코 그는 넘기 어려운, 아니 넘어서는 안 될 경계를 넘어서고 말았다.

일행이 계곡을 타고 한참을 내려왔을 때였다.

"누구냐?"

날카로운 소리가 앞을 가로막아 섰다. 어둠 속에 희끄무레한 그림자가 총부리를 앞세우고 있었다. 최동오와 약산 김원봉은 자신도 모르게 손을 들었다. 남쪽에서 왔다고 최동오가 대답하자 좌우에서 또 다른 사내들이 나타났다. 하나같이 손에 총이 들려 있었다. 남쪽 어디에서 왔느냐고 사내가 물었다. 서울이라고 대답했다. 사내들이 곧 일행을 둘러쌌다.

"인민공화당의 약산이오."

약산 김원봉이 자신을 소개하자 약산 선생이시냐고 사내는 확인이라도 하듯 다시 물었다. 그렇다고 대답했다. 인민공화당 위원장 김원봉이라는 말이 이어졌다. 그제야 사내들은 총부리를 내리고 정중히 인사를 올렸다. 몰라 뵀다면서 헌데 어떻게 이렇게 왔느냐고 물었다. 최동오가 나서서 사정을 이야기했다. 사내들이 탄식을 흘렸다. 탄식은 길었다. 아프게 길었다. 고개를 끄덕이기까지 했다.

"저는 경비대장 손대원이라고 합니다. 이제 걱정 마십시오! 평양까지는 제가 모시겠습니다."

북쪽에 무사히 발을 들여놓은 것을 확인한 약산 김원봉과 그의 가족은 그제야 한숨을 몰아쉬었다. 이번에는 안도의 한숨이었다. 긴장이 풀린 탓인지 피로감도 한꺼번에 몰려들었다. 우르르 몰려들었다. 최동오도 마찬가지였다.

"오늘 밤에는 여기서 쉬십시오. 내일 아침 일찍 평양으로 모시겠습니다."

경비대장 손대원은 한껏 들떠 있었다. 약산 김원봉을 모시게 된 것을 영광으로 생각했던 것이다. 약산 김원봉은 오랜만에 깊은 잠에 빠져들었다. 그동안 얼마나 시달렸는지 미루어 짐작할 만했다. 약산 김원봉은 해가 중천에 올라서야 겨우 눈을 떴다. 잘 차려진 아침상을 받고는 평양으로 출발했다. 손대원이 특별히 마련한 차로 모셨다.

***

"결국 약산 선생께서는 북으로 가고 말았습니다."

양휘보는 침통한 얼굴로 주석 김구에게 보고를 올렸다. 주석 김구의 얼굴도 어두워졌다. 놈들의 계략에 결국 이리 되는가, 라며 한숨이 깊었다. 깊은 만큼 아팠다. 시리게 아팠다. 상해에서 좀 더 뿌리를 파헤쳤어야 했다고 양휘보가 말했다. 주석 김구가 그를 돌아보았다.

"뿌리라니?"

"밀정회 말입니다."

밀정회라는 말에 주석 김구는 고개를 끄덕였다. 맞는 말이라고 주석 김구가 받았다. 양휘보는 료코를 떠올렸다. 그녀의 말이 생각났기 때문이었다.

＊＊＊

"조선은 앞으로 더 큰 시련을 겪어야 할지도 몰라요."

"더 큰 시련이라니요?"

"지금까지는 일본과 다퉜지만 머지않아 같은 민족끼리 다투게 될지도 모른단 말이에요."

료코의 말에 양휘보는 피식 웃고 말았다. 말도 되지 않는 소리 하지 말라는 웃음이었다. 그러나 두고 보라는 그녀의 말에 확신이 차 있었다. 그녀의 확신에 양휘보가 진지한 표정으로 물었다. 어째서 그리 보느냐는 것이었다. 그녀의 대답이 이어졌다. 독립을 이루지도 못한 상황에서 좌우로 나뉘어 다투고 있는데 그게 쉽게 해소되겠느냐는 것이었다. 독립이 된다 해도 조선은 분명 둘로 나뉘게 될 거라는 말이었다. 양휘보는 듣기에 좋지 않았다. 불쾌했다. 단호히 부정하고 싶었다. 그러나 그러고 싶은 마음뿐이었다. 가만히 생각해 보니 그도 아주 틀린 말은 아닌 듯했다. 불쾌함은 불길함으로 이어졌다. 매우 불길했다.

"사상은 무서운 거예요. 제국주의 일본이 지금 가장 두려워하고 있는 게 뭔지 아세요? 그건 사상이에요. 이념이죠."

료코의 말에 양휘보의 표정이 어두워졌다. 웃음기가 싹 가셨다.

"좌와 우는 물과 불 같은 거예요. 서로 합쳐질 수 없죠. 그렇다고 한쪽이 양보를 하겠어요? 어림없죠."

말을 끊고 잠시 망설이던 그녀가 결심한 듯 입을 열었다. 후지모토라는 자가 스탈린을 만났다는 말이었다. 스탈린이란 말에 양휘보가 놀란 눈으로 그녀를 쳐다보았다. 그녀가 말을 이었다. 분단을 제안했다는 것이었다. 양휘보는 뒤통수를 얻어맞은 듯 충격에 휩싸였다. 이 얘기는 하지 않으려 했는데 어쩔 수 없이 한다며 그녀가 말을 흐렸다. 무슨 말이냐면서 흐린 말을 자세히 해보라고 양휘보가 재촉했다. 양휘보는 다급했다. 당황하기까지 했다. 슈케이의 명령으로 후지모토가 모스크바로 가서 스탈린을 만났다는 그녀의 말이 이어졌다. 그에게 분단을 제안했고 스탈린이 좋은 제안이라며 무릎을 쳤다는 것이었다. 양휘보는 허탈했다. 분노했다. 이를 갈았다.

"그래서 소련군이……."

말을 마치기도 전에 그녀가 끼어들었다. 꼭 그렇다고 볼 수는 없지만 아무튼 그런 일이 있었다는 것이었다. 스탈린도 한반도에 욕심이 있긴 했겠지만, 이라며 말을 얼버무렸다. 양휘보의 얼굴이 일그러졌다. 구겨진 종잇장처럼 일그러졌다. 당신네 일본은 끝까지 우리를 괴롭히고 있다며 양휘보는 분노를 드러냈다. 그녀가 괴로운 표정으로 고개를 가로저었다. 미안할 따름이라고 말을 이었다. 그러면서 용서하라는 말을 건넸다. 양휘보가 길게 한숨을 내뱉었다. 얼굴은 화염이 인 듯 벌겋게 달아올라 있었다. 눈빛은 태울 듯이 불타올랐다.

***

"민주주의와 공산주의가 양립할 수 없다는 걸 안 저들이 우리 대한민국을 둘로 나눠놓기로 한 게야."

주석 김구는 한숨을 몰아쉬었다. 남에서는 미국이 이승만으로 하여금 민주주의를 내세우게 하고 북에서는 소련이 좌익으로 하여금 공산주의를 내세우게 했다며 탄식을 흘렸다. 그러고는 막아야 한다며, 무슨 일이 있어도 막아내야 한다며 울분을 토해냈다. 말은 그렇게 했지만 현실적으로 대책은 없었다. 막을 힘도 방안도 부재했다. 답답하고 안타까운 일이었다. 그렇다고 또 다시 일어날 민족의 비극을 그대로 두고 볼 수만도 없었다. 내쉬느니 한숨이요 탄식뿐이었다. 우울했다. 말도 끊겼다. 가끔씩 터져 나오는 한숨만이 침울함을 깨뜨렸다. 양휘보가 화제를 돌렸다. 분위기를 바꿔보기 위해서였다.

"난정서는 어떻게 할까요?"

주석 김구는 그제야 잊고 있었다는 듯 말했다.

"위창에게 다시 돌려줘야지. 그러려고 가져온 것이니까."

당연하다는 말투였다. 주석 김구의 대답을 듣고 양휘보는 상해에서 있었던 일을 떠올렸나.

27. 난정서

"시라카와 대장이 갖고 있죠."

료코의 말에 양휘보는 난감했다. 자기가 주었다는 말도 이어졌다. 당당한 그녀의 말에 양휘보는 눈살을 찌푸렸다. 처음에는 시라카와 대장이 난정서라는 말에 경계를 했다고 했다. 음모가 있을지도 모른다는 이유에서였는 것이었다. 조선인이 난정서를 미끼로 음모를 꾸미고 있을지도 모른다는 의심이었다. 그녀의 말에 양휘보는 흠칫했다. 그래서 시라카와 대장이 명령을 내렸다고 했다. 난정서에 대해 철저히 조사를 하라는 명령이었다는 것이었다. 양휘보의 얼굴이 긴장되었다. 그녀는 재미있다는 듯 생글거리며 말을 이어갔다. 하지만 아무런 단서도 찾지 못했고, 결국 난정서가 진품이며 음모와는 무관하다는 결론을 내리게 되었다고 했다. 시라카와는 난정서를 손에 넣기 위해 혈안이 되었고, 그것을 차지하기 위해 헌병대까지 동원하게 되었다는 것이었다.

"천하의 보물이니 그럴 만도 하지요."

듣고만 있던 양전이 나선 것이었다.

"그래 어찌 되었소?"

양휘보가 보채듯이 묻자 그녀가 미소를 지은 채 대답했다. 그녀의 양아버지인 슌케이도 난정서에 욕심을 갖고 자신에게 부탁하게 되었다는 것이었다. 같은 헌병대에서 상관과 부하가 함께 경쟁을 하게 된 것이라며 양전이 너털웃음을 터뜨렸다. 웃음은 유쾌하고 호탕했다. 그녀의 말이 이어졌다.

"명령 불복종까지 감행한 것이죠."

"하긴 그렇군. 슌케이가 시라카와의 명령을 어긴 것이니."

료코는 지난날을 떠올렸다. 슌케이가 자신을 부르던 날이었다.

***

"료코, 난정서를 찾아라. 어떻게든 손에 넣어야 한다."

슌케이는 난정서에 대한 탐욕을 거침없이 드러냈다. 드러낸 탐욕만큼 얼굴에는 어두운 그림자가 어렸다. 흐린 불빛 덧밈이 아니었다. 시라카와 대장은 어떻게 하느냐고 그녀가 물었다. 그건 걱정하지 말라는 슌케이의 대답이 이어졌다. 모든 책임은 자신이 진다는 것이었다. 그녀는 난정서만 가져오면 된다는 말이었다. 탐욕이 이글거렸다. 어떤 재앙이 닥칠지도 생각하지 않는 어리석은 욕망이었다. 후지쓰카는 뭐라 하더냐는 물음이 이어졌다. 료코가 잠시 망설이다 입을 열었다. 난정서인 것은 틀림없다고 했다는 대답이었다. 그가 직접 확인했다는 것이었다. 조선의 추사가 쓴 난정서가 확실하다는 말이었다. 그러니 이 슌케이를 미치게 한다며 슌케이가 안절부절못하며 손을 내저었다. 당장 눈앞에 난정서를 대령하라는 몸짓이었다.

"자칫 잘못하면 아버님께서 평생 쌓은 공이 수포로 돌아갈 수도 있습니다. 난정서가 아무리 좋은 것이라고 해도 신중히 생각하셔야 할 일입니다."

료코의 충고에도 슌케이는 막무가내였다. 오직 난정서뿐이라는 것이었다.

"아니다. 이미 많은 생각을 했다. 내겐 오직 난정서뿐이다. 그것이 있어야 내 앞길이 트인다. 그게 곧 조국을 위한 일이고."

료코는 순간 슌케이의 눈빛에서 절망을 읽었다. 그 덧없는 탐욕이 많은 생각을 하게 한 것이었다. 잘못하면 자신의 앞날에 장애가 될 수도 있겠다는 생각을 하게 한 것이었다. 그녀는 알겠다고 짧게 대답하고 말았다. 길게 대답할 가치를 느끼지 못했기 때문이었다. 네가 수고를 좀 해줘야겠다며 슌케이가 그녀를 달랬다. 필요한 조치는 모두 취해줄 것이라는 말도 이어졌다. 난정서 찾는 일에만 집중하라는 것이었다. 료코가 다시 알았다며 공손히 대답했다. 슌케이는 은근한 눈길로 그녀를 쳐다보았다. 그녀가 무안한지 고개를 떨궜다. 할 수만 있다면 사내를 잡으라는 명령 아닌 명령이 떨어졌다. 그녀가 고개를 들었다. 무슨 말이냐는 표정이었다.

"난정서의 행방을 알 만한 사내를 잡으란 말이다. 그게 지름길이다."

그제야 료코는 고개를 끄덕였다. 무슨 말인지 알겠다는 것이었다.

얼굴에는 미소까지 어렸다. 요염한 미소였다. 바라보는 슌케이조차 섬뜩하게 하는 요염함이었다. 너라면 어떤 사내라도 잡을 수 있을 것이라는 슌케이의 말이 이어졌다. 료코는 고개를 끄덕였다. 요염한 미소 때문에 목석같은 그 끄덕임이 더욱 섬뜩해 보였다. 그런 일이라면 자신 있다는 대답이 그녀의 입에서 차갑게 흘러나왔다. 슌케이가 정색을 했다.

"그렇다고 마음을 주지는 말고……."

말끝이 흐려졌다. 헛기침까지 나왔다. 부끄러운 내면을 살짝 감추기 위한 헛기침이었다. 창밖을 보며 말을 에돌렸다. 후지쓰카는 어떠냐는 것이었다. 그도 난정서에 대해 관심이 많을 것이라는 물음이었다. 그 물음은 후지쓰카를 경쟁자로 생각해서 나온 말이었다. 탐욕으로 이글거리는 눈빛이 그것을 말해주고 있었다. 선생님은 소유에는 관심이 없다는 대답이 이어졌다. 그녀의 대답에 그가 껄껄 웃었다. 마음이 놓여서 나온 유쾌한 웃음이었다. 역시 학사는 나르나네, 그는 영원한 학자라며 마음껏 웃어 젖혔다. 강력한 경쟁자를 하나 덜게 되었다는 안도감 때문이었다. 그가 욕심을 부린다면 어쩌면 난정서를 자신의 손에 넣기 어려울 수도 있을 것이었다. 실컷 웃어댄 슌케이는 다시 침울한 표정이 되었다. 혼잣말인지 아닌지 모를 말을 중얼거려댔다.

"시라카와가 문제다. 그가 먼저 손에 넣는 날에는……."

근심이 가득 배어 있는 중얼거림이었다. 근심거리는 제거 대상이었다. 료코도 거들었다. 상해 헌병대는 워낙 정보망이 넓다 보니 위험하다는 말이었다. 그뿐이냐며 슌케이가 염려 가득한 말을 쏟아냈다. 밀정회는 그보다 더 촘촘하다는 것이었다. 말을 하는 그의 얼굴에 짙은 그림자가 어렸다. 료코의 얼굴에도 구름이 드리워졌다. 그러나 그녀의 속마음은 말과 달랐다. 전혀 달랐다. 슌케이의 눈치를 봐가며 자신의 앞날을 가늠하고 있었던 것이다.

'내가 살 길은 시라카와에게 있다. 이런 좀팽이는 아무리 수양아버지라도 이 료코의 앞날을 책임져줄 수 없다.'

결론을 내린 료코는 입을 다물었다. 그러고는 조용히 물러났다.

"료코, 반드시 찾아야 한다."

"알겠습니다. 걱정 마십시오."

료코는 일단 안심시켜 놓고는 방을 나섰다. 하늘에 별들이 총총한 밤이었다.

* * *

"결국 난정서는 제가 손에 넣었고, 다시 시라카와에게 들어가게 된 겁니다."

시라카와란 말에 양휘보와 양전은 놀란 눈으로 동시에 물었다. 슌케이가 아닌 시라카와라니? 그녀는 빙그레 웃음을 지어 보였다. 웃음에서 어울리지 않는 음흉함과 잔인함이 동시에 묻어났다. 슌케이보다는 시라카와가 자신의 성공을 보장해줄 수 있는 자였기 때문이라는 그녀의 대답이 이어졌다. 두 사람은 그제야 고개를 끄덕였다. 어차피 슌케이는 자신의 성공을 위한 사다리에 지나지 않았다는 말도 덧붙었다.

양휘보는 순간 실망의 빛을 보였다. 그 빛은 좌절이자 허탈함이었다. 그렇게 된 것이라고 양전은 혼잣말처럼 중얼거렸다.

"그래, 그 뒤에는 어떻게 되었소?"

양휘보가 묻자 그녀의 말이 계속되었다. 시라카와도 죽음에 임박해서는 후회했다는 말이 이어졌다. 후회했다는 말에 양휘보와 양전 두 사람이 거의 동시에 물었다. 그렇게 원하던 것을 손에 넣었는데 왜 후회했느냐는 것이었다.

"죽음에 임박해서야 깨달은 거죠. 난정서의 진정한 주인이 누구인지를."

결국 내 것이 아니라는 것을 깨달은 게로군, 하며 양전이 혼잣말처럼 중얼거렸다. 료코가 맞다면서 그가 슌케이와 암투를 벌인 것까지 후회했다고 덧붙였다. 그러고는 잠시 망설이다가 다시 입을 열었다. 이회영의 음모에 당했다는 것도 그제야 알았다는 것이었다.

"이회영의 음모라니?"

양전이 놀란 눈으로 물었다. 양휘보도 다급히 물었다. 난정서가 그럼 가짜란 말이냐는 것이었다. 그녀가 손을 내저었다. 그런 게 아니라 처음부터 그가 자신들에게 혼란을 주기 위해 난정서를 갖고 들어온 것이라는 말이었다.

"그럼 자중지란을 일으키기 위해?"

그녀는 고개를 끄덕였고, 양전은 턱을 어루만졌다. 그렇게 해서 음모는 성공한 셈이었다고, 주효했던 것이라고 그녀가 쓸쓸하게 말했다.

그러자 시라카와와 슌케이를 갈라놓았으니 성공해도 크게 성공한 셈이라는 양휘보의 말이 이어졌다. 그의 목소리는 은근히 신이 나 있었다. 그런 그에게 료코가 한마디 쏘아붙였다. 팔이 안으로 굽는다고 아주 신이 난 모양이라는 것이었다. 이죽거림인지 비아냥거림인지 모를 그녀의 말에 그는 급히 표정을 바꿨다. 아니라며, 그렇지 않다며, 자신은 열렬한 투사도 아닌데 왜 그러냐며 손사래까지 쳐댔다. 그가 얼버무리자 양전이 끼어들었다.

"양 동지야 고서화와 인삼에나 관심이 있지 그런 일에야……."

표정이 야릇했다. 이죽거림이 분명했다.

"그래요. 돈이 최곱니다, 돈."

그도 지지 않고 손가락으로 동그라미를 만들어 보이며 맞장구를 쳤다. 양전이 껄껄 웃음으로 고개를 끄덕였다. 못 말릴 사람들이라며 료코도 입가에 웃음을 떠올리고 말았다. 웃음에는 안도하는 빛이 역력했다. 그런 그녀를 보고 양휘보도 한숨을 돌렸다. 시라카와가 죽고 나서는 어찌 되었느냐고 이번에는 양전이 물었다. 그녀의 표정이 심각해졌다. 심각해진 만큼 대답도 짧았다. 그녀도 그게 의문이었다는 것이다. 양전의 표정이 굳어졌다. 감쪽같이 사라졌다고 그녀가 말을 이었다. 누군가가 가로챘다는 것이었다. 누구였는지는 나중에 밝혀졌다고 했다. 그게 누구였냐고 양휘보가 물었다. 시라카와의 부관 요이치가 빼돌렸다는 대답이 이어졌다. 그도 욕심이 있었던 모양이라고 양휘보가 뱉듯이 말을 던지자 양전이 받아넘겼다. 그리고 왜 욕심이 없었겠느냐는 말이었다. 천하의 보물인데, 하는 양전의 말에 료코가 씁쓰레한 표정으로 웃음을 지어 보였다. 결국 난정서는 그녀가 다시 손에 넣게 되었다고 했다. 순순히 내주더냐고 양전이 물었다. 그러자 료코가 이를 갈았다. 제국의 법을 들먹이며 가택을 수색해서야 겨우 찾아냈다는 대답이 이어졌다.

"제국의 법이라니요?"

양휘보가 묻자 그녀가 대답했다.

"상관의 물건을 훔쳤으니 중대 범죄죠."

"그렇군. 그럼 요이치는 어찌 되었소?"

이번에는 양전이 물었다. 나가사키로 압송되어 재판을 기다리고 있을 거라는 료코의 대답이 이어졌다. 난정서는 어떻게 처리된 것이냐고 양전이 다시 물었다. 결국은 그녀가 난정서를 소유하게 된 경위를 물은 것이었다. 그녀가 시라카와에게 그것을 주었다는 것을 소명하고 자신의 것을 돌려받는 식으로 처리됐다고 했다. 제국 법원에서 소유를 인정했다는 말이었다. 그녀의 대답을 끝으로 침묵이 흘렀다. 상해의 가을 하늘은 푸르기만 했다. 멀리 외탄의 거리가 아련했다.

***

양휘보는 자리에서 일어나 서랍을 뒤적였다. 한지로 싼 두루마리가 손에 잡혔다. 난정서였다.

"일단 제가 갖고 있다가 돌려드리도록 하겠습니다."

주석 김구는 그렇게 하라며 고개를 끄덕이고는 자리에서 일어섰다.

"어디 가시게요?"

물음에 주석 김구는 중절모를 집어 들었다. 심산을 만나기로 했다는 것이었다. 누가 찾거든 모르는 척하라는 말도 건넸다. 알았다고 대답한 양휘보는 난정서를 갈무리해서 다시 서랍에 넣었다. 주석 김구가 문을 열자 맑은 햇살이 경교장 안으로 우르르 몰려들어왔다. 몰려든 햇살 속으로 지난날이 떠올랐다. 가슴 시린 날이었다.

***

상해의 예원(豫園)은 고요했다. 규모로나 풍치로나 유명한 그곳이 고요할 리가 없는데, 시절이 시절인 만큼 그럴 수밖에 없었다. 늘 사람들로 붐비고 왁자한 곳이었다. 특히 연인들의 발길이 끊이질 않는 곳이었다. 지금은 일제에 침탈당하는 시절, 그런 호사는 잠시 접어두어야 할 때였다. 높은 담장과 하늘로 치솟은 우아한 추녀만이 지난날의 영광을 되새김질하고 있었다. 연못을 사이에 두고 구불구불 이어진 다리가 대륙의 냄새를 짙게 풍겼다. 중국다운 곳이었고, 대륙다운 풍취가 느껴졌다. 양휘보는 난간에 기댄 채 물끄러미 생각에 잠겼다. 물빛에 햇살이 튕겼다. 햇살은 무지갯빛으로 튀어 올랐다. 그 사이로 생각이 들끓어 올랐다. 료코에 대한 생각, 사랑에 대한 생각, 동지들에 대한 생각, 조국에 대한 생각, 독립에 대한 생각······. 생각이 생각을 부르며 꼬리를 물고 이어졌다. 어지러웠다. 혼란스러웠다.

적국의 여인을 사랑하게 된 자신, 그 여인이 은밀히 불렀다. 은밀함은 기대와 두려움을 동시에 불러왔다. 사랑에 대한 기대와 적에 대한 경계였다. 그냥 좋다, 마냥 좋다, 사랑한다. 그게 그녀에 대한 양휘보의 마음이었다. 싫증이 나지도 않을 것 같았다. 변함도 없을 것 같았다. 그러나 그녀는 적의 첩자였다. 때론 그녀가 의미심장한 눈길을 던지기도 했다. 추파는 아니었다. 사랑의 감정이 그렇다고 본능적으로 느끼게 했다. 그녀도 분명 자신을 그렇게 생각하는 듯했다. 설레었다. 막을 수 없고 감당하지 못할 감정이었다. 이런저런 생각으로 싱숭생숭할 때 휘어진 추녀 밑으로 인력거가 모습을 드러냈다. 차양이 드리워진 검은색 인력거였다. 인력거꾼 역시 검은색 마괘자에 바지 차림이었다. 차양이 걷히고 그녀가 발을 내려놓았다. 양휘보의 눈길이 그녀에게로 향했다. 그녀가 사뿐히 내려섰다. 핑크색의 튜닉 블라우스에 하늘색의 긴 플리츠 스커트 차림이었다. 그녀는 꽃무늬 양산을 펼쳐 들고는 인력거꾼에게 손을 내밀었다. 그가 굽실거리며 삯을 받았다. 그녀는 우아하게 주변을 둘러보고는 걸음을 옮겼다. 인력거가 큰 바퀴를 굴리며 온 길을 되놀아갔다. 활짝 핀 연꽃이 그녀를 반기는 듯했다. 양휘보의 웃음도 마찬가지였다.

"오래 기다렸어요?"

그녀가 물었다. 오늘은 차림새가 특별하다는 말로 그가 대답을 대신했다. 평소와 다른 그녀의 옷차림을 두고 한 말이었다.

"저라고 선머슴 차림만 하고 다니라는 법이 있나요?"

말이 그녀의 미소만큼이나 예뻤다. 양휘보가 무언가 대꾸를 하려는데 그녀가 먼저 나섰다. 보는 눈이 있을지 모르니 자리를 옮기자는 말이었다. 그제야 양휘보가 주위를 둘러봤다. 사람은 그림자도 보이지 않았다. 오히려 그 적막함이 의심스러웠다. 그녀를 따라 발걸음을 옮겨놓았다. 담장의 이끼와 아름드리나무가 예원의 역사를 그대로 말해주고 있었다. 꽃과 나무는 운치를 대신하고 있었다. 잘 다듬어진 돌계단과 디딤돌이 편했다.

양산 아래에 표정을 숨긴 료코는 생각했다. 심경이 착잡했다. 드러내지는 않았다. 그가 곁에서 말없이 따르고 있었다.

'인간의 마음이 이리도 가벼운 것이었던가? 이 료코의 조국에 대한 충정이 이리도 나약한 것이었던가? 십 년 충정이 세 번의 만남으로 무너졌다.'

유리조각이 부서지듯 산산이 부서져 내렸다. 부서져 내림에 료코는 흔들렸다. 깊게 흔들렸다. 깊게 흔들려서 진저리를 쳤다. 온몸이 떨렸다. 그녀는 그런 자신이 이해가 되질 않았다. 밉기까지 했다. 슌케이가 넌지시 던진 말에는 어림없다는 투로 웃음을 흘렸다. 이제는 그 웃음이 족쇄가 되었다. 족쇄는 괴로운 것이었다. 아픈 것이었다. 말을 할 수도, 표현을 할 수도 없었다. 그게 그녀의 현실이 되어버리고 말았다. 어쩌면 하늘이 내린 기회일지도 모른다. 심연을 뒤흔드는 기회, 사랑의 감정이 무언지 깨닫게 해주는 기회. 그렇게 자신을 위로하며 료코는 견뎌왔다. 견딤은 버티기 어려운 것이었다. 아프고 쓰린 것이었다.

'이 사람의 매력이 도대체 무엇이란 말인가? 내가 왜?'

료코는 거듭 생각했다. 내딛는 발걸음마다 생각했다. 생각에 생각을 거듭해도 여전히 알 수는 없었다.

'단순한 서화가는 아니다. 불령선인의 냄새가 난다. 그런데도 그가 좋다.'

료코는 진저리를 쳤다. 자신의 아픔 때문이 아니었다. 그가 좋아서였다. 그런 자신에 료코는 또 다시 진저리를 쳤다. 이번에는 자신의 한심스러움과 그런 자신에 대한 미움 때문이었다.

'그런 게 오히려 이 사람의 매력이다.'

료코는 속으로 되뇌며 고개를 돌렸다. 그가 무심한 얼굴로 예원을 둘러보고 있었다. 무심한 그 모습마저 아름다워 보였다.

"난정서 말이에요."

조심스레 운을 뗐다. 그가 고개를 돌렸다. 표정이 무덤덤했다.

"제가 드릴게요."

그녀의 말에 양휘보가 발걸음을 멈춰 세웠나. 눈빛이 의아했다.

"사물도 제 자리가 다 있는 법이라고 하더군요. 제 자리에 있을 때 비로소 그 빛을 발한다고도 하고요."

양휘보는 아무런 말이 없었다. 할 말이 없어서가 아니었다. 그녀의 태도 때문이었다. 예상치 못한 일이었다. 그토록 그것을 손에 넣으려 안간힘을 썼던 그녀다. 그런 그녀가 자신에게 그것을 넘기겠다는 것이었다. 의아함을 넘어서 의심이 들기까지 했다. 무언가 함정이 있는 것만 같았다.

"스승님께서도 늘 말씀하셨죠. 문화재는 만국 공동의 재산이다, 누가 갖느냐가 중요한 것이 아니라 어떻게 보존하느냐가 중요한 것이다, 라고요." 말을 하면서도 료코는 안타까웠다. 정작 하고 싶은 말은 그게 아니었다. 말은 입 안에서만 맴돌았다. 당신을 사랑하기 때문이라고. 그 말이 그렇게 내뱉어지지를 않았다. 자존심 때문이 아니었다. 자신도 모를 일이었다. 지금껏 느껴보지 못한 감정이었다. 부끄러움 탓일지도 몰랐다. 그래도 되겠느냐고 그가 물었다. 물음은 짧았다. 그녀의 마음을 떠보기 위해서였다. 진심을 알고 싶었던 것이다. 료코는 입술만 달싹거렸다. 차마 말이 되어 나오지는 못했다.

"제 마음이 당신 가슴 속에 있어요. 제 자리가 거기인 거죠."

어렵게 말이 나왔다. 부끄러워하며 한 말이었다. 양산이 고개를 숙였다. 그녀의 얼굴이 하얀 양산 아래로 숨어들어갔다.

"저를 그 자리에 놓아주세요."

말이 떨렸다. 살짝 떨렸다. 그녀답지 않았다. 양휘보는 그제야 진심을 알았다. 의심이 풀어졌다. 의아했던 것이 이해되었다. 그리고 이심전심이라는 말이 떠올랐다. 자신이 애타게 그녀를 그리워했듯이 그녀도 자신을 그렇게 그리워하고 있었던 것이다. 울컥했다.

'내 정성이 당신 가슴에 닿았구려.'

차마 뱉어지지는 못했다. 역시 부끄러움 때문이었다. 어렵겠느냐는 말이 그녀의 입에서 조심스레 흘러나왔다. 양산이 들렸다. 그녀의 화사한 얼굴이 다시 모습을 드러냈다. 부끄러움인지 사랑인지 모를 미소가 그녀의 입가로 피어올랐다.

"아니오. 다만 두렵소."

두렵다는 말에 그녀가 고개를 끄덕였다.

"저도 마찬가지예요."

동병상련이었다. 동지에 대한 배신, 조국에 대한 배신. 손가락질과 온갖 욕을 얻어먹을 것이었다. 견뎌야 할 것이었다. 배신에 따르는 아픔을 이겨내고 사랑을 위해 버텨야 할 것이었다. 두렵다는 말로 마음을 함께한 두 사람은 바로 그 말을 버렸다. 말로써 이겨내야 할 것이 아니기 때문이었다. 늦가을의 예원은 쓸쓸했다. 사람이 없어서 더욱 그랬다. 두 사람의 그림자만이 그 넓은 공원을 지켰다. 퇴락한 회화나무 그림자가 난간에 기댔다. 선비의 나무는 그렇게 대륙과 함께 외로움을 견뎌내고 있었다. 견딤과 버팀 사이에 그 무엇이 있을 듯했다. 견딤으로써 치욕을 이겨내고 버팀으로써 사랑을 이루어낼 것이었다. 버티고 견뎌서 이겨내고, 견디고 이겨내서 이룰 것이었다.

"사실 나도 당신을 그리워했소."

양휘보가 말문을 텄다. 더 이상 감추지 않아도 될 듯했기 때문이었다. 료코가 화들짝 놀라 물었다. 그게 정말이냐고? 반가움이 가득한 물음이었다. 감동의 빛도 보였다. 양휘보의 고개가 끄덕여졌다. 그는 마주봄으로서 정을 표현했다. 그녀의 눈동자가 심하게 흔들리고 있었다. 촉촉이 젖어들기도 했다.

"그랬군요."

짧은 말로 감동을 표현했다. 견뎌낸 아픔의 허탈함이기도 했다. 사랑이었다. 양휘보가 한 걸음 다가섰다. 그녀가 빤히 올려다보았다. 여인의 살 냄새가 코를 자극했다. 하얀 꽃무늬 양산이 쓰러졌다. 바람에 나뒹굴었다. 료코는 양휘보의 가슴에 안겼다. 안겨서 견뎌낸 아픔을 치유했다. 아픔이 깊어서 깊이 안겼다. 양휘보도 마찬가지였다. 버틴 그리움을 안음으로써 털어냈다. 훌훌 털어냈다. 바람이 상처를 보듬어 안았다. 보듬어 안은 바람에 시간이 휩쓸려갔다. 휩쓸려간 시간이 스러졌다. 안개처럼 스러졌다.

난정서는 결국 그녀가 양휘보에게 건네면서 대륙에서의 험난한 여정을 마무리하게 되었다.

28. 강동정치학원

강동정치학원은 평남 강동군에 설치된 대남공작원 양성 기관이었다. 월북한 사람들로 구성되었으며, 주로 남로당 계열의 활동을 지원하는 정치공작대를 양성하는 것을 목적으로 설립되었다. 이곳에 가슴 부푼 기대와 더불어 큰 포부를 안은 젊은이들이 모여 있었다. 남로당 간부 이현상을 비롯해 중앙위원인 고찬보, 민전 중앙위원인 유축운 등이었다. 이들뿐만이 아니었다. 북토당 간부인 이성조와 선진부장 김창만도 함께하고 있었다.

"참으로 좋은 날이오. 동지들과 더불어 이렇게 함께해서 더욱 좋소."

북로당 간부부장인 이상조가 잔을 들며 먼저 말을 꺼냈다. 남로당의 이현상이 맞받았다.

"뿐이겠습니까? 우리는 모스크바 유학을 앞두고 있는 조국의 동량들이올시다. 함께 힘을 모아 조국을 위해 헌신합시다!"

잔을 든 그의 얼굴에 웃음꽃이 피었다. 웃음은 화사했다. 당연한 말이라고, 우리는 하나라고, 하나의 목표를 향해 힘을 합치자고 하는 말이 이어졌다. 잔이 부딪고 웃음소리가 와르르 쏟아졌다.

"오늘의 우정을 위하여!"

잔이 몇 차례 돌자 분위기가 고조되었다. 고조된 분위기는 자연스레 정치 이야기로 이어졌다. 미군에 의해 남쪽이 점령되었으나 우리는 통일 조국을 위해 힘쓰자는 김창만의 말이었다. 순간 이현상의 이마가 찌푸려졌다.

"김 동지! 미군에 의해 점령되었다니요?"

이현상의 불쾌함과는 달리 김창만의 입가에는 미소가 번져 있었다. 그렇지 않느냐면서 지금 남쪽은 미군이 모든 것을 장악하고 있지 않느냐는 말이 다시 이어졌다. 무슨 말을 그렇게 하느냐며 이현상이 남로당을 입에 올렸다. 엄연히 남로당이 있는데 무슨 말을 그렇게 하느냐는 것이었다. 그제야 김창만이 웃음을 거둬들였다. 진지해진 얼굴로 그가 다시 말을 받았다. 맞는 말이기는 하지만 실질적인 정국 운영은 미군에 의해 이루어지고 있는 것이 사실 아니냐는 말이었다. 듣고만 있던 고찬보가 나섰다. 목소리가 다소 높았다. 그건 북쪽도 마찬가지라는 것이었다. 소련군이 점령하고 있지 않느냐는 말이었다. 표현이 지나치다고 북로당 간부 이상조가 나섰다. 그의 목소리도 고조되어 있었다. 각 위수사령부의 사령관이 소련군인 것이 그것을 증명하고 있지 않느냐고 고찬보가 다시 항변했다. 분위기가 심상치 않게 흐르자 이현상이 가로막고 나섰다.

"그만합시다! 이러다 자칫 우리끼리 싸우겠소."

만류에 김창만도 고개를 끄덕였다. 같은 생각이었던 것이다. 괜한 일로 다투지 말자는 것이었다. 이현상이 한숨을 몰아쉬었다. 해방이 되었다고는 하지만 작금의 상황이 우리의 아픔을 그대로 말해주고 있는 듯하다고 했다. 그 말을 이상조가 받았다. 남이나 북이나 남의 손아귀에 잡혀 있는 것은 누가 뭐라 해도 부정할 수 없는 일이라는 것이었다. 김창만의 입에서도 한숨이 새어나왔다.

"술이나 드십시다. 이리 좋은 날에 한숨이라니요."

유축운이 잔을 권하자 고찬보가 그러자며 잔을 들었다. 술잔이 다시 돌았다. 몇 순배 더 돌고 나자 거나하게 취한 김창만이 또 다시 물었다. 이 땅에 통일 공화국이 들어선다면 누가 최고 지도자가 되어야겠느냐는 것이었다. 뜬금없었다. 게다가 물음은 노골적이기까지 했다. 거침없는 이상소의 대답이 이어졌다. 그야 당연히 김일성이라는 것이었다. 이에 이현상이 발끈하고 나섰다. 무슨 소리냐는 말이었다. 박헌영이야말로 진정한 통일 공화국의 지도자 감이라는 것이었다. 김창만이 눈살을 찌푸렸다. 어림없다는 것이었다. 만주벌 빨치산의 김일성이야말로 진정한 지도자라는 것이었다. 남로당의 박헌영이야 어디 그만한 인물이냐고 묻기까지 했다. 물음은 얕보는 것이자 노골적인 것이었다. 유축운이 끼어들었다. 소련 공산당으로부터 인정받은 인물이 바로 박헌영이라는 것이었다. 소련 공산당이 책임비서 자리를 함부로 내주지 않는다는 것은 동지들도 잘 알 것 아니냐고 묻기까지 했다. 그 말을 이현상이 이어 받았다. 자신이 보기에 김일성은 인민무력부장 정도면 적당하다는 것이었다. 잘라 말하는 이현상에 이상조가 자리를 박차고 일어섰다.

"박헌영이야말로 당파싸움만을 일삼는 종파주의자요. 우리 김일성 동지가 만주에서 온갖 어려움을 겪으며 조국독립을 위해 싸우고 있을 때 박헌영은 경성에서 무얼 했소? 겨우 형무소나 들락거리지 않았소?"

말은 거칠었다. 게다가 가팔랐다. 거칠고 가파른 말은 이현상을 자리에서 일어서게 했다. 좀처럼 냉정함을 잃지 않는 그였다. 보기 드문 일이었다.

"국내에서의 독립운동이야말로 험난하고 힘겨운 일이었소. 만주 벌판에 있었다는 것이야말로 횃대 밑에서 호랑이 잡는 격 아니었소?"

민전 중앙위원인 유축운도 거들고 나섰다. 갖은 고문과 혹독한 수형 생활은 겪어보지 않은 사람은 모른다는 것이었다. 종파주의로 폄훼하다니 그야말로 모욕이라며 울분을 토해내기까지 했다. 평소 과묵하고 흥분하지 않는 이현상이 두 손까지 부르르 떨었다. 극도로 흥분되었던 것이다. 조선공산당을 내세워 북로당을 우습게보면 그냥 두지 않겠다는 김창만의 말이 채 끝나기도 전에 요란한 소리와 함께 술상이 엎어졌다. 이현상이 참지 못하고 그만 술상을 뒤엎은 것이었다. 김창만이 뒤로 물러서며 한번 해보자는 게냐고 소리쳤다. 이상조도 자리를 박차고 일어섰다. 고찬보와 유축운도 자리에서 일어섰다. 김일성이야말로 파렴치한 행동을 당장 그만두어야 할 것이라며 이현상이 얼굴을 붉혔다. 벌겋게 상기되기까지 했다.
"파렴치한이라니?"
김창만도 얼굴을 붉히고 참을 수 없다는 듯 주먹을 내질렀다. 이현상이 다급히 얼굴을 돌렸다. 주먹이 허공을 갈랐다. 이현상이 뒤로 물러나며 한마디 더 덧붙였다. 남로당을 차별하는 것이 파렴치한 짓이 아니고 뭐냐는 것이었다. 김창만의 주먹이 또 다시 날아갔다. 발길질도 이어졌다. 옆에 있던 고찬보가 끼어들었다. 힘으로 하자는 게냐며 그가 김창만의 주먹을 막아냈다. 그러자 요절을 내겠다며 이상조도 달려들었다. 유축운도 가세했다. 싸움은 이제 패싸움으로 번지고 말았다. 책상이 엎어지고 의자가 나뒹굴었다. 남로당 놈들은 죄다 쓸어버리겠다는 말과 북로당의 죽일 놈들이라는 말이 허공에서 부딪혔다. 주먹과 발길질도 허공을 가르며 난무했다. 그런 가운데 북로당의 김창만과 이상조가 그만 구석으로 몰리고 말았다. 수직 열세를 극복하지 못했던 것이다.
"김일성이 최고 지도자라니? 개가 웃을 일이다!"
유축운의 이죽거리는 말에 분노한 김창만이 이현상을 힘껏 밀어붙이고는 밖으로 뛰쳐나갔다. 도망가느냐는 유축운의 비아냥거리는 소리가 다급히 빠져 나가는 김창만의 뒤를 쫓았다. 다 죽여버리겠다며 이를 가는 김창만의 분노가 바람을 타고 날아들었다. 홀로 남은 이상조가 세 사람을 상대하는 꼴이 되고 말았다. 저런 놈을 동지라고 함께

하느냐는 유축운의 이죽거림이 계속되었다.
"동지들, 그만합시다!"
이현상이 두 사람 앞을 막아섰다. 의리라고는 눈곱만큼도 없는 놈들이라는 말과 이참에 아예 본때를 보여주자는 말이 동시에 터져 나왔다. 이현상이 그만하면 됐다며 고찬보를 가로막고 말렸다. 그제야 이상조가 고개를 들었다. 얼굴이 말이 아니었다. 코피가 흐르고 눈두덩이 부어올라 있었다. 이 치욕을 반드시 갚을 날이 있을 것이라며 그가 세 사람을 노려보았다. 그때였다.
"이 새끼들, 다 죽여버리겠어!"
김창만이 다시 뛰어들었다. 손에는 소총이 들려 있었다. 놀란 유축운이 옆으로 뛰었다. 안 된다며 뒤따라온 손태민이 말렸다. 상황의 심각함을 알고 뒤쫓아 온 것이었다. 참으라며, 자칫 잘못하면 모스크바에도 못 간다며 그는 김창만의 앞을 가로막고 소리쳤다. 비키라는 소리와 남로당 반동들은 싹 쓸어버려야 한다는 말이 그의 입에서 연거푸 터져 나왔다. 그에 맞서 어디 쏴 보라며 고찬보도 지지 않고 맞섰다. 이현상이 다시 나섰다.
"동지들, 이제 그만합시다! 손태민 동지의 말이 맞소. 우리가 경솔했소."
순간 총성이 울렸다. 김창만이 방아쇠를 당긴 것이었다. 이현상과 고찬보는 재빨리 몸을 움츠렸다. 다행히 총탄은 천장을 뚫었을 뿐이었다. 손태민이 총구를 밀어 올린 것이었다. 진짜 죽이려 하느냐며 유축운이 놀란 눈으로 김창만을 노려보았다. 이제 큰일 났다는 소리와 함께 보위대가 곧 들이닥칠 거라는 말이 끝나기가 무섭게 밖이 소란스러워졌다. 무슨 일이냐며 원생들이 우르르 몰려든 것이었다. 상황을 파악한 강원룡이 김창만을 부여잡았다.

"총을 내려놓으시오! 이게 무슨 짓이오?"

그제야 김창만도 자신이 한 짓이 어리석음을 깨닫고 총을 내려뜨렸다. 팔에 힘이 빠져 있었다. 표정도 멍했다. 큰일이 났다며 신동철도 혀를 차고는 끼어들었다.

"저 남로당 분파 종자들이 우리 북로당을 업신여겼소."

김창만의 말에 강원룡이 한마디 던졌다. 같은 혁명동지들끼리 분파는 무슨 분파냐며 나무라는 소리였다. 신동철도 말을 보탰다. 여기 있는 동지들은 다 같은 혁명동지라는 말이었다. 동지야말로 분파를 일으키는 협잡꾼이 아니고 무엇이냐는 말을 덧붙이기도 했다. 김창만이 무어라 대꾸하려는 순간 총을 든 보위대원들이 들이닥쳤다.

"손들어!"

보위대원들은 먼저 김창만의 총을 빼앗았다. 그러고는 그를 제압했다. 보위대는 이현상을 비롯해 고찬보와 유축운, 이상조까지 모두 체포했다.

"이 동무들 이거 정신이 나갔구먼!"

보위대장 한문수는 한심하다는 눈초리로 이들을 쏘아보았다. 그러면서 모스크바 유학은 물 건너간 줄 알라고 했다. 그제야 김창만과 이현상을 비롯한 동지들의 눈에 후회의 빛이 감돌았다. 따라오라는 보위대장의 말에 다섯 사람은 순순히 따라갔다. 따라간 그들은 보위대에 감금되었다.

   소련 군정에 보고된 이 사건은 박헌영과 김일성 간의 세력대결로 해석되었다. 소련 군정은 허가이로 하여금 진상을 조사하게 했다. 허가이는 소련 군정의 대변자 역할을 하는 인물로 김일성조차도 어려워하는 존재였다. 소련 군정에 큰 영향력을 가진 그는 곧 사태를 파악하고 다섯 사람의 모스크바 유학을 취소시켰다. 김창만은 간부학교 교장으로, 이상조는 군대로 보내버렸다. 이현상을 불러서는 지리산으로 내려가라는 명령을 내렸다. 그야말로 청천벽력과도 같은 명령이었다. 이현상은 항변했다. 항변했으나 명령을 되돌릴 수는 없었다. 남로당 당원이라는 불리한 점이 그런 명령이 내려지는 데 한몫을 한 것 같았다. 죽음의 땅 지리산으로 가지 않을 수 없었다. 살아서 돌아올 수 없는 곳이었다.

29. 음모

주석 김구의 북행을 모두가 만류했지만 소용없는 일이었다.

"위험합니다. 소련군이나 김일성이 어떻게 할지 모릅니다."

신태무는 극력 반대했다. 이희도도 마찬가지였다. 주석님 심정이야 이해하지만 역효과도 생각해야 한다며 다음으로 미루라고 했다. 지금은 때가 아니라는 것이었다. 연이은 반대에도 불구하고 주석 김구는 엷은 미소만 지었다.

"이 한 몸 편하고자 구차하게 살지는 않을 것이네. 내 38선을 베고 죽는 한이 있더라도 가서 통일정부 수립을 위한 협상을 하고 말 것이네."

신태무는 고개를 절레절레 흔들었다. 북으로 가서 협상을 하기보다 차라리 여기에서 단독선거에 반대하는 활동을 하는 것이 낫다는 말로 다시 설득했다. 그러나 주석 김구는 손을 내저었다. 그만큼 했는데도 듣지 않으니 어쩌겠느냐는 것이었다. 가서 멱살이라도 한번 잡아봐야겠다는 말이었다. 멱살을 잡는다는 말을 하면서는 웃음까지 지어 보였다. 천진했다. 신태무도 주석 김구의 결의를 모르고 하는 소리는 아니었다. 하지만 어떻게든 주석 김구의 북행을 막아보고자 했다.

"가세!"

그는 김규식을 재촉해서 차에 올랐다. 그러고는 북쪽으로 향했다.

남한만의 총선거에 반대하던 주석 김구는 김규식 등과 함께 북으로 올라가 김일성, 김두봉 등 북쪽 지도자들과 만났다. 만나서는 협상을 벌였다. 협상에서 남북 지도자들은 외국 군대, 즉 미군과 소련군의 즉각 철수를 합의하여 내세웠다. 남북이 총선거를 실시해 정부를 수립하자는 데도 동의했다. 통일정부 수립에 합의했던 것이다. 그러나 합의는 합의에 불과했고, 실제로 이루어지지는 못했다. 아쉬운 일이었다.

* * *

"아키토, 반드시 손에 넣어야 한다."

"알겠습니다, 회장님."

"우리 목적을 달성하는 데 매우 중요한 것이다."

슌케이의 표정은 사뭇 비장하기까지 했다. 아키토 역시 그랬다. 조선으로 다시 들어갔으니 오히려 잘된 셈이라고 아키토가 말했다. 조선은 지금 들떠 있고 혼란스럽다며 다시없는 좋은 기회라고 했다. 슌케이도 그렇게 생각한다고 말을 받고는 중요한 것은 목적을 이뤄내는 것이라고 했다. 아키토가 그건 잘 알고 있다며 납작 엎드렸다. 납작 엎드린 그의 모습은 비굴하기 짝이 없었다. 마치 주인 앞에 무릎을 꿇은 한

마리 개만 같았다.

"우리 밀정회가 조선에 친일 정권을 세워놓기만 한다면 대일본 제국의 조선 지배는 계속될 것이다. 때문에 반드시 성공해야 한다."

이리저리 굴려대는 슌케이의 교활한 눈동자가 쥐의 그것만 같았다. 회색 눈빛도 그랬다.

"조선인들은 곧 잊을 것입니다. 자신들이 왜 대일본제국의 지배를 받게 되었는지를 까마득히 잊을 것입니다."

아키토의 음흉한 말에 슌케이가 고개를 끄덕였다.

"혹여 저들이 잊지 못하면 잊게 만들어라. 그게 우리가 할 일이다."

"이미 그 일에 적합한 자들을 마련해 두었습니다. 염려 마십시오."

기다렸다는 듯이 슌케이가 물었다. 어떤 자들이냐는 것이었다. 그의 말이 떨어지기가 무섭게 아키토의 입에서 조선인들의 이름이 줄줄 쏟아져 나왔다.

"노넉술, 심창룡, 박중양, 심택승 등등 수두룩합니다. 우리가 활용할 만한 자들이 아주 많습니다."

슌케이는 흡족한 표정으로 미소를 머금었다. 미소 속에 칼날이 들어 있었다. 일제의 망령이 깃든 칼날이었다. 그 이름들은 자신도 들어보았다며 빙긋이 웃었다. 모두 다 대일본제국의 훌륭한 신민들이라는 말이 아키토의 입에서 비어져 나왔다. 그러니 우리 편이 될 수밖에 없다는 말도 이어졌다.

"뼛속까지 우리 편이 될 놈들이로군!"

슌케이의 미소가 비릿하게 번졌다. 그자들은 우익과도 친밀한 자들이라는 말과 더불어 앞으로 활용할 가치가 매우 높다는 말도 이어졌다. 슌케이는 조용히 고개를 가로저었다. 그런 놈들보다는 좀 더 윗선에 있는 놈을 잡아야 한다는 것이었다. 앞으로 조선을 이끌어나갈 지도자급으로. 슌케이는 지도자란 말에 힘을 주었다. 아키토가 다시 그 말을 받았다. 당연한 일이라며 몇몇 그런 자들을 살펴보고 있다고 했다. 그들은 권력에 미친 자들이라고 했다. 다시금 나라를 팔아먹을 만큼 권력에 미친 자들이라는 것이었다. 무서운 말이었다. 두려운 말이었다.

"맛을 들이면 그렇게 되어 있다. 권력이라는 것이. 미치지 않을 수가 없지."

슌케이는 눈을 가늘게 뜨고는 천장을 올려다보았다. 그의 눈이 뭔가에 취한 듯 몽롱하게 잠겨들었다. 아주 서서히 맛을 들이게 하라고 명령을 내렸다. 그러면 미칠 것이고 미치면 우리 뜻대로 될 것이라 했다. 혼잣말처럼 중얼거리는 슌케이의 입가로 다시금 미소가 피어올랐다.

"땅에서 넘어진 자 땅을 짚고 일어난다고 했다. 지금은 비록 이렇지만 우리는 반드시 다시 일어선다. 조선도 우리 손아귀에 다시 넣는다. 조선인은 어리석다. 아직도 정신을 못 차리고 있다. 사분오열되어 제각기 권력에 미쳐 있다. 그들에게 사상은 권력쟁취의 도구일 뿐 목적이 아니다. 사회주의를 이용해 권력을 쥐려는 자, 민족주의로 군중을 사로잡으려는 자, 민주주의로 권좌에 앉으려는 자……, 모두 권력을 추구할 뿐이다."

말이 꼬리를 이었다.

"우리는 저들의 탐욕에 불만 지피면 된다. 서로 물고 뜯고 싸워서 지칠 때까지."

슌케이는 잠시 말을 끊었다가 다시 이었다.

"결국 지쳐 쓰러지고 나면 우리 손이 필요할 것이다."

아키토는 정중히 머리를 조아렸다.

"난정서에 대한 정보는 얻은 것이 있느냐?"

슌케이가 고개를 내려 물었다. 아키토가 머리를 들어 답했다. 임시정부의 양휘보라는 자가 갖고 있다고 했다. 확신에 찬 대답에 슌케이의 물음이 다시 이어졌다. 어떤 자냐는 것이었다. 불령선인 이회영의 가신이라고 아키토가 대답했다. 어려서부터 이회영의 시동으로 자랐고 커서는 그림자처럼 따랐다는 말도 이어졌다. 슌케이의 눈살이 찌푸려졌다.

"이회영의 그림자라?"

만만치 않은 놈이라는 말이 아키토의 입에서 흘러나왔다. 신흥무관학교 출신으로 광복군까지 거쳤다는 말에 슌케이는 말없이 고개만 끄덕였다. 게다가 위창 오세창의 둘도 없는 제자여서 고서화에도 일가견이 있다는 말에 슌케이가 앉은 자세를 고쳤다. 표정도 달라졌다.

"위창의 제자라고?"

"그렇습니다. 해서 그자가 난정서를 가져왔다고 합니다."

계속해보라는 슌케이의 말이 이어졌다. 재촉에 아키토의 말이 꼬리를 물고 이어졌다. 그가 난정서를 대륙으로 가져왔고, 이회영이 원세개를 만날 때도 함께했다는 것이었다. 더구나 임시정부에 합류해서 밀정회를 염탐하기도 한 것으로 알고 있다고 했다. 중국 쪽 인물들과도 교류가 있었느냐고 슌케이가 물었다. 아키토는 잠시 기억을 더듬다가 고개를 쳐들었다.

"그러고 보니 양전과도 안면이 있다고 했습니다."

"양전이라면? 제백석의 제자 말인가?"

아키토가 그렇다고 대답했다. 그와 종종 만났다는 얘기를 들은 적이 있다는 것이었다. 슌케이가 얼굴을 찌푸렸다. 문제가 좀 복잡해졌다는 것이었다. 고심하는 빛이 역력했다. 아키토가 왜 그러느냐고 조심스레 물었다. 그가 고개를 가로저었다. 그들이 어울렸다면 료코도 관련이 있을 것 같다는 말이었다.

"료코 양이요?"

"그래. 믿기는 하지만, 그래도 또 모르니."

그제야 아키토도 고개를 끄덕였다. 그럴 수도 있겠다며 그도 눈살을 찌푸렸다. 찌푸리면서 료코 양이 양전과 어울리는 것을 확인한 적이 있다는 말도 했다. 슌케이가 목을 길게 빼고 소리를 낮췄다. 목소리가 낮게 깔렸다. 더욱 음흉했다.

"료코에 대해서도 은밀히 알아봐라!"

슌케이의 말에 아키토의 얼굴이 굳어졌다. 돌다리도 두드리고 건너라 했다는 말이 슌케이의 입에서 흘러나왔다. 알겠다는 아키토의 대답이 이어졌다. 슌케이의 의심이 이해되었다. 그녀가 한 번 배신을 한 적이 있기 때문이었다.

"임시정부에 있다면 경교장에 있겠구나?"

그렇다는 아키토의 대답이 이어졌다. 쉽지 않을 텐데 어떻게 빼돌릴 생각이냐고 슌케이가 물었다. 떠보듯이 묻는 물음에 그가 기다렸다는 듯이 대답했다. 경성 최고의 재주꾼이 있다는 말이었다. 아키토의 얼굴에 미소가 어렸다. 미소는 자신만만했다.

"경성 최고의 재주꾼?"

슌케이가 또 다시 고개를 디밀었다. 관심이자 호기심이었다.

"그렇습니다. 명동신수(明洞神手)라는 자인데 남의 물건을 제 것처럼 쓰는 놈입니다. 조선 최고의 도둑놈이지요."

"명동신수라?"

슌케이는 말끝에 너털웃음을 터뜨렸다. 이름 한번 제대로 지었다는 것이었다. 허나 경교장은 좁고 사람은 많나니 늘 보는 눈이 있을 텐데 아무리 명동신수라지만 그게 가능하겠느냐고 물었다. 총독부 물건도 제 것처럼 가져다 쓴 놈이라는 아키토의 대답이 이어졌다. 총독부라는 말에 슌케이의 눈살이 찌푸려졌다.

"총독부도 놈에게 당했단 말이냐?"

표정이 굳어졌다.

"부끄럽습니다만, 그랬습니다. 놈을 조선의 영웅으로 만들어줬던 일이지요."

슌케이는 잠시 생각에 잠겼다. 무언가 고심하는 눈빛이었다. 그자가 헌병대 보안과 문서를 훔쳐 한바탕 난리가 났다는 아키토의 말이 이어졌다. 슌케이의 입에서 욕설이 튀어나왔다. 머저리 같은 놈들이라며, 조선의 도둑놈 하나 막지 못해 총독부, 그것도 헌병대가 당했다니 한심한 놈들이라며 혀까지 차댔다. 그렇게 한차례 난리를 치다가 조용조용 나머지 말을 이었다.

"그러니 우리 대일본제국이 이리 된 게야."

아키토는 조아린 채 고개를 들지 못했다. 마치 제 죄인 듯 송구해 했다. 그놈이 대체 어떻게 했더란 말이냐고 슌케이가 다시 물었다. 아키토가 조심스레 대답했다. 말이 바닥을 기었다. 불령선인이 그놈을 꼬드겨 헌병대의 사찰 문서를 훔쳐냈다는 것이었다. 만 원이라는 거액으로 유혹을 했다는 말이 더해졌다.

"사찰 문서라니?"

대일본제국에 협조한 자들의 명단이 들어있는 비밀문서였다고 했다. 그중에는 조선의 독립군을 가장한 밀정도 상당수 있었다고 했다. 슌케이의 표정이 일그러졌다. 총독부의 헌병대가 그 정도로 안이했단 말이냐며 연신 혀를 차댔다. 아키토의 말은 계속 이어졌다. 명단에는 포섭하려는 자들도 있었고, 불령선인에 의해 이미 피살된 자들도 있었다는 것이었다. 슌케이의 한숨이 더욱 깊어졌다.

"그래, 난정서를 얻은 후에는 어떻게 할 작정이냐? 네 생각을 들어보자!"

꼬치꼬치 캐물었다. 아키토의 준비된 대답이 줄줄 이어졌다. 노덕술을 이용하겠다는 것이었다. 말을 들을까? 해방이 되었는데? 라며 슌케이가 미심쩍어 했다. 아키토는 빙긋이 웃었다.

"듣게 해야지요. 배신자 아닙니까?"

배신자라는 말에 슌케이가 의미심장한 미소를 지어 보였다. 고개도 끄덕였다. 또 다시 물었다. 포섭한 후의 일을 물은 것이었다. 노덕술을 장택상에게 접근시키겠다는 대답이 나왔다. 장택상은 이승만의 심복이라면서 이승만을 잡으면 우리의 일은 성공한 것이나 마찬가지라고 했다. 이승만은 친미주의자가 아니냐고 슌케이가 물었다. 그의 눈이 커졌다. 의외라는 뜻이었다. 맞다고 아키토가 대답했다. 조선에서 친미는 결국 친일이 될 것이라는 말도 이어졌다. 슌케이의 눈이 가늘어졌다.

"친미는 곧 친일이라?"

그럴 수밖에 없지 않느냐는 아키토의 말에 슌케이의 고개가 천천히 끄덕여졌다. 대일본제국은 미국에 항복했으니 어쩔 수 없이 당분간 미국의 뜻을 따라야 하지 않겠느냐는 것이었다. 슌케이는 한숨을 몰아쉬었다. 대일본제국의 체면이 말이 아니었다. 슌케이는 생각했다. 쥐었다 놓는 것만큼 아쉬운 것도 없다. 내 것을 남에게 그냥 내어주는 것보다도 더 아쉬운 일이었다. 속으로 젠장할, 이라며 이를 갈았다. 주먹도 내리쳤다. 아쉬움이 분노로 튀어올랐고 탁자가 흔들렸다. 흔들린 만큼 아키토의 머리가 깊숙이 숙여졌다. 제국의 위엄을 되찾아야 한다. 수단과 방법은 가릴 필요가 없다. 무슨 일이든 제국의 위엄을 되찾을 수만 있다면 해야 한다. 조선을 손아귀에 넣고, 만주를 되찾고, 대륙을 집어삼킬 것이다. 제국의 위엄으로, 제국의 이름으로 일본은 다시 일어설 것이다. 그게 슌케이 자신을 비롯한 모든 제국주의자들의 바람이고 염원이었다. 무슨 일이 있어도 반드시 그렇게 할 것이었다. 슌케이의 입가로 찌그러진 미소가 얹혔다. 씁쓸한 웃음이었다. '죽일 놈의 조센진.' 조선 속담에 때리는 시어미보다 말리는 시누이가 더 밉다는 말이 있다고 했다. 미제보다 조선이 더 얄미운 이유가 그와 비슷했다. 반드시 이 치욕을 갚아야 한다고 슌케이는 다짐했다. 그는 치미는 분노로 얼굴을 붉혔다. 벌겋게 붉혔다. 아키토는 죽은 듯이 엎드려 있었다. 조선보다 일본이 먼저 미국을 옆구리에 차야 한다는 아키토의 말이 이어졌다. 그러고는 조선을 다시 일본이 차지해야 한다는 것이었다.

"이승만을 이용해서?"

그렇다고 아키토가 대답했다. 미군을 등에 업은 이승만이 조선을 차지할 것이라며, 약산이나 이정 같은 사회주의자들은 소련을 등에 업은 김일성에게 짓눌릴 것이라고 했다. 백범의 임시정부는 이미 미군에 의해 무시당했다고도 했다. 백범이야 임시정부 요인 외에는 조선 내 기반이 탄탄치 않으니 그렇다고 쳐도 약산 김원봉이나 이정 박헌영 같은 자들은 무시하지 못할 지지기반을 갖고 있지 않느냐고 슌케이가 물었다. 그래서 이승만을 이용해야 한다는 아키토의 대답이 이어졌다. 이승만으로 하여금 약산과 이정을 처리하게 해야 한다는 말이었다.

"어떻게?"

"사회주의자들이니 당연히 몰아내려고 하겠지요. 그러면 저들은 결국 설 땅을 잃고 북쪽으로 갈 것입니다."

"이념대결을 시키자는 얘기로구나!"

"맞습니다. 그보다 더 무서운 것도 없지요."

슌케이의 유쾌한 웃음소리가 터져 나왔다. 그제야 얼굴도 활짝 펴졌다. 듬직하다는 짧은 한마디로 아키토에게 신뢰를 실어주었다. 아키토는 그런 슌케이의 즐거움에 희색이 만면했다.

"허면 난정서를 노덕술에게 주고 그로 하여금 그것을 가지고 장택상에게 환심을 사게 한다. 그러면 장택상이 친일파들을 다시 이승만에게 천거하고."

"바로 보셨습니다, 회장님."

아키토의 얼굴에 웃음이 가득했다. 무서운 웃음이었다. 좋은 생각이라며 슌케이는 흡족한 얼굴로 한마디 더 덧붙였다. 노덕술에게 수도경찰청 수사과장 자리를 요구하라고 이르리는 것이었다. 지금은 그 자리가 요직이라는 말이었다. 그게 좋겠다는 아키토의 대답이 이어졌다. 지금같이 혼란한 시절에는 그보다 더 좋은 자리가 없다는 것이었다. 무엇이든 할 수 있는 자리라는 말이었다.

밀정회의 슌케이와 아키토는 조선에 자신들의 하수인을 심어 놓기 위해 혈안이 되었다. 일본은 패망했지만 조선을 자신들의 손아귀에 넣고 주무르기 위해서였다.

30. 엥겔스 걸

"휘보, 그녀를 어떻게 할 참인가?"

신태무가 진지하게 물었다. 양휘보의 얼굴에 짙은 그림자가 드리워졌다. 갈등이 일었다. 갈등(葛藤)은 칡나무와 등나무다. 각각 자신의 몸을 얽매어 옥죈다. 때로는 칡나무와 등나무가 서로의 몸을 경쟁이라도 하듯이 얽어매 서로를 옥죄기도 한다. 양휘보는 그런 심경이었다. 스스로 자신의 가슴에 얽어 옥죄기도 하고, 동료들의 말에 얽매여 옥죄임을 당하기도 했다. 어디서 어떻게 풀어내야 할지 몰랐다. 가슴속에 얽힌 타래가 숨통을 바짝 조여오는 듯했다. 풀고자 하나 그 끝을 찾을 수 없었고, 그 끝을 찾을 수 없기에 풀 수가 없었다. 아니, 갈수록 그 실타래는 더욱 조여오기만 했다. 숨이 멎을 듯 아팠다. 사랑이 원래 아픈 것이라지만 이렇게 숨통을 조이듯이 아픈 것인지는 이제야 비로소 알았다.

"아무리 좋은 시절이 왔다고는 하지만 그녀는 일본인일세."

신태무가 일본인이라는 말에 힘을 주어 말하자 양휘보는 머리를 좌우로 흔들었다. 고뇌에 찬 표정이었다. 상해에서부터 이미 정이 들었다며 어쩌면 좋으냐고 넋두리를 흘려놓았다. 이해를 바라는 것이었다. 포기할 수 없다는 뜻이 담겨 있었다. 힘겨운 말이었다. 듣고 있던 유자헌이 나섰다.

"양전으로부터 들으니 슌케이의 수양딸이라 하더군."

못마땅하다는 표정이었다. 표정은 거칠고 험했다. 적을 대했을 때의 적개심이 드러나 있었다. 사랑에 무슨 경계가 있느냐며, 사랑한다면 감내하라는 말도 이어졌다. 사랑이 무슨 죄냐는 것이었다. 이희도의 의견이었다. 그는 격려까지 해줬다. 힘내라며, 다른 사람의 말은 들을 것도 없다는 말을 덧붙였다. 더불어 사랑 하나면 충분하다고도 했다. 더 이상 무슨 조건이 필요하냐는 거였다. 그건 현실을 무시하는 말이라고 유자헌이 다시 반대하고 나섰다. 저놈들 때문에 얼마나 고생을 했느냐는 것이었다. 핏대까지 올렸다. 신태무도 거들고 나섰다. 사랑도 주변을 돌아보고 하는 게 맞는 거라는 말이었다. 나 혼자 좋다고 해봐야 무슨 소용이 있느냐는 것이었다. 주변에서 인정받을 수 있는 사랑이라야 비로소 행복한 사랑이 될 수 있다는 말도 덧붙였다.

"나도 자네들의 말에 공감은 하네. 하지만 이미 미운 정 고운 정 다 들어버렸으니 이를 어쩌면 좋단 말인가?"

양휘보는 고뇌에 휩싸였다. 그 괴로움이 얼굴에 고스란히 드러났다. 그녀를 버려야 하는 것인지, 아니면 나를 버려 그녀를 구해야 하는 것인지 모를 일이었다. 그녀를 버리면 내가 아플 것이요, 나를 버리면 그녀가 아프겠지만 나 또한 버림받을 것이었다. 피를 나누며 함께했던 동지들, 조국, 그리고 동포가 나를 버릴 것이었다. 두려운 일이었다. 버림받는 것은 진실로 두려운 일이었다. 그렇다고 그녀를 버린다는 것 자체도 두려운 일이었다. 그녀를 버리는 것은 나를 버리는 것과 같기 때문이었다. 나를 버릴 수도, 그녀를 버릴 수도 없는 현실이 아팠다. 시리게 아팠다. 그녀를 사랑하기 때문에 그녀를 버릴 수 없었고, 나 또한 버림받을 수는 없는 일이었다.

"이루지 못할 사랑은 일찌감치 포기하는 것이 자네를 위해서나 그녀를 위해서나 좋은 일일세."

"맞네. 얼마나 많은 말들이 오갈 텐가. 독립군이 일제 밀정회 첩자와 결혼한다? 참으로 많은 욕을 얻어먹을 것이네."

신태무와 유자헌의 연이은 충고에 양휘보는 한층 더 깊은 고뇌에 휩싸였다. 이희도가 다시 나섰다. 사랑하는 데 그게 무슨 상관이냐고. 더구나 그녀가 양휘보를 위해 모든 것을 내려놓겠다고 하지 않았느냐고 항변했다. 신태무와 유자헌의 목소리가 높아졌다. 그녀는 일본인이라는 말과 원수를 사랑하는 것은 꿈속에서나 가능한 일이라는 말이 동시에 튀어나왔다. 그러자 동지의 심정이 어떤지는 생각해보지도 않았느냐는 질책이 뒤따랐다. 이희도의 말이었다. 동지라는 말에 잠시 침묵이 흘렀다. 흐르는 침묵이 파르르 떨었다. 냉랭했다.

"당사자가 아니면 그 아픔을 알 수가 없지!"

이희도의 말 속에 한숨이 깊었다. 양휘보가 의견 잘 들었다며, 고심하고 또 고심해 보겠다고 했다. 주변에서 왈가왈부하는 말에 그는 혼란스러웠다. 어지러웠다. 마음을 따르지 말고 마음의 주인이 되라는 말이 떠올랐다. 말과는 달리 그게 쉽지가 않았다. 말은 그저 말일 뿐이었다. 동지들의 충고와 격려가 동시에 마음을 흔들었다. 크게 흔들었다. 그러면서도 마음의 주인은 확고했다. 그것은 료코에 대한 확고함이었다. 사랑이었다. 동지들의 마음이 문제였다. 고락을 함께한 동지들이었다. 그들의 마음을 잃고 싶지 않았다. 그렇다고 료코를 사랑하는 마음을 놓을 수도 없었다. 양휘보는 두 가지를 다 따르고 싶었다. 어느 하나도 버리지 못할 것이었다. 버리지 못함에 괴로웠다.

"힘내게. 사랑은 본시 당사자가 제일 중요한 게야. 인생은 누가 대신 살아주는 게 아니잖은가?"

이희도는 입가에 미소를 머금은 채 양휘보의 어깨를 쳤다.

"고맙네."

짧게 대답하자 신태무가 다시 나섰다. 그동안 쌓아올린 조국에 대한 충정의 탑도 의심을 받을 것이라는 말이었다. 그러면서 정말 신중하게 결정하라고 했다. 그는 무엇보다도 그게 걱정이 된다는 것이었다. 말에 동지를 생각하는 진실함이 담겨 있었다. 유자헌도 다시 나섰다. 수많은 사람들이 임시정부를 지켜보고 있다며, 잘못된 결정을 내리면 임시정부에도 결코 이롭지는 않을 거라는 것이었다. 양휘보는 가슴이 찔렸다. 칼날보다도 더 섬뜩한 말이었다. 두려운 말이기도 했다. 이희도가 다시 오가는 말을 끊었다. 그만들 하라고, 이제 해방이 되었다고, 임시정부의 역할도 끝났다고 했다. 그 말에 신태무가 발끈했다. 무슨 말을 그렇게 하느냐며 얼굴까지 붉혔다. 이희도가 흥분하지 말라며 두 손을 들어 말렸다. 자신의 말을 해명하려 했던 것뿐이고, 해방이 되었으니 이제는 해방된 조국에서 해야 할 일에 집중하자는 말이었다는 것이었다. 그러면서 적은 일본이 아니라 내부의 혼란이라고 강조했다. 그러자 유자헌이 일제를 잊으라는 거냐고 목소리를 높였다. 분위기가 다시 어수선해졌다. 보다 못한 양휘보가 끼어들었다. 그만들 하라며, 왜들 이러느냐며, 내 일은 내가 알아서 한다고 했다. 신태무도 냉정을 되찾고 뒤로 물러섰다. 이러다 동지들끼리 싸움이 나겠다는 것이었다. 그가 유자헌을 말리고 나섰다. 이희도도 한 발 물러섰다. 물러서며 사랑과 원수는 구분하자는 얘기라며 과했다면 용서하라고 했다. 그의 사과에 유자헌의 목소리도 낮아졌다. 우리는 사선을 넘나들며 피를 나눈 형제라면서 다 안타까워서 하는 말이니 동지들을 이해하라고 했다. 양휘보가 알고 있다며 고개를 끄덕였다. 고맙다는 말도 이어졌다. 쌉싸래한 커피향이 허기진 코를 자극했다.

"무슨 말씀을 그렇게 재미지게 나누세요?"

물음에 대화가 잠시 중단되었다. 그런 게 있다며 유자헌이 말을 흐리자 여급이 생글거리며 다시 꼬리를 잡았다. 얼핏 들으니 흔한 사랑 이야기 같더라는 것이었다. 입꼬리를 살짝 올리는 미소가 요염했다. 흔한 사랑 이야기가 아니라 슬픈 사랑 이야기라고 신태무가 맞장구를 쳤다. 양휘보가 쓸데없는 소리 말라며 차갑게 막고 나섰다. 그녀가 생글생글 웃음을 흘렸다.
 "슬픈 사랑 이야기의 주인공이시군요?"
 양휘보가 대답을 하지 못한 채 얼굴만 붉히자 신태무가 다시 나섰다. 맞는다며, 아주 슬픈 사랑 이야기의 주인공이라며 양휘보의 우울함을 털어내 주고자 했다. 말은 유쾌했다.
 "저런, 불쌍해라."
 그녀의 표정이 괜히 아팠다. 유자헌이 손님이 온다며 그녀의 시선을 돌리려 했다. 그가 가리키는 곳으로 말끔한 차림의 사내들이 들어서고 있었다. 아니나 다를까, 여급의 관심은 이내 그곳으로 돌아섰다. 귀찮은 그녀를 돌려보내기 위한 꼼수였다.
 "다음에 또 봐요, 불쌍한 아저씨. 아니, 센티멘털한 아저씨."
 배시시 웃는 그녀의 얼굴이 그리 밉지가 않았다. 천상 웃음을 파는 여인이었다. 사내들에게 아양을 떠는 그녀의 목소리가 요란스레 들려왔다.
 "어쩜 하나같이 이렇게들 멋들어지실까? 혹시 마르크스 보이?"
 "커피나 내와 봐! 엥겔스 걸."
 사내들이 그녀와 주고받는 심상치 않은 대화에 양휘보 일행이 귀를 쫑긋했다. 일행 사이에 누구냐고 묻고 글쎄라고 대답하는 말과 처음 보는 사람들이라는 말이 이어졌다. 신태무의 눈살이 찌푸려졌다. 기억을 더듬는 모양이었다. 박헌영 동지 쪽 사람들 아니냐고 이희도가 넘겨짚자 유자헌이 그쪽은 아니라는 말로 맞받았다. 신태무가 북에서 온 사람들 아니냐고 또 다시 묻자 그럴 수도 있다면서 하는 말을 좀 더 들어보자는 말이 나왔다. 일행이 귀를 기울였으나 더 이상 단서는 나오지 않았다. 그저 쓸데없는 일상의 대화만 오갔다. 일행의 관심도 점점 사그라졌다. 대화는 다시 밀정회로 이어졌다. 커피향이 코를 자극하는 가운데 밖으로는 해가 지고 있었다.

"료코가 들어왔으니 밀정회도 들어왔을 게 아닌가?"

이희도가 묻자 신태무가 고개를 끄덕였다. 그럴 거라면서 저들의 음모를 막아야 한다고 했다. 저들에게 분명히 무슨 꿍꿍이속이 있을 것이라고 했다. 그게 뭘까? 하고 이희도가 다시 묻자 아무도 대답하지 못했다. 패망한 놈들이 이 땅에 다시 들어와 무슨 일을 도모한단 말이냐고 유자헌이 핏대를 올렸다. 양휘보가 무겁게 입을 열었다.

"내가 알기로는 저들이 우리 대한민국의 분단을 획책하고 있다고 하네."

분단이란 말에 두 사람의 얼굴이 굳어졌다. 그래서 남과 북의 상황이 이렇게 되어가고 있는 것이냐고 유자헌이 물었다. 그러자 신태무가 거들고 나섰다. 꼭 그런 건 아니지만 놈들이 분단을 노리고 미국과 소련을 부추길 공산은 크다는 것이었다. 놈들이 상황을 이념대결로 몰아가는 것이냐며 유자헌이 이를 갈았다. 신태무가 그렇다면서 이념은 무서운 것이라고 했다. 놈들이 부추기면 그렇지 않아도 세력 확장에 혈안이 되어 있는 미국과 소련 놈들이 마다할 리가 없다는 말도 덧붙였다. 신태무의 말이 끝나기가 무섭게 양휘보가 다시 나섰다. 일본 제국주의 놈들은 미국에 붙을 것이라고, 저들은 공산주의라면 치를 떠는 자들이 아니었냐고 했다. 그의 말에 같은 생각이라고, 더구나 그놈들은 미국에 항복하지 않았으냐고, 야비한 그놈들은 미국에 빌붙을 것이라고 신태무가 열을 올리며 말했다. 그러자 밀정회가 그런 일에 앞장설 거라고, 그러니 밀정회의 동향을 유심히 살펴야 한다고 이희도가 받고 나섰다. 유자헌이 제2의 독립운동을 해야 하는 거냐며 이를 악물었다. 신태무가 고개를 끄덕이며 그럴 수도 있다고 했다. 일제의 간섭을 막는 제2의 독립운동이 필요할 수도 있다는 것이었다. 참으로 지긋지긋한 놈들이라며 유자헌이 이를 갈았다. 어쩌면 지금까지 해왔던 독립운동보다 더 어려운 독립운동이 될 수도 있다고 양휘보가 염려의 말을 내놓았다. 이희도가 의아한 눈으로 그를 바라보았다. 일본만이 아니라 미국과 소련도 상대해야 하니 그럴 수밖에 없다는 양휘보의 말에 신태무가 고개를 끄덕여 농의했다. 그는 일본은 작은 제국이지만 미국이나 소련은 그야말로 우리가 어쩌지 못할 큰 나라라고 걱정하는 소리를 했다. 어느새 해가 지고 있었다. 카페의 흐린 창으로 노을빛이 스며들고 있었다.

"아무튼 정신 바짝 차리지 않으면 더욱 어려운 상황에 놓일 수 있네. 또 다시 후손에게 아픈 상처를 입게 할 수는 없지 않은가?"

"아무렴, 그럴 수는 없지. 아픈 상처는 우리로 족해."

이희도는 주먹까지 불끈 쥐어가며 이를 갈았다. 혹독한 시련의 시간을 누구보다도 잘 알고 있기 때문이었다. 죽일 놈들이라며 유자헌의 분노가 거침없이 표출되었다. 건너편의 사내들이 뒤를 돌아보았다. 여급의 화사한 미소도 함께 날아들었다. 그만하라며 양휘보가 흥분한 유자헌을 달랬다. 신태무가 자리에서 일어섰다. 늦었다며 그만 가자는 것이었다. 그를 따라 양휘보가 일어서고 유자헌과 이희도도 일어섰다.
"아가씨, 커피 많이 팔아요!"
신태무의 유쾌한 소리에 여급의 명랑한 대답이 뒤따랐다.
"센티멘털한 아저씨, 또 봐요!"
눈을 찡긋거리며 환하게 웃는 모습이 참으로 맹랑했다. 아니, 그 웃음은 절묘한 한 수였다. 카페를 나서는 사내들의 가슴에 여운이 남았다. 밖으로 나서자 싸늘한 저녁 공기가 몸을 움츠리게 했다.

31. 반민특위

1948년 8월 15일. 드디어 5.10 총선거를 통해 헌법이 제정되고 이승만을 대통령으로 하는 정부가 수립되었다. 그와 동시에 제헌국회에서는 친일파를 처벌할 특별법인 반민족행위처벌법을 제정했다. 이를 두고 이승만은 크게 반발했다.

"있을 수 없는 일이야! 자기들만 나라를 위해 싸웠단 말인가?"

"맞습니다. 말도 되지 않을 소리입니다."

내무차관 장경근도 흥분해서 동조했다. 눈까지 벌겋게 충혈되어 있었다.

"모조리 잡아들일까요?"

최난수는 한술 더 떴다. 이승만이 그를 돌아보았다. 말 잘했다며 가서 특위위원 놈들을 모조리 끌고 오라고 했다. 따져봐야겠다는 것이었다. 이승만의 흥분에 최난수가 깍듯한 자세를 취했다. 자기에게 힘을 실어주는 흥분이기 때문이었다. 경례를 올려붙이고 돌아서려 할 때 이승만이 한마디 더 덧붙였다.

"신익희, 그놈도 데려오고."

최난수가 알겠다고 대답하고 밖으로 나가자 이승만은 더욱 길길이 날뛰었다. 말은 대담했다. 앞뒤 가리지도 않았다. 앞으로 일어나는 모든 일은 자신이 책임지겠다는 것이었다. 그러니 걱정 말고 일을 처리하라고 했다. 단호한 말에 장경근이 오히려 당황하는 눈치였다.

"도적놈을 주인으로 섬기는 자라고? 적에게 관대한 자비는 삼천만 동포에게 참혹하다고? 이런 미친 놈."

이승만은 신익희의 기자회견을 두고 한바탕 신랄하게 욕을 퍼부어 댔다. 장경근도 거들고 나섰다. 국내에 있었던 사람들은 모두 다 친일파냐며 참으로 어처구니가 없다고 했다. 역시 신익희의 기자회견을 두고 한 말이었다. 그 말은 부추김이었다. 이승만이 또 다시 열을 올렸다. 그렇게 생각한다면 누가 이 나라에 발을 붙이고 살 수 있겠느냐는 것이었다. 너나없이 다 친일파라는 말이었다. 상해에서 독립운동 좀 했다고 사람이 아주 안하무인이라고 장경근이 맞장구를 쳤다. 이승만의 성토가 계속 이어졌다.

"지난번 성명만 봐도 그래. 미군정이 임명한 모든 관리를 해임시키라니? 주제넘은 놈 아닌가?"

정부와 국민을 위해 일소해야 한다는 말도 곧 자신들을 두고 하는 말이라며, 자신들을 내쫓겠다는 것이라며 장경근이 으르렁거렸다. 먹이를 앞에 둔 승냥이 꼴이었다.

"사대주의 운운하는 것도 그래. 제 놈들이 그런 말 할 자격이나 있나? 중국 국민당에 빌붙어서 시시콜콜 묻고 따르고 한 게 누군데."

"미국을 불신하는 것은 물론이고 우리를 숙청 대상으로까지 생각하고 있습니다. 특단의 대처가 없으면 저들이 어디까지 날뛸지 모릅니다. 그러기 전에 해결해야 합니다."

"알고 있네. 차라리 잘되었어. 썩은 뿌리는 일찍 잘라내는 게 좋지."

적반하장이라고 도둑이 도리어 몽둥이를 든다고 했던가? 누가 썩은 뿌리인지 판단하지 못하는 어리석은 말이었다. 아니, 변명이었다. 자신의 권력을 위해 동지의 피를 팔고, 민족을 배신하고, 조국을 배반하는 몰염치한 말이었다. 썩은 뿌리를 끌어안은 자신을 변명하기 위해 멀쩡한 생뿌리를 잘라내려 하는 망나니짓이었다. 썩은 뿌리는 마땅히 잘라내야 했다. 그러나 썩은 뿌리를 품고 있는 자가 썩은 뿌리를 잘라낼 수 있을까? 썩은 뿌리를 품고 있는 자는 썩은 뿌리와 함께 썩어갈 뿐인 것이 분명했다.

"허면 반민특위를……."

장경근이 말을 마치기도 전에 이승만이 먼저 운을 뗐다. 해체해야 한다는 것이었다. 당연한 일이라는 말을 덧붙이기까지 했다.

"그걸 그냥 놔둔다면 자네는 물론 노덕술, 홍택희 등이 어떻게 되겠는가?"

장경근의 얼굴에 화색이 돌았다. 화색은 분노를 떠벌림으로 바꿔놓았다. 맞는 말이라면서 그렇게 된다면 각하를 지지하는 많은 사람들이

다친다는 말까지 서슴없이 뱉어냈다. 수족이 잘리게 된다는 것이었다. 그러니 그냥 두어서는 안 된다는 말이었다. 호들갑에 이승만의 얼굴이 찌푸려졌다. 그 말의 뜻을 잘 알고 있기 때문이었다. 그건 자신들의 도움 없이는 그도 어려워질 것임을 간접적으로 충고한 말이었다.

최난수가 다시 들어왔다. 얼마 후 반민특위위원장인 김상덕과 국회의장 신익희가 함께 들어왔다.

"잘 지내셨는지요?"

김상덕이 먼저 인사를 올리자 신익희도 마지못해 고개를 숙였다.

"어지러운 시절에 고생들이 많소!"

이승만은 일단 위로의 말로 포문을 열었다. 박사께서도 조국을 위해 애쓰고 계시다는 김상덕의 입에 발린 말에 신익희가 쓴웃음을 지었다. 이승만이 표정을 굳히고는 곧장 본론으로 들어갔다. 반민특위를 그만하는 게 좋겠다는 것이었다. 신익희가 기다리고 있었다는 듯이 쏘아붙였다. 그렇게는 할 수 없다고 했다. 과거청산 없이 어떻게 미래를 기약할 수 있겠느냐는 말이었다. 이승만의 이마가 찌푸려졌다.

"허면 해공은 삼천만 민중을 모두 처단하겠다는 말이오?"

"삼천만 민중이라니요?"

"해공, 당신이 한 말이 그렇지 않소. 국내에 있었던 사람들은 모두 다 친일파라고 말이오."

어이없다는 듯 신익희가 피식 웃었다. 억지 좀 그만 부리라는 표정이었다. 지나친 비약이라며 어찌 그런 말을 하느냐고 물었다. 김상덕도 이승만의 말이 지나쳤다며 말리고 나섰다. 이승만의 말은 그것으로 다가 아니었다.

"역사가 그렇게 한 것을 어찌 사람 탓으로 돌린단 말이오. 지나간 일은 지나간 일일 뿐이오. 이제 조국을 되찾았으니 함께합시다!"

덮어두자는 얘기였다. 있을 수 없는 일이라며, 이번에 하지 않으면 기회는 영영 없다며, 곪은 상처는 도려내야 한다고 김상덕이 단호히 말을 잘랐다. 말은 두부모를 자르듯 반듯했다. 베일 듯 날까지 서있었다.

"상처는 보듬어야 낫는 법이오!"

다시 한 번 이승만이 달랬다. 참고 있던 신익희가 나섰다.

"그런 자들과 함께하면 이 박사께서도 욕을 먹습니다. 벌써 무슨 말들이 나도는지 아시기나 합니까?"

말은 거침이 없었다. 이승만은 당황한 모습을 보였고, 그 당황함은 그래도 일말의 양심이 빚어내는 부끄러움이었나. 무슨 말이냐고 더듬거리듯 물었다.

"미국을 등에 업고 대한민국을 말아먹으려고 한다고 합디다."

말 폭탄에 이승만의 얼굴이 뻘게졌다. 모욕이자 치욕이고 모멸이었다.

"말아먹다니? 말이면 다인 줄 아는가?"

"그러게 시답잖은 말씀은 그만두시라는 말입니다. 일제잔재 청산을 하지 않고 어떻게 새 시대를 열 수 있겠습니까? 노덕술 같은 인간이 대낮에 버젓이 활보하는 현실이 한심하지도 않습니까?"

노덕술이라는 말에 이승만의 표정이 바뀌었다. 내심으로 그에 관한 말을 언제 꺼낼까 고심하고 있던 참이었다. 그 사람이 어때서 그러냐고, 그도 나름대로 조국을 위해 애쓰고 있는 사람이라고 감싸고돌았다. 그 말에 신익희는 너털웃음을 흘렸다. 허탈한 웃음이었다. 더 이상 할 말이 없다는 표정이었다. 노덕술은 세상이 다 아는 악질 중의 악질이라고, 박사께서 그를 두둔하시면 크게 다친다고 김상덕이 보다 못해 충고를 날렸다. 이승만도 지지 않고 맞섰다. 그 사람은 풀어주라고, 이것이 자네들을 부른 이유라고 잘라 말했다. 김상덕은 일언지하에 거절했다. 그건 불가한 일이라는 것이었다. 노덕술을 비롯해 최난수, 홍택희 등은 도저히 용서할 수 없는 민족반역자들이라는 것이었다. 그들을 처단하지 않으면 반민특위의 의미가 없다고도 했다. 그 첫 번째 일로 노덕술을 체포한 것이라는 말이었다. 김상덕의 말에 이승만의 얼굴이 또 다시 붉어졌다. 신익희는 더 이상 할 말이 없다는 듯 천장만 올려다보았다.

"허면 최난수, 홍택희도 잡아들이겠다는 말인가?"

"당연한 일이지요."

김상덕의 확고함에 이승만은 고개를 돌렸다.

"그렇다면 나도 다 생각이 있네. 알았으니 오늘 만남은 없었던 것으로 해야겠구먼."

더 이상 할 말이 없다며 신익희가 먼저 발길을 돌렸다. 그의 옷자락에서 찬바람이 쌩하니 돌았다. 김상덕도 고개 숙여 인사하고 돌아섰다.

신익희와 김상덕이 돌아가자 이승만이 최난수를 불렀다. 저들을 그냥 둘 수 없으니 적당히 알아서 처리하라는 것이었다. 해체하느냐는 물음에 이승만이 대답 없이 고개만 끄덕였다. 그렇게 하라는 것이었다.

* * *

최난수는 서울시경 사찰과의 홍택희와 박경림을 불렀다.

"자네들도 알다시피 상황이 긴박하네."

홍택희가 들어 알고 있다며 심각한 표정으로 대답했다. 모조리 처단하느냐며 박경림도 나섰다. 그의 입가로 잔인함이 묻어났다. 지난 시절을 떠올리게 하는 잔인함이었다. 홍택희는 신중론을 펼쳤다. 신중해야 한다는 것이었다. 무작정 덤벼들었다가는 자칫 당할 수도 있다는 말이었다. 최난수가 고개를 끄덕였다. 신불리 다룰 일이 아니라는 것이었다. 강경한 말을 일삼고 있는 자들을 몇 명 골라 시범적으로 경고를 주는 것이 어떠냐고 홍택희가 말했다. 최난수가 그를 돌아보았다. 음흉한 눈빛을 흘리며 홍택희가 테러리스트 백민태를 입에 올렸다. 그에게 김웅진과 김장열, 노일환을 시범적으로 처리하게 하자는 말이었다.

"국회의원을? 그것도 셋이나?"

최난수가 가능하겠느냐는 듯이 물었다. 박경림이 끼어들었다. 그라면 가능하다는 것이었다. 그게 그의 전문이라며 알아서 잘할 거라고도 했다. 뱀의 혀만 같은 말이었다. 날름거렸다. 사람의 목숨을 휘감는 혀가 잔인했다. 사람 셋쯤이야 아무것도 아니라는 것이었다. 천인공노할 말이었다. 잘못하면 크게 당할 수도 있다며 최난수는 신중론을 폈다. 각하께 큰 누가 될 수도 있다며 조심스러워했다. 그러자 홍택희가 다시 나섰다. 저들을 납치해 자필로 성명서를 쓰게 하자는 것이었다. 남쪽에서 국회의원 노릇 하는 것보다는 북쪽으로 가 사는 것이 훨씬 좋다는 내용으로. 그리고 그 성명서를 각 신문사에 송부해 보도하게 한 다음에 그들을 38선으로 데려가 총살하자는 말이었다. 홍택희의 은밀함에 최난수가 조심스레 고개를 끄덕였다. 끄덕임은 신중했다. 박경림이 좋은 생각이라며 동의했다. 총살 후에는 애국청년이 공산주의자를 살해한 것으로 발표하자고 했다. 반민특위 위원들은 공산주의자라는 것으로 하자는 말이었다. 그의 말에 최난수의 얼굴이 밝아졌다. 기발한 생각이라며 아주 좋다고 했다. 그가 흡족해 하자 홍택희가 다시 나섰다.

"다른 놈들도 처단해야 하지 않을까요? 어차피 각하께서 허락하셨다면 아예 싹 쓸어버리는 것이."

내뱉는 말이 잔인했다. 살기가 뚝뚝 떨어졌다. 물론이라는 말과 함께 특별재판부관장 김병로를 비롯해 특별검찰부관장 권승렬, 위원장 김상덕, 부위원장 오택관, 최국현, 홍순옥 등의 이름이 줄줄이 최난수의 입에 올려졌다. 말끝에는 당연히 처단해야 할 놈들이라는 말도 뒤따랐다. 특별재판관과 검찰관도 포함시켜야 한다고 박경림이 거들었다. 그러자 홍택희가 또 한 놈이 있다고 했다. 누구냐고 묻자 신익희라고 대답했다. 신익희라는 말에 잠시 침묵이 흘렀다. 무리가 아니냐며 박경림이 슬며시 난색을 표했다. 그래도 국회의장인데, 라며 최난수도 한 발 물러서는 눈치였다. 신익희라는 이름이 가진 무게에 부담을 느낀 모양이었다.

"이번 일은 반민특위에 관한 것입니다. 신익희도 처단하는 것에 찬성하는 입장이기는 하지만, 그를 건드리면 지난번 여운형 사건 꼴이 될 겁니다. 그렇게 되면 자칫 우리가 다칠 수도 있습니다. 청장님 말씀대로 각하께 누가 될 겁니다."

박경림의 말에 최난수도 고개를 끄덕였다. 홍택희는 고개를 가로저었다. 아니라는 것이었다. 큰 물건을 잡아야 작은 것들이 꼼짝을 못 하는 법이라는 말이었다. 저들은 빨갱이이니 명분이 있다는 것이었다. 명분이라는 말에 최난수가 눈살을 찌푸렸다. 갈등이었다. 신익희 정도는 잡아야 놈들이 꼼짝을 못 한다고, 그래야 한방에 다 해결할 수 있다고 홍택희가 거듭 강조했다. 최난수가 입술을 바짝 깨물었다가 놓았다.

"일단 신익희도 포함시키되 그에 대해서는 상황을 봐가면서 진행한다. 우선 반민특위다. 저들을 처리하고 여론을 보면서 괜찮으면 신익희까지 처리한다."

최난수의 말에 홍택희가 고개를 끄덕였다.

***

이튿날 백민태가 수도경찰청으로 불려왔다. 홍택희가 자신들의 음모를 털어놓자 백민태의 얼굴이 굳어졌다. 국회의원을 납치해 살해하라는 말이냐는 것이었다. 게다가 하나도 아닌 셋씩이나.

"국회의원이 아니라 빨갱일세."

홍택희의 확신에 찬 말에 백민태가 눈살을 찌푸렸다. 어렵겠느냐고 박경림이 물었다. 그가 고개를 가로저었다. 사람 잡는 일이 어려운 일은 아니나, 하고는 뒷말을 흐렸다. 그럼 뭐가 문제란 말이냐고 최난수가 물었다. 그가 대답했다.

"정치인을 살해하는 것은 매우 위험한 일입니다. 자칫 제 목숨이 위태로울 수도 있지요."

"정치인은 사람이 아니란 말인가?"

이번에는 홍택희가 물었다.

"그렇습니다. 여느 사람과는 다르지요."

단호한 대답에 최난수가 껄껄 웃었다.

"이 사람, 뭘 아는군!"

걱정 말라며, 이번 일을 마치면 빨갱이를 잡아 조국을 구한 영웅이 될 거라며 홍택희가 그의 어깨를 토닥였다. 토닥여서 부추겼다. 부추김을 보면서 최난수가 고개를 끄덕였다.

"테러리스트라더니 과연."

홍택희가 말을 끊었다가 다시 이었다. 각하께서 보장한 일이니 염려 말라는 것이었다. 이 나라의 치안과 법을 맡고 계신 분이니 믿으라며 박경림도 거들고 나섰다. 백민태의 표정에 변화가 일었다. 변화는 곧 수긍이었다. 수긍에서 흡족한 대답이 나왔다. 알겠다면서 그렇게 하겠다는 것이었다. 최난수가 좋다며 자네만 믿겠다는 말로 격려했다. 격려는 곧 옥죄임이기도 했다. 그가 백민태의 어깨를 토닥였다. 한 번 더 믿음을 실어주고자 하는 토닥임이었다. 홍택희가 됐다며, 이제 한시름 놓게 되었다며 흡족한 웃음을 머금었다. 최난수도 환한 미소를 지어 보였다.

"그럼 돌아가 준비하겠습니다. 연락 주시는 대로 거행하도록 하겠습니다."

백민태는 깍듯이 인사를 올리고 청장실을 나섰다. 그의 귀로 수런거리는 소리가 뒤따랐다.

'괜찮을까? 이건 아니다. 내가 죽는 일이다.'

백민태는 스스로에게 묻고 답하기를 반복했다.

'그렇다고 저들을 무시할 수도 없지 않은가? 가만있지 않을 텐데.'

거리는 부산했다. 오고가는 하얀 물결로 넘쳐났다. 새로운 시대, 새로운 역사에 대한 희망으로 들떠 있었다.

'이런 상황에서 어느 쪽을 선택해야 한단 말인가? 목숨이 왔다 갔다 하는 일인데.'

혼란한 시절이었다. 어느 쪽을 선택하든 위태로운 일이었다. 최난수의 말을 따르자니 무사하지 못할 것이 분명했다. 그렇다고 따르지 않자니 저들이 그냥두지 않을 것이 틀림없었다. 권력을 등에 업은 저들은 국회의원 목숨마저도 파리 목숨처럼 여기는 자들이었다.

고심에 고심을 거듭한 백민태는 결국 따르지 않는 쪽을 선택했다. 도저히 할 수 없는 일이라 판단했던 것이다. 이로써 일이 크게 틀어지고 말았다. 그가 맡겨진 일을 실행하지 않았음은 물론이고 제 발로 반민특위를 찾아가 자수하고 말았던 것이다.

32. 제주도

어스름한 달빛 아래 남녀가 가파른 오름을 오르고 있었다. 서로 놓칠세라 손을 꼭 잡고 있었다. 억새의 물결이 하얗게 가슴을 설레게 하는 밤이었다. 숨을 헐떡이며 정상에 올라선 남녀는 푸른 달을 올려다보며 가쁜 숨을 몰아쉬었다. 여기는 언제 와도 좋은 거 같다며 인애가 발 아래 굼부리를 내려다보았다. 바람이 불 때마다 억새가 하얗게 춤을 추었다. 굼부리로 밀려드는 흰 파노만 같았다.

"달이 참 밝지?"

말과는 달리 인애의 한숨은 어두웠다. 큰일이라며, 세상이 이렇게 어지러워서야 어떻게 하느냐며, 한숨에 짝을 맞춘 심난한 소리도 이어졌다. 그러게 말이라며, 읍에서는 난리가 났다는 말이 꼬리를 물었다. 삼일절 기념식에서 있었던 일을 입에 올리면서 보통 일이 아니라고 하는 말이 침울하기만 했다. 세상은 온통 회색빛이었다.

"들리는 말에 계엄령이 선포될 거라는 얘기도 있던데."

"나도 들었어. 섬사람들의 구십 퍼센트가 빨갱이라면서."

"그거도 그거지만 아무것도 모르고 날뛰는 젊은 친구들이 더 문제야. 하수인이 되어 물불 안 가리고 저리 난리들을 쳐대고 있으니."

인애와 한태는 어지러운 섬 상황을 개탄해 마지않았다. 그런 얘기는 이제 그만하자며, 늦었다며, 내려가자며 인애가 자리를 털고 일어섰다. 멀리 성산포 앞 바다의 거뭇한 물결이 달빛에 번득였다. 메밀꽃이 이는 것처럼 파도가 하얗게 일었다. 평화로운 마을이 한눈에 내려다보이는 다랑쉬오름이었다.

***

마을 가운데에는 200여 년간 마을을 지켜온 팽나무 한 그루가 당당한 모습으로 서 있었다. 그 팽나무를 중심으로 검은 돌담이 이어지고 늦가을 햇살에 누렇게 익은 띠를 이고 있는 집들이 옹기종기 모여앉아 있었다. 마을 뒤편으로는 다랑쉬오름이 마을을 호위라도 하듯 버티고 선 채 내려다보고 있었다. 검은 돌밭에서 갈적삼 차림의 아낙과 젊은 아들이 막바지 추수에 바쁘게 손을 움직이고 있었다. 젊은 아들은 무언가 할 말이 있는 듯 주저주저하다가는 겨우 입을 뗐다. 잠깐 다녀올 데가 있다는 것이었다. 어딜 가느냐고 아낙이 뒤퉁스럽게 물었다. 손은 여전히 바쁘게 움직이는 채로였다. 아들이 잠깐이면 된다며 몸을 일으켰다. 혹시 그 서청인가 민청인가 하는 그런 데 휩쓸려 다니는 건 아니냐며 아낙이 손을 멈추고 염려 가득한 얼굴로 아들을 올려다보았다. 아들은 실없는 소리 말라는 듯 피식 웃음까지 흘렸다. 웃음을 흘리고는 밭을 나서서 곧장 마을 어귀로 향했다. 나지막한 오름들이 여기저기에 둘러서 있었다. 마을 어귀에 다다른 중철은 야트막한 대숲으로 들어섰다. 주위를 둘러봤다. 아무래도 뭔가 켕기는 게 있는 모양이었다.

"오래 기다렸어?"

중철의 은근한 물음과는 달리 인애의 대답은 싸늘했다. 용건만 간단히 말한다며 그녀는 결혼한다는 말을 스스럼없이 내뱉었다. 중철은 짐작이라도 했다는 듯 아무렇지 않게 피식 웃음을 흘렸다. 웃음에는 허탈함과 동시에 무시하겠다는 뜻도 얼마간 담겨 있었다. 중철이 한태냐고 묻고는 땟국이 절은 옷소매로 콧등을 쓱 문질렀다. 물음에 대답이 없자 또 다시 물었다.

"내가 뭐라고 말하길 바라니?"

인애는 이렇게만 말하고 역시 대답을 하지 않았다. 중철이 한태를 한번 만나봐야겠냐고 했나. 그러자 인애는 불안한 모습을 보이며 그리지 말라고, 이제는 소용없는 일이라고, 우린 어린애들이 아니지 않느냐고 다그쳤다. 그녀의 다그침에 중철은 또 다시 피식 웃음을 흘렸다. 그러니까 한번 만나봐야겠다는 말이었다. 얼마 간 침묵이 이어졌다. 댓잎의 수런거림이 귓가를 간질였다.

"난 내 뜻을 분명히 밝혔으니까 이만 갈게!"

인애는 대숲을 빠져나갔다. 중철은 멍한 표정으로 그녀의 뒷모습을 바라보았다.

***

중철은 잠을 못 이룬 채 밖을 서성였다. 입에서는 긴 한숨 소리가 연이어 터져 나왔다. 찬이슬이 하얗게 내려앉고 있었다. 서성이던 그는 결국 사립을 나서고 말았다. 검은 돌담이 이어진 마을길을 따라 중철은 한태네로 향했다. 아직 불이 꺼지지 않은 희미한 퇴창으로 두런거리는 소리가 들려오기도 했다. 달빛 아래 마을은 한가롭고 평화롭기만 했다. 한태의 집에서도 아직 불빛이 새어나오고 있었다. 사립 앞에 선 중철은 머뭇거리다가 한태를 불렀다.

"한태 있니?"

연거푸 두어 번 부르고 나서야 찌그러진 방문이 덜컥하고 열렸다.

"뉘여?"

"어머니! 저 중철이에요."

이 밤중에 웬일이냐고 한태 어머니가 묻는데 한태가 방문을 열고 나왔다. 잠깐 얘기 좀 할까 해서 왔다는 중철의 대답이 이어졌다. 그녀가 들어오라며, 뭔 얘기냐며, 손짓까지 하며 그를 불러들였다. 중철이 웃음 띤 얼굴로 손을 내젓기만 했다. 아니라고, 잠깐이면 된다고 했다. 한태가 토방을 내려섰다. 너무들 늦지 말라는 소리와 함께 읍내에 난리가 났더라는 염려 가득한 소리가 돌담을 넘어 두 사람의 뒤를 쫓았다. 중철과 한태는 달빛에 그림자를 맡긴 채 검은 돌담을 돌았다.

"인애 문제니?"

한태가 묻자 중철이 걸음을 멈추고는 그를 돌아보았다. 달빛에 어린 그의 얼굴이 창백해 보였다.

"아까 낮에 인애를 만났는데 너와 결혼한단 얘기를 하더라."

미안한 듯 한태의 얼굴이 가늘게 떨렸다.

"나도 인애를 포기할 수 없는데."

중철의 말에 한태는 어느 정도 짐작했다는 표정이었다. 들어 알고 있겠지만 인애 마음은 이미 결정이 되었다고 한태가 말을 끊었다. 끊었다가 잠시 후 다시 이었다. 미안한 말이지만 네가 인애를 잊어줘야겠다고 했다. 지금까지 그래왔던 것처럼 친구로서 서로 잘 지내자는 말도 잊지 않았다. 중철의 대답은 없었다. 거듭 미안하다는 말에도 중철은 아무런 반응을 하지 않았다. 도대체 무엇 때문에 한태를 불러냈는지 자신도 알 수 없을 지경이었다. 달빛에 반짝이는 오름의 억새만이 흐드러지게 하얀 밤이었다.

* * *

서북청년단은 권력의 하수인이 되어 갖은 만행을 저지르기 시작했다. 그들은 경찰의 보조원이란 이름으로 양민을 좌익불순자로 몰아 약탈과 갈취, 무자비한 폭행을 저질러댔다. 수많은 민간인이 억울하게 좌익으로 몰려 검거를 당하고 고초를 겪었다. 이에 민간인들이 견디다 못해 한라산으로 들어가 무장대를 형성하기 시작했다. 섬은 점점 더 깊은 혼란 속으로 빠져들었다.

'그래, 한태 삼촌이 지리산에서 빨치산으로 있다는 얘기를 들은 적이 있어. 그렇다면 한태도?'

중철은 어지러운 섬 상황을 떠올리며 한태에 대한 질투심과 얽혀갔다. 어떻게든 인애와 한태의 결혼만은 막아야겠다는 생각이 막다른 곳으로 중철을 밀어붙인 것이었다. 중철은 문을 박차고 골방을 나섰다. 골방을 나서서는 서둘러 읍내로 향했다. 멀리 비자림의 반짝이는 잎사귀가 눈을 부시게 했다.

구좌읍은 스산했다. 사람들의 표정이 하나같이 불안에 휩싸여 있었다. 일부 청년들의 얼굴에는 섬뜩한 독기가 서려 있기도 했다. 중철은 서북청년단 사무소를 찾았다. 읍사무소 맞은편의 북적이는 건물이었다. 가까이 다가가자 건물 입구에 북제주군 구좌읍 서북청년단 사무소란 간판이 눈에 들어왔다. 순간 가슴이 자신도 모르게 방망이질을 해댔다. 이제 저 안으로 들어가 입만 한 번 놀리면 한태와 인애는 영영 이별할 것이다. 그러면 인애는 내 차지가 될 것이다.

"뉘쇼?"

어깨가 떡 벌어진 사내가 중철의 앞을 가로막아 섰다. 중철은 주눅이 들어 말까지 더듬고 말았다. 할 얘기가 있다고 겨우 입을 뗐다. 무슨 말인데 그러냐고 사내가 던지듯 물었다.

"빨갱이 얘긴데."

"뭐, 빨갱이?"

사내는 인상까지 찌푸렸다. 미간이 찌그러지고 입술이 씰룩였다. 험상궂었다. 들어가자며 사내가 급히 사무소 안으로 안내했다. 사무소 안은 매캐한 담배 냄새와 더불어 왁자한 소리로 북새통이었다. 사내는 한쪽 구석 철제책상 앞으로 중철을 데려갔다. 텁석부리 수염에 눈 아래로 칼 자욱이 선명한 사내가 책상 위에 다리를 꼬아 올려놓은 채 담배를 피워 물고 있었다.

"단장님! 이 사람이 빨갱이에 대해 말할 것이 있답니다."

"빨갱이?"

단장이란 사내는 심드렁히 내뱉었다. 중철을 삐뚜름한 눈으로 훑어보았다.

"이 섬에 빨갱이 아닌 놈이 있나?"

사내는 비꼬듯이 중얼거렸다. 중철은 더럭 겁이 났다. 머뭇거렸다가는 괜한 오해를 살지도 모르겠다는 생각이 들었다. 그런 두려움은 말을 재촉하게 했다. 다랑쉬에 지리산 빨치산 가족이 있다고 했다. 사내가 꼬아 올렸던 다리를 재빨리 내렸다. 얼굴에는 흥분한 기색이 역력했다. 중철은 한태 삼촌이 지리산에 빨치산으로 있다고 얘기했다. 다랑쉬 사람들은 모두 나 알고 있는 사실이라고도 했다. 그게 정밀이냐고 사내가 물었다. 중철이 왜 거짓말을 하겠느냐고 했다. 사내의 반응에 중철도 자못 흥분되는 모양이었다. 자세히 말해보라는 사내의 말에 목소리까지 높아졌다.

"이름은 김상준이고 원래는 장사꾼이었는데 구례로 장사를 나갔다가 그만 행방불명되었다고 합니다. 그 뒤로 들리는 얘기가 지리산 빨치산이 되었다는 것입니다. 작년 겨울에는 마을에 나타나기도 했고요."

중철의 말에 단장은 구미가 당긴다는 듯 말을 계속해보라고 재촉했다.

"마을 사람들에게 세상이 바뀌었으니 이제 우리도 사람답게 살아야 할 것이 아니냐며 선동을 일삼았지요. 그러더니 얼마 후 다시 사라졌습니다."

말을 하는 내내 중철은 가슴이 떨리는 것을 어쩌지 못했다. 한태 삼촌이 구례로 장사를 나갔다가 행방불명된 것은 사실이었으나 나머지는 모두 한태를 모략하기 위해 꾸며낸 말이기 때문이었다. 죄를 짓는 것은 역시 쉬운 일이 아니었다. 그런 빨갱이가 있었느냐며, 먹잇감을 만난 승냥이처럼 단장은 흥분한 얼굴로 중철을 쳐다보았다. 중철의 눈빛이 흔들렸다. 단장이 뱉듯이 말을 툭 던졌다.

"자네는 빨갱이를 신고하는 것으로 보아 사상이 건전한 것 같은데, 조국과 민족을 위해 우리 서북청년단에 가입해 일해 보는 것이 어떤가?"

뜻하지 않은 제의에 중철은 당황했다. 일순 대답을 못 했다. 싫으냐며 사내가 대답을 재촉했다. 그 말이 찔러 오자 중철은 자신도 모르게 아니라고 대답하고 말았다. 아니, 그래야만 할 것 같았다. 대답을 하고 나서 가만히 생각해보니 그보다 더 좋은 일도 없을 듯싶었다. 무엇보다도 조국과 민족을 위해 일한다는 말에는 가슴이 벅차오르기까지 했다.

"제가 그렇게 할 수 있을까요?"

자신을 믿지 못하는 물음이었다. 그러나 물음은 필요가 없었다. 당장 우리 단에 가입시키라고 사내가 소리치자 옆에서 지켜보고 있던 다른 사내가 다가왔다.

"이리로 오시오!"

사내는 중철을 데리고 다른 책상으로 갔다. 이것저것 몇 가지 캐물었다. 이어 입단서를 내주었고, 중철은 떨리는 손으로 그것을 작성했다. 자꾸만 떨리는 손은 어쩔 수가 없었다. 한태에 대한 죄스러움과 인애에 대한 미안함, 조국과 민족을 위한다는 가슴 벅참이 한꺼번에 몰려와 그에게 수전증을 일으킨 것이었다. 입단서 작성을 마치고 나자 사내는 중철을 다시 단장에게 데려갔다.

"좋아. 그럼 오늘부터 이 사무실에서 동지들을 좀 도와주게. 뭘 할지는 이 친구가 일러줄 것이네."

중철은 큰 벼슬에라도 오른 기분이었다. 서북청년단은 각하의 전폭적인 지지로 빨갱이를 소탕하고 있다고 사내가 말했다. 조국과 민족에 해가 될 만한 불순분자들을 색출하고 처리하는 막중한 임무를 맡고 있다는 것이었다. 그러니 자부심을 가지고 일에 적극 앞장서주기 바란다는 당부의 말도 잊지 않았다. 여부가 있겠느냐는, 조국과 민족을 위해 이 한 몸 기꺼이 바치겠다는 중철의 대답이 이어졌다. 조국과 민족이라는 말이 그것을 입에 올린 사람을 돌연히 바꿔놓았다. 평범한 시골 청년을 열혈투사로 만들어 놓았던 것이다. 중철은 바뀌었다. 확실히 바뀌었다. 순식간에 일어난 일이었다. 목소리부터 태도까지 중철은 오름 아래 검은 밭에서 밭을 매던 청년 농부가 더 이상 아니었다.

"다랑쉬라고 했나?"

"예, 그렇습니다."

단장의 얼굴이 일그러졌다. 순간 중철은 등골이 오싹했다. 왠지 모를 불안이 머릿속을 휘젓기도 했다.

* * *

한 떼의 청년들이 마른 먼지를 일으키며 다랑쉬마을로 들어섰다. 손에는 하나같이 몽둥이와 죽창이 들려 있었다. 섬뜩했다. 추수를 끝내고 봄보리를 뿌리던 마을 사람들은 손을 멈춘 채 불안한 눈길로 청년들을 주시했다.

"저 사람들이 여기는 어쩐 일일까요?"

"아무래도 뭔 일이 크게 날 것 같은데."

"그러게 말이여. 저건 죽창 아녀?"

"저 끔찍한 것을 왜 들고 난리들이여."

아낙네들은 짧은 비명과 함께 탄식을 쏟아냈다. 오금이 저리기도 했다. 중철이가 아니냐며 누군가가 손을 들어 가리켰다. 그가 죽창을 든 채 청년들을 이끌고 있었다.

"그 말이 맞구먼. 서청인가 뭔가 허는 데서 일한다더니만."

"그러게 말이에요."

마을 사람들은 또 다시 수군거려댔다.

"근데 여긴 뭔 일루 저렇게들 떼거지로 몰려왔을까?"

너도나도 한마디씩 거들었다. 거들고는 불안했던지 뿔뿔이 흩어져서 집으로 향했다. 청년들은 마을을 가로질러 다랑쉬오름 쪽으로 향했다. 오름 아래에 당도한 그들은 한태네 집 앞에서 걸음을 멈췄다.

"김한태 있나?"

몇 번을 불렀으나 대답이 없었다. 저 너머 밭에 가보자며 중철이 앞장섰다. 일행은 언덕 너머 밭으로 달려갔다. 아니나 다를까, 그곳에는 어머니와 함께 밭을 일구고 있는 청년 한태가 있었다.

"저자요!"

중철이 걸음을 멈추고 한태를 가리켰다. 일행이 일제히 그에게로 달려갔다. 메마른 밭에 거무스레한 먼지가 피어올랐다. 한태와 한태 어머니는 멍하니 그들을 바라보았다.

"이 새끼가 빨갱이란 말이지? 잡아!"

일행 중 한 명이 소리치자 나머지 청년들이 우르르 달려들어 순식간에 한태를 옭아냈다. 왜 이러느냐, 당신들은 누구냐며 힌대가 반항했으나 소용없는 일이었다. 떼거리로 달려드는 청년들을 혼자서 당해낼 수는 없었다. 한태는 팔이 뒤로 돌려진 채 결박을 당했다. 꽉 묶은 전화선이 아프게 조여 왔다.

"네 삼촌이 지리산 빨갱이라는 것 다 알고 왔어."

순간 한태는 직감적으로 느꼈다. 자신이 그 엄청난 소용돌이 속으로 빠져들고 있다는 것을. 빨갱이라니? 무슨 헛소리들이냐며 한태 어머니가 수건을 벗어 던지고는 한태에게로 달려들었다. 청년들이 가로막았다. 완력을 당해낼 수가 없었다. 무지막지하게 밀어제치는 바람에 벌렁 뒤로 넘어지고 말았다.

"왜들 이러는 거야?"

한태가 힘껏 청년들을 밀어붙이고는 어머니에게로 달려들려는 순간 콧등이 시큰해지는 것을 느꼈다. 이어 빨갱이 새끼라는 둥, 정신을 좀 차리게 한 뒤에 데려가야겠다는 둥 말들이 쏟아졌다. 그러더니 다짜고짜 뭇매를 가하기 시작했다. 넘어진 한태 어머니는 벌떡 일어나서 다시금 청년들에게 달려들었다. 하지만 할 수 있는 것이라곤 아무것도 없었다.

"제발, 걔가 무슨 죄가 있다고들 이러나."

한태 어머니는 자리에 주저앉아 땅을 치며 울었다. 메마른 울음이자 깊이 젖은 울음이었다.

거뭇한 흙바닥에 널브러진 한태는 아궁이를 금방 들어갔다 나온 강아지 같은 모습이 되었다. 흰 저고리와 바지에 시커먼 발자국이 여기저기 찍혀 있었다. 입가에서는 붉은 피가 흘러내리기도 했다. 한태는 청년들을 쏘아봤다.

"새끼, 아직도 기가 살아 있네."

청년은 다른 청년의 손에 쥐어진 죽창을 빼앗아 들더니 넘어진 한태의 넓적다리를 그대로 내리찍었다. 순간 긴 비명이 오름을 뒤흔들었다. 잔인한 청년은 죽창을 힘주어 비틀었다. 한태의 입에서 지옥을 부르는 소리가 터져 나왔다. 푸른 하늘이 갈가리 찢겨졌다.

"한태야!"

절규도 이어졌다. 가자는 청년의 말에 다른 청년들이 한태를 질질 끌고 밭을 나섰다. 따라가던 한태 어머니는 청년의 발길질에 또 다시 밭고랑에 널브러지는 수모를 당해야 했다.

"세상에 이럴 수가."

한태 어머니는 검은 밭에 주저앉아 통곡했다. 오름이 떠나가도록, 다랑쉬오름이 떠나가도록.

***

팽나무 아래로 사람들이 모여들었다. 표정은 하나같이 어두웠다. 누구 하나 말을 꺼내려 하지 않았다. 긴 침묵을 깨고 먼저 입을 연 것은 김 노인이었다.

"어지러운 세상이기는 하지만, 어디 우리 같은 사람들에게야 별 일 있을라구. 대대로 일궈온 땅을 버린다면 어디로 가서 어떻게 사느냔 말이여."

노인의 툽상스런 말에 그제야 여기저기에서 말들이 쏟아져 나오기 시작했다. 말들은 원망과 탄식뿐이었다. 이 땅을 버리고 떠나면 어떻게 목구멍에 풀칠을 할 거냐며 성산댁이 김 노인의 말에 박자를 맞췄다. 그러자 상황이 아주 안 좋다면서 읍내에는 빨갱이로 몰린 사람들의 시체가 수십 구씩 나뒹굴고 있다는 말이 나왔다. 저들의 말을 듣지 않으면 무조건 빨갱이로 몰아서 죽인다는 말이었다. 괜히 여기서 미적거리고 있다가는 모두 개죽음을 면치 못한다는 말도 이어졌다. 덕배가 한 말이었다.

"맞아요. 나도 저번에 읍내에 갔다 오다가 이 두 눈으로 직접 목격했다니까요. 집에 불을 지르고 사람들을 죽창으로 찌르는데……."

홍철이 덕배의 말을 받은 것이었다. 그는 끔찍하다는 듯 몸서리까지 쳤다. 그의 말에 중철이 오면 얘기나 들어보자는 말이 나왔다. 마을 사람들을 죄다 모이라고 한 것을 보면 뭔가 대책이 있지 않겠느냐는 것이었다.

"대책은 무슨 대책입니까? 그 사람이 서청인 걸."

덕배가 빈정거렸다. 중철 아버지가 몹시 불쾌하다는 표정으로 받았다. 말투가 왜 그러냐는 것이었다. 덕배도 아니꼽다는 듯이 삐뚜름한 얼굴로 쳐다보았다.

"이 사람아, 서청 같은 사람들이 있으니까 우리가 빨갱이들로부터 안전하게 이렇게 편히 지내는 것 아녀!"

"제가 뭐라 했나요?"

던지듯 내뱉는 말에는 비아냥거림이 가득했다. 고개까지 외로 꼬아대자 중철 아버지는 몹시 마뜩잖은 표정으로 핏대를 올렸다.

"다 이유가 있으니까 집에 불도 지르고 죽창으로 처형도 하는 것이지. 이 땅을 빨갱이 세상으로 만들려는 놈들이 있으니까 그런 거라고. 알기나 알아? 사람하곤."

중철 아버지의 말에 마을 사람들은 하나같이 입을 다물고 말았다. 할 말이 없어서가 아니었다. 말은 섞일 수 있어야 말이 된다는 것을 알기 때문이었다. 중철 아버지의 말은 마을 사람들의 말에 섞일 수 없는 말이었다. 마을 사람들도 알고 있었다. 혼란하고 어지러운 시절이기는 하지만 세상을 볼 수 있는 눈은 있었다. 비록 땅을 파고 흙을 묻히며 사는 무지렁이 인생이지만 무엇이 옳은지 무엇이 그른지는 알고 있었다. 세상의 혼란함을 분별할 수 있는 안목쯤은 갖추고 있었던 것이다. 그러나 그런 안목에서 하는 말은 중철 아버지의 억지스런 말과 섞일 수 없을 것이었다. 섞일 수 없으니 뱉지 않는 것이 최선이었다. 그래서 하나같이 입을 다물고 있었다. 그때 중철이 바쁜 걸음으로 마을에 들어서는 모습이 눈에 들어왔다.

"이제 오는구먼!"

중철 아버지는 반가운 소리로 고개를 내어 뺐다. 숨이 턱에까지 차도록 가쁘게 몰아쉬며 중철이 팽나무 아래로 들어섰다. 이마에는 굵은 땀방울이 송골송골 맺혀 있었다. 그래, 어떻게 해야 되느냐며 중철 아버지가 대견스럽나는 듯이 호들갑을 떨었다. 짐낀 숨 좀 돌리지며 중철이 잠시 허리를 꺾은 자세를 취하고 깊은 호흡을 했다. 사람들이 일제히 중철을 둘러싸고 모여들었다. 중철을 대하는 마을 사람들의 표정이 그리 호의적이지만은 않았다.

"제 말 잘들 들으세요. 모두 해안가로 이주하세요. 아니면 내년 봄까지만이라도 잠시 해안가로 내려가 있도록 하세요. 그렇게 하지 않으면 모두 빨갱이로 간주한답니다."

"빨갱이로 간주한다니?"

여기저기에서 술렁이며 동요가 일었다. 빨갱이로 간주되면 어떻게 되는 것이냐고 김 노인이 물었다. 모두 처형된다고 중철이 대답했다. 사람들이 탄식을 터뜨렸다. 탄식은 곧 절망이었다. 혹시나 했던 기대가 무너지는 순간이었다. 전달했으니 그렇게들 아시라고 하고는 중철이 아버지를 돌아보았다.

"우리도 서두르죠! 저는 내일부터 또 바쁘니까."

중철네 부자가 자리를 뜨고 난 뒤에도 마을 사람들은 갈피를 못 잡은 채 서성이며 탄식만을 쏟아냈다.

"설마 무슨 일이야 있겠어. 아무 죄도 없는 사람들을 생으로 죽이기야 하겠느냐는 말이여."

성산댁의 말에 누군가가 찬동하자 마을 사람들은 너도나도 그럴 거라고 동의를 해댔다. 마을을 떠나지 않겠다는 것이었다. 마을을 떠난다는 것은 쉽지 않았다. 고향을 버리고 떠난다는 것에 대한 두려움이었다. 대대로 물려받아 가꿔온 정든 땅이었다. 행여 잠시 떠난다 해도 해안가로 가서는 먹고 살 일이 막막했다.

"한두 사람도 아니고 이렇게 많은 사람들을 설마 어떻게 하기야 하겠어."

"그려, 아무리 야차 같은 놈들이라 할지라도 우리가 함께 모여서 얘기하면 알아듣겠지 뭐."

"그럼. 우리가 빨갱이도 아니고."

"빨갱이는 뭔 놈의 빨갱이여."

결국 다랑쉬마을을 떠난 집은 중철네와 덕배를 비롯한 다섯 가구가 전부였다. 그 가운데 중철네와 덕배를 제외한 세 가구는 그나마 해안가에 연고가 있는 사람들이었다. 나머지 사람들은 죄다 그대로 마을에 남았다.

***

굼부리의 억새는 바람이 불 때마다 하얗게 돌아눕곤 했다. 한태와 인애는 오름에 올라 있었다. 아끈다랑쉬오름이었다. 멀리 남서쪽으로는 봉긋한 오름이 얌전히 앉아 있었고, 그 뒤로는 한라산 등성이들이 앞서거니 뒤서거니 하며 파도처럼 일렁이고 있었다. 오랜만에 만난 두 사람이었다. 한태는 서청에 끌려가 한차례 곤욕을 치른 후 유격대에 몸을 담았다. 한라산 탐라계곡 깊숙이 숨어들었던 것이다. 인애는 걱정스러운 눈으로 한태를 돌아보았다.

"상황이 너무 안 좋은 것 같아."

인애의 말에 한태도 고개를 끄덕이고는 그녀를 바라보았다. 그가 말했다. 빨리 여기를 벗어나라고, 놈들은 지금 미쳐 있다고, 닥치는 대로 죽이고 불사르고 해서 차마 눈 뜨고 못 볼 지경이라고 했다. 그러면서 이 땅이 어쩌다 이렇게 되었는지, 라며 말을 잇지 못했다. 인애는 중철이 마을 사람들을 모아놓고 했던 이야기를 했다. 한태가 심각한 표정으로 고개를 끄덕였다.

"사실이야. 김익렬 연대장과 우리 김달삼 대장이 평화협정을 맺기는 했지만, 그놈의 딘(Dean)인가 뭔가 하는 놈이 온 뒤로는 협상이 깨지고 말았어. 그러고는 무자비한 토벌을 시작한 거지. 해안가를 제외한 모든 마을을 싹 다 불태워 없앤다는 거야."

인애는 소름이 돋은 얼굴로 그를 쳐다보며 왜냐고 물었다.

"중산간 마을에 남아있는 주민들은 죄다 유격대와 내통하는 빨갱이로 간주한다는 거지."

말도 안 된다며 인애는 벌린 입을 다물지 못했다. 그런 인애의 얼굴로 한태의 얼굴이 겹쳐졌다. 푸른 하늘과 쪽빛 바다가 한데 어우러져 어디까지가 하늘이고 어디까지가 바다인지 구분이 되질 않았다. 하얀 억새가 시리도록 눈부신 오름이었다.

33. 붉은 연대

여수의 바닷가 신월동에 붉은 연대라 불리는 14연대가 주둔하고 있었다. 14연대가 그렇게 불린 까닭은 남로당원이 많기 때문이었다. 열 명 중 한 명이 남로당 전남도당 소속이었고, 장교의 대다수는 이주하의 군사부 지휘 아래 있었다. 이곳에서 심각한 회의가 진행되고 있었다. 막사의 후미진 곳이었다.

"독자적으로리도 행동에 옮겨야 하오."

연대 선임하사 지창수가 강력히 주장했다. 그를 둘러싼 남로당원들도 대체적으로 수긍하는 분위기였다. 박헌영 동지에게는 알려야 하지 않느냐고 이민기가 물었다. 지창수가 고개를 가로저었다. 그러기에는 시간이 없다는 것이었다. 제주도가 곧 초토화될 것이라는 말도 이어졌다. 나중에 일이 잘못되면 그 책임을 어떻게 감당하려고 하느냐며 권하준도 신중한 태도를 보였다.

"책임을 두려워하면 큰일을 못하는 법이오. 모든 책임은 내가 지겠소."

이글이글 타오르는 눈빛이 어둠 속에서 빛났다. 확고한 신념이었다. 나머지 동지들도 결국 고개를 끄덕이지 않을 수 없었다. 같은 생각이라면서 일단 제주도를 구하고 사후에 보고를 올리도록 하자고 신하철이 거들고 나섰다. 급한 것은 제주도라는 말이었다. 그의 거듦에 지창수도 힘을 얻은 듯 다시 나섰다.

"우리가 일어서면 전남도당이 곧 호응할 것이오. 그러면 중앙당에서도 움직일 게고."

하긴 그렇다며, 혁명을 두고 보지만은 않을 거라며 권하준도 고개를 끄덕였다. 내일이면 제주도로 가야 하니 오늘 밤이 적당하다는 말이 나왔다. 말은 은밀했다. 뜻을 함께하자며 지창수가 마지막 확인을 받겠다고 하니 모여 있던 남로당 당원들이 하나같이 주먹을 들어 보였다. 여부가 있겠느냐며, 당연한 일이라며 함께하겠다고 했다. 이민기와 권하준도 주먹을 들어 보임으로써 동의를 표했다.

"좋습니다. 그럼 당장 일을 실행합시다. 각자 돌아가 동지들에게 이 회의의 결정 내용을 전하십시오. 무장을 한 후 연병장으로 모입니다. 이곳부터 점령하고 나서 여수 시내, 순천으로 나갑시다."

비상회의를 위해 모였던 남로당 간부 당원들은 곧 흩어졌다. 잠시 후 동지들을 규합해서 연병장으로 다시 모여들었다.

***

어둠 속에서 붉은 연대가 움직였다. 지창수를 중심으로 한 남로당 당원들이었다.

"우리는 외세와 결탁한 부당한 권력에 굴복할 수 없다. 때문에 제주의 동지들이 일어섰고, 우리는 마땅히 그들을 도와야 한다."

말을 마친 지창수는 방아쇠를 당겼다. 이를 신호로 남로당 당원들이 움직였다. 소총으로 무장한 이천오백여 명이었다. 이들은 병영을 점령하고 곧장 여수 시내로 나갔다. 파죽지세였다. 경찰도 손을 쓸 수가 없었다. 아니, 수적으로 상대가 되질 않는 싸움이었다. 붉은 군대는 무자비하게 우익 인사들을 처단했다. 경찰관을 비롯해 지방 유지가 대부분이었다. 무려 천여 명이 넘는 숫자였다. 더구나 그들은 대부분 비무장 상태였다. 때문에 비난이 쇄도했다.

이승만 정부는 이들을 반란군으로 규정하고 즉시 진압군을 파견했다. 군과 경찰의 대대적인 반격에 붉은 군대는 기세가 꺾이고 말았다.

"어떻게 하는 것이 좋겠소?"

지창수가 물었다. 일단 지리산으로 들어가자는 권하준의 말이 있었다. 더 이상 버티는 것은 무리라는 말이었다. 신하철이 반대하고 나섰다. 여수는 물론 순천, 광양까지 점령했으니 좀 더 버텨보자는 것이었다. 맞는다며, 곧 이현상 동지가 지원을 올 것이라며 이민기도 신하철의 의견에 동조했다.

"저들이 38선의 군대까지 빼돌린다는 얘기가 들리고 있소. 상황은 더 안 좋은 쪽으로 변하고 있소이다. 자칫 잘못하면 진퇴양난에 빠질 수 있소."

권하준이 다시 물러서기를 주장했다. 지창수는 갈등에 휩싸였다. 그때였다. 적이 온다는 외침에 이어 요란한 총소리가 들려왔다. 하늘을 찢는 소리였다. 일단 적을 막고 보자며 지창수가 총을 들고 언덕을 내려갔다. 그를 따라 권하준과 이민기도 달려 내려갔다. 진압군과 붉은 연대가 마주했다. 순천 시내를 벗어난 외곽이었다.

"외세에 의존하는 매국세력을 몰아내자!"

"반란군을 초토화하라!"

치열한 전투가 시작되었다. 총탄이 빗발치고 포탄이 작렬했다. 황토먼지가 일고 피울음이 울었다. 양쪽에서 쏘아대는 총탄이 한 민족을 둘로 갈라놓았다. 각각 외세와 반란을 이유로 붉은 피를 토해내게 했다. 짙은 붉은빛이었다.

"안 되겠소. 역부족이오!"

권하준이 약한 모습을 보였다. 지창수가 고개를 가로저었다. 죽기를 각오해야 한다는 것이었다. 이대로 물러서면 모두 몰살당한다는 말도 했다. 이를 악문 지창수가 방아쇠를 당겼다. 곁에서는 동지들이 연신 쓰러져나갔다.

"죽일 놈들!"

수류탄도 던졌다. 굉음이 일며 진압군이 쓰러졌다. 하지만 수적 열세로 한계에 봉착했다. 붉은 군대가 밀리기 시작한 것이었다. 일부는 언덕을 넘어 퇴각하는 모습도 보였다. 그만 물러나야 할 것 같다며 신하철도 퇴각의 불가피함을 입에 올렸다. 지창수가 입술을 질끈 깨물었다. 결정을 내리지 않을 수 없는 상황이었다.

"물러납시다. 동지들에게 전하시오!"

지창수의 말이 떨어지기가 무섭게 진압군 뒤쪽에서 혼란한 모습이 보였다. 요란한 총소리도 들려왔다. 우리 지원군이라고 지창수가 외쳤다. 힘을 내라는 소리도 함께 외쳤다. 언덕 아래로는 진압군이 흩어지고 있었다. 안개가 햇살에 흩어지는 듯했다.

"누굽니까?"

이민기가 물었다. 모른다고 대답하는 순간 권하준이 무릎을 쳤다.

"이현상 동지요."

권하준의 말에 신하철도 고개를 끄덕였다.

"맞소. 지리산의 이현상 동지가 왔소."

붉은 군대는 다시 힘을 얻었다. 반면 진압군은 혼란에 휩싸였다. 위아래에서 공격을 받자 당황한 모습을 보이며 급격히 무너져 내렸다. 급기야 퇴각 명령이 떨어졌다. 순천 시내로 물러나라는 명령이었다. 진압군 사령관 송호성은 이를 갈았다. 다 잡은 물고기를 놓친 격이기 때문이었다. 위기를 벗어난 붉은 군대는 더 이상 쫓지 않았다. 전열을 정비하기 위해서였다.

"동지, 반갑습니다."

지창수는 깍듯이 이현상을 맞았다. 이현상의 표정은 그리 밝지 않았다. 무모한 짓이라고 지창수를 나무랐다. 지창수는 당황했다. 이현상은 민간인을 학살한 것은 명백한 혁명규정 위반이라고 했다. 그제야 까닭을 안 지창수가 변명을 했다. 어쩔 수 없는 일이었다고, 제주의 동지들을 생각하면 그럴 수밖에 없는 일이었다고 했다. 말을 마치기도 전에 이현상이 다시 질책했다.

"적이 그런다고 우리까지 그러면 되겠소? 그런 혁명규정은 없소이다."

단호한 말에 지창수는 고개를 숙였다. 할 말이 없기 때문이었다. 정당성을 잃은 혁명은 민중의 지원을 받을 수 없다고 했다. 적위군이나 팔로군의 사례를 생각해보라고도 했다. 민중 없는 혁명은 있을 수 없다는 말이었다. 따끔한 질책에 지창수는 입술을 질끈 깨물었다. 러시아 혁명 과정에서 트로츠키가 적위군에게 한 말이 그제야 떠올랐다. 전투에서는 무자비하더라도 포로와 무력한 자에 대해서는 아량을 보여야 한다는 말이었다. 포로와 비무장자, 부상자와 노약자를 향해 칼을 치켜드는 적위군은 모조리 손을 자르라고 명령했다는 이야기도 떠올랐다. 그에 비하면 자신이 한 행동은 너무나도 잔인한 짓이었다. 비열한 짓이었다. 그런 규정은 러시아 적위군에만 있었던 것이 아니었다. 중국 팔로군에도 있었다. 그들 역시 비무장 군인이나 포로는 학살하지 않는 것을 원칙으로 삼았다. 이현상은 그런 규율을 지키려 애썼다. 포로를 죽이지 않고 훈계하는 것은 물론 심지어는 차비까지 주어 돌려보내기까지 했다. 이런 그의 행동을 진압군 쪽에서는 위협적인 심리전술로 간주하기도 했다.

"지리산으로 갑시다!"

이현상의 말에 지창수는 침묵을 지켰다. 여기에서는 불리하다며 이 동지의 말을 따르자는 말이 나왔다. 저들이 곧 다시 들이닥칠 것이라는 말도 나왔다. 대대적인 공격이 준비되고 있다는 것이었다. 상황의 위급함에 지창수도 고개를 끄덕이지 않을 수 없었다. 일단 그렇게 하자고 했다. 이현상과 지창수는 팔백여 명의 남로당 당원들을 이끌고 지리산으로 들어갔다. 박헌영은 이 일을 두고 매우 못마땅해 했다.

"어떻게 그럴 수가 있단 말이오? 상부의 지시도 없이."

평소 그답지 않게 역정을 내는 모습에 이관술은 당황했다. 충동적으로 일을 처리한 것은 분명 잘못되었다며 김삼룡도 고개를 좌우로 흔들었다. 매우 유감이라며 박헌영은 거듭 유감의 말을 입에 올렸다.

"지 동지의 선택은 잘못되었습니다. 시기적으로 매우 좋지 않은 때예요."

이주하도 성토하고 나섰다. 박헌영이 다시 입을 열었다.

"시기적으로 맞지 않을뿐더러 우리 조직이 적발되어 숙청되는 계기가 될지도 모르오."

박헌영의 한숨에 이관술이 조심스레 나섰다. 그렇다고 그냥 둘 수는 없지 않느냐는 것이었다. 동지들이 위험하다고도 했다. 외면할 수는 없다면서 빨리 무슨 조치를 취해야 한다는 김달삼의 말도 이어졌다. 이주하도 가만있지 않았다.

"책임비서 동지의 말씀대로 우리 당원들이 당하기 전에 도와줘야 합니다. 자칫 잘못하면 커다란 타격이 될 수도 있습니다."

"수적으로 상대가 되질 않소. 저들이 38선의 군대까지 빼내어 내려보낸다고 하지 않소."

북에 도움을 요청해 보자는 김달삼의 말에 박헌영이 깊은 한숨을 몰아쉬었다. 자존심이 상한다는 눈치였다. 강동정치학원 수료생들을 내려보내 달라고 하면 저들도 거절하지는 못할 거라는 말이 나왔다. 그러자 박헌영이 다시 나섰다. 말은 급했다. 누가 다녀오겠느냐는 것이었다. 얼굴에 다급함이 엿보였다. 김달삼이 다녀오겠다고 나섰다. 박헌영이 고개를 끄덕였다.

"동지가 간다니, 믿겠소!"

"성명서를 발표하시는 게 좋을 듯싶습니다만."

이관술의 제안에 박헌영도 동의를 표했다.

"생각하고 있던 참이오. 이번 일은 우리 중앙당과는 전혀 무관하게 시작된 일이기는 하지만 저들을 적극 지원하겠다고 말이오."

박헌영은 김달삼을 북으로 보내고 이어 성명서를 발표했다. 상부지시 없이 충동적으로 사건을 일으킨 것에 대해 비판하는 한편 좌익활동 전반에 타격을 준 모험이라며 유감을 표명한 것이었다. 더불어 대중봉기는 당연히 일어나기 마련이고 혁명적 정당인 남로당은 이를 지도할 의무가 있다면서 적극 지원할 것이라고 천명하기까지 했다. 내부적으로 비판한 것이었지만 실질적으로는 더욱 가열찬 투쟁을 선동한 것이었다. 북으로 간 김달삼도 강동정치학원 수료생들을 내려보내는 데 성공했다. 김일성을 만나 설득하는 데 성공했던 것이다. 그 또한 남한에서의 혁명을 적극 지원한다는 입장이었기 때문이기도 했다.

백팔십여 명의 강동정치학원 수료생들로 구성된 무장유격대는 38선을 넘어 오대산 지구로 내려왔다. 내려왔으나 상황이 여의치 않았다. 국군의 완강한 저지로 소백산을 넘지 못한 채 오대산과 소백산에서 대부분 전멸당하고 말았다. 겨우 남은 몇 명마저도 더 이상의 남하를 포기하고 다시 월북하고 말았다. 상황이 위급해지자 이승만은 계엄령을 선포했다. 그들의 움직임을 내란으로 간주하고 강경한 진압을 명령했던 것이다. 그는 전체 국군의 절반인 사만 명을 진압에 투입했다. 38선의 군대까지 빼내어 내려보냈던 것이다. 그뿐만이 아니었다. 남녀노소를 불문하고 모조리 처단하라는 무자비한 명령까지 내리고 말았다. 진압군은 명령을 충실히 받들었다. 그 시작은 오동도 앞바다에서였다.

충무공호를 비롯한 일곱 척의 함정에서 동시에 불이 뿜어졌다. 여수탈환 작전이 시작된 것이있다. 여수는 순식간에 불바다가 되고 말았다. 불길이 치솟고 시내가 포연에 휩싸였다. 생지옥이 따로 없었다. 남로당의 붉은 군대는 이미 여수 시내를 빠져나가 몇몇 소대만 남아 있는 상태였다. 함포사격으로 여수 시내를 초토화시킨 진압군은 상륙을 시도했다. 여수 시내로 진입한 것이었다.

"우리는 끝까지 지킨다. 죽음으로써 저항한다!"

남로당 여수지구 부위원장 진용수는 남은 남로당 당원과 어린 중학생들을 이끌고 진압군에 맞서 저항했다. 저항했으나 그것은 계란으로 바위를 치는 격이었다. 무지막지한 진압군을 당해낼 수가 없었다. 결국 진용수도 남은 대원들을 이끌고 지리산으로 향했다. 다행히 가는 길은 막혀 있지 않았다.

34. 다랑쉬마을

"뭔 일이랴?"

사람들은 건너 마을에서 피어오르는 연기를 바라보며 의아해했다. 간혹 비명소리 같은 것이 바람을 타고 들려오는 듯도 했다.

"혹시 토벌대가?"

"그려, 그렇구먼."

"그럼 이서 이럴 때가 아닌네."

그동안 조용하기만 하던 다랑쉬마을에도 이제 비극의 막이 오르고 있었다. 사람들은 마을 한가운데 팽나무 아래로 모여들었다.

"아이들하고 여자들은 저 너머 다랑쉬굴로 숨도록 해. 서둘러야 해!"

건너 마을에서 벌겋게 타오르는 불꽃이 떨어지는 햇살보다도 더 선명하게 하늘을 물들이고 있었다. 눈이 아렸다. 사람들은 두려움과 공포에 떨며 노인과 아낙네, 아이들을 다랑쉬굴로 피신시켰다. 사내들은 마을에 남아 어떻게든 토벌대를 달래어 마을을 지키려 했다. 사내들은 팽나무 아래에 모여 토벌대가 오기를 기다렸다. 오금이 시퍼렇게 저렸다.

"어머니, 빨리 서두르셔야 해요!"

"아니, 나는 됐다. 너나 어서 피해라. 네 뜻은 고맙다만 난 예서 죽는 한이 있더라도 내 집을 지키련다."

인애는 한태 어머니를 설득했지만 그녀는 막무가내였다. 죽더라도 조상 대대로 지켜온 내 집을 버릴 수는 없다는 얘기였다. 인애는 발을 동동 굴러가며 또 다시 재촉했다. 그러나 소용이 없었다.

"늦기 전에 어여 떠나래도."

"어머니께서 안 가시면 저도 여기 남겠어요. 그래야 한태 씨를 볼 낯이 있을 거 아니에요."

한태 어머니는 인애가 걱정되었지만 힘없는 아녀자를 설마 어떻게 하랴 싶어 더 이상 떠나라고 재촉하지 않았다. 천천히 떨어지던 해가 앙상한 팽나무 가지에 걸렸다. 해는 피처럼 붉었다. 붉어서 섬뜩했다.

"모조리 죽여라! 한 놈도 남기지 말고."

토벌대가 다랑쉬마을에 들어섰다. 괴성을 지르며 마을로 들어선 토벌대의 모습에 사내들은 아연실색하고 말았다. 그들은 마치 지옥에서 올라온 야차와도 같았다. 얼굴은 물론 옷까지 모두 시뻘건 피로 흥건히 젖어 있었다. 그들의 눈빛에는 하나같이 살기가 등등했다. 마을 사내들은 그제야 깨달았다. 설득이 꿈이라는 것을. 사내들은 뿔뿔이 흩어져 달아나기 시작했다. 그러는 것만이 살 길이라는 것을 뒤늦게나마 깨달았던 것이다. 검은 돌담을 뛰어넘고 밭고랑을 건너뛰어 달렸지만 인간사냥에 나선 야차들의 날랜 동작을 이겨낼 순 없었다. 중철네 밭고랑에서 터진 단발마의 외침을 시작으로 여기저기에서 처절한 비명소리가 울려 퍼지기 시작했다. 평온하기만 하던 다랑쉬마을을 집어 삼킨 것은 처절한 비명소리만이 아니었다. 시뻘건 불바다도 함께였다. 띠로 엮은 지붕들이 시뻘건 불을 뒤집어쓴 채 훨훨 타올랐다. 마을은 온통 불바다가 되어버렸다.

"잡아. 한 놈도 살려두어선 안 돼! 빨갱이 새끼들."

"저리로 도망간다, 쫓아!"

토벌대는 마치 토끼사냥이라도 하듯 마을 사내들을 몰아가며 학살했다. 사내들의 갈옷은 피로 얼룩져 검붉게 변했다.

"내 말 좀 들어보시오!"

한 사내가 죽창을 들어 찌르려는 토벌대원을 올려다보며 애원했다. 검은 돌담에 몸을 기댄 채 쓰러져 있던 사내였다.

"빨갱이 새끼 주제에."

"우리는 빨갱이가 아니오."

사내의 말은 더 이상 이어질 수 없었다. 토벌대원의 잔인한 죽창이 그의 가슴을 그대로 찔렀기 때문이었다. 사내는 가슴에 박힌 죽창을 두 손으로 꼭 움켜쥔 채 한 서린 눈으로 토벌대원을 올려다보았다. 토벌대원은 싸늘한 눈길을 보내며 힘주어 죽창을 비틀었다. 시간이 멈춘 듯했다. 토벌대원이 죽창을 뽑아냈다. 죽창 끝에서 검붉은 핏물이 주르르 쏟아져 내렸다. 죽음이 흘러내렸다. 억울하게 흘러내렸다. 토벌대는 닥치는 대로 죽이고 불사르고 부수었다. 잔인한 살육이었다.

"빨갱이 계집들은 하나도 보이질 않네?"

덕배네 집을 불사른 토벌대원은 훨훨 타오르는 불빛에 야수와 같은 눈을 번득이며 의아하다는 듯 동료 토벌대원에게 물었다.

"그러게 말이야. 냄새를 맡고 미리 내뺀 것 같은데."

"그렇지. 그렇지 않고서야 이렇게 재미없는 사내들만 득시글거릴 리가 없지."

사내들은 아쉽다는 듯 입맛까지 다셔댔다. 어딘가 숨어있을 것이라며 한 사내가 찾아보자고 했다. 그러자 다른 사내가 한 놈 잡아서 족치면 불지 않겠느냐고 했다. 그게 좋겠다며 사내는 히죽 웃었다. 사내들은 어둠이 앞을 가로막아선 마을길로 다시 나섰다. 불빛에 그림자가 일렁였다. 여기저기에서 고함소리와 신음소리가 이어지고 있었다. 마을은 그야말로 아수라장이었다. 그때 희끗한 그림자가 건너편 밭 돌담을 넘어가는 모습이 눈에 들어왔다. 토벌대는 날랜 동작으로 뒤를 쫓았다. 그림자는 비칠거리며 밭을 가로질러 달아났다. 달아나는 것도 잠시뿐 토벌대에 곧 목덜미를 잡히는 신세가 되고 말았다. 그림자의 주인은 학철 아범이었다. 제발 살려달라며 학철 아범은 무릎을 꿇은 채 두 손을 들어 싹싹 빌었다.

"살려주지."

사내의 짧은 한 마디에 학철 아범은 믿기지 않는다는 듯 얼굴 근육을 실룩이기까지 했다.

"헌데 조건이 있어."

"조건이라뇨?"

독사와도 같이 차가운 혀끝의 울림에 학철 아범은 저절로 목울대가 떨렸다. 불길한 예감이었다.

"마을 여자들이 죄다 사라졌는데 어디 있는지 불기만 하면 우리가 선처를 해주지."

순간 학철 아범은 몸을 떨었다. 온몸에서 힘이 빠져나간 듯 팔다리를 축 늘어뜨리기까지 했다. 싫다 이거냐며 한 사내가 비릿하게 웃음을 흘렸다. 그가 학철 아범의 얼굴 가까이로 피 묻은 죽창을 들이밀었다. 피 냄새가 폐부로 확 스며들었다. 극에 달한 공포가 학철 아범의 숨을 멎게 했다. 숨이 멎어도 그것만은 도저히 말할 수 없었다. 학철 아범이 말할 기미를 보이지 않자 사내는 밭둑의 돌덩이를 들어 올렸다. 들어 올린 돌덩이를 학철 아범의 무릎을 향해 힘껏 내려뜨렸다. 학철 아범의 입에서 신음소리가 터져 나왔다. 그뿐만이 아니었다. 죽창을 들어서는 넓적다리를 힘껏 내리 찍었다. 고통에 찬 비명이 다시 한 번 어둠을 갈랐다.

"이래도 안 불어!"

학철 아범은 죽으면 죽었지 그 많은 여자들과 아이들, 어른들을 모두 죽게 할 수는 없었다. 고통에 찬 신음소리만 연거푸 쏟아냈다. 세상이 원망스러웠다. 어쩌다 세상이 이리 되었는지, 학철 아범은 한스러울 뿐이었다. 잘 살지는 못해도 오순도순 행복한 삶을 살아가고 있었다. 그런 소소한 삶을 시기하는 무언가가 있었던 것인가? 자신에게 이런 끔찍하고 두려운 일이 닥치리라고는 미처 생각지도 못했다. 학철 아범은 자신이 저지른 죄를 생각했다. 생각했지만 떠오르지 않았다. 남을 시기하지도, 미워하지도 않았다. 그렇다고 남의 원망을 살 만큼 나쁜 짓을 한 적도 없었다. 이런 억울하고 끔찍한 일을 당해야 하는 것이 그저 원통할 뿐이었다. 세상이 원망스러웠다. 잔인한 토벌대는 학철 아범의 가슴 깊은 곳으로 시린 죽창을 찔러 넣고 말았다.

"에이, 지독한 빨갱이."

"그러게 빨갱이지."

사내들은 아무렇지 않다는 듯 옷깃을 툭툭 털어 내고는 밭둑을 나섰다.

* * *

동녘이 밝아오고 있었다.

다랑쉬오름 위로 푸른 기가 돌기 시작하더니 다랑쉬마을의 처참한 모습이 눈에 들어왔다. 검게 탄 기둥과 서까래들, 그리고 그마저도 남지 않고 깡그리 타버린 집들은 그야말로 괴기스럽기까지 했다. 아직도 하얀 연기가 검은 돌담 사이에서 스멀스멀 피어오르고 있었다. 어제 낮까지만 해도 다랑쉬마을이 그렇게 한가롭고 평화로운 곳이었다는 것이 도저히 믿기지가 않았다. 토벌대는 자신들이 저지른 일을 대견하다는 듯 바라보며 꺼져가는 장작불 주변에서 하나 둘 일어섰다.

"이렇게 해서 또 하나 깡그리 해치웠구먼."

말이 끝나기가 무섭게 다른 사내가 이어 받았다.

"아직 아니야! 빨갱이 새끼들하고 계집들이 남았다고."

싸늘한 어조로 내뱉는 사내는 어젯밤 우두머리 행세를 했던 바로 그 사내였다. 그제야 생각났다는 듯 다른 사내들도 맞장구를 쳤다.

"자, 빨리 해치우자고. 우리도 가서 좀 쉬어야 할 것 아냐!"

여기저기에서 피곤에 지친 목소리가 쏟아져 나왔다. 토벌대가 팽나무 밑을 떠나 마을 뒤쪽으로 향할 때 한 사내가 헐레벌떡 뛰어오는 모습이 눈에 들어왔다. 사내 역시 밤새 무슨 일을 했는지 얼굴이며 옷가지가 온통 검은 그을음과 핏자국 투성이였다.

"신중철이 아냐?"

"그래, 이 동네 출신이지 아마."

"서 친구는 소천년 남낭인데."

토벌대가 쑥덕거리는 사이에 중철이 하얗게 서리 내린 밭둑을 가로질러 사내들 앞으로 다가왔다. 중철은 금방이라도 숨이 넘어갈 듯 가쁜 숨을 몰아쉬었다. 중철은 무엇보다도 인애가 걱정되었다. 화사한 인애의 얼굴이 하얀 연기 뒤쪽으로 불안하게 피어올랐다. 중철은 조심스레 물었다.

"여자들은?"

우리도 찾는 중이라고 한 사내가 대답했다. 뭣들 하는 거냐며 토벌대 우두머리가 사내들을 재촉하다가 신중철을 알아보고 잰걸음으로 다가왔다. 그렇잖아도 잘 왔다며, 여기가 고향이니 다랑쉬굴이 어디에 있는지를 잘 알 것 아니냐며 입가에 미소를 베어 물었다. 중철은 순간 머릿속이 하얗게 비워졌다. 대답을 해놓고 나서야 상황이 짐작됐기 때문이었다. 사내는 명령조로 그리로 안내하라고 했다. 중철이 머뭇거렸다.

"괜찮소! 너무 마음 아파할 것 없다고. 새로운 시대, 새로운 세상을 열기 위해서는 어쩔 수 없는 일 아니겠소. 우리의 민주주의를 위해서 말이오."

한 번 눈감아 주는 것이 어떠냐고 중철이 조장을 달랬다. 안 될 걸 뻔히 알면서도 그렇게 한 것이었다. 인애를 위해서였다. 우리 가족이 모두 빨갱이한테 몰살을 당했는데 내 앞에서 그따위 소리 하려거든 일찌감치 꺼져버리라고 한 사내가 으름장을 날렸다. 이를 갈아대는 사내를 보고 중철은 한 걸음 뒤로 물러섰다. 물러서서는 그 사람들은 빨갱이가 아니라고 한 번 더 말했다. 내가 잘 안다고도 했다. 그러자 웃기지 말라며 그런 소리 자꾸 지껄여대면 너도 빨갱이로 취급할 거란 말이 쏟아졌다. 빨갱이란 말에 그는 아연실색했다. 더 이상 할 말이 없었다.

"잔말 말고 어딘지나 말해!"

조장의 다그침에 중철은 어쩔 수 없었다. 빨갱이로 낙인이 찍히면 어떻게 되는지를 누구보다도 잘 알고 있는 그였다. 손을 들어 가리켰다. 마을 뒤 대나무 숲이었다. 토벌대는 다랑쉬굴을 향해 우르르 달려갔다. 사내들은 굴 앞을 막아섰다. 검은 굴은 우울했다. 말이 없었다. 말이 없어서 더욱 깊어 보였다.

"가서 장작과 땔나무를 구해 오게!"

조장의 말에 토벌대는 일사불란하게 움직였다. 곧 이어 너도나도 마른 나무토막과 청솔가지, 갈잎 따위를 한 아름씩 안고 왔다. 오소리를 잡으시게요? 라며 한 사내가 낄낄거렸다. 웃음이 사악했다. 그렇다며, 두 발로 걷는 오소리를 잡을 거라며 조장이란 사내가 시시덕거렸다. 말도 하는 오소리라고 또 다른 사내가 맞받았다. 말이 음산했다. 사람의 말이 아니었다. 중철은 하늘이 노래졌다. 토벌대는 곧 마른 나무토막과 청솔가지를 이용해 굴 입구를 틀어막았다.

"자! 질러버리자고."

한 사내가 나서서 불쏘시개에 불을 붙였다. 곧이어 매캐한 청솔가지 타는 냄새와 함께 굴 입구가 화염에 휩싸였다. 무심힌 미딧비람은 화염과 연기를 굴 안으로 꾸역꾸역 밀어 넣었다. 그제야 안에서 살려달라는 소리가 쏟아져 나왔다. 우리는 죄가 없다는 외침과 우리는 빨갱이가 아니라는 외침이 화염 속에 뒤섞였다. 외침은 절규였다. 애타는 절규였다. 화염은 피눈물이었다. 억울한 피눈물이었다.

"잘 탄다!"

"못된 놈의 빨갱이 새끼들."

중철은 자신도 모르게 눈물이 흘러내렸다. 눈물을 토벌대에게 들키지 않으려 애썼으나 더 이상은 무리였다. 견딜 수가 없었다. 우는 거냐고 한 사내가 이죽거렸다. 중철은 이를 악물었다. 입가를 실룩이며 사내를 노려보았다.

"아니? 이 자식이."

토벌대가 일제히 중철을 향해 모여들었다. 그냥 놔두고 물러서라며 조장이란 사내가 나섰다. 그가 다가왔다. 왜 그러냐고 물었다. 중철이 고개를 들어 그를 쳐다보았다. 그 심정 이해하니 참으라고 조장이 말했다. 같은 마을 사람인데 그 정도 양심이 없으면 사람도 아니라고 했다. 그러나 그런 말은 중철의 귀에 들어오지도 않았다.

"아니야, 이건 아니야. 이건 아니라고!"

중철은 넋 나간 사람처럼 혼잣말로 중얼거리다가 활활 타오르는 다랑쉬굴로 달려들었다. 달려들어서는 불붙은 마른 나무를 빼내려 했다. 빼내려 했으나 시뻘겋게 불이 붙은 나무는 접근하기조차 쉽지가 않았다. 토벌대가 중철에게로 우르르 달려들었다. 중철은 미친 듯이 몸부림쳤다. 몸부림쳤지만 억센 사내들의 완력을 혼자 힘으로는 당해낼 수가 없었다. 뽀얗게 먼지를 일으키며 밭둑으로 끌려가야 했다.

"이것도 빨갱이하고 한통속 아니야?"

토벌대는 무자비하게 중철을 구타하기 시작했다. 둔탁한 소리와 함께 신음소리가 새어나왔다. 사내들은 분풀이라도 하듯 그렇게 중철을 짓밟았다. 중철은 온몸이 피투성이가 된 채 검은 흙바닥에 널브러졌다. 얼마나 시간이 흘렀을까? 느긋한 조장의 말소리가 그제야 들려왔다. 그만들 하라는 것이었다. 같은 조도 아닌데 괜히 건드려 문제를 일으키지 말라는 말이었다. 그의 말에 사내들이 뒤로 물러섰다. 물러서서는 이런 빨갱이 새끼를 죽인다고 누가 뭐라고 하겠느냐고 불만을 토해냈다. 그래도 그게 아니라며, 그쯤 했으면 됐다며 조장이 다시 말리고 나섰다. 마른 나무는 모두 타 없어지고 흰 연기만 검은 굴 입구에서 모락모락 피어오르고 있었다. 절규도 신음소리도 더 이상 들리지 않았다.

"누가 들어가 볼까?"

"제가 들어가 보죠."

한 사내가 자청하고 나섰다. 그는 불기가 가시지 않은 굴 안으로 허리를 바짝 구부린 채 발을 들여놓았다. 사내가 희뿌연 연기 사이로 사라졌다. 사내는 곧바로 캑캑거리며 뛰쳐나왔다. 들어갈 수도 없다는 것이었다. 연기가 꽉 들어차 있다고 했다.

"그럼 확인할 것도 없구먼."

"돌아들 가자! 우리가 해야 할 일은 마쳤으니."

조장의 말에 토벌대는 옷을 털며 대숲 언저리에서 발길을 돌렸다. 한 사내가 중철을 가리키며 저 자식은 어떻게 하느냐고 물었다. 그냥 두라고 했다. 돌아오지 않으면 빨갱이일 것이라고 했다. 살고 싶으면 다시 돌아올 것이라고도 했다. 아무렇지 않게 내뱉은 말이었다.

"하긴, 이 섬에서 빨갱이가 목숨 붙이고 살 곳이 있겠나."

사내들은 경멸에 찬 표정으로 중철을 흘겨보고는 대숲을 벗어났다. 밭둑에 쓰러져 있던 중철은 토벌대가 떠나고 한참 뒤에야 깨어났다. 온몸이 쑤시고 결렸다. 주먹질과 발길질에 당한 부위가 성치 않았다. 뿌옇게 흐린 하늘이 그렇게 서러울 수가 없었다. 중철은 정신을 차리고 몸을 일으켜 세웠다. 굴 입구에서는 아직도 흰 연기가 피어나고 있었다. 잿빛으로 쩍 벌리고 있는 다랑쉬굴 입구가 마치 지옥의 문처럼 보였다. 중철은 서서히 다가갔다. 굴 입구에 서서 망설이다가 허리를 굽혔다. 검은 어둠 속으로 발을 들여놓은 중철은 곧바로 발길을 돌려야 했다. 어두워서 아무것도 확인할 수가 없기 때문이었다. 중철은 옷가지를 벗어서 횃불을 만들었다. 이 참혹한 현장을 어떻게든 세상에 알려야겠다는 생각도 들었다. 불꽃을 살려 불을 붙인 중철은 다시 시커먼 굴속으로 기어 들어갔다. 검게 그을린 굴속의 벽이 빛을 받아 윤을 내며 반짝였다. 매캐한 연기가 코를 자극했다. 중철은 희뿌연 연기를 헤치고 조금씩 안으로 들어갔다. 안으로 들어갈수록 매캐한 연기가 안개처럼 시야를 가렸다. 가슴이 떨렸다. 눈가에서 굵은 눈물이 흘러내렸다. 매캐한 연기 때문인지 슬픈 다랑쉬마을의 운명 때문인지 모를 일이었다.

얼마쯤 안으로 들어가자 사람들의 모습이 눈에 들어왔다. 참으로 눈 뜨고 볼 수 없는 광경이었다. 땅바닥에 엎드린 사람들은 하나같이 코를 땅에 처박고 있었다. 중철은 사람들의 한결같은 자세에 두려움을 느꼈다. 소름이 오싹 돋았다. 횃불이 가늘게 떨렸다. 가슴이 떨리는 것인지 횃불이 떨리는 것인지 알 수가 없었다. 중철은 횃불을 아래로 비취 쓰러진 사람들을 하나씩 확인했다. 검게 그을린 얼굴과 일그러진 표정이 차마 더 이상은 볼 수가 없었다. 중철은 자신도 모르게 횃불을 치켜들고 말았다. 설핏 본 얼굴이지만 누군지 똑똑히 알 수 있었다. 성산댁과 현만이, 선자 모녀, 이웃집 곽씨 아주머니, 김씨 노인……. 모두 어제까지만 해도 오순도순 다정하게 살아가던 사람들이었다. 중철은 떨리는 가슴을 진정시키고 다시 횃불을 아래로 내렸다. 이번에는 자세히 살펴보았다. 꽉 막히는 숨통을 터보려고 그랬는지, 아니면 죄어오는 괴로움을 덜어보려 그랬는지 동굴 벽을 긁어댄 흔적이 뚜렷이 남아 있었다. 검게 그을린 동굴 벽에 사람들의 손톱자국이 선명했다. 중철의 눈에서 눈물이 비 오듯 쏟아져 내렸다. 저 괴로움의 자국들, 저 고통의 흔적들. 중철은 그만 오열하고 말았다. 하나, 둘, 셋……. 중철은 쓰러진 사람들의 숫자를 세어보았다. 모두 열여덟. 짐작했던 것처럼 다랑쉬마을의 어린이와 여자, 노인들은 모두 비참한 죽음을 맞고 말았다. 아니, 정확하게 말하자면 힉살을 딩힌 것이었다. 빨갱이런 오명을 뒤집어쓴 채 억울한 학살을 당한 것이었다. 중철은 자신의 선택이 잘못되었다는 것을 그제야 비로소 깨달았다. 뼈저리게 후회도 했다.

　중철은 혼자서 열여덟 구의 시신을 처리할 엄두가 나질 않았다. 아니, 그대로 두었다가 이 끔찍한 만행을 훗날 세상에 알리는 것이 더 나을 것 같기도 했다. 마음속으로 다시는 이런 참혹한 세상에 태어나지 말기를 간절히 빌어주며 중철은 굴을 빠져나왔다. 밖에는 진눈깨비가 흩뿌리고 있었다. 검은 땅이 희끗희끗 잿빛으로 물들어가고 있었다.

***

제주도민들은 무자비한 토벌대에 심한 반감을 가졌다. 아니, 살기 위해 몸부림칠 수밖에 없었다. 저항하기로 했던 것이다. 수많은 사람들이 산으로 들어갔다. 무장대에 합류했던 것이다. 이승만 정부는 대대적인 토벌을 감행하기 위해 국방경비대까지 투입했다. 군대까지 동원했던 것이다. 이어 제주도에 피바람이 불었다. 다랑쉬마을과 같이 초토화되는 마을이 속출했다. 일부 국방경비대원들은 무자비한 토벌에 반대하며 무장대에 합류하기까지 했다. 박헌영은 민중봉기 투쟁의 모범이라며 제주도민들을 격려했다. 이에 고무된 김달삼은 더욱 기세를 올렸다.

35. 토벌대

여수 시내를 장악한 진압군은 공산주의자 색출에 나섰다.

"늦게 오는 놈은 빨갱이로 간주한다."

총사령관 김택승의 한마디에 여수 시내가 벌벌 떨었다. 그의 말이 떨어지기 무섭게 각 초등학교와 공설운동장으로 여수 시민들이 몰려들었다. 운동장은 그야말로 입추의 여지도 없었다. 줄지어 앉은 시민들로 빼곡했다.

"반란군에 가담한 적이 있거나 반란자를 알고 있는 사람은 늦기 전에 실토해라!"

늦가을 바람이 을씨년스럽기만 했다. 땅바닥에 앉은 시민들의 얼굴이 시퍼렇게 굳었다. 누구 하나 입을 여는 사람도 없었다. 만일 늦게라도 발각되는 놈은 저 기관총이 몸뚱어리를 갈가리 찢어놓을 거라는 엄포가 들리기도 했다. 서초등학교 운동장을 어슬렁거리던 김종원의 입에서 쏟아져 나온 잔인한 말이었다. 그는 만주에서 독립군을 잡던 일본군 출신이었다. 특히 단칼에 목을 잘라버리는 것을 즐겼다는 천인공노할 자였다.

"저는 공산주의자가 아닙니다."

운동장 뒤쪽이 시끄러웠다. 모두가 고개를 돌렸다. 한 사내가 진압군에 의해 끌려오고 있었다. 김종원이 뭐냐고 묻자 진압군이 대답했다. 다락에 숨어 있던 자라는 것이었다.

"빨갱이로군!"

김종원은 본보기를 보여줘야겠다는 듯 고개를 돌렸다. 중기관총이 있는 쪽이었다. 진압군이 그의 의도를 알아채고는 곧 그리로 방향을 틀었다. 정말이라면서 단지 두려워 숨어 있었다고 하는 떨리는 소리가 사내의 입에서 연신 터져 나왔다. 순간 사내의 입이 다물어졌다. 몸부림치기 시작했다. 진압군은 피도 눈물도 없었다. 사내를 중기관총 앞 느티나무에 그대로 묶었던 것이다. 지옥이 따로 없었다. 진압군의 한 마디가 곧 삶과 죽음을 갈라놓았다.

"빨갱이는 어떻게 되는지 잘 봐라!"

김종원의 말이 끝나기 무섭게 중기관총이 불을 뿜었다. 운동장에 피바람이 불었다. 흐느끼는 소리가 여기저기서 터져 나왔다. 두려움과 공포에 떠는 소리였다.

"봤으면 실토해라! 그러면 살 수 있다."

곳곳에서 손을 드는 사람이 나왔다. 운동장이 술렁였다. 눈치를 보며 슬며시 일어서는 사람, 먼저 살겠다고 벌떡 일어서는 사람, 뭔가 말을 주고받으며 일어서는 사람……. 김종원의 입가에 미소가 스며들었다.

"이쪽으로 나와라!"

진압군은 손을 들고 일어선 이들을 운동장 한쪽으로 모았다. 모아서는 차례로 심문에 들어갔다. 남로당에 잠시 몸을 담았다는 사람, 동생이 남로당이라는 사람, 처삼촌이 남로당이었다는 사람, 옆집에 남로당에 가입한 친구가 있다는 사람, 남로당에 몸을 담았으나 지금은 아니라는 사람, 사돈이 남로당이었다는 사람……. 모두가 남로당, 남로당 하며 겁에 질린 표정으로 실토를 했다. 우익단체 간부는 가볍게 손짓을 했다. 저쪽으로 가라고. 그가 가리키는 곳에는 책상에 앉은 진압군인이 무언가를 작성하고 있었다. 사내가 다가가자 진압군인은 다짜고짜 명령했다.

"여기에 손가락 도장을 찍어라!"

"이게 뭡니까?"

한 사내가 묻자 진압군인은 시큰둥하게 대답했다. 용서해준다는 증명서라는 것이었다. 그제야 사내는 밝은 얼굴로 손가락을 내밀고 붉은 인주를 듬뿍 묻혀 지장을 찍었다. 됐느냐고 묻자 진압군인은 고개를 끄덕였다. 사내의 얼굴에 안도의 빛이 떠올랐다.

"저기 가서 기다려라!"

진압군인이 가리키는 곳으로 심문 받기를 마친 사람들이 모여들고 있었다. 사내는 가벼운 마음으로 물러나서 그들과 합류했다. 또 다른 사내가 진압군인 앞으로 다가왔다. 이번에는 중년의 사내였다.

"제 동생이 지리산으로 들어갔습니다."

진압군인의 얼굴이 찌푸려졌다가는 곧 풀어졌다. 미소마저 감돌았다.

"그래, 그렇게 해야지. 그래야 살지."

산다는 말에 중년의 사내는 안도의 한숨을 내쉬었다.

"저는 반대했습니다. 들어가지 말라고 말렸지요."

사내는 자기가 잘하지 않았느냐는 듯 떠벌려대기까지 했다. 살고자 하는 몸부림이었다. 진압군인도 고개를 끄덕이며 환하게 웃어주었다. 잘했다고도 했다. 그 말에 중년의 사내는 입가에 미소를 지어 보였다. 역시 살았다는 안도감의 표현이었다.

"찍으시오!"

짧은 한마디에 중년의 사내는 서슴없이 지장을 찍었다. 시간은 흐르고 많은 사람들이 운동장 한쪽으로 몰려섰다.

"모두 종산초등학교로 데려가라!"

김종원이 소리친 것이었다. 운동장 밖에 대기하고 있던 트럭이 들어섰다. 진압군은 사람들을 태우고 운동장을 빠져나갔다. 시민들은 공포에 떨었다. 다시 다른 사람들에 대한 심사가 시작되었다. 우익단체 간부들은 저승사자와도 같이 시민들 사이를 거닐었다. 그들은 지나가다가 의심이 가는 사람이 있으면 곧바로 손가락질을 했다. 그러면 진압군이 득달같이 달려들어 끌어냈다. 난 아니라며, 빨갱이가 아니라며 절규하는 사람도 있었으나 그래봐야 소용없었다. 진압군이 희생양으로 삼기로 한 이상 그들의 손아귀를 벗어날 수는 없었다.

"빨갱이는 씨를 말려야 한다!"

김종원은 거듭 공포분위기를 조성했고, 시민들은 삶과 죽음의 경계선을 넘나들었다. 얼굴은 새파랗게 질렸고, 몸을 사시나무가 떨 듯 떨었다. 또 다시 중기관총이 피울음을 울었다. 또 한 생명이 산산이 부서져 내렸다.

"이놈도 빨갱이요."

"여기에도 있소!"

여기저기에서 빨갱이 소리가 쏟아져 나왔다. 서초등학교 운동장은 그야말로 아비규환의 지옥이었다. 살려달라는 울부짖음과 중기관총의 피울음이 계속되었다. 우익단체와 진압군의 만행은 그렇게 사흘 밤낮이나 계속되었다.

***

피울음의 아비규환은 종산초등학교에서 절정에 달했다. 그곳에 반란혐의자로 지목되어 끌려온 사람들이 있었다. 대부분은 마흔이 채 되지 않은 젊은 사내들이었다. 솔직히 불라며 험상궂은 얼굴의 사내가 군화발로 짓이겼다. 사내는 오인교 서청 지회장이었다. 고통에 찬 신음이 짓이겨진 한 사내의 입에서 쏟아져 나왔다.

"저는 모르는 일입니다. 이웃집에 살고 있었을 뿐입니다."

그러니 알고 있을 것 아니냐는 물음이 이어졌다. 그놈이 남로당 여수지부장이니 오죽 죽이 잘 맞았겠느냐고 비아냥거리는 소리도 이어졌다. 이웃이니 그렇게 지냈을 뿐이라는 대답, 그 사람이 빨갱이인 줄도 몰랐다는 대답이 연이어 쏟아졌다. 사내가 거듭 부인하자 오인교 서청 지회장이 하얀 이빨을 드러냈다. 그는 손에 침을 뱉은 후 몽둥이를 들었다. 일그러진 표정이 일을 치르고 말 기세였다. 사내의 몸에서 둔탁한 소리와 함께 비명이 쏟아졌다. 몽둥이세례를 고스란히 몸으로 받아낸 것이었다.

"억울합니다. 저는 모르는 일입니다."

지독한 빨갱이 새끼라는 말이 오인교의 입에서 튀어나왔다. 내가 할까? 라며 곁에서 지켜보고 있던 다른 사내가 끼어들었다. 서대문서 임규홍이었다. 그는 잔인하기로 이름난 일제 경찰 출신이었다. 쉽지 않은 놈이라며 오인교가 그를 넘겼다. 사내를 넘겨받고 설핏 짓는 미소에서 그의 잔인함을 읽을 수 있었다. 사내는 또 다시 겁에 질렸다. 얼굴이 새파랗게 변했다.

"오늘이 네 제삿날인 줄 알아라!"

임규홍은 사내의 가슴을 짓밟고 올라탔다. 사내의 입에서 헛바람 켜는 소리가 새어나왔다. 살려달라는 소리에 공포가 가득했다. 임규홍의 입가에 미소가 번지고 있었다.

"화끈한 맛일세! 싫으면 실토하고."

말을 마친 임규홍은 주전자를 들어 사내의 코에 고춧가루 물을 부었다. 이어 사내의 몸이 용수철처럼 뒤틀렸다. 이쯤이면 불 텐데, 라며 히죽 웃었다. 사내는 혼절하고 말았다. 그러다 죽는 것 아니냐고 오인교가 슬며시 물었다. 그냥 죽이기는 아깝다는 말투였다. 어떻게든 자백을 받아내고 싶다는 말이기도 했다.

"이렇게 해서 죽은 독립군은 보질 못했네."

그의 얼굴에 회심의 미소가 피어났다. 잠시 후 사내가 깨어났다. 말하겠다며, 뭐든지 말하겠다며 사내는 두려움에 젖은 목소리로 연신 고개를 끄덕여댔다. 진즉에 그럴 것이지, 라며 임규홍은 흐뭇한 얼굴로 사내의 뺨을 툭툭 치고는 일어섰다. 주전자가 그제야 땅바닥에 내려졌다.

"그놈과는 어떤 사이인가?"

임규홍의 물음에 사내는 공포에 찌든 눈으로 이런저런 이야기를 꾸며내기 시작했다. 오인교와 임규홍의 입가에 흡족한 웃음이 배어나왔다. 종산초등학교 운동장은 구타와 고문, 윽박지르는 소리, 비명과 신음으로 아비규환의 지옥으로 변해 있었다. 가끔씩 이어지는 총탄 소리는 반란 혐의로 잡혀온 사내들의 뇌수를 후벼 파기도 했다. 즉석에서 총살형이 이루어지고 있었던 것이다. 말 한마디 잘못하면 저세상으로 직행하는 것이었다. 곳곳에서 있지도 않은 일에 대한 자백이 술술 쏟아져 나왔다. 하나같이 살고자 꾸며낸 이야기였다. 그 꾸며낸 이야기가 자백한 자를 오히려 곧장 저세상으로 보내기도 했다. 남로당과 끈이 닿아 있다는 이유에서였다. 때로는 거짓말을 했다는 이유로, 때로는 솔직하게 불어서 총살형을 당해야 했다. 이래도 죽음, 저래도 죽음이었다. 이들의 잔인한 고문과 자백 강요는 찬바람이 살을 에는 십이월 중순까지 계속되었다. 그동안 수많은 사람들이 죽어나갔다. 학교 동쪽 담장에 있던 버드나무는 검붉게 피 칠을 한 채 겨울을 맞았다. 섬뜩했다. 잔인한 여수의 겨울이었다.

　살육은 여수에서만 벌어진 게 아니었다. 순천과 구례에서도 벌어졌다. 자백을 강요하는 구타와 고문, 즉결처분이 아무렇지 않게 행해졌다. 진압군은 원하는 대로 진술을 받아냈다. 자백을 한 사람들 가운데 운이 좋은 사람은 군법회의에 회부됐고, 그렇지 않은 사람은 즉결처분장으로 향해야 했다.

　여수, 순천, 구례 등지를 초토화시킨 진압군은 곧장 지리산으로 향했다. 지리산은 만만치가 않았다. 함부로 들어갈 수 있는 곳이 아니었다.

　"삼광작전을 쓰시는 게 좋을 듯싶습니다만."

　김종원이 난감해 하는 총사령관 김택승에게 넌지시 건넨 말이었다. 그건 너무 지나친 것 아니냐며 김택승이 주저했다. 그가 다시 부추겼다.

　"빨갱이에게는 지나친 게 아닙니다. 저들은 빨갱이입니다."

　김택승이 눈살을 찌푸렸다. 그래도 일제 경찰이 쓰던 작전을 어떻게 쓰느냐는 것이었다. 일제 경찰이라는 말에 그가 더욱 적극적으로 나섰다. 죽일 놈들은 죽여야 한다는 것이었다. 살려두면 내가 죽는다는 말이었다. 그러기 위해서는 근거지를 불태우고 갖고 있는 것들도 죄다 빼앗아야 한다는 말도 덧붙였다. 삼광작전이란 일제가 쓰던 작전으로 모든 것을 불태우고, 죽이고, 약탈하는 것이었다. 그야말로 초토화 작전이었다.

"맞습니다. 총사령관님의 빛나는 승리를 위해서라면 무슨 작전이든 못 쓰겠습니까?"

오인교도 거들고 나섰다. 김택승의 말투가 바뀌었다.

"하긴 승리를 위해서라면."

양심은 찔렸다. 깊이 찔렸다. 찔린 만큼 미안했다. 부끄럽기도 했다. 미안하고 부끄러웠지만 버텨내야 할 미안함이자 부끄러움이었다. 권력을 위한, 출세를 위한 버팀이었다. 출세(出世)는 세상으로 나오는 것, 또는 나아가는 것이다. 어머니 뱃속에서 이미 나왔지만, 나와서 출세를 했지만, 그 나옴만으로는 부족했다. 세상에 나아가 세상을 거머쥐어야 했다. 어떻게든지 세상을 손아귀에 넣어야 했다. 그 길은 권력에 있었다. 불을 질러서라도, 약탈을 해서라도, 욕을 먹더라도, 부끄러울지라도 그 길로 가야 했다. 오직 출세의 길만 가야 했다. 스스로를 죽이는 한이 있을지라도 가야 할 길이었다. 슬픈 일이었다. 안타까운 일이었다. 빨갱이를 잡는다는 명분으로 욕망을 채우고, 출세를 해야 한다는 이유로 탐욕을 채우려 들었다. 탐욕은 불꽃이었다. 위험한 불꽃이었다. 자신을 태우고도 모자라 세상의 모든 것을 불태우려 들었다. 결국 산산이 부서져 내린 뒤에야 멈출 것이었다. 지리산 붉은 계곡을 다 태우고 난 뒤에.

"잘 생각하셨습니다."

김종원은 마치 제가 결정이라도 한 듯 먼저 좋아라했다.

"빨갱이를 잡기 위한 것이다. 모두 불태우고 죽여라!"

총사령관 김택승의 명령이 떨어졌다. 일사불란한 움직임이 지리산을 덮치기 시작했다. 빨치산 토벌이 시작된 것이었다. 토벌은 잔인했다. 말 그대로 모든 것을 불태웠다. 살아있는 것은 죄다 숨통을 끊어놓았다.

"빨갱이에 동조했다니요? 저흰 빨갱이가 뭔지도 모릅니다."

노인은 애걸했다. 소용이 없었다. 뭐 하느냐며, 불태우라며 김종원이 날뛰었다. 토벌대가 노인을 밀치고는 지붕에 불을 질렀다. 메마른 초가지붕은 곧 불길을 토해냈다.

"안 된다, 이놈들아! 여기는 우리가 대대로 살아온 곳이다."

깡마른 손으로 토벌대의 등을 움켜쥐었으나 노인은 곧 땅바닥으로 나동그라지고 말았다.

"이런 빨갱이 늙은이가."

토벌대원이 노인을 짓밟았다. 비명이 터져 나왔다. 이번에는 김종원이 고갯짓을 했다. 토벌대원이 총을 들어 노인의 머리를 겨눴다. 잔인한 총소리가 계곡을 붉게 흔들었다.

"더 안쪽으로 들어간다. 무슨 일이 있어도 구해내야 한다."

김종원은 토벌대를 거느리고 계곡 깊숙이 들어섰다. 포로로 잡힌 토벌대원들을 구해내기 위해서였다. 늦은 단풍이 거친 돌길을 붉게 수놓고 있었다.

***

"동지! 놈들이 무자비합니다. 계곡이 붉게 물들었어요."

지창수의 분노 가득한 목소리였다. 이현상의 표정이 어두워졌다. 모두 저놈들 때문이라며, 잔인한 놈들이라며, 무고한 주민들을 저리 학살한다며, 찢어죽일 놈들이라며 쏟아놓는 갖은 말들이 지리산 등성이를 물들였다. 지창수가 이를 악물었다. 놈들을 어떻게 하느냐고 진용수가 포로로 잡은 토벌대를 두고 물었다. 당연히 죽여 본때를 보여야 한다고 지창수가 나섰다. 쏘아붙이듯 한 말이었다. 이현상이 손을 내저었다.

"그렇다고 우리까지 그렇게 할 수는 없소. 우리는 우리의 방식을 고수해야 하오!"

이현상의 말에 지창수가 불만을 표출했다.

"트로츠키의 선언 말입니까?"

말투가 툽상스러웠다.

"그렇소!"

상대에 따라 달라야 하지 않겠느냐며 진용수도 조심스레 지창수 편을 들고 나섰다. 이현상이 아니라면서 그건 지켜야 할 명분이라고 했다. 단호한 말에 지창수는 혀를 찼다. 불만의 표시였다. 그건 적위군의 명분이고 우리는 조선의 남로당이라고 항변하기도 했다. 이현상이 또 고개를 가로저었다.

"적위군이든 남로당이든 우리는 인간이오. 짐승이 아니오!"

잘라 말하는 이현상을 보고 진용수가 고개를 끄덕였다. 지창수도 그제야 입을 다물었다.

"어찌됐든 우리는 사람을 살리고자 혁명의 길을 택한 것이오. 죽이는 일은 최소한으로 해야 하오."

"하지만 저들은 그렇지 않습니다. 무고한 주민들을 무자비하게 죽이고 있어요. 그런 자들에게 자비를 베풀다니요?"

이현상은 한숨을 몰아쉬었다. 한숨은 깊었다. 푸르게 깊었다.

"비극이오."

놈들이 계곡으로 들어섰다고 초병이 달려와 보고했다. 지창수가 자리에서 일어섰다. 가보겠다고 했다. 그가 대원들을 거느리고는 산등성이를 내려갔다.

"포로들을 데려오시오!"

이현상의 말에 진용수가 토벌대원들을 데리고 왔다. 모두 셋이었다.

"풀어줄 테니 돌아가라! 그리고 다시는 지리산으로 들어오지 마라. 죽는다!"

그의 말에 포로들은 고개를 끄덕였다. 얼굴에는 고맙다는 빛이 역력했다. 나흘을 굶었다며 먹을 것을 좀 달라고 했다. 진용수가 나무랐다. 우리도 굶었다는 것이었다. 네놈들에게 줄 것이 있는 줄 아느냐는 말이었다. 쏘아붙이는 말에 이현상이 손을 들었다.

"가서 감자를 가져오시오!"

"동지!"

진용수가 눈살을 찌푸렸다. 잔뜩 찌푸렸다. 안 된다는 것이었다. 가져오라 했다. 함께 사는 길이라 했다.

"우리는 더 깊숙한 곳으로 들어가야 합니다. 이놈들은 나가면 먹을 것이 있고요."

"중요한 것은 지금이요. 살아있을 때 베풀어야 합니다. 우리가 조금 아낍시다!"

포로들은 허리까지 굽실거리며 진정으로 고마움을 표했다. 진용수는 혀를 차며 밖으로 나갔다. 잠시 후 감자 몇 알을 들고 그가 다시 돌아왔다. 감자를 건네면서 가라고 하는 말에 포로들은 고맙다는 말을 잊지 않았다. 표정과 몸짓에 진심이 담겨 있었다. 포로들이 막사를 빠져나가고 얼마 있지 않아 지창수가 허겁지겁 올라왔다.

"가시지요!"

"어떻소?"

이현상의 물음에 지창수가 고개를 가로저었다. 놈들의 수가 너무 많다는 것이었다. 이현상의 표정이 일그러졌다.

"이제 곧 한겨울인데 큰일이로군."

진용수가 혼잣말처럼 중얼거렸다.

"서두릅시다! 지원군이 올 거요."

"지원군이라뇨?"

지창수가 묻자 이현상이 회심의 미소를 지었다.

"평양에서 지원군을 보내올 거요. 힘을 냅시다!"

이현상이 거느린 지리산 빨치산은 토벌대를 피해 더 깊은 계곡으로 들어갔다. 이 강산이 아팠다. 저리도록 아팠다. 붉게 타오르는 계곡의 향연은 처연하기만 했다. 왜 싸워야 하는 것인지, 왜 죽이고 죽여야 하는 것인지 알 수가 없었다. 혁명은 혁명이다. 사람을 위한 혁명이다. 권력을 위한 혁명이 아니다. 그가 본 혁명은 혁명이 아니었다. 죽음이었다. 생각이 달라서 죽이는 혁명이었고, 생각이 같다고 살리는 혁명이었다. 혁명은 순수한 것이지만, 혁명은 순정한 것이지만, 혁명은 불 같은 것이지만, 혁명은 아픈 것이기도 했다. 죽음을 부르고 계곡을 불살랐다. 처연한 단풍보다도 더 붉게 태우고, 가슴 아픈 죽음보다도 더 시리게 아픈 것이었다. 기약할 수 없는 계곡의 투쟁에 이현상은 몸서리쳤다. 쫓기는 자의 두려움과 쫓는 자의 불안이 동시에 몸을 휘감아 댔다. 휘감은 두려움과 불안은 다른 누구의 몫도 아니었다. 그 자신이 오롯이 감당해야 할 것이었다. 버티고 견뎌서 감당해야 할 것이었다. 이 처연한 가을은 곧 겨울을 불러올 것이었다. 춥고 시린 겨울을, 깊고 아픈 겨울을. 이현상은 진저리를 치며 지리산 계곡 안으로 깊숙이 들어갔다.

그가 그토록 기다린 지원군은 오지 않았다. 무기도 부족하고 식량도 부족한 상태에서 혹독한 겨울을 맞아야 했다.

***

토벌대는 산간마을을 모조리 불태웠다. 빨치산에 동정적이라고 판단

되는 주민들도 남김없이 죽였다. 잔인했다.

　여수와 순천 등지에서 죽어간 무고한 주민이 7천여 명에 이르렀다. 제주도의 상황도 마찬가지였다. 한라산 산간지대의 모든 마을을 불태운 것은 물론 주민들도 모조리 학살했다. 마을마다 적게는 수십 명에서 많게는 수백 명에 이르기까지 죽임을 당했다. 사망자 수만 최소 이만오천 명에서 오만 명에 이르렀다. 이른바 초토화 작전을 무자비하게 강행한 결과였다.

36. 애국청년

"김 동지 부부가 체포되었소."

이주하가 심각한 표정으로 박지영을 쳐다보았다. 그의 눈에는 불안감이 깊이 배어 있었다. 눈동자가 크게 흔들렸다. 자리를 옮겨야 하지 않느냐는 말이 나왔다.

"병삼아!"

박지영이 누군가를 불렀다. 까까머리 아이가 곧 들어왔다.

"부르셨어요?"

"그래, 가서 아저씨 좀 모셔 오너라."

아이는 공손히 대답하고 물러갔다. 양휘보는 가슴이 뛰었다. 불안한 눈동자들에 대한 불안감 때문이었다.

"괜히 양 동지까지 어렵게 하는 건 아닌가 모르겠소."

박지영이 미안한 얼굴로 양휘보를 돌아보았다.

"아닙니다. 함께 나라를 찾기 위해 애썼던 동지들 아닙니까? 어려워 마십시오."

"자칫 우리까지 곤란해질 수 있소. 서두릅시다!"

이주하의 말에 양휘보는 바짝 긴장되었다. 예전의 일이 떠올랐다. 그때도 그렇게 긴장되었다.

***

공원은 화사한 꽃들로 지천이었고, 황포강 쪽에서 불어오는 바람은 훈훈했다. 경비가 삼엄했다. 상해 주둔 일본군 헌병대가 총동원되어 있었다. 헌병대뿐만이 아니었다. 일제 경찰과 군대까지 동원되어 있었다. 제국의 위엄을 드높이며 천황의 생일을 축하하고자 하는 자리였다. 더불어 상해사변의 승리를 자축하는 자리이기도 했다. 공원으로 사람들이 구름처럼 몰려들고 있었다. 곳곳에서 헌병대가 검문과 검색을 하며 축하행렬을 감시했다. 그야말로 물 샐 틈 없는 경비였다.

"동지, 저놈이오."

모용예화는 장웨이에게 고갯짓을 했다. 그가 고개를 끄넉였다. 서놈만 통과하면 일단 들어갈 수 있다며 자신 있느냐고 그가 물었다. 뒤따르고 있는 사내에게 던진 물음이었다.

"걱정 마시오. 이미 죽은 몸이오. 무엇이 두렵겠소."

사내의 말은 비장했다. 목소리마저도 무채색이었다.

"어이 하루토!"

모용예화가 알은체를 했다. 헌병대를 지휘하고 있던 사내가 손을 들어 화답했다. 어서 오라며 참석해주어 고맙다는 말을 밝은 목소리로 건네왔다. 모용예화가 환하게 그 말을 받았다. 별 말을 다 한다면서 천장절에, 게다가 전승기념식인데 당연히 참석해야 한다는 말도 이어 붙였다. 그러고는 옆에 있는 장웨이를 소개했다.

"여기는 상해 교역관리대의 장웨이요."

그가 소개하자 장웨이는 환한 웃음으로 알은체를 했다. 이미 알고 있는 사이라는 그의 말에 하루토도 구면이라고 했다. 모용예화가 멋쩍은 웃음을 흘렸다. 그것도 모르고 잘난 척했다며 투덜거리기까지 했다. 얼굴에는 웃음이 가득했다. 이어 뒤에 서 있는 사내도 소개했다.

"그럼 이 사람도 아나?"

모용예화의 물음에 하루토가 고개를 가로저었다. 그러면 되었다는 듯 그는 자신 있게 사내를 소개했다. 장웨이의 비서라는 것이었다. 하루토가 껄껄 웃음을 터뜨렸다.

"예끼, 이 사람아!"

장웨이가 가벼운 힐난조로 모용예화를 나무랐다. 삼엄한 분위기 속에서 난데없는 유쾌함이었다.

"장난 그만하고 어서 들어가게."

하루토가 주변을 둘러보며 재촉했다. 자칫 근무태만으로 보일까 두려웠던 것이다.

"왜 그리 서두르는가? 오랜만에 만났는데."

등을 떠미는 하루토에게 모용예화는 짐짓 버티며 짓궂은 표정까지 지어 보였다.

"날 곤란하게 만들지 말고 어서 들어가기나 하게."

재차 떠밀자 그제야 못 버티겠다는 듯 모용예화가 발걸음을 옮겨놓았다.

"거 참, 친구하고는."

"양 형도 들어가시오."

양휘보는 웃음으로 대답을 대신했다. 그러고는 연신 투덜거리는 소리를 하자 하루토는 난감한 얼굴로 손을 내저었다. 빨리 들어가라는 것이었다. 모용예화가 짓궂게 손을 들어 화답했다. 공원 안으로 들어서자 그제야 모용예화가 정색을 하고 말했다.

"진땀 뺐군. 이제 관문을 하나 넘었네."

"문제는 저깁니다. 행사장 안으로 무사히 들어가야 하는데."

모용예화가 장웨이의 비서라고 한 사내는 비장한 얼굴로 이들의 말에 귀를 기울이고 있을 뿐이었다. 말도 한마디 없었다. 모용예화가 그런 사내를 향해 넌시시 한바니 넌졌나. 너무 경색된 표정은 짓지 말리는 것이었다. 보는 우리가 다 불안하다는 말도 덧붙였다. 알겠다는 사내의 대답이 이어졌다. 사내는 주변을 한 차례 둘러보고는 긴장을 풀었다. 입가에 옅은 미소도 머금었다. 보기에 좋았다. 호남형의 사람 좋은 얼굴이었다.

"좋소, 그렇게 하니 얼마나 보기 좋소!"

모용예화는 긴장 속에서 여유를 찾고자 했다. 긴장은 항상 일을 어렵게 만드는 못된 것 중의 하나다. 반면 여유는 늘 일을 즐기게 해준다. 어려움 속에서나마 즐거움을 주는 것이다. 멀리 행사장 안으로 바쁘게 움직이는 일제 경찰과 헌병들이 보였다. 그들은 귀빈을 안내하며 사람들을 통제하고 있었다. 소지품을 보이라며, 모두 검색한다며 헌병들이 난리였다. 행사장 앞은 북새통이었다. 구름같이 몰려든 인파로 복잡한데다 일일이 검색을 하다 보니 곳곳에서 불만이 터져 나왔다.

"거 빨리 좀 들어갑시다!"

"손님을 불러놓고 이게 뭐요."

성질이 급한 사람들은 노골적으로 불만을 토로했다. 그러나 일본 헌병대는 서두르지 않았다. 초대장과 소지품을 꼼꼼히 검사했다. 시간은 충분하다면서 천천히 기다리라고 했다. 매서운 눈빛의 헌병대 소좌가 사람들을 일일이 통제했다. 표정에서 느껴지는 기운이 만만치 않았다.

"저자가 오이시요. 특히 조심해야 할 놈이오."

장웨이가 경계의 말을 던졌다. 그럼 이쪽으로 서자며 모용예화가 오이시의 옆줄을 가리켰다. 그를 피하고자 함이었다. 네 사람은 슬그머니 줄을 바꿔 섰다. 다행히 밀려든 사람으로 이들의 행동을 눈치 챈 사람은 없었다. 입장은 순조롭게 진행되었다.

"들어가시오!"

검색 받기를 마친 앞 사람들이 가방을 툭툭 털며 안으로 들어갔다. 그들의 얼굴에는 하나같이 불필요한 불편을 왜 겪어야 하느냐는 불만이 가득했다. 그들 너머 행사장 안으로는 높은 단상과 즐비하게 늘어선 의자가 넓은 공원을 가득 메우고 있었다. 앞 사람이 검색을 받는 동안 사내는 아침에 있었던 일을 떠올렸다.

***

"안에 있는가?"

"주석님!"

사내는 주석 김구를 반갑게 맞았다.

"날씨가 참 좋군요."

"오늘 같은 날 하늘이라도 좋아야지."

주석 김구는 깨지도록 맑은 하늘을 올려다보며 입가에 웃음을 머금었다. 사내의 얼굴에도 미소가 피어올랐다.

"여기는 양휘보. 우당 선생댁 사람일세."

주석 김구가 소개하자 사내가 고개를 숙였다.

"윤봉길이라고 합니다."

양휘보도 정중히 인사를 건넸다.

"아침이나 함께 하세."

주석 김구의 말에 윤봉길은 대답 대신 고개를 끄덕였다. 가자며 주석 김구가 앞장섰고, 윤봉길과 양휘보는 말없이 그의 뒤를 따랐다. 무르익어가는 봄이 화사하기만 했다. 거리의 꽃들도 유쾌하게 웃음을 짓고 있었다. 어디로 가느냐고 윤봉길이 묻자 주석 김구가 대답했다. 김동지의 집이라면서 부탁을 해뒀다고 했다. 윤봉길은 목이 마른지 마른침을 삼켰다. 목울대가 꿈틀거렸다.

"어쩌면 자네와 마지막 아침상이 될 수도 있겠네."

주석 김구의 목소리도 바짝 메말라 있었다. 이른 전차가 상해의 거리를 바삐 달렸다. 무심하게 요란스러웠다. 저기라며, 어색한 침묵을 주석 김구가 깨뜨렸다. 세 사람은 좁은 골목으로 들어섰다. 상해의 골목은 언제나 복잡했다. 널린 옷가지와 말린 생선, 항상 다투는 듯이 시끄러운 소리…….

"동지들도 살림이 어려운데 늘 신세만 져서 미안하네."

주석 김구는 미안하다는 말을 하며 잠시 걸음을 멈추고 윤봉길을 돌아보았다.

"윤 동지!"

그러고는 말을 잇지 못하자 윤봉길이 입가에 미소를 머금었다. 여유가 넘쳐 보였다. 좀 전의 긴장감은 찾아볼 수가 없었다.

"말씀하십시오, 주석님."

"윤 동지 같은 애국청년의 뜨거운 피가 조국을 살릴 것이오."

"제 피가 조국을 살릴 수만 있다면 얼마든지 가져다 쓰십시오. 저는 준비되어 있습니다."

고맙다며 주석 김구는 윤봉길의 두 손을 꼭 잡았다. 뜨거웠다.

"천장절인가 뭔가로 일본 놈들이 난리가 났네."

길가 상점의 뙤창으로 요란한 중국말이 쏟아져 나왔다.

"전승기념식도 함께 한다던데요?"

"전승은 무슨. 마지막에 이기는 놈이 진짜 이기는 거라고."

울분에 찬 소리도 이어졌다. 주석 김구와 윤봉길, 양휘보는 말들이 요란하게 쏟아지는 골목을 묵묵히 걸었다. 세 사람은 골목을 몇 번 휘돌아 더 깊숙이 들어갔다. 들어갈수록 허름한 집들이 즐비했다. 폐가도 눈에 띄었다. 주석 김구는 주변을 한 차례 둘러보고는 손짓을 했다. 그가 가리키는 곳에 대문이 삐딱하게 열린 집이 있었다. 그나마 괜찮은 형태를 갖추고 있는 집이었다.

"김 동지!"

주석 김구가 부르자 안에서 부리나케 한 사내가 뛰어 나왔다. 오셨느냐며 반갑게 맞았다.

"윤 동지요."

소개에 윤봉길이 정중히 고개를 숙였다.

"윤봉길입니다."

"김해산이오. 말은 많이 들었소."

보는 눈이 두렵다면서 들어가자고 주석 김구가 재촉했다. 김해산이 서둘러 안으로 안내했다. 깔끔한 마당을 지나자 유리분이 가로막았다. 식사는 하고 다니시냐고 김해산이 물었다. 주석 김구가 머뭇거리다 입을 열었다.

"거 있으면 먹고 없으면 마는 게지."

말끝에 너털웃음이 뒤따랐다. 씁쓸했으나 결코 씁쓸하지만은 않은 말이었다. 식사는 하고 다니셔야 한다고 윤봉길이 거들었다. 주석 김구가 고개를 가로저었다.

"몸이 좀 고되서 그렇지 배고픈 것이야 참을 만해. 오히려 정신이 맑아지는 걸."

아픈 말이었다. 안으로 들어서니 상이 차려져 있었다. 김해산의 아내가 찬이 변변치 않다면서도 부탁하신 쇠고기는 준비했다고 했다. 그녀는 조용히 말을 마치고 뒤로 물러섰다.

"제수씨가 고생이 많았소!"

주석 김구가 문을 열고 나가는 김해산의 아내를 향해 던진 말이었다. 말에는 정겨움이 듬뿍 담겨 있었다. 고생은 무슨 고생이냐며 맛있게 드시라는 말이 뒤따랐다. 주석 김구가 고개를 끄덕이고는 자리에 앉았다.

"웬 쇠고기입니까?"

윤봉길이 물었다.

"주석님께서 돈을 주시며 부탁하셨소. 윤 동지의 의기를 기리는 일이라면서."

윤봉길의 얼굴에 감동의 빛이 떠올랐다. 자신을 위해서는 한 푼도 쓰지 않는 주석 김구였다. 그런 그가 호주머니를 열었다는 것이었다. 자금도 부족한데 어째 이런 일을 하셨느냐고 묻는 말에 주석 김구가 손을 내저었다.

"이까짓 쇠고기 한 근이 무슨."

말을 끊었다가 다시 이었다.

"이것도 못 해준다면 어떻게 하겠는가?"

말끝에 쓸쓸함이 묻어났다. 아팠다. 시리게도 아팠다. 윤봉길은 주석 김구의 주머니를 힐끔 쳐다보았다. 실밥이 뜯겨져 있었다. 뜯긴 만큼 눈이 아렸다.

"드세!"

주석 김구가 손을 들어 쇠고깃국을 가리켰다. 김이 모락모락 오르고 있었다. 윤봉길은 코끝이 시큰했다. 눈가도 붉어졌다.

"마지막 밥상이 될지 그렇지 않을지 어찌 알겠는가?"

주석 김구의 눈도 붉어져 있었다. 두 사람을 번갈아 쳐다보던 김해산이 나섰다.

"식겠습니다. 어서 드시지요!"

그제야 윤봉길이 수저를 들었다. 김구도 국을 떴다. 양휘보도 두 사람의 눈치를 보아가며 수저를 입으로 가져갔다. 국물이 따뜻했다. 따뜻한 국물은 깊은 정으로 스며들었다. 몸 속 깊숙이 스며들었다.

"주석님이 워낙 자린고비이시니, 이런 때 아니면 언제 쇠고깃국을 먹어보겠습니까?"

김해산은 호들갑으로 분위기를 바꾸려 했다. 먹는 자리에서만이라도 침울함을 털어내기 위해서였다. 맞는 말이라면서 이 호주머니는 함부로 열리는 게 아니라고 주석 김구가 받는 말에 웃음이 뒤따랐다. 헌데 이 중한 시기에 왜 윤 군을 보내느냐고 김해산이 궁금하다는 듯 물었다. 만주에는 지금 우리 군대가 많이 있지 않느냐고도 했다. 그제야 주석 김구가 입을 열었다. 상해와 만주의 연결고리가 필요하다는 것이었다. 만주 따로, 상해 따로 할 수는 없지 않느냐는 말이었다. 김해산은 여전히 의아하다는 듯 고개를 갸우뚱했다. 만주라면 윤 군보다는 양 동지가 훨씬 나을 거라는 말도 덧붙였다. 주석 김구가 어색한 대답을 내놨다. 윤 군도 만주를 거쳐 왔으니 잘 알고 있을 것이라고. 김해산의 궁금증은 가시지를 않았다. 듣고만 있던 윤봉길이 입을 열었다.

"오늘 일을 치를 예정입니다."

주석 김구가 수저를 내려놓았다. 무슨 일이냐고 김해산이 물었다. 그제야 주석 김구가 솔직히 털어놓았다.

"천장절 행사에서 놈들의 숨통을 끊어놓을 것이네."

김해산은 소스라치게 놀랐다. 주석 김구는 일이 끝날 때까지는 누구에게도 발설해서는 안 된다고 신신당부했다. 김해산이 당연하다는 듯 고개를 끄덕였다.

"자네 안사람에게도."

물론이라며 염려 말라고 했다. 윤봉길을 바라보는 그의 얼굴에 존경의 빛이 가득했다.

"조국의 횃불이오, 윤 동지."

김해산은 호칭마저 윤 군에서 윤 동지로 바꿨다. 조국에 윤 동지의 이름 석 자가 금석처럼 빛날 것이라고도 했다. 그런 건 모두 거사가 성공한 후의 일이라고 윤봉길이 말했다. 지난번 일처럼 실패하는 날에는 주석님께 누만 끼칠까 두렵다는 말도 조용히 뱉어놓았다. 김해산이 고개를 가로저었다.

"무슨 말씀이오. 동지의 거사는 실행 그 자체만으로도 빛나는 일이 될 것이오."

"맞네. 이봉창 동지가 실패는 했지만 그래도 놈들의 간담을 얼마나 서늘하게 해주었는가? 그 힘으로 자네까지 나서게 된 것이고. 단순히 성공만을 생각할 일이 아니네. 독립운동은 성공이든 실패든 그것 자체가 모든 동포에게 힘이 되는 것일세. 자네의 거사는 우리 임시정부는 물론 동지들 모두에게 큰 힘이 될 걸세."

주석 김구는 이봉창의 투탄 의거가 갖는 의미를 말하며 윤봉길의 거사에 힘을 실어주었다.

"우리가 헐벗고 굶주리더라도 조국, 이 두 글자만은 결코 잊어서는 안 되네. 조국이 무엇이던가? 우리이지 않은가? 나라면 잊어도 되겠으나 우리이지 않은가. 우리이기 때문에 잊어서는 안 되는 것이네. 이 김구 개인의 것이라면 잊고 버려도 되네. 하지만 우리 모두의 것, 우리 동포의 것이 아닌가? 그래서 잊고 버려서는 안 되네."

윤봉길이 고개를 끄덕였다.

"만주는 물론 북경과 천진, 여기 상해까지 답보상태에 있는 독립운동에 큰 자극이 될 것이오. 윤 동지, 반드시 성공하길 비오!"

김해산은 윤봉길의 두 손을 꼭 잡고는 힘주어 당부했다. 놈들의 숨통을 반드시 끊어놓겠다고 말하는 결기 가득한 윤봉길의 눈빛이 매서웠다.

"국이 식겠네. 어서 드시게!"

주석 김구가 식는 국을 염려하자 그제야 김해산이 윤봉길의 손을 놓으며 혼잣말처럼 너스레를 떨었다.

"이런, 장도에 오르는 동지를 앞에 두고 이 무슨 추태란 말인가?"

눈가에 이슬이 맺혀 있었다. 윤봉길은 묵묵히 수저를 들어 입으로 가져갔다.

"국물이 참으로 따스합니다."

국에 담긴 동지들의 정겨움을 두고 하는 말이었다.

"많이 드시게."

김해산이 곁에서 정을 더 얹어 주었다. 윤봉길은 고개를 끄덕여 그 정을 받았다.

"양 동지도 드시오."

김해산은 양휘보에게도 들기를 권했다. 그제야 네 사람이 정겹게 아침밥을 들기 시작했다. 달그락거리는 숟가락과 젓가락 소리 외에는 더 이상 아무 소리도 들리지 않았다. 따스한 정이 방안에 가득했다.

"국물이 시원합니다."

윤봉길이 가라앉은 분위기를 바꿔보려고 호탕하게 한마디 했다. 집사람이 음식솜씨 하나만은 알아준다며 김해산도 팔불출처럼 아내 자랑을 늘어놓았다. 괜히 자네 집으로 온 줄 아느냐는 주석 김구의 말에 웃음이 터져 나왔다. 오랜만에 들어보는 유쾌한 소리였다. 아침을 먹고 나니 숭늉이 들어왔다. 국이 괜찮았는지 모르겠다고 김해산의 아내가 환한 웃음으로 물었다. 잘 먹었다고 윤봉길이 먼저 대답했다.

"역시 음식솜씨는 최고요."

주석 김구도 엄지손가락을 치켜들어 칭찬해마지 않았다. 김해산의 아내 얼굴에 꽃이 피었다. 다행이라며, 입에 맞지 않으면 어쩌나 걱정을 했다며 그녀가 너스레를 떨었다.

"제가 먹어본 음식 중에 최고였습니다."

윤봉길도 엄지손가락을 치켜세웠다. 김해산이 또 다시 호들갑을 떨었다.

"당신은 별걸 다 걱정하오. 내 말하지 않았소. 당신 음식은 최고라고."

"숭늉도 구수하니 좋구면."

주석 김구는 숭늉 그릇을 내려놓으며 입맛을 다셨다. 무슨 일인지는 모르나 꼭 성공하라며 김해산의 아내가 윤봉길을 향해 정중히 허리를 굽혔다. 윤봉길도 다급히 허리를 숙여 맞받았다. 정성에 정성을 다하겠다며 고맙다고 했다. 시계를 들여다본 주석 김구가 고개를 들었다. 벌써 시간이 이렇게 되었다며 그만 가자고 했다. 주석 김구는 김해산과 그의 아내에게 작별을 고하고 자리에서 일어섰다. 윤봉길과 양휘보도 따라 일어섰다.

"윤 동지!"

김해산은 말을 잇지 못했다. 윤봉길도 입을 꼭 다문 채 말이 없었다. 눈빛만 서로 주고받았다. 결기에 찬 차가운 눈빛들이었다. 밖으로 따라 나서려는 김해산의 아내를 김해산이 잡아챘다. 그의 아내가 주춤 뒤로 물러섰다. 밖으로 나서니 하늘이 흐려져 있었다.

"하늘도 아는 모양일세 그려. 좀 전만 해도 그리 맑더니만."

주석 김구는 흐려진 하늘을 올려다보며 중얼거렸다.

"일제 놈들의 눈물이지요."

양휘보가 받은 말이었다.

"그리 만들겠소. 놈들의 폐부를 찢어 그리 만들겠소."

윤봉길의 다짐이 다부졌다. 얼굴에는 분노의 빛이 어른거렸다. 가자며 주석 김구가 앞장섰다. 그의 옆으로 윤봉길이 걸었고, 뒤로는 양휘보가 따랐다. 이들은 하비로를 향해 걸었다. 이른 시간임에도 거리는 북적였다. 하루를 시작하는 상해 사람들의 모습이 부지런했다. 얼굴들은 밝지 않았다. 일제의 횡포 때문이었다.

"오늘 큰 행사를 치른다는구먼."

지나는 중국인이 투덜거렸다. 목소리에는 불만이 가득했다.

"누가 폭발탄이나 던져서 아주 작살을 내주었으면 좋겠네."

받는 말에 윤봉길이 흠칫했다. 주석 김구도 마찬가지였다. 마치 자신들이 할 일을 알고 있는 듯한 말투이기 때문이었다.

"그렇게만 해주면 얼마나 좋겠나. 속이 다 시원한 일이겠지."

"그러게 말일세. 울화가 터져 한번 해본 소리네."

한숨짓는 소리가 멀어져갔다.

"도둑이 제 발 저린다고 하더니만."

주석 김구가 너털웃음을 흘렸다. 윤봉길도 웃음을 지었다. 깜짝 놀랐다고 양휘보도 끼어들었다. 누가 아니라던가? 라며 주석 김구는 고개까지 흔들었다. 거리의 화단은 화사하기만 했다. 막 피어난 꽃들이 쓸데없는 웃음을 짓고 있었다. 철없는 꽃들이었다.

여기에서 차를 타라며 주석 김구가 윤봉길을 돌아보았다. 그러겠다고 대답하는 윤봉길의 목소리가 침착했다. 부디 성공하라는 말이 흔들렸다. 여부가 있겠느냐며 걱정하지 말라는 말이 꼿꼿했다. 윤봉길이 시계를 들여다보았다. 7시를 가리키고 있었다.

"선생님, 시계를 바꾸시죠."

시계를 바꾸자는 말에 주석 김구가 의아한 얼굴로 그를 쳐다보았다. 그는 자신의 시계는 어제 산 것이라고 했다. 이제 소용이 없으니 바꾸자는 것이었다. 주석 김구가 침통한 얼굴로 입을 다물었다. 더구나 그의 것은 6원짜리이고 주석 김구의 것은 2원짜리였다. 주석 김구는 말 없이 시계를 풀었다.

"자네 체온이 남은 것이니 잘 간직했다가 전해 줌세."

주석 김구의 말에 윤봉길은 코끝이 시큰해졌다. 그런 뜻으로 바꾸자고 한 것은 아니었다.

양휘보가 차를 불렀다. 멀리서 지나던 차가 쏜살같이 달려와 코앞에 멈춰 섰다. 타라는 주석 김구의 말에 윤봉길이 마지막으로 그의 손을 잡았다. 따뜻했다. 조국의 손길이 느껴졌다.

"선생님, 부디 강건하시고, 조국을 부탁드립니다. 꼭 독립을 이루어 주십시오!"

주석 김구는 눈시울을 붉히며 고개를 끄덕였다. 윤봉길은 주머니를 뒤졌다. 남은 돈을 모두 꺼냈다.
"받으십시오. 이게 전붑니다."
꼬깃꼬깃 접힌 지폐 한 장과 동전 네 개였다. 주석 김구는 말없이 받았다. 말이 없는 것은 눈물이 떨어질까 염려한 때문이었다. 장도를 떠나는 동지에게 눈물을 보이기 싫었던 것이다. 양휘보가 차문을 열고 먼저 올라탔다. 이어 윤봉길이 차에 올랐다. 도시락과 수통을 잘 챙겨드리라고 주석 김구가 양휘보에게 부탁의 말을 했다. 말은 정중했다. 이어 윤봉길의 눈동자를 똑바로 쳐다보았다. 활활 불타오르고 있었다.
"지하에서나 보세!"
그의 눈길도 불꽃이 튀었다.
"먼저 가서 기다리겠습니다, 선생님."
윤봉길이 주석 김구에게 건넨 마지막 말이었다. 인정머리 없는 차가 미끄러지듯 나아갔다. 주석 김구가 손을 흔들었다. 그의 잔영이 서서히 멀어져 갔다.
"훙구공원으로 갑시다!"
양휘보의 말에 차가 바람같이 질주했다. 천장절 행사에 가는 모양이라고 기사가 말했다. 그런 큰 행사는 꼭 봐야 한다고 윤봉길이 받았다. 목소리는 활달했다. 활달해서 결기가 넘쳤다. 기사는 한다하는 놈들은 죄다 온다며 시라카와, 우에다, 노무라, 무라이, 시게미쓰 등의 이름을 줄줄 외웠다. 말끝에 난리도 아니더란 말도 덧붙였다. 윤봉길이 빙긋이 웃으며 함께하기 좋은 날이라고 했다. 웃음은 비장했다.

"함께하기 좋다니요?"

기사가 묻자 양휘보가 대신 나섰다. 천장절에 전승기념식까지 해대니 아는 사람들끼리 구경도 하며 함께하기가 여간 좋지 않느냐는 것이었다. 기사가 다시 받았다. 중국인들에겐 치욕의 날이라는 것이었다. 그리 유쾌하지 않다며 투덜거렸다. 양휘보가 거들었다. 조선인들도 마찬가지라는 말이었다. 즐거울 리가 없다는 말이 이어졌다. 말끝에 한숨까지 묻어났다. 한숨은 깊었다. 그제야 기사도 고개를 끄덕였다.

"저기서 내려주시오!"

양휘보가 손을 들어 가리키자 기사가 의아하다는 듯 물었다. 공원은 좀 더 가야 한다는 것이었다. 멀리 홍구공원이 눈에 들어왔다. 구름같이 모여든 사람들도 보였다. 양휘보가 만날 사람이 좀 있다고 했다. 차가 섰다.

"내 도시락과 수통을 주게."

윤봉길의 말에 양휘보가 들고 있던 도시락과 수통을 건넸다. 두 사람이 차에서 내렸다. 차는 다시 하비로를 향해 달려갔다. 비가 올 듯하다고 양휘보가 말하는데 윤봉길이 손을 들었다. 맞은편에서 두 사람이 다가오고 있었다.

"준비는 다 됐소."

"갑시다! 늦었소."

모용예화와 장웨이였다. 늦게 가면 자리를 못 잡을 수도 있다며 발걸음을 서둘렀다. 바삐 걸으며 윤봉길은 어제 일을 떠올렸다. 김홍일과 함께 왔던 일이었다.

37. 훙구 의거

흥륜다관 이층에 세 사람이 진지한 표정으로 앉아 있었다. 윤봉길과 김홍일, 이화림이었다. 놈들의 경계가 삼엄하다는 말이 나왔다. 당연하다는 말이 이어졌다. 윤봉길은 아무 말 없이 그저 두 사람을 바라만 보았다. 내일 있을 일을 머릿속에 그려보았다. 식단 위에 의자가 놓여 있고 앞에는 학생들이 앉아 있다. 학생들 옆에는 군인들이 앉아 있다. 그들의 주위에는 민간인들이 배치돼 있고, 식단 뒤에는 헌병들이 드문드문 서 있다. 거사 시각을 언제로 하는 것이 좋겠느냐고 김홍일이 물었다. 좀 더 지켜보자고 윤봉길이 대답했다. 예행연습이 한창인 식장에서 기미가요가 들려오고 있었다. 윤봉길의 이마가 찌푸려졌다.

"지금 시점에 하는 것이 어떨는지요?"

윤봉길의 말에 김홍일이 잠시 생각에 잠겼다가 고개를 끄덕였다. 식이 끝날 무렵이니 놈들의 긴장도 풀어져 있겠다면서 좋다고 했다. 이화림도 맞장구를 쳤다. 기미가요를 부를 때에는 이목이 전방으로 쏠릴 것이고 경계도 당연히 허술해질 것이라고 했다. 맞는 말이라며 김홍일이 기미가요가 끝날 무렵으로 하자고 했다. 이번에는 자리를 물었다. 이화림의 물음이었다.

"아무래도 놈들의 수가 적은 뒤쪽이 좋지 않을까?"

헌병 서너 명이 왔다 갔다 하는 뒤편을 김홍일이 가리켰다. 윤봉길도 고개를 끄덕였다. 거기가 좋겠다는 것이었다. 거기는 경계도 비교적 허술해 보였다. 그는 무심한 눈길로 식장을 내려다보았다. 내일이면 모든 것이 결판날 것이었다. 기나긴 시간을 보내며 기다린 날이었다. 그리운 고향이 떠오르기도 했다. 내일은 그럴 시간마저 없을 것이었다. 바람이 한 차례 공원을 휩쓸고 지나갔다. 식단 주변에서 일제 헌병들이 요란을 떨었다. 휘날리는 장식용 천과 현수막을 지키기 위해서였다. 이리 뛰고 저리 뛰는 모습을 보고 그는 입가에 고소를 지어 올렸다. 내일이면 저보다 더 요란한 모습을 보일 것이다. 생각만 해도 재미있는 일이었다. 아니, 통쾌한 일이 될 것이었다.

식단은 보기 드물 정도로 화려하게 꾸며져 있었다. 잔디밭 위에 목재로 설치된 식단은 사방에 붉은 색과 흰 색의 천으로 둘러싸여 있었다. 줄무늬 장식으로 꾸며진 식단이 윤봉길의 눈에는 마치 장례식을 준비한 것으로만 보였다.

'내일을 기다려라.'

윤봉길은 마음을 다지며 입을 굳게 다물었다. 거사를 앞두고 자신이 지은 답청시(踏靑詩)를 속으로 읊었다.

풀밭을 거닐며

이름 없는 풀이여!
내년 봄빛이 무르익거든
동포와 더불어 함께 오세나!
푸르고 또 푸른 풀이여!
짙푸른 풀이여!
내년 봄빛이 또 무르익거든
내 조국에도 그 빛을 보내주소서!
향기로운 풀이여!
다정한 풀이여!
올 4월 29일에는
폭발탄 큰 소리로 죽음을 맹세하세나.

윤봉길은 마음속으로 답청시를 읊조리고 또 읊조렸다.
"이제 그만 가지. 너무 오래 머물면 의심을 살 수 있어."
김홍일의 말에 윤봉길은 퍼뜩 정신을 차렸다. 이화림이 먼저 자리에서 일어섰다. 그녀를 따라 김홍일과 윤봉길도 자리에서 일어섰다. 밖으로 나오자 거리 곳곳에 일제 헌병들이 널려 있었다. 내일 있을 행사에 만반의 대비를 하고 있었던 것이다. 간혹 검문에 걸려 곤욕을 치르는 사람들도 보였다.

***

모용예화가 양휘보의 소매를 슬며시 잡아당겼다.

"우리가 먼저 들어갑시다!"

한 번에 네 사람이 모두 통과하는 것은 무리다 싶었던 모용예화가 작전을 바꿨다. 양휘보와 자신이 앞서 가서 저들에게 혼란을 주기로 한 것이었다.

"우리가 앞에서 눈길을 끌 테니 그때 들어가시오."

모용예화의 뜻을 알아챈 장웨이가 고개를 끄덕였다. 그는 윤봉길과 함께 뒤로 슬쩍 빠졌다.

"입장권을 미리미리들 준비하시오!"

몰려든 사람들로 헌병들이 정신이 없었다. 행사시간에 맞춰 사람들을 입장시키려다 보니 서두를 수밖에 없었다. 일부 헌병들은 당황한 모습을 보이기도 했다. 입장권 제시를 요구하면 일본인 행세를 하라고 장웨이가 윤봉길에게 속삭였다. 그가 고개를 끄덕였다. 갑자기 앞에서 입장권이 어디로 갔느냐며 소란이 일었다. 거기에서 양휘보가 당황한 표정을 짓고 있었다. 주머니에 넣지 않았느냐며 모용예화도 곁에서 호들갑을 떨었다. 분명히 여기에 넣었다며 가방을 내려놓고 뒤지기 시작했다. 그는 시간을 끌었고, 뒤에서 불만의 소리가 쏟아지기 시작했다.

"빨리 빨리 들어갑시다."

밀치는 사람도 있었다. 기다리라면서 입장권을 확인하기 전에는 누구도 못 들여보낸다는 말이 나왔다. 일제 헌병들이 입구를 가로막고 버렸다. 없는 거 아니냐며 헌병 소좌 이시이가 의심의 눈초리로 양휘보를 쏘아보았다. 주머니를 뒤져보라고 모용예화가 재촉하자 양휘보가 이번에는 주머니를 뒤지기 시작했다.

"이쪽으로 오시오!"

다른 헌병들이 그 옆으로 자리를 옮겨 다른 입장객들을 확인하기 시작했다. 장웨이가 줄을 바꿔 섰다. 그의 뒤로 윤봉길이 바짝 따라붙었다. 순서대로 입장이 다시 시작되었다.

"다음!"

윤봉길이 불쑥 앞으로 나섰다.

"입장권을 보이시오!"

윤봉길의 새파란 눈빛이 헌병을 매섭게 쏘아봤다.

"일본인도 입장권 확인이 필요한가?"

유창한 일본어였다. 당황한 헌병이 주춤했다. 순간 양휘보가 소리쳤다. 찾았다며, 여기 있었다며 호들갑을 떨었다. 사람들의 시선이 일제히 그에게로 모였다. 헌병은 잔뜩 주눅이 든 목소리로 대답했다. 그렇지는 않다고, 다만 입장권을 확인하는 것은 자신들의 임무라고 얼버무리고 말았다. 풀이 죽은 목소리로 그가 다시 물었다. 그건 뭐냐는 것이었다. 물음은 매우 조심스러웠다. 손에 든 도시락을 가리킨 것이었다. 일본 보자기로 싸여 있었다.

"밥은 먹어야 하지 않겠나?"

그러면서 이번에는 어깨에 멘 수통을 가볍게 두드렸다.

"물도 마셔야겠고."

일제 헌병은 무안한 듯 고개를 끄덕였다. 들어가라며 공손히 손짓까지 했다. 그제야 윤봉길은 손에 쥐고 있던 입장권을 헌병의 코앞으로 들어 보였다.

"대일본인의 체면을 손상시키지 마시오!"

한마디 더 덧붙인 윤봉길은 여유롭게 행사장 안으로 들어갔다. 당황한 일제 헌병은 황송한 태도로 경례까지 올려붙였다. 덕분에 장웨이는 입장권을 보여주지도 않고 들어갈 수 있었다. 어디에서 그런 여유가 나왔느냐고 장웨이가 놀란 표정으로 물었다. 윤봉길은 모르겠다며, 다만 그렇게 해야만 할 것 같아서 그랬다고 했다. 그의 입가에 미소가 번졌다. 뒤늦게 들어온 모용예화가 바짝 따라붙었다. 그런 용기가 나오다니 대단하다며 너스레를 떨었다. 양휘보가 간이 조마조마했다고 한마디 덧붙였다. 싱글싱글 웃는 얼굴에 통쾌하다는 빛이 역력했다.

"늑대를 잡는데 그 정도 여유는 있어야 하지 않겠소."

윤봉길의 말에 여유가 있었다. 하긴 그렇다면서 오늘 작살을 내달라는 양휘보의 말이 이어졌다. 그의 입가로 비장한 빛이 어렸다. 모용예화가 이쯤에서 헤어지자고 했다. 윤 동지는 저리로 가고 우리는 반대쪽에 자리를 잡자고 했다. 그의 말을 장웨이가 맞받았다. 우리도 만약을 대비해서 따로 앉아야 할 것 같다는 말이었다. 양휘보도 장웨이의 의견에 동조했다.

"그럼, 보는 눈이 있으니 저는 그만."

말을 마친 윤봉길은 휘적휘적 걸음을 옮겨놓았다. 비장한 걸음걸이였다. 각오가 되어있는 모습이었다. 행사장은 세련되었다. 천장절 행사인 만큼 여러 모로 신경 쓴 모습이 역력했다. 입장한 사람들 또한 하나같이 깔끔한 차림새였다. 바람에 나부끼는 오색 천들이 하늘의 계시를 받은 듯했다. 윤봉길은 주변을 둘러보았다. 헌병들이 곳곳에 진을 치고 있었다. 구름 같은 입장객들이 빈자리를 서서히 메워갔다. 윤봉길은 쥐색 중절모에 엷은 갈색 양복 차림이었다. 무릎 위에는 보자기로 싼 도시락이 올려져있었다. 그의 앞으로 사람들이 앉기 시작했다. 건너편에 이화림도 보였다. 어제 김홍일 동지와 함께 부부 행세를 하며 거사 장소와 시간에 대해 의견을 주었던 동지다. 그녀의 앞으로 모용예화가 앉아 있었고, 건너편에서 양휘보가 정면을 응시하고 있었다. 하나같이 듬직한 동지들이었다.

"앉자꾸나."

옆으로 일본인늘이 자리를 재우기 시삭했다. 한 여인이 오늘 같이 경사스러운 날에 하늘이 흐려 좋지 않다고 투덜거렸다. 맑았으면 오죽 좋지 않았겠냐고 노년의 사내가 받았다. 일본인 부녀였다. 이들에게 다른 민족의 아픔과 슬픔은 그저 남의 일이었다. 흐린 날씨에 대해서만 서운해 했다. 윤봉길은 식단을 올려다보았다. 저 자리에서 원수들이 고꾸라질 것이다. 생각만 해도 통쾌했다. 벚꽃이 수놓인 보자기가 손끝에서 미끄러졌다.

"시라카와 대장님을 직접 뵙게 되어 얼마나 영광인지 몰라요."

딸의 말을 아비가 받았다.

"대단한 분이지. 우리 대일본제국의 대들보와도 같은 분이야."

"지난번엔 대훈장도 받았다면서요?"

"그랬다는구나. 시라카와 대장이라면 충분한 자격이 있지. 암 그렇고말고."

부녀는 시라카와의 전쟁승리 업적을 두고 입에 침이 마르도록 칭찬해마지 않았다. 윤봉길은 들을수록 속이 거북했다. 일부러 시선을 돌렸다. 식장 주변에서는 일본 육군기와 해군기가 바람에 나부꼈고, 정문 옆에는 '경축 만세 만만세'라고 대문짝만하게 쓰인 붉은색 천이 휘날리고 있었다. 식단 위에는 오색천이 춤을 추듯 바람에 날리고 있었다. 눈이 부셨다. 보기 드문 화려함이었다. 일장기를 손에 든 사람들이 어느새 식장을 가득 메웠다. 상해에 거주하는 일본인은 무려 일만여 명이라고 했다.

'다다익선이라 했다. 이는 지금 필요한 말이다. 네놈들의 수괴가 무참히 찢어지고 무너지는 꼴을 보아라.'

이를 악다문 윤봉길의 눈에 불꽃이 튀었다. 불꽃은 새파랬다. 일본군 9사단과 해병대 병력 일만이천 명. 중국의 사절단과 각계의 초청인물까지 더해 무려 삼만여 명이 모였다. 윤봉길은 흡족했다. 이 정도는 되어야 거사라 이를 만하다고 생각했다. 게다가 자신이 죽여야 할 인물들의 면면 또한 만만치 않았다. 상해파견군 사령관인 시라카와 대장을 비롯해 주중총영사인 무라이, 9사단장인 우에다 중장, 해군 사령관인 노무라 중장, 주중공사인 시게미쓰와 민단 서기장인 도모노까지. 그야말로 거물급들이었다.

드디어 기념식이 시작되었다. 기념식의 1부인 열병식이 거행되었다. 육군 9사단의 기관총부대를 필두로 기병대와 보병대, 그리고 야포대, 치중대 등의 군사 총 육천여 명이 열병 행진을 시작했다. 이어 해군 장갑차 여섯 대와 기계화 자전거부대, 의무대 등 삼천여 명이 뒤를 이었다. 해군에 이어 헌병대 천여 명의 행렬도 뒤따랐다. 일본인들은 환호했다. 박수와 함성이 우레와 같이 쏟아져 나왔다.

"대일본제국 만세!"

여기저기에서 만세소리가 터져 나왔다.

"천황폐하 만세!"

천황을 찬양하는 소리도 쏟아졌다. 사령대에 올라선 시라카와 대장을 비롯해 우에다 중장과 노무라 중장은 흡족한 얼굴로 사열을 했다. 일본을 대표하는 사무라이 출신 군인들이었다. 시라카와 내장의 연설이 시작되었다.

"오늘은 대일본제국의 영광스런 날이다. 천황폐하의 생신이기도 하면서 우리 상해파견군의 승리를 자축하는 날이다."

비꽃이 피기 시작했다. 윤봉길은 하늘을 올려다보았다. 뺨으로 빗물이 떨어졌다. 차가웠다. 자신의 마지막을 슬퍼하는 눈물만 같았다. 회색빛 하늘에서 눈물이 뚝뚝 떨어져 내렸다.

'이 빗물이 나를 위한 눈물이어서는 안 된다. 저놈들을 위한 눈물로

만들어야 한다. 피눈물로 만들어야 한다.'

　이를 악문 윤봉길은 보자기를 쥔 손에 힘을 주었다. 심경은 담백했다. 물처럼 담담했다. 그래서 맑았고, 흔들림이 없었다. 평상심이었다. 죽음도 흔들지 못할 평상심이었다. 조국과 동포. 이 두 단어만으로 가슴을 채웠다. 조국을 위해 죽고 동포를 위해 산화할 것이었다. 그게 자신이 가야 할 길이었다. 마지막이자 유일한 길이었다. 순간 고향이 떠올랐다. 그리운 곳이었다. 이제는 잊어야 할 곳이기도 했다. 잊어서 조국과 동포를 구할 것이었다. 가슴을 아프게 하는 조국과 동포를.

　행사장 주변은 무장한 경찰과 헌병들로 삼엄했다. 거사가 끝나고 빠져나갈 구멍은 없어 보였다. 아니, 빠져나간다는 생각조차 해본 적이 없었다. 그게 처절한 복수다. 놈들에게 자신을 당당히 드러내 보이는 것, 그게 진정한 복수다. 시라카와의 연설이 끝나고 흐린 하늘로 비행기가 날아들었다. 낮게 식장 위로 날아온 열여덟 대의 비행기는 웅장한 소리를 내며 전승과 천황의 생일을 축하했다. 분위기가 고조되었다. 열병식이 끝났다. 축하식이 시작되었다. 일본군 장교들이 식단 앞으로 도열하고 좌우에는 육군과 해군이 무장을 하고 정열했다. 뒤쪽으로는 기마병 여섯이 호위했다. 이어 단상 위로 주중총영사 무라이와 9사단장 우에다, 시라카와 대장, 노무라 중장, 시게미쓰 주중공사, 가와바타 거류민단 행정위원장, 도모노 민단 서기장 등이 올라섰다. 이들이 식단 위에 자리를 잡고 앉자 본격적인 축하식이 시작되었다.

　비가 계속 내렸다. 흐린 하늘에서 추적추적 비가 내렸다. 곳곳에서 웅성거림이 일었다. 그도 잠시뿐이었다. 곧 잠잠해졌다. 대일본제국의 천장절과 전승기념식을 비 따위가 가로막지 못한다는 시라카와의 연설이 그렇게 만들었다. 단상에는 대일본제국의 수뇌들이 도열한 가운데 순서대로 축사를 했다. 천황폐하의 생신을 축하하며 만수무강을 빈다든가 상해를 손에 넣은 대일본제국의 병사들에게 치하한다든가 내용이 하나같이 똑같았다. 대일본제국의 힘이 대륙을 넘어서 세계로 뻗어나갈 것이라는 시라카와의 대담한 발언도 있었다. 주중 총영사 무라이의 축사가 끝나자 모두 자리에서 일어섰다. 기미가요를 합창하기 위해서였다.

'드디어 왔다. 이 시간을 얼마나 기다렸던가?'

윤봉길은 보자기를 든 손에 다시 힘을 주었다. 그러면서 슬며시 내려다보았다. 화사한 벚꽃 무늬가 우울하게 올려다보고 있었다. 하얬다. 어느새 기미가요의 마지막 소절이 끝나가고 있었다.

'수통 폭탄을 먼저 던진다.'

그것이 던지기에 수월하기 때문이었다. 이어 혼란한 틈을 타 도시락형 폭탄을 던질 것이다. 생각을 마친 윤봉길은 앞으로 성큼성큼 걸어 나갔다. 빗줄기 속에 걸어 나가는 그의 움직임은 저들에게 금방 포착되었다. 식단 뒤에서 말을 타고 경계하던 기병이 수상히 여기고 말에서 내렸다.

"저자를 잡아라!"

윤봉길은 도시락형 폭탄을 땅에 내려놓고 어깨에 메고 있던 수통형 폭탄을 들었다. 재빨리 안전핀을 뽑았다. 이어 식단을 향해 힘껏 던졌다. 순간 천지를 진동하는 폭음소리가 식장에 울려 퍼졌다. 기미가요가 끝나가던 식장은 아수라장이 되고 말았다. 화약연기가 치솟고 파편이 날아갔다. 투탄은 성공이었다. 무엇보다도 염려했던 폭발이 제대로 이루어졌다. 폭탄은 가와바타와 시게미쓰 사이에 떨어졌고 단상에 있던 일제 수뇌들이 마치 나무토막처럼 쓰러졌다. 식장도 무너져 내렸다. 붉고 푸른 천들은 갈가리 찢겨나갔고, 나무로 만든 계단은 끊어졌다.

구름 같은 화약연기가 걷히자 기우뚱 기울어진 식단이 모습을 드러냈다. 피를 흘리며 신음하는 일제 수뇌들의 처참한 모습도 눈에 들어왔다. 시라카와 대장은 얼굴에 큰 부상을 입은 채 피를 흘리며 단상에서 내려오고 있었다. 발에 중상을 입은 시게미쓰 공사는 단상 위에 주저앉아 있었다. 입에서는 고통에 찬 신음소리를 연이어 흘려내고 있었다. 무라이 총영사는 얼굴과 발을 감싸 안은 채 어쩔 줄 몰라 하고 있었다. 노무라 사령관도 마찬가지였다.

"사람 살려!"

가와바타 거류민단장은 배를 움켜쥔 채 단상 위에 꿇어앉아 소리를 질러댔다. 도미노 민단 서기장은 손을 허우적거리며 고통을 호소했다. 하나같이 비참하고 끔찍한 모습들이었다.

"저놈을 잡아라!"

기병들이 윤봉길을 가리키며 소리쳤다. 재빨리 도시락형 폭탄을 들었다. 상황을 파악한 일제 헌병이 먼저 윤봉길을 제압했다. 주먹이 날아가고 발길질이 난무했다. 윤봉길은 그 자리에 쓰러졌다. 정신이 없었다.

"이런 죽일 놈."

"불령선인이다."

식장에 대혼란이 일었다. 아비규환의 식단과 그 아래로 우르르 몰려나가는 사람들, 윤봉길을 둘러싼 일제 헌병들의 무자비한 폭력……. 천장절 행사와 전승기념식은 죽음의 도가니로 변하고 말았다. 윤봉길은 이내 피투성이가 되었다. 정신이 없었다. 그 와중에도 정신줄만은 놓지 않았다. 일제의 발 아래 쓰러질 수는 없기 때문이었다.

"죽여라!"

"조센진!"

연이은 구타와 발길질, 몽둥이세례에도 윤봉길은 오히려 마음이 편했다. 저들의 분노가 오히려 즐거웠다. 이를 악물었다.

'버틸 것이다. 버티면 이기는 것이고, 이기는 것은 곧 독립이다!'

머리에서 흘러내리는 붉은 피는 대한인의 열정이요 조국에 대한 사랑이었다. 윤봉길은 애국의 길이 자신의 피로부터 있게 됨을 진즉부터 알고 있었다. 이것이 애국이다. 이것이 진정한 사랑이다.

"죽이지는 마라. 배후를 밝혀야 한다."

우에마쓰 육전대 지휘관이 소리쳤다. 한 무리의 헌병들이 달려들어 윤봉길에게 폭행을 가하고 있는 헌병들을 말렸다. 고모토가 마지막으로 물러나자 윤봉길은 피투성이가 된 얼굴에 웃음을 흘렸다. 섬뜩한 웃음이었다.

"이런 조센진이."

분노를 참지 못한 우에마쓰가 지휘봉으로 윤봉길의 어깨를 내리쳤다. 윤봉길은 꿈쩍도 하지 않았다. 이미 만신창이가 된 몸이 무엇을 더 고통스러워할까?

"대한독립 만세."

입으로 중얼거리는 말에 우에마쓰는 이를 갈았다.

"지독한 놈."

너덜너덜하게 찢겨진 옷에 붉은 피가 흥건했다. 마치 지옥의 야차가 지상으로 올라온 모습과 같았다. 일제의 헌병과 경찰들은 고개를 절레절레 흔들었다.

"그러고도 웃음이 나오느냐?"

우에마쓰는 지휘봉으로 윤봉길의 가슴을 쿡쿡 찔렀다.

"이 가슴으로 차가운 총알이 관통할 것이다."

겁박에도 윤봉길은 웃음만 지을 뿐이었다. 가슴을 서늘하게 하는 냉소였다. 식장에 왔던 수만 명의 사람들이 공원을 빠져나와 북사천로로 들어갔다. 거리는 온통 사람들로 넘쳐났다.

"공범이 있을 것이다. 샅샅이 찾아라!"

일제 헌병들은 홍구공원에서 북사천로 일대까지 계엄령을 선포하고 공범 색출에 나섰다.

그 전에 폭탄이 터지는 것을 확인한 모용예화와 장웨이는 재빨리 공원을 벗어났다. 양휘보는 이화림에게 다가갔다. 그녀는 넋을 잃은 채 식단과 윤봉길을 번갈아 쳐다보고 있었다.

"이 동지, 빨리 나갑시다."

그제야 정신을 차린 이화림은 윤봉길을 가리켰다. 동지를 구해야 한다는 것이었다. 어떻게든 구해야 한다고 했다. 양휘보가 고개를 흔들었다. 그것은 다 같이 죽는 길이라는 것이었다. 우리의 일은 여기까지라고 했다. 이화림의 눈에 눈물이 고였다. 썰물처럼 빠져나가는 인파 속에서 두 사람은 여울 속의 바윗돌만 같았다. 좌우로 거센 인파가 흘러갔다.

"보시오, 그럴 상황이 아니오."

그제야 이화림이 고개를 끄덕였다. 발길을 돌렸다. 두 사람도 인파 속으로 사라졌다.

"일단 건너편 헌병 분대로 끌고 가라!"

우에마쓰는 홍구공원 맞은편에 있는 상해 제1헌병분대로 끌고 가라고 명했다. 그곳에서 1차 심문을 할 요량이었다. 윤봉길은 피투성이가 된 채 헌병에 의해 끌려갔다.

"대한의 남아로서 나는 당연한 일을 한 것이다."

끌려가면서도 피투성이의 입으로 윤봉길은 연신 중얼거렸다. 자신의 폭탄 투척은 정당한 행위이며 대한의 독립은 반드시 이루어진다는 신념을 피력했던 것이다.

"그래도 주둥아리는 살아있구나."

"얼마나 그리 중얼거릴 수 있는지 두고 보자."

일제 헌병들은 윤봉길이 중얼거릴 때마다 가슴을 때리고 배를 걷어찼다. 비가 내리는 홍구공원이었다.

38. 남로당

양휘보가 회상에서 벗어나는 순간 다부지게 생긴 한 사내가 들어섰다. 남로당 서울지부 책임자인 김삼룡이었다. 그가 손을 내밀었다. 이주하도 자리에서 일어서서 손을 마주잡았다. 다급한 표정으로 김삼룡이 이순금은 왜 없느냐고 물었다. 이주하가 동정도 살필 겸해서 잠시 나갔다고 했다. 자리에 앉기가 무섭게 김제술이 침통한 목소리로 김형육 부부가 제보냈다는 소식을 꺼냈다. 김삼룡은 놀란 표성을 삼추시 못했다. 믿기지 않는다는 듯 사실이냐고 묻기까지 했다. 김제술이 목소리를 낮췄다. 사실이라면서 그래서 이렇게 급히 찾아온 것이라고 했다. 목소리가 하얗게 깔렸다.

"서둘러 피하는 게 좋을 듯싶습니다."

순간 김삼룡의 눈빛이 흔들렸다. 큰일이라며 이순금 동지가 위험하다고 했다. 그러면서 자리에서 벌떡 일어섰다.

"빨리들 피하시오!"

김삼룡은 다급히 밖으로 나갔다. 당황한 세 사람도 김삼룡을 따라 나섰다. 김삼룡이 세 사람에게 저쪽 문으로 나가라고 했다. 김삼룡은 박지영의 집으로 통하는 작은 문을 지나 옆집으로 들어갔다. 이세범의 반찬가게였다. 김삼룡은 이순금과 함께 부부 행세를 하며 이세범의 집에 머물고 있었다. 김삼룡이 이세범의 집으로 들어가자마자 세 사람의 귀에 서라는 외침이 들여왔다. 혼비백산한 세 사람은 김삼룡이 가리킨 문으로 잽싸게 나갔다. 경찰이라고 양휘보가 당황한 목소리로 낮게 소리쳤다. 이주하는 침착하라면서 냉정한 얼굴로 주위를 두리번거리며 살폈다.

"동지들은 저쪽으로 가시오! 난 이쪽으로 가겠소."

세 사람은 방향을 달리해 흩어졌다. 한편 낯선 사내들이 집안에 들어와 있는 것을 본 김삼룡은 재빨리 몸을 돌렸다. 그를 본 사내들은 서라고 외쳤고, 바람같이 김삼룡을 덮쳤다. 바람보다 빠른 김삼룡이었다. 이미 마음의 준비까지 하고 있던 터였다. 몸이 먼저 움직였다. 생각해두었던 경로로 몸을 날렸다. 사내들은 눈에 불을 켜고 달려들었다. 피해 다니는 데는 이골이 난 김삼룡이었다. 옆집 담장에 올라 다람쥐처럼 내달렸다.

"저쪽으로!"

사내들은 방향을 나눠 김삼룡을 쫓았다. 그는 이미 지붕을 넘고 있었다. 악에 바친 듯 사내들이 소리를 질러댔다. 큰 길로 나가라는 둥, 방향이 반대쪽이라는 둥 사내들은 야단법석을 떨었다. 김삼룡은 어느새 시야에서 멀어지고 있었다. 멀리 지붕 위로 그림자만 아른거렸다. 그는 지붕을 넘나들면서도 이순금 생각뿐이었다. 일본식 적산가옥을 앞에 두고 뒤를 돌아보았다. 조용했다. 그제야 한숨을 돌렸다. 긴장도 풀렸다.

'이쯤에서 내려가면 되겠군.'

이런 생각과 함께 담장 위를 걷다가 훌쩍 뛰어내렸다. 순간 철조망에 다리가 걸리며 땅바닥으로 나뒹굴고 말았다. 원숭이도 나무에서 떨어질 때가 있다고, 생각지 못한 일이었다. 바지는 찢어졌고, 다리에 심한 상처가 나고 말았다. 김삼룡은 이를 악물고 일어섰다.

"서라!"

사내 하나가 독 안에 든 쥐라며 달려왔다. 큰 길로 나갔던 형사였다. 이런 상황에서 어떻게 대처해야 하는지 수도 없이 생각하고 또 경험까지 한 김삼룡이었다. 절룩이는 걸음으로 또 다시 골목으로 들어갔다. 미로와 같은 골목은 위기상황에서 곧잘 도움을 주곤 했기 때문이었다. 뒤쫓던 사내는 좌우를 돌아보며 선택의 갈등에 휩싸였다. 그 사이 김삼룡은 다시 큰 길로 유유히 나섰다. 나서서는 낙산 쪽으로 향했다. 거리도 안전하지 않았다. 경찰들로 넘쳐나고 있었다. 그를 잡기 위해서였다. 골목으로 다시 들어선 김삼룡은 여기저기에서 들려오는 호루라기 소리에 바짝 긴장하지 않을 수 없었다.

'이번엔 쉽지 않겠군.'

고소를 머금은 김삼룡은 주변을 살폈다. 구석에 쓰레기통이 있었다.

벽돌로 쌓은 일본식 쓰레기통이었다. 그는 주저하지 않고 그 안으로 들어갔다. 악취가 코를 찌르고 뇌수를 파고들었다. 머리가 지끈거렸다. 그러나 그것도 견딜 만한 것이었다. 민중의 해방을 위한 것이기 때문이었다. 책임비서의 말이 떠올랐다.

'모두가 다 잘 사는 세상, 모두가 다 자유로운 세상, 모두가 다 똑같은 세상, 그런 세상을 만들기 위해 나는 공산주의를 택했다. 함께 일하고, 함께 나누고, 함께 행복한 세상을 구현하는 것이다. 그것이 공산주의다. 그것이 삼천만 민중을 살리는 길이고, 세상을 구원하는 길이다. 나는 그것을 실현하기 위해 상해로 갔고, 대륙을 건너 모스크바로 갔다. 일제에 맞섰고, 이제 미제에 맞서고 있다. 제국주의는 공산주의의 영원한 적이다. 무너뜨려야 할 것이다. 무너뜨려서 산산이 부숴야 할 것이다. 공산주의여 영원하라! 이 땅의 민중을 해방하라!'

책임비서의 말은 뜨거웠다. 위대했다. 훌륭한 언어의 칼질이었다. 세상을 자르고 잘라서 새롭게 꾸밀 말이었다. 얼마 전에 계동에 있는 홍증식 동지의 집에서 한 말이었다. 모두 다 모인 자리였다. 경성콤그룹을 비롯해 이승엽의 장안파와 정백의 서울파, 서중석의 상해파, 최익한의 엠엘파 등 모두 다 모인 자리였다. 조선공산당 재건을 위한 모임이었다. 말들이 화염과도 같이 타올랐고 뜨거웠다. 그러나 책임비서의 말만큼 뜨겁고 열정적인 말은 없었다. 그의 말은 단연 돋보였다. 모두가 귀를 기울였다. 고개를 끄덕였다. 감동적이었다. 경성콤그룹을 설득하려던 장안파와 서울파 모두 입을 다물었다. 입을 열 엄두도 내질 못했다. 그게 책임비서의 말이 가진 위엄이었다. 설득하려던 말들이 동조하는 말로 바뀌었다. 그날 모임에서 조선공산당 재건준비위원회가 결성되었다. 뜨거운 밤이었다.

우르르 발자국소리가 몰려들었다. 이쪽에 있었다며, 저쪽으로 간 것 아니냐며, 다리를 저니 멀리는 못 갔을 것이라며, 자네들은 이쪽으로 가보라고 하는 소리, 난 저쪽으로 간다는 소리가 악취를 뚫고 밀려들었다. 사내들이 사라지고 나서 또 다른 사내들이 다가왔다. 이번에는 놈이 보통이 아니라는 말, 잡기만 하면 출세를 한다는 말, 그리고 그 말을 받는 말, 특진이 걸렸다는 말, 그것도 두 계급이나 걸렸다는 말이 김삼룡이 숨어있는 쓰레기통 안으로 밀려들었다. 밀려드는 소리와 말은 악취 나는 쓰레기통 안에서 뒤섞이며 비벼졌다.

악취 속에서 김삼룡은 밤을 지새웠다. 지나는 발걸음도 뚝 끊어졌다. 새벽이었다. 이제 밖으로 나가도 될 것 같아 조심스레 뚜껑을 열고 고개를 내밀었다. 아무도 없었다. 김삼룡은 몸을 일으켜 세웠다. 바로 그때였다.

"웬 놈이냐?"

이른 시간에 출근을 하던 중부경찰서 신 형사였다. 김삼룡은 당황했다. 쓰레기통에서 나오다니 별 이상한 놈 다 봤다며 신 형사가 바짝 다가섰다. 그는 김삼룡을 위아래로 훑어보았다. 죄송하다며, 잘 곳이 없어서 그랬다며 김삼룡은 걸인 행세를 했다. 신 형사는 연신 혀를 찼다. 고약한 냄새가 진동을 했기 때문이었다.

38. 남로당

"그래도 그렇지. 이런 곳에서 잔단 말이냐?"

코를 막아가며 신 형사는 고개를 절레절레 흔들었다. 일단 나오라고 했다. 김삼룡은 절룩이며 쓰레기통에서 나왔다. 신 형사가 고개를 갸웃했다. 다리를 다쳤느냐고 물었다. 그가 고개를 가로저었다. 아니라고, 원래 이렇다고 대답했다. 찢어진 바지가 의심스러웠던지 신 형사는 수갑을 꺼냈다. 김삼룡은 머릿속이 하얗게 비워졌다. 수상하니 일단 가보자며 신 형사는 김삼룡의 팔목을 잡고 재빨리 수갑을 채웠다. 당황한 김삼룡은 반항 한 번 하지 못했다. 뒤늦게 달아날까 생각했지만 다친 다리로는 무리였다. 일단 순순히 따르는 것이 나을 것 같았다.

"잠깐이면 된다. 요즘 시국이 하도 어수선해서."

말을 마친 신 형사는 김삼룡을 앞세우고 중부경찰서로 향했다. 중부경찰서 안은 북새통이었다. 다리만 절면 무조건 잡아들이다 보니 잡혀온 사내들로 가득했다. 그건 또 누구냐고 당직을 하던 김 형사가 물었다. 밤을 지새웠는지 그는 입이 찢어지도록 하품을 해댔다.

"별 희한한 놈 다 봤네. 쓰레기통에서 자빠져 자던 놈이야."

신 형사는 던지듯 말을 하고는 고개 숙인 김삼룡을 대기실로 끌고 갔다.

"거지 새끼구만."

김 형사도 시큰둥하게 내뱉고는 눈을 비비며 일어섰다. 신 형사는 대기실의 나무의자에 김삼룡을 앉히고 수갑을 다시 채웠다. 달아나지 못하도록 의자에 수갑을 채운 것이었다. 그나저나 이 많은 것들을 어떻게 하자는 게냐며 김 형사가 불만 가득한 표정으로 잡혀온 사내들을 둘러보았다. 얼굴을 알아야 잡든지 말든지 할 것 아니냐는 불평도 했다. 신 형사도 마찬가지였다. 짜증 섞인 표정이었다.

"그러게 말일세. 다리 저는 놈들만 이렇게 몽땅 잡아들이면 어떻게 하자는 게야."

김삼룡의 얼굴을 아는 사람이 없었다. 사진을 찍은 적이 없기 때문이었다. 얼굴이 노출되는 것을 우려해서였다. 그 효과가 지금 나타나고 있었다. 체포되었으나 누구도 그의 얼굴을 알아보지 못했다. 이런 점은 김삼룡뿐만이 아니었다. 남로당 간부들은 대부분이 그랬다. 비밀리에 활동하기 위해 자신을 드러내지 않았던 것이다. 특히 김삼룡과 이주하가 그랬다. 고개를 바짝 숙인 김삼룡은 착잡하기 그지없었다. 빠져나갈 방도가 없었다. 수갑을 풀어주기 전에는 어쩔 도리가 없었다. 날이 밝고 아침이 되자 경찰서 안이 소란스러워졌다. 북적이는 사무실을 누고 누군가가 불만을 토로하자 박 형사가 내납했다. 조금만 참으라면서 김삼룡의 얼굴을 아는 자가 있어 지금 돌아다니고 있다는 것이었다.

"돌아다니다니요?"

신 형사가 묻자 이번에는 김 반장이 대답했다.

"홍민표라고 남로당 서울시당 부위원장을 지낸 자가 있네. 그자가 지금 경찰서들을 돌아다니며 잡혀온 놈들을 하나씩 확인하고 있으니 좀 있으면 여기로 올 걸세. 조금만 참으면 되네."

김 반장의 말에 김삼룡은 그만 가슴이 철렁 내려앉고 말았다. 홍민표가 배신을 하다니? 더구나 그가 자신을 찾기 위해 경찰서에 잡혀온 자들을 확인하고 다닌다는 말에는 아연실색하지 않을 수 없었다. 참담한 일이었다. 배신이어서 더욱 견딜 수가 없었다. 짧은 시간에 주마등처럼 과거가 스쳐지나갔다. 독립과 혁명을 위해 애쓰던 시간이었다. 독립을 위한 혁명이었던가? 혁명을 위한 독립이었던가? 김삼룡은 자주 헷갈렸다. 독립을 위한 혁명도 맞는 말이었을 것이고, 혁명을 위한 독립도 틀린 말은 아니었을 것이다. 그렇다면 독립과 혁명은 같은 것일까? 같은 것이라고 그는 생각했다. 그것을 위해 책임비서의 팔 노릇을 해왔다. 조국이 독립도 되고 혁명도 이루는 그날까지 그렇게 하리라 다짐하곤 했다. 그게 자신이 가야 할 길이라 생각했다. 책임비서의 다른 한 팔인 이주하도 마찬가지였다. 생각이 같았다. 그뿐만이 아니었다. 이관술, 이현상, 문갑송, 김달삼 등 모두가 그랬다. 책임비서의 말은 곧 독립이고 혁명이었다. 그의 행동 하나 하나, 말 한 마디 한 마디가 모두 독립이자 혁명이었다. 그래서 동지들 모두 한 몸, 한 뜻으로 뭉쳤다. 그게 조선공산당의 힘이었다. 역량이었다. 김삼룡은 그것이 늘 자랑스러웠다. 동지들도 마찬가지였다. 그런데 그중 홍민표가 배신했다는 것이었다. 죽일 놈이라며 김삼룡은 이를 갈았다. 그러나 어쩔 수는 없었다. 고개를 바짝 숙인 채 이리저리 머리만 굴려댔다. 뾰족한 수는 없었다. 그 시각에 중부경찰서 앞에 한 중늙은이가 어린아이의 손을 잡고 나타났다. 변장한 이주하와 어린 병삼이었다.

"슬쩍 들어가서 아저씨가 있는지 보고 오너라!"

이주하의 말에 병삼이 고개를 끄덕였다.

"계시면 어떻게 하죠?"

모르는 척하고 그냥 있는지만 확인하고 나오라고 했다. 병삼은 쭈뼛거리며 경찰서 안으로 들어갔다. 다행히 북적이던 터라 그런지 아무도 신경 쓰질 않았다. 병삼은 사무실에 들어가서 기웃기웃했다. 여긴 어떻게 들어왔느냐고 김 형사가 물었다. 그렇지 않아도 복잡한 사무실에 어린아이까지 들어서자 귀찮다는 듯 김 형사는 짜증을 냈다. 병삼이 지나다가 사람이 하도 많아서 들어와 봤다고 어물쩍 둘러댔다. 김 형사가 정색을 하고 나무랐다. 목소리에 짜증이 잔뜩 섞여 있었다. 애들이 들어오는 곳이 아니라며 빨리 나가라고 했다. 말끝에 이 녀석이라며 호통까지 쳤다. 병삼이 겁먹은 얼굴로 주춤했다. 김 형사는 곧 자기 일에 몰두하고 말았다. 단순히 아버지나 삼촌을 찾아온 아이로만 생각했기 때문이었다. 그때 대기실 문이 딜긱 열리며 신 형사기 니왔다. 그 틈에 병삼은 재빨리 안을 살펴보았다. 의자에 낯익은 얼굴이 앉아 있었다. 바로 아저씨 김삼룡이었다. 문이 다시 쾅 하고 닫혔다.

"넌 뭐냐?"

이번에는 신 형사가 물었다. 김 형사가 고개를 들고는 다시 호통을 쳤다.

"빨리 가래도 그러네."

그제야 병삼은 발길을 돌렸다. 김삼룡이 안에 있음을 확인했기 때문이었다. 돌아선 병삼의 뒤로 김 형사와 신 형사의 두런거리는 소리가 들려왔다. 바쁜 마당에 애새끼까지 속을 썩인다는 소리에 이어 누구냐고 묻는 소리와 지 애비나 누굴 찾아왔겠지 하는 말이 연이어 뒤따랐다. 말들에 병삼은 뒷머리가 쭈뼛하고 섰다. 서둘러 경찰서 문을 나섰다.

"어찌되었습니까?"

뒤늦게 달려온 정태식이 물었다. 병삼이가 들어갔다고 이주하가 대답했다. 정태식이 위험하다며 저쪽으로 가자고 했다. 두 사람은 골목쪽으로 몸을 피했다. 병삼이 쪼르르 달려와 아저씨가 안에 있다고 했다. 어디에 있더냐고 정태식이 묻자 병삼이 또랑또랑한 목소리로 말했다. 사무실 안의 다른 방에 앉아 있다는 것이었다. 어떻게 하고 있더냐고 이주하가 물었다. 그는 몹시 궁금한 듯 몸이 달아 있었다.

"의자에 앉아 계셨는데 움직이지는 않으셨어요."

상황을 짐작한 이주하가 심각한 얼굴로 정태식을 쳐다보았다. 안에 있는 것을 확인했으니 구해야 한다는 것이었다. 방법이 있느냐고 정태식이 묻자 그가 비장한 얼굴로 입을 열었다. 무력으로라도 들이치겠다는 말이었다. 놀란 정태식이 다시 물었다. 지금 같은 상황에서 그게 가능하겠느냐는 것이었다. 그는 불가능하다는 투로 고개를 가로저었다. 이주하가 이를 악물고 중부경찰서를 노려보았다.

"서울 당원으로 안 되면 팔공산의 유격대라도 끌어올려야지."

경북도당 위원장인 배철이 이끄는 팔공산 유격대까지도 끌어올리겠다는 말이었다. 현실과는 너무도 멀리 있는 말이었다. 무모한 계획이었다. 팔공산 유격대는 그의 생각과는 달리 그리 많은 수가 아니었다. 더구나 대구에서 서울까지 올라올 수 있을지도 의문이었다. 그만큼 팔공산 유격대의 상황은 좋지 않았다. 이현상의 지리산 유격대와 한인식이 이끄는 오대산 유격대도 마찬가지였다. 아니, 지리산과 오대산의 상황은 오히려 더 안 좋았다. 서울 남로당 중앙당과 연락조차 되지 않고 있었다. 팔공산 유격대만이 그나마 중앙당과 연락이 되는 형편이었다.

"쉽지 않을 텐데요."

정태식이 상황을 직시하고는 현실을 입에 올렸다. 이주하는 어떻게든 김삼룡을 구해야 한다는 생각뿐이었다. 가능하다며 동지가 좀 수고해달라고 했다. 우선 중앙당 당원들을 모아 달라고 했다. 정태식이 알겠다며 일단 여길 피하자고 했다. 그가 상황을 좀 더 살펴보고 갈 테니 먼저 가라고 했다. 성태식이 골목 안으로 총총히 사라졌다.

"아저씨는 네가 온 것을 아느냐?"

이주하는 중부경찰서를 살펴보며 물었다.

"아뇨. 고개를 숙이고 계셔서 저를 보지는 못했어요."

이주하의 입에서 짧은 한숨이 새어나왔다. 안타까움과 괴로움에 찬 한숨이었다. 그때 중부경찰서로 오던 홍민표가 서성이고 있던 이주하를 발견하고 말았다. 그는 자신을 따르던 경찰들에게 재빨리 검거를 지시했다. 저자가 이주하라며 잡으라고 했다. 경찰들이 바람같이 달려갔다. 이주하는 경찰서 안에 있는 김삼룡만 걱정하다가 그만 그들이 달려드는 것조차 모르고 있었다. 가까이 다가왔을 때에야 비로소 알아차렸지만 그때는 이미 늦고 말았다.

"뭐냐?"

이주하가 팔을 뿌리쳤지만 소용없는 일이었다. 우악스런 형사들이 양쪽에서 꼼짝 못 하도록 붙들었다. 요란한 호루라기 소리가 중부경찰서 앞을 울렸다.

"이주하다!"

홍민표의 외침에 경찰서 안에서도 경찰들이 우르르 몰려 나왔다. 이주하는 몸부림을 쳤지만 꼼짝할 수가 없었다. 어린 병삼은 두려움에 어쩔 줄 몰랐다. 이주하는 곧 경찰들에 둘러싸인 채 경찰서 안으로 끌려 들어갔다. 병삼은 눈물을 흘리며 발을 동동 굴렀다. 발을 구르다가 정태식을 떠올리고는 서둘러 발길을 돌렸다. 홍민표는 김삼룡을 확인했다.

"배신자!"

김삼룡은 눈을 부릅뜬 채 홍민표를 노려보았다. 홍민표는 미안함과 두려움에 김삼룡의 눈길을 외면했다. 바로 쳐다보지도 못했다.

"인민의 배신자, 혁명의 배신자! 네 놈이 얼마나 호사를 누리는지 두고 보자!"

이를 갈아대는 김삼룡의 말에 이어 둔탁한 소리가 그의 몸에서 터져 나왔다.

"빨갱이 새끼가 주둥이만 살아서."

곽도선이 김삼룡을 주먹으로 가격했던 것이다.

"이놈과 함께 처넣어. 나머지는 모두 풀어주고."

곽도선의 명령에 경찰들이 일사분란하게 움직였다. 이렇게 남로당의 거물 김삼룡과 이주하가 검거되고 말았다. 곽도선은 쾌거를 올렸다며 환호했다.

한편 정태식은 이주하마저 검거되자 무력으로 김삼룡을 구출하려던 계획을 포기했다. 대신 아는 검사를 통해 빼돌리기 작전을 준비했다. 그러나 준비된 작전을 실행하기도 전에 그마저 경찰의 함정수사에 걸려들어 체포되었다. 이주하가 체포된 지 일주일만의 일이었다. 이로써 남로당 조직은 완전히 무너져 내리고 말았다. 핵심 인물 셋이 모두 검거됨으로써 와해되고 말았던 것이다.

39. 위작

양휘보는 경교장으로 이사 오던 날이 떠올랐다. 난정서를 잃어버린 날이었다.

"선생님, 난정서가 없어졌습니다."

그는 당황한 얼굴로 주석 김구를 쳐다보았다. 분명 여기에 넣어두었다며 양휘보는 서류함을 뒤적였다. 주석 김구가 시큰둥하게 받아넘겼다.

"그래? 주인에게 돌려주려 했더니만."

말끝에 혀를 찼다. 양휘보는 난감한 얼굴로 주변을 두리번거렸다. 오전에 낯선 사람이 찾아오긴 했다며, 좀 수상쩍은 부분이 있었다며 여사무원 김주원이 나섰다. 맞아 그 사람이라고 신태무도 거들었다. 양휘보가 손을 멈춘 채 두 사람을 번갈아 보았다.

"무슨 일제 잔당을 신고한다면서 한차례 수선을 떨었지. 자기가 잘 알고 있으니 함께 가보자고 난리도 치고."

신태무의 설레발에 주석 김구가 손을 들어 말렸다. 됐다며, 어차피

가짜인 걸 찾아서 뭘 하느냐며 위창에게나 잘 말하라고 했다. 말을 마친 그는 위창 오세창에게서 들은 이야기를 떠올렸다.

***

"이번에도 좋은 것으로 선물해야 하지 않겠나?"

"이르다뿐이겠습니까!"

청전 이상범은 빙긋이 웃었다. 위창 오세창이 껄껄 웃음으로 받았다. 마쓰이의 입이 찢어졌겠다는 말과 속았다는 것을 알면 복장이 터지겠다는 말이 엇갈려 나왔다. 청전 이상범의 유쾌한 웃음소리가 이어졌다. 웃음이 가라앉고 위창 오세창이 진지한 얼굴로 물었다. 이번에는 무엇으로 하는 것이 좋겠느냐는 것이었다. 원말 사대가 중 하나인 황공망이 어떠냐고 이상범이 대답했다. 오세창이 눈살을 찌푸렸다. 찌푸린 채 무언가 골똘히 생각에 잠겼다. 왜 그러느냐고 이상범이 물었으나 대답은 없었다. 잠시 후에야 무릎을 쳤다. 혼자서 좋아하는 모습에 청전 이상범은 의아한 얼굴로 다시 물었다. 의아함 속에는 은근한 기대감도 들어 있었다. 그제야 위창 오세창이 청전 이상범을 똑바로 쳐다보았다. 쳐다보고는 입을 열었다.

"통 크게 제대로 한번 해보세."

청전 이상범은 여전히 의아한 얼굴로 멀뚱히 바라만 보았다. 오세창의 얼굴은 흥분까지 되어 있었다.

"만주로 간 우리 동포들이 큰 어려움을 겪고 있다고 하네. 이번에 우당이 그리로 간다 하니 그에게 좋은 작품을 하나 들려 보내세나."

그는 잠시 말을 끊었다가 다시 이었다. 우당이 원세개를 만나볼 생각이라니 그에게 선물을 보내자는 말이었다. 동포들이 편안히 자리를 잡을 수 있도록 도와주자는 것이었다. 청전 이상범의 얼굴이 천천히 펴졌다.

"그가 종종 자신을 당 태종에 비유한다고 하더군. 대륙을 태평성세로 이끌겠다고 말일세."

그 얘기는 자신도 들었다고 이상범이 맞장구를 쳤다. 그를 잘 이용하게 한다면 어려움을 겪고 있는 우리 동포들에게 큰 도움이 될 것이라고도 했다. 그러면서 무엇이 좋겠느냐고 물었다. 물음에 오세창은 짧은 숨을 들이키고는 생각에 잠겼다. 잠시 침묵이 흘렀다. 마당의 감나무가 붉게 물들어 있었다. 오동나무도 넓은 잎을 떨어내고 있었다. 가볍게 날렸다. 바람이 흔들렸다.

"대륙인을 움직일 수 있는 작품이어야겠지요?"

이상범이 조심스레 말을 꺼내자 오세창이 굳게 다물었던 입을 열었다.

"난정서가 어떤가?"

"난정서요?"

"왕희지 정도는 되어야 원세개의 마음을 움직일 수 있지 않을까? 자신을 당 태종에 빗대는 인물인데."

좋은 생각이라면서 그 정도는 되어야 한다고 그가 대답했다. 대답하고는 표정을 갑자기 흐렸다. 난정서를 보내면 그가 믿겠느냐는 것이었다. 난정서는 대륙에서도 찾아보기 힘든 것이라는 말이 덧붙었다. 이상범의 의문에 오세창이 손가락을 치켜들며 입가에 미소를 지어 올렸다.

"추사 선생이 있지 않은가?"

추사라는 말에 이상범의 얼굴이 환하게 펴졌다. 그럼 완벽할 수 있겠다며 박수까지 쳐댔다. 유쾌한 웃음소리가 이어졌다. 오세창도 환하게 따라 웃었다. 웃음소리는 맑았다. 가을 하늘만큼이나 맑았다.

"원세개를 위한 난정서라."

이상범은 고개까지 흔들며 좋아라했다.

"허면 글씨는 선생께서 쓰셔야 하지 않겠습니까?"

이상범의 말에 오세창이 끄덕였다. 추사 선생의 글씨로 위작까지 하게 될 줄이야 꿈에도 생각하지 못했다며 고개를 흔들었다. 먹은 제가 갈겠다며 이상범이 벼루를 당겼다. 소매를 걷고는 정성껏 갈았다. 검은 먹이 벼루 위에 푸르게 번졌다.

"먹을 가는 자네의 모습이 마치 추사 선생의 늙은 시동만 같구먼."

말을 하는 그의 얼굴에 천진난만한 미소가 떠올랐다. 선생께서는 추사 선생 같다며 청전 이상범이 웃었다. 붓은 정직하게 놀려야 하는 것인데 다른 누구도 아니고 추사 선생의 글씨를 가짜로 만든다며 오세창은 죄책감에 말끝을 잇지 못했다. 다 조국을 위한 일이라면서 양심에 거리낄 것 없다고 이상범이 그 말끝을 받았다. 동포와 민족을 위한 일이라면서 너무 마음 쓸 것 없다고도 했다. 추사 선생께서도 이해하실 거라는 말도 덧붙였다. 그의 말에 오세창도 고개를 끄덕였다.

"좋은 말이네. 조국과 민족, 동포를 위한 일이라."

말을 하면서도 위창 오세창은 못내 죄스런 표정이었다.

"자네의 그림이나 내 글씨나 참으로 기구한 운명일세. 옛사람이 이르기를 글씨와 그림은 고상한 것이지만 자칫 잘못하면 장사꾼 냄새가 풍길 수 있다며 경계하라 했는데."

"장사치고는 큰 장사지요. 또 이보다 더 떳떳한 장사가 어디 있습니까?"

듣고 보니 그도 그럴듯하다며 오세창도 껄껄 웃음을 터뜨렸다. 웃음이 서까래를 울렸다. 이상범이 먹 갈기를 마치자 오세창이 자리에서 일어섰다. 일어서서는 벽장으로 가서 종이를 꺼내왔다. 세월의 더께가 느껴지는 종이였다.

"선친께서 추사 선생으로부터 받은 종이일세. 추사 선생께서 봉은사에 계실 때 얻은 종이라고 하네."

오세창의 말에 이상범이 감개가 무량한 듯 감탄의 말을 쏟아냈다.

"이게 추사 선생께서 쓰시던 종이라고요?"

종이를 건네받은 이상범은 이리저리 훑어보며 고개를 끄덕였다. 냉금지라며 탄식을 흘려냈다. 맞는다면서 추사 선생께서 즐겨 쓰시던 종이라고 위창 오세창이 맞받았다. 이상범은 깊이 숨을 들이마시면서 추사의 숨결을 느꼈다. 추사 선생의 깊은 향이 나는 듯하다고 했다. 위창 오세창이 자신도 추사 선생이 그리울 땐 종종 그랬다고 했다. 종이를 들고 그 향을 느껴보았다는 것이었다. 그러면 마음이 한결 편안해졌다며 한숨을 내쉬기도 했다. 이상범은 취한 듯 종이에서 눈을 떼지 못했다.

"그게 다 마음이 통해서 그런 것일세. 이심전심이라고."

한참을 그렇게 빈 종이를 들고 감상하던 청전 이상범이 종이를 건넸다. 이제 쓰라는 것이었다. 위창 오세창이 고개를 끄덕였다. 그의 앞에는 오래된 탁본이 한 점 놓여 있었다. 구양순의 정무본 탁본이었다. 그는 숨을 깊이 들이마셨다. 구양순의 정무본을 가슴 깊이 끌어들였다. 왕희지의 필력이 스며들었다. 추사의 필력이 배어나왔다.

'永和九年 歲在癸丑(영화구년 세재계축)…….'

검은 먹이 숨을 토해냈다. 왕희지의 난정서가 고스란히 오래된 종이 위에 펼쳐졌다. 청전 이상범은 숨을 죽이고 붓끝을 쳐다보았다. 유려한 붓끝이 수려하게 먹을 풀어냈다. 꿈틀거리는 글자는 그저 소통만을 위한 글자가 아니었다. 예술을 위한 혼이었다. 이상범은 넋을 잃은 채 위창 오세창의 글씨를 흠모했다.

"어떤가?"

'流觴曲水(유상곡수)'까지 쓴 오세창이 허리를 펴고 숨을 돌렸다. 입가에 흡족한 웃음이 머금어졌다. 청전 이상범은 대단하다는 말 한마디로 그의 글씨를 평가했다. 그 외의 말로는 표현할 길이 없기 때문이었다. 용이 차오르는 듯, 봉이 춤추는 듯하다는 말도 오히려 진부할 것 같았다.

"역시 청애당필일세."

청애당필이라는 말에 이상범은 다시 한 번 놀란 표정을 지었다.
"그 붓이 청애당필이라고요?"
"그렇네. 선친께서 물려받은 것이라네. 추사 선생께서 아껴 쓰시던 붓이지."
청전 이상범은 역시나 하는 표정으로 고개를 끄덕였다.
"추사 선생께서 연정 유희해로부터 선물로 받았다는 그 청애당필 중 하나로군요."
위창 오세창은 자랑스러운 듯 붓을 내려다보았다.
청애당필은 청나라의 명필이었던 석암 유용이 직접 만든 붓이다. 그는 좋은 붓 여러 자루를 모아 새롭게 한 자루를 만들었다. 좋은 털만을 골라내 새로운 붓 한 자루를 만들었던 것이다. 그만큼 좋은 털은 좋은 붓의 필요조건이었다. 그 붓에 자신의 호를 넣어 청애당필이라는 이름을 붙였다. 그러면서 좋은 붓이 있어야 좋은 글씨를 써낼 수 있다고 했다. 추사 선생 또한 묵법변이란 글을 통해서 좋은 글씨를 쓰기 위한 전제조건을 제시했다. 첫째로 먹이 좋아야 하고, 둘째로 벼루가 좋아야 한다. 그 다음이 종이, 마지막이 붓이라고 했다. 그러면서 말하기를 좋은 붓이 있어야 좋은 글씨를 쓸 수 있다고 했다. 구양순이 예천명이나 화도사비와 같은 훌륭한 글씨를 쓸 수 있었던 것은 정호라는 좋은 붓이 있었기 때문이라는 것이다. 아무튼 좋은 붓이 있어야 좋은 글씨를 쓸 수 있다는 것은 모든 명필이 이구동성으로 하는 말이었다. 위창 오세창이나 청전 이상범도 이에 공감하고 있었던 것이다.

위창 오세창은 다시 허리를 굽혀 나머지를 써 내려갔다. 왕희지가 환생한 듯 난정서가 다시 살아났다. 청전 이상범은 숨을 죽인 채 붓끝을 쳐다보았다. 적당히 굽은 붓끝이 먹물을 토해내며 누런 종이 위에 글씨를 뱉어냈다. 그때마다 빛이 나는 듯 먹물은 번쩍였다.
　'뒷날 지금을 보는 것이 또한 지금 우리가 옛 사람을 보는 것과 같을 터이니 슬픈 일이로다. 이곳에 모인 사람들을 순서대로 적고 그 지은 바를 기록하니 비록 세상이 달라지고 세태도 변하겠지만 회포를 일으키는 까닭은 그 이치가 하나다. 후세에 이 글을 읽는 사람도 이 글에 대해 감회가 없지는 않을 것이로다.'
　"後之覽者 亦將有感於斯文(후지람자 역장유감어사문)."
　마지막 문구를 써 내리고 위창 오세창은 깊은 숨을 내쉬었다. 이마에 땀방울이 송골송골 맺혀 있었다.
　"붓이 뜻대로 가질 않는구먼."
　흘리듯 뱉자 청전 이상범이 고개를 가로저었다. 신필(神筆)이라면서 마치 추사 선생이 방금 쓴 듯하다고 했다. 그의 입가로 흡족한 미소가 번졌다. 이번에는 작은 붓을 들었다. 관지를 적어 내려갔다.
　'봉은거사 노완(老阮) 적다.'
　붓을 내려놓고 인장을 찍었다. 인장은 추사(秋史)와 봉래산초(蓬萊山樵) 두 가지였다. 붉었다. 붉어서 선명했다. 이어 마른 걸레로 붉은 인주를 누르고 찍어냈다. 선명한 붉은 색에 세월의 더께가 입혀졌다. 완벽했다.

"원세개의 눈을 속일 만한가?"

"속이다마다요. 충분합니다."

청전 이상범의 대답에 위창 오세창은 그러면 다행이라며 고개를 끄덕였다.

"그럼 제가 우당 선생을 만나뵙겠습니다."

"그리하게. 내가 안부 묻더라고 전해주고."

청전 이상범은 난정서를 갈무리해 들고는 자리에서 일어섰다. 벽오동 이파리가 바람소리를 따라 가만히 마당으로 떨어져 내렸다. 별이 내리는 듯했다.

***

주석 김구는 외투를 걸치고는 모자를 들었다.

"나갔다 올 테니 그리 알게."

신태무가 재빨리 뒤따랐다. 양휘보는 난처한 얼굴로 입맛을 다셨다. 그 사람밖에 없다며 여사무원 김주원이 또 다시 혼잣말처럼 중얼거렸다. 어떤 자였느냐고 양휘보가 물었다. 검은색 외투에 안경을 썼는데, 수염도 덥수룩했고 좀 날카로운 인상이었다고 그녀가 대답했다. 양휘보가 좀 더 자세히 말해보라고 재촉했다.

"어제 오후예요. 좀 한가했는데 그 사람이 들어서서 소란을 피웠죠. 신 과장님이 돌려보내려고 하자 다짜고짜로 주석님을 뵈어야 한다며 떼를 썼죠. 나중에 귀찮아진 신 과장님이 좀 기다리라고 하고는 이층으로 올라가셨죠. 저는 서류를 정리하느라 정신이 없었고요. 조용하기에 보니 양 과장님 책상에 앉아 있더라고요."

양휘보의 눈살이 찌푸려졌다. 서류함을 여는 건 못 봤느냐고 물었다. 물음에 김주원의 얼굴이 붉어졌다. 미안해하는 기색이 역력했다. 주석님께서 말씀하신 서류가 급해서, 라며 말을 흐렸다. 양휘보가 알았다는 듯 고개를 끄덕였다. 그때 이희도가 들어섰다.

"장안에 명동신수 얘기로 떠들썩하구먼."

명동신수라는 말에 양휘보가 고개를 번쩍 들었다.

"명동신수라니?"

"도둑놈일세. 경성에서 최고가는 손이지. 며칠 전에는 경성방직이 크게 털렸다고 하더군. 창랑이 골치 아프게 생겼어."

혹시 그 난정서도, 라며 김주원이 자리에서 벌떡 일어섰다. 난정서를 잃어버렸느냐며 그가 김주원과 양휘보를 번갈아 보았다. 양휘보가 난처한 표정으로 고개를 끄덕였다. 놈을 봤느냐고 이희도가 물었다. 김수원이 신 과장과 함께 봤다고 했다. 그가 어떻게 생겼느냐고 다시 물었다.

"체격은 과장님만 했고 검은 외투에 안경을 썼어요. 턱에는 수염이 덥수룩했고 인상이 날카로운 편이었지요. 말투에 억양이 거센 게 경상도 사람 같았어요."

이희도는 탄식을 흘렸다. 놈은 변장의 명수라며 그가 틀림없다고 했다. 양휘보가 이를 갈았다. 그놈을 잡아야겠다며 밖으로 나가려고 했다. 이희도가 그를 붙잡았다. 붙잡고는 그냥 참으라고 했다. 놈이 그걸 가져갔더라도 가짜를 어디에 쓰겠느냐며 말렸다. 어차피 위창 선생도 그걸 가져다드리면 없애버릴 거 아니냐는 거였다. 양휘보는 그러니 더 더욱 찾아야 한다고 했다. 위창 선생이 만든 위작을 세상에 남길 수는 없다는 말이었다. 더구나 추사 선생의 작품을 위작한 것이라며 이희도를 밀쳐냈다. 실랑이를 하는 사이 김주원이 아마도 무슨 꿍꿍이속이 있을 거라고 했다. 두 사람이 동시에 그녀를 돌아보았다.

"꿍꿍이속이라니?"

이희도가 묻자 그녀가 대답했다. 우당 선생이 그것으로 원세개를 속인 것처럼 그것을 탐하는 자에게 쓰려고 하는 누군가가 있을 거라는 말이었다. 양휘보는 더욱 난감한 표정을 지었다. 못된 짓에 쓰이면 어쩌느냐며 더 더욱 찾아야 한다고 했다. 이희도가 말을 받았다. 어쩌면 우리에게 유리할 수도 있다는 것이었다. 그러면서 그것이 뭔지는 모르지만, 하는 말에 양휘보가 고개를 갸웃했다.

"생각해보게. 그걸 가져간 자가 우당 선생처럼 뭔가 일을 꾸미는 데 쓴다고 해보세. 그것이 우리에게 좋은 일이 되는지 나쁜 일이 되는지는 우리가 아직 모르지 않는가? 그러니 그 결과를 지켜본 후에 처리해도 늦지 않다는 얘길세. 만약 우리에게 불리한 곳에 쓰인다면 그때 가짜임을 밝혀 일을 무산시키고, 유리한 곳에 쓰인다면 모르는 척하고 넘어가자는 말일세."

같은 생각이라며 김주원도 그의 말에 동조했다. 만약 그 사람이 단순히 돈을 목적으로 했다면 경교장에까지 와서 훔쳐가지는 않았을 거라는 얘기였다. 이희도가 신중하게 다시 입을 열었다.

"혼란한 시절일세. 좌와 우로 나뉜 데다 친일파까지 다시 득세하는 실정이야. 내 짐작으로는 아마도 고서화를 좋아하는 어떤 자를 꾀기 위해 누군가가 가져간 것이 아닌가 싶네. 내 말대로 두고 보자고. 그것은 세상에 다시 나타났을 때 되찾아도 늦지 않아."

김주원이 또 동의한다며 이희도의 말에 힘을 실어주었다. 어쩌면 그것을 도난당한 것이 자신들에게 행운을 가져다줄 수도 있다는 말을 덧붙이기도 했다. 그녀는 배시시 웃음을 지어 보였다. 이희도가 기다려보자며 다시 한 번 달랬다. 양휘보는 그제야 어쩔 수 없다는 듯 고개를 끄덕였다. 자리로 돌아가 다시 서랍을 뒤적였다. 혹시나 하는 마음에서였다.

"백 번을 뒤져도 나오지 않을 걸세. 뭘 그렇게 미련을 갖고 그러나. 잊어버리게."

이희도의 말에 김주원이 입가에 미소를 지었다. 그녀의 손이 다시 바쁘게 움직였다. 서류뭉치가 그녀의 앞에 쌓여갔다. 상해와 중경 임시정부 시절의 성과를 정리하는 서류였다. 창 너머로 검은 구름이 몰려들고 있었다.

***

경교장을 나서며 양휘보는 회상에서 벗어났다. 료코를 만나기로 한 날이었다. 발걸음이 무거웠다.

40. 매국노

료코도 회상에 잠겼다. 노덕술을 만나던 날이 떠올랐다. 그날에도 오늘처럼 자신이 회심의 미소를 지었다.

"노 상, 이게 뭔지 아세요?"

료코가 내미는 것에 노덕술이 고개를 갸웃했다. 료코가 펴보라며 건넸다. 붉은 보자기에 싸인 것이었다. 그가 보자기를 풀었다. 눈발이 날리듯 금박이 박힌 종이가 눈을 사로잡았다. 종이는 화려했다.

"이건 냉금지인데."

펼쳐든 장노덕술이 곧 놀란 얼굴을 했다.

"이건 추사의 난정서!"

입을 벌린 채 그는 말을 잃었고, 료코는 흡족한 얼굴로 그런 그를 쳐다보았다. 한동안 침묵이 이어졌다. 마음에 드느냐고 료코가 물었다. 물음에도 그는 난정서에서 눈을 떼지 못했다. 눈살을 찌푸린 채 마음에 들다 뿐이냐고 흘리듯 뱉어냈다. 천천히 난정서를 훑어본 후 조심스레 내려놓고는 료코를 똑바로 쳐다보았다. 어찌 된 것이냐고 물었다. 사연이 깊다고 료코가 대답했다. 명동신수가 경교장에서 가져왔다는 얘기부터 했다. 자신이 부탁했다는 말도 덧붙였다.

"그럼 이게 김구 주석의 것이란 말이오?"

"경교장에 있을 때까지는 그랬지요. 하지만 지금은 노 상이 갖고 있으니 노 상의 것이고, 앞으로는 수도청장의 것이 될 거예요."

수도청장이라는 말에 노덕술이 이마를 찌푸렸다. 수도청장이라니, 장택상을 말하는 것이냐고 그가 물었다. 그녀가 고개를 끄덕였다. 난정서를 줄 테니 장택상에게 갖다주고 환심을 사라고 했다. 그게 그가 사는 길이라고도 했다. 노덕술은 어리둥절한 눈으로 그녀를 쳐다보았다.

"노 상의 아버님이 일제경찰이었다는 건 세상이 다 아는 일이죠. 이제 우리 일본이 물러갔으니 친일했던 사람들이 이 땅에 발붙이고 살 수 없다는 건 누구보다도 노 상이 잘 알 거예요."

노덕술의 얼굴이 일그러졌다. 그래서 어쩌란 말이냐는 듯 신경질적으로 쏘아봤다. 신경질에는 불쾌함이 묻어났다. 료코가 웃으며 장택상과 거래를 트라고 했다. 난정서를 주고 수도경찰청 수사과장 자리를 달라고 하라는 것이었다. 그의 얼굴이 다시 변했다.

"노 상이 그 자리에 앉으면 세상을 거머쥘 수 있어요. 더구나 지금 좌익이 판을 치고 있다는 것이 노 상에게 좋은 명분이 될 수 있죠. 지난날의 과오도 상쇄시킬 수 있고요."

료코의 말에 노덕술의 눈이 가늘어졌다. 실눈은 뱀의 그것처럼 사악한 빛을 띠기까지 했다. 절묘한 한 수라며 무릎을 치기도 했다. 료코의 입꼬리도 올라갔다. 노덕술의 입이 찢어졌다. 호탕한 웃음소리가 방안에 가득 울려 퍼졌다. 웃음 뒤에 내게 바라는 것은 무엇이냐고 물었다. 그녀가 대답했다. 어려운 일이 아니라고, 그저 친일을 할 수 있는 사람들을 이 땅에 다시 세워놓고 싶을 뿐이라고 했다. 그러면서 노 상과 같은 사람들을, 이라고 덧붙였다. 그녀의 말에 노덕술은 입을 굳게 다물었다. 다물고는 매서운 눈으로 그녀를 쏘아봤다. 날카로웠다.

"결국은 이 땅에 일본의 그림자를 남겨두겠다는 말이로군."

료코의 입가에 미소가 배어들었다. 고개도 끄덕여졌다. 서로 좋은 일 아니냐고 물었다. 노덕술이 천천히 고개를 끄덕였다. 좋다며, 그렇게 하겠다며, 장택상을 만나 당신의 뜻을 실현해 보이겠다며 말을 희롱했다. 료코가 덧붙였다. 그건 우리 일본인만의 뜻이 아니라고, 당신들 친일파의 뜻이기도 하다고 했다. 그녀의 입가에 묘한 웃음이 맴돌았다. 노덕술도 그녀의 말을 부정하지는 않겠다는 듯 미소를 지어 보였다.

"좋은 거래가 되었으면 해요. 당신들은 다시 권력을 잡고, 우리는 당신들의 그림자가 되어 이 땅에 남고."

그리 될 거라며 노덕술은 자신 있는 얼굴로 고개를 끄덕였다. '어차피 우리는 빨갱이 잡는 데 동원될 것이고, 그렇다면 이 천하의 보물을 굳이 넘길 것까지 있겠는가?' 노덕술은 득의의 웃음을 지었다. 료코의 웃음과는 다른 것이었다. 탐욕이었다. 그 자리에 앉으면 쓸 만한 사람들을 불러 모으라고 그녀가 말했다. 노덕술은 걱정하지 말라는 듯 손까지 내저었다. 다 생각하고 있다는 것이었다. 헌병대의 김창룡이나 형사계의 최난수, 홍택희 같은 친구들을 부르면 이 혼란한 시절에 치안을 유지하는 데 많은 도움이 될 것이라고 했다. 더구나 그 친구들은 좌파라면 이를 가는 자들이라며 아마도 개 잡듯이 때려잡을 것이라고 했다.

"개 잡듯이 때려잡다니요? 노 상의 표현이 매우 재미있군요."

료코는 호들갑스럽게 웃었다. 창밖으로 눈이 내리고 있었다. 때 이른 눈이었다.

***

료코는 한숨을 길게 몰아쉬었다. 양심의 가책 때문이었다. 양휘보에 대한 미안함이 그렇게 하게 한 것이었다. 마음이 어지러웠다. 차가워야 얻을 수 있는 것이다. 냉정해야 취할 수 있는 것이다. 사랑이란 그렇다. 료코는 차가워지고 냉정해지기로 했다. 양휘보와의 사랑을 얻기 위해, 쟁취하기 위해 차가워지고 냉정해지기로 했다. 배신은 감추고 신뢰는 얻어야 했다. 그녀가 장택상에게 난정서를 건네고, 미소를 던지고, 웃음을 건넨 이유였다. 가슴은 아팠다. 배신을 해서 양휘보의 신뢰를 저버림과 그의 믿음을 깨뜨림 때문이었다. 사랑은 원래 그렇게 얻는 것이고 쟁취하는 것이라고 그녀는 자신을 위로했다. 그러나 그 위로는 아팠다. 시리게 아팠다. 사랑하는 사람을 속이는 아픔은 가슴을 저미는 것이었다. 료코는 그런 가슴 저밈에 눈물을 흘렸다. 오열했다. 조국을 배신하는 아픔도 아픈 것이었지만, 사랑하는 사람을 배신하는 것은 더 더욱 아픈 일이었다. 견딜 수 없는 것이었다. 사랑은 깊고도 큰 것이었다. 배신을 해야만 겨우 얻을 수 있는 사랑에 료코는 가슴이 찢어졌다. 배신은 배신임을 알기에 더 더욱 그랬다. 미안하고도 죄스런 일이었다. 료코는 여인이었다.

"난정서를 건네고 다시 훔친다. 그것이 너의 사랑을 믿게 하는 것이며, 그것이 곧 우리 밀정회를 위한 일이다."

슌케이의 음흉한 웃음이 떠올랐다. 치가 떨렸다.

"이것으로써 너의 모든 죄는 용서될 것이다. 네가 시라카와를 위해서 한 일과 이 슌케이를 배신했던 일까지 말이다."

슌케이는 고뇌에 휩싸인 얼굴로 말을 뱉었다. 말은 흐릿하게 이어졌다.

"다시는 실망시키지 마라. 내 마음을 아프게 하지 마라."

말을 끊었다가 다시 이었다.

"나는 너를 믿는다. 내가 믿는 만큼 너도 나를 생각해라."

잔인한 말이었다. 료코는 고개를 끄덕였다.

'휘보, 당신을 사랑하기 때문이에요.'

난정서를 건네던 순간도 떠올랐다. 양휘보는 그것을 보고 자신의 사랑을 굳게 믿었다. 그래서 더욱 가슴이 아팠다.

"그렇다고 마음을 주지는 말고."

슌케이가 한 말이었다. 그때 자신은 어림없다는 듯이 웃었다. 그 웃음이 이제는 가슴을 찌르는 비수가 되고 있었다. 가슴이 아팠다. 그렇다고 슌케이를 또 다시 배신할 수도 없었다. 그러는 순간 자신의 사랑도 산산이 부서져 내릴 것이기 때문이었다. 그것이 두려웠다. 정녕 두려웠다. 눈을 들어 하늘을 보니 어지럽게 눈발이 날리고 있었다.

* * *

1949년 6월 6일.

반민특위 사무실에 경찰이 들이닥쳤다. 난데없는 일이었다. 개중에는 사복 차림의 형사들도 있었다. 앞장선 정복 차림의 사내가 체포하라는 명령을 내렸다. 명령은 악에 받쳐 있었다.

"체포하라니? 당신들은 누구요?"

다짜고짜 체포하라는 말에 반민특위 위원들은 어리둥절한 표정으로 서로를 바라보았다.

"중부서 서장 윤기병이오. 당신들을 국가보안법 위반 혐의로 체포하겠소."

"국가보안법 위반이라니? 누가 국가보안법을 위반했단 말이오?"

반민특위 특경대장인 오세윤이 항의하고 나선 것이었다. 그러자 빨갱이 새끼가 말이 많다며 곽도선이 총을 들어 오세윤을 겨눴다. 그가 흠칫했다. 곁에 있던 신태무는 어안이 벙벙했다. 그야말로 마른하늘에 날벼락이었다.

"자네가……."

이럴 수 있느냐고 묻는 말이 나오기도 전에 사내들이 달려들어서 오

40. 매국노 515

세윤을 결박했다. 곽도선은 시선을 돌렸다. 신태무가 그런 곽도선과 눈을 맞추려 했다. 눈빛을 마주치고 물으려 했다. 왜 이러느냐고? 왜 이래야만 하느냐고? 그래서 그를 지난날의 그로 돌이키려 했다. 그러나 철저한 외면에 그와 눈빛을 마주칠 수 없었다. 허탈했다. 허탈은 곧 원망으로, 증오로, 분노로 이어졌다. 벗의 배신에, 동지의 배신에, 무엇보다도 조국을 위한다던 지사의 배신에 신태무는 몸서리쳤다. 아픈 일이었다. 가슴 저미게 아픈 일이었다.

곽도선에게는 선택의 여지가 없었다. 외면함으로써 동지로서의 정과 지사로서의 뜻을 꺾으려 했다. 꺾음으로서 자신의 결핍을 채우려 했다. 미안하지만 그것이 자신의 길이라고 생각했다. 가슴은 쓰렸지만 어쩔 수 없는 일이었다. 그래야만 자신이 일어설 수 있을 것이라고 생각했다. 그는 일어서기로 했다. 우뚝 일어서기로 했다. 그것이 일어서는 것인지, 넘어지는 것인지, 아니면 고꾸라지는 것인지는 누구도 알 수 없는 일이었지만, 아무튼 곽도선은 그것이 일어서는 길이라 생각했다. 서글픈 일이었다. 비난은 각오할 것이었다. 곽도선은 외면한 채 이를 악물었다. 질끈 악물었다.

"샅샅이 수색해라!"

윤기병의 명령에 반민특위 사무실은 이내 난장판이 되고 말았다. 서랍이 열리고 서류가 이리저리 던져졌다. 너희들은 뭐냐며 호통을 치고 나서던 곽상훈 특별검찰관도 체포되는 신세가 되고 말았다. 뒤따르던 권승렬 특별검찰총장은 권총을 꺼내려다 압수당하는 수모까지 당하고 말았다.

"자네가 떠난 이유가 이런 것이었나? 이러려고 경교장을 떠났던 것인가?"

배신이 일으킨 아픔으로 신태무는 살이 떨렸다. 목소리도 떨렸다. 곽도선은 아무 말도 하지 않았다. 외면했다.

"내가 자네를 잘못 봤네. 크게 잘못 봐어. 그동안 조국독립의 최전선에서 조국과 민족을 위해 피를 흘렸던 동지로 높게 봤는데."

신태무는 격앙되었다. 그가 격앙된 만큼 곽도선의 입술도 그만큼이나 질끈 깨물렸다. 동지에 대한 배신, 역사에 대한 배신, 시대에 대한 배신이 양심을 아프게 찔렀다.

"이제 자네는 변절의 전형으로 역사에 더러운 이름만을 남길 것이네."

변절의 전형이라는 말이 비수가 되어 곽도선의 가슴을 도려냈다. 아프게 도려냈다.

도대체 누구의 명령이냐고 권승렬이 묻자 윤기병이 대답했다. 윗분의 명령이라는 것이었다. 그러면서 됐느냐고 되물었지만 그건 형식이었을 뿐 의미는 비아냥거림이었다. 권승렬 특별검찰총장이 작심한 듯 말을 이었다. 경무대냐고 물었던 것이다. 묻는 말에 윤기병이 고개를 삐딱하게 하고는 뱉듯이 던졌다.

"꼭 먹어봐야 맛을 아오? 척 하면 알아들어야지."

권승렬 특별검찰총장은 고개를 절레절레 흔들었다. 시국을 한탄하는 고갯짓이었다. 시경국장 김태선과 내무차관 장경근, 그놈들이 부추겼을 거라며 오세윤이 핏대를 올렸다. 그 말을 곽상훈이 맞받았다. 그놈들이 나라를 말아먹는다고. 그러자 윤기병이 악을 쓰며 소리쳤다. 함부로 입을 놀리지 말라고. 곽상훈도 지지 않고 맞섰다. 어디다 대고 입을 놀린다는 말을 하느냐고. 윤기병이 얼굴이 벌게져서는 삿대질을 했다. 나라를 위해 애쓰고 계신 분들을 욕보여도 유분수라며, 그런 분들을 놈들이라고 했다며 그가 악다구니를 썼다. 곽상훈이 다시 나서려고 하자 권승렬이 손을 내저어 말렸다. 됐다며, 그만하라며, 말이 되는 자들이어야 말을 섞을 수 있지 않느냐며 혀까지 찼다. 이번에는 신태무가 가세했다.

"권력만을 탐하는 자들에게 무엇을 더 바라겠습니까? 저들의 머릿속에서 정의니 애국이니 하는 것들은 눈곱만큼도 찾아보기 어렵습니다. 오직 더러운 권력욕만이 있을 뿐이지요."

곽상훈이 윤기병의 속을 또 다시 긁는 말을 했다. 그러니 독립군 잡던 일제 경찰 놈들을 그대로 부려먹고 있지 않느냐는 것이었다.

"뭐라?"

윤기병은 허리춤의 총까지 꺼내들었다. 꺼내 들어서 곽상훈을 향해 겨눴다. 그러자 쏘라며, 매국노 놈이라며 곽상훈이 달려들었다. 상황이 극에 달했다.

"우리는 조국과 민족을 일제에 팔아먹던 놈들을 처단하기 위해 반민특위 활동을 하고 있는 사람들이다. 그 일을 못 하게 하는 네놈이 일제의 하수인이 아니고 무엇이냐?"

곽상훈의 말에 윤기병은 손을 부르르 떨었다. 그러더니 악에 받친 듯 소리쳤다.

"뭐 하느냐? 이놈들을 모두 끌고 가라!"

윤기병의 명령에 사복 경찰들이 우르르 달려들었다. 달려들어서는 곽상훈을 비롯해 오세윤, 권승렬까지 모두 끌어냈다. 도둑이 주인이 되는 세상이 오는 것만 같았다. 신태무는 두려웠다. 제국주의 아래 숨죽이던 그 시절이 떠올랐다. 소름이 돋았다. 소름이 돋게 하는 현실이 두려웠다. 동지들의 피와 목숨을 제물로 삼던 일제 헌병과 경찰이 이제는 동포를 지키겠다며, 나라를 구하겠다며, 민족을 살리겠다며, 역사를 구원하겠다며, 시대를 이끌겠다며 총을 들고 설쳐댄다. 반민족행위자를 처벌하겠다는 반민특위의 무릎을 꿇리고, 목을 조이고, 숨통을 끊어놓으려 한다. 신태무는 몸속에서 일어나는 열불을 감당해낼 수가 없었다. 걷잡을 수 없이 치밀어 오르는 분노의 화염을 감내할 수가 없었다. 무엇이라도 치고 받고 걷어차야 했다. 그러나 그럴 수가 없었다. 그럴 수 없기에 더욱 열불이 터지고 답답했다. 눈앞의 현실에 좌절과 절망과 분노와 울분이 뒤범벅되었다. 다리에 힘이 풀리고 온몸에서 기운이 빠져나갔다. 저들의 총이 두려운 것이 아니었다. 자신의 무기력함이 두려웠고, 그 두려움에 탄식을 터뜨렸다. 깊고 아픈 탄식이었다.

"두고 보자!"

윤기병은 이런 말과 함께 이를 악물었다. 어떻게든 오늘의 치욕을

40. 매국노 519

갚고야 말겠다는 표정이었다. 신태무는 어이가 없었다. 상해에서 자신들이 어떻게 일제에 맞서 싸웠는지를 생각하자 그만 분통이 터지고 말았다. 신태무는 상해의 일을 떠올렸다. 한인애국단의 윤봉길이 폭탄을 투척했던 바로 그날이었다.

41. 윤봉길

신태무는 남화한인청년연맹의 유자명과 백정기, 정화암과 함께 홍구 공원 앞에 있었다. 천장절 행사에 폭탄을 투척하기 위해서였다. 그러나 들어갈 수가 없었다. 일제 헌병과 경찰들이 입장객을 일일이 확인하고 검색하고 있기 때문이었다. 밖에서 서성이고 있던 이들은 천장절 행사가 끝나갈 무렵 경천동지할 굉음을 들었다. 분명한 폭발음이었다. 식장 안에서 화약 연기도 치솟아 올랐다.

"우리 말고 누가?"

유자명의 물음에 백정기가 맞받았다.

"임시정부에서?"

"한인애국단 아닐까요?"

신태무의 말에 두 사람은 동시에 고개를 끄덕였다.

"할 수 있는 데가 거기밖에는……."

"약산 동지는?"

백정기가 묻자 유자명이 답했다.

"거긴 그럴 여유가 없을 것이네. 군관학교에 있으니."

말을 멈춘 유자명이 다시 한 번 골똘히 생각에 잠겼다가 입을 열었다. 국민당의 협조를 받았다면 어쩌면 그럴 수도 있겠다고 했다. 사람들이 구름처럼 몰려나오고 있었다. 둑이 터진 듯했다. 비명과 아우성으로 공원 밖도 이내 아수라장이 되었다.

"우리도 일단 철수하세나. 괜히 얼쩡거리다 의심을 받을 수도 있겠어."

신태무가 대답하고 발길을 돌리려는데 그를 부르는 소리가 들려왔다. 고개를 돌려보니 양휘보였다. 그가 숨을 헐떡거리며 다가왔다. 어찌 된 일이냐고 구파 백정기가 먼저 물었다. 그가 대답했다. 윤봉길 동지가 위험하다는 것이었다. 함께 구하자고도 했다. 유자명이 물었다.

"한인애국단에서 한 일인가?"

"맞습니다. 윤봉길 동지가 폭탄을 던졌습니다."

그제야 세 사람은 궁금증이 풀렸다는 듯 고개를 끄덕였다. 빗방울은 더 굵어졌다. 얼굴이 흠뻑 젖었다.

"윤봉길이라면?"

"애국청년입니다. 주석님을 찾아와 거사를 도모하겠다고 자청했지요."

안의 상황은 어떠냐고 신태무가 물었다. 양휘보가 주위를 둘러보았다. 주위는 밀려나오는 인파로 물샐 틈이 없었다. 시라카와를 비롯해 우에다, 노무라 등이 박살났다고 양휘보가 말했다. 말이 뜨거웠다. 성공했다며 구파 백정기가 흥분한 목소리로 주먹을 쥐어 보였다. 양휘보가 그렇다면서 놈들이 피를 흘리며 모두 쓰러지는 것을 확인했다고 했다. 유자명이 혼잣말처럼 내일 신문에 대서특필되겠다고 중얼거렸다. 얼굴에는 들뜬 기색이 역력했다.

"윤 동지를 구해야 합니다."

양휘보가 다시 한 번 안타까운 소리로 내뱉자 유자명이 고개를 끄덕였다. 좋다며 가자고 했다. 그의 결단에 일행은 인파를 거슬러 공원 안으로 향했다. 그러나 식장에 닿기도 전에 발길을 돌려야 했다. 이미 헌병들이 물샐 틈 없이 막아서 있기 때문이었다.

"위험하네. 더 들어갔다가는 모두 잡히고 말겠어."

양휘보는 안타까움에 더 이상 아무런 말도 하지 못했다. 멀리서 헌병과 경찰들이 누군가를 에워싸고 있는 모습이 보였다. 윤봉길이었다. 구파 백정기가 가자며 재촉했다. 양휘보도 그제야 발길을 돌렸다. 오늘은 안 되겠다면서 다음을 기약하자고 했다. 상대가 너무 많다는 말도 나왔다. 지금은 무리라며 일단 물러났다가 다시 상의해 보자고들 했다. 분명 기회가 있으리라는 것이었다. 모두가 안타까운 목소리로 다음을 기약했다. 이들이 다시 공원 밖으로 나섰을 때 모용예화가 일단의 사람들과 함께 있는 모습이 보였다.

"모용 동지!"

양휘보가 부르자 그가 뛰어왔다. 뛰어와서는 윤봉길에 대해 물었다. 잡혔으며 아마도 초주검이 되었을 것이라는 말이 이어졌다. 양휘보의 울분에 모용예화도 주먹을 부르쥐었다. 권비문 가족이 왔다며 함께 구해보자고 했다. 그의 말에 구파 백정기가 나섰다. 고마운 말씀이지만 위험한 일이라는 것이었다. 섣불리 나섰다가 다 잡혀버릴 수도 있다고 유자명이 말했다. 구파 백정기가 침통한 얼굴로 고개를 끄덕이고 말았다.

"갑시다! 놈들이 오고 있소."

다급한 말에 고개를 돌려 보니 일제 헌병과 경찰들이 우르르 몰려오고 있었다.

"무리지어 있는 놈들을 잡아라!"

외치는 소리에 권비문과 남화한인청년연맹 단원들이 흩어졌다. 다시 보자며 유자명이 재빨리 인파 속으로 스며들었다. 백정기와 신태무, 양휘보도 흩어졌다. 모용예화는 여유로운 걸음으로 이들의 뒤를 따랐다.

***

윤봉길은 홍구공원 맞은편에 있는 상해 제1헌병분대로 끌려갔다. 거기에서 심문을 받았다. 심문을 하는 자는 오이시였다.

"이름은?"

"윤봉길."

"진짜 이름을 대라!"

오이시는 책상을 두드렸다. 얼굴에는 분노의 기색이 역력했다. 금방이라도 어떻게 할 모양새였다. 윤봉길의 표정은 변함이 없었다. 조금도 흔들리거나 두려워하는 기색이 없었다.

"이미 다 조사해봤다. 솔직히 불지 않으면 네놈은 사형이다."

겁박의 목소리였다. 윤봉길은 희미한 미소를 지어 보였다. 얼굴에는 이죽거림이 가득했다.

"그렇게 하면 살려주느냐?"

"살려주다마다. 너는 아직 젊다. 더 살아야 하지 않겠느냐?"

오이시의 얼굴이 펴졌다. 은근한 기대가 엿보이기도 했다.

"그럼 더 더욱 그럴 수가 없구나. 사람이란 오래 사는 것이 문제가 아니다. 어떻게 사느냐가 중요한 것이다."

차가운 대답에 오이시의 얼굴이 굳어졌다. 이어 붉으락푸르락하며 일그러졌다. 약이 바짝 오른 오이시는 죽일 놈이라며 정리한 문서를 윤봉길의 코앞으로 들이밀었다.

"그럼 내가 말해주랴?"

윤봉길은 말없이 고개만 끄덕였다.

"본명 윤우의. 충청남도 예산군 덕산면 시량리 출생. 부 윤황, 모 김원상. 5남2녀 중 장남. 맞느냐?"

윤봉길은 굳게 다물었던 입을 열었다.

"맞다."

"어떻게 상해까지 왔느냐?"

"조국을 찾기 위해서다."

상해까지 온 경로를 말하라고 오이시가 물었다. 윤봉길이 당당하게 대답했다.

"조국을 찾는 일인데 오는 길이 무슨 상관인가."

"말해라. 북경을 거쳤느냐?"

"맞다."

"어디 어디를 거쳐 왔느냐?"

윤봉길은 잠시 생각에 잠겼다가 되는 대로 뱉어냈다.

"경성에서 신의주, 봉천, 북경을 거쳐 천진에서 배를 타고 상해로 왔다."

오이시가 또 다시 책상을 내리쳤다. 겁박이 하얗게 튀어 올랐다.

"거짓말하지 마라."

윤봉길은 정말이라며 맞섰다. 그러자 오이시가 이죽거렸다.

"청도에 머문 것은 무엇 때문이냐?"

오이시의 물음에 윤봉길은 희미한 미소를 지어 보였다. 미소는 편안했다. 편안해서 오이시를 더욱 약이 오르게 했다.

"그건 경비를 마련하기 위해 잠시 머물러 일한 곳이었다."

"무슨 일을 했느냐?"

"세탁소에서 일했다. 빨랫감도 걷어오고, 배달도 하고."

"그래, 그건 그렇다 치고. 소속은 어디냐?"

"소속 같은 건 없다."

잘라 말하는 윤봉길을 보고 오이시는 표정을 일그러뜨렸다. 폭탄까지 갖고 있었는데 소속이 없다니 그게 말이 되느냐며 또 다시 윽박질렀다.

"말하지 않았느냐. 폭탄을 구하기 위해 청도에서 일했다고."

윤봉길의 말에 오이시는 자리를 벌떡 일어섰다.

"이런 죽일 놈의 조센진. 그걸 말이라고 하느냐. 누굴 병신으로 아느냐? 그깟 세탁소 일로 폭탄을 구해."

오이시가 흥분할수록 윤봉길의 표정은 더욱 편안해졌다. 오히려 차갑게 가라앉기까지 했다.

"먹지도 않고 쓰지도 않았다. 그 돈을 마련하기 위해서."

말을 끊었다가 다시 이었다.

"고향에서 마련해온 돈도 좀 있었고."

오이시는 고개를 끄덕이더니 다시 입을 열었다.

"어차피 모두 불게 되어 있다. 좋다. 그럼 주소는? 현재 살고 있는 주소 말이다."

이번에는 순순히 대답했다.

"상해 프랑스 조계의 파이롱로 도혹코구 30번지."

오이시가 다시 자리에 앉았다. 앉아서는 손바닥으로 책상을 두드려가며 겁박하듯 을렀다.

"너는 다시 조사를 받을 것이다. 이런 조사가 아니라 아주 혹독한 조사다. 불지 않고는 배겨내지 못할 그런 조사를 받을 것이다. 그러니 지금이라도 솔직히 불어라. 그게 고통을 조금이라도 덜 받는 길이 될 것이다. 네가 안타까워서 진심으로 하는 말이다."

오이시의 말에 윤봉길이 고개를 끄덕였다.

"나도 진심으로 감사하오. 허나 고통이라는 것이 어떤 것인지는 모르나 내 입을 열기는 그리 쉽지 않을 것이오. 그게 우리 조선인들의 당신네 일본에 대한 마음이자 뜻이오."

윤봉길의 당당한 말에 오이시는 표정이 한결 부드러워졌다. 진심으로 존경하는 빛도 보였다.

"때를 안다 함은 엎드려야 할 때 엎드리고, 일어서야 할 때 일어서고, 달려야 할 때 달리는 것을 말하오. 나는 그 때를 알고 있을 따름이오. 이까짓 목숨은 개의치 않소."

"불령선인이기는 하지만 아까운 일이다. 너 같은 놈이 적이었다니."

오이시는 길게 한숨을 내뱉고는 다시 서류를 넘겼다. 심문을 이어갔다. 윤봉길은 더 이상 한마디도 내뱉지 않았다. 오이시도 그런 윤봉길을 더 이상 닦달하지 않았다. 이후 윤봉길은 상해파견군 헌병대 본부로 이감되었다.

* * *

"이송한다는 정보가 있소이다."

모용예화의 말에 양휘보가 다가앉았다. 입에서 침이 바짝 말랐다.

"이송이라면?"

"오사카로요."

"어디서 들은 얘기요?"

"하루토요."

하루토라는 말에 양휘보가 한숨을 몰아쉬었다.

"그에게서 들은 얘기라면 틀림없겠군요."

모용예화가 고개를 끄덕였다. 두 사람 사이로 잠시 침묵이 흘렀다. 침묵 사이로 광동 사투리가 시끄럽게 들끓었다. 강변이 내려다보이는 다관이었다. 다관은 혼잡했다. 빈자리가 없었다. 드시라며 점원이 차를 내왔다. 향긋한 다향이 코를 찔렀다.

"차는 단순히 목을 축이기 위한 것만은 아니요. 마시면서 천천히 생각해봅시다."

모용예화가 찻잔을 들어 입으로 가져갔다. 양휘보도 찻잔을 들었다. 대륙에서는 유난히도 차 문화가 발달되었다고 양휘보가 흘리듯 말을 내놓았다. 그게 다 물이 좋지 않아 그런 것이라고 모용예화가 말을 받았다. 그냥 마시자니 배탈이 날 것이고, 끓여 먹어야 하니 자연히 차로 마시게 되었다는 말이었다. 그가 너털웃음을 터뜨렸다.

"하긴 그렇겠군요. 우리는 호사가들이 여유를 부리느라 마시는 정도이지요."

"그게 좋은 겁니다. 행복한 게지요. 물 한 잔을 마시려 해도 불을 지펴야 하니 얼마나 귀찮고 번거로운 일입니까. 겨울에는 그나마 다행이에요. 그 뜨거운 여름에 차를 마신다는 것은 솔직히 고통입니다."

모용예화가 또 다시 껄껄 웃음을 터뜨렸다. 웃음은 신명난 것이 아니었다. 그저 형식으로 장식하는 웃음이었다. 헛웃음이었던 것이다.

"인간이 문화를 만들어간다는 것이 얼마나 소중한 일입니까. 이것도 소중한 문화이지요. 인간의 삶을 여유롭고 윤택하게 해주는."

양휘보의 말에 모용예화가 고개를 끄덕였다. 하긴 그렇다면서 다관에서 만들어진 말과 문화가 대륙의 역사와 문화를 많이 살찌웠다고도 했다. 지대한 영향을 준 건 확실하다는 말이었다. 그가 잠시 말을 끊었다가 물었다. 차를 마실 때 지켜야 할 예절을 혹시 들어보았느냐는 것이었다. 양휘보가 고개를 가로저었다. 표정은 궁금하다는 것이었다.

"정치 이야기는 하지 않는 것이 예절이랍니다."

이번에는 양휘보가 의아한 표정이 되어 왜냐고 물었다. 그가 대답했다. 예전에 조정에서 정탐꾼을 보내 불순분자를 색출해낼 때 바로 이 다관이 그 정보처가 되었다는 것이었다. 그래서 다관에서 정치에 대한 얘기를 하지 않는 것이 예절이라는 말이었다. 그제야 양휘보가 고개를 끄덕였다. 듣고 보니 그럴듯하다는 것이었다.

"이 다관에서 얼마나 많은 얘기들이 흘러나옵니까, 권력의 핵심에서 벌어지는 일부터 시시콜콜한 일에 대해서까지."

말을 마친 모용예화는 차 주전자를 들어 양휘보의 빈잔에 찻물을 따라주었다.

"상대의 찻잔에 찻물이 빌 경우 계속 따라주는 것도 예절이랍니다. 알고 계시겠지만."

양휘보는 말없이 고개를 끄덕였고, 모용예화의 말은 계속 이어졌다. 차는 찻잎을 채취하는 시기에 따라 구분하기도 하고 색깔에 따라 구분하기도 한다면서, 시기에 따라 경칩 전에 채취하는 사전차, 곡우 전에 채취하는 우전차, 청명 전에 채취하는 명전차가 있고, 색깔에 따라 홍차, 녹차, 백차가 있는데 각각 맛과 향이 다르다고 했다.

"그렇군요."

대답은 했지만 양휘보의 머릿속에는 온통 윤봉길의 이송에 대한 생각뿐이었다. 그의 말은 계속 이어졌다. 토질과 기후의 영향도 크다면서 지명을 따서 이름을 붙인 차도 많다는 것이었다. 항주의 용정에서 생산되는 용정차가 대표적인데 건륭제 때에는 황실에서만 마셨다고 했다. 차 중의 으뜸이라는 것이었다. 홍차로는 기홍차와 영홍차가 좋고, 백차로는 백호은침과 백호단이 뛰어나고, 오룡차로는 안계철관음과 봉황단총, 무이암명 등이 있다고 했다. 줄줄이 읊어대는 말에 양휘보는 흘리듯 내뱉고 말았다. 관심이 없다는 말투였다.

"처음 들어보는 차들이 많군요."

시큰둥한 반응에도 그의 차에 대한 사랑은 계속 이어섰다. 화차는 들어보았느냐며 생화를 찻잎으로 훈제한 것이라고 했다. 또 긴압차라고 해서 큰 찻잎이나 차나무 가지로 흑차, 홍차, 화차를 만든 다음 그것을 다시 원료로 해서 만든 고급차가 있는데, 보이차와 육보차가 대표적이라고 했다. 그가 차에 대한 설명을 늘어놓는 중에 다관 입구로 낯익은 얼굴이 보였다. 하루토였다.

"왔습니다."

양휘보가 기다렸다는 듯 하루토를 가리켰다. 손까지 흔들어 보였다.

여기라며 모용예화가 소리치자 하루토가 손을 들어 답하고는 이층으로 올라왔다. 윤 동지에 대해서 좀 물어봐 달라고 양휘보가 부탁했다. 그가 고개를 끄덕였다.

"오래 기다리셨습니까?"

하루토가 반가운 얼굴로 자리에 앉았다. 어서 오라며, 얼마나 바쁘냐며 모용예화가 걱정 반, 반가움 반으로 물었다. 정신이 하나도 없다면서, 그야말로 눈코 뜰 새 없다는 말이 무엇인지를 이제야 알 것 같다고 그가 대답했다. 그런 큰 사건이 터졌으니 오죽하겠느냐며 양휘보도 거들었다. 모용예화가 다시 물었다. 이번 사건의 범인은 어떻게 처리되느냐는 것이었다. 하루토는 상기된 얼굴로 숨을 돌렸다. 그 사이 점원이 찻잔을 가져왔다. 우선 한 잔 하라며 모용예화가 찻물을 따라주었다. 그가 입술을 적셨다. 목이 타는 모양이었다.

"중대한 테러범이니 제국의 법대로 처형할 것입니다."

처형이란 말에 양휘보의 눈빛이 흔들렸다. 처형은 언제쯤 하느냐고 모용예화가 다시 물었다. 그거야 제국의 법관이 결정할 일이라고 하루토가 대답했다. 그는 말끝마다 제국이란 말을 붙여가며 거들먹거렸다. 제국의 신민이라는 자부심을 갖고 있었던 것이다. 양휘보는 속이 뒤틀렸다. 뒤틀렸으나 내색은 하지 않았다. 그렇겠다며 시큰둥하게 받고 말았다. 그런 양휘보를 하루토가 삐뚜름한 눈으로 쳐다보았다.

"같은 조선인 아니오?"

말투는 다분히 비아냥거리는 것이었다. 테러범 윤봉길과 같은 민족이라는 말이거나 조국에 관심이 없는 배신자라는 말이었다.

"맞소. 같은 조선인이오. 하지만 나는 그런 것에는 별 관심이 없소."

짐짓 딴청을 피우자 하루토의 입가에 미소가 배어들었다. 하긴 이런 시절에는 그러는 게 속 편할지도 모른다는 투였다. 두 사람의 차가운 대화 사이로 모용예화가 끼어들었다.

"처형은 어디에서 한답디까?"

하루토는 모용예화에게로 시선을 돌렸다. 그러면서 중대범죄인이니 아마도 본국에서 거행하게 될 거라고 했다.

"본국이라면?"

"당연히 일본이지요."

"그럼 이송한단 말입니까?"

이번에는 양휘보가 관심이 있는 듯 물었다.

"그렇소. 오사카로 이송할 예정이오."

양휘보와 모용예화는 처음 듣는다는 듯 놀란 표정까지 지어 보였다. 오사카에 육군 위수형무소가 있으니 아마도 그곳으로 이감이 되지 않을까 싶다고 했다. 특별한 일이 없는 한 그렇게 될 거라는 말을 덧붙이기도 했다. 이송이 확실하다는 것을 확인한 양휘보의 눈이 반짝 빛을 발했다. 기회가 생겼기 때문이었다.

"이송은 언제쯤 한다고 하오?"

모용예화가 조심스레 물었다. 하루토가 주춤했다. 망설이는 모양새였다. 실수를 눈치 챈 모용예화가 다급히 손을 내저었다.

"이런 주책하고는, 그런 일급비밀을 묻다니."

무안한 얼굴로 하루토를 쳐다보자 그가 입가에 미소를 지어 보였다.

"괜찮습니다. 이달 18일로 알고 있습니다. 본국으로 들어가는 대양환호가 그날 출발하니까요."

하루토의 말에 양휘보가 눈살을 찌푸렸다. 날짜까지 정확히 말하는 것이 뭔가 찜찜한 구석이 있었다.

"우편선으로?"

"그렇습니다. 가장 안전한 방법이죠."

모용예화가 고개를 끄덕였다. 경비도 삼엄하겠다고 던지듯 말을 내뱉자 하루토가 맞받았다. 중대범죄인이니 헌병과 경찰이 동시에 움직일 거라는 것이었다. 그야말로 물샐 틈 없는 경비가 이루어질 것이라는 말이었다. 하루토의 자신 있는 말투에 양휘보는 속이 뒤틀렸다. 모용예화도 하긴 그렇겠다며 창밖을 바라보았다. 찬바람이 외탄에서 황포강 쪽으로 불어가고 있었다. 어느새 계절은 깊은 가을로 접어들어 있었다.

"놈만 이송하고 나면 좀 한가해질 겁니다. 그때 다시 뵙죠."

하루토는 찻잔을 비우고 자리에서 일어섰다. 양휘보가 따라 일어서며 손을 내밀었다. 그가 맞잡았다. 고생하라는 양휘보의 말에 그가 또 미소를 지어 보였다. 다음에는 한잔 하자며 모용예화도 고개를 끄덕였다. 하루토는 바쁜 걸음으로 다관을 나섰다. 아래층으로 내려가는 그를 보며 양휘보가 다시 자리에 앉았다.

"저는 윤 동지를 구할 생각입니다. 도와주시죠!"

정중한 부탁에 모용예화가 고개를 끄덕였다. 얼굴은 당연하다는 표정이었다.

"윤 동지는 우리 대륙의 백만 대군도 하지 못한 일을 해낸 영웅이오. 당연히 그래야지요."

양휘보의 고맙다는 말에 모용예화는 손사래를 쳤다. 아니라면서, 일제는 자신들의 적이기도 하다고 했다. 그러면서 고맙다는 말은 오히려 자기가 해야 한다고 했다. 찻물이 마시기 좋을 만큼 식어 있었다.

"권비문 동지들을 동원할 것이오. 함께 윤 동지를 구해봅시다."

"남화한인청년연맹의 도움도 청하겠습니다. 저희 한인애국단과 함께한다면 가능할 수도 있습니다."

양휘보의 말에 모용예화가 고개를 가로저었다.

"가능해서는 안 되오. 반드시 구해야 하오."

모용예화의 눈빛이 새파랗게 타올랐다. 잣산은 싸늘하게 식어 있었다.

42. 구출작전

하루토의 말대로 11월 18일 상해 위수형무소에 수감되어 있던 윤봉길이 밖으로 나왔다. 오사카로 이송되기 위해서였다. 경계는 삼엄했다. 호송차 앞뒤로 헌병대가 호위하고 주변에는 일제 경찰들이 물샐 틈 없이 경계를 섰다. 윤봉길을 안전하게 호송하기 위해 거리에 통행금지령까지 내려졌다. 넓은 도로가 텅 비었다. 사천로에서 황포탄에 이르는 길이 휑하니 비워졌다. 텅 빈 거리는 두려웠다. 삼엄했다. 총칼을 든 일제 헌병과 경찰들이 늘어서 있고, 분노와 두려움으로 뒤범벅된 상해 시민들이 거리의 후미진 곳에서 웅성거리고 있었다. 그 사이에서 한인애국단과 남화한인청년연맹 단원들, 권비문 문도들의 서늘한 눈동자가 거리를 호시탐탐 노렸다. 천황을 능욕하고 대일본제국을 유린한 불령선인 윤봉길을 이송하기 위해 일제 헌병과 경찰들은 두 눈을 부릅뜨고 거리를 물샐 틈 없이 감시했다. 상해 시민들은 남의 땅을 자기 땅처럼 활보하는 일본제국주의에 분노했고, 대륙의 무기력함에 한숨을 지어야 했다. 현실은 그랬다. 보고만 있어야 하는 현실은 그랬다. 울분을 토하지도, 목 놓아 울지도, 마음껏 소리치지도 못하는 그런 아픈 현실이었다. 가슴이 찢어지는 아픔, 그게 상해의 현실이었다.

일제 경찰들이 무장을 한 채 도열한 가운데 그 사이로 호송차가 요란하게 내달렸다. 뒷골목과 도로 가장자리에는 밀려난 상해 시민들로 가득했다. 그 속에는 남화한인청년연맹 단원과 권비문 문도, 한인애국단 단원들이 섞여 있었다.

놈들이 너무 많다는 남화한인청년연맹 백정기의 말을 모용예화가 받았다. 예상외로 벅차다는 것이었다. 입맛까지 다셔댔다. 건너편에는 양휘보가 긴 외투자락에 짧은 기관단총을 숨긴 채 오락가락하고 있었다. 미제 그리스건이었다. 그는 호송차량이 나타나기만을 기다리고 있었다.

"통행금지령까지 내리리라곤 미처 생각을 못 했소."

모용예화는 수먹을 부르쥐었다. 말 속에 분노가 끓어올랐다. 끓어오른 분노를 차가운 말이 이어 받았다. 구파 백정기였다.

"여기에서 무슨 일이 있어도 성공해야 하오. 외탄은 마지막 보루일 뿐이오."

같은 생각이라며 정화암이 고개를 끄덕였다. 여기에서 머뭇거리다 일을 성사시키지 못하면 외탄에 가봐야 소용없다는 백정기의 말이 이어졌다. 그가 신음을 흘렸다. 신음은 짙었다. 정화암도 입술을 질끈 깨물었다. 건너편에서 양휘보가 손을 흔들었다. 멀리서 자동차 소리가 들려왔다. 호송차량 행렬이 달려오고 있었다. 잠시 후 헌병대 호위차량을 선두로 호송차량 행렬이 사거리를 돌아 나왔다.

"지금이오!"

모용예화의 말에 권비문도들과 남화한인청년연맹, 한인애국단 단원들이 각자 위치에서 일사불란하게 움직였다. 밀스 수류탄을 꺼내들고 그리스건을 비롯해 독일제 모제르 권총과 스페인제 아스트라 권총을 각각 꺼내 들었다. 남화한인청년연맹의 백정기가 경찰 저지선을 뚫고 거리 한복판으로 뛰쳐나갔다. 그의 뒤를 정화암과 한인애국단의 송철규가 뒤따랐다.

"서라!"

일제 경찰과 헌병대의 외침이 동시에 터져 나왔다.

"쏴라!"

사격 개시를 알리는 소리도 쏟아졌다. 순간 무라타 소총이 일제히 불을 뿜었다. 거리에 일대 혼란이 일었다. 모용예화는 정화암과 백정기를 엄호했다. 그가 가늠구멍 안으로 일제 헌병을 끌어다 넣었다. 그러고는 방아쇠에 건 손가락에 힘을 주었다. 가늠구멍 안의 일제 헌병이 보기 좋게 나가 떨어졌다. 무라타 소총을 쏘아대던 일제 헌병이었다. 일제 헌병과 경찰이 연신 거꾸러졌다. 헌병대 차량에서도 불이 뿜어졌다. 요란한 총소리가 사천로를 뒤흔들었다. 총탄을 피해 달리던 백정기가 밀스 수류탄을 꺼내 들었다. 발끝에서 먼지가 피어올랐다. 그를 노린 무라타 총탄이었다. 백정기는 오금이 저렸다. 밀스 수류탄이 그의 손을 떠났다. 포물선을 그리며 폭발탄은 호위차량을 향해 날아갔다. 굉음이 울리며 앞서 달리던 트럭이 나뒹굴었다. 총탄이 백정기를 덮쳤다. 그가 잽싸게 몸을 굴려 땅바닥을 뒹굴었다. 총탄이 또 다시 뽀얗게 먼지를 일으켰다. 아찔한 순간이었다. 뒤따르던 호송차량이 급히 방향을 틀었다. 기우뚱했다. 기우뚱한 호송차량은 곧 균형을 잡고 다시 내달리기 시작했다. 사천로 사거리는 이내 아수라장이 되었다. 뒤따르던 헌병대 차량이 멈춰서고 헌병들이 뛰어 내렸다. 주변의 경찰들도 무라타 소총을 들고 달려왔다.

"호송차량을 탈취해라!"

정화암이 먼저 호송차량을 향해 달려갔다. 몸을 일으킨 백정기가 그의 뒤를 따랐다.

"동지들을 도와라!"

한인애국단원들과 권비문도들이 동시에 거리를 장악해나갔다. 곳곳에서 일제 경찰들이 쓰러지고 헌병늘이 우왕쇠왕했다. 기습꽁격에 일제 헌병대와 경찰은 당황한 모습을 보였다. 백정기와 정화암이 호송차량을 따라붙었다.

"방향을 틀어라!"

호송대 책임관 아키히토가 다급히 명령을 내렸다. 샛길로 들어가 외탄으로 가라고 외쳤다. 운전병 스즈키는 침착했다. 아키히토의 의도를 알아차리고 급히 운전대를 꺾었다. 호송차량은 샛길로 치달렸다. 샛길을 가득 메우고 있던 시민들이 놀라 황급히 흩어졌다.

"제기랄!"

백정기는 혼신의 힘을 다해 뛰었다. 정화암은 방아쇠를 연신 당겨댔다. 그러나 총탄은 호송차량을 세우지 못했다. 샛길은 그야말로 아비규환의 지옥이 되었다. 차에 치인 사람들과 피하려는 사람들이 뒤섞여 아우성이었다. 샛길만이 아니었다. 거리도 총탄과 폭발탄으로 아수라장이었다. 일제 경찰과 헌병들이 흘린 피, 윤봉길을 구하기 위해 나선 동지들이 흘린 피로 거리가 순식간에 붉게 물들었다. 넓은 도로에 때 아닌 붉은 꽃이 피었다. 붉은 바람도 불었다.

"차를 세워야 한다."

모용예화는 소리치며 샛길로 달렸다. 권비문도들과 남화한인청년연맹, 한인애국단 단원들이 혼신의 힘을 다해 호송차량을 뒤쫓았다. 샛길로 들어선 호송차량은 거침없이 내달렸다. 양휘보는 샛길을 가로질러 앞을 막으려 했다. 그러나 스즈키도 만만치 않았다. 샛길을 훤히 꿰뚫고 있었던 것이다. 양휘보가 예상한 길을 피해 갔다. 당황한 양휘보는 또 다시 길을 가로질렀다. 이번에는 동장치로로 통하는 외길이었다. 다시 큰 길로 나가는 것이 어떠냐고 아키히토가 묻자 스즈키가 고개를 끄덕였다. 일단 따돌렸으니 그게 좋겠다는 것이었다. 여우같은 스즈키는 샛길을 벗어나 사천로로 다시 나왔다. 넓은 거리로 빠져나오자 뒤쪽으로 시가전을 벌이는 한인애국단 단원과 권비문도, 남화한인청년연맹 단원, 일제 헌병과 경찰이 눈에 들어왔다.

"됐다. 황포탄으로 가자!"

호송차량은 부리나케 황포탄으로 내달렸다. 양휘보는 호송차량을 향해 연신 기관단총을 발사해댔다. 미국제 그리스건이었다. 총탄이 빗발처럼 날아갔다. 곧 반격을 받아야 했다. 길 건너편의 일제 경찰이 대응사격을 해온 것이었다. 골목 담장에 몸을 의지한 채 양휘보는 일제 헌병과 경찰에 맞섰다. 그때 건너편으로 모용예화가 눈에 들어왔다. 그는 골목을 향해 치달리고 있었다. 그가 달리는 맞은편에서 한쪽 무릎을 꿇은 채 그를 겨누고 있는 헌병이 눈에 들어왔다. 양휘보의 총구가 그를 향해 돌려졌다. 빗살처럼 총탄이 날아갔다. 보기 좋게 일제 헌병이 나가 떨어졌다. 양휘보가 있는 골목으로 총탄이 집중되었다. 고개도 돌릴 수 없었다. 총탄은 그야말로 빗발과 같았다. 파편과 먼지가 눈을 뜨지 못하게 했다. 양휘보는 이를 갈며 뒤로 물러섰다. 당황했던 일제 헌병과 경찰들이 점점 안정을 되찾기 시작했다. 그들이 전세를 회복한 것이었다. 총소리를 듣고 지원군이 달려온 덕분이었다.

"놈들은 얼마 되지 않는다. 조준사격을 하라!"

이시와라 헌병대 소좌는 곧 상황을 파악했다. 오랜 경험이 그로 하여금 전황을 쉽게 파악하게 했던 것이다. 모용예화는 작전에 실패했음을 알고 권비문도들에게 철수 명령을 내렸다. 그러면서 동장치로에서 성공하기를 기대했다.

"중과부적입니다."

백정기도 동의했다. 정화암이 골목을 가리켰다. 오토바이가 한 대 달리고 있었다. 백정기는 고개를 끄덕이고는 총을 들었다. 소련제 모신나강 소총이었다. 새파랗게 날이 선 눈동자가 오토바이를 탄 일제 헌병을 가늠구멍 안으로 들여앉혔다. 검지의 근육이 긴장했다. 바짝 긴장했다. 눈동자에 힘이 들어갔다. 불꽃이 튀었다. 팽팽한 긴장이 이완되는 순간 총소리가 울렸다. 달려가던 오토바이가 굉음을 내며 벽에 가 부딪혔다.

"가세!"

백정기와 정화암은 오토바이를 향해 몸을 날렸다. 모용예화를 향해서는 부탁의 말을 던져 놓기도 했다.

"뒤를 부탁합니다. 저희는 호송차량을 뒤쫓겠습니다."

두 사람은 오토바이를 타고 호송차량을 뒤쫓았다. 모용예화는 권비문도들과 한인 동지들을 이끌고 거리를 급히 빠져나갔다. 일제 헌병과 경찰들은 그들을 뒤쫓는 것을 포기하고 말았다. 우선순위는 호송차량에 두었던 것이다.

* * *

"서둘러라!"

아키히토는 스즈키를 재촉했다. 상황을 누구보다도 잘 알고 있는 스즈키도 나름대로 최선을 다했다. 샛길을 누비며 위험에서 겨우 빠져나왔고, 샛길을 빠져나오자마자 곧장 황포탄으로 향했다. 넓은 거리는 텅 비어 있었고, 일제 경찰과 헌병들만이 가장자리에서 우왕좌왕하고 있었다. 요란한 총소리와 지축을 뒤흔드는 폭탄소리에 고개를 내어 뺀 채 무슨 일인가 쳐다만 보고 있었다. 쏜살같이 달려드는 호송차량을 발견하고는 그 앞을 가로막아 섰다. 무언가 잘못되었다고 생각한 것이었다.

"그냥 달려라!"

스즈키는 멈추지 않았다. 아키히토의 명령이 있어서만도 아니었다. 그 스스로도 그렇게 해야 한다고 판단했다. 거침없이 달려드는 호송차량을 향해 일제 경찰과 헌병들은 총을 들어 겨눴다. 아키히토가 창밖으로 몸을 내민 채 손을 흔들며 외쳤다.

"비켜라! 급하다."

아키히토의 외침에 일제 경찰과 헌병들은 겨눴던 총을 다급히 거둬들였다.

"뒤를 봐라! 뒤를 막아라!"

일제 경찰과 헌병들은 그제야 뒤따르는 오토바이에 주목했다. 총구를 돌렸다. 사격 개시라는 소리가 떨어지기가 무섭게 헌병들이 먼저 방아쇠를 당겼다. 콩 볶는 듯 요란한 총소리가 거리에 울려 퍼졌다. 경찰들도 뒤따라 총을 쏘아댔다.

"골목으로 들어가세!"

옆에 앉아 있던 정화암이 대응사격을 하며 외쳤다. 백정기가 오토바이를 급히 돌렸다. 오토바이는 뽀얀 먼지를 일으키며 방향을 틀었다. 방향을 틀어서는 좁은 골목길로 사라졌다. 일제 헌병과 경찰들은 부리나케 오토바이를 뒤쫓기 시작했다. 골목을 이리저리 휘돌며 백정기와 정화암은 황포탄을 향해 치달렸다.

"동장치로가 가깝네."

"유 선배만 믿어야겠군."

동갑인 두 사람은 의기투합했다. 호흡도 척척 들어맞았다. 백정기는 오토바이를 몰았고, 정화암은 총을 쐈다. 독일제 모제르 권총과 소련제 모신나강 소총을 번갈아 사용했다. 성능은 좋았다. 뒤쫓던 일제 헌병이 보기 좋게 나가떨어졌다. 일제 경찰도 연이어 쓰러졌다. 거칠 것 없이 오토바이는 동장치로로 빠져나갔다. 멀리 황포탄이 눈에 들어왔다.

"저기 차가 보이네."

백정기가 다시 호송차량을 뒤쫓았다.

*＊＊

"온다!"

유자명은 낮게 소리치고는 긴 외투 속으로 미국제 그리스건을 거머쥐었다. 검은 깃발이라는 뜻의 흑기회(黑旗會). 그건 자신이 몸담았던 아나키스트 모임이었다. 열정이 끓어 넘치던 시기였다. 의열단의 약산과도 호형호제했다. 그가 아나키스트가 된 것은 조국을 위한 선택이었다. 그 길은 멀고도 험했다. 누구도 인정해주려 하지 않았다. 그렇다고 서글프지는 않았다. 원망하지도 않았다. 자신이 선택한 길이기 때문이었다. 오롯이 자신이 감당해야 할 몫이었다. 조국을 위한 길이었다. 상황은 좋지 않았다. 열악했다. 그러나 최선을 다했다. 조국과 민족과 독립이 있기 때문이었다. 후회 없는 선택이었다. 그 선택의 길 끝에 와 있는 듯싶었다. 후회 없이 싸울 생각이었다. 조국을 위해 싸운 동지의 목숨을 구하는 일이었다. 자신을 죽여 그 동지를 살릴 각오였다. 각오는 서슬이 퍼랬다. 한인애국단원들도 영국제 밀스 수류탄을 꺼내 들었다.

"좀 더 기다려라! 가까이 오면 시작한다."

호송차량은 동장치로를 질주했다. 거리의 일제 경찰과 헌병들은 전방의 알 수 없는 상황이 궁금한 듯 목을 길게 내어 뺀 채 서성거리기만 했다. 어떻게 해야 할지를 몰라 우왕좌왕했다. 그러는 사이 호송차량은 거침없이 언덕을 달려 내려왔다. 내리막길에서도 스즈키는 속도를 줄이지 않았다. 그대로 내쳐 달렸다. 언덕 아래로 호송차량이 내려서자 유자명은 명령을 내렸다.

"차를 세워라!"

외침과 동시에 수류탄이 날아가고 천지를 진동하는 폭발음과 함께 흙먼지가 치솟았다. 종소리도 요란하게 울려 퍼졌다. 남화한인청년연맹의 유자명을 선두로 한인애국단원들이 동시에 사격을 가했던 것이다.

"윤 동지가 다치지 않게 해야 한다."

유자명은 연신 방아쇠를 당기며 외쳤다. 흙먼지가 비 오듯이 쏟아져 내렸다. 총탄도 빗발처럼 날아갔다. 그제야 서성이던 일제 경찰과 헌병도 상황을 파악했다. 무라타 소총을 들어 맞섰다. 호송차량을 엄호했다. 거리는 이내 아수라장으로 변하고 말았다. 총탄이 서로를 향해 빗발처럼 날아갔고, 폭발탄이 연신 굉음을 울리며 터졌다. 화약 냄새가 진동했다.

아키히토는 그냥 달리라고 발악하듯 외쳤다. 스즈키도 목숨을 돌보지 않고 차를 몰았다. 유리창이 깨지고 차가 기우뚱했다. 스즈키는 이를 악물고 운전대를 붙잡고 있었다. 갈지자로 차가 크게 흔들렸다.

"꼭 잡으십시오!"

스즈키는 운전대를 틀었다. 또 다시 옆에서 폭발탄이 터졌다. 이번에는 반대쪽으로 차가 기우뚱했다. 넘어지지는 않았다. 아키히토는 죽일 놈들이라며 이를 악문 채 손잡이를 움켜잡았다. 총을 쏘지 못할 지경이었다. 먼지를 뚫고 차가 달렸다. 스즈키의 노련한 운전 솜씨 덕분에 위기에서 일단 벗어났다.

"바퀴를 쏴라! 타이어를 터뜨려라!"

유자명은 소리쳤지만 그게 말처럼 쉽지가 않았다. 차의 흔들림이 조준을 어렵게 했다. 뿐만 아니라 반격해오는 일제 헌병과 경찰까지 막아내야 했다. 그들의 무라타 소총은 강력했다. 동지들이 연이어 쓰러져나갔다. 수적으로도 상대가 되질 않았다. 역부족이었다. 유자명은 이를 악문 채 그리스건의 방아쇠를 당겼다. 불꽃이 일었다. 일제 헌병과 경찰들이 연이어 고꾸라졌다. 밀스 수류탄도 위력을 발휘했다. 천지를 진동하는 굉음과 함께 일제 헌병들이 갈가리 찢겨져나갔다.

"놈들은 몇 되지 않는다. 조준사격을 하라!"

헌병대의 무라야마가 외쳤다. 만주벌판과 백두산 밀림에서 기른 본능이 그렇게 외치게 했다. 그는 만주 육군 전위부대 출신이었다. 패하기는 했지만 청산리전투에도 참가했다. 치욕스런 패배였다. 그 패배는 그에게 소중한 자산이 됐다. 빗발치는 총탄과 폭발탄으로부터 자신을 지키는 방법을 깨우쳐주었다. 더불어 적의 위치와 상황을 파악하는 법도 가르쳐주었다.

거리를 사이에 두고 치열한 공방전이 계속되었다. 빗발 같은 총탄이 거리를 난무하며 울었다. 피를 부르는 새빨간 울음이었다.

"일단 물러나야 할 것 같습니다."

남화한인청년연맹의 이선태가 후퇴를 입에 올렸다. 차는 시야에서 멀어져 가고 있었다. 동지들도 많은 수가 쓰러져 있었다. 유자명은 이를 갈았다. 실패라며 탄식을 쏟아냈다. 분노한 목소리가 목울대를 울렸다. 머뭇거릴 시간도 없었다. 저들의 지원군이 달려오고 있기 때문이었다.

"철수다! 물러나라!"

유자명의 명령에 남화한인청년연맹 동지들은 썰물이 빠지듯 동장치로 골목으로 빠져나갔다. 한인애국단원들도 치를 떨며 물러났다.

"유 선배도 실패했네."

"젠장할."

백정기가 혀를 찼다. 정화암도 탄식을 터뜨렸다. 이들은 상황이 여의치 않음을 알고는 다시 골목으로 들어갔다. 일제 경찰과 헌병이 뒤를 바짝 쫓았다. 골목으로 총탄이 날아갔다. 폭발탄도 터졌다.

"일단 물러나세!"

백정기는 골목을 휘돌았다. 속도도 올렸다. 오토바이는 굉음을 내며 좁은 골목길을 치달렸다. 일제 경찰의 오토바이도 속도를 올렸다. 저놈들이라며, 반드시 잡아야 한다며 일제 경찰은 발악하듯 두 사람을 쫓았다. 그러나 노련한 백정기를 당해낼 수는 없었다. 점점 거리가 멀어졌다. 더 빨리 쫓으라고 일제 경찰 후쿠다는 열을 내며 재촉했다. 좁고 어지러운 골목은 넓고 평탄한 길만 다니던 일제 경찰에게는 버거운 길이었다. 골목을 휘돌자 백정기의 오토바이가 시야에서 사라지고 없었다.

"놓쳤습니다."

탄식 섞인 보고에 후쿠다는 온몸을 떨었다. 분을 이기지 못했다. 죽일 놈들이라며 이를 악문 그는 골목을 노려보다가 입을 열었다.

"저쪽으로 가보자!"

후쿠다를 태운 오토바이가 다시 골목을 헤맸다. 백정기와 정화암은 골목을 벗어난 후 오토바이를 버렸다. 그러고는 태연히 동장치로 스며들었다. 거리는 아수라장이었다. 일제 경찰과 헌병들이 불에 덴 듯 난리법석을 떨어대고 있었다. 요란한 호각소리가 거리를 가득 메우고 간간히 들리는 총탄 소리가 긴장을 불러일으켰다.

"아쉽네."

"그러게 말일세."

백정기는 멀리 황포탄을 바라보았다. 그 너머로 황포강의 물비늘이 반짝거리고 있었다.

"윤 동지가 무사해야 할 텐데."

마음만 그리 담아 말했다. 현실은 어떻게 될는지 뻔하기 때문이었다.

"민족의 영웅이네. 부럽네."

정화암이 흘리듯 던졌다. 백정기도 고개를 끄덕였다.

"우리도 그렇게 역사에 이름을 새기세나."

"조국을 위하여!"

말을 마치며 정화암과 백정기는 나란히 거리를 거닐었다.

"조센진!"

"불령선인 놈들이 언제나 문제라니까."

투덜거리는 일제 경찰의 말소리가 곁에서 들려왔다. 칼을 찬 채 무라타 소총을 들고 있었다. 백정기는 힐끔거리며 그를 쳐다보았다. 그의 얼굴에 분노가 가득했다. 백정기의 얼굴에는 미소가 어렸다. 정화암의 표정이 짓궂게 씰룩였다. 두 사람은 곧 구름 같이 몰려든 상해 시민들 속으로 스며들었다.

* * *

뒤늦게 동장치로에 도착한 양휘보와 모용예화는 걸음을 주춤했다. 늘어선 일제 경찰과 헌병들 때문이었다. 대대적인 검문과 검색이 이루어지고 있었다. 틀렸다고 모용예화가 먼저 말을 끊었다. 양휘보의 얼굴이 일그러졌다.

"윤 동지를 구해야 하는데……."

안타까운 표정이 얼굴에서 읽혔다. 일단 피하고 보자며 모용예화가 양휘보의 소맷자락을 당겼다. 그제야 양휘보가 걸음을 돌렸다.

"저쪽으로 가봅시다. 황포탄으로 가는 지름길이오."

모용예화는 동장치로를 돌아 황포탄으로 향했다. 골목은 그래도 형편이 나았다. 예기치 못한 일을 당한 일제 경찰과 헌병이 골목까지는 신경 쓰지 못하고 있었던 것이다.

황포탄에 이르자 경비가 더욱 삼엄했다. 호송차량이 이중삼중으로 둘러싸여 있었다. 먼발치에서 그림자만 보았다. 윤봉길은 보이지 않았다. 상심하지 말라면서 그는 위대한 영웅이라고 모용예화가 위로의 말을 건넸다. 양휘보의 눈가에 이슬이 맺혔다.

"끝났소. 그만 갑시다. 지체하다가는 우리까지 위험하오."

모용예화의 재촉에 양휘보는 발길을 돌리지 않을 수 없었다. 그의 앞으로 윤봉길의 환영이 떠올랐다. 밝게 웃는 모습이었다.

'장부출가생불환(丈夫出家生不還).'

그가 입버릇처럼 하던 말이 머릿속에 맴돌았다.

43. 불의의 시대

반민특위 사무실이 습격당한 것으로 정국은 이내 혼란 속으로 휘말려 들어갔다. 이승만은 제헌국회 내 소장파 의원들을 두고 남로당 프락치라고 성토했고, 해공 신익희도 연루되었다며 개탄해 마지않았다. 반공론자인 해공 신익희까지 엮어 넣은 것은 그가 이승만 정권과 극우 반공세력의 입장에서 견제대상이기 때문이었다. 결국 김상덕 반민특위 위원장과 특위 위원들이 모두 사퇴서를 제출했다. 뿐만 아니라 국회에서 반민특위를 강력히 지지해주던 김약수 부회장 등 소장파 의원들이 남로당 프락치라는 혐의를 뒤집어쓰고 대거 구속되는 사태까지 빚어지고 말았다. 참으로 어이없고 한심한 일이었다. 일제잔재 청산을 위한 절호의 기회를 날려버리고 만 것이었다. 친일파 처단이 송두리째 무산되었던 것이다. 반민특위가 구속했던 최운하와 조응선 등 친일 경찰들은 모두 풀려났다. 참으로 불행한 일이 아닐 수 없었다. 세상은 다시 불의(不義)가 판치는 시대가 되고 말았다.

＊ ＊ ＊

 그 불의는 주석 김구가 암살당하는 것으로 이어졌다. 1949년 6월 26일 11시 30분 경교장으로 한 사내가 찾아왔다. 육군 정복 차림의 사내였다.

 "주석님을 좀 뵈려 합니다."

 사내의 말에 이희도가 어디 소속이냐고 물었다. 포병사령부 연락장교 안두희라고 대답했다. 뜬금없는 포병사령부라는 말에 이희도는 고개를 갸웃하며 다시 물었다. 무슨 일이냐는 것이었다. 주석님을 평소 존경했고, 그래서 인사라도 드릴까 해서 지나는 길에 들렀다고 했다. 평소 존경했다는 말에 이희도는 의심을 풀었다. 웃음 띤 얼굴로 자리를 권하기까지 했다. 잠시 앉아 있으라고, 주석님께서 곧 나오실 거라고 했다. 안두희가 괜찮다며, 올라가서 뵙겠다고 했다. 올라가서 뵙겠다는 말에 이희도는 망설였다. 망설였으나 환하게 웃고 있는 모습에 마음이 놓였다. 더구나 주석 김구를 존경한다는 군인이었다. 그는 고개를 끄덕였다. 그러고는 살펴보던 서류로 다시 눈을 돌렸다. 순간 안두희의 눈빛이 흔들렸다. 크게 흔들렸다. 긴장한 모습이 역력했다.

 '역사를 바꾸는 일이다!'

 안두희는 속으로 자신을 다독이며 이층 계단으로 올라갔다. 걸음을 옮길 때마다 몸이 떨렸다. 속으로부터 떨림이 일었다. 깊은 떨림이었다. 이층으로 올라 모퉁이를 돌아서자 주석 집무실이 보였다. 문은 열려 있었다. 주석 김구는 보이질 않았다. 반대쪽에서 인기척이 일었다.

떨리는 손을 허리춤으로 가져갔다. 차가운 쇳덩이가 만져졌다. 45구경이었다.

"누가 왔나?"

주석 김구의 목소리였다. 그는 총을 꺼내 들었다. 모퉁이를 돌아서자 주석 김구의 모습이 보였다. 붓글씨를 쓰고 있었다.

"자넨 누군가?"

묻는 말에 안두희는 땀을 흘렸다. 주석 김구의 눈살이 찌푸려졌다. 자신을 겨누고 있는 권총 때문이었다.

"조국과 민족을 위해 빨갱이와 협상하려는 자를 처단한다!"

주석 김구의 입가에 서서히 미소가 어렸다.

"이것이 운명이로구나!"

말을 마치는 순간 총성이 경교장을 울렸다. 주석 김구가 가슴을 움켜쥐었다. 붉은 피가 흰 저고리를 적셨다. 붓이 나뒹굴었다. 검은 먹이 푸르게 풀렸다. 또 나시 총성이 울렸다. 신상한 낫인지 이번에는 빗나갔다. 뒤편 유리창이 쨍 하고 뚫렸다. 또 다시 방아쇠를 당겼다. 이번에도 마찬가지였다. 유리파편이 튀었다. 안두희는 흥분한 자신을 다독였다.

'정신 차리자!'

손이 사시나무 떨리듯 떨리고 있었다. 주석 김구는 바닥에 쓰러져 있었다. 피가 붉었다. 총구를 아래로 겨눴다. 떨리는 손이 다시 방아쇠를 당겼다. 피가 튀었다. 연이은 총성에 이희도는 소스라치게 놀랐다. 책상을 박차고 뛰었다. 바람같이 이층으로 뛰어 올라갔다. 경호원들도 뒤따랐다. 이층에 올라가 상황을 파악한 이희도의 눈에 불꽃이 튀었다.

"죽일 놈, 네놈의 정체가 뭐냐?"

이희도는 안두희를 붙잡고 소리쳤다. 안두희의 입가에 흡족한 미소가 어렸다.

"나는 내 할 일을 다했을 뿐이다. 빨갱이와의 협상은 안 된다. 그뿐이다."

대답에 이희도는 주먹을 들어 그의 얼굴을 가격했다. 그러고는 주석 김구에게로 달려들었다. 조소앙도 달려 나왔다.

"무슨 일인가?"

그도 소스라치게 놀라며 소리를 질렀다.

"빨리 병원으로 옮겨!"

하지만 주석 김구의 몸은 이미 싸늘하게 식어가고 있었다. 이희도는 주석 김구를 끌어안고 흐느꼈다. 빨리 옮기지 않고 뭐 하느냐며 조소앙이 다시 소리치자 그제야 이희도가 대답했다.

"이미 늦었습니다."

경교장에 흐느끼는 소리가 가득했다. 책상에 주석 김구가 써 놓은 글만 덩그러니 놓여 있었다.

'불변응만변(不變應萬變). 변하지 않는 것으로써 모든 변화에 대응한다. 세상에 변하지 않는 것은 없다. 변해야 산다고도 했다. 제행무상

(諸行無常)이라 하지 않았던가? 변하지 않는 것만큼 어리석고 몽매한 것은 없다. 그러나 변하지 말아야 할 것이 있다. 세상이 다 바뀌고 변한다 할지라도 변하지 말아야 할 것이 있다. 조국을 사랑하는 마음이다. 상해를 시작으로 항주, 진강, 장사, 광주, 유주, 기강, 중경에 이르기까지 나는 한 번도 변한 적이 없다. 조국의 독립을 바라고 조국을 사랑하는 마음은 결코 변할 수 없는 것이었다. 나는 이것으로써 만 가지 변화에 대응해왔다. 그래서 나는 무지하고 몽매한 사람이다. 사람들이 변화에 따라 약삭빠르게 대처할 때도 나는 늘 자리를 지켰다. 조국을 사랑하는 마음으로. 나는 내 무지함과 몽매함을 사랑한다. 조국 독립과 조국 사랑만큼 이 세상에 큰 것이 무엇이 있겠는가? 세태에 따라 이익을 쫓아 변하는 것만큼 어리석고 몽매한 것은 없다. 세상의 모든 것이 다 변할 때 홀로 변하지 않는 것이야말로 진정한 변화다. 가장 큰 변화인 것이다. 나는 이것으로써 올곧은 내 마음을 드러내 보였다. 기축 6월 26일 백범 김구.'

"죽일 놈!"

이희도는 분노한 얼굴로 안두희에게 달려들었다. 사정없이 그의 얼굴을 가격했다. 안두희는 반항하지 않았다. 그때 밖이 소란스러워졌다. 군홧발 소리도 들려왔다. 어떻게 알았는지 헌병대가 뛰어 올라왔다.

"이자를 데려가라!"

데려가란 말에 이희도가 붉게 충혈된 눈으로 쏘아봤다. 어디로 데려간단 말이냐고 물었다. 헌병대 장교가 대답했다. "어디로 데려가다니요? 군인이니 헌병대로 데려가는 것이지." 그의 말에 이희도는 할 말이 없었다.

"지금부터 그 누구도 들이지 마라!"

헌병대 장교는 경교장 안의 사람들을 모두 밖으로 내보냈다. 그리고 누구도 들어오지 못하게 했다. 이희도를 비롯해 조소앙 등은 어리둥절했다. 사안이 중대한 만큼 그러려니 했다. 그러나 그러려니가 아니었다. 상황이 이상하게 돌아갔다. 사건을 조사해야 할 검사마저 들이지 않았다. 그제야 사람들은 의심의 눈초리로 지켜보았다.

"서울지검 검사장이오."

안 된다며 들어갈 수 없다고 했다. 헌병대 사병이 막무가내로 그의 앞을 가로막아 섰다.

"현장을 수사해야 하오. 난 그 책임자란 말이오."

"보안상 문제가 있습니다. 누구도 들여보내지 말라는 명령이 있었습니다."

밖이 소란스러워지자 헌병대 장교가 나왔다. 그가 무슨 일이냐고 물었다. 서울지검 검사장이라고 사병이 대답했다. 지검장이 나섰다.

"나는 서울지검 최대교 검사장이오."

그제야 헌병대 장교는 손을 들어 알은체를 했다. 그러시냐며, 하지만 들어갈 수는 없다고 했다. 워낙 중대한 사건이라는 것이었다. 그럼 수사는 어떻게 하느냐고 최대교 검사장이 물었다. 그가 헌병대에서 한다고 대답했다. 검사장은 기가 막힌다는 듯 너털웃음을 흘리고 말았다.

"포병 소위의 범행이니 헌병대에서 관할하는 것은 당연한 일입니다."

검사장은 고개를 끄덕였다. 끄덕임은 무슨 뜻인지 알겠다는 것이었다.

"누가 시켜서 하는 일이오? 경무대요?"

묻는 말에 헌병대 장교 권호철은 입을 꼭 다물었다. 더 이상 대답이 없었다. 그 없음은 있음이었다. 있어서는 안 될 일이 있는 것이었다. 최대교 검사장은 쓸쓸히 발길을 돌렸다. 이후 사건은 최대교 검사장의 예측대로 마무리되었다. 헌병대 부사령관 전봉덕이 사건이 있은 지 불과 한 시간 반 만에 안두희의 단독범행으로 발표했던 것이다.

* * *

"이제야 비로소 민주주의가 제대로 되겠군!"

주석 김구가 암살됐다는 소식에 국방장관 신성모는 이렇게 중얼거렸다. 일본군 육군 중좌 출신의 육군참모총장 채병덕이 거들었다.

"이제 발 쭉 뻗고 주무시겠습니다."

채병덕의 말에 신성모가 손가락을 흔들며 빙긋이 웃었다.

"이 사람 이거."

"특무대장이 고생이 많았습니다."

관동군 헌병 오장 출신의 김창룡을 두고 한 말이었다.

"알고 있네. 곧 좋은 소식이 갈 게야."

채병덕의 얼굴에 환한 웃음꽃이 피었다.

"잠잠해지면 장은산하고 전봉덕도 한 번 들르라고 해."

"알겠습니다, 장관님."

"즐기시는 낚시는 잘 되고 계신지 모르겠네."

국방장관 신성모는 경무대 쪽을 힐끗 쳐다보고는 흐린 하늘을 올려다보았다. 비가 내릴 듯 하늘이 검게 물들고 있었다.

***

주석 김구가 암살됐다는 소식에 전국이 비통에 잠겼다.

"미쳤소, 미쳤어!"

심산 김창숙은 무릎을 치며 연신 탄식을 흘려냈다. 해공 신익희도 마찬가지였다.

"이렇게까지 해야 합니까?"

주먹까지 부르쥐었다.

"이게 독립이오?"

심산 김창숙은 흰 수염을 부르르 떨었다.

"또 다른 식민지로 전락하는 듯해 참으로 원통합니다."

"난 이제 그만두려 하오."

"그만두시다니요?"

해공 신익희가 그래서는 안 된다는 듯 물었다.

"나는 본래 유림의 사람이니 이제 성균관 일에나 전념하려 하오."

"안 됩니다. 나라가 지금 이 꼴인데 선생님까지 물러나시면 어떻게 하자는 말씀입니까? 힘을 보태주셔야지요."

해공 신익희의 간곡한 말에도 심산 김창숙은 고개를 가로저었다. 이제 기력도 다했고, 여생에는 성균관을 위해 힘써 보려 한다며 해공이 잘 마무리해달라고 부탁했다. 부탁은 간절했다. 해공 신익희는 안타까운 얼굴로 다시 설득에 나섰다.

"저 불한당 일제에 맞서 싸웠듯이 불의로부터 조국과 민족을 지켜내야 합니다. 부디 생각을 바꿔주십시오!"

"나라는 저들이 알아서 잘할 것 아니요. 나는 이미 노쇠했소이다, 해공."

해공 신익희는 거듭 한숨을 뱉어냈다.

"역사는 다시 시작되었소. 문제는 앞으로는 어떻게 우리의 역사를 굴려 가느냐 하는 것이오. 백범이 감으로써 우리의 시대는 끝났고, 이제 해공의 시대가 왔소이다."

심산 김창숙은 씁쓸한 얼굴로 해공 신익희를 바라보았다. 그의 눈길에 믿음이 가득했다.

"아닙니다. 아직 선생님의 힘이 필요한 시대입니다."

간절했다. 간절함에도 심산 김창숙의 뜻은 완고했다.

"해공이 나서서 다시 시작해주시오. 반민특위도 살려내고, 민족정기도 바로잡고."

입술을 깨문 해공 신익희의 눈가에 이슬이 맺혀 들었다.

"반민특위는 민족이 다시 사는 길이오. 조국과 민족을 배신한 자들을 그냥 두고 갈 수는 없소이다. 썩은 굴대는 갈아치워야 하는 법이오. 그러지 않으면 반드시 수레를 망치리다."

 "알고 있습니다. 명심하겠습니다."

 "동지들의 붉은 피가 헛되지 않아야 할 텐데."

 하늘은 여전히 푸르기만 했다. 초여름의 싱그러움을 가득 품은 채.

(끝)

참고한 문헌

참고한 도서

권기훈, 《한국의 독립운동가들 김창숙》, 역사공간, 2010.
김기승, 《한국의 독립운동가들 조소앙》, 역사공간, 2015.
김동진, 《1923년 경성을 뒤흔든 사람들》, 서해문집, 2010.
김두한, 《김두한 자서전》, 메트로서울홀딩스, 2002.
김명섭, 《한국의 독립운동가들 이회영》, 역사공간, 2012.
김병기, 《한국의 독립운동가들 김동삼》, 역사공간, 2012.
김삼웅, 《몽양 여운형 평전》, 채륜, 2015.
김삼웅, 《약산 김원봉 평전》, 시대의창, 2013.
김삼웅, 《죽산 조봉암 평전》, 시대의 창, 2010.
김삼웅, 《해방후 정치사 100장면》, 가람기획, 1999.
김상기, 《한국의 독립운동가들 윤봉길》, 역사공간, 2013.
김영범, 《한국근대민족운동과 의열단》, 창작과비평사, 1997.

김재승, 《만주벌의 이름 없는 전사들》, 혜안, 2002.

박영석, 《재만 한인독립운동사 연구》, 일조각, 1988.

박태원, 《약산과 의열단》, 깊은샘, 2000.

박환, 《김좌진 평전》, 선인, 2010.

반병률, 《1920년대 전반 만주 러시아지역 항일무장투쟁》, 한국독립운동사연구소, 2009.

서중석, 《이승만과 제1공화국》, 역사비평사, 2007.

성대경, 《한국현대사와 사회주의》, 역사비평사, 2004.

신명직, 《모던 보이 경성을 거닐다》, 현실문화연구, 2003.

아카마 기후, 《대지를 보라》, 서호철 역, 아모르문디, 2016.

안재성, 《박헌영 평전》, 실천문학사, 2015.

양소전 외, 《조선의용군 항일전사》, 고구려, 1995.

여수지역사회연구소, 〈여순사건 실태조사 보고서〉, 여수지역사회연구소, 1998.

여순사건진상조사위원회, 〈여순사건 순천지역 피해실태조사 보고서〉, 누리기획, 2006.

염인호, 《조선의용군의 독립운동》, 나남, 2001.

오장환, 《한국아나키즘운동사 연구》, 국학자료원, 1998.

윤병석, 《독립군사》, 지식산업사, 1990.

이강수, 《한국의 독립운동가들 신익희》, 역사공간, 2014.

이강훈, 《항일독립운동사》, 정음사, 1974.

이경민, 《경성 카메라 산책》, 아카이브북스, 2012.

이성우, 《만주 항일무장투쟁의 신화 김좌진》, 역사공간, 2011.

이원규, 《약산 김원봉》, 실천문학사, 2005.

이호룡, 《한국의 독립운동가들 신채호》, 역사공간, 2013.

임경석, 《이정 박헌영 일대기》, 역사비평사, 2005.

임종금, 《대한민국 악인 열전》, 피플파워, 2016.

전봉관, 《경성자살클럽》, 살림, 2008.

전옥진, 《대한독립군 총사령관 백야 김좌진 장군 전기》, 홍성군, 2001.

채영국, 《1920년대 후반 만주지역 항일투쟁》, 한국독립운동사연구소, 2007.

최부득, 《샹하이의 아침》, 미술문화, 2003.

한국독립유공자협회, 《중국 동북지역 한국독립운동사》, 집문당, 1997.

한상도, 《대륙에 남긴 꿈》, 역사공간, 2006.

한시준, 《한국의 독립운동가들 김구》, 역사공간, 2015.

허종, 《반민특위의 조직과 활동》, 선인, 2003.

황민호, 《재만 한인사회와 민족운동》, 국학자료원, 1998.

참고한 사이트

네이버백과사전, http://terms.naver.com,
네이버캐스트, http://navercast.naver.com.
두산백과사전, http://www.doopedia.co.kr.
위키백과, http://ko.wikipedia.org/wiki.
조선향토대백과, http://terms.naver.com/list.nhn.
한국민족문화대백과, http://encykorea.aks.ac.kr.
한국역대인물종합정보시스템, http://people.aks.ac.kr.
한국역사정보통합시스템, http://www.koreanhistory.or.kr.
한국향토문화전자대전, http://www.grandculture.net.